KB107637

생각에
기대어
철학하기

Nederlands letterenfonds
dutch foundation for literature

This publication has been made possible with financial support from the Dutch Foundation for Literature.

스스로 생각하기를 멈추지 마라

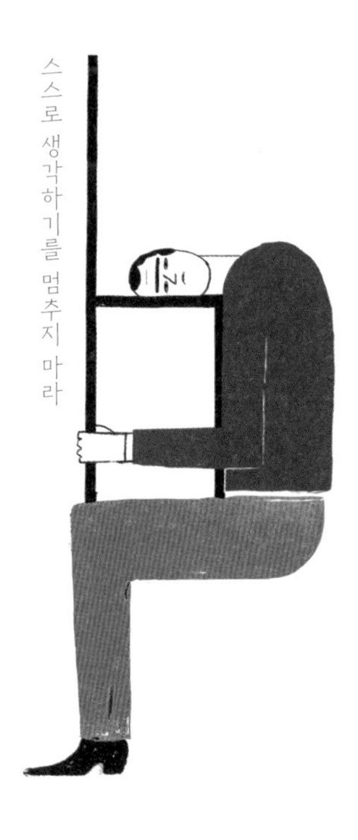

생각에 기대어 철학하기

얀 드로스트 지음 · 유동익 옮김

연금술사

머 리 말

"스스로 사고하기를 주저하지 말라"

철학을 뜬구름 잡는 이야기라고 생각하는 사람들이 있습니다. 철학이 삶의 의미, 선과 악에 대한 중요한 질문으로 가득 차 애매모호하다고 말합니다. 나는 이러한 주장을 "철학이 뜬구름 잡는 이야기라고요? 삶에 대해 깊게 생각하지 않는 것이야말로 정말 뜬구름 잡는 것"이라고 말하고 싶습니다.

그런 중요한 질문을 전혀 하지 않는 사람은 이 세상에 태어나 한 번뿐인 인생을 그냥 살아가는 겁니다. 누구나 그렇게 평생 살아갈 수 있다고 생각하지는 않습니다. 하지만 한 번쯤은 자신의 존재가 의미가 있는지 없는지 알기를 원합니다. 죽음이 정말 끝인지도 알고 싶어 합니다. 끝이라면 그것이 현재 삶에 어떤 의미를 가질까요. 끝이 아니라고 가정하는 경우에도 같은 질문을 던지게 됩니다.

아무도 이 중요한 질문들을 피할 수는 없습니다. 피할 수 있다 해도 스스로 자신을 현혹할 것임을 잘 알고 있을 테니까요.

생각은 어려움에 직면했을 때 시작됩니다. 당연시되던 것이 멈추는 순간 당연시되던 것에 대해 생각해야 합니다. 습관이 우리에게 안심하라고 말을 하더라도, 우리는 그 특별한 습관이 내는 목소리를 습관이 멈출 때에야 들을 수 있습니다. 그리고 우리도 모르는 사이에 질문이 쏟아져 나옵니다. 나에게 왜 이런 일이 벌어져야 하지, 내가 무슨 일로 이런 일을 겪는 것일까, 나는 누구일까, 나는 여기서 무엇을 하고 있는 것일까, 당신은 누구일까, 내가 두렵거나 슬플 때 혹은 내 인생이 철저히 의미 없다는 생각이 들 때 내가 할 수 있는 것이 있을까? 나는 행복할 수 있을까, 행복이란 무엇일까, 나의 운명과 타인의 운명을 바꿀 수 있을까, 우리는 자기 의견은 고려되지 않고 저항하지 못하는 공에 불과할까?

이것은 중요한 질문입니다. 그러나 이러한 질문에 대해 고민할 가치가 있을까요, 어떤 변화를 가져다줄 것이며 도움이 될까요, 삶이 풍족해지고 더 행복한 사람이 될까요, 고심하고 철학적으로 사고하는 수고를 왜 해야 하죠? 어쩌면 생각이 단순한 사람들이 더 행복합니다. 그렇게 쉽게 할 수 있는 일을 왜 어렵게 해야 합니까?

쉽게 할 수 있는 것이 아니기 때문입니다. 행복해지기 위해서는 무엇이 우리를 행복하게 만드는지 알아야 하기 때문입니다. 이 시대에 사는 우리가 자유에 대해 올바른 철학을 활용해야 하기 때문입니다. 자유의 반대 개념인 무력감은 인간이 견딜 수 없는 상황 중 하나인 감정이기 때문입니다. 즉, 그 감정은 의지할 데가 없다거나 할 수 있는 것이 없다거나 아무것도 중요하지 않다고 느끼는 것입니다.

나는 인류의 역사를 이러한 무력감에 대해 '무엇인가를 해보려는 열정적인 시도의 연속'이라고 간주합니다. 많은 철학자가 이를 위해 업적을 남겼습니다. 정말 다행입니다. 나는 어디에선가 문제를 만나면 위대한 철학자들에게 끊임없이 자문을 구하고 있음을 느낍니다. 그것은 사랑, 행복, 기쁨, 삶, 죽음, 슬픔과 애도 같은 거창한 주제일 수도 있지만 "문밖을 나설 때는 왜 항상 비가 내리지?" 하는 것 같은 사소한 질문일 수도 있습니다. 아주 일상적이고 평범한 것처럼 보이지만 깊이 생각해보면 그렇지 않습니다.

사람들은 그냥 어떤 것에 대해 이야기합니다. 순식간에 전 세계를 끌어들입니다. 우리는 우리 인생에서 모든 것을 봅니다. 그것이 아무리 사소하고 일상적이더라도 우리의 '세계관'이라는 커다란 그림으로 바라봅니다. 그 세계관은 특별하기도 하고 아무것도 특별한 것이 없기도 합니다. 모두가 그런 것을 가지고 있기 때문입니다. 어디에선가 어려움을 만나고 그것이 행복이든 불행이든 우리는 삶에 대한 우리의 관점을 놀라면서 인식합니다. 혹은 관점의 부족으로 인해 놀라기도 합니다. 우리는 아마 지금까지 그것을 모두 잘 알았지만, 경험한 것들을 실제로는 잘 인식하지 못하고 있었다는 가정하에 지금까지 아무 생각 없이 이리저리 우왕좌왕하면서 삶을 살았다는 결론도 내릴 것입니다.

우리가 이러한 문제에 직면해서 질문을 받는다고 가정해 보겠습니다. 우리는 우리가 가진 관념에 대해, 우리가 사는 세상에 대해, 우리가 출발점으로 삼는 전체 계획에 대해 말할 거리를 찾아 답을 할 것입니다. 그 답들은 아마도 절반만 인식하고 있고, 또 그렇기 때문에 절반만 형성되었을 수 있는 관념들입니다. 그리고 우리가 분명히 가지고 있고 우리의 세상을 빚어내는 그 답들은 우리가 매일 정하는 선택에 영향을 주고 있습니다. 우리 앞에 놓인 선택이 아무리 명확하지 않더라도 우리의 전체적인 세계관이 그 선택에 관여하고 있습니다. 우리가 무엇을 말하고 행동하든 우리는 어떤 전체 계획을 가지고 언제나 행동하며 말합니다.

'실재'가 우리의 의식으로부터 독립하여 객관적으로 존재하기 때문에 결코 알 수 없다는 것을 우리는 과거의 철학자들로부터 배울 수 있습니다. 실재라고 부르는 것은 우리가 인지하는 물질세계입니다. 우리가 보는 것은 생각이나 그 생각의 결과에 따라 달라집니다. 생각은 실재를 보여주며 우리의 코 위에 걸친 생각의 안경에 따라 우리에게 보여지는 것들을 봅니다. 생각의 안경이 없다면 아무것도, 심지어 우리 자신조차도 보지 못합니다. 이를테면, 우리는 항상 우리가 본다고 생각하는 것만 보고 있습니다.

숙고하지 않는 인생은 모호한 채로 머물게 됩니다. 그것만으로도 유감스러운 일입니다. 그것은 공허함과 무의미함, 그리고 같은 실수를 반복한다는 생각이 들게 합니다. 그래서 나는 이 책을 위해 다음과 같은 형식을 선택했습니다. 각 장마다 일반적인 작은 것부터 시작하지 않고 큰 주제부터 시작하겠습니다. 주제가 광범위할 경우 가능한 한 이해할 수 있도록 설명할 겁니다. 이런 폭넓은 접근법을 내가 고안해낸 것은 아닙니다. 수많은 고대 그리스인이 같은 방법을 사용했습니다. 나는 몇몇 철학자와 그들의 사상에 기초해 우리의 생각과 행동이 어떻게 일정한 인간관과 세계관으로부터 나오는지를 보여줄 것입니다. 다시 말해 '어떻게 인생에 의미를 부여하고 무의식적으로 가치를 부여하는가'입니다. 각 장은 세계관, 인간관, 윤리관 순으로 구성되어 있습니다. 윤리관은 바람직한 삶, 자유, 행복에 대한 질문과 그것들을 성취하는 방법을 포함합니다.

카메라가 점점 줌인하듯 큰 주제에서 작은 주제로 옮겨 비추는 일종의 3단계 구성입니다.

우선 실재의 성격에 대한 광범위한 질문을 다룰 겁니다. 그 질문의 틀 안에서 인생의 크고 작은 질문을 다루며 답과의 연관성을 찾도록 하겠습니다. 우리가 취하는 선택이 어떻게 인간관과 관계있는 일정한 자아관에서 나오는지, 그것이 다시 어떻게 세계관과 연결되어 있는지 아는 것은 우리의 관점을 분명하게 하고 정당화하고 확립하는 데 도움을 줄 수 있습니다. 그것은 경험적인 지혜입니다. 이론과 경험은 서로 분리된 것이 아닙니다. 우리가 행동하는 모든 것에는 우리가 자신에 대해, 타인에 대해, 세상에 대해 생각하는 방법이 드러납니다. 그것들을 좀 더 명확하게 만들고 인식하고 숙고하면, 좀 더 자유롭게 선택하고 행동하는 데 도움이 될 수 있습니다. 우리의 행동이 옳은 것이라는 것을 느낄 뿐만 아니라 왜 그런지를 알기 때문입니다.

앞에서 무력감에 대해 언급했습니다. 이 책에 등장하는 철학자들은 무력감을 종식시키고자 한다는 공통점을 가지고 있습니다. 이를 위해 그들이 선택한 도구는 사고능력이었습니다. 그들 각자는 '생각이 도움이 된다'는 자신만의 고유한 방법을 확신했습니다. 어떻게 생각하느냐가 중요합니다. 그로 인해 차이가 발생하고 심지어 세상을 바꾸기도 합니다. 에피쿠로스, 스토아학파, 아리스토텔레스, 스피노자, 사르트르, 푸코 같은 철학자들과 함께 무력감을 극복하려면 앞으로 어떻게 해야 하는지를 알아보겠습니다.

지금 우리의 길을 찾는 과정에서 따를 수 있는 사고의 흔적을 남겨둔, 우리보다 앞서간 철학자들의 발자취를 찾아갑니다. 그들에게서 보고 들은 것을 습득해 깊이 생각한다면 삶에 도움이 된다고 확신합니다. 이 책의 제목 『생각에 기대어 철학하기Denken Helpt』는 18세기 철학자 임마누엘 칸트의 '사페레 아우데!sapere aude'를 암시합니다.

그의 유명한 에세이 《계몽이란 무엇인가?라는 물음에 대한 답변》1784에서 칸트는 이렇게 썼습니다.

"사페레 아우데! 스스로 사고하기를 주저하지 말라."

깊이 생각하기 위해서는 용기가 필요합니다. 시도할 용기를 갖지 못하는 이유도 있을 것입니다. 스스로에게 질문하고 당신의 이성을 신뢰하십시오.

차 례

LESSON 02 스토아학파와 함께 생각하기

LESSON 03 아리스토텔레스와 함께 생각하기

LESSON 04 스피노자와 함께 생각하기

LESSON 05 사르트르와 함께 생각하기

LESSON 06 푸코와 함께 생각하기

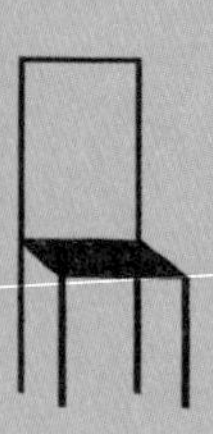

고대 그리스의 철학자 에피쿠로스는 간소한 생활 속에서 정신적 쾌락을 추구했다. 인간의 자연스러운 본성에 근거해 고통을 피하고 쾌락을 추구하는 것이 행복하고 바람직한 삶을 가져온다고 주장한다. 에피쿠로스의 쾌락주의적 이상은 육체에 고통이 없고 마음에 불안이 없는 '평정상태'에 도달하는 것이었다. 이 정신적 쾌락주의자 에피쿠로스는 자신의 철학을 일상에서 실현하기 위해 아테네에 학교를 세우고 소박하게 살며 우정을 나누는 정원공동체를 만들었다.

LESSON 01

Epikouros

에피쿠로스와 함께 생각하기

"빵과 물만 있으면 신도 부럽지 않다"

죽음은 몸을 이루는 원자들이 흩어지는 일 이상도
이하도 아니다. 그렇다면 우리가 죽음을 두려워할 이유는 없다.
죽음은 우리가 살아 있을 때는 우리에게 없으며,
죽음이 찾아왔을 때는 이미 우리가 흩어지고 없기 때문이다.

- Epikouros(기원전 342~271)

LESSON 01

그리스의 철학자 에피쿠로스는 무언가를 두려워할 때 그에 대한 이유를 가지고 있는지 알고 싶었습니다. 그는 인생을 즐기는 것 외에는 다른 것을 원하지 않았지만, 그것은 두려움이 있는 한 이루어질 수 없음을 깨달았습니다. 그래서 '두려움'이 인간적인 행복 추구를 가로막는 가장 큰 걸림돌이라고 말했습니다. 따라서 우리가 두려움을 더 이상 원하지 않는다면 우리가 가졌던 두려움에 근거가 있는지 찾아봐야 합니다. 근거가 있다면 두려움에 대해 무언가를 해야 할 것이며, 또 정당한 근거가 없다면 안심해도 될 겁니다. 그리고 두려움을 갖는 이유와 함께 우리는 두려움에서 벗어날 수 있을 겁니다. 바로 이것이 중요합니다. 그렇다면 우리가 할 수 있는 게 무엇이 있을까요? 에피쿠로스는 이 문제를 이렇게 다루었습니다.

먼저 그는 자신이 어떤 세상에서 살고 있는지 알아야 한다고 생각했습니다. 자신이 어떤 세상에서 살고 있는지 알지 못한다면 두려워하는 것이 실제로 존재하는지 존재하지 않는지 알 수 없을 테니까요. 예를 들면 악마, 유령, 귀신, 주술, 하나님의 진노, 그리고 에피쿠로스가 살던 다신교 세계에서 두려움의 대상은 신들이었습니다. 에피쿠로스는 말했습니다. "인간이 우주의 본질을 알지 못하고 신화의 세계에 속하는 것을 두려워한다면 근본적인 두려움을 없애는 것이 불가능하다."[1]

실제로 우리는 가끔 직관적으로 두려워하는 아이처럼 행동합니다. 불을 끄자마자 괴물이 침대 밑에서 소동을 일으킨다고 믿는 딸이 두려움으로 잠을 이루지 못한다면 당신은 이렇게 이야기해줄 수 있습니다. "우리 함께 확인해 보자. 이것 봐, 아무것도 없지?" 이것은 관찰이라는 수단을 통해 두려움을 극복하는 것처럼 보입니다. 당신은 딸에게 괴물들이 존재하지 않는다는 확신을 주어 안심시킬 수 있게 됩니다.

이제 당신은 부모로서 스스로 진정한 에피쿠로스주의자라고 말할 수 있습니다. 권위나 신뢰 혹은 일시적인 반박을 통해 괴물에 대한 공포심을 제거할 수 없어도 당신과 당신의 아이가 살고 있는 세상에 대해 근본적인 발언을 하는 것으로 가능하기 때문입니다. 즉, 세상에 괴물이 존재하지 않는다고 말하는 것이죠. 그 결과 괴물에 대한 공포심은 근거가 없는 것이 되고, 딸이 당신과 함께 자신의 세계관을 조정한다면 두려움은 사라질 겁니다. 성인이 되어서도 침대 밑에 있는 괴물을 두려워하는 사람은 없을 테니까요.

'실재의 성격을 간파해 인간을 두려움에서 해방시키는 것'이 에피쿠로스가 설파하는 가르침의 핵심 임무입니다. 에피쿠로스는 오늘날 많은 분야에서 응용하는, 객관적 지식을 구하는 자연과학으로는 이해하기 힘든 것이라고 했습니다. 그래서 바람직한 삶에 대한 질문을 다루는 윤리학이 지식탐구에서 중심이 되어야 한다고 봅니다. 지식만을 위한 지식은 무의미하며 쓸모없다고 말합니다.

"그렇게 한다고 해서 우리가 행복할까요? 우리의 두려움을 이기는 데 도움이 되겠습니까?"라고 누군가가 학회 연단에 올라가 학자들에게 질문했다고 가정해봅시다. 어떤 반응이 나올지 궁금합니다. 아마 다음과 같이 대답하지 않을까요? "그렇습니다. 그것이 중요한 문제가 아니죠." 에피쿠로스라면 이 대답에 분명 아주 크게 놀라서 이렇게 반박했을 겁니다. "중요한 문제가 아니라면 당신들은 무엇이 중요하다고 생각합니까?"

물리학이 먼저 나오고 윤리학이 바로 다음입니다. 먼저 나온 물리학은 나중에 나온 윤리학을 뒷받침해줍니다.

세계관

행복하기 위해서는 두려움에서 벗어나야 합니다. 하지만 쉬운 일이 아닙니다. 두려움은 다양한 모습으로 다가오기 때문입니다.

사람들은 거의 모든 것에 두려움을 느낄 수 있습니다. 심지어 존재하지 않는 것에까지 두려움을 느낍니다. 여러 얼굴을 한, 눈에 띄지 않는 적을 어떻게 다루어야 할까요? 우선 거창한 것부터 시작해야 합니다. 에피쿠로스의 접근법에 따르면 최소 단위까지 이르게 됩니다.

우리는 어떤 세상 속에서 살고 있을까요? 이에 대한 에피쿠로스의 대답입니다.

첫째, 세상은 창조되지 않았다.
둘째, 모든 것은 원자로 이루어졌다.

이 대답에 행복을 위한 비결이 담겨 있습니다.

첫째, 세상은 창조되지 않았다. 어떤 결론을 여기에서 이끌어낼 수 있을까요? 세상이 창조되지 않았다면, 창조자도 없을 것이고, 의도한 대로 모든 것을 창조한 신 또한 없을 겁니다. 우리는 별이 총총한 하늘을 올려다보더라도 아무도 우리를 내려다보고 있지 않을 거라는 걸 압니다.

우리는 혼자입니다. 창조를 의도한 자가 없기 때문에 이런 외로운 삶은 의도된 것이 아닙니다. “모든 것에는 이유가 있다”는 좋은 뜻의 말도 비논리적인 것이 됩니다. 이유를 가지고 일어나는 것은 아무것도 없습니다. 모든 것은 우연히 일어납니다.

둘째, 모든 것은 원자로 이루어졌다. 이 말은 놀랍게도 현대적으로 들립니다. 에피쿠로스 이전 시대에도 사람들은 ‘원자’에 대해 이야기했습니다. 이 단어의 어원이 그리스어에서 나온 충분한 이유가 있습니다. 원자는 ‘자를 수 없는 무엇’ 혹은 ‘나눌 수 없는 무엇’으로, 가장 작은 부분을 뜻합니다. 어떤 것도 아무것도 아닌 것으로부터 나올 수 없었기 때문에 “하나님이 아무것도 없는 상태에서 하늘과 땅을 창조하셨다creatio ex nihilo”는 말은 터무니없는 것이었습니다. 그렇기 때문에 태초에 원자가 있었습니다. 심지어 문자 그대로 원자의 비가 내렸습니다. 이 원자의 비가 변하지 않고 계속 내리는 동안 아무 일도 일어나지 않았습니다. 그렇지만 어느 순간 몇 개의 원자가 궤도를 벗어나 다른 원자들과 충돌했습니다. 그들은 서로 달라붙어 점점 더 커졌습니다. 그 커다란 물체에 더 많은 원자가 달라붙어 점점 더 커다란 덩어리가 되었습니다. 그 덩어리는 마침내 우주가 되었고 우리가 살고 있는 세상이 되었습니다. 이러한 이론은 이해할 수 있고 받아들여지는 것처럼 들릴지는 몰라도 원자가 무엇 때문에 궤도를 벗어나게 되고 다른 것들과 충돌하는지는 분명하게 설명하지 못합니다.

신이 그 순간을 부여하지 않았더라면 그것은 무엇이었을까요? 솔직히 말하면, 에피쿠로스는 이 질문을 약간 모호하게 놔두었습니다. 그는 원자들이 떨어지면서 궤도를 이탈하는 것이라고만 했습니다. 그런 일이 벌어지는 것은 우연이었습니다. 목적도 이유도 계획도 없었습니다. 그렇지만 '우연'이라는 말이 나온 것은 중요합니다.

이 말은 모든 것이 확정된 것이 아니라는 뜻입니다. 사물들이 가끔 기대한 것과 다른 길을 갈 수 있다는 뜻입니다. 우주 혹은 세계라고 불리는 원자의 합성이 유지되는 한(천체가 우연히 분리되고 나뉘고 소멸될 때까지), 분명한 질서가 있다고 말할 수 있습니다. 필연 안에서 움직일 수 있는 공간이 생긴 겁니다. 질서가 발생하는 우연은 가능성으로 존재합니다. 즉, 현존하는 질서에 존재하는 일종의 작은 진동입니다. 우연이라는 공간이 있는 세계에서는 우리를(인간을) 위한 좀 더 많은 활동의 자유가 있다고 봅니다.

모든 것이 원자로 이루어졌다면, 그 말은 우리에게도 적용됩니다. 죽으면 그걸로 끝입니다. 사후의 삶이란 없습니다. 원자와 그것을 둘러싼 빈 공간밖에는 아무것도 없습니다. 그렇다면 우리의 영혼은 어떨까요? 인간은 영혼을 가진다고 하지 않습니까? 인간의 영혼도 모든 것처럼 그 존재는 원자로 구성됩니다. 돌멩이나 신체 일부와 같은 종류는 아니지만 매우 예리하고 빠르고 불 같습니다. 원자가 원천입니다. 따라서 우리가 죽게 되면 우리 몸을 구성하고 있는 원자의 합성 역시 분리됩니다. 원자 없는 상태의 영혼은 없으니, 우리 몸을 떠나 비물질이 되거나 하늘이나 사후세계로 날아갈 수 없습니다. 간단히 말하자면, 에피쿠로스는 모든 것이 원자로 이루어졌다는 주장 하에 죽음 이후에는 삶이 없고 영혼이 몸에서 빠져나오면 우리도 끝이라고 결론을 내립니다.

에피쿠로스는 자연과학적 방법으로 우리가 가진 두려운 생각을 없애려고 합니다. 그렇지만 우리가 우연의 산물이고 창조된 것이 아니며, 신도 없을 뿐 아니라 그저 목적 없는 원자 덩어리로 여긴다면 수많은 사람이 당황할 것이라고 짐작할 수 있습니다.

반면 우리가 종교 속에서 양육된다면 인공의 신과 통제된 세계 안에서 모든 정의와 동기가 생겨나고 그 안에서 살아가는 법을 배웁니다. 우리에게 닥치는 모든 것은 어느 하나 이유 없는 것이 없습니다. 그러한 믿음이 무의미함과 자극적인 우연으로부터 우리를 해방시켜야 합니다.

그러나 신이 있다 하더라도 에피쿠로스는 전혀 중요하지 않다고 합니다. 우리의 어떤 특성을 신에게 연관시켜야 할까요? 신은 완전한 존재입니다. 신은 완벽하고 행운을 가져다주며 아무것도 필요로 하지 않습니다. 신은 정말이지 스스로 만족합니다. 그렇지 않다면 신이 아닙니다. 무언가 부족한 완전한 존재를 상상해보십시오. 즉, 무엇인가 모자라는 신을 상상해보십시오. 이것은 비논리적이며 좋은 모양새도 아닙니다. 심지어 불경스러운 것일지도 모릅니다. 신이 우리를 필요로 하지 않는다고 말하는 것은 신에 대한 경외일 겁니다. 신은 결코 우리 일에 관여하지 않을 겁니다.

그렇다면 할 일이 없어 심심해하는 불멸의 신이 우리를 지배하지 않을까요? 시간을 죽이기 위해서요? 이것은 비논리적이며 불경스런 상상입니다. 그래서 하나의 유일신적인 논리가 나오게 됩니다. 즉, 신은 그가 이미 존재하는 것처럼 우리를 필요로 하지 않고 우리의 일에도 관여하지 않는다는 논리가 성립합니다. '신은 인간에게 무심하다'고 말입니다. 그렇지 않다면 신도 무엇인가 부족한 존재가 되는데, 이것은 난센스입니다. 절대적 존재를 약간의 결점 있는 존재로, 쉽게 말하자면 인간적 존재로 만들게 될 테니까요.

20세기 네덜란드 작가 헤라르트 레브Gerard (Kornelis van

het) Reve는 신을 결점이 있는 인간적 존재로 만들고 의인화시켜 바라본 사람입니다. 그는 신을 아주 멋지게 의인화했습니다.

하루를 마치며

나는 사실상 아무것도 믿지 않습니다.
모든 것을 의심합니다. 심지어 당신까지도.
그렇지만 가끔 당신께서 존귀하게 사셨다는 생각이 들 때면
당신은 사랑이고, 외로운 존재고,
그리고 내가 가지고 있는 것과 같은 절망 속에서
당신이 나를 찾고 계신다고 생각합니다.
내가 당신을 찾는 것처럼.[2]

아무리 멋지게 표현했더라도 이것은 맞는 말이 아닙니다. 다행히도 에피쿠로스는 '다르게 보자면, 거꾸로 우리가 신에 대해 그리고 신이 우리에게 무엇을 원하는지에 대해 참견해야할 것이다'라고 말합니다. 그리고 에피쿠로스의 말은 동요를 불러일으킬 겁니다. 신에 대한 두려움은 두려움의 원천입니다. 신에 대한 믿음을 갖는 동시에 임무를 갖게 됩니다. 더는 그냥 사는 게 아닙니다. 인생을 마치면 심판이 따르니까요. 신이 없다면 그의 감시는 사라지겠

지만, 우리를 보호하는 손도 사라지며, 우리를 붙잡아주지 않으니, 우리는 끝없는 공허 속으로 떨어집니다. 그렇지만 걱정할 것은 없습니다. 죽음의 시간 앞에서 우리가 신을 대면할 필요가 없다는 것을 깨닫고, 고통과 우리의 마지막에는 그 어떤 이유도 없다는 것을 알게 된다면 위로가 될 겁니다.

우리의 마지막은 진짜 마지막이 됩니다. 원자로 이루어진 세상과 무신론적 사고 혹은 신에 대한 무관심이 함께 어우러져 죽음 후에는 삶이 없다는 결론을 내립니다. 심지어 죽음이란 존재하지 않는다고 합니다. 죽음 이후에는 우리가 이미 존재하지 않기 때문입니다. 에피쿠로스는 '행복에 대한 편지'라고도 불리는 유명한 「메노이케우스에게 보내는 편지」에서 이렇게 썼습니다.

> 죽음이 우리에게 아무런 영향을 주지 않는 것이라고 생각하는 데 익숙해져야 한다. 결국 모든 선과 악은 지각하는 데 있으며 죽음이란 이 지각을 빼앗기는 것이다. 그래서 죽음이 우리에게 영향을 미치지 않는 것이라고 이해하는 것은 삶의 유한한 면을 즐길 수 있도록 해준다. 삶에 무한한 시간의 길이를 부여하는 것이 아니라 영생에 대한 갈망을 제거하는 방법에 의한 것이다. 결국 살지 못한다는 것이 두려움을 몰고 오는 것이 아니라는 것을 깨달은 사람에게는

그 어떤 것도 두려움을 주지 못한다. 자신이 살아 있을 때 죽음이 슬픔을 가져다주는 것이 아니고, 죽을 것으로 예상되는 동안에 죽음이 슬픔을 주기 때문에 죽음에 대한 두려움이 크지 않다고 주장하는 사람들은 어리석다. 존재하면서도 괴롭히지 않는 그것이 아직 일어나지 않은 미래의 일인 경우, 우리에게 근거 없는 걱정만 초래한다. 모든 고통 중에서 가장 끔찍한 고통인 죽음도 사실 우리와는 아무 상관이 없다. 왜냐하면 우리가 살아있는 한 죽음은 없고, 죽음이 닥치면 우리는 앞으로 존재하지 않기 때문이다. 그렇다면 죽음이란 살아있는 자나 죽은 자에게 영향을 미치지 않는 것이다. 살아있는 자에게 죽음은 아무런 상관이 없고 죽은 자들은 이미 존재하지 않기 때문이다.[3]

인간관, 윤리관

아직도 윤리를 실행하고 바람직한 삶을 추구하는 것이 의미가 있을까요? 에피쿠로스에 따르면 그렇습니다. 인생은 언제나 환영받는 겁니다. 그의 이러한 생각에 동감하지 않는 사람들은 자유롭게 떠나 자신들이 생각하는 마지막에 도달할 수 있습니다. 그렇지만 당신이 여기에 머문다면, 분명히 행복이라 말할 수 있는 삶을 사는 것이 가능합니다.

단, 그러기 위해 무언가를 해야 합니다. 저절로 이루어지지 않기 때문입니다. 이 세상에서는 안됩니다. 세상은 우리 편이 아닙니다. 우리가 이 세상에 살고 있어도 집은 아닙니다. 당연히 세상은 우리에게 피난처를 제공하지 않습니다. 세상은 위험하고 냉담한 우주이며 왜소한 우리는 그 안에서 끊임없이 움직이고 있습니다. 물론 태양이 비치고 꽃이 피고 과일과 곡식, 음식이 넘쳐난다면, 대지의 어머니가 우리를 달래주고 먹여준다고 볼 수 있습니다. 그렇지만 산불이 주거지를 쓸어가고, 허리케인이 모든 것을 앗아가고, 지진이 모든 생명을 뒤흔들어놓거나 암이 우리 혹은 가족을 몸속에서 갉아먹는다면 지구는 어머니가 아닙니다.

그런 비참한 세상에서 공포에 사로잡히고 의욕을 상실합니다. 하지만 우리는 다른 무언가를 할 수 있습니다. 세상이 우리를 위한 집이 아니라면, 우리는 직접 집을 창조할 수 있습니다. 두께를 측량할 수 없는 얼음판 위에서 사람은 추위로 죽을 수 있습니다. 그러나 이글루를 만들려고 노력할 수도 있습니다. 그 안에서 사람들과 함께 따듯하게 지낼 수 있습니다. 우리는 태어나면서부터 집 없는 사람들입니다. 세상은 우리에게 우호적이지 않지만, 그 안에 집을 짓는 것은 우리가 자유롭게 선택할 수 있습니다.

바로 그것이 에피쿠로스가 실행한 겁니다. 안전하지 않

은 세상 안에 안전한 안식처를 짓는 겁니다. 노여움이 가득한 지구 위에 우호적인 소우주를 창조하는 겁니다. 어떤 초석을 사용해야 할까요? 어떤 지반 위에 집을 지어야 할까요? 이러한 삶 속에서 우리에게 도움의 손길을 내미는 것은 무엇이고, 무엇으로부터 확신을 얻을 수 있을까요?

답은 분명히 있습니다. 우선, 우리의 사고력(오성)입니다. 올바른 숙고를 통해 두려움 없는 세상에 대해 사유할 수 있습니다. 무수히 많은 답이 이미 있지만 하나를 더하자면 그것은 욕망입니다. 에피쿠로스는 욕망에 대한 우리의 경험적 지식을 의심하지 말라고 합니다. 욕망의 부정적인 측면인 불안의 경험마저도 의심하지 말라고 합니다. '욕망과 불안' 또는 '즐거움과 고통', 이 두 가지가 기준이 되어야 하며, 이를 토대로 우리는 인생에서 행복을 선택하게 됩니다.

우리 인생에는 추론이나 증명이 필요하고 의심해 볼 수 있는 것이 많습니다. 확실성을 담보하기에는 가지고 있는 정보가 너무 부족하고 오류를 범하기 때문입니다. 하지만 고통은 즉각적이라서 증명을 더하고 덜 할 필요가 없이 바로 느낍니다. 어떠한 지식의 방해 없이도 고통에 빠진 것은 즉시 알 수 있습니다. 배고픔, 갈증, 추위, 궁핍, 결핍 같은 불안한 감정이 적용되니까요. 욕망에 속하는 감정도 마찬가지입니다. 토요일 저녁에 맥주 한 잔을 마시거나 더운 날 아이스크림을 먹을 때면 아무도 나에게 맛있으니 먹어보라고 할 필요가 없습니다.

사람은 선천적으로 즐거움을 추구한다고 말할 수 있습니다. 그렇다고 즐거움이 우리 삶의 목적일 수 없습니다. 또 즐거움이 사전에 계획된 우리의 생활일 수도 없습니다. 즐거움은 우리의 존재이유라는 느낌을 믿기 때문입니다. 그러나 에피쿠로스는 간단명료하게 우리는 태어나면서부터 욕망을 추구하고 가능한 한 불안과 고통을 피하려 한다고 주장합니다.

욕망은 우리 내면에 자리하고 있습니다. 타인이 우리에게 무관심하더라도 우리에게는 즐거움이 자리하고 있습니다. 즐거움이 계속되는 한 즐기는 겁니다. 오늘이나 내일에 대한 걱정 없이 즐기는 겁니다. 우리는 내일 일어날 일을 아직 모르고 어쨌든 내일은 오기 때문입니다. 따라서 에피쿠로스 철학은 우울함으로 끝을 맺지 않습니다.

세 가지 쾌락

에피쿠로스는 기원전 306년 학교를 세웠습니다. 약간의 땅에 담으로 둘러싸인 집을 한 채 구입하고 그와 합류하기를 원하는 사람들과 공동체 생활을 시작했습니다. 그의 제자와 동료는 사회 각계각층의 사람들이었으며, 심지어 여자들과 노예들도 있었습니다. 그곳은 모든 사람들에게 열려 있었으며 새로운 배움터였습니다. 그것만으로도 멀리까지 소문이 났습니다. 그러나 얼마 후 공동체의 일생 목표가 그저 '단순히 즐기는 것'이라고 밝혀지자 도저히 이해할 수 없다는 반응을 보였습니다. 에피쿠로스와 동료들을 둘러싼 온갖 소문도 번져나갔습니다.

에피쿠로스가 폭식파티를 연다더라, 음식을 더 섭취하기 위해 구토까지 한다는 주장도 있었습니다. 너무 많은 여성과 관계를 맺는가 하면 점수표까지 기록한다는 소문 등 사람들이 방탕한 생활에 빠졌을 때 자연스럽게 상상할 수 있는 모든 것이 거론되었습니다.

하지만 이러한 행위는 에피쿠로스가 설파한 가르침과 현격하게 모순됩니다. 아직까지도 그 오해가 다 해소되지 않았습니다. 네덜란드어사전 『판 달르Van Dale』에서 '에피쿠로시즘'을 찾으면 유사어로 '쾌락 추구'가 등장할 정도니까요. 그렇지만 에피쿠로스가 하지 않았던 한 가지, 그것은 다름아닌 바로 쾌락 추구, 극단적인 욕망의 추구입니다. 정반대의 것을 추구했다고 이야기할 수 있습니다. 쉴 새 없이 즐거움을 추구하면 가져와서는 안 될 불안을 분명히 가져오기 때문입니다.

에피쿠로스에 따르면 행복한 인생은 자족스스로 만족과 평정심아타락시아(고통이 없는 상태) 두 가지가 중요하다고 합니다. 자족과 평정심은 우리가 폭식하고 폭음하며 혹은 방탕한 성생활을 하지 않도록 이끕니다. 자족은 육체적인 영역의 욕구이고 평정심은 정신적인 영역의 욕구입니다. 그러나 이 두 가지는 실제로 서로 깊은 연관이 있습니다.

자신의 마음을 들여다보고 몸이 하는 소리를 듣는 사람은 아주 다양한 종류의 욕구가 혼재한다는 것을 느낄 겁니다. 이것을 원하면서 저것도 바라고, 이렇게 되길 원하지만 저렇게 되는 것도 갈망합니다. 정말 이해할 수 없습니다. 그럼에도 에피쿠로스는 그것을 이해할 수 있도록 기반을 마련해 줍니다. 인생에서 즐거움은 중요합니다. 우리는 분별력과 지혜로 예방주사를 맞은 존재이고 그런 존재로 남아 있습니다. 우리의 그런 지혜를 의식적으로 사용하지 않으면 본래 의미의 즐거움이 결코 될 수 없습니다. 에피쿠로스는 쾌락을 세 가지로 구분했습니다.

1. 자연스럽고 꼭 필요한 쾌락

사람들이 살아가기 위해 필요한 모든 것이 포함될 수 있습니다. 음식, 집, 옷, 산소, 온기, 안전, 수면 같은 것이지요. 언제 이런 쾌락을 추구해야 할까요? 항상 추구해야 합니다. 다행인 것은 이러한 쾌락은 언제나 손을 뻗으면 닿을 수 있다는 겁니다. 하지만 많은 불안과 종속성은 이러한 것들을 추구하지 못하게 합니다.

2. 자연스럽지만 꼭 필요하지 않은 쾌락

이 쾌락은 첫 번째 쾌락의 연장선에 놓여 있지만 추가적인 무엇인가가 있습니다. 물이나 빵 대신에 샴페인, 캐비아, 그리고 그 사이에 있는 모든 겁니다. 작은 천장이 있는 집 대신에 엄청나게 큰 저택에 둘러싸여 있다거나, 두 발로 걷는 대신 자전거를 타거나 리무진을 타고 간다고 생각해 보십시오. 자연스럽지만 꼭 필요하지 않은 쾌락은 있으면 좋겠지만 없더라도 죽는 것은 아닙니다. 그런 쾌락을 쉽게 즐길 수 있습니까? 그렇다면, 즐기십시오. 그런 쾌락을 위해 수고를 많이 해야 하고 열심히 일해야 합니까? 그렇다면 내버려 두십시오. 그런 쾌락이 행복한 인생을 위해 반드시 필요하다고 생각하지 않는 한 그렇게 하십시오.

3. 자연스럽지 않고 꼭 필요하지도 않은 쾌락

절대 좇지 마십시오. 그렇게 하면 불행하기만 합니다. 이런 쾌락은 부, 지위, 명성, 과도한 부, 그리고 그것이 없으면 살 수 없다고 우리가 스스로 말하는 모든 것과 관련이 있습니다. 자연스럽지도 않고 꼭 필요하지도 않은 쾌락은 불안, 종속, 두려움, 미움, 질투의 원천입니다. 한 사람이 뭔가를 소유하면 다른 사람은 그것보다 더 좋고 큰 것을 갖기 원합니다. 이러한 쾌락을 좇아가는 것은 끝없이 계속 진행됩니다. 이런 유형의 쾌락은 그릇된 생각에서 나오기 때문입니다. 광고나 대중의 여론이 당신에게 속삭이는 것을 원하고 그쪽으로 간다면 끝이 없는 길입니다. 언제나 더 좋고, 더 크고, 더 아름답고, 더 많을 수 있다고 생각하게 되니까요. 당신은 쾌락을 맛보기도 전에 다시 잃어버리게 됩니다. 더욱이 이런 쾌락은 약속한 것을 가져다주지 않습니다. 실재는 경계가 있어도 환상은 경계가 없으니까요. 환상은 끝없는 갈망을 하게 하고 끝없는 욕망을 품게 하며 끝없는 실망을 가져옵니다. 상상 속의 필요는 우리를 결코 가만히 놔두지 않을 겁니다. 모든 능력 있는 광고전문가들은 이 사실을 알고 있습니다. 그것은 비지니스에는 좋은 일이지만 우리에게는 나쁜 일입니다.

에피쿠로스는 마지막에 언급된 갈망의 범주를 '근본이 없는 것'이라 불렀습니다. 기업의 최고 경영자 위치에 오르고 싶습니까, 백만장자가 되어 무엇이든 다 하고 싶습니까, 어떤 대가를 치르더라도 최신 유행하는 옷을 입고 다니기 원합니까, 유명해져서 모든 사람이 우러러봐주길 원합니까? 이런 것들을 노력없이 얻을 수 있다면 즐기는 것이 가능합니다. 그렇지만 그것들을 위해 모든 것을 포기해야 한다면 어떻겠습니까? 지금 당신의 인생에서 진정으로 중요한 것은 무엇입니까? 중요한 것을 포기해야 할 상황이 닥친다면 어떻게 하겠습니까?

우리에게 필요한 것의 대부분은 근본이 없습니다. 터무니없는 생각의 결과로 나온 허상에 불과합니다. 하지만 그러한 허상에 불과한 필요에 시간과 에너지를 더 많이 사용합니다. 심지어 행복과는 정반대 방향에 있는 두려움, 불만족, 불안, 뭔가를 놓친 듯한 낯선 감정을 얻습니다. 필요한 것이 많은 사람일수록 많은 것에 종속됩니다.

앞서 언급한 세 가지 부류의 쾌락을 구분해서 무장하면 인생을 더 잘 감당할 수 있습니다. 에피쿠로스는 이렇게 말합니다.

> 이 모든 것을 일관성 있게 숙고하는 것은 육체의 건강과 정신의 안정 상태를 선택하거나 회피하게 해주는 수단을 제공한다. 완벽하게 행복한 것이 삶의 목적이기 때문이다. 고통과 두려움에 빠지지 않기 위해 모든 것을 하는 이유이기도 하다. 우리가 이런 상태에 도달하게 될 때 우리 마음 속 폭풍이 잠잠해지며 갖고 있지 않은 어떤 것을 위해 살

> 아있는 생명을 더는 좇지 말아야 한다. 높은 단계의 영혼과 완벽한 육체를 위해 여분의 것을 찾아서도 안 된다. 우리는 쾌락이 없어서 고통을 겪을 때만 쾌락에 대한 필요성을 느낀다. 우리에게 고통이 없다면 이미 쾌락이 필요하지 않다.[4]

에피쿠로스의 쾌락에 대한 관점은 상당한 의문을 불러일으킬 수 있습니다. 에피쿠로스의 쾌락이 정확하게 무엇을 의미하는지 이해하는 것은 매우 중요합니다.에피쿠로스는 쾌락을 '몸의 고통이나 마음의 혼란으로부터의 자유'라고 정의했다 쾌락은 두려움과 고통이 없는 겁니다. 에피쿠로스의 쾌락에 대한 관점은 일종의 '영점 기준선'과 관련해 생각해볼 수 있습니다. 우리는 즐거운 것을 생각하면 점점 더 그 이상을 상상하게 됩니다. 약간 즐기다가 더 많이, 점점 더 많이, 훨씬 더 많이 즐길 수 있을 것입니다. 그러나 에피쿠로스에 따르면 그것은 착각입니다. 고통과 불안의 문제라면 분명 최대한 덜 겪으려고 할 겁니다. 우리는 기본적인 삶의 필요가 충족되는 순간 더 위로 오를 수 없는 '영점 기준선'에 도달합니다. 중립을 이루는 이 선보다 더 좋아질 수 없습니다. 다시 말하자면, 이 선에서 더 나빠지지 않는다면 우리는 '최고로 좋은 상태'에 있는 겁니다.

'영점'은 완전한 중립 상태로 결코 아무것도 아닌 것이 아니며, 최고로 달성할 수 있는 지점인 것입니다. 햇볕이 강렬히 쏟아지는 날 등산 후 차가운 물 한 잔을 마시는 것은 즐거움을 최대한으로 누리는 겁니다. 기나긴 하루를 보내고 지친 몸을 침대에 누이는 것, 이것도 최고의 행복입니다. 간단히 말하자면 '최대의 행복'은 결여가 없는 상태입니다. 행복을 주는 '영점 기준선' 위로 이것 저것 조금 더 보탤 수 있습니다. 물에서 주스로, 스무디에서 샴페인으로, 딱딱한 침대에서 푹신한 시트가 깔린 침대로 변화를 줄 수 있습니다. 그렇지만 반드시 무언가를 추가시켜야 하는 것은 아닙니다. 그것은 다양화의 문제일 뿐입니다. 왼쪽에서 오른쪽으로 살짝 옮기는 겁니다. 영점 기준선을 아는 것은 커다란 위안이며 우리의 상태를 계속 유지하기 위해 중요합니다. 현재 나의 모습 그대로 가장 큰 행복을 쉼 없이 찾아가던 시선을 별에서 아래로 옮길 수 있습니다. 먼 수평선을 보던 시선을 발 앞으로 돌려놓을 수도 있습니다.

우리가 기쁨이 '영점 기준선'을 시야에서 놓쳐버리고서는 그 기준선을 모든 것의 목표점이 아니라 행복의 출발점이나 도약대로 생각한다는 것은 우리가 몸을 어떻게 관리하는지를 봐도 알 수 있습니다. 당신은 지금 건강하십니까? 몸의 기능은 정상입니까? 통증은 없습니까? 그렇다면 정말 큰 부자입니다. 당신의 몸의 각 부분을 느끼면서 한

번 따라가보십시오. 당신을 위해 모든 것을 하는 팔, 몸을 지탱해주는 다리, 뛰는 심장, 이렇게 건강한 몸을 가졌으니 행복을 맘껏 즐겨보세요. 몸은 가고 싶은 곳으로 데려다주고 살아 숨 쉬게 하고, 보고 듣고 느끼고 맛보게 해줍니다. 그런데 거울 앞에 서서 자신의 몸을 낯선 시선으로 바라보면 모든 것이 잘못되었다고 주장합니다. 너무 크고, 너무 작고, 너무 뚱뚱하고, 너무 말랐고, 너무 짧고, 너무 길고, 너무 많고, 너무 적고, 없고, 있고, 밉고, 봐줄 수 없고, 기형이라고. 우리의 몸은 자연의 일부로 통증과 질병, 결핍이 없다면 그것만으로 행복할 겁니다.

극단적으로 행복을 추구하는 것은 세상을 뒤집어놓는 것과 같습니다. 점점 더 높이 올라가지만 더욱더 깊이 추락합니다. 에피쿠로스의 철학은 이것을 알아차리도록 도움을 줍니다. 인생을 즐거움 위주로 사는 사람들을 흔히 '쾌락주의자Hedonisten'라고 합니다. 쾌락주의자는 곧 에피쿠로스학파의 추종자일 거라고 생각할 테지만 꼭 그렇다고 볼 수 없습니다. 어떤 쾌락주의자가 에피쿠로스주의자가 되길 원한다면 에피쿠로스의 '영점 기준선'에 대한 관점을 인정해야 합니다.

적은 것으로 만족할 수 있다는 삶의 방식을 보여줘야 합니다. 그렇지 않고서 점점 더 많이, 더 아름답고, 더 좋은 것을 추구한다면 그는 경계를 알지 못하는 것이며 결코 조용하고 만족한 상태를 얻지 못할 겁니다. 에피쿠로스가 말하는 진정한 쾌락은 세속적인 욕망에서 벗어난 마음의 평정상태, 즉 아타락시아에 이르는 것이다.

앞서 언급한 것이 그에게 행복을 가져다주지 않는 한 그는 결코 에피쿠로스주의자가 될 수 없습니다. 자족이란 에피쿠로스에게 커다란 선으로, 더 적게 가지기 위한 노력이 아니고 상태를 유지하기 위한 겁니다. 에피쿠로스는 「메노이케우스에게 보내는 편지」에서 "우리가 많이 가지지 않을 때는 적은 것으로도 만족할 수 있다"고 했습니다.

에피쿠로스는 즐기는 것을 적극적으로 추구하라고 부추기지 않습니다. 그는 적극적인 행복 추구를 반대하는 입장이지만 상당 부분 인정하고 있습니다. 그가 '방탕한 사람들'에 대해 말한 것을 예로 들어 볼까요? 에피쿠로스는 "그들이 즐거움을 누리는 방식으로 사람들의 영혼을 두려움에서 해방시키고 그들이 언제 만족하는지 안다면, 그들을 책망하지 않을 것이다. 그들이 모든 원천에서 나오는 기쁨을 누릴 것이며 고통이나 슬픔을 주는 것 즉, 악으로부터 해방될 것이기 때문이다"라고 말했습니다.[5] 따라서 에피쿠로스는 누군가가 방탕한 생활을 통해 행복하다고 생각하며 정말로 행복하게 된다는 것에 강한 의심을 품지만, 사람들이 즐거움을 갖길 바라고 있습니다.

사람들은 섹스가 이 세 가지 부류 중 어디에 속하는지 궁금해 할 가능성이 큽니다. 거의 모든 사람이 섹스가 세 번째 부류에는 속하지 않을 것이라는 데 동의할 겁니다. 즉, 자연의 이치에 어긋나며 반드시 필요하지 않은 것으로 생각하지 않을 겁니다. 그렇다면 섹스는 첫 번째 혹은 두 번째 그룹에 어울릴까요? 섹스가 신체와 매우 밀접한 연관이 있는 것이기 때문에라도 섹스는 자연스러운 것이라는 데 많은 사람이 동감할 겁니다. 그렇지만 섹스가 필수 불가결한 것일까요? 이때 섹스는 종족번식을 위한 필수적인 것과는 다른 섹스를 의미합니다. 자녀를 낳을 필요가 없다면 우리는 섹스 없이도 행복할 수 있을까요? 삶은 계속 진행될 겁니다. 그렇지만 행복한 삶일까요?

에피쿠로스는 "고통을 유발하지 않는 갈망은 만족스럽지 않더라도 필수적이지 않다"[6]고 말했습니다. 자연스런 갈망이 충족되지 않으면서도 강력한 의지를 동반한다면, 자연스런 갈망은 고통으로 이끌지 않는다고 언급했습니다. 자연스런 갈망으로부터 계속 어려움을 겪는 것은 갈망이 자연적인 특성에서 나오지 않고 우리의 '어리석은 생각'에서 나오기 때문입니다.[7]

이 말을 섹스에도 적용할 수 있을까요? 에피쿠로스학파의 관점으로는 어떤 경우든 섹스가 좋지 않다거나 모순이 있다고 말할 수 없습니다. 섹스는 기쁨의 한 원천이고 그런 의미에서 좋은 겁니다. 아래 구절도 우리의 생각을 판단하는 데 도움을 줍니다. 이 구절은 에피쿠로스의 제자가 다른 제자에게 쓴 글의 일부입니다.

> 너의 신체적 충동이 제어되지 않고 지나치게 섹스에 집중되었다고 들었다. 법을 어기지 않고, 미풍양속을 해치지 않고, 이웃을 다치게 하지 않고, 네 몸을 상하게 하지 않고, 그로 인해 네 삶이 쫓겨 다니지 않는 한 네 기질을 따라도 된다. 그렇지만 그런 상황에 처하지 않는 것은 불가능하다. 섹스로 아무도 이득을 얻지 못했고 네가 아직 해를 입지 않았다면 기뻐하라.[8]

에피쿠로스 철학의 두 가치 척도 중 하나인 '자족'은 우리 시대에는 상당히 복잡합니다. 우리는 삶의 기본적인 필요를 위해 사회를 서로 의존하도록 만들었습니다. 어느 누가 사연적이고 필수불가결한 필요를 스스로 마련할 수 있겠습니까? 농부가 곡식을 재배하지 않고 제빵사가 일을 그만두고 슈퍼마켓이 문을 닫는다면, 어느 누가 빵을 만들 수 있겠습니까? 모든 수도관의 물이 마르면 그 누가 식수를 마련할 수 있겠습니까? 그런데도 많은 사람이 타인에게 의존적이라는 것을 알아채지 못한 듯 보입니다.

사람들은 자신을 독립적인 개인으로 간주하며 아주 행복한 듯 지냅니다. 그러나 현실은 완벽히 나 혼자 살 수는 없지 않을까요? 수많은 타인의 도움이 없으면 혼자서 살아갈 수 없습니다. 우리가 살고 있고, 바람과 추위와 비를 막아주고, 사람들과 관계를 맺는 집을 짓는 데 얼마나 많은 사람이 필요한지 자문해봐도 알 수 있습니다.

상호 의존성을 깨닫게 되면 불안을 초래할 수 있습니다. 그렇지만 이때의 불안은 우리를 겸손하고 감사하게 만들며 서로를 다른 눈으로 바라볼 수 있도록 해줍니다. 이 세상에는 품에 안겨서 젖을 먹을 수 있는 어머니의 가슴도, 우리를 꼭 잡아주는 아버지의 손도 없습니다. 세상을 마주하는 방법을 확실히 알 수도 없습니다. 그러나 서로에게 서로가 있습니다. 서로의 손은 그리 크지 않을 겁니다. 그렇지만 단단히 붙잡고 굳건히 설 수 있도록 힘을 주고받고 도와주기에는 충분히 큽니다. 심지어 인생이 행복하다고 말할 수 있을 만큼.

영화 〈바닐라 스카이〉2001의 첫 장면은 민감한 부분을 건드립니다. 주인공의 꿈으로 시작하죠. 주인공이 아침에 일어나 문을 나서 일터로 가는데 거리에 아무도 없는 것을 발견합니다. 그는 자동차를 타고 돌아다니며 주변을 둘러보지만 아무도 볼 수 없습니다. 보통 때라면 사람들로 가득 찼을 뉴욕의 거리와 보행자 도로가 텅 비었습니다. 그는 텅 빈 도시를 즐기는 기쁨 대신 공포에 빠집니다. 그의 꿈은 악몽이었습니다. 끔찍한 짐승이나 유령이 나타나서가 아니라 사람이 없었기 때문입니다.

이 악몽은 우리가 아주 쉽게 잊고 지내는 것을 지적해 줍니다. 우리를 안심시켜주는 것은 다른 사람들이 존재한다는 사실입니다.

쾌락주의적 미적분학

쾌락의 세 가지 분류 이외에 에피쿠로스 사상은 선택의 수단을 추가로 제공합니다. 우리는 그의 세계관으로부터 출발해 인간관을 거쳐 윤리관에 도달했고, 욕망은 행위의 기준이 되어야 한다고 단정했습니다. 그래서 즐거움은 무엇을 하고 안 하는 이유이기도 합니다. 표면적으로는 불안과 고통을 일으키는 모든 것을 삼가해야 한다는 것으로 보입니다.

에피쿠로스에 따르면, 욕망과 불안이 우리의 행위의 목적인 한 모든 욕망은 선한 것이고 모든 불안은 악한 겁니다. 그렇지만 불안 자체를 위해서가 아니라 욕망을 위해 불안을 선택하는 것도 충분히 생각해볼 수 있습니다. 욕망에 봉사하는 불안은 일반적으로 선한 것이라고 말할 수 있습니다. 사춘기에 몇 시간 동안 기타줄을 고통스럽게 손가락으로 튕기는 것은 미래에 놓인 욕망을 위한 신호입니다. 즉, 기타를 잘 연주하고 직접 음악을 만들기 위해서입니다. 맥주를 마시면서 음식 맛을 보는 친구들 곁에서 몇 달간 운동하면서 식단 조절을 하는 것은 마라톤 완주라는 높은 목표가 있는 한 할 만합니다. 학생들의 경우도 마찬가지입니다. 그들은 모든 것을 배워야만 하냐고 엄청나게 불평할 수 있습니다. 공부를 포기하거나 테라스에 앉아 놀기로 결정할 수도 있을 겁니다. 그렇지만 대부분의 학생은 그렇게 하지 않습니다. 졸업을 하고, 학위를 취득하고, 취직을 하며, 지식을 습득하는 등 공부를 통해 더 현명해지고, 더 나은 사람이 되려 합니다. 공부라는 힘든 일은 큰 맥락에서 일어나는 좋은 취지의 경험이기 때문입니다.

모든 사람은 뒤늦게 기쁨이 일어날 가능성을 이미 알고 있습니다. 단기적 즐거움은 장기적으로 안정되지 않거나 더 큰 불안을 가져다줄 것이라고 판단하기 때문입니다. 장기적인 즐거움이 연애라면 하룻밤 외도 같은 단기적 즐거움보다 중압감이 높습니다. 얼빠진 쾌락주의자는 즐거움이라는 명목으로 사실상 덧없는 쾌락 추구를 의무라고 생각할 겁니다. 그렇지 않으면 자신만의 쾌락 원칙을 어기게 되기 때문입니다. 하지만 에피쿠로스주의자들은 그와는 반대로 즐거움을 만나게 되면 일렬로 세워봅니다. 매일같이 욕망과 고통, 단기적 즐거움과 장기적 즐거움을 두고 저울질하는 연습을 합니다. 현명한 욕망 저울질 결과를 가지고 모든 욕망을 추구하지 않으며 또한 모든 고통을 피하지도 않습니다. 이러한 욕망 저울질을 '쾌락주의적 미적분학'이라고 합니다.

이 쾌락주의적 미적분학은 몸이라는 것이 질 낮은 쾌감의 속성을 가졌다는 것을 제외하고, 무엇이 필요한지와 필요하지 않은지를 알려주는 좋은 지표로 유용합니다. 몸은 멈춤을 모릅니다. 몸은 존재를 보여주는 분명한 외형적 형태입니다. 생각으로는 모든 시간 속으로, 미래로, 과거로 돌아다닐 수 있습니다. 하지만 몸은 오직 현재에만 있을 수 있습니다. 그래서 몸은 지혜를 단계적으로 습득합니다. 몸은 다음 날에 대한 지식이 없기 때문입니다. 몸은 지금 여기에 현재 상태로 존재하지만, 지혜는 잘 알고 있습니다.

우리의 몸은 쾌락과 금욕의 신호를 보내는데, 찾거나 피하려할 때 막막해집니다. 맥주 두 잔을 마시면 자신에게 "집으로 가서 차 한 잔을 마셔. 내일 아침에 일찍 일어나야 해. 중요한 날이야. 너는 정신 차려야 해"라고 말할 수 있는 이성이 필요합니다.

일반적으로 몸은 일종의 내장된 경계를 가지고 있습니

다. 거의 모든 형태의 신체적 쾌락이 대가를 치르기 때문입니다. 음주를 많이 하면 다음날 숙취로 고생합니다. 운동에 도취되어 너무 오랫동안 계속하면 근육통과 피로로 고생합니다. 우리가 잘 숙고한다면 정신과 육체, 이성과 감정은 인생에서 가장 훌륭한 선인 행복을 찾고 보관하는 데 서로 친구가 됩니다.

에피쿠로스는 이성주의자입니다. 모든 것은 즐거움을 위한 겁니다. 그렇지만 우리가 태양과의 적당한 거리를 유지하는 데 이성을 사용하지 않으면 몸은 타 없어질 겁니다. 쾌락이란 더도 덜도 아닌 '몸이 고통을 느끼지 않는 상태'에 불과합니다. 영원히 술에 취하려고 하는 대신 맑은 정신으로 깊이 생각해야 합니다. 에피쿠로스는 맑은 정신으로 깊이 사유하는 것을 "한편으로는 모든 선택과 기피의 근본을 탐구하는 것이고, 다른 한편으로는 큰 불안이 우리의 마음을 사로잡고 있다는 근거 아래 근본 없는 소신을 제거하려는 것이다"라고 했습니다.[9]

네 단계 치료법

에피쿠로스는 "불행은 두려움이나 허영, 그리고 절제가 없는 욕망으로부터 나온다"고 말했습니다. 두려움과 허영을 치료하기 위한 에피쿠로스의 정신의학은 '네 단계 치료법 Tetrapharmakos'이라고 불립니다. 네 가지 처방약은 다음과 같습니다.

첫째, 신을 두려워하지 마라. 신은 아무것도 하지 않는다.
둘째, 죽음을 두려워하지 마라. 죽음은 우리에게 아무것도 아니다. (우리가 살아 있을 때 죽음은 여기에 없으며, 죽음이 찾아오면 우리는 이미 여기에 없기 때문이다.)
셋째, 기쁨은 쉽게 얻을 수 있다.
넷째, 고통은 쉽게 무시하거나 피할 수 있다. 고통이 지속되더라도 우리의 행복을 막을 수는 없다.

네 번째 처방약은 삼키기 어렵습니다. 에피쿠로스는 네 번째 처방약과 관련해 고통, 부족, 불안의 감정을 쾌락의 감정으로 보완할 수 있다고 말합니다. 우리가 얻을 수 있는 가장 높은 감정이자 가장 큰 힘은 정신적 만족입니다. 그것이 우리를 가장 독립적으로 만들어주기 때문입니다.

나에게서 모든 것을 앗아갈 수 있습니다. 그렇지만 생각과 기억은 나의 것입니다. 배가 고플지라도, 생각할 무언가를 언제나 가지고 있을 겁니다. 에피쿠로스에 따르면 정신적 기쁨은 심지어 큰 육체적 고통을 견디게도 합니다.

에피쿠로스가 임종을 앞두고 제자이자 친구였던 이도

메네우스에게 쓴 편지에서 그의 생각이 나타납니다. "세상을 떠나는 날이자 동시에 행복한 날에 편지를 쓴다네. 소변 볼 때 어려움, 이질은 아직도 있고 통증은 나아지지 않고 있다네. 하지만 나의 영혼에는 우리가 나누었던 훌륭한 대화에 대한 행복한 기억이 남아 있다네."[10]

감명 깊은 처세술입니다. 역경 속에서도 받은 은총의 수를 세어본다는 것은 놀라운 일입니다. 에피쿠로스가 치매에 걸렸을지도 모른다고 생각해서는 안 됩니다.

이 '네 가지 처방약'을 갖춘다면 더는 두려워할 것이 없습니다. 우리가 평온하고 만족스러운 상태를 유지하는 한, 가진 것을 즐길 수 있습니다. 에피쿠로스는 「메노이케우스에게 보내는 편지」를 이렇게 마칩니다. "모든 것과 모든 것에 관련된 가르침을 너 혼자뿐 아니라 영혼의 동반자들과 밤낮으로 깊게 생각하라. 그러면 결코 흔들리지 않을 것이며 인간들 사이에서 신으로 살아갈 것이다. 인간으로서 불멸의 축복 한가운데 사는 사람은 절대로 유한한 생명과 같을 수 없기 때문이다."

니체와 에피쿠로스

에피쿠로스의 책을 읽다 보면 그는 모든 상황에서 어떠한 형태의 고통이든지 물리칠 수 있다는 인상을 받습니다. 그는 모든 고통의 반대편에 쾌락을, 모든 슬픔의 반대편에는 유쾌한 생각을 가져다놓습니다. 이러한 이유로 그는 어러 사람, 그중 19세기 철학자 프리드리히 니체와 같은 사람으로부터 비판을 받았습니다.

에피쿠로스의 행복관에 이의를 제기한다면 다른 세계관과 인간관을 가졌다는 뜻입니다. 니체는 이 점을 분명히 했습니다. 니체의 비판에 대해 깊이 알아보지 않더라도 니체는 권력과 성장, 팽창으로 이루어진 행복의 형태를 믿었다고 말할 수 있습니다. '영점 기준선'보다 '상승과 하락'이라는 용어로 생각했습니다. 니체의 세계에서 살아있는 모든 것은 힘이 있고 크고 강하고 많은 것을 추구합니다. 그 세계에 산다면 우리도 마찬가지여야 할 겁니다. 우리는 행복의 증폭을 경험할 겁니다. 에피쿠로스 곁에 체스의 말을 놓듯 작은 행복을 추구하는 사람을 세워놓으면, 두 사람이 아닌 두 세계가 상충하고 있음을 파악하게 될 겁니다. 니체의 눈에 에피쿠로스 신봉자는 더 타오를 수 있음에도 꺼질 것 같은 작은 불꽃입니다. 니체는 그 불꽃이 화염이 되기를, 화산처럼 폭발하기를 바랄 겁니다.

니체에 따르면 인생은 고통이 함께합니다. 고난을 회피하려고 자신의 길에서 벗어난다면 성장할 수 없습니다. 세차게 몰아치는 폭풍 없이는 뿌리를 깊이 내리지 못하고 한숨 같은 바람에도 넘어집니다. 대부분의 사람이 안락한 것만 바라고 큰 어려움을 피하려 할 겁니다. 그들은 안정감이라는 종교의 신봉자일 겁니다. 불행한 사람을 보면, 동정에 휩싸여 적극적으로 두 팔 벌려 안아줄 겁니다. 모든 슬픔은 그저 그런 잡담으로 여겨지며 불행한 사람의 두려움은 가볍게 되어 버리고 맙니다.

동정은 크게 성장하려는 사람에게는 모욕적인 것이며 위험한 겁니다. 그러니 이러한 행복이라는 미니어처 도시에서 벗어나십시오. 고통과 불행은 동정하는 사람이 알 수 없는 깊은 상처가 있습니다. 니체는 '불행의 개인적 불가피성'을 이야기했습니다. 자신의 고난을 벗어던지고 싶겠지만, 고난을 뚫고 지나가는 것이 훨씬 중요합니다. 어쩌면 우리에게는 고난이 행복만큼 필요합니다. 니체는 말합니다. "아, 당신은 안정되고 온화한 사람인데 어찌 인간의 행복에 대하여 많은 것을 알겠는가! 행복과 불행은 쌍둥이이기 때문이다. 그들은 함께 성장하기도 하지만 당신처럼 함께 왜소하게 남기도 한다!"[11]

하나를 바르게 돌보지 않으면 다른 하나도 바르게 돌보지 못합니다. 내가 우연한 일로 고통에 처해 병들고 쇠약해진 어린아이라면 미숙한 상태로 남아 있게 됩니다. 다른 아이는 나보다 더 많은 사랑을 받아야겠지만 마찬가지로 쇠약해지게 됩니다. 니체는 "둘 다 양육하라. 두 아이 모두 풍부한 관심으로 키워라. 그렇지 않으면 당신은 비루하고 왜소한, 죽어가는 절름발이로 평생을 지낼 것"이라고 충고합니다. 그리고 "당신을 둘러싼 세상으로부터 배우라. 하늘의 수많은 별을 바라보라. 밤이 없으면 별도 없다. 가장 강한 빛은 주변의 깊은 어둠 덕분에 밝게 빛날 수 있다"고 말할 겁니다.

니체는 깊은 계곡을 만나면 내려가라고 외칩니다. 당신이 누군지 아는 데 도움이 된다면 직접 계곡을 찾으라고 외칩니다. 니체주의자는 정말 피할 수 없는 고통이라면 즉시 대항하고 몰아내고 보완하기를 원하기 때문에 이런 점에서 쾌락주의자와의 마찰을 피할 수 없습니다. 에피쿠로스주의자에 따르면 고통은 미래의 기쁨을 위해 있지 않으면, 그 자체가 악한 겁니다. 그런데 우리가 그것을 어떻게 미리 알 수 있겠습니까? 고난의 한가운데 있는 순간에 그 고난을 모를 수 있고, 그러한 고난이 무엇인가에는 좋을 수도 있었을 거라는 것을 알기는 너무 어렵지 않을까요? 이것에 대한 답은 아직도 더 밝혀져야 합니다. '쾌락주의적 미적분학'은 쾌락을 합산할 때 고통을 좀 더 나은 곳에 두려는 시도입니다. 그렇지만 피할 수 없이 만나는 고통을 그러한 이성적이고 조절이 가능한 방법에 적용하기가 언제나 쉽지는 않을 겁니다. 그러한 경우에는 불행도 존재할 권리가 있다고 인정하는 수밖에 없을 겁니다. 불행은 행복의 노예가 아니라 충분한 자격이 있는 행복의 형제자매로 존재합니다.

무질서한 바깥세상

에피쿠로스에게 바깥세상은 정돈되지 않은 무질서하고 위험한 곳이었습니다. 그래서 그는 인간은 측정할 수 없는 일정량의 행복을 찾기 위해서 스스로 소우주 즉, 삶을 보호할 수 있는 장소를 창조해야 한다고 결론을 내렸습니다.에피쿠로스는 자연의 법칙에 순응하며 세속과 담을 쌓는 은둔자의 삶을 추구함 두려워하지 않기 위해 안전하다고 인식해야 합니다. 이 말은 에피쿠로스의 세계에서 벽이 필요하다는 뜻입니다. 우리를 보호해줄 수 있는 벽입니다. 거대한 바깥세상과는 가능한 관계를 적게 갖는 게 좋습니다. 우리는 실제로 세 개의 원 안에서 살고 있습니다. 첫 번째 작은 원은 친구들 세상입니다. 두 번째 원은 공동체 세상인 사회가 있습니다. 우리가 사회에서 만나는 사람들이 모두 친구는 아닙니다. 그렇지만 서로 해를 끼치지 않겠다고 합의합니다. 그것을 정의라고 하며 서로에게 악을 행하지 않겠다는 약속입니다. 그 밖에 거대하고 사악한 세 번째 원에 있는 모든 것과 사람은 적이므로 접근할 수 없게 멀리해야 합니다.

우리가 세상을 크게 만들수록 통제할 수 없습니다. 더 큰 전체, 나라, 세계와 얽히는 것은 불안과 무력감을 부릅니다. 너무 많은 사람, 너무 많은 이해관계, 너무 많은 문제, 불분명한 원인과 씨름하게 됩니다. 마음의 평안은 사라져버립니다. 에피쿠로스는 우호적인 무정부주의자들처럼 은밀하게 살 것을 권합니다. 니체는 그 권고에 대해 동정심을 가졌을 겁니다. 그는 우리를 둘러싸고 있는 세상의 토로와 푸념에 영향을 받지 않으려면 우리와 현재 세상 사이에 최소한 이백 년 된 두꺼운 피부를 둘러야 한다고 생각했습니다.

그런데 그렇게 하는 것이 오늘날 가능할까요? 한 번이라도 가능한 적이 있었습니까? 그런 식으로 바깥세상을 회피하는 것이 현명했을까요? 우리 세상을 실제보다 더 작게 만들려고 한다면 순진한 생각입니다. 장기적 관점에서 보면 더 많은 불안을 가져다줌으로 현명하지 못합니다.

사람들은 일반적으로 장기계획을 잘 세우지 못하지만, 그래서 더욱 시도해볼 이유가 됩니다. 그 시도는 오늘날 (국경 없는 경제나 신문, 텔레비전, 인터넷, 좋지 않은 소식을 포함한 정보가 범람하는) 광대한 세상 속에 갇힌 우리의 두려움과 공포, 무력감에 대한 감정을 조절하려는 모험이기도 합니다.

또한 많은 사람이 오늘날에는 의도적으로 한정된 자신

만의 세계를 추구하는 인생에 대해 (비록 그런 인생이 정의에 대한 감정을 상하게 할지라도) 만족하려 하지 않습니다. 모든 인간은 평등하며 동등한 권리를 가져야 합니다. 네덜란드에 살든, 유럽에 살든 혹은 세계 어느 곳에 살든 중요한 문제가 아니어야 합니다.

이것은 중요한 문제입니다. 네덜란드 부모들은 많은 보살핌과 세심함으로 자녀를 보호하고 양육합니다. 하지만 부모들과 아이들은 자신이 입고 있는 저렴한 옷에 담긴 도덕적인 사악함을 인식하지 못합니다. 값싼 그 옷들은 같은 시각, 다른 세계 부모의 자녀들이 열악한 환경에서 겨우 허기만 면할 수 있는 돈을 받으며 만든 겁니다. 하지만 우리는 그 사실을 알고 싶어하지 않습니다. 잘 알고 있는 그것에 대해 생각하지 않고 일종의 안정상태에 도달합니다. 그러나 생각의 가장자리는 불안하고 만족스럽지 못합니다. 인생을 필요한 것 이상으로 불안하게 만들면 안됩니다. 또한 필요 이상으로 조용하게 만들어도 안 됩니다. 현실을 알아야 합니다. 우리의 인생이 먼 곳에 있는 다른 사람들의 인생과 철저하게 연결되어 있다는 것을 인정해야 합니다. 현명하게 인생을 즐겨야 하는 것이지 그저 단순히 행복만을 추구해서는 안됩니다.

우리는 에피쿠로스의 철학을 이해할 만큼 성숙했습니다. 하지만 우리가 그러한 사상과 얼마나 동떨어져 살고 있는지 현저하게 드러날까 봐 우려됩니다. 경제 상황의 악화로 인해 어쩔 수 없이 에피쿠로스 철학에 기댄다는 것은 의지를 거슬러 부유함에서 가난으로 옮겨간다는 것을 말합니다. 경기가 다시 좋아지면 에피쿠로스는 책장으로 들어가고 우리는 윤택함 속에 빠집니다. 에피쿠로스의 관점에서 보면 이런 상황은 혼란스러운 세상입니다. 에피쿠로스는 "자연적인 삶의 목적에 합당한 가난은 사실상 굉장한 부다. 만족을 모르는 부는 사실상 극심한 가난이다"[12]라고 말했습니다. 또한 그는 이렇게도 말했습니다. "충분한 것을 적다고 생각하는 사람에게는 아무것도 충분하지 않다."[13]

우리가 소비하고 난 후 시간이 남아야만 비로소 진정으로 행복하게 만드는 것이 무언가를 진지하게 생각한다는 것은 과도한 소비가 우리를 행복하게 한다는 사실을 여실히 보여주는 것이라고 할 수 있습니다. 그렇게 사는 사람들은 에피쿠로스의 철학을 적용한다고 해도 행복에 대한 관심이 변하지 않는 한 효과가 적습니다. 가진 것을 다 소진하고서 시간 때우기로 바람직한 삶에 대해 철학적으로 사색하는 것은 우리가 개선되었다는 신호라기보다는 우리의 형편이 얼마나 나빴는지를 보여주는 증거라고 말할 수 있습니다. 물론 철학적 사색은 어떤 의도로 시작되었든지 우리를 어떻게든 변화시킬 겁니다. 따라서 에피쿠로스는 어느 누구도 철학적 사색을 미루지 말라고 말했을 겁니다.

우정

당신은 생각을 잠시 접어두는 것이 가능하다고 생각할 수 있습니다. 문밖에 생각을 둘 수 있어 당신에게 상처를 주는 모든 것을 차단할 수 있을 거라고 믿을 수도 있습니다. 만약 당신이 이러한 선긋기 행동을 완고하게 할 수 있고 모든 일선에서 철수하는 행동을 온전하게 마친다면, 그 결과는 은둔자처럼 사는 삶일 가능성이 매우 높습니다. 의존과 약점을 회피하려고 애쓰는 것은 종종 다른 사람들을 회피하려고 할 때 일어납니다. 이것이 자족을 추구하기 위한 것이라면 받아들여질 수 있습니다. 혼자 해결할 수 있다면 굳이 다른 사람이 필요할까요? 순전히 자기만족적인 삶을 위한다면 혼자만으로 충분합니다.

하지만 에피쿠로스는 이러한 결론을 내리지 않습니다. 그에게 행복의 원은 하나이지만 큽니다. 그는 이 원 안에 친구를 위한 공간을 만듭니다. 그 공간은 하루 만에 뚝딱 만들어 아무나 데려다 놓는 곳이 아닙니다. 에피쿠로스에게 우정이란 인생에서 가장 높고 아름다운 것으로, 우정

없는 행복이란 있을 수 없습니다. 일종의 소속감으로 자족이라는 궁극의 목적을 연장하려는 의도로 보입니다.

당신은 다른 사람들이 우리에게 기쁨을 주는 한, 친구가 될 수 있을 거라고 생각할 겁니다. 그래서 친구가 짐이 되거나 더는 기쁨을 선사하지 않으면 우정은 땅속으로 꺼져버리는 겁니다. 그렇지만 에피쿠로스는 다르게 생각합니다. 그는 우정이 개인의 이익으로부터 맺어진다는 것을 인정합니다. 자신의 원칙에 충실한 순간부터 우정은 고유한 역동성을 발휘하고 그 전과 다른 것으로 발전합니다. 본능적으로 우정을 어떤 가치가 있는 것으로 여기며 자신을 위해 추구할 때, 우정이 우리를 변화시킵니다. 처음 가졌던 자기중심적인 원칙은 폭이 넓어지고 사회성을 띠면서 소속감을 느끼게 됩니다. 그러면서 개인의 이익은 분배되는 이익이 됩니다. 우정은 이렇게 원을 더 크고 완전하게 만들어서 우리가 좀 더 안정감을 갖고 덜 두렵게 해줍니다. 우리의 제한된 존재의 경계 안에 에피쿠로스가 말하는 '우정의 안정성'이라는 것이 있습니다.[14]

에피쿠로스가 말하는 '안정성'은 주목할 만합니다. 친구는 우리를 의존적으로 만들고 정신적으로 상처받게 할 수 있기 때문입니다. 하지만 에피쿠로스는 우리가 '우정을 위해' 위험을 감수할 준비가 되어 있다고 역설합니다.[15] 그는 친구가 있는 인생은 더 많은 행복을 가져온다고 확신했습니다. 친구는 필시 가장 중요한 존재인 겁니다. 우리가 세상 전체를 다 얻는다고 해도 친구가 없다면 무슨 소용이 있겠습니까?

에피쿠로스의 가장 아름다운 인용구는 이것이라고 생각합니다. "우정은 세상을 돌며 춤추고 우리 모두를 잠에서 깨어나라고, 우리 자신의 행복을 찬양하라고 외친다."[16]

우정이 가진 가장 극단적인 위험은 친구들이 죽을 수 있다는 겁니다. 에피쿠로스에 따르면 그것을 별개의 것으로 받아들여야 합니다. "타인으로부터 자신을 안전하게 지킬 능력을 가진 사람들은 가장 풍요한 신뢰를 유쾌하게 누리면서 서로 살아간다. 그들은 완벽한 소속감을 달성했을 것이다. 가장 먼저 죽는 사람의 죽음을 동정을 유발하는 것으로 간주하지 않는다."[17]

에피쿠로스는 언제나 악을 원 외부에 놓아둡니다. 그러한 노력은 이해할 만합니다. 우리는 당연히 우정, 연인관계, 가정, 가족은 안전하게 원 내부에 만들고 싶어할 겁니다. 그렇지만 가장 큰 악, 가장 혹독한 고통, 가장 깊은 슬픔은 원 내부에서 나오지 않을까요? 친한 친구가 배반하고 하루아침에 낯선 자가 되면 어떻겠습니까? 사랑하는 연인이 바람을 피운다면요? 에피쿠로스의 차단방법은 악을 최소화하는 데 다소 고지식한 면이 있습니다.

에피쿠로스에 따르면 기억은 확실함을 제공합니다. 에피쿠로스는 많은 젊은이가 우연에 기대고 있다고 보았습니다. 젊은이들은 무엇이든 생각하고 모든 것을 원합니다. "반면에 나이 든 사람들은 오래된 항구에 닻을 내린 것처럼, 그들이 과거에는 감히 희망하지 못한 좋은 것들을 고마운 기억 속에 확실하게 남겨둔다."[18]

에피쿠로스가 '고마운 기억'이라고 한 표현이 마음에 듭니다. 분명히 이 두 단어는 그와 함께했을 겁니다. "우리는 이미 일어난 일들은 되돌릴 수 없다는 사실을 인식하면서 잃어버린 것들에 대한 고마운 기억으로 개인적인 불행과 싸워야 한다."[19]

탐욕이 가득한 생각을 마주하며 고통과 슬픔에 저항하는 것은 힘들다고 느낍니다. 반면 우리가 잃어버린 것이나 누군가에 대해 감사하는 기억은 좋은 것이고 자연스러운 겁니다. 물론, 그 무엇을 혹은 누군가를 그 기억과 함께 돌려받을 수 없습니다. 에피쿠로스의 계산은 문자 그대로 상호 간 하나씩 선을 그어 지워가며 고통의 반대되는 것을 이용해 고통을 해체하려고 하는 것일까요? 아니면 여러 다른 것에 균형을 잡아주는 저울 같은 것으로 간주해야 할까요? 그러한 경우에도 고통은 존재합니다. 그렇지만 관심을 어느 정도 분산시킬 수는 있을 겁니다.

사람은 상처받기 쉽고 자기만족적이지 않습니다. 할 일

을 아주 열심히 시도하다가도 잘못되지는 않을까 하는 의문을 가집니다. 사람들은 에피쿠로스가 신처럼 살기를 추구했다고 비난합니다. 사람은 분명 신이 아닙니다. 나는 이 비판에 부분적으로 동의합니다. 그렇지만 남들이 어떻게 생각하든 자기만족적인 에피쿠로스주의자들에게 에피쿠로스는 여전히 친구로 남아 있습니다. 어쩔 수 없이 친구를 잃어도 살아가는 한 고마운 기억을 가지고 살아갈 겁니다. 그렇게 그는 결코 진정한 신적 존재가 될 수 없지만 어찌되었건 그는 우리의 생각 깊은 곳에 언제나 친구로 남아 있습니다.

혼자 있기보다 상처받는 존재가 되자. 나는 그렇게 에피쿠로스의 철학을 이해합니다. 나는 그의 책을 읽는 것을 좋아합니다. 시간이 부족한 사람들에게 그의 저서들이 파편처럼 남아 있는 것은 장점이기도 합니다. 나는 짧은 것을 좋아합니다. 좋은 문장은 경구처럼 읽힐 수 있고 당신이 흔들리거나 한동안 멍하니 앉아 있을 때 경종을 울릴 수도 있습니다. 좋은 문장은 사람마다 다를 수 있습니다. 그렇지만 그렇게 다르지도 않습니다.

신과 비에 대해

나는 신앙의 보살핌을 받으며 자랐습니다. 열여덟 살 이후로 하나님에 대한 믿음을 버리기 시작했습니다. 그렇지만 오늘날까지 하나님을 완전히 버리지는 못했습니다. 하나님을 믿어서가 아닙니다. 제 생각에 하나님은 존재하지 않습니다. 그렇지만 가끔 과거에 생각했던, 신으로 가득 찬 세상의 폐허에서 계속 넘어지고 있는 것 같습니다. 모두 제거했다고 생각했지만 생각보다 끈질기게 남아 있는 것 같습니다.

살면서 곤란한 일을 만나면 가끔 신의 섭리가 그 뒤에 있을 수도 있다는 생각을 떨칠 수 없습니다. 제 경험으로는 외출해야 할 때 항상 비가 내리기 시작합니다. 그럴 리는 없겠지요. 내가 외출해야 하기 때문일 겁니다. 이런 생각이 터무니없다고 생각하면서도 그런 생각이 듭니다. 나의 뒤에 있는 문을 당겨서 닫고 첫 번째 턱에 걸려 넘어질 때 화가 나 속으로(언제나 속으로는 아니지만) 하나님을 모욕합니다. 실제로 일어난 일과 아무 관련 없는 분노입니다. 죄 없는 소나기일 뿐입니다. 그러나 하나님의 창조물 가운데 죄 없는 소나기란 존재하지 않습니다. 이런 상황에 대한 노래도 있지만, 이렇게 반응하는 사람이 나만은 아니라는 걸 알고 있습니다.

왜 항상 비는 나에게만 내리는 걸까?
열일곱 살 때 거짓말을 했기 때문일까?
왜 항상 비는 나에게만 내리는 걸까?
태양이 빛날 때조차
난 번개를 피할 수 없네.[20]

이러한 어리석은 예는 내가 어떻게 역경에 대처하는지를 여실히 보여주는 것 같습니다. 비가 올 때 그렇게 자제하지 못한다면 언젠가 닥칠 더 큰 역경을 어떻게 이겨낼 수 있겠습니까? 제 믿음의 잔재들이 나의 분노, 두려움, 무력감을 불필요하게 흔들어 깨우고 키우는 것 같습니다. 나는 다락방, 신이 없는 세계에서 편안함을 느낍니다. 그곳에서는 '왜'라는, 그 지독한 질문을 할 필요가 없습니다. 그렇지만 다락방의 불을 켜더라도 그 질문을 계속 던지고 있으며 보이지 않는 적과 싸움을 계속하고 있습니다. 보이지 않는 적도 적이기 때문입니다.

나는 신이 없다는 생각에서 즉, 전지전능한 악과 고난의 창조자가 없다는 생각에서 악, 고난, 평정을 마주하는 누군가가 되려고 합니다.

"신은 없다." 아주 멋진 주문입니다. 모든 크고 작은 역경에서 유용합니다. 어떤 일들이 왜 우리에게 일어나는지 묻지 않는 것이 좋습니다. 자연은 인격적이지 않습니다.

우리와 아무런 관계가 없습니다. 우리와의 관계에서 무슨 일이 일어난다고 하더라도 모든 우연의 일치는 반드시 일어날 일이며 순전히 우연입니다. 의도된 바도 형벌도 보상도 아닙니다.

신은 없습니다. 신은 없습니다. 신은 없습니다. 얼마나 귀 기울여 들을 만한 기도입니까! 우연히 지나가는 사람이 들으면 놀라겠지만 에피쿠로스를 따르는 사람들은 잘 알고 있습니다.

무력감에 빠져 신을 잘 모르고 있다고 자책하는 경향이 있거나, 비참함 뒤에는 사적인 이유의 형벌 또는 초자연적 괴로움이 있을 거라며 찾아다니는 경향이 있다면 에피쿠로스적 무신론이 유용할 수 있습니다. 무신론적 주문(신은 없다!)을 고지식하게 지속적으로 반복한다면, 화살을 쏠 필요 없다는 것을 깨닫는 데 도움이 됩니다. 다시 말해 과녁이 없으니 화살은 필요 없습니다. 신이 없으니 분노도 없습니다. 생각은 세상만 변화시키는 것이 아닙니다. 생각은 감정을 드러나게 하며 또 다시 사라지게 합니다. 그렇지만 피곤하고 긴장하고 냉소적이고 우울할 때는 어떤 일이 일어날 필요가 있습니다. 언젠가는 쓰레기수거장으로 갈 다락방의 유물들이 지하실의 바닥을 뚫고 가라앉게 될 겁니다. 더 이상한 일이 있습니다. 내가 어느 순간, 존재하지 않는다고 알고 있는 신과 대화하고 있다는 사실입니다. 그런 일을 항상 그만두지 못한다는 겁니다.

나는 신이 없는 세상이 가장 그럴싸한 세상이라고 생각합니다. 더욱이 나는 인생의 쾌락을 위해 신이 없는 세상에서 사는 것이 필요합니다. 중요한 것은 내가 나의 세계관을 (신이 아니라) 에피쿠로스의 진흙으로 빚어간다는 겁니다.

결론

몇몇 철학자에게는 논쟁보다도 삶의 어떤 감정이 더 중요한 것처럼 보입니다. 나는 에피쿠로스의 책을 읽으면 어떤 기분에 빠집니다. 작은 기쁨에도 눈이 뜨입니다. 밖에는 얼어붙을 찬바람이 쌩쌩 불더라도 집 안의 가장 따듯한 온기를 더 의식합니다. 소파에 앉아 저녁을 미리 생각해봅니다. 시장을 한번 둘러보고 카페에 앉아 커피를 한 잔 마십니다. 이런 일이 언제나 만족스러워야 하기 때문이 아니라 가끔 생각하는 것보다 중요하기 때문입니다.

누구보다 자신의 삶을 낮추려고 노력했던 인상적인 인물 중 하나는 러시아 작가 이반 곤차로프1812~1891의 소설 『오블로모프』의 주인공 오블로모프입니다. 그는 자신을 낮추는 데 성공하지는 못했습니다. 자신의 일상 생활을 주로 침대에서 보냈으며, 그에게서 무엇을 얻어야만 하는 사람들을 피하거나 대지주로서 책임을 회피하려는 데 많은 시간을 사용했습니다. 그의 삶이 두려움을 줄이려는 시도였다고도 말할 수 있을지는 모릅니다. 오블로모프는 두려움에 떠는 자신을 감추는 행동 때문에 참사랑과 관계가 잘못되기도 했습니다. 그가 커다란 계획을 갖고 싶어 하지 않았고 계획의 실천을 분명히 원하지 않았기 때문에, 그는 심지어 살아야 하는 확실한 이유조차 잊을 위기에 빠졌습니다. 오블로모프를 쾌락주의자라고 불러야 할지는 잘 모르겠습니다. 아마 그는 자신의 환상의 세계에서, 꿈을 꾸는 망상 속에서, 주변에 있는 야심 가득한 사람들의 이상주의 안에서는 쾌락주의자였을지도 모릅니다. 그는 화려한 생활에 매달렸지만 두려움이 전혀 없지는 않았습니다. 에피쿠로스는 이성의 능력을 성스럽게 믿었습니다. 오블로모프의 생각하는 능력은 주로 그의 무능력을 나타냅니다. 그렇지만 그의 충격적인 이야기는 자신의 삶을 낮추려고 하려는 사람들뿐만 아니라 인생과 자신을 파괴하려는 경향이 있는 사람들에게는 교훈이 될 수 있습니다.

나의 야망과 인내심 부족이 자라날 때, 내가 자신과 주변에 있는 사람들을 잊으려 할 때 에피쿠로스 철학을 생각해보려고 노력합니다. 내가 그의 책을 읽으면서 행복을 느꼈을 때부터 다음과 같은 그의 말은 나의 구호가 되었습니다.

"우리는 한 번 태어났다. 두 번 태어나는 것은 불가능하다. 우리는 영원히 존재하지 못한다. 내일에 대해 확신하지 못하는 우리는 기쁨을 가져다주는 것을 뒤로 미룬다. 그러나 인생은 망설임 속에서 덧없이 흘러가고 우리 모두는 너무나 부족한 시간 속에 죽는다."[21]

벨 앤 세바스찬Belle and Sebastian은 이렇게 노래합니다.

> 내가 하나라도 완벽하게 할 수 있다면 행복할 거예요.
> 사람들이 내 묘비에 그 말을 새기고, 내 뼈를 흩뿌릴 때.
> 아무래도 나는 서성거리며 거기 있을 거예요.
> 가장 친한 친구 곁에.
> 그녀가 나를 원한다면요.[22]

나는 친구들과 카페 창가에 있는 탁자에 앉아 있습니다. 우리는 서로 오랫동안 만나지 못해 나눌 이야기가 많습니다. 시간이 흘러 저녁이 되면 대화라는 게 가끔 그렇게 진행되듯이 우리의 대화는 신으로 향합니다. 각자의 방법대로 우리에게는 신이 없고, 신은 우리에게서 떨어져 나갔으며, 심지어 전혀 존재할 수도 없었던 존재라는 데 동의합니다. 우리는 잠시 침묵하고 건너편 집들의 지붕 위 어두운 하늘을 창 너머로 바라봅니다. 그런 다음 자신을 바라봅니다. 서로를 바라봅니다. 어느 순간 한 명이 말합니다. "도대체 무신론자는 감사하는 마음을 가지고 어디로 가야 하지?"

우리는 서로 바라봅니다. 서로 다시 한 번 바라봅니다. 웃기 시작합니다.

스토아학파는 에피쿠로스와 동시대인 기원전 301년 키티온의 제논(Zenon)이 창시한 그리스의 철학의 한 학파. 인간은 이성적 '절제'를 통해서만 진정한 행복에 도달할 수 있다는 것이 스토아학파의 핵심 사상이다. 현실에서 행복을 추구하기 위한 개인의 지혜와 윤리적 삶을 중요하게 여겼으며, 이를 위해서 '자연(이성)과 일치된 삶'을 추구했다. 로마 황제 네로의 스승 세네카, 노예 출신 철학자 에픽테토스, 로마 황제 마르쿠스 아우렐리우스 등이 스토아학파의 대표 철학자이다.

LESSON 02

Stoicism

스토아학파와 함께 생각하기

" 자연의 질서에 따라 살라"

삶의 행복은 마음의 평정에서 온다.
그 평온함은 욕심을 채우는 것이 아니라
욕심을 버리는 데서 찾을 수 있다.
네가 원하는 것을 얻으려 하지 말고, 이미 얻은 것을 원하라.
- Stoicism, Zenon(기원전 336~262)

에피쿠로스학파의 세계에서 일어나는 일들은 터무니없는 우연일 수 있습니다. 그러나 스토아학파에게 그런 일은 불가능합니다. 그 세계에 우연이란 존재하지 않습니다. 발생하는 모든 일은 원인과 함께 일어납니다. 좀 더 정확히 말하면 이성에 의해 일어납니다. 에피쿠로스학파가 어려움에 직면하면 자신을 위로하듯 이렇게 말할 겁니다. "달리 방법이 없어." 반면 스토아학파라면 이미 일어난 비극에 대해 "그럴만한 이유가 있을 거야"라고 반응했을 겁니다.

반응이 매우 추상적으로 보이는데 우연보다는 필연에 대해 생각을 하는 것 같습니다. 이러한 우리의 추상적인 표현 안에는 깊이 뿌리박힌 세계관이 숨어 있습니다. 예를 들면, 나와 내가 사랑하는 사람은 서로 만날 수밖에 없었을까요? 혹은 우리가 서로 지나다 마주친 것도 순전히 우연일까요? 많은 연인에게 이 마지막 질문은 수긍하기 힘든 가벼운 생각입니다. 스토아학파의 세계는 다른 세계라고 말하는 것이 옳습니다. 이탈리아의 작가 루치아노 데 크레센초1928~가 결혼에 대해 자문하며 언급한 것에서 알 수 있듯이 정말 다릅니다. "결혼 당사자들이 결혼하기 전에 별자리를 눈여겨보는 대신에 미래의 동반자가 금욕주의 혹은 쾌락주의 중 어느 쪽에 가까운지 알아보는 것도 나쁜 생각이 아닐 것이다."[1] 한 집에서 한 베개를 베고 자는데 생각이 다르다면 두 사람 사이에는 분명 엄청난 이견이 발생할 것입니다.

이제 금욕주의자stoïcijns라는 단어를 마주하게 되었습니다. 존 윌리엄스의 소설 『스토너』에는 이렇게 쓰여 있습니다. "전쟁의 세월이 수막처럼 서로 달라붙는다. 스토너는 그 세월을 마치 엄청나고 도저히 당해낼 수 없는 폭풍을 만난 것처럼 받아들인다. 고개를 떨구고, 외투 단추를 채우고 난 다음 한 걸음, 한 걸음, 한 걸음에 생각을 집중하면서."[2] 주인공 스토너의 이 행동은 '금욕적 인내력'이라고 불릴 것입니다.

대부분의 사람에게 '금욕적이다'라는 말은 칭찬이 아닙니다. 그럼에도 이 단어는 존경받을 만한 오랜 철학적 전통에서 유래했으며 적지 않은 사람들 사이에서 금욕적인 원칙에 따라 살고자 하는 노력이 있었습니다. '무관심한',

'냉담한'이란 단어가 부정적으로 들리지만 '무관심apathie' 혹은 '아파테이아apatheia, 정념을 초월한 상태'는 금욕주의자로서 살아가기 위한 이상적인 상태입니다. 심지어 금욕주의자들은 이것을 행복이라고 이해했습니다.

'금욕주의적' 혹은 '냉담한'이란 단어들은 세월이 흐름에 따라 의미상 변화를 겪습니다. '냉담함'이란 단어가 ('소극적 혹은 느끼지 못함, 느낌이 없다'는 뜻 이외에) 오늘날 전혀 이상적인 상황이 아닌 것처럼 보이는 것은 우리에게 무언가를 말해줍니다. 감정이란 좋은 겁니다. 감정은 공개적으로 나타나야 합니다. 누군가 그렇게 하지 않으면, 우리는 불신하려고 합니다.

금욕주의적 가르침이 세월의 변화와 함께하지 않았다고 이야기할 수 있습니다. 반대의 경우도 있을 수 있습니다. 오늘날 금욕주의적 이해를 원하지 않는다면 약간의 금욕주의를 이용할 수도 있습니다. 어쨌든 이 금욕주의적 이해는 오랜 기간 명성을 얻지는 못했습니다. 이제 상당한 오해를 바로잡을 시간이 되었습니다. 어느 날 사실은 자신이 금욕주의자라는 것을 발견하게 될지 누가 알겠습니까. 혹은 금욕주의자는 아니지만 금욕주의자가 되길 원할지도 모릅니다. 금욕주의적인 여러 가지 생각은 그렇게 이상한 것이 아닙니다. 그것으로부터 우리가 행복하게 될 것이라는 생각도 배제되지 않았습니다.

세계관

우리는 스토아 철학의 가르침이라고 불리는 스토아학파와 함께 다른 세계에 들어왔습니다. 에피쿠로스와 그의 추종자들의 세계와는 다릅니다. 첫 번째 스토아학파는 에피쿠로스와 거의 동시대인 기원전 301년 키티온의 제논기원전 336~262이 세웠습니다. '스토아'라는 단어는 기둥이 늘어선 복도를 뜻하며 스토아학파 사람들이 만났던 장소를 가리킵니다. 에피쿠로스학파를 '정원에 있는 사람들'이라고 부르듯 스토아학파는 '주랑의 사람들'이라 불렸습니다. 그들이 인간관을 자신들의 주변 즉, 지나다가 부딪힐 수 있는 단단한 화강암 기둥에 맞추어 변경했을 거라고 생각하기 쉬울 수 있습니다.

스토아학파에 따르면 세상은 합리적입니다. 일어나는 모든 일은 합리적인 법칙에 따라 발생하며 그것을 '자연법칙'이라고 부릅니다. 자연은 합리성에 의해 서로 연결되어 있습니다. 모든 것은 원인과 결과라는 필수불가결한 연결고리 안에서 한 장소를 형성하고 있습니다. 따라서 우연을 위한 장소는 없습니다. 혼란은 극복되었고, 그래서 우주 안에서 확고한 형태를 가지게 되었습니다. 그런데도 우연이라는 단어를 사용한다면, 우리가 사물의 필연적인 연결에 대한 지식을 부족하게 가지고 있다는 것밖에 더 의미는 없습니다. 우리의 눈에 어떤 우연적인 것이 나타날 수 있지만, 그것은 제한된 시선, 현재를 가져온 원인과 결과의 순서에 대한 부족한 지식에서 비롯됩니다. 우연이란 무지의 다른 말입니다.

세상은 두 개의 원칙으로 이루어져 있습니다. 수동적인 원칙과 능동적인 원칙입니다. 수동적인 원칙을 물질이라고 부를 수 있습니다. 세상의 모든 것은 물질로 구성되어 있습니다. 그러나 같은 모양은 아닙니다. 세상은 무정형의 진흙덩어리가 아니고 엄청나게 다양한 형태를 갖습니다. 능동적 원칙은 물질에 형태를 주는 겁니다. 능동적 원칙은 진흙을 세상이라고 부르는 삶의 다양한 형태로 빚어냅니다.

빚어진다는 것이 누가 빚는 일을 한다는 것을 의미하지는 않습니다. 우리가 가진 기독교적 유산 때문에 그렇게 쉽게 생각합니다. 능동과 빚어감의 원칙을 스토아학파는 자연 법칙이라고 부릅니다. 자연은 그들에게 내적인 원칙입니다. 다시 말하면 세상에서 작동하는 것입니다. 외부로부터 오는 창조자 신의 커다란 손이 반죽하는 것이 아닙니다. 스토아학파가 자연 대신에 신이라는 단어를 사용하는 것은, 기독교적으로 형성된 우리의 머릿속에 혼란을 야기하기 때문에 곤란한 문제입니다.

신이라는 말을 듣게 되면 우리는 즉시 전지전능한 존재

를 대기권 밖으로 발사합니다. 우리에게 신적인 것은 초월적 개념이며 지상의 것을 초월하고 세상 밖으로 나갑니다. 그런데 스토아학파의 신에 대한 이해는 이와 반대로 내재적입니다. 그것은 세상의 일부 구성요소로 우리 스스로에게 가르쳐야 하는 다른 생각의 방법입니다. 스피노자에서도 내재하는 신에 대한 이해를 만납니다. 에피쿠로스의 신들은 천국의 세계에서 떠돌아다니지 않습니다. 오컴의 면도날Ockhams scheermes, 어떤 사실 또는 현상에 대한 설명들 가운데 논리적으로 가장 단순한 것이 진실일 가능성이 높다는 원칙을 손에 쥐고 지구 밖의 과도하게 많은 모든 존재의 목청을 단호하게 베어내는 일입니다.

자연은 영속성 속에서 모든 것이며 모든 것을 인도합니다. 그 영속성은 그저 어딘가로 인도하는 게 아닙니다. 자연은 참된 것이어서 더는 좋아질 수도 없고 완전하게 합리적입니다. 그래서 스토아학파는 자연을 신·로고스·이성과 동일시했습니다. 스토아학파의 세계에서는 자연, 신, 이성, 로고스 혹은 능동적 원칙에 관한 것이면 모든 것이 어느 정도 같은 겁니다. 신에 대해 이야기하면 모든 것을 다스리는 어떤 것(비록 우리가 그것으로부터 존재를 만들지만)을 말하지 않습니까? 자연은 우리에게 결코 임의적이지 않습니다. 내가 돌을 99번을 떨어뜨리면 100번째에도 떨어뜨릴 것이 뻔합니다. 우리가 이 순간에 모두 살아 있다면 죽음이 자신만은 예외를 둘 거라고 확신을 하는 사람은 아무도 없을 겁니다. 자연에 대해 무엇을 생각하더라도 자연을 믿을 수 있다고 생각합니다.

세상은 합리적입니다. 합리적 원칙은 모든 것에서 통용되기 때문에 모든 것은 하나입니다. 모든 것은 모든 것과 서로 연관되어 있습니다. 세상은 엄청나게 크고 복잡하게 직조된 카펫입니다. 그 카펫은 한 코도 빠지지 않았고 모든 연결이 일정한 장소를 차지합니다. 발생하는 모든 것은 그 전에 일어난 것의 결과이고 그 다음에 일어날 것을 위한 원인을 제공하고 있습니다. 모든 것은 모든 것에 영향을 줍니다. 이러한 영향은 인과관계를 나타내며 필연적인 겁니다. 이러한 모든 것과 모든 것의 연결을 스토아 철학자들은 '심파테이아sympatheia, 공감'라고 합니다.

인간관

모든 것은 하나이므로 모든 것은 모든 것과 연결되어 있습니다. 모든 것 속에는 합리적인 원칙이 작용하고 있습니다. 이 원칙은 사람에게도 적용될 겁니다. 우리는 우리가 살고 있는 세상의 일부입니다. 우리는 세상 속에서 뗄 수 없는 연결고리입니다. 따라서 우리에게는 우연이 없습니다. “그냥 무엇을 하는 거야”라는 말도 있을 수 없습니다. 자연이 모든 것을 규정짓습니다. 그래서 우리도 대상입니다. 인간은 중력으로 인해 계절이 바뀌면 숲에서 떨어지는 나뭇잎 같은 자연현상이라고 말할 수 있습니다. 그렇지만 인간은 세상의 다른 것들과 비교할 때 특별합니다. 인간은 심지어 가장 완벽한 자연현상이기도 합니다.

이성을 빛, 불, 적당한 밝기, 적당한 에너지와 비교해 보십시오. 물질은 그것들로 인해 생명으로 탄생합니다. 물질은 생기를 통해 영혼을 얻고 그 순간부터 모든 것은 규칙대로 이루어져야 하고 다른 방법은 있을 수 없습니다. 필연적 세상사는 상당한 공포심을 불어넣는 것처럼 보입니다. 우리는 에피쿠로스학파의 세계관에서 혼동과 주체할 수 없는 무분별함을 두려워합니다. 스토아학파 세계관의 완고한 필연성은 우리를 괴롭히고 우리의 목을 죄기도 합니다. 이 세상의 모든 것이 고정되어 있다면, 우리가 분리될 수 없는 세상의 일부를 구성한다면, 이는 단 하나만 의미할 수 있습니다. 즉, 우리가 고정되어 있습니까? 우리가 자유롭지 못합니까?라는 질문을 던질 수 있습니다.

이에 대한 간단한 대답은 다음과 같을 겁니다. “그렇습니다. 우리는 자유롭지 못합니다. 그건 우리가 자유롭다고 생각하는 방식이 아닙니다.” 그렇다고 이 대답이 인간에게 자유가 불가능하다는 것을 말하는 것은 아닙니다.

자유를 어떻게 이해하느냐에 달려 있습니다. 달리 표현하면, 자유에 대한 잘못된 견해를 갖는 것은 비자유의 한 형태입니다.

우리가 이 이성적 에너지의 한 부분을 구성한다는 것은 많은 가능성을 내포하고 있습니다. 나는 다르게 말할 수 없습니다. 이성이 모든 것에 있고 모든 것이 이성 안에 있다면 우리 역시 이성 안에 있고 이성도 우리 안에 있습니다. 그렇지 않으면 두개골 아래 있는 회색 뇌가 무엇을 위해 존재한다고 생각합니까? 뇌에 불이 켜지고 자신에게 세상과 세상사에 대한 빛을 밝혀주며 '왜'와 '어떻게'에 대한 이해를 할 수 있게 될 겁니다. 우리를 둘러싸고 있는 전체적인 현실은 이성으로 서로에게 연결되어 있습니다. 그것이 자유롭고 행복한 삶의 입구입니다. 그 이성으로부터 무언가를 얻어낼 능력이 있기 때문입니다. 세상이 하나의 커다란 혼돈체이기만 하다면 우리가 생각할 것은 도망치는 것 이외에 아무것도 없었을 겁니다. 그렇지만 이성이 다스리고 있기 때문에 세상을 이해할 수 있습니다. 우리의 내부 세계와 외부세계 사이에는 조화가 가능합니다.

여기에서 우리는 금욕주의적 행복에 대한 가르침의 핵심 가까이에 도달했습니다. 행복은 이성적이며 합리적인 것이며 이해하는 데 있습니다. 이 이해는 아주 특별한 겁니다. 필연을 이해하는 것과 관련 있습니다. 반대로 이렇게 말할 수 있습니다. "필연을 이해하지 못하는 것은 정확하지 않은 지식이나 지식의 부족에서 오며 불행, 고통, 자유가 없는 상태를 의미한다." 바람직한 삶은 이 세상의 합리성을 이성적으로 이해함으로써, 그 합리성을 따르면 얻을 수 있는 겁니다. 이 합리성은 모든 것에 작용하고 있으므로 외부세계에서 일어나는 일뿐만 아니라 스스로 탐구를 통해도 만날 수 있습니다.

우리는 세상의 일부입니다. 그래서 자신을 돌아보며 생각, 감정, 기쁨, 갈망, 두려움, 슬픔에 대해 숙고함으로써 세상을 배울 수 있습니다. 우리가 계속 이성적 이해에 맞게 삶을 바라본다면 세상과 조화를 이루며 살 겁니다. 그렇게 성공을 거둔다면 자유로워질 겁니다.

또 한 가지 가능성이 있습니다. 만약 결정론이 세상을 지배한다면, 혹은 결정론을 우리의 이해력으로 간파할 수 있다면, 결정론은 왜 행복으로 안내할까요? 필연에 대한 이해는 무엇인가 다른 것들, 즉 싫어함, 역겨움, 증오로 안내할 수도 있지 않겠습니까? 왜 운명은 잔인한 숙명이 될 수는 없을까요?

여기에 우리가 스토아적 전환이라고 말할 수 있는 것이 있습니다. 앞서 말한 바와 같이 스토아학파의 철학자들에 따르면 필연은 피할 수 없고, 되돌릴 수 없을 뿐만 아니라 좋은 것이라고 했습니다. 그들에게 필연은 좋은 필연입니다. 우리가 부분을 이루고 있는 우주는 잘 정돈된 총체입니다. 합리적인 질서는 좋은 질서입니다. "잘 지내?"라는 질문에 그들은 "좋아"라는 대답 대신에 "모든 것이 좋아"라고 대답할 수 있습니다. 우리 인간은 모두 체인에 묶여 있습니다. 우리는 개처럼 짖을 수도 있고 원하는 것을 달라고 끙끙댈 수도 있으나 벗어날 수가 없습니다. 이것이 잘못일까요? 그렇지 않습니다. 그것은 나쁜 것이 아닙니다. 좋은 겁니다. 그 모습 그대로 거기에 있기 때문에 좋은 겁니다. 그렇기 때문이고 그래야 합니다.

한 가지 분명하게 하고 싶습니다. 스토아학파의 철학자들이 본성이 좋다고 말한다면 그것은 개인적인 가치평가가 아닙니다. 일반적으로 본성은 존재한다는 의미에서 좋은 겁니다. 모든 것은 그대로입니다. 좋음, 더 좋음, 이보다 더 좋을 수는 없음 등이 될 수 없고, 비교할 수 없다는 겁니다. 병은 고통스러울 수 있습니다. 그렇지만 병이 악은 아닙니다. 비교 자료가 없어 그냥 있는 겁니다.

비교 자료, 혹은 우리가 상상하고 싶어하는 세상은 당연히 지어낼 수는 있지만 거기엔 이성이 존재하지 않습니다. 그래서 우리는 불행하게 됩니다. 비이성적인 가치판단을 세상 일에 결부시키면 안 되며, 이성적으로 그만두어야 합니다.

다소 냉정하게 들리는 '이성적'이란 단어와 다르게 '합리적'이란 단어는 약간 따듯하고 인간적인 면을 가지고 있습니다. 합리적이란 단어를 사용하려면 이성, 정의, 선이라는 스토아적 일관성을 유지하고 있어야 합니다.

선한 필연은 금욕주의적 행복의 본질입니다. 꼭 그런 건 아니기 때문에 그것도 좋다는 생각은 가끔 이해하기 어렵습니다. 예를 들어 병에 걸린다거나 다른 고통을 겪는다고 생각해보십시오. 스토아적 사고방식을 따라가는 것밖에 도리가 없어 보이지 않습니까? 나는 도저히 이러한 필연에 동의할 수 없습니다. 내가 쓰러질 때까지 그런 일들이 진행되지 않도록 저항할 겁니다. 바꿀 수 없는 그 무엇도 바꾸지 않을 겁니다. 그럼으로써 진정으로 행복해지지 않을 겁니다. 따라서 내가 어떤 형태의 행복이나 휴식을 체험하길 바란다면 무슨 일이 있더라도 그러한 필연에 자신을 내려놓아야 한다는 것을 배워야 합니다. 그것을 내려놓는 데는 스토아 철학자들이 대가입니다.

'내려놓다.' 이 말은 매우 무기력하고 수동적으로 들립니다. 모든 것을 그저 일어나게 내버려두라는 듯합니다. 스토아학파에게 자유라는 것은 정말 상상할 수 없는 것일까요? 물론 그렇습니다. 그러나 우리가 알고 있는 것과는 사뭇 다릅니다. 우리는 자유란 할 수 있고 원하는 것을 외부의 영향이나 제한 없이 할 수 있도록 내버려두는 것으로 배웠습니다. 그러한 상황은 완벽에 가깝게 비현실적입니다. 자유 개념은 부정적인 자유로 불립니다. 이런 면에서 많은 사람이 자유는 환상이라는 결론을 내리기도 합니다. 하지만 자유가 존재하지 않는다고 말하는 대신 이러한 특별한 자유가 옳지 않다고 말할 수도 있습니다.

'왜 사람들은 그런 생각을 하느라 수고를 할까'라고 스스로 질문할 수 있습니다. 그럴만한 이유가 있습니다. 우리가 '자유로운가 아닌가'라는 문제는 상당히 중요합니다. 실제로 자신에 대한 거의 모든 생각은 자유와 비자유라는 양극 사이를 움직입니다. 만약 내가 죽도록 불행하다면, 그와 동시에 모든 것은 태어나면서부터 정해져 있으며 내가 가진 숙명이라고 배웠기 때문에 아무것도 바꿀 수 없다는 확신이 든다면 어떻게 해야 할까요? 어쩌면 나는 완전히 자유로우며 내 인생과 행복을 철저히 스스로 만들 수 있다고 올바르게 배웠을지도 모릅니다. 그럼에도 자유로워지지 못하고 모든 것을 손에서 놓쳐버린다면 내 불행을 감내하고 내 패배를 책임지는 자신을 찾아야 합니다.

스토아 철학자들은 내안을 세공합니다. 그들은 모든 것이 제자리에 고정된 세계에서 우리의 자유, 그것과 함께 우리의 행복은 지식과 이해 안에 놓여 있다고 주장합니다. 자유란 우리에게 닥치는 필연에 대한 이해입니다. 피할 수 없는 것, 변할 수 없는 것을 이해하면서 우리 힘의 안팎으로 놓인 것들 사이에서 스토아적 구별법을 꾸준히 연습함으로써 자신을 내려놓는 것을 이해해야 합니다. 충분한 이해를 통해 내려놓는 연습을 하는 것은 사실상 자유를 연습하는 것이며 무기력에 대항해 싸울 수 있는 이성적인 무기입니다.

일원론

자유로운 통찰 속에서 훈련하기 전에 먼저 감정이 우선시되어야 합니다. 스토아학파에 따르면 감정이란 우리의 행복에 커다란 위험으로 등장합니다. 감정이란 비자연적인 겁니다. 그들은 정말로 감정이 비자연적인 것이라 생각했습니다. 자연은 이성적인 것이고 감정은 이성적인 것이 아닙니다. 그럼에도 사람들은 감정을 지닙니다. 감정은 누구에게나 나타납니다. 어떻게 된 걸까요? 많은 사람이 금욕주의적 감정 다스리기를 배우는 도중에 그만둡니다. 이제 사고실험 차원에서 그들의 철학을 알아보고 어떤 결과가 나올지 보겠습니다.

우주는 이성적인 단위라는 스토아학파의 세계관으로부터 인간 사상 역시 이성적이라는 논리가 따릅니다. 인간은 이성적인 존재입니다. 인간은 이성적 존재를 떠나 다른 존재, 감정적 존재일 수도 있습니다. 이러한 존재는 비근본적인 분파이며 태생적으로 하나인 세계에서 생각할 수 없는 분파입니다. 다른 말로 하면 인간은 이성적이면서도 감정적이라는, 또한 인간은 머리와 가슴을 가졌다는 이원론적인 인간관은 생각의 과오에서 나온 겁니다. 인간은 두 가지 성별을 가진 존재일 수 없습니다. 한편으로는 생각하고 한편으로는 느끼는 존재가 될 수 없습니다. 모든 것은 하나의 합리적인 세계를 부분적으로 이루고 있기 때문입니다.

우리에게는 합리적인 것만이 자연과 일치합니다. 다른 모든 것은 비합리적이며 그래서 비자연적입니다. 합리적인 자연은 선한 것이기 때문에 비합리적이고 비자연적인 것은 선한 것이 아닙니다. 금욕주의적 인간관은 이원론적인 인간관과 반대되며 일원론적 인간관이라고 불립니다. 일원론적 인간관은 하나로 이루어진 인간관입니다. 오늘날 대부분의 사람은 자신과 다른 사람을 이원론적 안경을 쓰고 보고 자신을 감정적일 뿐 아니라 합리적이라고 간주하기 때문에 금욕주의적 감정에 대한 가르침은 분명히 이해할 수 없는 것이고 심지어 인정도 없는 것으로 보입니다. 우리는 감정을 가지고 있기 때문입니다. 감정을 당연한 존재의 권리라고 여깁니다. 감정은 있는 것이고 있을 수 있는 겁니다. 우리는 이렇게 감정을 인정하는 태도를 부분적으로 낭만주의자들로부터 물려받았습니다. 우리가 행복하고 스토아 철학자들은 행복하지 않다는 것을 말하려는 것은 아닙니다. 놀랍게도 낭만적이고 이원론적인 자화상은 '우리가 누구인가, 우리가 감정을 지닌 채 무엇을 해야 하는가?'라는 금욕주의적 사고에 비해 더 커다란 무기력감을 우리에게 줄 수 있습니다.

금욕주의 철학자들이 격앙pathé이라고 부르는 감정은 착각으로 인한 잘못된 판단에서 나옵니다. 격렬한 감정을 겪는 사람은 판단력이 흐려집니다. 이런 상황은 다음과 같이 전개됩니다. 세상은 말 그대로 우리에게 인상을 남깁니다. 서로 다른 인상은 제 위치에 놓여야 합니다. 어떤 인상이 고통스럽다면 그것은 우리가 그것을 잘 해석하지 못하고 제자리에 위치시키지 못하고 있다는 것을 말합니다. 세상이 원래부터 고통을 준다고 생각하는 것은 비논리적입니다. 그렇게 보일 수 있습니다. 그러나 그것은 우리의 생각과 더 관련이 있습니다. 인상이 남는 게 고통스러울 수 있습니다만, 인상이 남는 그 자체가 고통스러운 것은 아닙니다. 보통 있을 수 있는 일입니다. 모든 것이 일정하더라도 어떤 인상에 틀린 해석을 연결할 수 있는 여지는 남아 있습니다. 그런 일이 일어나는지, 그런 일을 하는지는 감정이 우리를 지배하는가를 보면 알 수 있습니다. 이런 일은 우리에게 일어나지 않아야 합니다. 우리가 최소한 자신의 주인이 되길 원한다면 아무것도 우리를 지배해서는 안 됩니다. 곧 감정이 배제된 '아파테이아apatheia, 부동심' 혹은 마음의 평화, 마음의 동요가 없는 상태입니다. 이것이 바로 우리들 사이에 존재하는 스토아 철학자들의 행복입니다.

마음의 동요가 없는 상태 즉, 아파테이아는 이러한 관점에서 많은 것을 말해주는 단어라고 생각합니다. 인간이 라디오라고 상상해 보십시오. 라디오의 주파수가 잘 설정되었다면 좋고 맑은 소리를 수신할 겁니다. 소리가 잡음 없이 우리 귀에 잘 들리니 방송 내용을 잘 듣고 이해할 수 있습니다. 반면 무슨 이유인지 잡음이 발생하고 수신이 나빠지고 방송이 끊기는 순간부터 청취자들은 더는 내용을 듣고 이해할 수 없습니다. 스토아학파의 이성적인 일원론에서 우리는 라디오이고, 바른 이성은 명확한 수신이며 감정이란 수신을 어렵게 만드는 방해 전파입니다.

감정은 우리가 명확하게 생각하는 것을 방해합니다. 생각이 이미 방해받았다는 증거이기도 합니다. 그래서 감정은 생각을 방해하는 것만이 아니고 올바르지 않은 생각에서 나오기도 합니다. 감정은 마음에서 나오는 것이 아니라 잘못된 사고의 꽃입니다. 이원론적 사고를 버려야 합니다. 생각하는 것과 느끼는 것은 매우 밀접하게 연결되어 있습니다. 너무 밀접하게 연관되어 이것, 저것, 생각하는 것, 감정을 일으키는 것 등은 사실상 하나로 연결되어 있다고 할 수 있습니다. 잘 알려진 예는 벽에 있는 거미입니다. 어두운 거실에서 벽에 붙어있는 커다란 거미를 본다고 생각해보십시오. 거미를 두려워한다면 분명히 두려움을 느낄 겁니다. 그 두려움은 어디로부터 온 걸까요? 우리는 두려움이 벽에 붙어있는 거미로부터 일어난다고 생각하는 경향이 있습니다. 그렇지 않습니다. 그 두려움은 거미가 벽에 붙어있다는 생각, 거미가 무섭다는 생각이 가져옵니다. 이러한 생각의 결과는 두려움입니다. 그렇지만 불을 켜고 보았더니 거미가 사실은 벽에 볼록 솟아있는 못이거나 벽지에 붙은 보푸라기였다고 생각해보십시오. 두려움이 일어날까요? 두려움은 어느 순간 사라질 겁니다.

감정이 얼마나 빨리 사라질 수 있는 것인지 놀랍습니다. 우리의 외부세계에 대한 잘못된 판단에 새롭고 바른 지식을 추가하기 때문입니다. 앞선 경우에서는 거미가 아니라는 생각을 하는 겁니다. 생각과 감정이 서로 떨어져 있는 것이라면 생각이 달라져도 감정에 영향을 줄 수 없기 때문에 설명될 수 없습니다. 그러나 일원론적 사고방식 덕분에 우리의 생각이 감정에 영향을 미치고, 변화시키고 심지어 사라지게 한다는 것을 이해할 수 있습니다. 일원론적 사고는 부정적인 의미의 감정으로 고생하는 사람들에게 희망 가득한 미래가 됩니다. 두려움이 우리 삶을 어지럽힌다면 금욕주의적 감정에 대한 이해 덕분에 반대되는 생각도 가능합니다. 엄격한 이원론이 옳았다면 타고난 나약함이 우리를 패배시키고 감정의 바다에 익사하도록 운명지어졌을 겁니다.

인간의 자연적인 상태는 마음의 평화이고, 구름이 끼지 않은 상태에서 안테나가 맑게 받을 수 있는 전파이며 분명하게 수신되는 방송입니다. 비자연적인 어두운 구름이나 방해 전파를 송출하는 방송국은 바르지 못하고 그릇된 지식이 일으키는 감정입니다. 그 방해 전파 송출자를 차단하길 원합니까? 그렇다면 깊이 생각하는 것을 잘 배워야 합니다. 우리 안에 들어오는 인상을 올바른 방법으로 판단하는 방법을 배워야 합니다. 마지막으로 매우 중요한 것인데 합리적인 판단을 따라야 합니다. 스토아 철학자들은 '받아들인다'고 표현합니다. 필연에 동의하는 것은 우리가 할 수 있는 겁니다. 그렇게 하지 않고, 지금 일어나는 것을 생각의 세계에서 일어나지 않게 해봅시다. 그럼 생각의 세계는 현실의 잘못된 반영일 것이고 세상과 반대편에 있을 겁니다. 그 결과 인생은 방해받게 될 겁니다. 그렇다면 낙심할 겁니다. 지독한 무력감을 경험할 겁니다.

육체적 쾌락은 어떨까요? 금욕주의자들 대부분은 에피쿠로스주의자들이 가진 즐거움에 대한 개념을 전혀 갖지 말아야 합니다. 오직 우리 안에서 해방감을 느낄 정도로만 즐거움을 허용해야 합니다. 이러한 스토아학파의 생각은 어느 정도 이해 가능합니다. 그렇지만 우리 몸이 스스로 알아서 무엇이 좋고 무엇이 좋지 않은지 결정하도록(얼마만큼 이성을 제어해야 할지 무시한 채) 한다면, 금욕주의자들은 그것을 매우 위험한 실수라고 할 겁니다. 육체는 본질적으로 우리의 통제 밖에 있습니다. 병이 들 수도 있고 다칠 수도 있고 중독될 수도 있습니다……. 아닙니다. 우리의 육체가 바로 서게 될 때 순풍에 돛을 달고, 곤경에서 벗어나 행복한 삶을 이룹니다.

윤리관: 에픽테토스

스토아 철학의 안경을 쓰고 바라보면 규칙은 다르게 보일 것이고 그것을 대하는 우리의 자세도 달라질 겁니다.

세상사에 뚜렷한 족적을 남긴 뛰어난 스토아 철학자로 로마인 에픽테토스Epictetus, 55~125년경가 있습니다. 그는 노예로 태어났고 나중에 해방되었으나 평생 장애인으로 살았습니다. 이런 인생을 산 사람이라면 숙명을 받아들여 평화를 약속하는 철학 학파에 빠질 것이라 추측할 수 있습니다.

에픽테토스가 활동하던 시기는 스토아학파의 철학이 이미 수 세기 동안 이어져 내려오던 때였습니다. 고대 스토아 철학은 수 세기를 거치면서 로마인들의 영향을 받아 더욱 실용적인 철학이 되었습니다. 고대 스토아학파에 따르면, 몇 사람만 현명한 상태를 얻을 수 있었고, 나머지 인류는 우둔하고 어리석은 상태로 남아있어야 했습니다. 하지만 새로운 스토아학파인 에픽테토스와 세네카BC 4~AD 65년, 마르쿠스 아우렐리우스121~180년 덕택으로 모두가 지혜로운 행복을 누릴 수 있게 되었습니다. 그렇지만 사람들과 이상 사이에는 거리가 있었습니다. 우리가 최선을 다해 평생 노력해야 좁혀질 수 있는 거리입니다. 그렇게 하는 것이 진짜 철학이 하는 일입니다. 즉, 평생 자신이 사용 가능한 철학사상을 현실에서 연습하는 겁니다. 연습은 반드시 승화되거나 위대할 필요가 없는 여러 분야에서 가능합니다. 고가의 도자기를 떨어뜨려 깨졌다면 이미 철학자가 되기 위한 훈련 중인 겁니다. 그렇게 스토아학파는 상실, 슬픔, 두려움, 죽음도 따지지 않습니다.

에픽테토스는 아무런 저서도 남기지 않았습니다. 그의 제자 플라비우스 아리아노스Flavius Arrianus가 그가 한 말을 기록해 『엥케이리디온Encheiridon』을 편찬했습니다. 제목에 '손에 맞는' 혹은 '손 안에 있는'이라는 의미가 있습니다.[3] 실제 이 책은 외투나 바지 주머니 크기에 딱 맞습니다. 『엥케이리디온』은 금욕주의 제자들이 의도하는 바였습니다. 그들이 언제라도 들고 다닐 수 있는 실용적인 삶의 지침서였습니다. 물론 그들은 머릿속에 지니고 다니길 가장 원했습니다. 그렇지만 생각이 잘 나지 않을 때 이 포켓북을 언제든 참고할 수 있습니다.

나의 친한 친구의 말에 따르면 이 세상은 단지 두 가지로 이루어져 있다고 합니다. 먹을 수 있는 것과 먹을 수 없는 것입니다. 에픽테토스는 다르게 구분합니다. 그는 첫 번째 '인생 규칙'으로 존재하는 모든 것은 두 가지 범주로 구분할 수 있다고 주장합니다. '우리의 힘 안에 있는 것과 우리의 힘 밖에 있는 것'입니다.바꾸기 힘든 외부적 요인으로 고통받거나 노예가 되지 말고, 내부적 요인을 통제해서 자유를 얻어 평정심을 유지하는 것 그는 우리의 힘 밖에 있는 것에는 관심을 두지 말라고 합니다. 그것이 전부였습니다. 마음의 평정을 위해 알아야 할 모든 것입니다. 그렇게 단순하지 않습니다. 그렇다고 시도하지 말아야 한다는 것은 아닙니다. 그것은 불필요한 고통을 상당히 줄일 수 있습니다.

에픽테토스는 '누구나 무엇으로부터 방해받지 않는 혹은 구속되지 않는 상태'이고, 도달할 수 있는 범위를 자유라 불렀습니다. 자유는 생각, 판단, 갈망, 선호, 거부 등 생각하는 능력을 가지고 할 수 있는 모든 것이며, 그 안에서 우리는 중요하고도 적극적인 역할을 할 수 있습니다.

구속과 종속 그리고 우리가 영향력을 행사할 수 없는 모든 것은 우리의 외부에서 들어옵니다. 즉, 밖으로부터 우리에게 다가오는 자연현상, 그리고 다른 사람이 하는 일과 또 그것이 우리에게 가해지는 것들입니다. 또한 소유, 명성, 위상 같은 것들도 우리를 구속하고 종속시킵니다. 다른 사람들이 없다면 좋은 명성이란 말이 나올 수 없습니다. 그들에 의해 명성이 주어지기 때문입니다. 소유나 위상 등도 모두 의존적으로 만드는 것으로, 사실은 좋은 것이 아닙니다.

우리의 육체 또한 이러한 범주에 속합니다. 육체는 병드는 것이고 상처 나는 것이며 모든 것에 노출되는 것을 막을 수 없기 때문입니다. 이렇게 모든 일에서 불변의 자연법칙은 우리를 지배하고 무력하게 만들고 묶어버립니다.

그렇지만 우리를 정말 구속하는 것은 이러한 불변의 일들을 변화시키려 시도하고 그것이 가능하다고 여기는 겁니다. 에픽테토스 또한 우리가 보는 것만 소유하라고 충고합니다. 남에게 속하는 모든 것을 타인의 소유로 인정하라고 합니다. 이러한 구분을 계속해야 합니다. 그는 이것이 쉬운 일이 아니라는 것을 바로 시인합니다. 그러니 '진정한 자유와 진정한 행복'을 달성하기 위한 유일한 방법입니다. 그의 첫 번째 '인생 규칙'은 이렇게 끝맺습니다.

> 외부에서 오는 모든 고통스런 느낌에게 처음부터 말하는 것을 습관으로 만들라. "너는 느낌에 불과해! 너는 보이는

너와는 전혀 달라." 그 느낌을 조사해보라. 네가 가지고 있는 가치를 변화시켜라. 첫째로 그리고 그것이 네 힘으로 얻을 수 없는 것이 아닌지의 문제를 주로 다루어라. 네 힘으로 얻을 수 없는 것이라면, 이렇게 말하라. "그것은 나와 상관없는 문제야!"[4]

나는 이런 것을 매우 잘하는 여자 한 분을 알고 있습니다. 어느 파티에서 한 남자가 이 여자에 대해 한 차례 듣기 거북한 말을 했습니다. 그녀는 상처를 받고 반응하는 대신에 그를 바라보며 말했습니다. "내가 그 말을 너에게 그대로 돌려주면 좋겠니?"

나는 그 말이 정말 멋지다고 생각합니다. 순식간에 모든 사람의 관심이 그 남자에게 향했습니다. 그 남자의 관심도 마찬가지였습니다. 그녀는 이 대답으로 그 남자에게 그가 내뱉은 불쾌한 말을 그대로 남겨주었습니다. 그는 마치 맞바람을 맞으면서 소변을 본 것처럼 서 있었습니다.

타인이 우리에 대해 말하는 것에 얼마나 많은 관심을 기울이는지 생각해보면 참 어리석은 일이 아닐 수 없습니다. 에픽테토스는 이러한 인간적인 약점을 분명하게 인식하고 있었고 이 문제에 대해 여러 가지 삶의 규칙을 정했습니다. 그의 '인생 규칙 20'은 이렇게 시작합니다.

"너를 욕하고 주먹으로 때리는 사람이 네게 상처줄 수

있을 것이라 생각하지 말라. 그러한 사람이 네게 상처줄 수 있다는 것은 단순히 생각에 불과하다."

우연한 일이 일어난다는 것은 도덕적으로 선하지 않고 사악한 겁니다. 그렇지만 그것은 우리가 가치판단을 합니다. '인생 규칙 28'은 이런 의미에서 가치가 있습니다.

> 누군가가 강제로 네 육체를 우연히 지나가는 사람에게 준다고 가정해보라. 아주 분개할 것이다. 그렇지만 너는 스스로 네 영혼을 다른 사람이 영향을 미치게 할 수 있다고 생각한다. 사람들이 너를 모욕하면 너는 완전히 흥분하고 크게 놀라기 때문이다.[5]

우리의 육체와 영혼은 물론 같지 않습니다. 그렇지만 둘에 대한 비교는 우리를 생각하게 만듭니다. 누군가는 단 한 개의 바람직하지 않은 손가락만으로도 우리에게 영향을 미칠 수 있습니다. 우리는 죽기살기로 악을 씁니다. 그렇지만 그 불쾌한 말들을 우리 인식의 세계로 얼마나 깊이 들여보내는지, 기분을 얼마나 상하도록 하는지 알게 되면 어리둥절해집니다. 우리의 육체적 무결성은 분명한 경계를 갖지만 우리의 영혼은 경계에 머물지 않습니다. 영혼은 전염병처럼 자유롭게 드나듭니다. 원하는 사람은 누구나 들어오고, 그 사람은 말을 하는 손가락으로 어디라도 찌릅니다.

타인은 어쨌거나 복잡한 문제를 만듭니다. 에픽테토스가 타인을 우리의 힘 밖에 있는 두 번째 부류에 포함시키기 때문입니다. 에픽테토스가 그렇게 하는 것이 옳을까요? 양동이로 물을 퍼붓듯이 소나기가 머리 위에 쏟아진다면 화를 내지 않기 위해 호흡을 계속 조절해야 한다고 주장하는 것은 충분히 이해합니다. 그렇지만 타인은 소나기와 다르지 않습니까? 소나기는 어쩔 수 없기 때문에 책임이 없습니다. 그렇지만 사람도 그럴까요?

대략 두 종류의 무력감이 있을 겁니다. 첫 번째는 변화할 수 없는 것을 변화시키려는 데서 야기됩니다. 두 번째는 우리의 힘 밖에 놓인 것과의 싸움(혹은 그것에 대한 집착)에서부터 나옵니다. 이 두 가지는 서로 닮은 점이 있고 종종 겹치기도 하지만 항상 같은 것은 아닙니다. 결코 죽지 않고 싶은 마음은 이 두 가지 종류에 모두 속합니다. 다른 사람과 지내면서 그 사람을 바꾸려는 시도는 두 번째에 속합니다. 사람의 생각은 변할 수 있기 때문입니다. 그렇지만 동시에 그에게 강요할 수 없고, 그의 머릿속을 들여다볼 수도 없습니다. 다른 한편으로, 만약 사람을 바꿀 수 없다는 것을 당연시한다면 행동에 대해 저항할 의미가 없다고 생각하십니까? 그럼에도 불구하고 그들에게 저항하는 교육자로 나설 수밖에 없다면 첫 번째 종류의 무력감이 적용됩니다.

타인을 비롯해 우리에게 영향을 주는 이러저러한 것을 오래 생각할수록, 비록 내 마음과는 반대지만 에픽테토스가 옳다는 생각이 듭니다. 말하자면 나는 동시대 사람들을 변화하지 않는 존재로 대하는 것을 전혀 좋아하지 않습니다. 부탁하는 것을 들을 수 없다면 귀가 무슨 필요가 있겠습니까? 말하거나 대답할 수 없다면 입은 무슨 필요가 있겠습니까? 모든 육체는 말을 걸 수 있고 책임을 질 수 있도록 만들어진 것 같습니다. 그럼에도 일상 생활을 어느 정도 살 만하게 유지하기 위해 나는 에픽테토스의 '인생 규칙'의 장점을 이용하기 원합니다.

에픽테토스는 네 번째 인생 규칙에서 계획하는 모든 것은 우선 무엇을 정확히 할 것인지를 깨달아야 한다고 각인시키고 있습니다. 그는 목욕탕에 가는 것을 예로 들었습니다. 그곳에서 무슨 일이 벌어질지에 대해 미리 생각해 봐야 합니다. "물이 튀겨 묻을 수 있고 심지어 주먹질을 당할 수 있으며, 욕설은 당연한 일일 것이고, 도난을 당할 수도 있다. 미리 그런 생각을 상상 속에 그려본다면 마음의 준비가 단단히 될 것이다. '온천에 몸을 담그고 싶은데, 나의 의지가 본질과 어우러지는지 살펴야겠다'라는 생각을 자신이 해야 할 모든 일에 적용하라."

이러한 방법으로 모든 것을 이중적 의도를 가지고 시작

해야 본질과 일치하는 삶을 실천할 수 있습니다. 극장은 훌륭한 연습장입니다. 온전히 평온한 가운데 영화를 즐길 거라는 기대를 가지고 극장을 찾는 것은 괴로운 상황을 주문하는 겁니다. 나는 영화 상영 중에 큰 소리로 이야기하는 것이나 포테이토칩 봉투를 크게 부시럭거리면서 뜯고 내용물을 우적우적 씹어먹는 것을 반사회적 행동이라고 생각합니다. 그렇지만 모든 사람이 그렇게 생각하는 것은 아닙니다. 영화 상영 중에 휴대폰을 끄고, 사람들이 나를 잊고 있지나 않은지 확인하려고 수시로 화면을 밝게 비추지 않는 것을 아주 당연하다고 생각합니다. 그렇지만 다시 한 번 말하지만, 누구나 나와 같지는 않습니다. 유감스러운 일이지만 그렇습니다. 극장이 일반적으로 그렇다면 나는 왜 거기를 가는지 질문해야 합니다. 극장을 가득 채운 사람들과 함께 영화를 보기 위해 갈 겁니다. 그것이 내가 하는 일이고 혹은 나의 동시대 사람들을 훈육시키기 위함 때문일까요? 이 마지막 것을 하길 원하는 분에게 부디 영화를 잘 보시라고 기원하겠습니다.

이웃과의 불편은 어떻게 생각합니까? 나는 극장에 가지 않는 것을 선택할 수 있습니다. 그러나 이웃 없이 사는 것을 선택할 수 없습니다. 나의 소득을 볼 때 그것은 선택사항이 아닙니다. 내가 선택할 수 있는 이웃이 없습니다. 더욱이 나 자신을 잘 아는 나로서는 잘못된 이유로 멀리 도망가는 것을 패배로 경험할 겁니다.

나는 전에 살던 집에서 오랫동안 위층에 사는 이웃 때문에 불편했습니다. 마루에 카펫을 깔지 않아서 걷는 것이 아니라 쿵쿵 뛰는 것처럼 시끄러웠고, 소리를 지르는가 하면, 음주를 심하게 하면 듣기 역겨운 음악까지 틀었습니다. 게다가 엄청 큰 목소리로 웃기지도 않는 창법으로 엉터리 노래를 따라 불렀습니다.

매일 밤, 매일 이른 아침 어떤 여자와 요란한 일들을 했습니다. 그냥 참고 지낼 수가 없었습니다. 나의 논리적 사고의 결과, 이것은 바꿀 수 없는 현실이 아니라 이웃집 남자에 관한 일이었기 때문이었습니다. 시끄러운 소리는 사람으로부터 나왔지 폭풍우에서 나온 것이 아니었습니다. 폭풍우는 기후학적인 필연으로 발산되는 겁니다. 그렇지만 이웃집 남자는 자신의 소리를 의식적으로 나를 향해 내려보냈습니다. 나의 생각이 그의 행동에 영향을 미칠 수 있는 것이었습니다. 그래서 나는 벨을 눌러보기도 하고, 정중히 부탁하고, 편지를 써서 보내고, 의자로 나의 침실의 천정을 두드리기도 하고, 주택조합 직원들을 부르기도 했습니다. 그런데도 이웃집 남자는 자신을 내가 원하는 방향으로 변화시키지 않았습니다. 나는 참을 수 없었습니다. 내 안에 있는 스토아 철학자는 나에게 그만두라고 충고했고, 나의 관심을 이웃집 남자로부터 이웃집 남자에 대한 나의 생각으로 옮기라고 했습니다. 나의 생각은 조절 가능한 것이기 때문입니다. 그렇지만 이 사람이 나의 머리 위에서 사는 동안 나는 나의 생각을 다스릴 수 없었습니다.

혹시 당신에 관한 소문이나 오해를 바로잡으려고 한 적이 있습니까? 이것은 무력감이 어떤 것인지를 느끼기 원하는 사람에게는 괜찮은 연습입니다. 사람을 비유로 예를 들지 않더라도 큰 호기심을 일으키는 소문은 물에 던져진 돌처럼 점점 더 큰 파문을 일으킵니다. 오해였을까요? 악의든 아니든 소문은 메마른 들풀에 붙는 불처럼 번집니다. 그것은 고통을 겪는 사람에게는 대책이 없는 경험입니다. 그 사람이 소문을 바꾸려고 노력하는 한 계속 그렇습니다. 우리에 대한 소문이 돌면 우리는 다른 사람들을 실제로 통제할 수 없고 그들의 머릿속에 무슨 생각이 있는지에 대한 질문 앞에 아무런 힘이 없이 서 있게 됩니다. 그래서 에픽테토스는 사악한 말에 대해 관심을 두지 말고, 우리와는 상관없는 것으로 여기라고 조언하며 핵심을 찌르고 있습니다. 소문은 우리와 관련있는 것처럼 보이지만 그렇지 않습니다. 우리 이름이 거론된다는 것은 우리가 그 안에 있다는 것을 말하지는 않습니다. 그것은 어디까지나 추측이고 평판이며, 우리가 아무리 직접 지휘하길 원해도 다른 사람에게 내버려둬야 하는 일입니다. 그들이 우리에 대해 어떻게 생각하든, 무슨 말을 하든 그것은 결국 그들의 문제입니다.

> 누가 너를 나쁘게 대하거나 나쁜 말을 한다면, 그가 자신의 의무라고 생각하기 때문에 그런다고 생각하라. 그는 네 생각을 따르기 위해 자신의 생각을 결코 포기하지 않을 것이다. 그가 착각한다면 그것은 자신을 잘못된 길로 이끈 사람의 희생물이 되는 것이다.
> 이것은 다음 상황과 비교할 수 있다. 어떤 사람이 틀린 주장을 '맞다'고 한다면, 그것은 주장이 희생물이 되는 것이 아니라 착각한 사람이 희생물이 되는 것이다. 우리는 이것을 원칙으로 정하고 사악한 말을 하는 사람이 제 맘대로 하도록 내버려둬야 한다. 그런 일이 있을 때마다 "이것은 그의 시각이야" 하고 반복하면 되기 때문이다.[6]

다른 사람의 동의를 강요할 수 없습니다. 다른 사람을 신뢰해야 합니다. 그들이 신뢰할 가치가 있는지는 결코 분명하게 알 수 없습니다. 그렇지 않으면 그것은 신뢰라고 불릴 필요가 없습니다. 그런 경우에 그것은 지식이고 학문입니다. 불신의 계기가 없는 한 서로 신뢰할 수 있다고 말하는 것은 쉽습니다. 신뢰가 시험에 들게 될 때야 신뢰가 말로 하는 것 이상이라는 것을 알게 됩니다. 신뢰는 일종의 믿음이고 보지 못하는 것의 증거이며, 내가 알지 못한다는 사실에 대한 지식입니다. 다른 사람을 신뢰한다는 것은 미지의 세계로 곤두박질치는 것을 요구합니다. 그때 우리는 어디 한군데라도 잡을 수 있어서 예기치 않게 바닥에 꽝 떨어지지 않기만을, 오직 안전하게 떨어지기만을 바랄 수 있습니다. 인간을 연결해주는 것은 시멘트가 아니라 신뢰이기 때문에 스토아학파는 그런 부서지기 쉬운 접착제 위에 너무 많은 신뢰를 쌓지 말 것을 충고합니다.

다른 사람을 교정하려는 대신에 그들이 하는 대로 내버려두는 것이 가끔은 나을 수 있습니다. 그렇게 하는 것이 무지 어려운 것이라는 것은, 내 생각으로는 스토아 철학자들이 인정하지 않거나 부분적으로 인정하는 것과 관련이 있습니다. 우리의 자아인식이 다른 사람에 의해 좌우된다는 겁니다. 다른 사람이 없으면 우리가 누구인지 모릅니다. 정말이지 우리 자신에 대해 아무것도 모릅니다. 우리의 정체성은 다른 사람과의 대화와 반박을 통해 형성됩니다. 어머니와 아버지가 없다면 나는 내가 자식인지 모릅니다. 사랑하는 사람이 없다면 나는 사랑받는 사람이 아닙니다. 반대로 나는 사람들 주변에 있음으로써 그들이 자신이 누군지 알도록 도와줍니다.

우리가 누군지 설명하기 위해 다른 사람들이 필요합니

다. 우리의 독립성도 다른 사람의 도움으로 생성됩니다. 이러한 의미에서 자율이란 환상입니다. 이러한 자아인식의 사회적 구조 때문에 다른 사람들이 우리에 대해 어떻게 생각하는지에 관심을 많이 갖는 것이 놀라운 일은 아닙니다. 우리에 대한 평판과 고유 가치 사이에는 어떤 관계가 있다는 것을 인식하는 것 같습니다. 우리 안에서의 나라는 존재는 다른 사람의 손에 놓여있습니다. 소문과 뒤통수치는 것과 관련해서 우리 정체성의 사회적 구조를 이해하면, 다른 사람들의 기분을 완전히 차단하는 것이 아니라 (이렇게 하는 것은 시작도 할 수 없는 일일 뿐더러 현명하지도 않은 일입니다) 우리가 누구를 들여보내고 들여보내지 않을지 선택하는 기술에 관한 문제라는 미묘한 차이를 인식하게 해줍니다.

누구에게나 마음을 여는 것은 욕심입니다. 평생 사랑하는 사람들에게만 둘러싸여 지내는 사람은 적습니다. 아마 아무도 없을 겁니다. 우리가 가진 자존심의 사회적 특성을 고려하면 적당한 금욕주의적 저항은 필수입니다.

비우호적이고 적대적인 사람들 사이에서 살아남아야 하고 그런 상황을 피할 수 없는 경우라면, 스토아 철학이 임시로라도 우리에게 구원이 될 수도 있습니다. 심지어 우리에게 남은 유일한 친구는 책이라고 생각할 정도로 어쩔 수 없이 우리를 움츠려야 할 순간도 있을 겁니다. 독서는 우리가 혼자가 아님을 상기시켜주는 방법입니다.

언제든 다른 사람들을 변화시키려고 노력할 수 있습니다. 그런데 다른 사람이 하는 일에 대한 책망 대신에 그가 어디에서 왔는지를 이해하려고 노력한다면 악한 일이 아닐 수 있습니다. 이러한 인과관계적 사고는 이미 우리가 다른 사람들에게 종종 응용하고 있습니다. 어떤 사람이 우리에게 비우호적으로 대하면 즉시 물어봅니다. "무슨 일이야? 왜 이러지?" 혹은 그의 행동이 우리가 모르는 어떤 원인으로부터 나왔다고 판단합니다. 그가 방금 해고를 당했다는 소식을 들으면, 혹은 그의 어머니가 병원에 입원했다면 이 새로운 소식을 우리의 판단에 추가시킵니다. 분노의 대부분은 이해하면서 가라앉습니다. 반대로 이러한 소식을 듣고 계속 분노하고 있는 사람은 비이성적으로 노여움을 잘 타는 사람이라고 여깁니다. 에픽테토스는 그의 다섯 번째 '인생 규칙'을 이렇게 마칩니다.

"철학적 경험이 없는 사람은 언제나 자신의 실패에 대해 다른 사람을 책망할 것이다. 그는 자발적으로 시작한 철학자도 아니고 박식한 현자도 아니다."

이 마지막 말은 너무 심하다 할 수도 있습니다. 그렇지만 에픽테토스의 이 말은 우리의 철학적 소양이 다른 사람들과 지내는 데 얼마나 영향을 주는지 보여주고 있습니다. 지식이란 혼자 서 있지 못합니다. 고립되어 떠돌지도 않습니다. 그것을 알고 있는 사람 안에, 알고 있는 인류 안에 생겨납니다. 이러한 의미에서 모든 철학은 윤리학이고, 우리 자신과 다른 사람들이 잘 어울려 지내려는 소망과 연결되어 있습니다.

감정: 내적 충동

윤리학은 상당 부분 우리의 감정과 열망을 다루는 학문이며 그것들과 어떻게 함께 지낼 수 있고, 지내야 하는지와 관련 있습니다. 우리가 중요한 결정을 앞두고 있으면 무엇이 우리를 움직이는지, 우리를 움직이는 것이 선한 것인지 혹은 그것이 믿을 만한 근거인지 기꺼이 알고 싶어합니다. 윤리는 우리를 내적으로 움직이게 하는 것들과 어떻게 지내야 하는지에 관한 질문을 이끌어냅니다. 이 질문은 우리가 자유와 선한 삶을 추구할 때 요구되는 모든 질문을 포함합니다. 자유가 없으면 생각할 여유도 없고 행동할 가능성도 없으며, 따라서 윤리도 없기 때문입니다.

다행히 우리의 감정은 일이 일어나는 세상과, 다른 사람과의 문제에 놓여 있기보다는 우리가 조절할 수 있는 범위 안에 있습니다. 스토아학파에 따르면 우리의 생각이 감정을 일으키고 생각을 우리가 조절하기 때문입니다. 우리는 왜 감정을 조절하기를 원할까요? 왜 내적 충동으로 열정적이게 하고, 배가 해변에 좌초되는 것을 내버려두지를 못할까요? 스토아 철학자들의 대답처럼 보통 그 배가 매우 고통스럽게 좌초되기 때문일 겁니다. 좌초를 겪는 사람은 자유롭지 못합니다. 그는 자기 감정의 희생자입니다. 감정은 생각의 실수로부터 나오고 이성적이지 못하기 때문에, 감정에 충실하게 살면 진짜 행복을 얻는 것은 불가능합니다.

이 모든 것은 파괴적인 감정과 관련이 있을 때, 참을 수 없는 마음 속 무엇인가에 관한 것일 때, 우리를 안으로부터 파괴하는 것일 때, 간섭하지 않으면 무기력하게 만드는 무개념처럼 보이는 것과 관련이 있을 때 더욱 흥미롭습니다. 두려움, 불확실, 절망, 슬픔, 분노, 비탄을 생각해봅시다. 이러한 것들에 사로잡히고 빠져나오지 못하는 사람은 마약이나 술, 모든 마취제에서 어찌할 수 없는 고통의 탈출구를 찾으려 할 수 있습니다. 그렇지만 그러한 수단은 아무것도 해결해주지 않습니다. 그것들은 단지 증상을 잠시 없애주는 것이며 중독은 새로운 의존을 일으킵니다.

이 모든 새로운 마약이 무엇을 하는지
신은 알고 있습니다.
내겐 이제 두려움이 없다고 추측하지만

여전히 눈물을 끊임없이 흘립니다.[7]

따라서 술병이나 마약을 집기 전에 첫 번째로 잠시 스토아 철학자들의 말을 우선 들어보라고 권고할 만합니다. 살면서 심하게 고생을 하고 있는 사람에게 스토아학파의 금욕주의적 감정과 관련된 가르침은 확실한 광명일 수 있습니다. 이 가르침이 감정을 다스릴 수 있다는 것을 알려주기 때문입니다.

스토아학파의 감정관을 이해하는 열쇠는 감정을 다른 말로 표현하는 겁니다. 즉, 열정입니다. 오늘날 우리는 모두 열정을 갖길 원합니다. 격렬하게 열정을 찾아 나섭니다. 심지어 열정 찾는 것을 도와달라고 다른 사람에게 돈을 지불하기도 합니다. 열정을 찾았다면 그것을 따르는 것 외에는 아무것도 원하지 않습니다. 네덜란드어로 '열정passie'은 '수동적인passief'과 비슷합니다. 한 글자 차이입니다. 그러나 수동적으로 돌아가기를 원하지 않습니다. 그럼에도 함축된 의미가 비슷하게 발음되는 것은 흥미롭습니다. 스토아학파에 따르면 열정을 갖는다는 것은 고난과 같습니다. 열정은 우리에게 닥치는 질병이며, 우리가 겪는 고통입니다. 열정은 우리를 수동적으로 만들어 끌고 갑니다.

고통을 겪는 사람은 자유롭지 못한 노예이지 주인이 아닙니다. 그래서 스토아 철학자는 '이제 고통을 겪지 말라',

'감정의 주인이 되라'고 분명하게 가르쳐주려 합니다. 모든 사람은 감정이 자신과 함께 탈출해 엉뚱한 방향으로 가는 것을 경험했을 겁니다. 감정을 금욕주의적으로 대처하는 것은 열정에 대항해 능동적이 되는 연습입니다. 그것은 이성적인 혹은 합리적인 수동에 대한 투쟁이며, 우리를 부자연스럽고 불행하게 만드는 고통에 저항하는 싸움입니다.

감정은 우리를 전혀 다른 방법으로 자유롭지 못하게 합니다. 그것은 감정의 관계적인 측면과 연관이 있습니다. 두려움은 무언가를 무서워하게 합니다. 분노는 누군가 혹은 무언가에 화를 냅니다. 사랑하는 마음도 다르지 않습니다. 사랑을 품으면 다른 사람을 사랑합니다. 감정은 우리 밖에 있는 누군가 혹은 무엇이 우리에게 가치가 있다고 말해줍니다. 그러나 이러한 관계적인 측면이 우리를 종속시키고 고난을 겪게 합니다. 무엇이나 누구에게 집착하면서 힘을 잃기 때문입니다. 그렇게 우리 자신을 제어할 수 없는 요소들에 의존하게 합니다. 스토아 철학자들은 이럴 때 우리 자신을 가능한 한 빨리 되찾아야 한다고 말합니다.

마음가짐

감정이 우리에게 부담을 주면 우리가 그것으로부터 해방

되는 것이 중요하고 위험한 감정은 미리 생각해 바로잡는 것도 중요합니다. 감정이 지배할 때마다 무엇을 잘못 판단하고 예측했다고 생각합니다. 감정은 민감한 인식의 오류입니다.

실제로 모든 감정이 체념한 모습을 하고 있습니다. 분노는 체념한 분노이고 두려움은 체념한 두려움입니다. 슬픔은 체념한 슬픔이고 위대한 사랑도 체념한 사랑입니다. 그래서 감정이 일어날 때마다 감정이 어디에서 나오는지, 그 감정이 무엇과 혹은 누구와 관련이 있는지 자문해봐야 합니다. 감정이 우리가 통제할 수 없는 누구 혹은 무엇과 관련이 있습니까? 다른 것과의 관련은 거의 있을 수 없습니다. 따라서 이러한 구분과 올바른 통찰을 받아들이고, 감정에 대해 진정한 사고에 잠겨야 합니다. 그러면 감정은 녹아서 형체도 없이 사라질 겁니다. 감정의 근원인 인식의 오류를 둔화시키고, 우리의 내적인 라디오 주파수를 다시 잘 조절했기 때문입니다. 오직 이성적인 생각만이 불타오르는 격정 아래에 있는 가스레인지를 끌 수 있습니다.

작은 것부터 시작해 봅시다. 비가 내리는 것 같은 날씨에 대한 불만은 오래 생각할 필요가 없습니다. 비는 내려야 하기 때문에 내리는 겁니다. 나쁜 뜻이 없으며, 어떤 이유든 내가 나가려는 순간까지 비가 기다렸다는 것은 아주 비이성적인 생각입니다. 내 이름이 일기 변화의 원인과 결과에 대한 무수한 연구에 등장하지 않는 것을 알고 싶다면 기후학을 잠시만 들여다보면 됩니다. 일기 변화 과정에서 나는 연결고리가 전혀 아닙니다.

우리가 항상 상상과 기대감으로 세상을 바라본다는 것이 일기예보에서 잘 나타납니다. 2013년 3월 28일, 기상캐스터가 "지금 날씨 치고는 아직 너무 춥습니다"라고 했습니다. 나는 그 말에 동의하면서 머리를 끄덕이려고 하는 순간 그 말이 전혀 맞지 않다는 생각이 들었습니다. 기온은 너무 낮을 수가 없습니다. 그 해의 일정한 시점에도 그렇지 않습니다. 올해의 지금 이 시점은 현재이기 때문이고 전에 있지도 않았고 앞으로도 다시 오지 않을 것이기 때문입니다. 날씨는 지금 있는 그대로입니다. 사람들이 다양한 기상 상태를 시간의 경과에 따라, '정상적인' 평균에 도달하는 기준을 정하고, 정상에서 벗어났다거나 비정상적인 변형이 일어났다고 비교하기 시작합니다. 비정상은 우리가 만드는 겁니다. 무언가를 기대하기 때문에 일기예보가 실망과 불평 불만을 가져옵니다.

그럼에도 불구하고 계속 순환하는, 선형 시간 내에서 주기운동을 하는 계절이 일기예보에 담깁니다. 날씨가 어떻든 봄, 여름, 가을, 겨울은 찾아옵니다. 이러한 사계절 주기는 준비된 기대를 갖게 합니다. 새롭지만 변하지 않음에 대한 희망, 불확실한 미래지만 익숙함과 신뢰에 대한 희망을 갖게 합니다. 겨울이 전혀 자리를 내주지 않을 듯하다가도 온기와 빛이 돌아오는 것처럼 말입니다. 모든 것은 이성 안에서 이루어집니다. 이러한 단 네 가지 희망(봄, 여름, 가을, 겨울)만으로도 일기예보가 필요하지 않을 겁니다. 그렇다면 날씨에 관한 한 평생 덜 불평하면서 살지 않을까요?

인생에서 희망도 기대도 갖지 않는 스토아 철학자들의 마음가짐은 그들이 시간에 대해 우리와 다른 개념을 갖고 있다는 것을 알면 더 쉽게 이해할 수 있을 겁니다. 현대인들은 시간을 직선으로 지각하지만 스토아 철학자들은 계절에 관계되는 것만이 아니라 시간을 순환하는 것으로 인지했습니다. 그들에게 우주란 변화하지 않는 총체입니다. 그 안에서 생명이 움직입니다. 그러나 더 큰 선 안에서는 정지하고 있는 겁니다. 그 큰 선들은 결국 원입니다. 인생은 순환 운동이며 같은 본질을 유지합니다. 사람은 태어나고 성장하고 나이 들고 죽어갑니다. 세대는 잠깐 왔다가 사라집니다. 선조들의 삶은 우리의 인생, 우리 자녀들의 인생, 그리고 그 다음 세대의 인생과 본질적으로 다르지 않습니다. 우리는 작은 원 안에서 돌고 있습니다. 그것은 나쁘지 않고 오히려 좋은 겁니다. 세상이 그렇기 때문입니다.

그러나 발전이라는 것을 믿기 시작하면서 시간에 대한

관점이 직선이 되어갔습니다. 우리에게 시간은 직선을 따라 미래 안으로 들어갑니다. 그 직선은 상승하는 선이기도 합니다. 공사 중인 고속도로 구간을 피해 가라는 네덜란드 고속도로 이용 안내문(From A to B)을 비유로 들자면, A라는 한 곳에서 B(better, 더 좋은 곳)로 가라는 상승선을 암시합니다. 이렇게 항상 좀 더 나은 곳으로 가야 한다는 생각은 우리를 불안하게 만듭니다. 더 나은 곳에 대한 믿음을 잃거나 좋은 쪽으로 가지 않으면, 무언가 더 욱더 많거나 새로운 곳으로 가야 합니다. 새로운 곳이라면, 그게 무엇이라도 중요하지 않습니다.

다행히 직선적인 시간의 공포로 인해 어려움을 겪는 사람들에게는 순환의 위안이 있습니다. 우리가 스스로를 인생을 관통하는 작살로 생각하더라도 순환은 우리를 진정으로 감싸주기 때문입니다. 그러한 순환은 계절과 세대입니다. 태어나고 살다가 죽는 보편적 순환입니다. 그것은 우리에게 바람직한 질서를 상기시켜주고 그 바람직한 질서에 우리가 참여하고 속하는 본질입니다. 또한 우리가 시간을 할애하는 방법에서도 동일한 것으로 회귀하려는 갈망이 유지되고 있습니다. 새로운 해가 이어질 때 열두 달이 오고, 한 주 안에서는 7일과 휴일이 작은 순환을 합니다.

비가 그쳐 밖으로 나갑니다. 내 자전거가 있어야 할 곳에 자전거가 없으니 내 눈을 믿을 수가 없습니다. 실제 상황인데 비현실적으로 느껴지고 마치 꿈을 꾸고 있는 것 같습니다. 여기저기 찾아헤매면서 다른 주차대에서라도 자전거를 발견하길 바랍니다. 보는 것이 기대하는 것과 일치하지 않으면 우선 현실을 부정합니다. 비현실적으로 우리에게 닥친 일일 뿐만 아니라 우리 기대에 부응하지 않기 때문입니다.

자전거를 도둑맞았다고 결론을 내려야 합니다. 왜 이런 일이 나에게 일어나야 할까? 그 자전거를 산 지 얼마 되지 않았는데! 이건 정말 억울한 일이 아닐 수 없습니다. 나에게 정말 정당하지 않은 일이 일어났고 나는 할 수 있는 일이 아무것도 없다고 느낍니다. 그렇지만 나에게 자전거는 없어도 스토아 철학의 가르침은 여전히 남아 있습니다. 아마 그 가르침이 내가 더는 그 일로 억울해하지 않도록 도움을 줄 수 있을 겁니다.

우선 멀리서 바라보겠습니다. 어떤 세상에 살고 있습니까? 모든 일이 필연적으로 발생하는 세상에 살고 있습니다. 자전거를 도둑맞은 일은 신의 섭리에 의해서가 아닙니다. 인과관계의 엄청난 사슬에서 아주 사소한 연결고리 같은 일입니다. 하지만 그 연결고리는 떼어낼 수 없기 때문에 즉시 그 일을 잊는 게 좋을 겁니다. 편안하지만 조용히 분노하는, 그런 운명론이 아니라 그럴 수밖에 없는 것이고 다르게 될 수는 없었기 때문입니다. 우리가 모여 사는 우주는 좋은 겁니다. 무엇과 비교해 우주가 나쁠 수 있을까요? 아무것도 생각해낼 수 없다면, 세상을 그 안에 맞추는 것은 이미 충분히 어려운 일입니다. 내가 어디에 있습니까? 암스테르담에 있습니다. 거기에서는 많은 자전거를 도난당합니까? 그렇습니다. 그렇다면, 그 도난을 당한 자전거가 내 것이라고 할 때 왜 놀라고 분노하는 반응을 보입니까? 그러면서 내 자전거만 제외하고 모든 자전거는 도난당할 수 있다고 생각하지 않았습니까? 암스테르담에서는 매일 셀 수 없이 많은 자전거를 도난당합니다. 기분 좋은 일은 아닐 겁니다. 그렇지만 현실이며 원칙적으로 내가 그 현실 속에 살고 있고 내 자전거가 밖에 세워져 있었던 겁니다.

이러한 생각이 도움이 안 되면 내 불행을 다른 더 큰 역경의 맥락에 두어야 합니다. 나에게 닥칠 수 있는 가장 큰 불행은 무엇일까요? 내가 겪을 수 있는 가장 큰 상실은 무엇일까요? 그것에 대해 생각을 해봅니다. 다시 한 번 텅 빈 자전거 주차대를 바라봅니다. 그렇게 이것저것을 함께 생각해보면 그래도 괜찮지 않을까요? 나는 행운아입니다.

트루먼 경험

혼자만 연관된 사건에서는 자신이 주인공입니다. 모든 것은 모든 것과 연결되어 있다는 것은 나도 알고 있습니다. 이런 관점이 잘못되면 모든 것이 나를 위주로 돌아가고 내가 모든 것의 중심인 것으로 변질됩니다. 내가 이러한 경향을 가진 유일한 사람이 아닌 것은 의심할 여지가 없기 때문에 그것에 이름을 붙여야 할 때가 된 것 같습니다. 나는 그러한 잘못된 자가당착이자 우리와 아무런 관련 없는 자아 해석을 1998년에 제작된 피터 위어 감독의 영화 〈트루먼 쇼〉의 이름을 따서 '트루먼 경험'이라고 부르려 합니다.

이 영화에서는 트루먼 버뱅크의 인생이 자신이 알지 못하는 사이 실제 드라마로 펼쳐집니다. 그의 인생 모든 것을 카메라에 담았습니다. 많은 고정 시청자가 그의 일상을 애청했습니다. 주변 사람들은 그의 인생인 드라마에서 배역을 맡아 연기한 배우들이었습니다. 그의 부인도 그의 부인으로 연기했습니다. 어느 날 갑작스럽게 스튜디오의 램프가 떨어졌습니다. 트루먼은 천천히, 그러나 분명하게 그의 인위적인 세계를 인식하기 시작합니다. 소낙비가 그에게만 떨어졌습니다. 차들은 그가 근처에 있어야 달리기 시작했습니다.

'트루먼 경험'을 가진 사람은 어떤 일이 그를 위해 연출된다는 느낌에서 벗어날 수 없습니다. 사건들은 그가 도착하기 전까지 일어나지 않고 그를 기다렸습니다. 내가 길을 건너면 세 대의 자동차가 적막한 길에 있습니다. 그것은 우연일 수 없고 논리적으로 설명되지 않는 필연도 아닙니다. 즉, 두 개의 서로 연관되지 않은 필연적인 사건의 진행입니다. 그 사건의 뒤에는 감독이 있습니다. 엄격히 말하면 트루먼 경험은 아닙니다. 트루먼에게는 세상이 정말 그를 중심으로 돌기 때문입니다. 그렇지만 트루먼 경험은 우리에게도 같은 경우라는 생각과 느낌이 들게 하는 겁니다. 그것이 옳지 않다는 생각을 먼저 해야 합니다. 예를 들면 스토아학파의 가르침을 통해서입니다. 스토아 철학의 안경을 끼고 바라보면 우리가 세상의 중심에 있지 않다는 것과 모든 것이 우리를 중심으로 돌지 않는다는 것이 분명해집니다. 모든 것과 모든 사람이 확실한 길을 가지고 있는 커다란 총체에서 작고 특이한 한 부분이라는 사실에 안심하면서 우리 자신을 적응시킬 수 있다는 것도 분명해집니다.

이런 것이 상당히 어렵다는 것을 나는 오늘 아침 조깅하면서 경험했습니다. 기분전환을 위해 항상 다니던 길에서 벗어나 다른 경로를 택하는 것도 괜찮아 보였습니다. 오른쪽으로 방향을 틀자마자 큰 트럭이 길 한가운데를

막고 서 있어서 트럭을 피해 돌아가는 순간 굴삭기가 눈 앞에 들어왔습니다. 왔던 길을 다시 돌아가기 싫어 내 다리는 무시무시한 굴삭기 이빨 끝에 닿을듯 말듯 피해 가야 했습니다. 드디어 장해물을 모두 피해 뛰다가 철도 건널목에 다다랐습니다. '내가 도착할 때 정확히 차단목이 내려오는지 한번 볼까'라고 생각하고 있는데, 정말 일 초도 안 틀리고 정확히 그런 일이 일어났습니다. 문득 트루먼이 떠올랐습니다. 그러자 혹시 누군가 혹은 무엇인가 나에게 무엇을 해주려고 이러는 걸까?라는 생각을 떨칠 수가 없었습니다. 나의 고정 경로에서 이탈하면 안 되는 것이었을까? 밖을 나서지 말았어야 했을까? 이것이 경고일까? 계속 생각했습니다. 집에 안전하게 도착했을 때 에픽테토스의 말이 다시 기억났습니다. "모든 사전 징후는 내가 그것을 직접 원할 때 유리한 것이다. 무슨 일이 일어나더라도 그것에 대해 무엇을 할지 안 할지 결정하는 사람은 나다."[8]

할 수 있다는 생각

어느 것은 우리의 역량 안에 놓여 있지만, 다른 것은 그렇지 않습니다. 우리 역량 밖에 있는 것을 역량 안에 들여놓으려고 하지 않음으로써 무력감을 방지할 수 있습니다. 생명의 유한성이 바로 그런 예입니다. 스토아학파는 아니지만 철학자 스피노자1632~1677는 "자유로운 인간이 다름 아닌 바로 죽음을 생각한다"고 말했습니다. 왜 그럴까요? 죽음은 반드시 찾아오며 평생 죽음에 대해 생각합니다. 죽음에 대해 생각하지 않는다면 아마 문제의 핵심을 바꾸지 못할 겁니다. 어느 날 우리는 벌레처럼 죽게 될 테지만 죽기 전에 자유롭고 기쁜 일에 몰두할 수 있습니다.

이 시대에는 다른 생각이 우리를 지배합니다. '할 수 있다'는 생각입니다. 모든 것에는 해결책이 있다는 사실에, 어떤 질병이든 치료약이 시장에 나왔거나 시장에 나올 거라는 생각에 익숙해 있습니다. 그 결과 우리는 계속 더 많은 것으로 고통을 겪을 거라는 겁니다. 아프다는 것만으로도 충분히 심각한 겁니다. 그러나 치료가 일상적인 것이라고 생각하면서 아프게 되면 희망을 키우게 되고 희망이 이루어지지 않게 되면 실망과 심지어 불의라는 감정까지 생깁니다. 우리가 질병 치료의 경계선을 계속 넓힐 수 있다는 것은 물론 좋은 일입니다. 그 점에서 우리는 스토아 철학자들의 두 번째 부류를 축소하고 첫 번째 부류를 확대합니다. 그렇지만 그러한 상승선은 기대 역시 상승하게 하고 보상받을 수 있는 양보다 더 큰 기대를 하게 합니다. 기대가 실재보다 큰 경우 고통을 겪게 됩니다. 사람들이 자유롭지 못하기 때문입니다.

우리가 살고 있는 무엇이든 실현 가능한 세상에서 고요한 마음 상태로 마지막 밤을 맞이하는 것이 한층 어려워지고 있습니다. 목청껏 내지르는 다른 목소리에 우리 목소리는 묻히고 맙니다. 그들의 목소리 즉, 소음은 쉼이 없습니다. 그들의 목소리를 듣지 않으려 하지만 우리에게 단번에 끝내라고 넌지시 통보합니다. 에픽테토스는 죽음에 대한 우리의 두려움에 대해 이렇게 말합니다.

"사물이 사람들을 직접 혼란에 빠뜨리지 않는다. 그것에 대한 사고가 그렇게 한다. 죽음도 그 자체만으로는 끔찍한 것이 아니다. 그렇지 않다면 소크라테스도 죽음을 분명히 끔찍한 것으로 생각했을 것이다. 우리를 두렵게 만드는 것은 죽음에 대한 우리의 생각이다. 무엇인가 끔찍한 것을 생각해서 끔찍한 것이다."[9]

우리가 모든 세상을 뒤집어엎고 고정된 것을 흔들기 전에 세상에 책임을 돌리지 않고 먼저 우리 자신의 견해를 들여다보면 아마 얻는 것이 더 많을 겁니다. 진정한 삶의 기술이란 어떤 것이 고정되어 있을 때, 우리를 거기에 내려놓는 겁니다. 아마 다르게 말해야 할 것 같습니다. 스토아학파도 죽음에 대해 생각하지만 올바른 방법으로 생각합니다. 그들은 죽어감을 잊지 말라고(반드시 죽는다는 것을 잊지 말라) 합니다. 현재 속에, 하루하루를, 지금 이 시간을 열심히 살아 가는 데 이보다 더 나은 이유는 없을 겁니다.

『엥케이리디온』의 네덜란드어판 부제는 '균형 잡힌 인생을 위한 지침'입니다. 스토아학파의 균형 잡힌 삶은 평온한 자유 가운데서 누리는 인생입니다. 철학의 도움으로 상황에 끌려 다니지 않는 삶입니다. 조화를 이루면서 사는 삶, 우리와 우리에게 일어나는 것들 사이에서 조화를 이루게 하는 이성적인 삶, 그리고 사물의 거침없는 진행과 그것에 대해 생각하는 것 사이에서 조화를 이루는 삶입니다. '분노하라, 꺼져가는 빛에 대해 분노하라'는 호기로운 유언처럼 보이고, 조화로운 삶을 거부하는 것은 어쩌면 낙천적으로 들릴 수 있습니다. 그러나 그것은 우리의 모든 생각과 느낌과 기대 속에서 지독히 고통스러운 불협화음으로 울려 퍼지고 의식 속에서 감정적인 부조화를 이루어 불쾌함을 이끌어낼 겁니다.

세네카

생각을 글로 써 내려간 스토아 철학자 중 한 명은 로마의 귀족 루키우스 아나에우스 세네카Lucius Annaeus Seneca입니다. 그는 기원전 4년부터 기원후 65년까지 살았습니다. 그의 동시대 인물은 예수입니다. 세네카는 많은 글을 썼으며 그중 『루킬리우스에게 보내는 편지Brieven aan Lucilius』가 잘 알려져 있습니다. 약 100통의 편지로 이루어졌으며 스토아학파의 삶의 지혜가 가득 담겨 있습니다. 많은 글이 암기하기 위해 벽타일에 새기는 경구 같으며 삶의 구호로 사용할 수도 있습니다.

첫 번째 편지는 시작부터 인상적입니다.

> "계속해, 나의 친구 루킬리우스. 너만의 인생에 대해 주장해. 지금까지 빼앗기고 도둑맞고 그냥 사라져버린 시간을 모두 모아 네 것으로 만들어야 해. 네가 주의를 기울이면 우리가 잘못을 저지르는 동안 인생의 많은 부분이 도망쳐버리고, 우리가 아무것도 하지 않는 동안 인생의 대부분이, 그리고 우리에게 낯선 일을 하는 동안 우리 인생 전체가 사라진다는 것을 볼 수 있을 거야. 시간에 어떤 가치를 부여하고, 하루의 가치를 가늠하면서 '나는 매일 죽는다'고 인식하는 사람'의 이름을 댈 수 있겠나?"[10]

'나는 매일 죽어가고 있다고 인식하는 사람'이라고 표현해야 할 것처럼 보이지만 그렇지 않습니다. "우리가 죽음을 어떤 미래적인 것이라고 착각하지만 죽음은 이미 과거에 일어난 것이기 때문이다. 우리 인생의 뒤에 남는 것은 죽음의 손에 달려 있다." 세네카는 계속해서 루킬리우스에게 모든 순간을 두 손으로 잡으라고 충고합니다. "네가 그렇게 현재를 붙잡고 있으면 결과는 네가 내일이라는 날에 덜 의존하게 될 것이다. 인생은 미뤄놓는 동안에 이미 휙 지나가 버리는 것이다."

세네카는 두 번째 편지에서 독서에 관해 썼습니다.

> "너의 내적인 삶에 영원히 자리 잡으려는 무언가를 정화하고 싶다면, 특별한 사상과 함께하며 자신을 성장시키는 것이 중요하다. 어디에나 있는 사람은 어디에도 없다. 떠돌아다니면서 인생을 산 사람들은 지식은 많지만 친구가 없다. 어느 누구의 영혼에 깊이 들어가 친숙해지려 하지 않고, 모든 것을 급하고 서두르며 스쳐 지나가는 사람에게 같은 현상이 일어난다. (……) 관심을 두지 않고 지나는 것에서 이득을 그냥 얻을 수 있다는 것은 전혀 옳은 말이 아니다. 수많은 책이 여기저기 흩어져 있을 때, 비록 전부를 읽을 수 없어도 되도록 많이 읽으려 하는 것으로 충분하다."[11]

이 한 문장이 모든 걸 말해줍니다. "어디에나 있는 사람은 어디에도 없다." 나는 이 말을 통해 한참 동안 행복할 수 있었습니다. 이 말은 너무 많은 선택으로 오히려 선택을 못할 위험에 처하는 사람들을 위한 아주 훌륭한 경구입니다. 모든 것을 경험해야 한다고 생각하고, 경험하는 것보다 실패할 것이라고 항상 두려워한다면, 이 말은 독서, 음악감상뿐만 아니라 우정과 사랑에도 적용될 겁니다.

스토아학파의 철학자들은 훌륭한 치료자입니다. 그들의 철학은 언뜻 심리학 같기도 합니다. 그렇지만 연대순으로 보면 타당하지 않습니다. 심리학은 많은 부분을 철학에서 가져왔습니다. 그래서 나는 철학자들을 좋아합니다. 철학자들은 인간뿐만 아니라 온 세상을 다루기 때문입니다. 내가 정기적으로 철학에 대해 대화를 나누는 정신과 의사인 친구 카를은 스토아학파의 팬입니다. 그에 따르면 많은 스토아 철학자들의 사상이 치료요법으로 가능하다고 합니다.

죽음에 대한 두려움

살면서 어려움이 닥치면, 완고한 세상과 부딪히면 고통스럽습니다. 그 고통은 두려움, 슬픔, 비통함 같은 여러 감정을 가져옵니다. 에피쿠로스 이외의 철학자들이 우리의 편안한 마음을 동요시키는 가장 큰 말썽꾼이라고 말하는 두려움부터 시작해보겠습니다. 세네카는 죽음에 대한 공포를 그의 철학적 반대자들과 비슷한 방법으로 생각했고 그들을 자주 인용했습니다. "나는 다른 분파의 캠프 또한 들러보는 습관이 있다. 변절자로서가 아닌 염탐자로서." 그는 이렇게 썼습니다. "죽음이 마지막인 것만큼 큰 재앙은 없다. 죽음은 당신에게도 온다. 죽음이 당신에게 머무른다면 두려워할 만한 것이다. 그러나 두 개 이상의 가능성이 있는 것은 아니다. 즉, 죽음은 당신에게 오지 않거나 혹은 그냥 지나가는 것이다."[12]

> 대부분의 사람은 죽음에 대한 두려움과 삶이 주는 고통 사이에서 이리저리 왔다 갔다 한다. 불쌍한 영혼들이다. 그들은 살고 싶지 않지만 죽을 수는 없다. 따라서 너를 보전하려는 걱정을 너에게서 떨쳐버림으로써 삶 전체를 매력 있게 만들어보라. 영혼이 삶의 상실을 준비하고 있지 않다면, 그 삶을 누리는 사람에겐 아무런 이득이 없다. 아무것도 없는 상태에서 상실은, 상실했을 때 우리가 되찾기를 바랄 수 없다고 느끼는 쪽보다 덜 힘들다.

그렇다면 왜 죽음을 두려워할까요? 태어나는 순간부터 우리는 어디론가 가고 있습니다. 우리의 머릿속에서 "이런

저런 생각이 끊임없이 일어나야 하고, 평화로운 가운데 마지막 시간을 맞이하길 원한다. 그것을 두려워하는 마음이 모든 시간 동안 불안하게 한다."

희망

희망은 우리 삶에서 사라지는 마지막 것이라는 말이 있습니다. 상황이 아무리 험해도 희망을 붙들어야 합니다. 희망이 우리를 붙들고 있습니다. 희망은 우리가 곤경에 빨리 처하지 않게 합니다. 다행입니다. 희망이 아니면 무엇이 우리를 지켜줄까요? 그러나 세네카는 이러한 희망에 대해 덜 긍정적입니다. 그는 경구나 인용문을 생각하며 매일 산책하는 것을 즐겼습니다. 그가 얻은 '오늘의 작은 성과'는 다음과 같습니다. "헤카톤에게 갈망을 제한하면 두려움을 치료하는 데 도움이 된다는 것을 알았다. '너는 두려워하는 것을 멈출 것이다. 네가 멈추길 바란다면'이라고 말했다."[13]

희망과 두려움은 공존하지 않는 것처럼 보입니다. 하지만 세네카는 그것들이 연결되어 있고 동일선상에서 보조를 맞춘다고 했습니다. "두려움은 희망의 발걸음을 따라 걸어간다." 그는 이 말을 이렇게 설명합니다.

나는 그렇게 따라가는 것에 놀라지 않는다. 둘 다 떠돌아다니는 마음의 병이며, 무엇이 일어날까 하는 기대로 불안해지는 마음이다. 이 두 가지 주요 원인은 우리가 지금 일어날 일에 대해 준비를 하지 않고 생각을 먼 미래로 보내버리기 때문이다. 그래서 예견은 인간이 처한 상황에서 가지는 좋은 것이지만 잘못된 방향으로 흐르기도 한다.

야생동물은 위험을 보면 피한다. 피신하면 안전하다. 반면 우리 인간은 앞으로 닥칠 일과 이미 지난 일로 스스로를 괴롭힌다. 우리가 가진 많고도 좋은 특성이 우리에게 피해를 유발한다. 기억은 두려움에 대한 괴로움을 또다시 불러일으킨다. 예견은 그보다 앞서 간다. 어느 누구도 현재의 상황만으로 고통을 당하지 않는다.

늘 불평하고 모든 것을 걱정하는 경향이 있다면, 세네카의 말들은 우리 자신을 다른 방법으로 바라보도록 도움을 줄 수 있습니다. 숙고하는 능력, 예견하기, 모든 일을 고려하는 것 등은 우리가 가진 훌륭한 자질입니다. 이러한 자질은 부작용을 일으킬 수 있으나 출발점은 긍정적입니다. 그 자질은 벗어나야 할 것이 아닙니다. 우리가 나쁘다거나, 약하다거나, 아프다고 느끼는 이유입니다. 우리가 꾸준히 관리하는 법을 배워야 하는 능력입니다.

스트레스가 가득하고 강박관념을 가지고 있다는 것이

너무 깊이 생각한다는 것을 말하는 것은 아니고, 깊이 생각하는 것이 좋지 않다는 것도 아닙니다. 오히려 먼저 현명한 판단능력에 관여하는 몇 가지를 배워야 한다는 것을 말합니다. 세네카는 어떻게 할 수 있는지를 보여줍니다. 질문에 대한 답을 모든 이성 안에서 찾음으로써 자연스럽게 어울리는 평온을 얻습니다. 우리가 미치지 않았고 정신병을 앓고 있는 것도 아니고 단지 약간 이상하다는 것을 깨닫게 되면 안심할 수 있습니다. 우리의 훌륭한 안테나를 굳이 불신하지 않아도 되고 끌 필요도 없다는 것을 의미합니다. 단지 더 잘 조절하는 법을 배워야 합니다.

희망은 끊어질 수도 있고, 절망에 빠뜨릴 수도 있습니다. 절망이란 무질서이며 저항으로 일어나는 겁니다. 우리가 확고한 세계 질서에 자신을 합류시키지 못하기 때문입니다. 희망은 우리를 기다리게 하고 또 기다리게 합니다. 그 사이에 우리를 올바른 삶으로 가는 길에서 벗어나게 합니다. 희망은 우리를 현실에 가두어둘 수 있습니다. 뚜껑처럼 우리의 예민한 부분을 누르고 앉아 있을 수 있습니다. 우리 스스로 다가올 가장 좋은 것을 위해 보관하고 있기 때문입니다.

엄격한 의미에서 희망은 미래에 투영되는 비이성적인 것, 환상, 꿈입니다. 희망이 비이성적이라는 것은 단어가 내포하는 감정에서 알 수 있습니다. 그 단어는 한숨 짓게 하며, 심호흡을 하게 하고, 걱정과 우려로 먼곳을 올려다보게 하며 시선을 멍하니 지평선에 머물게 합니다. 그런데 지평선 뒤에 무엇이 있는지는 지구가 둥글기 때문에 볼 수가 없습니다. 미래가 어떻게 다가올지는 미래로 항해하는 동안에 알 수 있습니다. 희망의 바다에서 유일하게 닻을 내리는 순간은 죽는 날입니다. 그래서 미래가 오늘처럼 여기에 있을 때, 우리를 미래에 연결하는 것이 더 나을 겁니다. 희망의 꿈을 너무 멀리 내다보면 언젠가는 희망했던 것과 이루어진 것의 차이로 고통받게 될 겁니다.

가장 끔찍한 것이 될까봐 두려워했는데 그것이 현실이 되지 않는다면, 지금껏 내내 아무것도 아닌 것 때문에 고생한 겁니다. 두려워한 것이 정말 일어난다면, 두려움을 우려하느라 불필요하게 두 배로 고통받은 겁니다.

아주 분명해 보입니다. 그런데도 대부분 현재를 살아가는 데 큰 어려움을 느끼고 있습니다. 희망은 매우 고집스러운 어린이와 같습니다. 그 아이는 자꾸 반복하면서 자신이 우리에게 의존적이라는 것과 우리가 자신을 잘 돌봐야 할 책임이 있다는 것을 상기시켜주는 것 같습니다. 나는 의식적으로 현재를 살아간다는 것이 매우 가치 있는 기술이라고 이해합니다. 우리가 지금 있는 곳이 바로 현재이기 때문입니다. (“무엇이든 지금 있는 것에 만족하고 자신의 현재 상황을 사랑하는 사람은 행복하다."[14]) 과거와 미래를 바라보는 데에는 매우 많은 고통이 놓여있습니다. 그것이 희망과 함께라면 본질적인 생각의 오류라기보다는 반대로 좋은 무언가도 있을 겁니다.

희망은 무한합니다. 아직 채워지지 않은 것을 채우려 하고 알려지지 않은 낯선 곳으로 가기 때문입니다. 그래서 희망을 비이성적인 것으로 여기는 것이 당연한 것처럼 보입니다. 그렇지만 그것이 완전히 정당한 것은 아닙니다. 단지 내일이 무엇을 가져올지 알고 싶을 뿐이고 이성은 그것을 알기 때문입니다. 희망은 우리가 과장하지 않거나 고정된 것처럼 집착하지 않는다면 언제나 정당화될 수 있습니다. 우리가 희망하는 일을 멈추는 순간, 고통이 문 앞에 서 있을 겁니다.

희망을 당장 전적으로 끊는 대신, 적당히 희망하는 연습을 해야 할 겁니다. 우리는 기억 속에 기쁨과 가치 있는 슬픔을 많이 보관하고 있습니다. 기억에 의지하지 않고 기억이 문을 두드릴 때 단호하고 두려운 마음으로 돌려보낸다면 그것은 비인간적인 손실이라고 생각합니다. 세네카에 관한 한, 다음 장에서 나타날 것처럼 지나칠 필요는 없습니다.

아디아포라: 대수롭지 않은 것들

세네카에 따르면 '우리를 억압하는 것', '현실에 기대를 가짐으로써 얻게 되는 고통'[15] 이외에 우리를 두렵게 만드는 것이 더 많다고 합니다. 우리를 억압하는 것이란 종속적이고 어쩔 수 없이 닥치며 견뎌야 하는 것들을 말합니다. 그는 군사용어와 육상경기에서 쓰이는 그림으로 설명합니다. 자전거를 타고 맞바람을 맞을 때 이렇게 생각하면 도움이 될 겁니다. "그래, 바람아, 불 테면 불어라. 내가 상대해주마." 힘없이 안장에 앉아서 한숨을 쉬는 대신, 페달에 발을 올려놓습니다. 그런 식으로 맞바람에 맞서 자전거를 타고, 무슨 일이 있어도 이겨야 하는 경기를 치릅니다. 질병도 그러한 식으로 도전하고 이겨야 하는 것으로 여기는 사람들이 있습니다. 그들은 실제로 덜 아픈 환자이기 때문에 결과적으로 질병의 고통을 덜 겪습니다.

선한 사람들이 언제나 악을 만난다는 한숨 어린 불평에 세네카는 간단하게 사실이 아니라고 합니다. 선한 사람들에게는 악한 것이 올 수 없습니다. 악한 것을 사람들 무리에 던져보십시오. 반대의 경우가 무수히 나타날 겁니다. 그렇다고 세네카가 사랑스럽고 겸손하고 순수한 사람들이 모든 비극과 고통으로부터 해방된다고 말하지는 않습니다. 그는 사람들이 어떤 상황에서도 올바른 삶으로 인도받는다는 것을 말하고 싶어합니다. 선이란 우리가 이미 알듯이 이성과 같습니다. 선한 사람에게는 어떤 악한 것도 생기지 않습니다. 선한 사람은 그것을 악한 것으로 여기지 않기 때문입니다. 질병은 사람을 힘들게 합니다. 그러나 악이 아니며 징벌도 아닙니다. 질병에서 우리가 무언가를 발견해야 한다면, 그것이 중요하지 않다고 생각하고 견디십시오. 테스트나 단련, 혹은 한 명의 승자만 있는 경기, 혹은 교훈으로 받아들이거나 그것을 통해 더 강해지고 현명해진다고 여기십시오.

스토아학파는 우리가 모으는 대신 잃어버리길 원할지도 모르는 모든 것, 그러나 우리의 행복을 가로막지는 않는 것들을 '아디아포라adiaphora'라고 불렀습니다. 문자 그대로 '대수롭지 않은 것들비본질적인 문제'입니다. 아디아포라는 행복을 위해 차이를 두지 않는, 선한 사람이 되려는 노력을 위해 중요하지 않은 사물이나 환경입니다. 아디아포라는 선택적인 것과 비선택적인 것으로 나뉠 수 있습니다. 스토아 철학자들이 무언가 선택할 수 있는 사람은 실병보다는 건강, 가난보다는 부, 나쁜 명성보다는 좋은 명성, 죽음보다는 생명, 고통보다는 쾌락을 선택한다고 이해했기 때문입니다. 하지만 선택하지 않는다면 주어지지 않을 겁니다. 선택하는 사람은 행복을 위해 차이를 두지 않습니다. 그가 차이를 두어서 신체적 건강과 재정적 상황 혹은 경력상 기회가 행복과 도덕을 해치도록 허용한다면, 행복을 외적인 환경의 영향 아래 놓이게 하는 겁니다. 좋은 삶에는 조건을 달지 않는 것이 더 좋습니다. 그래서 가난하고 버림을 받거나 아픈 사람에게도 행복은 나누어질 수 있습니다. 건강한 이성적 사고입니다.

세네카에 대해 연민을 불러일으키는 것은, 그는 가능하다면 건강한 지성을 엄격한 금욕주의적 이성 위에 두었다는 겁니다. 그는 그리스의 스토아학파처럼 사람들에게 한숨과 불평을 불러일으키는 것은 의미가 없으며 심지어 의심스럽다고 명료하게 주장하는 것은 위선적이라고 생각했습니다. 지성은 정신 건강을 위해 존재해야 하고 실제로는 달성이 불가능한 무관심의 이상을 추구하느라 불필요한 고통을 겪지 않도록 해줍니다. 그는 루킬리우스에게 행복을 가져다주는 것을 생각하고, 오지도 않을 것을, 최소한 아직 오지 않은 것을 두려워하면서 미리 불행에 빠지지 말 것을 충고했습니다.

> 많은 것이 필요 이상으로 우리를 괴롭힌다. 많은 것이 필요하기 전에 우리를 괴롭힌다. 많은 것이 전혀 필요하지 않음에도 우리를 괴롭힌다. (……) 예상하지 않은 많은 일이 일어나고, 예상한 많은 일은 일어나지 않는다. 그런 일들이 일어나려 한다고 해도 자신의 고통을 기다리는 게 무슨 의미

가 있겠는가? 일이 일어난다면 우리는 충분히 고통을 겪게 될 것이다. 그 사이에 다른 좋은 것을 바라보자."[16]

여기에 '이길 것이 무엇인가'라는 질문에 대한 답이 명확하게 준비되어 있습니다. 바로 시간입니다. 우리의 앞뒤로는 다녀오지 않았던 곳, 도달하지 못할 곳까지 영원함이 펼쳐져 있습니다. 우리가 가진 짧은 순간의 시간을 빼앗기는 일이 발생하지 않도록 합시다. 그 시간은 우리가 가진 전부입니다.

그것을 두려움, 안 좋은 시나리오, 자포자기적 희망 그리고 힘든 기대감에 불필요하게 낭비하지 맙시다. 세네카는 시간 벌기와 인생의 균형 유지와 관련하여 건전한 이성이 우리가 희망을 갖는 것을 스스로 알려줄 수 있다고 하였습니다. 근거 없는 두려움을 이성의 힘으로 철저히 사라지게 못한다면, 그리고 (그 두려움이) 우리를 계속 뒤따라온다면, 우리는 그렇게 되도록 내버려두는 대신에 '그 단점을 다른 단점으로 맞서 싸우며 모든 두려움을 희망으로 약화'시킬 수 있습니다. 좀 더 자세히 생각해보면, 두려워하는 것들이 일어난다는 것은 일어나지 않을 것이라는 것보다 덜 확실합니다. "그래서 희망과 두려움을 함께 염두에 두어야 하며, 모든 것이 불확실할 때는 우리에게 유리한 방향으로 결정해야 한다. 즉, 무엇을 더 원하는지를 믿어야 한다"고 세네카는 말합니다.

이러한 관대하고 온화한 그리고 인생과 조화를 이루는 것을 목표로 삼는 일종의 이성적 실용주의는 에픽테토스에게서도 찾을 수 있습니다. 예를 들면, '인생 규칙 43'입니다.

> 모든 것을 두 가지 방법으로 다룰 수 있다. 어떤 하나가 효과가 있다면, 다른 하나는 효과가 없다. 형이 당신을 학대한다고 생각해보라. 형이 당신을 정당하지 않게 대우한다는 관점으로 문제를 해결하지 말라(왜냐하면, 그렇게 문제를 해결할 수 없기 때문이다). 그렇지만 그가 당신의 형이고 당신이 그와 함께 성장한다는 관점으로 바라보라. 그렇다면 문제를 다룰 수 있게 될 것이다.

우리가 바라는 대로 일이 제대로 진행되지 않으면 어깨 한번 으쓱하고서 무심한 듯 태연하게 아무 일도 없었던 것처럼 행동할 수 있습니다. 그렇지만 선명한 이성적 능력으로 '아디아포라'를 붙잡고 행복을 강화할 수 있습니다. 운동과 비교해 봅시다. 운동을 육체적 컨디션 문제라고 볼 때, 육체를 어떻게 향상시킬 수 있는지 잘 알 수 있습니다. 육체를 조심스럽게 다루는 것이 아니라 육체에 충격을 주고 단련하거나 긴장하면 됩니다. 활동하지 않는 근육은 흐늘거리며 약해지게 마련입니다. 반면 활동하는 근육은 자라고 사용할수록 강해집니다. 이런 지혜는 행복을 위한 은유법으로 사용할 수 있습니다. 우리의 행복을 근육으로 간주하면 가끔 충격을 받더라도 아무런 문제가 없다는 것을 알 수 있습니다. 사고나 역경은 우리가 좀 더 나은 행복의 조건을 가지고 벗어날 수 있는 훈련장으로 볼 수 있는 겁니다. '행복 근육'을 전혀 단련하지 않은 사람은 아주 작은 역경에도 무너질 것이며 한숨 같은 맞바람에도 날아가고 말 겁니다.

군사적 성향이 강한 세네카는 '질병, 슬픔, 그리고 다른 역경'의 경우에 군사적 관점을 적용하고 있습니다. 가장 위험한 명령이 가장 용감한 병사들에게 내려지는 군대와 같이, 그의 관점은 최정예 인원들에게 작용합니다. 지휘관이 병사들을 위험한 작전에 보낼 때 '저 사람이 우리에게 무슨 감정이 있을 거야, 우리가 뭘 잘못했나?'라고 생각하는 병사는 없을 겁니다. 반대로 지휘관이 자신들을 아주 높이 평가한다고 생각할 겁니다. "그래서 명령을 받은 병사들은 겁먹고 두려워하는 사람들을 위해 눈물의 원천이 될 수 있는 것조차 감내해야 한다. 그들은 '신의 관점에서 인간 본성이 얼마나 감내할 수 있는지를 시험했을 때 우리는 충분히 할 수 있다'고 말할 것이다."[17]

이러한 관점의 한 가지 단점이라면 자연 밖에 존재하고, 초인적인 힘을 가지고 있으며 알 수 없는 이유로 재난을 안기는 등 우리를 향한 계획이 있는 개인적인 신을 암시하고 있다는 겁니다. 이 문제에 대한 스토아학파적 해결책은 신, 자연, 이성이 같은 것인 반면, 우리가 알기도 전에 또 다시 초자연적인 존재와 싸우고 있는 중이라는 겁니다. 이것은 모든 것이 입법자 없는 법에 순종하고, 우리가 이성이 없는 이성의 영향을 받으며, 존재하는 모든 것이 창조자 없는 자연에 내재되어 있음을 의미합니다.

도자기와 사람

스토아학파는 우리 인생에서 무엇이 가장 고통스러운지 탐구하고 나서 그것을 생각을 통해 찾아보려고 노력합니다. 죽음에 대한 두려움 이외에 우리에게 가장 큰 고통을 주는 것은 다른 사람의 죽음에 대한 두려움입니다. 가족의 죽음 앞에 우리는 무력하기만 합니다. 그럼에도 무력감에 대항할 수 있게 해주는 두 가지 방법이 있습니다. 하나는 죽음 전에, 다른 하나는 죽음 후에 있습니다.

우리의 인생에 소중한 타인의 죽음을 어떻게 맞이해야 할까요? 에픽테토스는 거기에 그의 첫 번째 '인생 규칙'을 할애하고 있습니다.

어떤 것이 당신을 유용하고 소중한 면으로 현혹하면 그것의 가치를 생각해보는 것을 잊지 말라. 아래서부터 시작해보라. 당신이 도자기 하나에 집착하고 있다고 생각해보자. "도자기 하나에 나는 집착한다"라고 말해보라. 그 도자기가 언젠가 깨진다면 너는 충격으로 어쩔 줄 모를 것이다. 당신이 아이나 부인에게 키스한다고 생각해보라. "죽어가는 사람, 그 이상은 아니야. 나는 키스하고 있어"라고 말해보라. 그 사람이 언젠가 죽게 된다고 해도 당신은 당황하지 않을 것이다.[18]

많은 사람은 이 구절을 읽으면 당황스러울 겁니다. 냉정하거나 삶의 경험도 없이 자신이 무엇에 대해 말하고 있는지도 모르는 사람의 말처럼 들립니다. 이 구절은 무딘 도끼로 다듬어놓은 것처럼 거칩니다. 그렇지만 에픽테토스가 무엇을 말하려는지 이해하도록 해봅시다.

여기에서는 전형적인 스토아학파의 사고 방식을 말하고 있고, 이성적인 '행복 근육'을 단련하려는 복석을 가지고 있다는 것을 분명히 하고 싶습니다. 훈련은 나중에 하는 게 아니라 미리 하는 겁니다. 시간이 남아 있다는 것은 힘을 키우기 위해서는 이미 늦었다는 것이고, 지구력이 약한 사람은 그 때문에 고생할 위험을 지니고 있습니다. 에픽테토스는 소중한 것들의 가치를 알아보라고 부탁합니다. 무엇이 소중한 것인지 알기 위해서는 감정의 흔적을 밟아가기만 하면 됩니다. 감정은 분명히 자연스러운 것이 아닙니다. 그렇지만 감정은 우리가 무엇을 중요하게 생각하는지 말해줍니다. 어떤 것에서 감정을 떼어 놓자마자 그것의 소중함을 알게 됩니다. 이것은 긍정적인 가치뿐만 아니라 부정적인 가치도 될 수 있습니다. 예를 들어 우리가 뱀이나 정치가를 두려워하면 그것들을 나쁜 것으로 판단합니다. 우리가 느끼는 순간 무관심할 수 없습니다.

감정은 가치를 판단하는 겁니다. 감정은 인식의 오류이기도 합니다. 서로 상반되는 이야기처럼 들리지만 그렇지 않습니다. 해결책은 의존성이라는 개념에 담겨 있습니다. 감정은 우리 밖에 있는 무엇인가에 대한 가치판단입니다. 그러나 우리 밖에 있는 것이 가치가 있다고 판단하자마자 그것에 의존하게 됩니다. 내가 거실에 있는 골동품 도자기에 집착하면 상처받기 쉽습니다. 그 도자기가 떨어져 깨진다고 생각해봅시다. 화가 나고 비통해지고 아마도 그게 상속물이기 때문에 위로받지 못할지도 모릅니다. 그래서 에픽테토스는 가치가 가득한 것들의 '진정한 가치'를 깊이 생각해 그런 상실을 준비해야 한다고 주장합니다. 우리는 도자기에 원하는 만큼 많은 가치를 부여할 수 있습니다. 하지만 그것은 도자기는 깨지는 것이라는 명백한 사실에 아무런 영향을 끼칠 수 없습니다.

상속받은 도자기가 떨어져 산산조각 난 후 위로받을 길 없는 상태는 그 물건에 너무 많은 가치를 부여했다는 것을 깨닫게 합니다. 우리의 행복이 깨지는 것을 어떤 물건이 깨지는 것과 마찬가지라고 생각하는 것이 좋을 듯합니다. 자신이 행복하다고 생각하는 것은 감정에 치우치고 집착함을 인식하게 된 후, 집착으로부터 자신을 분리시켜 생각하고, 얽힌 실타래를 풀듯이 찬찬히 들여다보며 매듭을 풀어내는 것을 의미합니다.

에픽테토스는 한 여자나 아이가 도자기가 아니라는 것을 잘 알고 있습니다. 사람은 물건이 아닙니다. 사람과 사물에 대한 사랑은 상당히 다릅니다. 그렇지만 여자, 아이, 도자기가 공통으로 가지고 있는 것은, 우리의 영역 밖에 떨어져 존재하며 깨질 수 있다는 사실입니다. 에픽테토스는 도자기에 집착해서는 안 된다고 말하지 않습니다. 그러나 무엇인가는 깨질 수 있다는 것을 깨달아야 한다고 말합니다. 그는 여자나 아이를 사랑할 수 없다고 말하지 않습니다. 하지만 그들을 상처받지 않고 불멸의 존재로 착각하지 말아야 한다고 말합니다. 그러한 착오를 일으키면 (누구든지 그런 착오는 합니다) 그들이 우리를 벗어나는 그 이상으로 혼란에 빠집니다.

에픽테토스가 '가장 소중한 것도 죽는다'는 생각을 연습하는 것은 슬픔이 자연스럽지 못한 것이 되고 정도를 벗어난 슬픔에 굴복하는 것을 방지하는 데 그 목적이 있습니다. 나는 사랑하는 사람들이 죽음에 대한 잘못된 인식을 가짐으로써 슬픔을 견딜 수 없게 만든다는 그의 생각을 의심하지 않습니다. 그렇지만 솔직히 말해, 내가 사랑하는 사람들을 습관의 힘으로 가두는 것을 막기 위해서만 이 '인생 규칙'을 사용합니다. 그들과 나의 인생이 여기에 있고, 그리고 지금 있고, 그리고 사랑이 여기에 있고, 그리고 지금 반드시 살아야 한다는 것을 나 자신에게 기억시키기 위함입니다. 오늘을 즐기십시오. 함께 하루하루를 즐기십시오.

나는 이외에 마치 모든 사람이 영원한 삶을 갖기라도 하는 것처럼, 자연의 법칙이 내가 사랑하는 사람에게는 적용되지 않는 것처럼 생각합니다. 이런 생각이 나를 나쁜 스토아 철학자로 만든다는 것을 알고 있습니다. 나는 이와 함께 형편없이 많은 고통을 어깨에 짊어집니다. 그러나 나는 당분간은 감히 시도하고 있습니다. 그것이 오래 지속하지 못하리라는 것을 알면서도 말입니다.

> 네 아내와 아이들, 친구들이 영원히 살기를 바라는 것은 순진하다. 그렇다면 네가 너의 힘 밖에 있는 무엇을 다스리려고 바라고 너의 경계선을 벗어나기 때문이다. (……) 그렇지만 네가 너의 바람에 실망하지 않기를 바라는 것은 매

우 어려운 일이다. 그래서 네가 할 수 있는 가능성 안에서 무엇을 달성하도록 한번 노력해보라. (……) 그래서 자유롭기를 원하는 모든 사람은 아무것도 원하지 말아야 하고 다른 사람에게 의존하는 것을 두려워해야 한다. 그렇지 않으면 너는 돌이킬 수 없이 그들의 노예다.[19]

스토아학파에 따르면, 노예로 산다는 것은 누구든 무엇이든 우리에게 닥칠 수 있는 것 중 가장 끔찍하고 가치 없는 일입니다. 다른 사람에게 스스로를 의존적으로 만드는 사람들은 자신에게 그들이 없다면 아무것도 할 수 없다고 생각할 것이며, 다른 사람들이 떨어져 나가거나 떠나거나 혹은 자신을 다른 방법으로 싫어하기라도 하면 엄청난 고통을 겪을 겁니다. 이것이 우리가 '그 누구보다 위'에 있어야 하는 이유입니다.

그러나 나는 사람이지 신이 아닙니다. 나는 아직 내가 사람임에 행복하다고 나 자신을 칭찬합니다. 나는 침범할 수 없는 존재가 되길 원하지 않습니다. 선택할 수 있는 존재가 되는 것이, 그래서 무엇이 우리 안에 들어오고, 또 들어오지 못하도록 선택하는 피하층을 갖는 것이 좋습니다. 그러나 뚫을 수 없는 각질층을 갖는다면 어떨까요? 무언가가 우리를 만지면 영향을 받습니다. 누군가가 우리를 만지면 혼자가 아니라는 것을 알게 됩니다. 접촉은 상호적인 겁니다. 만진다는 것은 동시에 만져지는 겁니다. 우리가 상처받지 않을까 걱정하는 것은 좋은 일입니다. 그러나 문을 닫고 갑옷 안에 자신을 완전히 가두는 것은 현명한 결정이라기보다 두려움의 감정을 야기하는 것처럼 보입니다.

다른 사람과의 삶에 대한 두려움이 너무나 깊은 나머지 금욕주의적 자기정화에 몰입하는 것은 아닐까요? 마음을 다 주고 그 마음이 부서질 수 있다는 두려움을 이해할 수 있을지라도, 이성적인 판단으로 두려움을 떨쳐내야 한다고 나는 확신합니다. 두려움이 언제나 나쁜 것은 아닙니다. 좋은 조언자가 될 수도 있습니다. 다른 사람의 영향을 받을 수 있음을 아는 것은 삶에서 다른 사람이 얼마나 중요한지 눈을 뜨게 해줍니다. 접촉되는 것은 민감함과 예민한 피부가 없이는 불가능합니다. 갑옷은 다가오는 사랑을 단단하고 차갑게 하는 쓸모없는 것에 불과합니다. 물론 안에서는 여전히 따듯한 피가 흐를 수 있습니다. 그러나 그것을 아무도 알아채지 못하는데 무슨 소용이 있을까요?

며칠간 머릿속에서 노래 한 곡이 맴돌고 있습니다. 콜드플레이의 〈당황하지 마Don't Panic〉입니다. 가사에 내가 말하려고 하는 것이 담겨 있습니다. 모든 것은 소멸하고 죽게 되니 지금의 인생을 있는 그대로 받아들이고 그 안에서 아름다움을 보자는 내용입니다. 결국 스토아 철학의 엄격함에도 불구하고, 없어서는 안 될 다른 사람이 삶을 계속 살아가도록 만들어줍니다. 누구나 죽을 수밖에 없는 운명이라는 말이 우리가 함께 지낼 날을 즐겨야 한다고 고무시키는 것밖에 또 다른 무엇이 있겠습니까? 에픽테토스가 콜드플레이의 〈Don't panic〉을 높이 평가했을 것이라고 생각합니다.

뼈무덤, 돌처럼 가라앉는,
우리가 투쟁한 모든 것들,
집, 우리가 자라온 곳,
우리 모두는 끝장나겠지.
하지만 우리는 아름다운 세상에 살고 있어.
그래 맞아, 그래 맞아,
우리는 아름다운 세상에 살고 있어.
오, 내가 알던 모든 것들.
도망칠 필요 없는 곳,
왜냐하면 그대, 여기 있는 모든 사람들에겐
기댈 누군가가 있으니까.[20]

위로의 말

스토아 철학자들은 위로의 편지를 쓰는 전통이 있습니다. 슬픔에 빠진 사람, 스스로 일어설 수 없는 사람, 슬픔을 이기려고 마음먹은 사람에게 편지를 씁니다.

세네카는 아들을 잃고 슬픔을 탄식하는 것 말고는 아무것도 하지 않고 세월을 보낸 마르시아를 알고 있습니다. 마르시아는 슬픔의 끝없는 우물에 빠져 무력하게 지내고 있었습니다. 세네카는 그녀가 현명한 충고를 받아들이고 그 우물에서 빠져나오길 바라는 편지 한 통을 보냈습니다. 마르시아는 3년 내내 슬퍼하고 있었기 때문에 세네카는 너무 조심스럽게 편지를 쓰면 안 된다는 것을 깨달았습니다. 세네카는 엄격하면서도 이해심이 많은 글 쓰기 방법을 택했습니다.

> 부드러운 목소리로 다른 사람들이 일하러 가게 하고 당신은 자신에게 말을 하세요. 나는 당신을 괴롭히는 슬픔에 맞서기로 결심했어요. 나는 당신의 지긋지긋하고 공허한 울부짖음을 멈추도록 하겠어요. 당신이 구질구질한 그리움보다 습관에서 벗어나 진실을 들을 수 있다면요. 당신 자신을 치료하는 데 협조한다면 눈물을 쏟아내요. 그렇지 않으면 당신의 의지에 반하는 거예요. 당신은 슬픔에 심각하게

> 얽매여 있어 그 슬픔을 끌어안고 있어요. 그 슬픔이 당신의 아들이라도 되는 것처럼, 당신은 아들이 당신보다 오래 살기를 원하고 있기 때문이에요.[21]

세네카는 슬픔으로 죽고 싶다는 마르시아의 바람을 그녀의 아이가 그녀보다 오래 살기를 바란다는 것으로 암시하며 사려 깊은 방법으로 그녀의 부적절한 생각을 지적합니다. 그녀가 원하는 것이 불가능하고, 무엇이 큰 슬픔의 원인인지는 분명합니다. 슬픔에 대한 집착입니다. 슬퍼함으로써 그리운 사람을 옆에 둘 수 있기라도 한 것처럼.

세네카는 슬픔이나 비탄 같은 감정의 모호성을 보는 눈을 가졌습니다. 사람들은 처음에는 그런 감정을 거부하려는 듯하지만 어떤 비탄에 빠졌는지 털어놓습니다. 그것이 더는 존재하지 않는 그들 곁에 있는 환상이거나 감정이더라도 그렇습니다. 우리는 떠난 사람을 지독히도 그리워하기 때문에 슬픔을 가눌 수 없는 상태를 염원하는 것의 먹잇감이 될 수 있습니다. 그러한 비탄은 공허한 사랑이기 때문에 외로운 모습을 하고 있습니다. 사랑하는 사람은 사랑하는 연인의 존재로 자신을 위로할 수 있는 곳에서 사랑을 하고, 비탄에 잠긴 사람은 필연적으로 위로 없이 지냅니다. 그것이 끔찍한 비탄이라고 불리는 사랑을 하게 만듭니다.

마르시아가 그녀의 어린 영혼을 사랑한 지 3년이 지났습니다. 세네카는 금욕주의적 의견을 내야 할 시간이 되었다고 판단했습니다. 모든 상처에 통하는 '자연적인 치료약'인 시간도 마르시아에게는 어떤 효과도 거둘 수 없었습니다. 그녀가 치료를 위해서 무언가를 했어야 했기 때문입니다. 매사에 그렇듯이 이것도 올바른 방법을 얻는 것과 관련이 있습니다. "슬퍼하는 것을 허락하고 그것을 할 일로 삼느냐 아니냐는 커다란 차이를 만든다"[22]고 세네카는 말했습니다. 시간을 흘러가게 하는 것으로는 충분하지 않습니다. 그것은 묵묵히 견디는 것이며 그 때문에 감정은 상처를 입게 됩니다. 우리는 슬픔에서 온전히 벗어나 적극적으로 삶의 무대에 서야 합니다. "슬픔이 끝나길 소극적으로 기다리는 것보다는 당신이 슬픔을 스스로 끝내는 것이 세련된 삶의 방식에 더 어울리지 않겠는가? 당신은 슬픔을 스스로 버려야 한다."[23]

마르시아의 끝없이 이어진 비탄은 그녀를 무자비하게 공격했습니다. 세네카는 그녀에게 편지를 썼습니다. "모든 실수가 우리 안에 깊이 뿌리를 내리고 있듯이, 실수가 발생하자마자 바로 막지 않으면 그것들은 우울하고, 슬프고 자기 파괴적 행동을 유발하고 결국에 우리에게 쓴맛을 안겨준다. 그래서 슬픔은 거꾸로 불행한 영혼의 기쁨이 된다." 세네카는 마르시아를 부드럽게 대했을 때 이미 도움이 되었기를 바랐습니다. 하지만 이제 그녀의 아픈 곳을 깊이 건드리고 곪아 터질 것 같은 환부를 찌르는 것밖에는 방법이 없었습니다. 마르시아가 가진 것 같은 그러한 단단해진 슬픔은 다정함과 부드러움으로 다스릴 수 없다고 세네카는 말합니다. "그것은 깨져야 한다."[24]

세네카는 마르시아에게 '너무나 완고한 인생 규칙'을 얘기하고 싶지는 않았습니다. '비인간적인 방법으로 무엇인가 인간적인 것'을 전달하려고 하지도 않았습니다. 이런 방법은 스토아학파의 철학자들이 전반적으로 감정을 전혀 가지고 있지 않다는 오해에 대한 반박입니다.

그는 마르시아에게 그녀가 장례식 날 쏟아낼 눈물을 다 흘렸다고 말하려는 것이 결코 아니라고 편지를 썼습니다. 그가 바라는 유일한 것은 3년이 지났으니 그녀와 함께 '슬픔이 영원히 지속되어야 할 만큼 위대한 것인지'[25]에 대한 문제를 심판에게 내놓는 것이었습니다. 그 심판은 이름하여 우주의 법칙, 이성의 목소리, 자연 법칙입니다.

우리가 사랑하는 가족을 잃었을 때 슬픔이 일정한 경계 안에 머무는 것은 지극히 자연스럽습니다. "이별이나 가족을 잃는 것은 정신까지 영향을 받는 강력한 고통을 의미하는 것이 아니다. 거기에 임의적 재량을 보태는 것은 자연이 우리에게 요구하는 것 이상으로 하는 것이다."[26]

그러한 '일정한 경계'는 우리가 직접 설정하지 않습니다.

우리가 할 것은 그러한 경계를 설정하도록 스스로 생각하게 하는 겁니다. 그것은 자연이 감당할 수 있는 것 이상으로 짐을 주지 않는다는 평안한 생각입니다. 우리는 그 경계선을 넘을 수 있습니다. 그런 경우 우리는 독단적으로 행동합니다. 그것은 운명에 반발하듯 고상하고 자유스럽게 보일 겁니다. 그렇지만 그것은 커다란 감정적인 상처로 바뀌어버립니다. 자연의 경계 밖에는 야생동물들이 살고 있기 때문입니다. 대략적인 추측, 제어되지 않은 생각, 우화 같은 상상, 우매함이 가득한 기대 같은 것들입니다. 그것들은 꿈속의 존재들이며 떨리게 하는 아름다움이 아닙니다. 그러한 것들은 우리를 보자마자 달려들어 무참히 찢어버립니다. 어느 누구도 독단으로 이득을 얻지 못합니다. 따라서 우리의 생각을 변화하지 않는 사물의 이치에 따라 제한해야 합니다. 우리의 감정을 조절하는 것은 우리의 이성을 사용하는 문제입니다.

세네카는 마르시아의 심각한 슬픔을 바로잡으려고 했습니다. "마르시아, 당신이 유일한 사람 같다고 생각해? 당신 이전에 자식을 잃은 엄마가 지구상에 없었을까? 당신을 위해 지금 이 상태를 더 어렵게 만들지 말라."

자녀를 잃은 부모들이 자녀보다 오래 사는 것이 자연적이지 않다고 하는 말을 자주 듣습니다. 정말 그럴까요? 자연적인 것이 무엇인지 알기 원하는 사람은 주변을 바라봐야 합니다. 우리는 어린아이들이 부모보다 먼저 죽는 세상에서 살고 있습니다. 그래서 그렇지 않다고 생각하거나 그런 일이 나에게는 해당되지 않는다고 생각하는 것은 비이성적입니다. 자연은 규칙에 예외를 두지 않습니다. 죽음이 다가오면 모두 동등합니다. 그러한 인식이 아이를 되돌려주지 않습니다. 그렇지만 그 인식은 불에 타는 듯한 고통의 일부를 약하게 해주고 내가 유일하고, 나와 관계가 있고 나에게 개인적인 일이라는 생각을 일으키고 키웁니다. 자연이 개별적으로 관여하지 않는다는 것을 알아야 합니다. 자연은 언제나 합리적입니다. 고통이란 누구나 만나는 것처럼 우리도 만납니다. 그래서 '왜 나야?' 그리고 '왜 내가 이런 일을 당하지?'라는 질문을 하지 맙시다. 그런 의혹을 던지는 짐승의 코를 발로 차버리면 그들은 떨어져 나가고 그들의 날카로운 이빨이 우리의 뒷굽에서 빠져 나가고 꼬리를 내리고 도망칠 겁니다. 끝까지 완고하게 버틴 이성에 이미 많은 짐승이 사라져갔습니다. 그것이 우울한 세월 속에서 금욕주의적 희망입니다.

어쨌든 우리가 어려움을 겪고 있는 유일한 사람이 아니라는 생각은 타인을 희생시키면서 얻은 위로를 말하는 것이 아닙니다. "기뻐하라, 그들이 당신보다 더 어렵다!"라는 구호 아래 다른 사람도 불행하고, 그렇지 않다면 더 불행하다는 생각 속에서 스스로 기뻐하는 것을 세네카는 '사악한 종류의 위안'이라고 했습니다. 우리와 비슷하게 안 좋거나 우리보다 안 좋은 상태에 있는 사람이 아주 많다는 것을 알고 난 후에 스스로 좋게 느끼는 것은 잔인함을 증거하는 겁니다. 유일하지 않다는 것을 안다는 것은 자연적인 운명적 결합을 인식하면서 동정이 섞인 소속감과 연대감을 갖기 시작하는 겁니다.

슬픔 속에서도 자신을 지켜내는 사람들을 보면, 우리도 같은 사람으로서 그것을 분명히 할 수 있다는 확신이 자라날 수 있습니다.

우리보다 앞서 산 많은 사람, 우리와 같은 시대를 사는 많은 사람이 그러한 어려움에 굴복하지 않았다는 사실은 용기를 북돋아줄 수 있습니다. 더욱이 그들이 정확히 어떻게 그렇게 했는지 보는 것은 교훈적인 일입니다.

마르시아에게 보낸 위로 편지는 현명한 생각을 많이 담고 있습니다. 세네카는 슬픔을 '부러뜨리는 것'은 자연스럽지 못하다고 주장했습니다. 그럼에도 왜 그러한 일이 몇몇 사람에게 일어날까요? 이에 대해 세네카는 이렇게 설명합니다. "빈곤, 슬픔, 멸시는 사람마다 다르게 경험한다. 정도의 차이는 있지만, 두렵지 않은 일에 두려워하는 뿌리박힌 생각의 습관에 영향을 받아 무기력하게 혹은 반항적으로 경험한다."[27]

우리의 많은 생각은 우리를 양육하는 사람들, 교육자

들, 그리고 다른 문화를 전수해주는 사람들 때문에 잘못 배운 것들입니다. 그것들은 우리를 낙담시킬 수 있고 부조화를 가져옵니다. 이러한 의미에서 파괴적인 감정은 교육적인 실패입니다. 감정은 뇌리에 각인되어 있어 다시 배울 수 없습니다. 그것은 가끔 죽음이나 우리가 유한하다고 기억하는 모든 것을 눈앞에서 보이지 않게 치우는 사회 덕분입니다. 죽음이 존재하지 않는다고 생각하는 것에 익숙한 사람은 어느 순간에 되돌릴 수 없는 인생의 가장 큰 충격을 받을 겁니다.

"너 자신을 알라." 세네카는 아폴로 신전의 신탁에서 이 유명한 경구를 강조했습니다. 인간은 무엇인가? 세네카는 '사람은 모든 충격과 부딪힘에 깨질 수 있는 도자기'처럼 도자기가 등장하는 비유를 좋아했던 것 같습니다. 그것은 의심할 필요 없이 우리가 정말로 도자기이기 때문입니다. 그래서 '약하고 부서지기 쉬운' 사람입니다. 우리에게 적용되는 것은 우리에게 생명을 준 사람에게도 당연하게 적용됩니다. '그런데 왜?'라고 세네카는 미르시아에게 편지를 썼습니다.

"당신과 모든 사람에게 적용되는 상황을 잊었는가? 당신은 영원히 살 수 없는 사람으로 태어났고 이 세상에 보내졌다. 스스로 상처받기 쉽고, 부서지기 쉬운 몸과 약한 곳 투성이인 당신이 그러한 유한한 원자 안에서 무엇인가 무한하고 영원히 함께할 것을 감히 바랄 수 있겠는가?"[28]

마르시아가 마음속에 고통을 느끼면서 글을 읽었을 것이라고 충분히 상상해볼 수 있습니다. 그러나 그 고통은 단어가 일으킨 것이 아닙니다. 그건 가능하지 않습니다. 진실하고 본성에 일치하는 말이기 때문입니다. 고통이 일어나는 것은 우리 안에 있는 이 말을 반대하고 부정하기 때문입니다. 그것은 예리한 고통입니다. 그러다 치료약이 있기에 아무 문제가 없습니다. 언제라도 낫길 원한다면 그것이 아무리 고통스러운 일이라 할지라도 꾸준히 우리 자신에게 그 진정한 말을 전하는 방법밖에 없습니다. 사람은 반복을 통해서만 배울 수 있기 때문입니다. 특히 우리는 마음과 영혼으로 묶여 있어서 오해를 푸는 것이 어렵습니다. 치유는 오직 우리 안에 있는 이성을 회복함으로써 가능합니다.

이것은 몇 년 전 한 텔레비전 방송에서 들은 괴테에 대한 이야기를 떠올리게 합니다. 스토아학파를 좋아하던 괴테에게 누군가 그의 죽은 아이에 대해 물었습니다. 괴테가 그때 이렇게 대답했던 것 같습니다. 그가 아들의 죽음에 대해 공식적으로 밝힌 유일한 대답이었습니다. "제 아들이 태어났을 때, 영원히 살 수 없는 생명을 세상에 데려왔다는 것을 알았습니다."

내가 이 예를 들면 고개를 흔드는 사람들이 꼭 있습니

다. 그들은 말하곤 합니다. "피도 눈물도 없는 냉정한 사람이군요." 그렇지만 정말 그럴까요? 그 침묵하는 듯한, 자제된, 그런 한 문장은 억눌린 감정에서 마침내 피어오른 게 아닐까요? 우리는 항상 어디에서든 감정을 표현해야 한다는 낭만적인 요구로 괴로움을 상당히 겪고 있는 것이 아닌가요? 그런 요구 때문에 누군가가 감정을 드러내지 않으면 분명히 감정이 없는 사람일 거라는 편견이 작동하기 때문에 괴로움을 겪는 것은 아닐까요? '자신의 감정에 충실하지 않는' 사람은 사실상 비인간적이라는 생각이 오늘날의 도덕률인 것 같습니다.

스토아학파의 가르침을 자주 듣는다면 비난을 받고 있는 것입니다. 스토아학파의 가르침은 감정이 없는 사람을 위한 철학이라는 겁니다. 반대가 아닐까요? 내 얘기는 감정이 없는 사람이 스토아 철학에 대한 이해를 가지고 무엇을 하겠느냐? 하는 것입니다. 내적으로 제어할 것이 아무것도 없다면 지혜로운 자에 대한 모든 지식이 무슨 필요가 있겠습니까?

감정이 없거나 거의 없는 사람 혹은 최소한 감정으로 말할 것이 거의 없는 사람은 감정을 배우면서 살아가야 할 필요도 없지 않을까요? 그들이야말로 바로 감정에 휘말려 실패하는 것이 어떤 것인지 알며, 금욕주의적 삶의 방식에서 무엇인가 배울 것이 있는 사람들이 아닐까요?

이 문제를 자신만의 방식으로 해결하려 한다면 스토아 학파의 가르침으로 느끼는 것을 배우는 것이 더 좋습니다. 사랑하는 것을 생각해봅시다. 스토아 철학자들은 사랑이 고통으로 이끈다고 합니다. 의존성과 거기에 속한 모든 민감한 것을 말합니다. 그러나 사랑을 마치 전염병처럼 피하는 대신에 이 스토아 철학의 지혜를 우리 자신에게 자문하는 데 이용할 수 있을 겁니다. 내가 사랑하고 있는지 알기 원할까? 그렇다면 스스로에게 '누군가가 나에게 무엇을 하는가'라는 질문을 해야 합니다. 다른 사람이 나에 대해 어떻게 생각하는지가 나에게 중요할까요? 나의 행복에 중요할까요? 아니거나 거의 아니면 다음 질문을 해봅니다. 누군가가 나에게 정말 상처를 줄까? 아니라면 내가 그 사람을 정말 사랑하는가? 이 질문은 내가 오직 나에게 상처를 줄 수 있는 사람을 사랑할 수 있다는 생각으로부터 나옵니다.

아무도 우리에게 영향을 줄 것 같지 않다면 그것은 우리가 너무 깊이 생각하기 때문에 오는 것이 아닐까요? 아마도 사랑이나 우정 같은 문제를 깊이 생각할 용기가 없는 것일지도 모릅니다. 그러기 위해서는 실제로 연결되고 의존해야 한다는 두려운 결론에 이르기 때문일 겁니다. 인생이 행복해지려면 다른 사람들을 허용해야 한다는 결론입니다. 생각 없이 문을 걸어 잠그는 것은 성숙한 스토아학파의 철학이 아닌 것 같습니다. 감정은 조심스럽게 다루면서 지내야 하는 겁니다.

문화적 회귀

오늘날 우리가 죄와 벌이라는 옛 생각에서 벗어났다고 생각하는 것은 착각입니다. 21세기를 사는 사람들은 계몽주의와 학문적 진보 덕택으로 언제나 사물에 대한 냉정하고 중립적인 시각을 유지하고 있습니다. 우리가 가는 길에 나타날 수 있는 어려움은 단순하게 '문제'라고 간주할 수 있습니다. 모든 사람이 문제는 해결될 수 있는 것이라고 알고 있습니다. 문제라는 용어로 생각하고 말하는 것은 낙천주의적 사고의 표출입니다. '고난' 혹은 '어려움'이라는 단어로 표현하는 것은 다른 문제입니다. 그러한 단어에 대한 해결 수단은 바로 나타나지 않는 것을 봅니다. 대신 더는 이 시대의 것이 아닌 용납과 수용의 형태를 봅니다. 우리는 신을 죽였고, 세상의 마법을 풀었고, 그 이후 스스로 문제를 해결하고 있습니다. 그래서 할 수 있다는 생각이 지배적이고 다른 기본적인 것들은 거론하지 않습니다.

해결될 거라는 현대적인 전지전능한 이야기 같은 낙천적인 생각은 어느 순간 약해질 수 있습니다. 현대인은 죽음이나 불치병을 마주하면 어느 순간 옛 생각에 빠져듭니다. "내가 왜 이런 걸 받아야 하지?" "내가 낫기 위해 무엇을 할 수 있지?" 이런 생각은 대부분 사람들에게 뿌리 깊이 박혀 있습니다. 현대라는 신발을 신고 굳게 서 있는 우리가 역경이 닥치자마자 순식간에 과거 속으로 파고 들어가는 것 같습니다. 주변에서 붙잡을 수 있는 것을 붙들고, 우리를 덮치는 무력감에 대항하기 위한 수단을 찾아 오래된 종교나 미신 같은 무기를 집어듭니다.

자신이 왜소하고 두려워하고 상처받기 쉽다고 판단하는 사람은 자신도 모르게 생각 탈출구를 마술처럼 찾습니다. 이것을 '문화적 회귀'라고 부를 수 있습니다. 의사에게 치유될 수 없는 병에 걸렸다는 말을 들은 한 남자가 무릎을 꿇고 간절히 용서를 구합니다. 그가 엄숙하게 그의 인생을 좋게 하고 덜 일하고 더 많은 시간을 아이들과 함께 보내고 아내에게 친절할 것과 그의 애인에게 영원히 이별을 고할 것을 약속합니다. 현대 학문적 세계관에서 이러한 반응은 가장 부드럽게 말해 시대에 뒤떨어진 겁니다. 더 좋게 말하면 그런 반응은 이 세상의 것이 아닙니다. 그에게 병은 문제가 아니라 벌이기 때문에, 죄를 고백하고 벌 받을 준비를 하면 올바른 길로 돌아올 거라는 희망이 있기 때문에 그렇게 반응하는 겁니다.

우리는 무력감을 가진 채로 지낼 수 없습니다. 어쨌든

무언가를 한다는 느낌을 가져야 합니다. 그것은 마치 스스로 괴롭히는 것과 같고 병을 죄에 대한 벌로 보는 것 같습니다. 약간의 영향력을 행사하려는 시도일 수도 있습니다. 질병을 징벌로 봄으로써, 운명적으로 닥친 시련이 아니라 신의 형벌로 보면서 병과 인생 경로 사이를 연결합니다. 혹은 큰 그림 속에서 진정으로 중요한 것을 바라봅니다. 우리는 이성적 희망을 가지고 불행을 극복해서 삶을 개선하려고 합니다.

모든 것이 잘 진행되는 동안에는 스토아 철학자 되기가 어렵지 않습니다. 역경을 감수할 때가 되어서야 우리가 생각하는 세상에서 우리를 지킬 수 있는지가 밝혀집니다. 인생은 일어서고 넘어지는 겁니다. 좀 더 나은 철학자들이 우리에게 손을 내밀 때는 우리가 일어설 때입니다. 노동시간을 40시간으로 줄이고 애인을 쫓아냈다 하더라도 병이 나아지는 것을 보지 못하는 사람은 금욕주의적인 관점으로 비극을 대한다면 도움이 될 겁니다. 그는 병과 관련해 더는 죄의식을 가질 필요가 없습니다. 좀 더 냉정하게 그의 병과 그의 행보에는 인과관계가 없다고 주장할 수 있을 겁니다.

그는 치료가 안 될 수 있습니다. 그렇지만 그는 스스로 병을 얻도록 살았다는 생각에 고통을 더 받을 필요가 없습니다. 그래서 사람들은 눈에 띄게 자신을 위합니다. 그런 생각의 변화는 그에게 남아 있는 시간을 분명히 편안하고 평화롭게 해줄 겁니다. 그래서 그의 관심을 아직 살아야 하는 참된 인생에 쏟을 겁니다.

유쾌한 스토아 철학자

스토아 철학자라고 하면 종종 함께하기에 재미없고, 인생 역시 오는 그대로 받아들이면서 방해받지 않고 살아가는 심각한 사람들을 떠올립니다. 스토아 철학자들의 인생 방식엔 분명히 심각함이 달라붙어 있는 것 같습니다. 나는 언제나 친구 로데웨익을 스토아 철학자의 기준으로 생각합니다.

나는 로데웨익을 '유쾌한 스토아 철학자'라고 부릅니다. 고개를 갸우뚱할 사람도 있을 겁니다. 그러나 그는 정말 스토아 철학자가 유쾌하다는 것을 생생하게 증명해줍니다. 그렇지만 그는 스토아학파의 철학과 함께 오랫동안 살았음에도 불구하고 최근까지도 스토아 철학자들에 대해 들은 바는 전혀 없습니다. "너는 그것에 열중할 수 있다. 너는 또한 그것에 열중하지 않을 수도 있다"는 그가 즐겨하는 말입니다.

로데웨익은 다른 사람의 차를 타고 갈 때 운전자가 다

른 운전자들에게 신경을 너무 쓰는 것에 매우 놀랍니다. 운전대에 앉아서 욕을 하고 사소한 일 때문에 흥분할 필요가 무엇이 있겠습니까? 흥분하면 즐거운 주행이 될 수 없습니다. 대화 중에 경제, 정치, 의료제도, 교육 등의 문제와 잘못들을 너무 강조하면, 그가 어느 순간에 "불평, 불평, 불평뿐이야!"라고 말하는 것을 들을 수 있습니다. 대화에서 말하는 상대방이 마치 벌에 쏘인 듯 반응하거나 무안을 당해 침묵하면, 로데웨익은 남자나 여자를 무장해제할 만한 웃음을 띠고 바라봅니다. 술 한 잔을 따라주고 익숙한 금욕주의적 방법을 적용합니다.

그는 손을 머리 위로 얹고 몸을 뒤로 기대면서 추정된 고통을 거리를 두고 바라봅니다. 그 고통을 반대편 세상의 고통이나 우리 전 세대의 고통과 계속 연관을 짓습니다. 혹은 그는 현재 공간이나 시간에서 뒤로 물러나 그와 함께 있는 사람들이 응석받이로 자란 불만을 가진 자들이란 인상만 제외하고 다른 것들은 거의 남는 것이 없도록 비교 해석합니다.

내가 로데웨익을 알고 얼마 되지 않았을 때 그와 어떻게 어울려야 할지 잘 몰랐습니다. 가끔 언쟁도 있었습니다. 이유는 모든 것을 그렇게 비교 해석할 수 없는 것이라고 생각했기 때문이었습니다. 몇 가지 기본 가치를 근거로 무조건 주장하는 것은 모든 가치의 일부만 비교 해석하는 것과 같다고 생각했기 때문이었습니다. 예를 들면, 커다란 정치 경제적 이익을 개인의 가치와 비교하는 것이었습니다. 그러나 그를 더 잘 알게 되었을 때 내가 그의 유쾌한 금욕주의를 약간 이용할 수 있다는 것을 발견했습니다. 그가 금욕주의적 유쾌함을 지나치게 지녔을 때 나의 슬픔이 의심할 여지없이 줄어드는 것을 경험했습니다.

날씨를 예로 들어보겠습니다. 이제 봄이 되는 것 같습니다. 그렇지만 좋은 날씨는 우리가 알기도 전에 내일이 되면 지나가버립니다. 그럼에도 나는 실내에 앉아 있습니다. 일을 마쳐야 하기 때문이죠. 따듯한 날씨가 주말까지 지속되길 바랍니다. 주말이 되면 나는 일이 끝날 테고, 그럼 날씨를 즐길 수 있기 때문입니다. 로데웨익은 그렇지 않습니다. 좋은 날이 시작되자마자 그는 잠시만이라도 그의 일을 한쪽에 내려놓고 밖으로 나가 햇살을 즐깁니다. 그는 네덜란드의 날씨가 어떤지 알고 있습니다. 그렇게 화창하다가도 다시 몇 주간 비가 내리는 것이 네덜란드 날씨입니다. 그래서 화창할 때 즐겨야 합니다.

그의 논리가 맞습니다. 변하는 것은 날씨이지, 일이 아닙니다. 따라서 날씨에 나를 내려놓아야 합니다. 한숨을 쉬면서 일을 내려놓는 것이 아닙니다. 내가 이 글을 쓰는 동안 나의 여자친구와 로데웨익은 구석에 있는 테라스에 앉아 있습니다.

내가 모든 상황에서 원하는 것을 할 때 자유를 경험하는 것은 분명합니다. 나의 일을 날씨처럼 변화무쌍한 어떤 것에 따르게 한다는 것은 분명히 내키지 않는 일입니다. 반면에 로데웨익은 일의 흐름을 침착하게 따르는 것을 자유라고 이해하는 것 같습니다. 자유라는 개념에 대한 이런 차이의 결과는 로데웨익은 해가 뜨는 날이면 하루 휴가를 내는데, 나는 창문 뒤에 앉아 해를 바라보면서 왜 하필이면 지금 햇살이 비치는지 질문합니다. 나는 고집스러운 골방 외톨이고, 그는 유쾌하고 재미있는 색깔의 바람개비입니다.

그러나 필연적으로 작용하는 모든 프로세스를 하나의 독립적인 묶음으로 줄이는 로데웨익의 세계관을 이해하는 데 어려움을 겪고 있습니다. 그는 경제, 시장, 사회를 하나의 묶음으로 만들어버립니다. 그럴 때 나는 그를 신자유주의자라고 부르면서 "참 쉽네"라고 말합니다. "이런 것들을 사람이 한다고 이해하고 싶지 않구나. 경제 행위를 할 때 총체적 불의는 저절로 일어나는 것이 아니고, 서로에게 영향을 주기 때문에 일어나는 거야. 넌 정의에 대한 생각을 보이지 않는 손에 기초하고 있어. 수많은 보이는 손으로 우리의 세계가 서로에게 의존하는 게 분명해."

나는 어디에서나 도움을 주는 손들을 봅니다. 반면에 탐욕스럽고 은밀한 손들 또한 봅니다. 우리의 삶을 보이지 않는 손에 내버려 둔다는 것은 우리의 일을 버리려고 하는 것과 다르지 않습니다. 우리의 힘 밖에 있는 것을 가지려고 애쓰지 않는다는 것은 스토아 철학자의 커다란 미덕입니다. 그것은 우리가 안에 있는 것과 밖에 있는 것을 최대한 공평하게 구분하려고 할 때 금욕주의적 지혜 또한 분명하게 해줍니다.

그럼 우리 인생을 어느 정도 비교 해석해야 할까요? 우리가 모든 개인적인 경험을 세상사와 비교하면, 그리고 우리가 경험하는 모든 것에 대해 '세상에는 더 나쁜 일들이 일어나. 지금 세상에는 더 중요한 일들이 있어!' 하고 생각한다면, 아무것도 아닌 존재로 자신을 바라보게 되는 것이 아닐까요? 우리의 모든 '상식'으로 우리가 개인이고 우리만의 이야기를 하는 것을 잊지 말아야 하지 않겠습니까?

이 주제는 충분히 다룬 것 같습니다. 로데웨익이 햇빛 아래 앉아서 자신을 방어할 기회가 없는데 내가 이 모든 것에 대해 글을 쓴다는 것은 공평하지 않습니다. 나는 창밖으로 구름이 몰려오는 것을 봅니다. 잠시 후 계단을 오르는 발걸음 소리가 들립니다. 열쇠가 출입문 자물통에 끼워지는 소리를 듣습니다. 이제 그들이 들어옵니다. 나는 손목시계를 바라보고 컴퓨터를 끄고 서둘러 거실로 나갑니다.

타인들

스토아 철학자들에게 인간적인 관계는 약간 문제로 남아 있습니다. 그들이 모든 감정을 우리로부터 분리시키기 때문입니다. 감정은 행복을 위해 없어서는 안 된다고 생각하는 사람들에게 우리가 의존한다는 점을 가리킵니다. 스토아 철학자들이 그러한 감정을 자연스럽지 못하다고 생각하는 것은 그들의 인간관과 관계있습니다. 실제 그들의 인간관은 반사회적입니다. 다시 말해 그들의 이상적인 인간은 스스로 만족하는 외톨이며, 상처받지 않고 독립적인 개인입니다. 행복하기 위해 남이 필요한 사람은 그저 불쌍한 노예입니다.

그러한 관점은 주로 감정적인 의존성이 내포하는 부정적인 면에서 출발합니다. 그렇지만 우리는 그러한 것을 전혀 다르게 정의할 수 있습니다. 감정이 이성적이라고 말할 수 있습니다. 그런 의미에서 감정은 반드시 약하게 만들지도 비이성적이게 하지도 않으며 사회적이며 교훈적입니다. 감정이 이성적 특성을 지니고 있고 혹은 우리가 맺는 다른 사람과의 연합관계에서 일어난다고 가정하면 감정이 단지 내적인 현상만은 아니라는 것을 알 수 있습니다. 더욱이 무언가를 느낄 수 있으려면 반드시 다른 사람에게 보내진다는 것을 알게 됩니다. 부정적인 감정뿐만 아니라 긍정적인 감정도 마찬가지입니다.

우리는 무엇인가에 혹은 누군가에게 화를 냅니다. 그런데 우리를 놀라게 하고 두렵게 할 수 있는 상대가 동시대를 같이 살아가는 사람인 경우는 드물지 않습니다.

우리의 감정생활에 대한 현대적인 관점은 감정생활의 상호관계적 측면을 잘못 알고 있는 것 같습니다. 자신에 대한 생각은 종종 초개인적입니다. 경험의 세계에서 아주 고집스럽게 스스로 독립하려고, 주변으로부터 자신을 분리시키려고 노력하고 있습니다. 자신의 감정만 있고 자신이 신이라고 생각함으로써 자신을 가두고 다른 사람들과의 감정의 연대를 상실하는 위험을 안고 있습니다. 그런 위험은 며칠 동안 분노하며 누구에게 왜 화를 내는지 모른 채 돌아다니게 할 수 있습니다. 반드시 어느 누구에게만 분노하도록 합니다. 혹은 스스로를 설명할 수 없어 공허함을 느끼고, 갑자기 한바탕 울고 싶고, 일하다 말고 집으로 가서 이불을 둘러쓰고 침대에 눕고 싶은 마음이 들게 합니다.

상호관계적 시각 덕분에 그게 얼마나 공허하고 목적이 없고 소외되든지 간에 우리가 무언가를 느낀다는 것은 바깥세상과 연결해 생각하는 것을 잊지 않았다는 뜻입니다. 그래서 우리는 세상과 같이 사는 사람들로부터 자신을 분리시키지 못합니다. 이러한 관점에서 감정의 고지식함은 희망을 건네줍니다. 우리를 사회생활에서 원하는 만큼 멀리 떼어낼 수 있고, 다른 사람들 위로 높이 고양시킬 수 있기 때문입니다. 우리는 감정생활이 그것으로 끝나지 않도록 도울 수 있습니다. 우리가 감정을 억누름으로써 얻을 수 있는 것은 숨 막히는 답답함뿐입니다. 그것도 하나의 감정이고 현명한 교훈입니다.

개인적 자기 만족이 지배적인 세상에서는 외로움으로 고통을 겪거나 외로움을 느끼는 것만으로도 나약함이 드러난다고 여깁니다. 감정을 상호관계적으로 꿰뚫어보면 외로움으로 겪는 고통을 다르게 경험할 수 있습니다. 즉, 감정은 타인을 향한 건강하고 강하고 절대적인 인간적 갈망입니다. 외로움으로부터 나오는 감정에서 알 수 있듯이 우리는 홀로 존재하기 위해, 아무도 신경쓰지 않고 존재하도록 창조되지 않았습니다. 이 말은 우리가 함께 살아가는데 큰 어려움이 없다는 것을 뜻하지 않습니다. 반대로 우리가 함께 살아가야 하고 그럴 시간이 온다면 우리를 완전하게 분리시켜 고통받기보다는 차라리 다른 사람들에게 고통받는 게 낫습니다.

우리가 느끼는 것을 감정이 아니고 뇌에서 일어나는 자율적인 화학적 반응이라고 생각하기 시작하면, 감정으로부터 배우는 것을 잊어버리고 자신을 두 가지 측면에서 상실하는 위험을 안게 됩니다. 첫 번째, 자신을 뇌 안에 가둡니다. 계속 자신을 잃어갑니다. 자신의 경험을 불신하고 객관적인 현상이라고 판단하기 때문입니다. 결과적으로 자신의 고유한 감정을 더는 이해하지 못하고 자신 안에서 무슨 일이 벌어지는지 알지 못합니다. 둘째, 스토아 철학의 가르침 덕분에 '이것은 좋은 것이 아니다, 무언가 문제가 있다'고 생각할 수 있습니다. 우리가 세상으로부터 떨어져나가듯 자신으로부터 떨어져나갑니다.

이 두 가지 단절은 역설적으로 더 많은 감정을 이끌어냅니다. 그렇지만 이러한 감정은 불완전한 것으로 남습니다. 우리가 그런 감정을 위한 대상, 목적, 이유를 발견하지 못하기 때문입니다. 그래서 그런 감정들은 충분한 의미를 갖지 못합니다. 우리가 감정을 이해하지 못하게 되면서 감정이 우리를 사로잡습니다. 사실 아직 감정이라고 할 수 없습니다. 모든 관계에서 풀려나오는 비논리적인 괴롭힘이며 감정이라기보다는 소외의 고통이라는 형태입니다. 소외의 고통은 무질서 상태에서 일어납니다. 무질서 상태는 다른 누군가만이 회복시킬 수 있습니다.

내 몸은 내 것이다 vs 아니다

최근 오랜만에 잠을 못 이루고 두통을 앓았습니다. 일을 거의 할 수 없었고 마치 불도저가 내 몸 위로 지나간 것 같았습니다. 상당히 흥분된 상태로 밤새도록 누워 있었습니다. 불면을 어쩔 수 없는 자연현상으로 받아들일 수 없었던 것 같습니다. 밤에 일어난 심적 동요를 이성적으로 지나가게 할 수 없던 것이었습니다. 흥분과 갈등은 불면을 이겨보려고 했다는 것을 나타냈습니다. 불면이 있다는 사실에 나를 내려놓지 않았습니다. 불면의 원인을 이해하지 못했기 때문만은 아니었습니다. 다른 원인이 있었습니다. 내가 모든 것을 통제하고 제어할 수 있어야 하는 필요가 있었을까요? 아마 나의 불면은 조종 가능하다고 생각하는 경계에서 통제 불가능한 세상에 맞서고 있었을 겁니다. 나의 두통이 분노한 무력감이었을까요?

스토아 철학자들로부터 몸은 외부세계에 속하며 그로 인해 우리의 힘 밖에 있다는 것을 배웁니다. 육체는 중독에 대한 민감성, 질병, 퇴보, 죽음 같은 무력한 면을 가지고 있습니다. 그렇지만 나는 그러한 것들에 맞서 무엇을 할 수 있습니다. 몸이 나의 힘 밖에 놓여 있다면 나는 몸이 방해받지 않고 자기 길을 가도록 내버려둬야 합니다. 몸은 내가 관여하지 않아도 할 것을 하고 가장 잘 작동합니다. 숨쉬기, 허기 느끼기, 잠에서 깨어나기, 잠자기 등입니다. 나는 식사를 한 후 위에 대고 "소화시켜라, 소화시키라니까!"라고 하지 않습니다. 나의 몸이 할 것이 무엇인지 알고 있다는 믿음을 가져야 합니다. 몸에 나를 맡기고 내가 의존하는 그의 독립성을 존중해야 합니다. 내가 나의 몸을 통제하려고 하고 주인행세를 하려고 한다면 이상이 옵니다. 그때부터 균형이 깨진 증상이 일어납니다. 과호흡증후군, 심장박동 장애, 분노, 두려움, 불면증 같은 겁니다.

몸에 대해, 심장만의 방식대로 뛰는 박동에 대해 신뢰해야 합니다. 자신의 몸에 대해 의존성을 인식하도록 하는 것은 물론 역설적입니다. 이 의존성은 외부세계와의 연결을 암시합니다. 나의 경우에는 몸과 연결되어 있음을 암시합니다. 그래서 감정이 일어나려고 하는 겁니다. 그렇지만 나는 부정적이고 감정적인 것을 긍정적인 것으로 변환시킬 수 있습니다. 예를 들면, 두려움을 감사로 변환하는 겁니다. 나는 몸의 자율적인 작동으로 두려움을 가질 수 있습니다. 그러나 나는 몸이 할 수 있고 하는 모든 것에 감사할 수 있습니다. 상호 서비스의 일환으로 몸을 잘 보살필 수 있습니다. 그보다 더한다면 나는 자연의 질서에 혼란을 일으키고 몸으로 그것을 경험하면서 아픔을 느낍니다.

게다가 밤에 침대에 누우면, 나는 다른 사람들로부터 느낀 이상한 감정이 추가됩니다. 어둠이 세상의 나머지를 잘라버린 듯합니다. 아마도 그 결과 통제력에 마비가 오고 깨어있는 것일지도 모릅니다. 오직 혼자라는 생각 때문이기도 합니다. 혼자라고 생각하는 사람에게 세상은 불리하고, 경계하고 있고, 위협이 도사리고 있는 곳입니다. 우리가 세상의 나머지로부터 우리를 얼마나 분리해 생각하는지는 주목할 만하며, 놀랍습니다. 그렇지만 스토아학파의 철학자들은 "우리는 커다란 총체의 일부다. 모든 것은 서로 연결되었다. 그것을 듣기 원하는 사람들에게 그것을 계속 말한다"라고 이미 말했습니다.

모든 것은 서로 연결되어 있다

나는 몇 년 전 인디언 추장 '치프 시애틀'도시의 이름이 된 두와미스족의 추장, 원주민과 백인들에게 평화의 소중함을 일깨워주었다의 글을 발견했습니다. 서론을 읽으면서 그 글이 1854년 워싱턴에서 인디언 족장이 영토 통치권을 양도하면서 연설한 연설문을 수정한 것임을 알았습니다. 당시 인디언들은 자유를 희망했고 그들의 영토와 운명은 분리될 수 없는 것이라고 믿었습니다. 그 글의 정통성에 대해서는 논란의 여지가 있습니다만, 논란이 내용의 가치를 덜하게 하지는 않습니다. 나는 글을 읽고, 이것은 진정한 '심파테이아공감'라고 생각했습니다.

생명이 있는 모든 것이 서로 연결되어 있음을 깊이 느끼면 알 수 있다는 것이 이 글로 분명해졌습니다. ("우리는 땅의 일부이고 땅은 우리의 일부이다."[29]) 백인의 침입으로 더는 당연한 것이 아니게 되어버린 깨달음이었습니다. 이것은 인디언 추장이 왜 대변인으로서 그 자리에 섰는지를 밝혀주는 이유입니다.

시애틀은 백인 통치자들의 삶의 방식에 당황했고, 백인들이 승리할 것을 깨달았습니다. "신은 우리 민족을 사랑합니다. 그렇지만 그의 붉은 자녀를 떠났습니다. 신은 백인의 일을 돕기 위해 기계를 보냈습니다. 백인은 자신을 위해 커다란 오두막을 지었습니다. 신은 자신의 민족을 나날이 강하게 하십니다." 그럼에도 자신들이 그랬듯 시애틀은 백인들이 많은 사랑과 존경심으로 땅을 대할 것을 희망했습니다. 그는 이렇게 말했습니다.

> 백인들이 우리의 삶의 방식을 이해하지 못한다는 것을 알고 있습니다. 그들에게는 한 쪽의 땅이 다른 쪽의 땅과 같습니다. 그 백인은 밤에 찾아오는 낯선 사람이며 그가 필요한 땅을 취합니다. 땅은 그의 형제가 아니고 적이며, 뺏은 뒤에는 떠납니다.
> 선조들의 묘를 뒤에 남겨두고 떠나고 하는 것은 그에게 중요한 것이 아닙니다. 자녀들로부터 땅을 갈취하는 것도 중요한 일이 아닙니다. 그는 선조들의 무덤과 자녀들이 태어

날 권리가 있다는 것도 잊어버립니다. 그는 그의 어머니를 땅으로 간주하고 형제를 하늘로 간주합니다. 마치 사고 빼앗는 물건처럼 말입니다. 사람들을 양이나 색구슬을 파는 것처럼 팔아버립니다. 그의 허영심은 땅을 빨아들이고 폐허만 남겨둡니다.

나는 이해할 수 없습니다. 우리의 삶의 방식은 당신들과는 다릅니다.[30]

암스테르담에는 스쿠터가 계속 증가하고 있습니다. 스쿠터는 공기를 매우 오염시키고 사람을 병들게 만듭니다. 삶의 방식의 어떤 상징처럼 보입니다. 시애틀이 말했습니다. "갈색 피부를 가진 사람에게 공기는 소중한 무엇입니다. 모두 같은 호흡을 나누기 때문입니다. 나무, 동물, 그리고 사람이 함께, 같은 호흡을 모든 것이 나누어 갖습니다. 백인은 그가 들이마시는 공기를 알아차리지 못하는 것 같습니다. 그는 마치 며칠째 죽어서 누워있는 사람처럼 악취를 맡지 못합니다."[31]

스쿠터의 배기구가 뒤편에 있다는 것은 많은 것을 말해줍니다. 운전자는 그렇게 배기가스의 영향을 받지 않습니다. 뒤 따라오는 사람들을 향해 매연을 뿜어냅니다. 험한 욕을 하면서 지나가듯 말입니다.

공기는 모두의 것이고 유익한 겁니다. 그러나 모든 사람이 그것으로 원하는 것을 할 수도 있다는 말도 됩니다. 우리는 공기를 들이마시고 뱉고, 공기로 시도 쓰고, 언쟁도 하고, 노래도 부르고 서로에게 사랑을 고백하고, 우리의 자녀들을 부를 수 있습니다. 우리 주변에 있는 공기를 독가스로 채울 수도 있습니다. 그러나 "땅에서 일어나는 것들은 땅의 자손들에게도 일어납니다. 한 사람이 땅 위에 침을 뱉으면 자신에게 침을 뱉는 겁니다." 그것과 관련해 병을 일으키는 공기를 '심파테이아'를 통해 오염시키는 사람의 몸에도 들어가게 하는 것은 정당한 것 이상일 겁니다.

한 가지 사실은 분명합니다. 땅이 우리의 어머니라면 우리는 땅으로부터 나온 자녀들입니다. 같은 땅의 거주자들에게 치프 시애틀 족장은 말합니다. "동물이 없는 인간은 무엇일까요? 모든 동물이 사라지면 인간은 커다란 상실감에 빠져 죽게 될 겁니다. 동물에게 일어나는 것들이 사람들에게도 곧 일어날 것이기 때문입니다. 모든 것은 서로 연결되어 있습니다."[32]

나는 일 년 전 어느 생일파티에서 암스테르담 초등학교 교사와 대화를 나누었습니다. 그녀는 자신의 학급 학생들과 농장에 다녀온 이야기를 했습니다. 농부는 어린이들에게 젖소의 젖을 어떻게 짜는지 보여주었습니다. 농부는 열심히 젖꼭지를 쥐어짰습니다. 몇 명의 불안스런운 눈빛의 아이들이 어떤 일이 일어나는지 알고 싶었습니다. 우유는 젖소에서 나온다고 선생님이 말하자 한 아이가 울기 시작했습니다. 어떤 아이는 헛구역질까지 했습니다. 약 3분의 1은 공포에 질려서 "아우!" 하고 소리를 질렀습니다. 아이들은 자신들이 보고 있는 것을 믿을 수가 없었습니다. 아이들은 우유는 우유팩에서 나온다고 말했습니다. "그럼 우유팩은 어디서 나오는가?"라는 선생님의 질문에 학생들은 "슈퍼마켓이요"라고 대답했습니다. "그럼 슈퍼마켓은 우유팩을 어디에서 가져오지?" "당연히 공장이지요." 토론은 더 전개되지 않았고 아이들에게도 더는 필요없었습니다. 돌아오는 길에 몇 명의 아이는 다시는 우유에 손을 대지 않겠다고 엄숙하게 맹세했습니다.

시애틀의 연설문 중 가장 감동적인 부분은 다음이라고 생각합니다.

> 신은 당신에게 동물과 숲, 그리고 특별한 의미를 가지고 갈색 피부 사람들에 대한 지배권을 주셨습니다. 그러나 갈색 피부 사람들에게 이것이 의문입니다.
> 백인의 꿈을 알면 이해할 수 있을지도 모릅니다. 그가 자신의 자녀들에게 그들의 희망과 기대가 무엇인지 긴 겨울밤에 설명하는 것을 알았다면, 아이들의 가슴에 어떤 비전을 각인시키고 있는지 알았을 겁니다. 그 비전들은 아이들에게 갈망을 가득히 가지고 미래를 기대하게 만듭니다.[33]

어쨌든 좋은 인생은 공감과 사람, 동물, 사물, 그리고 사건들의 상호 연결 속에서 찾아야 하는 것 같습니다. 스토아학파의 심파테이아공감는 달라붙어 있는 것이 결코 아니고, 서로를 지나칠 정도로 친절하다고 느껴야 한다는 것을 뜻하지 않습니다. 스토아 철학의 자연적 연결은 아주 이성적인 겁니다.

우리의 현재 삶의 방식이 심파테이아를 점점 약화시키지 않는가는 사회적, 문화적 측면에서 중요한 문제입니다. 모든 것은 서로 연결되어 있고 모든 사람도 서로 연결되어 있습니다. 홀로 존재할 수 없고 호흡할 공기, 걸을 수 있는 발, 땅에서 나는 음식, 생명을 전달하기 위한 다른 몸이 필요합니다. 이와 같이 나는 다른 사람이 필요하고 우리는 우리가 서로 누구인지를 알기 위해 필요합니다. 그동안 정부는 약간 다르게 이야기해왔습니다. 나는 역 앞에서 국가안전부 및 법무부의 광고판을 보았습니다. "오직 당신만이 당신이 누군지 결정합니다"라는 문구가 적혀 있습니다.

우리가 우리를 그렇게 독립적 존재로 생각한다면 살아남을 수 있을까요? 이렇게 전형적으로 개인주의적인 인간관은 좋은 삶에 묶어주는 매듭에서 우리를 잘라버리도록 유도하지는 않을까요? 우리가 왜 그렇게 해야 합니까? 왜 스스로 좋은 삶의 호흡기 줄을 잘라야 합니까? 그로 인해 즉시 죽지 않는다는 것을 인정합니다. 당분간은 살아 있을 겁니다. 단지 어떻게 사느냐가 문제일 겁니다. 사람들은 아주 특별한 방법으로 죽을 수 있습니다.

완고한 개인주의는 맺어지는 것에 대한 두려움이 감추어져 포장된 모습일까요? 그 안에 빠지거나 익사할 것을 두려워해 행복의 원천을 반드시 메울 필요는 없습니다. 원천이 없으면 갈증으로 죽을 겁니다. 선천적으로 갈증이 있는 사람은 말라버린 행복을 가지고 할 수 있는 것이 없습니다. 스토아학파와 더불어 우리가 얼마나 상처받기 쉬운 존재인지 이해할 수 있습니다. 우리가 얼마나 의존적인지를 배울 수 있습니다. 스토아 철학의 교훈은 또한 우리를 두렵게 하는 것 외에 겸손하고 감사하도록 만듭니다.

마지막 스토아 철학자

나는 이 장을 마치기 위해 존 윌리엄스의 소설 『스토너』를 다시 언급하고자 합니다. 주인공 스토너는 그의 마지막 침상에서 자신의 인생을 돌아보고 살아온 그대로 받아들이려고 했습니다. 그의 삶의 방식은 지혜를 담고 있어 인상적이고 교훈적입니다. 그의 딸이 그에게 말했습니다. "가여운 아빠, 순탄한 인생을 사시지 않았군요?" 잠시 깊은 생각에 잠겼다가 그가 대답했습니다. "그렇단다. 하지만 내가 그것을 원했다고 생각하지는 않아."[34]

격렬한 고통 속에서 스토너는 그의 인생이 '다른 사람의 눈에는 어떠했을까?'라는 질문에 열중했습니다.

> 그의 인생과 닮았을 실패 앞에 그가 조용히 이성적으로 멈추었다. 그는 사람들 사이에서 우정과 친밀감을 원했다. 그는 두 명의 친구를 두었다. 한 친구는 그가 알기 전에 의미없는 죽음을 맞이했다. 그때 다른 한 친구는 살아있는 사람들 사이 깊은 곳으로 들어가 존재 이유와 열정을 묶어줄 결혼을 원했다. 그는 그것을 얻었다. 그는 그것을 가지고 무엇을 해야 할지 몰랐다. 그것은 파리해져서 사라졌다. 그는 사랑을 원했다. 사랑을 얻었다. 그런 다음 사랑으로부터 거리를 두었고 잠재적인 혼란의 가능성 안에서 그것을 미끄러지게 했다. (……)
> 그는 선생님이 되길 원했다. 선생님이 되었다. 그의 인생 대부분을 평범한 선생님으로 살 것이라고 생각했다. 그는 일종의 통합, 일종의 나눌 수 없는 순수함을 꿈꾸었다. 그는 합의점을 만났고 불분명한 일로 인해 위협적인 방해도 받았다. 그는 현명해졌으며 수많은 세월이 지나서 무지함을 만났다. '무엇이 더 있을까?'라고 그는 생각했다. 무엇이 더 있지? 무엇을 더 기대했지? 그는 자신에게 물었다.[35]

스토너가 자신에게 던진 질문, "무엇을 더 기대했지?"는 철저한 금욕주의적 질문입니다. 불가능한 기대를 가지고 현실에 맞서는 것은 낭만적일 수 있습니다. 결국 이것은 우리나 다른 사람들을 불행하게 만들 뿐입니다. 인생의 저항에 부딪혀 힘들게 하며, 인생은 그 저항 때문에 꿈대로 전개되지 못합니다. 무엇을 기대했습니까? 인생과 당신 자신, 그리고 다른 사람을 이성적으로 봅시다. 그럴 수 있다면 당신이 꿈꾸는 행복을 나누는 것이 아니라 진정한 행복을 나눌 수 있게 됩니다. 우울한 생각으로 바라보는 삶에는 큰 고통만이 가득합니다. 잘 포장된 길이 있습니다. 그런데 왜 당신은 왜 쐐기풀이 가득한 질척이는 길을 택하십니까? 그렇게 하지 마십시오. 이성적인 사람이 되십시오. 자유로워지기 바랍니다. 행복하게 지내십시오.

이러한 이상적인 안정을 주는 상태가 스토아학파에게 감정이 전혀 없는 상태인지 궁금할 수 있습니다. 감정을 이성적인 방법으로 침묵하게 하는 심리적 안정 혹은 '아파테이아'가 숨겨진 감정이 아닐까요? 이것은 현대에 던질 수 있는 전형적인 질문일 겁니다. 우리는 감정에서 온기와 다가옴을 찾고 있는 반면에, 이성을 종종 냉정함과 거리감에 연관시킵니다. 그렇지만 이러한 이중성은 스토아 철학자들에게는 적용되지 않습니다. 스토아 철학자들에게 이성이란 우리 모두 안에서 주도적으로 작용하는 원칙이며, 이 원칙은 평생 우리를 이끌어갑니다. 풍부한 이해심으로 안내하는 힘이며 차갑고 멀리 있는 것이 아니라 따듯하고 가까이 있는 겁니다. 스토아 철학자들이 그들의 우주론에서 로고스를 따듯한 호흡(프네우마)으로 바라본 것은 당연한 겁니다. 그 따듯한 호흡은 공기의 혼합물일 뿐이며 살아있는 모든 것에 들어갑니다. 그렇게 바라보면 격렬한 감정은 추위와 어둠 속에서 이성을 잃게 합니다.

살아있는 모든 것은 이성이라는 따듯한 공기를 마시고 삽니다. 따라서 모든 것이 이성 안에서 숨 쉬고 살도록 합시다. 이성적인 호흡이 없으면 서서히 사그라드는 불꽃처럼 되거나, 끔찍한 감정 속에서 저주와 한숨의 격정에 휩싸일 겁니다. 우리 안으로 이성의 흔적이 들어오고 그것에 동의하고 따를 때에야 우리는 우리 자신이 될 수 있습니다. 그것은 바로 이성적인 우리의 자아입니다. 이것은 스토아 철학자들조차도 생각할 수 없는 우리에게 더욱 어울리는 자신이 되는 겁니다. 안정이란 방해를 받지 않고 갈 길을 가는 자연의 고요함을 경험하는 겁니다. 나무에 부는 바람 소리를 듣는 것, 피부에 닿는 햇살의 온기를 느끼는 것, 흐르는 강물을 느끼는 것, 밤에 들리는 부드러운 소리들을 인식하는 겁니다. 저항하지 마십시오. 이성이 있으면 평화가 있습니다.

내가 무엇을 기대했지? 그가 다시 생각했다. 일종의 기쁨이 마치 여름바람을 타고 불어오듯 찾아왔다. 그가 실패를 중요한 것처럼 생각했던 것을 어렴풋이 기억해냈다. 이제 그러한 생각은 일상적으로 따라다니는 것이고 그가 살아온 인생에 적절하지 않았다는 생각이 들었다.[36]

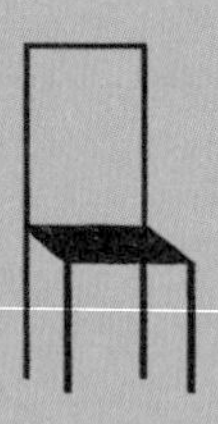

플라톤과 함께 그리스 최고의 사상가로 꼽히는 아리스토텔레스는 철학뿐만 아니라 수학, 물리학, 천문학, 논리학, 정치학, 윤리학, 시학, 미학, 신학 등 다양한 분야에서 뛰어난 업적을 남겼다. 플라톤의 제자였던 아리스토텔레스는 마케도니아로 가서 왕자 시절의 알렉산드로스 대왕의 교육을 담당하였으며, 아테네에 자신의 아카데미 '리케이온'을 설립해 제자들을 가르쳤다. 아리스토텔레스는 인간 삶의 목적은 행복이라고 말한다. 그는 특히 중용의 덕목을 강조했으며, 그것이 곧 인간의 자기실현의 길이라고 여겼다.

LESSON 03

Aristoteles

아리스토텔레스와 함께 생각하기

"어떻게 더불어 살아가야 하는가?"

행복은 쾌락과 도덕 사이의

균형을 잃지 않는 데서 온다.

- Aristoteles(기원전 384~321)

LESSON 03

그리스 철학자 아리스토텔레스의 사상에 '감정'이 자리를 잡고 있는 것은 흥미롭습니다. 그는 스토아학파와 달리 감정을 자연적이지 않은 것으로 여기지 않았습니다. 아리스토텔레스는 감정으로부터 배울 수 있다고 했습니다. 감정은 무엇에 가치를 부여하고 무엇 혹은 누가 우리에게 냉담하다는 의미를 내포합니다. 따라서 감정 표현을 중요하게 생각합니다.

아리스토텔레스가 스토아학파와 다른 점은 인간은 '사회적 존재'라는 데 주목했다는 사실입니다. 그는 사회적 존재란 사람들이 일을 함께하는 것을 즐긴다는 의미가 아니라 사람들이 행복한 삶을 위해 서로 의지한다는 의미라고 했습니다. 이 주장은 자유나 독립성 같은 주제를 다른 시선으로 바라보게 해줍니다.

아리스토텔레스 같은 철학자의 사상은 구체적인 삶에 적용하고 싶은 유혹을 주저없이 불러일으킵니다. 아리스토텔레스가 자신의 윤리관에서 직접 그 사상을 강조했기 때문입니다. 그렇지만 일상 생활을 인간과 세상의 본질에 대한 몇 가지 기초 사상으로부터 접근하지 않으면 우리의 확신은 근거가 없어지게 될 겁니다. 이를테면, 우리가 누구인지 알기 위해서는 우리가 어디에 있는지도 알아야 한다는 겁니다. 두 단계 뒤로 물러서서 바라보도록 하겠습니다. 첫 번째는 아리스토텔레스의 세계관이고, 그 다음에는 인간관을, 그리고 마지막으로 선한 삶으로 가는 방법으로써의 윤리관을 알아보겠습니다.

세계관

아리스토텔레스는 기원전 4세기에 살았으며 플라톤의 제자였습니다. 플라톤은 소크라테스의 제자였습니다.

플라톤과 아리스토텔레스에 대해 이야기하다 보면 라파엘1483~1520의 유명한 그림 〈아테네학당〉도 함께 언급됩니다. 그림의 중앙에 두 현자가 서 있습니다. 그들은 나란히 서 있으며 서로 대화 중인 것이 분명합니다. 플라톤은 그의 오른손 검지로 위쪽, 하늘 혹은 하늘로 연상되는 무언가를 가리키고 있고, 아리스토텔레스는 손가락이 아닌 오른팔로 앞쪽을 보여주고 있습니다. 사람들은 철학에 대한 지식이 적은 라파엘이 두 철학자를 정당하지 못한 방법으로 나란히 그림을 그려서 비교했다고 비난했습니다. 플라톤은 신적인 생각의 세계에 대해 이야기하고, 아리스토텔레스는 초월성이나 형이상학적인 것은 이야기하면 안 되는 것처럼 묘사했다고 비난했습니다. 이유야 무엇이든지 그 그림은 아리스토텔레스의 관심이 무엇인지를 이해할 수 있는 좋은 출발점 역할을 해줍니다. 아리스토텔레스는 세상으로, 땅 위의 현실로 손을 뻗고 있습니다. 이로써 그는 세상으로부터 벗어나라고 하고, 더 '진짜이고 진정한 세계'로 올라가라고 권유하는 다른 철학자들로부터 자신을 구분짓습니다.

라파엘의 세밀한 묘사는 많은 것을 말해주는데 플라톤은 맨발이고 아리스토텔레스는 샌들을 신고 있다는 부분이 인상적입니다. 플라톤은 마치 발 아래 땅에 거의 닿지 않고 심지어 날아갈 듯 보입니다. 현상의 세계에서 샌들이 무슨 소용이 있겠습니까? 두 철학자 중에서 아리스토텔레스가 구체적인 세상으로 가는 길을 위한 준비가 더 잘되어 보입니다. 세상의 삶에 대해 무언가를 이해하길 원하는 사람이라면, 그림이 말해주는 바와 같이 좋은 생각의 신발을 신고 걸어가는 것이 더 나을 겁니다.

〈아테네학당〉에서 아리스토텔레스는 그가 선한 삶에 대한 질문을 연구한 책 『니코마코스 윤리학』을 손에 붙들고 있습니다. 아리스토텔레스에 따르면 세상에는 금욕주의적 우주와는 다른 자유가 존재한다고 합니다. 아리스토텔레스는 인간을 자유로운 존재로 간주합니다. 다시 말하자면, 이 세상의 모든 것은 고정되어 있지 않습니다. 이 말은 아리스토텔레스에게는 이성적인 질서가 있지만, 세상이 혼란스런 복합체란 것을 의미하는 것은 아닙니다. 그렇지만 우리는 정돈된 세계에서 이성이 통하지 않는 공터를 발견합니다. 세상에서 개척되지 않은 채 남아있으며 인간이 아직 더 개척할 수 있는 공간입니다. 우리가 가진 행위의 자유와 선택은 실재적입니다. 그래서 우리는 이 세상에서 차이를 만들 수 있습니다. 이러한 공간이 없으면 단지 긴급한 일만 임기응변식으로 할 수 있을 겁니다. 아리 레이언Arie Leijen은 그의 저서 『윤리학 개요』에서 이렇게 말했습니다. "아리스토텔레스는 불명확한 공간 안에서 도덕적 행위의 가능성을 보았다. 그곳은 보편적 이성이 우세하지 않는 곳이고 인간의 결정에 의해 이성이 실현되는 곳이다."[1]

에피쿠로스학파와 스토아학파럼 아리스토텔레스는 이성을 매우 중요하게 생각했습니다. 선한 삶이란 그에게도 이성적인 삶에 자리합니다.

아리스토텔레스의 세계관은 목적론적 세계관이라고 불립니다. 아리스토텔레스에 따르면 자연은 궁극의 목적이 있고, 살아있는 모든 것 또한 목적이 있습니다. 숲속의 도토리는 도토리나무가 될 수 있는 잠재성을 지니고 있습니다. 따라서 도토리로서의 현재성과 도토리나무로서의 잠재성에 차이가 있는 겁니다. 자연의 모든 것도 그렇습니다. 아이가 걸어가는 모습을 볼 때 "그래, 이 정도야. 아이는 그저 아이일 뿐이야"라고 생각하지 않습니다. 우리는 아이에게 잠재하고 있는 성인을 봅니다.

사실 바라보는 방법에 있어서 우리는 최고의 아리스토텔레스주의자입니다. 현재 있는 것만은 거의 보질 않습니다. 될 것, 될 수 있을 것을 동시에 봅니다. 살아있는 모든 것의 목적이 반드시 꼭 하나의 가능성이 있는 결과로만 인도하지 않기 때문입니다. 존재하는 모든 것이 목적을 달성하지 않습니다. 숲속의 도토리는 빛과 양분이 부족하면 도토리로 끝날 수 있습니다. 많은 아이는 성인이 되지 못합니다. 나이는 먹겠지만 그것이 전부일 수도 있습니다. 그것이 무제한성이 치러야 할 대가입니다. 다수의 가능성이 있다면 실패할 수도 있는 겁니다.

인간관

도토리의 내재적인 목적은 도토리나무라는 것에 이견을 가질 사람은 적습니다. 도토리에겐 다른 선택이 없습니다. 대부분의 사물, 식물, 동물의 목적은 분명합니다. 자연의 계속되는 변화 속에서 그러한 목적은 평안을 가져다줍니다. 자신이 누구인지를 의심하거나 일생에 어떤 것이 기다리고 있을까 생각하는 도토리는 없습니다. 자신의 정체성 문제로 위기를 겪는 동물도 찾을 수 없습니다. 그러나 인간은 어떨까요? 인간이 서로 관계가 있다는 것은 분명합니다. 도대체 인간이란 무엇일까요? 인간의 목적은 무엇일까요?

아리스토텔레스에게는 '이성'이 우선입니다. 이성은 그의 인간관에 영향을 미쳤습니다. 아리스토텔레스에 따르면 자연에는 세 가지 영혼이 있습니다. 식물적인 영혼, 감각적인 영혼, 이성적인 영혼입니다. 이들은 위계질서 구조에서 각자의 자리를 갖고 있습니다. 이 영혼들을 세상 밖에서 물질적인 형태로 내려온 초월적인 정체로 이해하면 안 됩니다. 이것들은 내재하는 것입니다. 아리스토텔레스에 따르면 이 세상은 원자와 형태의 관계에서 위계질서가 있습니다. 피라미드의 아래에는 영혼이 없는 재료인 거친 물질이 있습니다. 좀 더 위로 올라갈수록 물질은 정교해지고 가장 높은 곳, 아리스토텔레스가 '신'이라 칭하는 곳까지 더 정교해집니다. '세 가지 영혼'도 이러한 자연적인 질서에 위치해야 합니다. 영혼의 등급표에서 가장 아래쪽에는 첫 번째 '식물적인 영혼'이 위치하며 섭식, 성장, 그리고 번식을 담당합니다. 그다음 영역인 두 번째 '감각적인 영혼(동물 영혼)'은 감각기관, 갈망 그리고 움직임을 담당합니다. 최고의 영혼 영역인 세 번째 '이성적인 영혼(인간 영혼)'은 순수한 사상을 알 수 있습니다. 그것은 추상적으로 생각할 수 있는 인간의 지적능력입니다.

세 가지 영혼은 살아있는 모든 것에 나눠집니다. 이름이 암시하는 바와 같이 식물은 식물적인 영혼을 가지고 있습니다. 동물은 좀 더 많은 영혼이 깃들어 있으며 식물적인 영혼뿐만 아니라 감각적인 영혼도 지니고 있습니다. 그들은 먹이 활동을 하고 자라며 번식합니다. 떠돌아다닐 수 있으며 마음대로 할 수 있습니다. 인간은 세 번째 영혼인 이성적인 영혼뿐만 아니라 세 가지 영혼 전부, 혹은 일부분으로 이루어져 있습니다. 따라서 아리스토텔레스의 인간관은 스토아학파처럼 일원론적이지 않습니다. 인간은 하나의 조각으로 이루어지지 않았고, 한 개의 논리로도 설명되지 않습니다. 영혼은 인간보다 오래 살지 못합니다. 계속 살 수 있는 유일한 방법은 인간을 번식시키는 겁니다. 자신이 살지는 못하지만 비슷한 존재를 낳습니다. 말하자면, 인간 종류를 다수의 새로운 표본으로 번식시킵니다.

우리 안의 어떤 영혼을 위로 드러나게 해야 하는지가 중요합니다. 아리스토텔레스의 『니코마코스 윤리학』의 다음 부분은 몇 가지를 분명하게 해줍니다.

> 우리에게 아직 부족한 것은 최상의 선을 분명하게 설명하는 것이다. 아마도 우리가 인간 본연의 임무가 무엇인지를 알게 된다면 설명을 할 수 있을 것이다. 악기 오보에 연주자, 조각가, 예술가, 장인들에 대해, 그리고 인간 본연의 직무와 활동을 가지고 있는 모든 것에 대해, 일반적으로 선과 성공은 그 직무에 담겨 있다고 말하는 것처럼, 인간에 대해서도 인간이 최소한 고유 직무나 임무를 가지고 있다면 그 안에 선과 성공이 담겨 있다고 말할 수 있다. 목수와 구두수리공이 각각 다른 사람에게는 없는 독특한 직능과 활동을 가지고 있을까? 자연은 그들에게 다른 독특한 임무는 부여하지 않았을까? 혹은 눈 하나, 손 하나, 발 하나처럼, 요약하자면 모든 신체의 부분이 분명하게 독특한 임무를 가지고 있고 사람들도 이러한 구별되는 기능을 자기 것으로 만들었다고 가정할 수 있을까?
>
> 그런 임무가 무엇일까? 사는 것은 분명 아닐 것이다. 사는 것은 심지어 식물에게도 부여되었기 때문이다. 반면에 사람들에게 특별한 무엇을 찾는다. 섭식과 성장의 활발한 기능

> 을 배제시켜야 한다. 그 다음에 감각적인 관찰로 특징지어지는 삶이 따른다. 비록 사람이 말, 소 그리고 다른 동물과 공통점을 가지고 있다고 해도. 따라서 남아 있는 것은 사람들이 능동적이라고 부를 수 있는 삶, 영혼의 이성적 부분의 삶이다.[2]

철학이 없는 혹은 최소한 아리스토텔레스가 존재하지 않는 삶에 대해 그리움을 불러일으키는 의견이 등장합니다. 유감스러운 일입니다. 여기에서 매우 중요한 내용이 나오기 때문입니다.

> 인간 본연의 직무가 논리에 의해 혹은 최소한 논리를 가지고 영혼의 활동으로 이루어진다면, 그리고 예를 들어 평범한 치터목이 없는 납작한 현악기 연주자의 직무와 탁월한 치터 연주자의 직무처럼, X의 직무와 탁월한 X의 직무가 종류상 동일하다면, 그리고 이러한 논리가 모든 경우에 유효하다고 가정한다면, 그 치터를 연주하는 연주자의 직무에 특별하게 뛰어난 탁월성의 산물인 자질이 부여된다. 우리가 인간의 직무를 삶의 형태라고 정의하고, 이 삶이 영혼의 활동, 즉 사람이 이성에 연결된 행위를 하는 것으로 이루어졌다면, 탁월한 인간의 직무가 올바르고 고상한 이 활동의 연습으로 이루어졌다면, 모든 활동이 특별한 탁월함에

> 일치하는 연습으로 잘 이루어진다면, 영혼의 활동에서 인간의 선은 그의 탁월성에 맞게 존재한다. 다수의 탁월함이 존재한다면 가장 좋고 가장 완벽한 탁월함에 일치하는 활동에서다.[3]

아리스토텔레스가 여기서 무엇을 말하려고 했을까요? 그는 인간이 어떻게 행복할 수 있을까를 알고 싶었기 때문에 무엇이 인간의 전형적인 모습일지 알고 싶었습니다. 그는 "행복하는 데 성공한다면, 인간은 행복하다"고 가정했습니다. 인간이 행복하길 원한다면 자신이 어떤 존재인지를 먼저 알아야 합니다. 아리스토텔레스는 이 이성적인 영혼의 부분을 인간존재의 정수로 간주했습니다. 우리는 여기에서 우리를 다른 모든 살아있는 것으로부터 구분합니다. 하루 종일 텔레비전에 빠져 사는 사람은 자신의 가장 낮은 영혼의 부분인 식물적인 영혼으로 자신을 축소했기 때문에 실패한 하루라고 느낄 겁니다. 식물 같은 인생은 인간이 달성할 수 있는 가장 높은 단계는 아닐 겁니다. 우리에게는 더 많은 것이 담겨 있다는 것을 느끼고 알고 있습니다. 이러한 인식이 잠재력을 불어넣어줍니다. 영혼의 두 번째 단계에서 행복을 느끼는 것도 마찬가지로 성공하지 못할 겁니다. 순전히 갈망만 하는 것은 동물도 할 수 있다고 아리스토텔레스가 말했습니다. 그래서 동물처럼 분주히 움직이는 삶은 행복을 가져다주지 않을 겁니다. 그러한 삶에서 우리 안에 있는 전형적인 인간적인 면을 상실하고 그 결과 실패했다고 느낄 것이기 때문입니다.

행복이란 우리의 인간됨을 바로잡는 겁니다. 즉, 우리 안에 있는 이성을 완전한 발전에 이르게 하는 겁니다. 그렇지만 다른 영혼의 부분들은 여기서 길을 잃어버리면 안 됩니다. 아리스토텔레스에 따르면 갈망과 감정은 본능적인 겁니다. 온 세상은 감정과 직감을 포함해 이성이 지배하고 모든 일을 좋은 길로 인도하는 한 존재할 수 있습니다.

아리스토텔레스는 선에 대해 기능적인 견해를 가졌습니다. 선은 기능과 관련해 바르게 채워져야 합니다. 우리는 언제 행복하다고 말할까요? 모든 것이 성공하는 순간에 자주 일어날 겁니다. 우리가 어디에 있든지, 무엇을 하든지, 마치 '내가 그것을 위해 만들어진 것처럼' 느끼는 순간일 겁니다. 혹은 행복한 연애 같은 순간일 겁니다. 즉, '서로가 서로를 위해 만들어진 것 같은' 선한 삶은 성공한 삶입니다.

아리스토텔레스는 이러한 기능적인 도덕관으로 행복을 찾는 사람들에게 특별히 효과가 있는 개념을 준비하고 있습니다. 행복하길 원하면 어떠한 방법이 가장 성공적일 수 있는지를 찾아야 합니다. 보편적 인간의 방식인지, 모든 영혼의 속성을 지니고 있는지, 합리적인 방향성을 가지고 있는지 등입니다. 내가 특별한 인간으로서 또 다른 최소한의 중요한 요소로 성공할 수 있는지입니다. 나의 성공을 위해 필요한 것이 남에게는 반드시 필요하지 않을 수도 있습니다.

오늘날 우리가 살고 있는 세계는 아리스토텔레스가 살던 시대와 다릅니다. 현대 학문의 관점에 의해 본성과 윤리가 서로 떨어지게 되었습니다. 한편으로는 본성의 객관적인 작용, 즉 방법에 관한 것을 보며, 다른 한편으로는 그것과는 별개로 선에 대한 질문을 만나게 됩니다. 본성은 우리에게 비도덕적인 것이 되었습니다. 살아있는 모든 것은 목적을 지니고 있다는 것과 선한 삶이란 내면적인 목적을 추구한다는 것이 우리에게 다가오지 않습니다. 현대의 기능적인 선과 도덕적인 선 사이의 조화의 부족은 영국의 작가 G. K. 체스테터튼Chesterton이 상당히 잔인한 예를 들어 분명하게 해줍니다. "'선'이란 단어는 많은 것을 의미한다. 예를 들어 누가 500미터의 거리에서 그의 어머니를 총으로 쏴서 죽였다면 좋은 사수라고는 하겠지만 결코 좋은 사람이라고 부르지는 않을 것이다."[4]

일반적으로 현대적인 본성에 관한 관점에는 다소 독설적인 것과 모순된 것이 있습니다. 한편으로는 본성을 비도덕적인 것으로 해석했습니다. 선과 악에 대한 질문을 위해 본성에 의지하지 않습니다. 반면에 바로 본성 안에서 더욱 급하게 행위에 대한 정당성을 찾는 것처럼 보입니다. 그렇지만 이러한 경우에 비도덕적인 의미에서 찾습니다. 인간에 대한 학문적인 해석은 동시에 우리가 누구인가를 정당화하는 것 같습니다. 실제로 우리는 학문적인 해석이 결정적인 것이어야 하고 도덕적 정당화를 잉여적인 것으로 여깁니다.

그래서 사랑하는 사람에 대해 성적으로 수줍어하지 않는 행동을 인간의 본성에 의지해 정당화하려는 사람들도 있습니다. 이것을 자연적 오류라고 부를 수 있습니다. 어떤 특이한 사실로부터 하나인 것은 하나가 될 수도 있고 심지어 하나로만 되어야 한다는 것으로 추론하기도 합니다. 그렇지만 '그것이 무엇이다'라는 것이 '그것과 함께 도덕적으로 정당화된다'는 것을 의미하지는 않습니다. 최소한 우리가 선택의 자유에 대한 견해를 가지고 있다면 그렇지 않습니다.

아리스토텔레스에 따르면 선한 삶을 위한 근본은 우리 본성 안에서 찾을 수 있습니다. 그렇지만 사람마다 실현할 목적을 가지고 있기 때문에 지금 모습으로 머무는 것에 만족할 수 없습니다. 어떤 사람이 되어야 하는 겁니다. 우리는 우리를 지금 현재의 모습으로 만들었습니다. 그러나 우리 안에 있는 가능성은 우리에게 될 수 있는 것의 가장 최선의 것을 추구하도록 부추깁니다. 선은 우리의 자연적인 성품에 갇혀 있습니다. 그러나 윤리학, 즉 성공한 삶의 가르침은 우리를 변화시키기 위해, 성공하고 행복한 인생을 추구하기 위해 필요합니다.

우리는 이와 관련해 내적인 초월성에 대해 말할 겁니다. 사람은 자신을 뛰어넘는 존재이며 자기 안의 가능성을 발견하고 그것을 목표로 삼습니다. 그런 모습이 자신이면서 동시에 자신을 미래의 자신으로 바라봅니다. 삶에서 초월성은 자신 안에서 찾아볼 수 있습니다. 이 때문에 라파엘의 그림에서 아리스토텔레스는 인간의 이러한 면에 염증을 느끼고 세상을 향해 팔을 뻗었습니다. 모든 것이 존재하고 할 것이 남아 있다면 충분히 행복한 인생입니다.

아리스토텔레스는 '올바른 행동'과 '선한 행동'은 같다고 주장했으며 "거기에 '완성을 이룬 인생 안에서'를 추가해야 한다. 하나가 잘된다고 나머지도 잘된다는 것을 의미하지 않는다. 며칠 잘된다고 나머지 날도 그런 것은 아니다. 그렇게 하루 혹은 짧은 시간은 한 사람을 행복하게, 완전히 행복하게 만들기에 충분하지 않다"고 썼습니다.

행복은 순간적인 것이 아니며 찰나에 덧없이 지나가는 것도 아닙니다. 행복은 평생에 걸쳐 눈여겨 바라봐야 합니다. 우리가 인생의 마지막에 다다랐을 때 인생이 성공적이었는지 뒤돌아 볼 수 있습니다. 정당한 이유 없이 어머니를 총으로 쏘고나서, 좋은 남편으로 아버지로 친구로 산다는 것은 전반적인 상황에서 볼 때 극도로 부적격한 결함입니다. 선한 행동 하나가 올바른 인생을 만들지는 않습니다. 잘 조준한 총알은 일생을 낙오자로 살게 할 수 있습니다. 아리스토텔레스의 철학적 안경을 끼고 바라보면 이 말을 이해할 수 있습니다.

마지막으로 아리스토텔레스는 인간은 사회적 혹은 정치적 존재라고 했습니다. 그 말은 우리가 다른 사람들과 함께 살 때 완전한 인간이 될 수 있다는 것을 의미합니다. 모든 사회적 관계에서 벗어나면 우리에게 남는 것은 아무것도 없습니다. 우리는 자유롭기 위해 서로가 필요합니다.

윤리관

기능적인 행복의 개념을 아리스토텔레스의 관점에서 보면, 왜 인간으로서 과잉에 가까운 성공이 필요한지에 대한 질문이 생깁니다. 우리 안에 행복을 가지고 있다면 성공한 사람이나 실패한 사람이 되기 위한 선택은 단 하나만 가능할 것처럼 보입니다.

그렇다면 우리 인생의 목적이 '왜 행복이 되어야 하는가?'하는 질문이 남아있습니다. 아리스토텔레스는 이 문제를 이렇게 전개합니다. 그의 세계관과 인간관은 목적론적입니다. 그의 윤리관 역시 목적론적입니다. 선한 삶은 목적 의식을 가지고 있습니다. 아리스토텔레스는 우리의 삶이 항상 일정한 목적을 추구한다고 단언했습니다. 우리의 모든 행위는 이유를 가지고 있습니다. 우리가 어떤 목적을 가지고 행동하고 선택하는지 알아보는 것은 매우 흥미롭습니다. 아리스토텔레스는 인생에서 대부분의 목표는 달성되자마자 새로운 목표를 가져온다는 것을 지적했습니다. 다시 말해 성취한 목적은 또 다른 목적을 달성하기 위한 도구인 것으로 밝혀졌습니다. 왜 공부를 하지요? 졸업장을 따려고, 좋은 직장을 구하기 위해, 그 다음은 돈을 벌기 위해서입니다. 그렇게 목적이 계속 생깁니다. '왜?'라는 질문은 계속 진행되면서 답변하기 더욱 어려워집니다. 그것은 눈앞에 있는 목적보다 더 멀리 바라보지 않기 때문입니다. 모든 목적이 거의 달성한 순간 새로운 목적을 위한 도구로 변하는 것을 우리는 자주 보기 원하지 않습니다. 일반적으로 무슨 일이든 자신을 위해 하는 부분이 있습니다. 일은 돈을 위해 하든 혹은 다음 단계의 경력을 위해 하든 우리에게 만족감을 줄 수 있습니다.

목적을 지향하는 삶은 목적을 성취했을 때 느끼는 만

족 기간이 짧아 실망스럽습니다. 우리가 그렇게 감사할 줄 모르고 쉽게 싫증 내는 변덕쟁이들인가요? 아리스토텔레스의 철학을 생각하면 이것이 결론일 필요는 없습니다. 우리가 추구하는 대부분의 것은 목적과 수단이란 양면성을 지니고 있습니다. 모든 목적은 목적이란 긴 사슬에서 연결 고리를 이루고 있습니다. 아리스토텔레스에 따르면 이 사슬은 끝이 있습니다. 다른 것에 눈을 돌리지 않고 자신만을 위한 궁극적인 목적이 있습니다. 아리스토텔레스는 이러한 궁극적인 목적은 '가장 숭고한 선'이라고 불렀습니다. 스스로 충분한 선이 다른 선을 보조하는 선보다 완벽하다고 아리스토텔레스가 주장했기 때문입니다.

우리가 왜 무엇을 하는지 계속 물을수록 대답은 흥미로워집니다. 문제의 핵심에 도달하기 때문입니다. 우리가 자신을 위해 추구하는 선, 즉 가장 숭고한 목적이 있다고 아리스토텔레스는 말합니다. 이와 함께 그가 행복이라고 부르는 충족 상태에 도달하게 됩니다. 추구하는 목적이 아무리 길더라도 우리는 행복해지기 위해 모든 것을 결국 하기 때문입니다. 누군가가 우리에게 왜 행복하길 원하느냐고 물으면 그를 이상한 눈으로 바라볼 겁니다. 행복은 도구가 아니고 목적이고, 궁극적 목적입니다.

아름다움도 마찬가지입니다. 우리는 자신을 위해 아름다움을 추구합니다. 아름다움을 경험하는 것은 소중히 여길 가치가 있습니다. 특별히 공익에 대한 생각이 주를 이루는 시대에는 더욱 그렇습니다. 현대의 거의 모든 사람이 머리에 계산기를 가지고 있어서 얼마나 비용이 소요되며 어떻게 산출할지 계산합니다. 그렇게 계산하는 안경을 코에 걸치고 모든 사물과 사람을 이익이나 이윤극대화를 위한 도구로 간주합니다.

아리스토텔레스의 철학을 도구로 삼아 가장 최선의 것을 얻기 위해 이용할 수 있다고 말할 수 있을 겁니다. 차이는 우리의 도구적 생각이 최고의 선을 알지 못하거나 최소한 우리가 그것으로부터 분명한 생각을 갖지 못한다는 겁니다. 아리스토텔레스의 철학에서는 모든 것이 선한 삶을 위해, 잘 인지된 행복을 위해 존재해야 합니다. 우리가 궁극적인 목표를 가지고 있을까요? 그것이 가장 숭고한 선일까요?

신이나 사후 세계를 가장 숭고한 선으로 간주하지 않는다면 인생 자체가 목적입니다. 우리는 살고 있기 때문에 사는 겁니다. 행복하게 살기를 원하기 때문에 행복한 삶을 원하는 겁니다. 선한 삶은 우리에게 목적론적인 활동이며 혹은 우리 안에 목적으로 있는 겁니다. 많은 사람이 삶의 목적론적 견해를 확고하게 가지고 있습니다. 그래서 그들은 모든 것이 무언가를 위해 사용된다고 생각합니다.

종교적 사고의 유산은 언제나 목적론적인 세계관을 담고 있으며, 그래서 인생은 궁극적인 목적 즉, 죽음 후에 오는 행복한 삶을 달성하기 위한 수단으로 간주됩니다. 많은 사람이 그것을 더는 믿지 않지만 목적론적인 생각은 여전히 존재합니다.

신이 죽었다고 하면 행복을 위해 결론을 도출해야 합니다. 우리가 스스로 목적론적으로 사는 것을 배워야 한다는 것을 의미합니다. '모든 것이 결국 어떤 것을 위해 선하게 될 것이다'와 '이미 스스로 선한 것이다'의 차이입니다.

자신을 둘러싼 선한 삶이란 상당히 복잡하게 보일 수 있습니다. 그러므로 자율적인 목적론적 활동부터 작게 시작하는 것을 권유합니다. 이를테면 당신 자신을 위한 일부터 시작하십시오. 박물관을 방문하고 음악을 듣고 직접 음악을 만들어보고, 독서를 하고 산책하는 겁니다. 이러한 것들을 충분히 하고, 그 안에 있는 행복과 즐거움을 다른 사람들과 나눈다면 기회를 얻을 겁니다. 선을 이루기 위해 선한 행위를 함으로써, 누군가를 사랑하기 위해 누군가를 사랑함으로써, 친구들과 시간을 보내기 위해 친구들과 시간을 보냄으로써 행복하고 자율적인 목적론적 삶을 사는 연습을 합니다.

아리스토텔레스의 사상을 받아들이면 자유가 인생을 성공과 행복에 이르도록 할 것이라고 생각합니다. 그러나 무엇이 나를 행복하게 만들어주는지 어떻게 알 수 있을까요? 어떻게 행복에 도달할까요? 인생의 궁극적인 완성을 눈앞에 보는 것과 그곳으로 가는 길을 이해하고 따라가는 데 성공하는 것은 별개의 문제입니다.

아리스토텔레스에 따르면 선에 이르는 것은 '행하는' 것이라고 합니다. 이것은 그의 윤리관에서 매력적인 부분입니다. 그것은 우리에게 맞는 올바르고 행복한 인생을 찾아나서는 겁니다. 우리에게 초인간적인 이상을 반영해주는 윤리는 좌절감만 가져다줍니다. 나는 위쪽을 찌르는 플라톤의 손가락 대신에 땅을 가리키는 아리스토텔레스의 손을 선택하겠습니다. 인간적인 기준은 동시에 생각을 매우 복잡하게 하는 것이기도 합니다. '행복이 나에게 무엇을 의미하는가?'라는 질문에 대답을 줄 수 있는 사람은 나뿐입니다. 내가 틀린 대답을 하거나 그렇게 한 것을 너무 늦게 깨달았다고 주장할까요? 금욕주의 세계에서 인생은 쉽지 않았습니다. 그러나 그 세계에서 일의 진행은 최소한 확정되었고 행복은 우리를 내려놓을 때 존재합니다. 스토아학파가 일을 뒤로 물러서서 바라보고 비인간적인 관점으로 보는 것을 좋아했다면, 아리스토텔레스는 반대로 가까이 가서 바라보고 특정 상황에 관심을 기울였습니다. 아리 레이언은 이렇게 기술했습니다.

> 도덕적인 삶이 가져다주는 이성은 만날 수 없다. 그것은 직접 삶이 그리고 선택과 결정이 발전시켜야 한다. 이것들은 잘못을 할 수 있는 위험 요소를 가지고 있다. 사람들이 할 수 있는 선의 실현은 생각이나 영구불변한 가치에 의존할 수 없다. 즉 실현에는 노력이 있어야 한다. 혹은 새롭게 되는 것은 인간적일 수 있어야 하며, 따라서 인간에게 어울려야 한다.[5]

무엇이 선하고 악한 것인지 자문할 때면 우리는 위쪽을, 신을, 기준을, 법이나 원칙을 바라보는 경향이 있습니다. 특별한 경우를 일반적인 기준에 따라 판정하기 위해 무엇이 바른 대답인지, 가치인지를 알기 원합니다. 일반적인 기준이 있다면, 우리의 행동을 도덕적으로 건전한 방향에 맞추어 끌고 가는 겁니다.

그렇지만 아리스토텔레스에 따르면 도덕적인 결정은 도덕적인 법에 순종하는 문제가 아닙니다. 도덕적인 법은 존재하지 않습니다. 삶에서 도덕은 고정되어 있지 않습니다. 우리는 인생에서 결정적인 발언권을 가지고 있습니다. 도덕적 결정을 내리는 사람들의 다양한 목소리는 결코 개인을 초월하는 하나의 목소리로 올라가지 않습니다. 보편적인 도덕은 없습니다.

이것은 여전히 주목할만하고 우리의 자유를 다루는 것처럼 역설적입니다. 우리는 자유롭지 못할 때 자신을 해방시키길 원합니다. 우리는 자유롭습니다. 우리가 자유롭다면(아리스토텔레스에 따르면 우리는 자유롭습니다), 당장 우리의 자유를 침묵시키기 위한 필연성을 찾아야 합니다.

이렇게 자유에 대해 저항하는 것은 납득할만합니다. 자유로운 공간이 실제로 있다면, 이것은 불확실성과 실패할 가능성이 있음을 나타내기도 합니다. 실존하는 자유의 값은 행복할 수도 있지만 불행할 수도 있다는 겁니다. 다시 말해 인생은 성공할 수도 실패할 수도 있습니다.

우리를 둘러싸고 있는 자유로운 공간 덕분에 우리는 다양한 방향으로 나갈 수 있습니다. 올바르지 않는 방향도 있습니다. 그밖에 더 많은 방향이 있습니다. 세상에서 만날 수 있는 자유는 우리 안에도 있습니다. 우리 안에도 비어있는 자리가 있습니다. 우리는 그런 자유를 가지고 무언가 할 수 있기를 원합니다. 그러자면 우선 자유가 정확히 어디에 있는지를 알아야 합니다. 그렇지 않으면 변화하지 않을 것을 끝없이 변화시키려고 하는 위험을 안게 될 겁니다. 그 결과는 포기거나, 자유는 전혀 존재하지 않는다는 믿음일 겁니다. 따라서 무엇이 우리 안에 자리 잡고 있는지 그것이 자유로운지, 우리가 할 수 없는 것이 무엇이며 행복한 인생을 만들기 위해 무엇을 가꾸어야 하는지를 반드시 알아야 합니다.

아리스토텔레스는 인간에게 세 가지 심리적인 현상이 있다고 했습니다. 감정, 능력, 태도입니다. 선한 인생을 사는 사람으로서 성공을 이끌어내야 할 경우, 그렇게 될 가능성은 이 세 가지 현상의 범위 안에 있어야 합니다. 아리스토텔레스는 세 가지 현상을 다루어 우리의 자유를 탐구했습니다.

> 내가 말하는 감정이란 다음과 같다. 염원, 분노, 두려움, 용기, 혐오, 기쁨, 사랑, 미움, 갈망, 의욕, 연민, 즉 기쁨과 고통과 함께하는 모든 가치를 지니는 것이다. 능력이란 우리가 감정을 경험할 수 있다고 말하는 현상을 말한다. 예를 들면 분노하게 하고 고통이나 연민을 느끼게 해주는 것이다. 나는 태도를 통해 우리가 선이나 악을 감정에 어떻게 연관 짓는가 하는 현상을 이해한다.
>
> 분노에 대한 태도는 우리가 그 감정을 너무나 격한 방법으로 혹은 너무나 약하게 경험할 때는 올바르지 않다. 그러나 그 감정을 적당한 방법으로 경험하면 우리의 태도는 바른

것이다. 다른 감정에도 동일하게 적용된다.

따라서 감정이란 뛰어나지도 않고 나쁘지도 않은 특성이다. 실제로 우리는 감정을 근거로 뛰어나거나 나쁘다고 불리지 않는다. 그러나 우리의 뛰어나거나 나쁜 특성에 근거해 불린다. 우리는 감정으로 칭찬이나 비판을 받지는 않는다. 두려움이나 분노를 느끼는 사람은 칭찬받지 못한다. 분노한다는 이유만으로 사람은 비판받지 않는다. 단 일정한 방법으로 분노하는 사람은 비판을 받는다. 우리는 우리의 뛰어나고 나쁜 특성으로 칭찬받는다.

그리고 우리는 의식적으로 선택하지 않고 분노하거나 두려워한다. 뛰어남은 그와는 반대로 분명히 의도적인 선택이거나 의도적인 선택을 내포하고 있다. 더욱이 사람들은 감정이 있을 때 감동받는다고 말한다. 그러나 뛰어나고 나쁜 특성에 대해 이야기를 할 때면 사람들은 우리가 감동받는다고 말하지 않고 우리가 일정한 성향을 가졌다고 말한다.

이러한 이유로 뛰어나고 나쁜 특성은 능력이 아니다. 우리는 실제로 선하거나 악하다고 불리지 않고 칭찬받거나 비판받지도 않는다. 우리가 감정을 어느 정도 경험할 수 있기 때문이다. 거기에 우리는 본성의 능력을 갖추고 있다. 그렇지만 우리는 선천적으로 선하거나 악하지 않다. (……) 따라서 뛰어남이 감정이나 능력이 아니라면 그것은 내적인 태도만이 유일한 가능성으로 남아 있다. 그렇다면 뛰어남

이 어떤 종류에 속하는가에 대한 질문이 생긴다.[6]

인간의 존재에 대한 누군가의 관점은 그 사람이 자신을 경험하는 방법에 큰 영향을 미칩니다. 나는 아리스토텔레스가 그의 관점을 펼친 위의 예문을 모두 이어받았습니다. 정기적으로 이러한 지식을 접하는 것은 정신건강에 유익하기 때문입니다. 이런 관점은 흔하지 않습니다.

아리스토텔레스는 감정을 갖는 것이 선하거나 악하다고 하지 않고, 감정으로 무엇을 할 때가 되어서야 도덕적인 판단을 할 수 있다고 주장했습니다. 이 주장은 논리적이고 정당하게 들립니다. 그렇지만 도덕적 경계를 세우는 것이 당연한 일은 아닙니다.

기독교의 몇몇 부분에서는 감정을 갖는 것이 잘못될 수 있는 것이라고 가르치고 있습니다. 신약성경에서 예수는 말했습니다. "또 간음치 말라 했다는 것을 너희가 들었으나 나는 너희에게 이르노니 여자를 보고 음욕을 품는 자마다 마음에 이미 간음했느니라. 만일 네 오른쪽 눈이 너를 실족케 하거든 빼어내 버리라. 네 백체 중 하나가 없어지고 온몸이 지옥에 던져지지 않는 것이 유익하며…."[7]

예수의 인간관에서는 '사람들이 느끼기 원하는 것을 느끼기 위해 자유롭다'라고 생각할 수 있다고 말한 것 같습니다. 이웃집 여자를 탐한다면 그것은 우리의 자유로운 선택에 의한 겁니다. 예수는 이러한 주장으로 태도에 관련된 자유의 경계를 내적 생활에 옮겨놓고 있습니다.

아리스토텔레스의 인간관뿐만 아니라 예수의 인간관도 오늘날까지 우리에게 영향을 미치고 있습니다. 사랑하는 사람들이 의견 차이를 가질 때 두 세계는 맞춰질 수도 있고 충돌할 수도 있습니다. 한 여자는 그녀의 남편이 다른 여자 동료에게 눈길을 준다고 의심합니다. 남편이 여자 동료를 진짜 매력 있다고 생각한다고 인정하지만 그녀를 뒤쫓아 갈 계획은 절대 없다고 해도 부인을 안심시키지는 못합니다. 부인은 남편이 다른 여자에게 흑심을 품었다고 괘씸하게 생각할 겁니다. 남자가 욕망을 따라 행동하지 않았다고 말하면서 자신을 정당화하려 해도 부인이 보기에 그의 행동이 정당한 것은 아닙니다. 그가 "하지만 그렇다고 내가 무얼 하는 것이 아니라니까"라고 반복해 말을 해도 "그런 일이 일어날 수 있다고!"라는 말만 듣게 될 겁니다. 어쨌든 다른 여자에게 감정을 느낄 상태에 있다는 것이 그가 잘못한 것으로 만듭니다.

스스로는 알지 못하겠지만 필시 그녀는 예수의 인간관을 추종하는 사람입니다. 그 남자는 자신을 아리스토텔레스주의적 눈으로 바라보는 것 같습니다.

우리가 '어떤 감정을 가질 수 있다'는 이유만으로 우리가 사악하다고 하면, 아리스토텔레스는 어리석다고 판단할 겁니다. 그의 윤리관은 행동에 대한 가르침입니다. '우리가 어디에서 자유롭고, 또 그런 자유를 가지고 무엇을 할 수 있는가'라는 질문이 중요합니다. 아리스토텔레스는 자유와 함께 책임을 태도 안에 포함시켰습니다. 태도란 행동의 형태이고 우리는 태도를 스스로 정할 수 있습니다. 우리 자신에게 무언가를 가르칠 수 있고, 가지고 있는 것을 버릴 수 있습니다. 그렇다면 어떻게 해야 할까요? 어떻게 자유로운 공간을 합리적인 감정과 현명한 행동으로 채울 수 있을까요? 우리가 이 질문을 다루기 전에 첫 번째로 감정에 대해 더 알아보겠습니다.

감정

감정은 우리를 구속하는 중요한 원인 중 하나입니다. 그래서 감정을 잘 이해하고, 어떻게 다룰지 아는 것은 매우 중요합니다.

감정은 자연스러운 것이지만 아리스토텔레스에 따르면 감정이 언제나 올바르게 존재하는 것은 아닙니다. 감정은 잘못된 판단이나 확신에서 나올 수 있습니다. 이러한 의미에서 스토아학파와 아리스토텔레스는 같은 생각입니다.

우리를 기겁하게 하는, 벽에 붙은 거미를 예로 든 것을 생각해보십시오. 그렇지만 자세히 살펴보니, 그것은 벽지가 볼록하게 튀어나온 것으로 밝혀졌습니다. 감정을 작동시키기 전에, 우리가 대하는 것이 진짜 감정인지 아니면 불편한 오해인지 반드시 자문해봐야 합니다. 이러한 구분을 하는 것은 언제나 쉬운 것이 아닙니다. 그렇지만 아리스토텔레스의 사상은 가능성을 제공합니다. 금욕주의자들에게 감정은 사실 오해이거나 부적절한 관념에 불과합니다.

감정이란 가치판단으로 간주되어야 합니다. 감정을 통해 우리 자신과 타인에 대해 배울 수 있습니다. 무엇을 느낀다는 것은 우리가 연결되었다는 것을 아는 겁니다. 감정의 부재 역시 생각으로 이끌 수 있습니다. 누군가 사망했다는 소식을 듣고 예상했던 눈물이 나오지 않는다면, 이것은 많은 사람에게 고인과의 관계를 생각해보게 하는 원인을 제공합니다.

감정은 가치판단이기 때문에 감정을 고려하지 않는 것은 유감스러운 일입니다. 그것은 사고의 빈곤이기도 할 겁니다. 물론 우리가 좋게 혹은 나쁘게 느끼기 때문에 어떤 결론을 내린다는 말은 아닙니다. 우리의 감정을 부정하지 않으면서, 우리의 가치가 무엇인지에 대해 사람들이 하는 이야기를 경청하는 것은 매우 중요합니다.

감정은 자유로운 생각이고 우리 사고의 일부분을 이룹

니다. 감정이 고조되어 "신사숙녀 여러분, 이성을 유지합시다"라고 말하는 것을 얼마나 자주 듣습니까? 감정이 마치 우매함의 표시인 것처럼요. 우리가 감정이 말하는 것을 듣지 않는다면 가치 있는 교훈을 놓치고, 결국 감정이 알려주는 가치 충만한 것을 잃어버리는 위험에 빠지게 됩니다.

우리는 언제나 이유가 있다면 그것이 좋은 이유인지 나쁜 이유인지 느낍니다. 따라서 감정을 깊이 생각하지 않고 옆으로 밀쳐두면 안 됩니다. 그러면 감정이 이성적 감정인지 착오인지, 현명한 발상인지 혹은 잘못된 확신인지, 올바른 판단인지 혹은 선입관인지, 정당한 두려움인지 아니면 비현실적인 두려움인지를 결정할 수 없습니다. 좋은 감정이란 선한 인생 쪽을 가리키는 안내 표지입니다. 우리에게 맞는 인생을 어느 방향에서 찾아야 하는지를 알고 싶다면 부드럽게 혹은 덜 부드럽게, 그러나 언제나 일정한 방향으로 밀어주는 감정에 관심을 기울이면 도움이 될 겁니다.

좋은 감정으로 해석하느냐 고통스런 오해로 해석하느냐는 우리의 세계관 그리고 인간관에 달려 있습니다. 혼자 있기를 좋아하는 사람을 가치판단의 기준으로 삼는다면 사회적인 관계와 관련이 있는 감정을 연약함의 표시, 혹은 바람직하지 않는 의존으로 간주할 겁니다. 우리의 인간관이 아리스토텔레스의 인간관과 닮아서 사람은 함께 살아갈 때 완전한 발전에 이를 수 있다고 생각한다면, 모든 감정은 다르게 보이며 사랑과 그리움 등은 거세를 시키는 염산이 아닌 강력한 접착제로 이해될 겁니다.

정신과 의사 카를은 두통에 대한 의견을 남겼습니다. 그는 두통이 화가 나 있고 억눌린 분노의 증상이라는 것을 암시했습니다. 이미 알려진 주장일지도 모릅니다. 어쨌든 그의 의견은 나를 생각하게 했습니다. 내가 알고 있는 대부분의 사람은 두통을 육체적인 현상으로 간주하며, 두통을 제거하기 위해 약을 먹습니다. 그러나 두통을 약으로 다스리는 대신에 두통과 대화를 나누어보는 것은 흥미롭지 않을까요? 우리가 이 가능성을 수용한다면 육체적 고통은 원인 혹은 이유가 바깥세계에 존재합니다. 그래서 상호 연관이 있는 것이고 그것이 어떤 인식을 가져올지 누가 알겠습니까. 현명한 자기관리의 견지에서 모든 육체적 고통을 오직 육체적으로만 치료하려고 한다면 기회를 상실하게 될 겁니다. 두통이 억눌린 분노로부터 나온다면 분노를 억누르고 있는 이유가 있을 겁니다. 카를은 두통을 호소하는 환자에게 한번쯤 물을 겁니다. "누가 당신의 두통거리입니까?"

감정은 종종 강요받습니다. 따라서 아리스토텔레스는 이성을 동원하고 함부로 결정을 내리지 말 것을 권고했습니다. 감정을 되돌아봄으로써 압박하는 것과 거리를 두고 당연한 것을 하는 것보다는 다른 것을 위한 공간을 열 수 있습니다. 감정에 자신을 어떻게 연결하는지를 배웁니다. 행위의 가능성을 확대시킵니다. 생각은 지혜의 나침반뿐만 아니라 여행을 위한 더 많은 준비물을 제공합니다.

네 가지 덕목: 지혜, 용기, 절제, 정의

우리가 누구이고 무엇이 될 수 있는지 올바르게 인식하게 되면, 여행이 시작될 수 있습니다. 잘못된 출구로 나가는 것을 방지하기 위해 혹은 단순히 우리의 장소로부터 벗어나지 않기 위해 아리스토텔레스는 특별히 덕성을 내세웠습니다. 아리스토텔레스는 덕을 "우리에게 선택을 하게 하고 중용을 취하게 하는 성격의 모습이고 그 중용은 현명한 사람이 정하는 것과 같이 이성에 의해 결정되는 중간이다"라고 정의했습니다.[8]

네 가지 주요한 덕목이 있습니다. 실천적인 지혜, 용기, 절제, 그리고 정의입니다. 이 네 가지를 계속 다루어보겠습니다. 이 덕목의 도움으로 방향을 유지하고 더 나은 자신을 향해 가는 것이 가능할 겁니다. 활성화된 덕성의 기능이라고는 자유를 인식하게 돕고 지원하는 것밖에 없습니다. 우리는 덕성 없이 자유로울 수 없는데, 현명한 결정을 내릴 수 없기 때문입니다. 덕성을 우리의 현재 모습과 원하는 미래의 모습을 연결해주는 다리로 간주할 수 있습니다.

아리스토텔레스가 덕성을 성격의 태도로 간주한 것은 흥미롭습니다. 덕성이란 우리에게 강요하거나 우리로 하여금 낯선 것에 절대 순응하게 하는 외적인 것이 아닙니다. 덕성은 우리의 한 부분입니다. 덕성은 효율적으로 살기 위해 배우는 좋은 습관으로 볼 수 있습니다. 이러한 덕성의 좋은 예는 바로 '실패는 성공의 어머니다'라는 교훈입니다. 규칙적으로 다트를 하는 사람은 시간이 흐르면 더욱 조준을 잘할 겁니다. 덕성도 마찬가지입니다. 덕성 있는 행위를 반복적으로 하면 좋은 습관이 되고 새로운 성격의 특징이 됩니다.

덕성이란 습득된 태도 또는 특성으로 우리의 개성이 됩니다. 성격이라고 하면 대부분 불변적이며, 선천적인 정체성이라고 생각합니다. 그렇지만 아리스토텔레스와 함께라면 성격에 대해 다르게 생각할 수 있습니다. 우리의 성격은 능력과 태도로 이루어집니다. 능력은 타고난 것이지만 태도는 배우는 겁니다. 태도는 성격의 유동적인 부분으로 이루어집니다. 우리가 누구인지는 태어날 때 확정되어 있지 않다는 말입니다. 중요한 부분, 아마도 가장 중요한 부분은 앞으로 우리는 우리 자신이 되어야 하는 것입니다.

실천적 지혜

가장 먼저 우리의 생각을, 영감을 주는 '실천적 지혜(그리스어로 프로네시스)'의 덕성이 인도하는 곳으로 옮겨야 합니다. 이 지혜는 인생과 사물과 관련해 올바른 태도를 선택하는 데 필요한 이해력입니다. 그러고 나서 두 가지를 올바른 방향으로 이끌어야 합니다. 감정과 행동입니다. 감정이 작용해서 도와줘야만 우리가 행복으로 가는 길에 오를 수 있습니다. 감정과 행동은 서로 연결되어 있습니다. 무언가를 느끼자마자 무언가를 합니다. 이러한 감정을 다루는 것과 행동하는 방법에 대한 문제는, 결과적으로 자연적인 감정과 구체적인 행동과의 가장 조화로운 연결이라고 생각할 수 있습니다.

아리스토텔레스는 덕의 정의에서 '우리가 옳은 것을 선택하게 하고 우리가 중도를 지키게 하는 성격의 태도'에 대해 이야기했습니다. 아리스토텔레스가 중용을 찾아가는 방법은 유명해졌고, '올바른 중용의 가르침'으로 불립니다. 올바른 중용의 가르침은 우리에게 실천적 지혜를 행할 수 있는 생각의 도구입니다. 네 가지 덕은 모두 올바른 중용에 있다는 것이 밝혀질 겁니다.

감정을 가지는 것, 그 자체만으로는 나쁜 것이 아니라는 사실은 엄청난 안도감을 줄 수 있습니다. 예를 들면, 우리가 어릴 적부터 분노와 두려움을 억누르는 것을 배운 경우에 그렇습니다. 화를 내느냐 아니냐, 두려워하느냐 아니냐의 문제가 아닙니다. 분노와 두려움을 어떻게 다루느냐의 문제입니다. 아리스토텔레스는 정확히 그것을 위해 실천적인 올바른 중용의 가르침을 내놓았습니다.

감정에 치우쳐 있으면서 이성을 유지한다는 것이 불가능해 보이기도 합니다. 그것이 단순하지 않다는 것을 아리스토텔레스는 인정했습니다. 그럼에도 주어진 상황에서 그 순간에 할 수 있는 최선의 것을 하는 것은 가능합니다. 그 최선의 것을 아리스토텔레스는 '우월성'이라고 불렀습니다. 덕성은 그래서 우월한 겁니다. '열등한'은 내가 잘했을 수도 있었다는 뜻을 포함합니다.

아리스토텔레스에 따르면 우리는 많은 방법으로 실수를 저지릅니다. 반면 한 가지 방법으로만 실수하지 않을 수 있습니다. 다트판과 비교해 봅시다. 다트판은 정중앙 원보다 훨씬 큽니다. 사람들이 생각하는 원의 중앙을 아리스토텔레스는 올바른 중앙이라고 불렀습니다. 중앙을 맞춘다는 것은 주어진 상황에서 가장 잘 맞는 태도와 행동을 찾는 것을 포함합니다. 아리스토텔레스는 또한 많은 것을 말해주는 사람과 대상 사이에 구분을 지었습니다. “목적지의 중앙이란 한 곳에서 두 극한점까지 같은 거리에 놓인 점이다. 그 점은 하나고 누구에게나 같다. 하지만 우리와 관련해 중앙이란 많지도 않고 적지도 않은 것으로 이해한다. 그 중앙은 한 사람 혹은 모두에게 같은 것이 아니다.”[9]

원의 중앙 혹은 자의 중앙에 관해서는 어떠한 이견도 없을 겁니다. 하지만 계산에 의한 비율은 인간에게 적용되지 않습니다. 그렇게 하기에 인간은 너무나 다릅니다.

올바른 중용이란 평균적인 것도 아니고 보통인 것도 아니고 너무 많음과 너무 적음의 중간이며, 그곳은 올바른 중앙이 정확하게 위치하는 곳이며, 사람마다 다릅니다. 다른 사람을 평가할 때 이 점을 염두에 두는 것은 인간성에 관한 문제입니다.

올바른 중용은 우월한 중용입니다. 어떤 사람에게는 의기양양하게 비행기에 탑승한다는 것을 의미하며 어떤 사람에게는 별 볼일 없는 날 중 하루일 겁니다. 그래서 다른 사람들과 너무 비교하면 안 됩니다. 우리의 목적지는 우리 안에 우리가 살아야 할 인생에 위치하고 있습니다. 즉, 모든 사람은 자신에게서 최선의 것을 얻어내야 합니다. 그것을 성공하면 그것이 최선입니다. 따라서 다른 사람들이 자신보다 낫고 성공적이라고 생각하지 마십시오. 그렇지 않습니다.

더욱이 바라는 목적은 관점에 따라 사람마다 다릅니다. 나를 행복하게 만드는 것이 다른 사람을 행복하게 해야 할 필요는 없습니다. 생각 없이 다른 사람을 무조건 모방하는 것도 의미가 없습니다. 나에게 어울리지 않는 삶을 사는 것은 불행합니다. 불행하게 사는 것은 성공하지 못한 경험입니다. 내가 성공한 사람이어야 하는데 성공하지 못한 사람이 되는 겁니다.

탁월한 성품은 중용에 자리합니다. 아리스토텔레스는 이렇게 말합니다. "탁월함은 결국 감정과 행위와 관련이 있다. 여기에는 과도, 과소, 그리고 중용이 있다. 사람은 두려울 수도, 용기를 낼 수도, 욕망을 품을 수도, 분노할 수도, 동정을 가질 수도 있다. 일반적으로 즐거움과 고통을 경험한다. 과도나 과소는 둘 다 잘못된 것이다."

아리스토텔레스는 가이드라인으로 주의할 목록을 작성했습니다. "감정을 적절한 순간에, 적절한 사물에, 적절한 사람에게 그리고 적절한 목적으로, 적절한 방법으로 경험하라. 이것은 동시에 중용이며 최선이다. 그것은 탁월함의 특성이다. 사람은 같은 방법으로 행동함에 있어 과도, 과소, 그리고 중용을 구분할 수 있다."[10]

이것들은 모든 상황에서 고려해야 하는 다섯 가지 항목

입니다. 시작도 하기 전에 불가능한 것처럼 보입니다. 나중에야 무엇을 잘했는지 스스로 묻습니다. 그렇지만 우리의 행동과 포기에 대한 생각이 주로 나중에 일어날지라도 미래의 상황에 영향을 미칩니다. 그렇게 함으로써 성공과 실패를 통해 조금씩 발전해 나갑니다.

아리스토텔레스의 다섯 가지 주의할 목록은 상황, 감정, 행동을 분명하게 설명해줘야 하며, 가능하다면 잘못된 판단을 드러나게 하는 데 도움이 되어야 합니다. 아리스토텔레스가 직접 사용한 예는 분노라는 감정입니다. 분노할 때 한편으로는 적절한 사람에게 화를 내는지, 다른 한편으로는 적절한 사람이나 자신에게 적대적인 분노를 표출하는지 자문해야 합니다. 사람들은 가끔 감정을 억누르다가 자신의 마음을 가볍게 하기 위해 안전하다고 느끼는 사람에게 화를 터뜨립니다. 아리스토텔레스와 함께 곰곰히 생각해보면 이해할 수는 있어 보이겠지만 적절한 안전장치로 볼 수는 없습니다.

이러한 사고 방식을 따르면 화를 낼 수 있을 뿐만 아니라 심지어 아무리 화를 내더라도 충족하지 않을 수 있습니다. 아리스토텔레스에 따르면 분노를 느낄 때 보통 과도한 악덕이라고 생각하지만 극단적인 측면에서 부족한 분노는 해소하지 못한 분노가 남아있다고 생각합니다. 극한 상태를 표현하는 말들을 생각하는 것은 힘든 일입니다.

그렇지만 분노를 적게 느끼고 표현하는 사람들에게는 분노를 흘려보낸다고 하거나 너무 사랑스럽다고 말합니다. 아리스토텔레스는 그들을 체념한 사람들이라고 부릅니다. 그는 너무 많이 분노하는 것을 욱하는 성미라고 했으며 중용의 덕을 차분함이라고 했습니다. 중용의 덕을 통해 자신의 분노에 관한 태도를 제어하는 사람은 자유롭습니다. 감정이 자신과 함께 폭주하지 않는 것을 경험하고, 이성을 잃지 않고 가장 하고 싶은 것을 계속할 수 있기 때문입니다. 극한 상황에 떨어지거나 과도하거나 과소한 상황에 처하면 거의 대부분 무력감을 경험합니다. 왜 내가 이렇게 되도록 했을까? 왜 나를 위해 아무것도 할 수 없을까? 우리가 너무 많이 가졌든, 너무 적게 가졌든지 간에 무제한적인 감정이 우리를 사로잡고 자유로운 행동을 방해합니다.

다섯 가지 해법의 좋은 점은 감정과 행동을 위한 올바른 순간을 요구하는 겁니다. 이것은 그리스어로 '카이로스kairos, 기회'라고 합니다. 행복한 인생에서 적절한 순간은 매우 중요합니다. 집으로 가면서 혹은 침대에서 깨어 있는 채로 뒤늦게 말해야 했거나 해야 했는데 못한 것을 생각합니다. 그것들을 해야 하는 순간에는 무슨 말을 할지 모르고 서 있기만 합니다. 가끔은 두 번째 기회가 찾아옵니다. 그러나 언제나 그런 것은 아닙니다. 가장 고상한 사랑의 고백을 해야 하는 순간에 용기를 내지 못하고 남은 평생 후회하는 사람들의 이야기는 넘칩니다. 적절한 순간을 잡지 못하는 것은 괴로운 경험일 수 있습니다.

감정은 교훈적일 뿐만 아니라 기능적이기도 합니다. 적절한 목적을 가지고 선의로 화를 냄으로써, 다른 사람이 좋아하지 않는다는 것을 알아차리게 합니다. 다른 사람들에게 경계를 넘어선 것을 암시해주고 동시에 경계를 알려줍니다. 이렇게 화를 내는 방식은 다른 사람에게 유익하며, 그 사람들은 우리에 대해 더 알게 되고, 우리가 원하지 않는 것이나 원하는 것이 무엇인지를 알게 됩니다.

거의 모든 것에 대해 적절한 태도, 적절한 절제, 그리고 적절한 시간이 있습니다. 그러나 아리스토텔레스에 따르면 중용의 덕이 불가능한 감정이나 행동이 있습니다. 예컨대, 나쁜 감정은 중용의 덕이 없는 감정입니다. 아리스토텔레스는 이것에 대한 예로 타인의 불행 즐기기, 몰염치함, 질투를 들었으며 나쁜 행동에는 도둑질, 살인, 그리고 외도가 포함됩니다. 외도를 하면서 바르게 행동하는 것은 불가능합니다. 그러한 경우 항상 실수를 합니다. 부드러운 주변 환경은 동시에 만들어질 수 없습니다. "남자가 올바른 여자와 올바른 순간에 올바른 방법으로 외도를 시도할 수 있을까"[11]라고 자문하는 것은 어리석은 것이라고 아리스토텔레스가 말했습니다.

올바른 중용의 덕을 많이 연습해 중용이 성품의 특성이 될 수 있도록 할 수 있습니다. 그래서 우리의 좋은 습관은 우리의 두 번째 본성이라고 불립니다. 그것들은 우리가 큰 노력으로 얻은 것이지만 타고난 것처럼 보이기 때문입니다. 일상 생활에서 중용을 연습하고 올바른 중용을 결정하는 연습을 생각 속에서, 느낌 속에서, 그리고 행동에서 계속함으로써 일반적으로 더 효율적이 되며 올바른 말들을 쉽게 찾을 수 있고 자신을 더 좋게 느끼고 선한 일을 할 수 있습니다. 따라서 성격의 형성은 유전자가 무엇을 하는지 기다리는 문제가 아니라 우리의 움직이는 부분을 의식하고, 덕성 혹은 좋은 습관을 형성하고 실행하는 겁니다.

미덕이란 부자연스런 기쁨의 방해자가 아니고, 반대로 배워야 하는 특성이며 그로 인해 자신을 승화시킬 수 있는 특성임을 다시 한 번 강조하고 싶습니다. 미덕이란 우리를 작게 만드는 것이 아니라 우리를 '탁월하게' 해주는 겁니다.

이러한 아리스토텔레스적인 탁월한 요소는 선 안에서 열정을 일으키는 효과가 있습니다. 아리스토텔레스의 미덕에 관한 지침으로 자신에게 영감을 주고 활성시키는 사람은 한 사람으로 이루어진 최우수 팀입니다. 그는 세상을 매일 최고의 선을 실천하는 장소로 바라봅니다.

아리스토텔레스의 생각 덕분에 실천하게 되고, 세상을 향해 우리가 오랫동안 현실에서 일어나기를 갈망했던 선을 이루기 위한 모험을 떠납니다. 실천적 지혜는 우리가 삶에 참여하지 않으면 쌓을 수 없습니다. 실천적 지혜란, 즉흥적인 행위와 계산된 행위 사이, 그리고 숙고하지 않은 행동과 행동 없는 사고 사이에서 중용을 취하는 미덕이라고 정의할 수 있습니다.

지혜로운 타인

일반적으로 성격은 전적으로 의식하면서 형성된 것이 아닙니다. 우리의 자유로운 내적 세상의 가장 중요한 사전 작업은 부모, 양육자, 친구, 선생님, 영화배우 등 셀 수 없이 많은 사람이 담당했습니다. 사리를 분별할 줄 아는 나이가 되면 구체적 위치에 있는 자신을 만납니다. 하지만 그렇다고 생각하는 순간 위기가 찾아옵니다. 역시 진실에 가까워질수록 자신의 삶은 아직 갈길이 멀다는 사실을 알게 되기 때문입니다. 바다는 바다의 것이지만 배는 우리의 배이므로, 맞닥뜨린 상황에서 경로를 정하고 유지하는 것은 우리 손에 달렸습니다. 결코 쉽지 않은 일이지만 모든 행복의 시작은 직접 방향타를 잡는 겁니다. 선한 삶을 바라보는 관점에서 보자면, 우리 자신을 낯선 자율적인 본성(유전자, 두뇌, 내적인 운명론)에 맡기거나 신의 바다를 맹목적으로 항해하는 것은 현명하지 못합니다.

아리스토텔레스는 그의 정의를 이렇게 마무리합니다. "이성이 중용을 결정한다는 것은, 다시 말해 현명한 사람이 그것을 결정한다는 것이다." 마지막 부분은 매우 특별한 위로를 줍니다. 우리가 홀로 서 있지는 않다는 겁니다. 인생에서 성공을 하는 것은 전적으로 우리에게 달려 있습니다. 그러나 행복이 우리에게 의미하는 것이 무언가를 생각하는 동안 현명한 타인들에게 자문을 구할 수 있습니다. 우리보다 먼저 인생을 산 많은 사람이 같은 질문을 스스로 했고 저마다 답을 마련했습니다. 그들의 답이 법전은 아닐 겁니다. 그러나 그것들은 우리가 스스로 선택하는 데 도움을 줄 수 있습니다. '현명함'이 보편적인 법의 결론이 아니고 인간적인 사고의 결과라면, 실천적 지혜는 문화유산과도 같은 겁니다. 우리는 계속 변화하고 발전하는 전체 과정을 언어와 구전, 양육 목록, 도서관, 학교, 대학 박물관 같은 정신을 가꿀 수 있는 모든 곳에 보관합니다. 내가 왜 아리스토텔레스를 읽을까요? 순수한 지적 호기심 때문만은 아닙니다. '선한 삶이 무엇인지 알기 원하고' 또 그가 지혜로운 사람이라고 생각하기 때문입니다. 나를 그의 저서에 종속시키려는 것이 아니고 나의 고유한 생각을 키우려고 하기 때문입니다. 동시에 다른 철학자, 작가, 예술가, 음악가, 그리고 영화제작자의 작품으로 나를 성장시킵니다. 인간이 무엇인지, 인간적인 삶이 무엇인지 알려고 하는 일이 나에게 잘 맞습니다.

우리에게 영감을 줄 수 있는 지혜로운 타인은 언제나 있습니다. 미래의 우리를 찾아가는 길에서 그들을 우리의 롤모델로 삼을 수 있습니다. '우리는 혼자가 아닙니다.' 이것이 문화가 전해주는 가장 중요한 메시지입니다. 즉, 공동체 생활입니다.

정의 : 올바른 중용

정의란 나 자신에게 정당하게 하는 것과 타인에게 정당하게 하는 것 사이에서 탁월한 중용을 취하는 미덕이라고 표현할 수 있습니다. 정의는 자신의 이익과 공익 사이에서 자유롭게 움직입니다. 정의는 욕망과 책임을 공평하게 분배하는 것과 관련이 있으며, 인생에서 자신의 고유한 목적지와 목표를 타인의 희생을 치르며 달성하는 것을 방지하기 위해 필요합니다.

나는 이런저런 이유로 부당함에 매우 강력하게 반응합니다. 영화에서나 실생활에서나 마찬가지입니다. 부당함은 나에게 깊이 꽂혀서 잘못된 방향을 계속 고통스럽게 가리키며 다른 방향으로 가도록 부추깁니다.

말판매상들이 말을 어떻게 다루는지 볼 수 있는 몰래카메라 영상을 본 적이 있습니다. 그들은 막대기로 말들을 때리고 사타구니에 전기충격을 주고 발로 차서 차 안으로 몰아넣었습니다. 말들은 상태가 너무나 안 좋아 보였습니다. 텔레비전으로 부당한 것을 보는 고통은 주로 아무런 힘을 쓸 수 없는 분노만 느낀다는 겁니다. 화면으로 부당함을 보지만, 그 순간 아무것도 할 수 없습니다. 그럼에도 그러한 부당함을 경험하는 것이 교훈이 될 수도 있습니다. 경험은 가치 있는 것이 무엇인지를 가리키는 방향 표시나 호소로 해석될 수 있습니다. 분노가 아무것도 가져오지 못할 것이라고 결론지을 수 있습니다. 그러나 부당함과의 싸움에 도움이 될 것을 찾아볼 가능성 또한 있습니다. 우리가 실제로 하려고 노력하는 것은 올바른 중용을 설정하는 것이며, 무력감으로 아무것도 하지 않고 가만히 있는 것이 아니라, 우리가 자유로운 행동을 하도록 움직이는 겁니다. 그래서 가끔 우리의 감정에 귀를 기울이는 것이 좋습니다. 즉, 무엇이 나를 화나게 하는지, 무엇이 나를 두렵게 하는지, 무엇으로 내가 기쁘고 슬프고 즐거운지, 그리고 무엇이 나를 감동하게 하는지 같은 질문에 대한 답을 알기 위해서입니다.

절제와 용기

윤리학에서 인간적인 절제란 감정을 위한 공간만이 아닌, 수준 낮은 욕망을 위한 공간도 있다는 것을 의미합니다. 감정은 동기 그리고 욕망을 채웠거나 채우려는 것입니다. 욕망의 자유 균형을 유지하기 위해, 눈앞에 놓인 행복한 삶을 지키기 위해, 현명함으로 직감을 다스려야 합니다.

욕망은 깊은 동정심을 유발할 수 있습니다. 욕망은 거의 저항할 수 없는 설득력으로 무엇 혹은 누군가를 다그쳐서 따를 수밖에 없게 합니다. 절제라는 덕은 방종과 무감각 사이에 중용을 취하는 것이라고 말할 수 있습니다. 절제의 덕은 자아조절이라고도 불립니다. 감정이나 욕망에 휩쓸려서는 안 됩니다.

감정 혹은 욕망이 상호관계가 있는지 조사할 가치가 있습니다. 감정의 상호관계성은 이전 장에서 언급했습니다. 그러나 아리스토텔레스의 인간관으로 더 분명해질 수 있습니다. 스토아학파의 인간관보다 훨씬 더 사회적이기 때문입니다. 아리스토텔레스에 따르면 우리는 정치적인 동물입니다. 함께 살 때만 인간으로서 성공할 수 있다는 뜻입니다. 공동체 생활은 부자유스럽게 만들지 않습니다. 자유를 가능하게 해줍니다. 공동체 생활은 연약한 의존성을 붙잡는 것이 아니라, 우리의 권리를 함께 살면서 더 잘 찾을 수 있다는 강력한 생각에서 나옵니다. 우리 주위의 사람들(제빵사, 의사, 예술가, 교육자, 환경미화원)이 하던 일을 갑자기 중단한다면 네덜란드라는 공동체는 앞으로 존재하지 않을 겁니다. 살아남는 데 성공한다면 우리의 삶을 충만하게 만들기 위한 시간이 더는 없을 겁니다.

대부분의 덕성은 사회적 맥락에서 봐야 합니다. 절제라는 덕성에는 사회적 요소가 포함되어 있는 것처럼 보입니다. 절제하는 것은 내가 어디에서 끝나고 타인이 어디에서 시작하는가를 아는 것이 아닐까요? 절제란 언제 멈추어야 하는지 아는 것이고, 나의 경계를 아는 것이며, 나의 경계를 안다는 것은 타인의 존재를 어쩔 수 없이 인정하는 겁니다. 모든 경계에는 두 쪽이 있기 때문입니다. 사람들에게 자신들의 결정이 가능하도록 내가 필요한 것처럼 나를 염려하는 사람들은 내가 나의 윤곽을 볼 수 있도록 도움을 줍니다.

욕망으로 되돌아가겠습니다. 욕망이 상호관계적이라면 어디에서 누구와 어떤 방법으로 관련이 있을까요? 우리가 가진 욕망을 분출하기 위해 누군가가 필요한 것일까요? 아니면 어떤 사람이 우리의 인생에 나타나기 전에는 욕망의 형태가 아직 존재하지 않는 것일까요? 내가 이웃집 여자를 실제로 매력적이라고 생각하는 것일까요? 아니면 커다란 자석을 나의 몸 안에 달고 다니는 것일까요? 이러한 차이는 상당히 이론적으로 보입니다. 그러나 욕망과 관련된 무엇을 곰곰이 생각하고 자신이 하고 있는 방법에 대해 생각하는 사람에게는 중요한 문제일 수 있습니다.

고대 그리스인들에게 격렬한 욕망은 부끄러운 것도 적절치 않은 것도 아니었습니다. 욕망에 따르는 행동은 적절치 못할 수 있습니다. 자유롭게 행동하기 때문입니다. 욕망을 갖는 것이 사악한 것은 아닙니다. 욕망 안에 절제를 가지고 있지 않으면 사악한 겁니다.

즉흥적인 행동을 절제할 수 있는 것이 덕입니다. 덕은 약간의 현명함을 가진 사람이라면 누구나 발전시킬 수 있습니다. 덕이 있는 것은 용감한 겁니다. 한번 시도해보십시오. 쉽지는 않습니다. 덕은 욕망이 달콤하게 유혹하려고 할 때 머리를 냉정하게 유지하는 겁니다. 용기는 네 가지 주요 덕목 중 하나입니다.

용기라는 덕목은 변화하는 상황에서 선택한 목적을 붙들고 역경을 이겨내는 데 필요합니다. 용기는 겁과 무모함, 빨리 포기하는 것과 집착 사이에 중용을 유지하는 겁니다. 용기는 우리가 선택한 목적지에 이르는 것을 방해하는 두려움을 이기는 겁니다. 이러한 의미에서 모든 덕성은 용감하게 버티는 모습이 아닐까요? 나 자신을 분노와 두려움에 휩쓸리게 하지 않는다면 사실상 불같은 분노의 폭풍과 두려움의 공격에서 버티고 있는 겁니다. 성적 욕망과 관련한 태도에서도 그러한 영웅적인 연출을 할 수 있습니다. 욕망은 밀물과 썰물처럼 오가는 겁니다. 물결이 우리를 덮치더라도 굳건한 자세로 똑바로 머물러 계십시오. 그것이 우리의 모습이며, 자유입니다. 욕망을 억제하는 것은 용기뿐만 아니라 절제와 정의라는 덕목의 탁월한 모습입니다. 절제는 자신만을 위해 하는 것이 아니고 삶을 함께 나누는, 경계를 넘어설 때 분명히 고통을 줄 타인을 위한 것이기 때문입니다.

절제에 관한 것은 내가 차마 이야기하지 못하는 몇몇 두려움 중 하나입니다. 두려움을 알지 못하는 사람은 그에게 무엇이 부족한지를 모릅니다. 사랑은 두려움 없이는 존재하지 못합니다. 따라서 전혀 두려워하지 않는 것에 관한 이야기가 아닙니다. 두려움 속에서 타인의 말을 경청하기 위해 경계를 설정하고 동시에 분노를 그 안에 가두기 위해 중용을 찾는 이야기입니다.

이러한 모든 민감한 상황에서 실천적 지혜의 현명한 덕은 결정적이어야 합니다. 감정이 우리에게 올바른 쪽을 지시하더라도 우선 올바른 방법으로 감정이 해석되어야 하기 때문입니다. 감정은 내구성이 없습니다. 감정은 계속 존재하지 않거나 같은 강도로만 작용합니다. 그 사이 어디에서 좋은 길로 계속 걸어갈 힘을 찾을까요? 그것을 위해 올바른 이유를 가져야 합니다. 우리가 필요한 것은 감정보다 더 내구성을 가진 꾸준한 생각입니다.

사랑으로 간병하는 사람도 매일 같은 기쁨으로 일터로 가지는 않을 겁니다. 그는 계속 일할 수 있는 내적인 동기부여를 어떻게 찾을까요? 왜 그 일을 다시 하러 갔는지, 그 이유를 계속 자신에게 스스로 상기시킬 겁니다.

얼마 전에 〈투 더 원더〉2012라는 영화를 봤습니다. 인터넷 예고편에서 영화가 전해주는 메시지가 펼쳐집니다. 주인공은 이런 내용을 읽습니다.

> 좋든 싫든 사랑하게 될 것이다. 감정은 구름처럼 오가는 것. 사랑은 단순한 감정이 아니다. 우리는 사랑하게 될 것이다. 사랑은 실패의 위험을 무릅쓰는 것이다. 배신의 위험. 좀 더 높은 차원으로 변화하길 기다리다 사랑이 식어가면 두려움에 빠진다. 모든 남자, 모든 여자의 내면에 잠든 신성한 존재를 깨우라. 절대 변하지 않을 사랑 속에서 서로를 이해하라.

이 말을 하는 사람은 외로운 수도자이며, 섹스와 단절하고 사랑에 대한 갈망을 가지고 자신을 하나님께 향하는 사람입니다. 그러나 그가 말하는 높은 차원이 사랑에 대한 갈망과 함께 자신을 승화시키는 사람의 능력을 의미한다면, 신적인 것과는 다른 어떤 것일 수도 있습니다.

계속 사랑할 수 있기 위해 생각의 미덕이 필요하다는 것은 일부 사람의 귀에는 그렇게 사랑에 가득 차 있다거나 '즉흥적으로' 들리지는 않을 겁니다. 그렇지만 어떤 영화나 책이 우리의 머릿속에서 펼쳐지느냐에 따라 달라질 겁니다. 조나단 사프랑 포어의 소설 『지독히 요란하고 믿을 수 없이 가까운』에서 사랑에 푹 빠진 젊은 남자가 연인에게 말합니다. "나는 우리의 생각을 사랑해."[12]

그들이 구할 만한 가치가 있는 생각을 함께 가졌다는 내용입니다. 서로 사랑하고 함께 있기 위해 최선을 다하는 것은 단순히 한집에 같이 살기 위해서가 아닙니다. 그들의 생각을 두 번째 집처럼 소중히 여기고 보수하기 위해 그러는 것도 아닙니다.

선한 삶으로 가는 길

아리스토텔레스와 함께 생각한다는 것은 욕망이나 감정을 신적이거나 동물적으로 만드는 것이 아니고 인간적으로 만드는 겁니다. 우리의 인생 계획에 맞추는 겁니다. 우리는 욕망과 감정을 현명하게, 그리고 우리의 지성을 민감하게 만들면서 그렇게 합니다. 현실 생활은 이것을 실현하는 무대입니다. 새로운 성격을 하나의 덕을 실행하면서 얻지 않습니다. 성격 형성을 위해서는 반복과 의심할 여지없이 저지르는 실수와 실패로부터 얻는 교훈이 필요합니다. 실패하지 않는다는 것은 자유롭지 못하다는 말일 수 있습니다.

성격 형성을 위한 연습을 어떻게 잘 실행할 수 있을까요? 할 수 있다면 작게 시작해보는 겁니다. 단순하고 통제된 환경에서 연습하는 것이 가장 편하며, 경쟁하듯 뜨겁게 하면 그렇지 못합니다. 우리가 운이 좋은 경우 운전면허 연습을 교통체증 시간에 고속도로 위에서 하지 않습니다. 그렇지만 인생의 배움터는 조용하지 않기에 모든 요란함 가운데서 현명한 결정에 도달할 수 있어야 합니다. 아리스토텔레스는 이 사실을 잘 깨달았으며 인생은 "멋진 소풍이 아니다"[13]라고 말했습니다. 우리 모두는 화가 날 수 있습니다. 그렇지만 한 번쯤은 올바른 사람에게, 올바른 절제를 가지고, 올바른 순간에 화를 내보십시오. 아리스토텔레스는 그의 지시에 "그래서 선이란 드물 뿐만 아니라, 귀한 보물이다"라고 썼습니다. 친절하게도 그 드문 선에 이르는 몇 가지 실용적인 충고를 우리에게 해주었습니다.

첫 번째, 올바른 중용에 가장 반대되는 극단적인 것을 멀리해야 합니다. 창피한 줄을 모르는 것과 수줍어하는 것 중에 무엇이 더 나쁠까요? 너무 많이 먹는 것과 전혀 먹지 않는 것은 어떻습니까? "이 두 가지 극단은 하나가 다른 하나보다 정말로 더 잘못된 것이다"라고 아리스토텔레스는 말했습니다. 그래서 가장 잘못된 방향으로 가지 말아야 합니다.

"계속해서 자신이 편안하게 느끼는 쪽으로 가야 한다. 우리는 본성에 의해 어떤 극한 것에 끌리는 경향이 있고, 다른 경우에는 다른 극단적인 것에 끌리기 때문이다. 이러한 경향을 쾌락이나 고통에서 찾을 수 있다. 그러한 경우 정반대 방향으로 자신을 밀어내야 한다."

인간적인 중용은 자로 잴 수 없습니다. 담배연기가 다가올 때 나에게 가장 올바른 중용은 담배를 피우지 않는 겁니다. 하루에 담배 한 개비 혹은 두 개비를 피우거나 오직 주말이나 파티에서만 피우는 사람들이 있습니다. 나는 그렇게 할 수 없습니다. 나에게는 전부가 아니면 전무입니다. 나에게 흡연에 관한 자유로운 중용은 금연입니다. 그렇지만 흡연의 올바른 중용이란 사실상 불가능합니다. 흡연은 어느 정도는 해롭고 나쁜 습관이며 바람직하지 않습니다. 다른 기호품에 대한 기준은 조금 다르며 술이나, 수프, 초콜릿 혹은 맛있게 먹는 것 등은 절제하면서 즐기는 것이 가능합니다. 이러한 외적인 것들을 즐기는 것은 사람마다 독특한 중독 성향에 따라 다릅니다.

그것은 우리가 일부 상황을 의식적으로 회피한다는 것을 뜻하기도 합니다. 회피는 약함의 표시가 아니고, 회피를 통해 자신을 알게 됩니다. 즉, 우리가 어디서 자유롭지 못한지 알게 됩니다. 아리스토텔레스는 기호품을 조심해야 한다고 판단했습니다. "마지막으로 모든 상황에서 편안함과 쾌락을 경계해야 한다. 우리가 그것에 선입관을 가지고 판단하기 때문이다."

올바른 중용은 흠집 없는 직선이 될 수 없습니다. 흠집 없는 직선을 자신에게 요구하는 사람은 있는 그대로의 자신을 바르게 대하지 않을 것이고 그가 처해 있는 구체적 상황도 바르게 대하지 않을 겁니다. 선한 삶으로 가는 길은 강요된 이성적인 길이어서는 안 됩니다. 그것은 구속과 함께 불행을 의미하기 때문입니다. 이미 언급한 바처럼 실천적 지혜란 충동과 절제된 행위 사이의 어디쯤에 있습니다. 아리스토텔레스는 그의 실용적인 충고를 이렇게 맺었습니다. "모든 상황에서 중용을 취하는 성격이 우리의 승인을 얻어야 하고, 과도함으로 가다가 다시 부족함으로 가는 성향을 가져야 한다는 것은 아주 분명하다. 그것이 중도에 머물고 올바른 것을 선택하는 가장 쉬운 길이기 때문이다."[14]

선한 삶은 실제로는 딱딱한 곧은 선으로 이루어진 길보다는 성공한 곡선으로 이루어진 길을 더 많이 가지고 있습니다. 이것을 기억하는 것은 우리에게 도움이 되고, 자신과 다른 사람을 그런 넉넉함을 가지고 다루는 것이 좋습니다. 어떤 때는 다른 때보다 더 성공적일 때가 있습니다. 우리가 모두 어느 정도 우리가 가는 길에 머물 수 있다면 우리는 성공한, 그리고 행복한 삶을 누렸다고 말할 수 있습니다.

인생이 바라는 대로 되지 않는다면

동료 철학자 빅토르 판 덴 베르서라르는 2009년 존재 윤리학으로 박사학위를 받았습니다.

논문 제목은 「존재 윤리학: 규범적인 전문화와 정체성에 관한 질문, 삶에 대한 질문, 그리고 해석에 관한 질문」이었습니다. 그는 지식뿐만 아니라 실천적 효과를 염두에 두고 이 논문을 썼습니다. 그는 응급조치에 재능이 있는 학생들이 공부하는 대학에서 강의했습니다. 철학자로서 다른 사람을 어떻게 하면 가장 잘 도울 수 있을까를 고민했습니다. 연구하면서 아리스토텔레스같이 인생을 사는 법을 잘 아는 고대 철학자들을 만났습니다. 그는 오늘날의 윤리학이 정확하게 측정된 결정을 내리기 위해 정형화된 계획을 밟아가는 절차적 윤리학 방향으로 계속 나아가고 있다고 보았습니다. 윤리학이 계산 합계라고 불리기도 합니다. 그의 논문 겉장에는 그의 프로그램이 이렇게 요약되었습니다.

> 윤리학이란 단어를 마주하면 우리는 정체성, 성격, 인생이야기, 그리고 이것들을 인간의 삶에 가져오는 운명과 위기 혹은 위기에 대처하기 위해 필요한 개인적인 성격에 대해서는 그렇게 빨리 생각하지 않는 것 같다. 그럼에도 이것들은 윤리학이 과거로부터 계속 관여하고 있고 보건, 복지 혹은 교육계에서 현장근무자들이 매일 경험하는 주제들이다. 또한 많은 경우에 철학자와 윤리학자들이 개인적인 상황 혹은 개인적인 확신의 상황으로 여기는 주제들이다. 즉, 한 개인의 질문과 이상은 사실상 다른 사람의 것이 아닌 것이다. 전문적인 현장근무자들은 전통적인 철학적 틀에서 자문을 구할 수 없게 된다면, '담당하는 환자, 고객 혹은 해당 그룹에 속하는 사람들의 삶의 문제를 어떻게 다루어야 하는가'라는 질문을 정기적으로 마주하지 않을 것이다 더욱이 그들은 보건기관과 시장원칙에 따라서 공적인 자금을 위해 경쟁해야 하는 단체들이 정한 틀 안에서 그런 일을 해야 한다.

그는 이와 관련해 동료 두 명과 함께 부전공 과목 '직업

현장 윤리학'을 개설했습니다. 베르서라르가 갑자기 세상을 떠났을 때 나는 그의 수업을 이어받았습니다. 가끔씩 나는 그의 박사 논문을 가지고 학생들에게 이해시키려고 노력했습니다.

항상 쉽지 않았고 힘든 일이었습니다. 그러나 그 논문에는 선한 삶의 철학으로부터 나오는 소중한 생각이 담겨 있었고, 보건 현장에서 일을 시작하려는 사람들에게 그의 생각을 알려줄 수 있는 아주 좋은 기회처럼 보였습니다. 사회복지학을 전공하는 학생들에게 전공 선택 이유를 물으면 사람들을 돕기 위해서라고 많이 대답합니다. 정말 그럴까요? 그것이 가능하다고 생각한다면 어떻게 해야 할까요? 어떤 목적을 가지고요?

단어에 담긴 넓은 의미에서, 복지란 생각하는 데 도움을 주는 모습을 하고 있습니다. 좋은 복지사는 분명히 실천적인 철학자입니다. 베르서라르는 이렇게 말했습니다. "개인적인 직업인의 존재 윤리학은 경험과 비유적 수평선을 형성하고, 직업인은 그러한 수평선에서 환자나 대상 집단의 존재 윤리적인 질문을 해석한다. 직업인은 그 수평선이 넓을수록 환자의 상황에 바르게 대응하기 위해 더 많은 해석을 할 수 있다."[15]

위에서 언급했듯이 많은 사람이 앞으로는 전통적인 철학적 틀 안에서 자문을 구할 수 없습니다. 중요한 이야기는 이제 설명되지 않거나 신빙성이 없게 들립니다. 강요하는 이야기 방식에 꽉 막힌 답답함을 느끼는 사람들에게는 해방일 겁니다. 그렇지만 다른 한편으로 추가적인 혼란을 가져올 수 있습니다. 우리는 사회복지 분야에서 꿈을 찾아가는 도중에 길을 잃어버린 사람을 많이 만납니다. 그들의 개인적인 인생이야기에서 활기가 줄어들고 무언가를 찾듯이 주위를 두리번거린다면 주위에는 안심시켜주는 외벽이 없다는 것이 분명해집니다. 이런 식으로 상황이 악화되면 두 배로 잃어버리게 됩니다. 꿈을 찾아가는 길만 사라지는 것이 아닙니다. 길을 잃어버린 우리는 자기 세계를 찾던 모든 것과 모든 사람의 꿈이 담긴 커다란 동화책이 찢어진 채로 쓰레기통에 던져졌다는 것을 발견합니다.

오늘날처럼 세분화된 사회에서 아리스토텔레스의 철학은 큰 도움이 될 수 있습니다. 그의 철학을 우리의 시간과 공간으로 옮기는 것은 쉬운 일이 아닙니다. 그의 세계가 우리의 세계와 다르다는 사실에 유념해야 합니다. 오늘날 우리는 앞장에서 이미 보았던 본성에 얽매이는 것을 알지 못합니다. 우리의 세계관을 이른바 과학적인 방식으로 본성으로부터 분리시켜 생각했습니다. 우리가 인간이라는 것을 잘 압니다. 그러나 인생의 목적지가 어디인지는 알 수 없습니다. 이 질문에 대한 대답을 더는 본성에서 찾을 수 없습니다. 이것은 신학적 형이상학적 세계관의 추락이라고 불립니다.

베르서라르는 '신아리스토텔레스주의자'로 불리는 알라스데어 맥인타이어, 찰스 테일러, 폴 리쿠르, 마타 뉘스바움 같은 몇몇 현대의 철학자를 언급했습니다. 그들이 아리스토텔레스의 철학을 이 시대에 접목하려고 시도했기 때문입니다. 아리스토텔레스의 본질적인 목적을 더는 지지하지 않을 수 있습니다. 그러나 그것이 우리가 그 철학을 궁극적인 목적이라는 면에서 반드시 단념해야 한다는 의미가 아닙니다. 우리는 인생에서 자신에게 맞는 목적을 추구하면서 의미와 상호관계를 꾸준히 찾아가고 있습니다. 우리는 내적인 목적을 선천적으로 우리 안에 가지고 다닌다는 것을 더 이상 믿지 않는 세상 속에 있습니다. 우리는 성공과 행복을 느끼는 실생활을 이룩하도록 꾸준히 노력할 수 있습니다.

자신을 발견하는 대신 우리 삶의 역할과 현실에서 자신을 창조한다고 말할 수 있을 겁니다. 우리는 개인적인 이야기를 세상에 맞춥니다. 즉, 우리의 선천적인 능력에, 우리를 함께 규정하는 사람들과 사건에 맞춥니다. 따라서 우리의 정체성과 인생의 이야기는 '아무것도 아닌 것으로부터 창조된 것'이 아니라 우리의 고유한 이해와 주어진 환경에 따라 인생에서 성공하기 위한 선택을 포함합니다.

베르서라르는 그의 논문에서 맥인타이어의 '실천에 대한

정의'를 인용합니다. "사회적으로 구성된 협동하는 인간 활동의 형태는 일관성과 복잡성을 띠기 때문에 내적인 재화가 활동적인 형태를 결정하는 탁월한 기준을 달성하려는 시도에서 실현되는 것이다. 이로 인한 결과로 탁월함을 성취하려는 인간적인 노력과 목표와 재화에 대한 인간적인 개념이 확대된다."[16] 맥인타이어는 덕성을 "현실에서 탁월함을 위해, 그리고 현실에 내재하는 것들을 실현하기 위해 필요한 자질"이라고 이해했습니다.

다시 말하지만, 곧바로 받아들여지는 정의는 없습니다. 덕성과 행복한 삶에 대한 아리스토텔레스의 철학을 성공적인 삶으로 삼아 오늘날의 세계관 안으로 가져올 수 있습니다. 모든 역할과 경험은 우리 자신을 위해 추구할 수 있는 내적인 목적과 결과를 알고 있습니다. 본성은 내재하는 궁극의 목적을 자신 안에 포함할 수 없습니다. (이러한 의미로 우리는 자신을 잃었다고 말할 수 있습니다.) 그렇지만 우리가 스스로 선택한 역할이라는 맥락에서는 내재하는 궁극의 목적을 상당히 경험할 수 있습니다. 나는 내가 사랑하는 사람을 사랑하도록 본성적으로 갖추어졌는지 알 필요가 없습니다. (내가 알려고 어처구니없는 짓을 했더라도 어떤 것도 알아내지 못했을 겁니다.) 현실은 우리를 위한 뿌리 깊은 구성 계획을 가지고 있지 않기 때문에, 더욱 더 자발적인 헌신이 있어야 우리의 인생을 가치 있게 만드는 목적과 결과를 실현할 수 있습니다.

그러나 이제 다음과 같은 어려움이 나타납니다. 우리에게 맞는 다수의 역할과 현실 생활을 생각할 수 있다고 해도 인생은 한 번뿐입니다. 그러나 이것이 문제일 필요는 없습니다. 사실상 모든 사람이 다수의 역할을 감당합니다. 아버지일 뿐만 아니라 동시에 축구선수이기도 하고, 화가이면서 공무원이기도 합니다. 그렇지만 이 역할들이 서로 충돌하면 어떻게 되겠습니까? 서로 물어뜯거나 서로를 배제할까요? 내가 돈 후안이 되길 원하는 동시에 충실한 남편이 되길 원한다면 어떻게 될까요? 그런 경우, 내가 원하는 것을 모두 하기 위해 나를 둘 혹은 그 이상으로 조각내야 할까요?

베르서라르는 이러한 문제와 관련해 아리스토텔레스의 덕성에 관한 핵심을 지적했습니다. 즉, 인생을 총체적인 것으로 생각해야 한다는 겁니다.

> 덕성으로부터 벗어났다면 인생을 전체로 바라보지 못한다. 인간을 위한 선한 인생이 무엇인지 그 답도 얻지 못한다. 숙고하지 않고 서로 충돌하는 모든 실생활에 몰두한다. 실생활이 중심이 되는 생각에서 서로에게 조절되지 않았기 때문이다. 우리는 하나와 충돌하면 다른 것과도 충돌하게

된다. 그렇게 된다면 개별적인 덕성의 의미를 전혀 붙잡을 수 없다. 개별적 덕성은 우리가 모든 상황에서 무엇이 정당하고 진실한 것인지, 그 질문에 대한 만족할 만한 답은 얻지 않지만 자문을 다시 하도록 한다.

우리는 오직 현실 참여를 우리가 인생을 설명할 수 있고 설명하기를 원하는 이야기와 모든 것이 제자리에 있는 이야기의 한 에피소드로 간주할 때 극복할 수 있다. 이때가 되어야 인생을 총체적으로 그리고 선한 삶으로 상상하는 것과 충돌을 일으키지 않기 위해 어떤 실생활에 참여해야 할지, 혹은 참여하지 말아야 할지 결정할 수 있다. 즉, 진실함의 덕성은 전체적인 하나의 단위로 인생을 언급하지 않고는 불가능하다.[17]

인생을 총체적인 것으로 간주할 때에야 덕성은 그 총체에 연결됨으로써 존재감을 가질 수 있습니다. 예외적인 경우나 고립된 상황에서 뇌물이나 보너스를 받아도 괜찮다고 생각할 수 있습니다. 그러나 원상복귀하자마자, 커다란 인생의 그림을 보자마자, 그리고 우리가 꿈꾸어 온 삶을 다시 기억하자마자 무엇이 우리의 혼을 빼앗아 갔는지 고개를 흔들면서 자신에게 물어볼 수 있습니다.

우리가 누구인지 알기 위해 자신에 대한 이야기가 필요합니다. 자신의 이야기에서 우리의 모습이 나타납니다. 그 이야기는 우리의 서술적 정체성입니다. 우리의 삶에 대한 이야기를 자신과 남에게 설명하고 반복해서 들려줍니다. 그렇게 우리 자신과 삶의 모습을 얻게 됩니다. 우리를 서술적 형태로 깊이 생각하는 것은 우리의 삶이 멈출 때에야 끝납니다. 우리의 정체성을 확인할 수 있는 역할들이 (앞으로는) 준비되어 있지 않기 때문에 나는 누구인가, 어떤 사람이 되길 원하는가를 끊임없이 스스로 자문해야 합니다. 우리는 현재의 우리가 아닙니다. 그러나 우리는 계속해서 우리의 모습을 지지해 주는 경제적, 사회적, 문화적 맥락에 연결해야 합니다.

존재 윤리적 재귀에서는 이야기, 역할, 현실 생활이 우리에게 맞는지 알기 위해 세 가지 질문이 중요합니다. 나는 누구인가? 어떤 사람이 되길 원하는가? 어떻게 원하는 사람으로 되는가? 그리고 과거를 돌아볼 수 있는 거울을 쳐다보자마자 여기에 네 번째 질문이 추가됩니다. 내가 어떻게 현재의 모습이 되었을까?

이런 방법으로 자신에 대해 숙고해보면 인생의 여정에서 잘못된 습관을 배웠고 어울리지 않는 역할을 맡았다는 것을 알 수 있습니다. 그러한 습관들이 지금 우리의 일부가 되었습니다. 성격으로 굳게 한 겁니다. 몇 가지 성격은 인생의 매우 이른 시기에 형성되어 언제나 그래왔던 것처럼 보입니다. 그렇지만 아리스토텔레스 철학 덕분에 모든 것이 선천적이지 않다는 것을 생각할 수 있게 됩니다. 도움을 제공하는 사람과 도움을 찾는 사람의 희망이 무엇인지, 일부 습관이나 생각하는 방법은 버릴 수도 있고 더 잘 배울 수도 있다는 것을 생각할 수 있습니다.

나는 수년간 복지 분야에서 일을 한 후 역할을 능숙하게 감당하기 위해 다시 공부를 시작한 한 여학생을 생각하게 되었습니다. 그 여학생은 노숙하는 어머니들과 함께 일했다고 이야기했습니다. 그들은 종종 위로가 없는 모임을 만들었습니다. 자존감 상실이 그들을 지배했고 자신감은 거의 남아 있지 않았으며 그들을 격려하려고 시도하면 바로 실패했습니다. 그 학생이 하루는 실험차원에서 몇몇 노숙자 여성을 원 모양으로 함께 앉게 하고 아리스토텔레스에 대한 이야기를 하기 시작했습니다.

그녀는 여자들에게 지혜, 용기, 절제, 정의 같은 중요한 네 가지 덕목에 대해 이야기하고 각각에 대해 보충설명을 짧게 했습니다. 조심스럽게 자신의 모습을 바라보고 자신을 이끌었던 삶을 바라보라고 부탁했습니다. 그 방법은 효과가 있었습니다! 그렇게 새롭게 맞춘 덕성의 안경을 코에 걸친 덕분에 한 부인이 자신이 패배자는 아니라는 인식을 하기 시작했습니다. 더욱이 그녀는 사랑이 없는 집에서 도망쳐 나와 자신의 아이를 보호한 것을 통해 용기를 가졌다는 것을 알게 되었습니다.

그녀에게서 자부심과 자신감이 일어나기 시작하는 것을 보았습니다. 그 학생은 당분간 실험을 계속할 수 있었고 그곳의 사람들은 그 학생을 아리스토텔라라고 부릅니다.

덕성은 현재의 우리 모습과 미래의 우리 모습 사이에서 다리 역할을 합니다. 다리를 건너는 도중 모든 것이 현재, 과거 심지어 미래에 대한 두려움마저도 다리를 공격할 수 있습니다. 좋은 습관이 강해지고 삶의 변화가 많은 가운데서 성격을 유지하는 것이 중요합니다. 우리가 만든 다리가 계속 무너진다면, 우리의 계획이 물에 빠지고 어디로 가야 할지 모른다면, 우리 자신을 이야기로 보면 도움이 될 겁니다. 우리가 어디에선가 시작했고 어디론가 가고 있고 그리고 살아가는 동안 우리의 정체성인 이야기가 계속 반복되어야 합니다. 인생 이야기를 덕성에 의해 해석함으로써 자신을 해방시키고 무언가를 하게 하는 것이 가능하다는 윤리적인 이야기를 만듭니다.

보살핌의 덕목

베르서라르는 그의 윤리적 프로그램의 초석을 고전 철학자들뿐만 아니라 몇몇 여성 철학자들로부터도 가져왔습니다. 그중 미네소타대 정치학 교수인 조안 트론토가 있습니다.

트론토 교수에 따르면 보살핌이란 "우리가 살고 있는 세상을 유지하고 계속 존재하게 하고 회복시키는, 그래서 우리가 그 안에서 가능한 잘 살 수 있도록 해주는 모든 것을 포함하는 일종의 활동이다. 그 세상은 우리의 몸, 우리 자신, 그리고 우리가 모두 함께 복잡한 인생을 지원하는 그물망에서 서로를 연결하려고 노력하는 우리의 환경을 포함한다."[18]

보살핌은 필요한 무언가를 하는 겁니다. 그래서 우리를 염려해주는 세상이 계속 존재하는 겁니다. 주변 환경 없이는 살 수 없기 때문입니다. 가장 직접적인 주변은 우리의 신체입니다. 그 주위로 주변은 계속 커다랗고 더 많은 것을 포함하는 원이 되어 온 세상을 포함할 때까지 확장됩니다. 이 모든 환경이 유대 관계를 형성해 우리가 함께 살 수 있게 합니다. 우리는 일반적으로 내부로만 시선을 두기 때문에, 긔디 작은 원이 사실을 바꾸지 못합니다 하지만 이것이 세상은 실제로 훨씬 더 크며 우리의 보살핌과 관리의 의무 역시 그만큼 크다는 사실을 조금이라도 희석시킬 수는 없습니다.

성숙한 인생에 원하는 만큼 자율과 자생력에 가치를 부여할 수 있습니다. 이것이 우리 인생의 커다란 부분이 무엇을 필요로 하고 의존적이라는 사실에 변화를 주지는 않습니다. 그것을 위해 단지 우리의 인생이 어떻게 시작하고 끝나는지만 보면 됩니다. 중간에 발생하는 육체적 심리적 잡동사니 꾸러미는 거론하지도 않겠습니다. 보살피는 것은 타고나는 것이 아닙니다. 자신뿐 아니라 타인을 보살피는 것도 마찬가지입니다. 다른 덕성과 마찬가지로 보살피는 것은 그것을 자주 충분히 현명하게 행함으로써 배우는 겁니다.

베르서라르는 트론토와 함께 아리스토텔레스의 네 가지 기본 덕목에 네 가지 보살핌의 덕목을 설명했습니다. 주의 깊음, 책임감, 능숙함, 반응성입니다. 이 여덟 개의 덕목으로 자신의 고유한 자유와 다른 사람의 자유를 위해 특별한 방법으로 일하는 것이 가능합니다. "이것은 개인이 자신의 열정과 감정과 관련해 자유로운 중도 위치를 얻는가에 관한 문제다. 중도 위치는 상황을 합리적인 방법으로 판단하게 해주고 자유로운 선택의 위치에서 자신의 방법으로 반응할 수 있게 해준다."[19]

보살핌의 덕목은 자유롭지 못한 두 가지의 극단 사이에서 자유로운 중도 위치를 차지하고 있습니다. 그래서 '주의 깊음'의 덕목은(이것은 종종 공감과 관련지어집니다) 부재와 간섭 사이의 올바른 중간점으로 간주됩니다. 또한 우리만의 목적과 야망, 그리고 걱정을 말끔하게 없애줄 수 있는 것으로도 간주됩니다. 그래서 우리로 하여금 타인을 위한 관심을 표시하게 해줍니다.

'책임감'의 덕목은 우리가 그것에 대한 필요가 있다고 신호를 보내면 보살핌을 제공하는 것으로 묘사될 수 있습니다. 그것은 방관과 무책임의 중간에 자리 잡을 수 있습니다.

'능숙함'의 덕목은 단어 자체가 스스로 말해준다고 생각합니다. 다른 사람을 도울 때 우리가 무엇을 하고 있는가에 대한 생각을 가져야 합니다. 우리가 제공하는 도움이 실제로 우리의 목적을 달성하고 누군가를 돕기 위해서는 능숙함이 필요합니다.

네 번째 보살핌의 덕인 '반응성 혹은 민감성'은 보살핌을 받는 사람이 보살핌에 반응하는 방법과 받은 보살핌을 다루는 방법과 관련이 있습니다. 반응성은 보살핌 거부와 보살핌 중독 사이에서 중간 위치를 취합니다. 누군가가 우리를 돕는 것을 허락한다는 것은 상처받을 수 있는 계기가 됩니다. 우리는 혼자서 할 수 없고 그것이 부끄러운 것이 아니라는 것을 인정해야 합니다. 보살피는 관계는 불평등한 상황에 있습니다. 반응성 혹은 민감성은 보살핌을 제공하는 사람이 그의 '권위 있는' 위치를 잘 활용할 수 있게 해줍니다. 반응성은 동시에 보살핌을 제공하는 사람 자신에게도 관련이 있습니다. 우리가 누군가를 보살필 때, 그 보살핌이 어느 순간에는 부메랑이 되어서 우리에게 돌아오며, 우리의 약점과 미래에 우리가 받아야 할 도움을 암시하고 있다는 것은 피할 수 없는 사실입니다. 이것은 미래의 상황에 정면으로 부딪히는 느낌을 줍니다. 일부 사람이 병원을 회피하는 이유는 아마도 그들이 환자들을 싫어하기 때문이 아니라 조만간 자신이 그들 중 한 명일 거라는 예상 때문일 겁니다.

우리의 개인적인 이야기가 모든 것을 결정할 수는 없습니다. 이야기는 현실에 근거를 두고 있습니다. 현실은 우리에게 속하지 않은 겁니다. 우리는 현실의 일부이고 다른 사람들과 나누고 있습니다. 그래서 처음과 마지막 말은 프랑스 철학자 임마누엘 르방Emmanuel Levinas, 1906~1958의 타자에 유념해야 합니다. 자아찾기란 언제나 독단적인 것이며 폭력의 가능성을 가지고 있습니다. 여기서 폭력이란 단순히 누군가 머리를 내리치는 것뿐만 아니라 다른 사람에게 부당하게 할 수 있는 모든 것을 의미합니다. 다른 사람들 그 자체를 목적으로 대우하지 않고 우리가 필요한 것의 일환으로 보고 우리가 가진 자아환상의 등장인물로 볼 겁니다. 그 사람을 오해하고 무시하고 차별하고 멸시하고 속이는 것 등 여러 가지를 할 겁니다. 그래서 선한 삶이란 다른 사람에 대한 윤리가 없이는 불가능합니다. 나라는 존재는 삶의 이야기를 들려주는 유일한 사람이 아니며 다른 사람도 등장인물이 아닙니다. 당신의 이야기를 다른 사람을 끌어들이지 말고 해보십시오. 가능하지 않을 겁니다. 이것은 소설 『엄청나게 시끄럽고 믿을 수 없게 가까운』에서 등장인물이 이렇게 말하도록 유도합니다. "내 삶의 이야기는 내가 만난 모든 사람의 이야기다."[20]

선한 삶의 철학은 다른 사람들을 벗어나서는 있을 수 없으며, 심지어 원칙적으로 만남의 철학입니다. 우리가 원하는 미래의 우리 모습이 될 수 있는 선한 세상에서, 생활은 언제나 나누는 생활이며 그 안에서 발전시키는 덕성은 사회적인 덕성입니다. 학생이 없다면 내가 강의하는 데 필요한 자질을 가질 수 없습니다. 부모님이 없다면 나쁜 아들이 될 수도 없습니다. 환자가 없는 의사가 얼마나 좋은 의사일 수 있겠습니까? 사회적 맥락에서 덕을 행하면서 비로소 나는 덕이 있는 인간이 됩니다. 완전히 고립된 상태에서는 인간으로서 실패할 겁니다. 사회생활이 없으면 덕성을 연습할 수도 없고 성격을 형성할 수도 없으며, 정체성도 자아상실도 없는 완전히 실패한 인간이 됩니다. 같이 사는 사람들은 우리를 결코 방해하지 않습니다. 그들은 먼저 우리를 자유롭게 해줍니다.

누군가가 그의 정체된 삶을 다시 끌어올리는 데 성공할지 여부는 자유에 대한 생각에 달렸습니다. 마약에 중독된 사람이 '변할 수 없다'고 확신하면 틀림없이 중독으로 희생될 겁니다. 가능성을 믿기 위해 자유에 대한 관점을 갖는 것이 필요합니다. 사랑에 대한 생각이 큰 차이를 만드는 것처럼 자유에 대한 생각도 마찬가지입니다.

하지만 우리만으로는 이룰 수 없습니다. 타인이 없다면 자유를 알 수 없습니다. 정체성처럼 자유도 근본적인 관계가 있습니다. 우리를 계속 믿어주고 우리를 버리지 않는 누군가가 필요합니다. 그 사람은 모든 불신 상황에도 우리를 믿어주며 그럼으로써 타인의 눈으로, 그리고 그의 혹은 그녀의 눈을 통해 우리 자신을 믿습니다.

우리는 타인이 없으면 아무런 존재가 아닙니다. 자유와 사랑도 없습니다. 프레익 더 용이 그런 경험으로 시를 썼을 겁니다. "네가 사랑이 무엇인지 알기 때문에, 그래서 나 또한 그것을 알고 있다."[21]

나약한 의지와 사악한 의지

아리스토텔레스의 철학 안에서는 의지박약이나 악의가 들어설 공간이 없어 보입니다. 그의 사상에서 이것이 빠진 것으로 간주할 수 있습니다. 이것이 신선한 관점일 수는 없을까요? 아리스토텔레스는 소크라테스와 마찬가지로 생각과 행동 사이에 우리가 현재 알고 있는 것보다 더 직접적인 관계를 놓고 있습니다. 소크라테스에 따르면 의식적으로 잘못 행동하는 사람은 아무도 없습니다. 사람은 본성적으로 행복을 추구하기 때문입니다. 선이 무엇인지 알면 그것을 좇아 행동할 겁니다. 선에 대한 지식으로부터 선을 행하는 것을 당연히 따릅니다.

오늘날 우리는 이에 대해 더는 믿지 않습니다. 명예를 훼손하고 치욕스러움을 통해 의지의 개념을 인간관의 개념으로 확대했습니다. 여기에서 사람들은 건전한 지성 혹은 윤리적 고찰에 거슬러 전혀 다른 무엇을 하는 것이 가능합니다. 이와 함께 악은 우리의 자의식에 들어옵니다. 하지만 소크라테스와 아리스토텔레스에게는 이런 것이 존재하지 않습니다. 선을 행할 수 없지만 그것은 부족하고 올바르지 않은 지식과 관계가 있지, 악의 같은 것과는 관계가 없습니다. 우리가 악이나 나쁜 것으로 간주하는 것들은 무지입니다. 우리가 잘못 행동하면 우리에게 악의가 있는 것이 아니고, 무엇이 선인지에 대한 지식이 결여된 겁니다.

선한 행동을 사실상 저절로 따르게 된다는 것은 아마도 거의 믿기 어려운 말일 겁니다. 그럼에도 우리는 일반적으로 바람직하지 않은 행동을 지식과 정보를 가지고 마주하고 있습니다. 담뱃갑 위에는 건강 위험에 대한 경고가 있습니다. 흡연자가 이 광고를 통해 결단하고 그에 맞는 행동하기를 바라는 겁니다. 우리는 범죄자와 그들의 희생자 간의 모임을 주선합니다. 그래서 범죄자들은 그들의 행동이 다른 사람들에게 어떤 결과를 가져왔는지를 볼 겁니다. 아리스토텔레스에게 논리적인 결과를 도출하는 것과 그에 따른 행동은 거의 같은 겁니다. 우리는 여전히 거기에 운을 걸고 있는 듯 보입니다. 스스로의 약점과 악의를 가지고 있는 우리는 인간의 사상을 선사하는 아리스토텔레스의 열렬한 지지자일까요?

우리 대부분이 선을 아는 것에서부터 선한 행동이 나온다는 것을 더는 확신하지 못한다고 해서 우리가 또다시 선한 행동으로 옮겨 갈 수 없다는 것을 말하는 것은 아닙니다. 선한 행동이 우리의 인간관에서 논리적 변론으로부터 나오는 결론처럼 자동으로 흘러나오지 않는다는 것은 우리가 선한 행동을 그만두어야 한다는 것을 말하는 것이 아닙니다.

선이 저절로 나오지 않는다면 약간의 용기를 응용할 수 있습니다. 선한 행동은 단지 축 늘어진 어깨 밑에 있는 무엇이 아닙니다. 당연히 달려들어야 할 무엇입니다. 우리의 지혜를 현실로 만들기 위해 용기가 필요합니다. 용기는 이론과 경험 사이에, 적절한 통찰과 행동 사이에 다리를 놓기 위해 꼭 필요한 덕목입니다.

과소평가되어서는 안 될 것이 습관의 힘입니다. 우리는 잘못 배운 습관이 성격으로 굳어버린다는 것을 잘 알고 있음에도 불구하고, 낡은 사고방식, 행동, 그리고 감정에 눌러 앉게 될 수도 있습니다. 그것은 고의적이거나 의지 박약의 문제가 아니고 고착화된 성격의 문제입니다.

우리가 가끔은 오래된 지식에 충실하게 집착하는 것은 낯선 일이 아닙니다. 습관은 정체성의 커다란 부분을 결정하기 때문입니다. 우리가 어쩔 수 없이 친숙한 습관을 버려야 한다면, 우리의 한 부분을 잃어버리는 것처럼 느낄 겁니다. 분명히 그렇습니다. 성격의 변화가 심한 부분은 반복으로 습관이 되어버린 행동으로 형성됩니다. 그것은 중요합니다. 그렇게 행동하는 것과 습관은 대부분 주변에 있는 사람들로부터 보고 배운 것들입니다. 프랑스 작가 스탕달은 말했습니다. "우리가 우리 생의 첫 몇 년 동안 모든 것을 따라 함으로써 부모님의 열정을 이어받는다 심지어 그것이 우리 인생을 쓰게 해도 그렇다."[22]

우리가 눈을 뜨는 순간부터 주위 사람들은 우리보다 먼저 삶을 살았습니다. 그들의 숙련됨과 미숙함을 보면서 우리도 서서히 누군가가 되어 갑니다. 정체성 확인을 통한 성격 형성은 우리에게 소중한 사람들이 그들의 행동을 우리에게 보여줄 때 깊이 파고듭니다. 우리가 그들을 따랐고, 따르고 있는 정도는 우리가 그들로부터 배운 것이 좋든지 나쁘든지 간에 얼마나 집착하는지를 보여줍니다. 이것은 왜 우리가 부모님과 같은 길로 들어서고 같은 실수를 하는지 더 잘 이해하게 만들어줍니다. 그것은 꼭 유전적이라거나 혹은 다른 방법으로 그렇다고 단정 지을 필요는 없습니다. 그러나 그것은 충직함 혹은 옛 것에 대한 그리움으로부터 아주 잘 나타날 수 있습니다. 이것을 습관에 충실한 것이라고 부를 수 있습니다. 일부 사람에게는 담배 냄새, 술맛, 사랑하는 사람을 때리거나 외도하는 것이 일상적인 일입니다.

자유롭지 못한 습관이 될 수 있는 것은 무엇이든 우리 자신에 대해 생각하는 데 좋지 않습니다. 폭음을 하거나 마약을 사용하는 사람은 그가 하고 있는 것이 그에게 안 좋다는 것을 잘 알겠지만, 그럼에도 그만두지 않습니다. 그런 경우 그러한 행동은 악한 의지에서 나온 것이 아니고 그가 보기에 정당한 자기파괴에서 나오는 겁니다. 언젠가 그는 그가 없으면 이 세상이 더 나을 거라고 생각했을 겁니다. 세상이 그렇게 보이면 모든 형태의 자기파괴는 천천히 혹은 빠르게 진행됩니다. 지극히 정당한 행위입니다. 우리는 지구 위에 우리만의 방법으로 성공하기 위해 있습니다. 그러나 실패하도록 운명 지어졌다는 확신에 빠진 사람은 언젠가는 그것으로부터 결론을 내릴 것이고 극단적인 경우 이 세상에서 사라질 겁니다.

마거릿 대처의 생애에 관한 영화 〈철의 여인〉2011에서 대처는 아리스토텔레스의 자유에 대한 생각을 핵심적으로 요약했습니다.

> 생각이 말이 된다는 것을 경계하라. 말이 행동이 된다는 것을 경계하라. 행동이 습관이 된다는 것을 경계하라. 습관이 성격이 된다는 것을 경계하라. 성격이 운명이 된다는 것을 경계하라. 우리가 생각하는 것이 우리가 되는 것이다.

결론

아리스토텔레스 덕분에 우리의 성격이 태어날 때 정해져 있고, 어머니의 자궁을 떠나는 순간 더는 우리에게서 만들어질 수 없다는 널리 알려진 개념에 대한 대안을 생각할 수 있게 되었습니다. 결국 대부분의 사람이 진지하게 받아들이고 책임감을 가지는 것 이외에는 바라는 것이 없습니다. 거기에 우리가 자유롭다는 것은 가장 중요한 핵심입니다. 노예로 살아가면서 선한 삶에 도달할 수 없기 때문입니다. 아리스토텔레스와 함께 과거의 불행에서 벗어날 길이 있습니다. 도덕 윤리학의 도움으로 우리 자신이 새로운 자세를 배우고 예측할 수 없는 인생에서 버틸 수 있는 습관을 형성할 수 있습니다. 그런 바람직한 중간 다리 없이는 그저 무기력하게 강가에서 진짜 인생이(정말로 우리에게 어울리는 인생) 우리 앞에 지나가는 것을 바라만 볼 뿐 건너편으로 갈 수 없습니다.

그것은 동시에 우리가 돕기를 원할 때 이러한 생각의 틀이 매우 가치가 있는 이유입니다. 돕는다는 것은 종종 길을 잃은 사람이나 인생의 이야기에서 멈추어버린 사람들에게 생각을 제공하기 때문입니다. 공포에 질린 사람은 그에게 새로운 말을 해주고 다른 생각을 가져다줄 사람이 필요합니다.

서술적이고 재귀적인 정체성과 관련해 우리가 자신에게 물어야 할 질문이 있습니다. 내가 모든 것이 모든 것과 함께 연관되어 있는 소설이 되어가고 있는가? 혹은 내가 이야기 모음집을 더 닮았을까? 이야기들이 상호 간 충분한 연결고리가 있어서 성공한 총체라고 말할 수 있을까? 나의 이야기가 다른 사람의 이야기와 어떻게 연결될까? 오늘날 인간이 된다는 건 무슨 의미를 가질까? 현재의 인간관을 유감스럽게 생각하고 완전하게 완성된 인생에 대한 좋은 이야기를 가지고 있지 않다면, 인간은 모두 불행한 존재로 운명 지어진 것일까?

풀어지고 의미 없는 존재의 빈 공간 저편에는 우리가 우리의 인생 역할을 열정으로 채우기 때문에 일어나는 충족된 인생이 있습니다. 그래서 덕성을 형성할 수 있고 그와 함께 우리 자신도 형성할 수 있습니다. 아리스토텔레스는 인생의 성공이 쉬운 일이 아니라는 것을 인정한 첫 번째 사람입니다. 나의 친구이자 정신과 의사인 카를은 자주 말합니다. "변화는 어려운 것이지만 불가능한 것은 아니다. 그런데 정말 어렵다." 주변 환경뿐만 아니라 우리 자신과 늦게 번성하는 우리의 특성이 우리를 심각하게 방해하기 때문에 많은 인내가 필요할 수밖에 없습니다. 올바른 인생의 굽은 길에서 우리는, 우리라는 가장 두려운 상대를 종종 만납니다. 따라서 다음과 같은 우디 앨런의 말로 이 장을 맺는 것이 어울릴 것 같습니다. 우디 앨런은 그의 영화에서 많은 지적인 실패자를 묘사했습니다. "나와 천재 사이에 서 있는 유일한 것은 바로 나 자신이다."

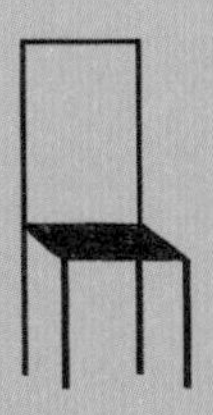

네덜란드의 계몽주의자 스피노자의 철학사상은 범신론을 바탕으로 한다. 데카르트의 철학을 접하고 자신만의 철학 세계를 구축해나간 스피노자는 정신과 육체를 구분하는 데카르트의 이원론을 비판하면서 범신론 일원론을 수립한다. 그는 세상의 모든 것은 자연 안에서만 존재하고 자연의 본질적 법칙에 따라 생성된다고 보았다. 스피노자는 우리가 살고 있는 세계 자체가 이성이며 정신이고 곧 신이라 생각했다. 우리는 지성을 최대한 발휘하여 이 세상 만물 속에 나타난 '신(자연)'의 섭리를 깨달아야 하며, 자연의 섭리에 따라 올바르고 도덕적인 삶을 산다면 비로소 고통에서 벗어나 진정한 자유와 행복을 얻을 수 있다고 주장했다.

LESSON 04

Spinoza

스피노자와 함께 생각하기

"모든 것이 신이다"

우리는 신을 사랑하지만,

신으로부터 보상을 기대하지 않는다.

- Baruch de Spinoza(1632~1677)

LESSON 04

스피노자는 이 책에 등장하는 철학자 중 가장 급진적인 결정론자입니다. 그에게는 이 세상 모든 일이 외적인 원인에 의하여 정해져 있고 선택의 자유나 우연은 없습니다. 그의 결정론이 화젯거리가 되자 결정주의는 그 영향을 받아 이른바 지적인 학문이라 불리며 인기가 급상승하기 시작합니다. 내 책장에서 자신을 결정론자라고 부르는 사람들의 저서를 발견하기는 쉽지만, 스피노자만큼 호감이 가는 결정론자는 없습니다.

스피노자는 네덜란드에서 가장 유명한 철학자입니다. 그는 내가 살고 있는 암스테르담에서 태어났습니다. 그래서인지 수 세기라는 시간의 간극에도 불구하고 그가 친밀하게 느껴집니다. 자전거를 타고 시내 중심지로 가려면 그가 살았던 즈와넌뷔르그왈을 지납니다. 그곳에 그의 동상이 있습니다. 원뿔 모양의 몸통 위에 머리를 얹은 모습의 스피노자 동상 옆에는 정이십면체가 나란히 놓여 있습니다. 조각가에 따르면 그것은 스피노자의 수학적 사고를 상징합니다. 수학을 싫어하더라도 스피노자의 철학만은 포기하지 말라고 부탁하고 싶습니다. 스피노자의 철학은 수학적이지 않습니다. 그가 계산을 통한 합계를 즐기곤 했지만 그 이유는 행복에 도달하길 원했기 때문입니다. 자, 이제 더 혼란스러워집니다. 스피노자 동상의 받침대 가장자리를 따라 그의 어록 하나가 새겨져 있습니다. "국가의 목적은 자유다." 자유라고요? 결정론자에게 자유라고요? 스피노자는 '당연히 결정론자에게'라고 말하고 싶어 했을 겁니다.

이런 생각을 이해하기 위해서 우리는 스피노자의 철학 세계로 들어가봐야 합니다. 쉬운 일이 아닙니다. 스피노자는 아주 추상적인 철학적 단계를 거쳐 결국 인간의 중심으로 들어오고, 욕망과 정념을 포함해 이해와 수용에 이르게 하는 방법으로 자신을 보라고 가르칩니다.

세계관

가장 높은 추상적 단계로 올라가기 전에 우선 스피노자의 계획을 분명히 할 필요가 있습니다. 그의 철학 세계를 모르는 채로 그의 지적인 탐구과정을 이해하는 것이 매우 어렵기 때문입니다. 그는 멋진 제목의 미완성 저서 「지성의 개선 및 지성이 사물의 참된 인식에 이를 수 있는 최선의 방법에 대한 단상」[1]의 첫 페이지에서 이렇게 말했습니다.

> 일상 생활에서 일어나는 일들이 허무하고 무의미하다는 것을 경험으로 배운 이후(나는 두려움의 대상이나 걱정의 원인이었던 모든 것으로 인해 영향을 받지 않는 한, 그 자체로는 선도 아니고 악도 아니라는 사실을 깨달았다), 어떤 존재가 참된 선으로 인간의 또 한 부분이 될 수 있는가, 더욱이 그 존재가 다른 모든 것을 망각하고 정신에 영향을 미칠 수 있는가, 곧 어떤 존재를 한 번 발견하고 습득하면 영원한 최상의 기쁨을 끊임없이 누릴 수 있는가, 나는 이러한 것들을 탐구해보기로 결심했다.[2]

'높은 것을 추구하는 사람은 떨어질 수밖에 없다'고 생각할 겁니다. 그러나 이 17세기 철학자에게는 그가 탐구하고 발견한 것을 확신하는 어마어마한 지지층이 오늘날까지 있습니다. 모든 사람이 이 말에 동의하는지는 확인해야 합니다만, 그가 우리의 삶을 변화시킬 사고방식을 갖고 있다는 것은 틀림없는 사실입니다.

인용문의 앞부분은 스토아 철학을 생각나게 합니다. '두려움, 걱정, 선, 악은 객관적인 본질이 아니라 오직 우리의 내적 경험에만 존재한다'는 말로, 위협적일 만큼 엄청난 세상의 악을 한순간에 인간에 비례하는 양으로 되돌려놓습니다. 두렵고, 악하고, 걱정스런 모든 것이 우주만큼 거대하지 않고 인간의 규모 정도라면, 우리의 내적 경험에 변화를 주는 것이 가능하고 그렇게 무력감을 극복할 수 있습니다. 스피노자는 여기에서 한발 더 나아갑니다. 그는 '참된 선'의 존재를 인식하려고 했을 뿐만 아니라 (사람들이 선에 속하는 것을 이해하려는 경향과는 다른 무엇인듯합니다), 한평생 일상에서 '최상의 기쁨'을 누리기 위해 그 참된 선의 일부이고 싶었습니다.

스피노자는 행복 또는 '최고의 선'을 정신과 자연 전체의 합일을 인식하는 것으로 설명했습니다. 그는 그것을 얻기 위해 직접 행동할 뿐만 아니라 많은 사람이 그와 함께 노력하길 바랐습니다. "많은 사람들에게 내가 이해하고 있는 바를 이해시키려고 힘써서, 그들의 지성과 욕망이 언젠가 나의 지성과 욕망에 일치되는 것이 나의 행복이다."[3] 스피노자에 따르면 모든 (학문, 양육, 그리고 사회 형태를 가진) 것은 '최상의 인간으로서 완벽함'을 추구하도록 도와야 합니다. 이러한 목적에 도움이 되지 않는 모든 것은 "무용지물이므로 배척해야 합니다."[4] 이로써 스피노자는 자신들의 '윤리학'을 학문의 어머니로 정하고 선한 삶을 시작과 끝으로 여기며, 모든 수고를 아끼지 않은 고대 철학자이자 존경받아 마땅한 전통적 철학자로 자리 잡았습니다. 스피노자 철학 역시 인간에게 도움을 줄 수 있을지에 대한 여부 및 방법을 심도 있게 다루었습니다.

대표적인 그의 저서 제목이 아리스토텔레스의 저서처럼 '윤리학에티카'인 것은 우연이 아닙니다. 스피노자의 『에티카Ethica』에는 '기하학적 순서로 증명된 윤리학'이라는 부제목이 달렸습니다. 선한 삶에 대해 상당히 호기심을 유발하는 제목입니다. 스피노자는 보편적인 것을 공식화하고 싶었습니다. 그래서 그는 수학의 언어를 그의 행복론을 위한 예로 채택했습니다. 수학적인 공식은 언제나 어디서든, 어느 누구에게나 틀림없이 통용됩니다. 스피노자는 전도유망하고 매력적인 주장으로 행복을 향한 탐사를 시작합니다.

사람들은 아주 오랫동안 실재의 특성에 대해 깊이 생각해왔습니다. 핵심 질문 중 하나는 다음과 같습니다. 모든 것은 하나인가, 하나가 아닌가? 주위를 돌아보면 사물, 사람, 동물, 식물, 사건이 엄청 다양하다는 것을 발견합니다. 이러한 관찰로 세상이 엄청나게 많은 개별적인 존재로 구성된다는 결론에 이를 수 있습니다.

그러나 스피노자는 다른 결론을 내렸습니다. 그에 따르면 모든 것은 전체를 이룹니다. 모든 것은 하나인 것이죠. 다시 말해 '우리가 관찰하는 많은 것은 하나로 이해되어야 한다'입니다.

그 다음에는 이런 질문이 던져집니다. 왜 그럴까? 그 하나라는 것은 무엇인가? 우리가 하나와 관계있다면 그렇게 많은 것을 주변에서 보는 것이 어떻게 가능할까?

스피노자는 그 하나로부터 많은 것이 파생되어 나타난 것을 '실체'라고 불렀으며 이렇게 정의했습니다. "실체란 자기 안에 있으며 자기를 통해 인식하는 것, 즉 사물에 대한 개념이 다른 어떤 것의 개념을 필요로 하지 않으며, 그 자체를 근거로 개념이 형성되어야 한다고 규정한다."[5]

실체는 항상 존재하고, 만물이며, 일체입니다. 동의어로는 자연을 들 수 있습니다. 혹은 신도 가능합니다. 따라서 '실체 = 자연 = 신'의 관계가 성립할 수 있습니다. 그러나 개인적인 신은 아닙니다. 개인적인 신이란 우리의 환상이 만들어낸 생산물입니다. 자연의 바깥쪽이나 위에 머무는 신도 분명히 아닙니다. 그렇다면 자연 밖에 있다는 것인데 그것은 가능하지 않습니다. 자연은 스스로 이해되어야 하는 것이고, 외부에서 나오는 의도나 원칙으로 이해되는 것이 아닙니다. 실체, 자연, 신이란 영원하고 끝이 없는 것이며 경계선 밖에 무엇이 있다는 생각을 배제한, 현재 그대로의 모든 겁니다. 이것 역시 스토아학파의 사상이 생각나게 합니다.

스피노자가 자연이나 실체를 말할 수 있었는데도 왜 신이라는 단어를 사용했는지 의아할 수 있습니다. '신'이라는 단어는 혼란만 가져오는 것 같습니다. 그렇지만 스피노자는 단어를 바꾸려 하지 않고 단어의 뜻을 바꾸기 원했습니다. 스피노자는 대부분의 사람이 신에 대한 관념이 있지만 아직 적절한 관념을 갖지 못했다고 말하고 싶었을 겁니다. "신은 어디에나 있고, 전지전능하고, 창조적이고, 영원하고 끝이 없다"고 말할 때 적절한 관념에는 근접해 있지만, 그러한 환상 속에서 개인적인 신을 상상한다면 실수를 하게 됩니다.

우리는 실체에 대해 무언가를 알 수 있을까요? 질문을 다르게 설정해보겠습니다. 우리 자신과 일체인 자연을 우리가 알 수 있을까요? 실체나 신은 '속성'이라는 이름의 무한한 특성을 가집니다. 스피노자는 신을 '절대적으로 무한한 존재, 무한한 속성으로 구성된 실체, 영원하고 무한한 본질을 표출하는 것'으로 정의했습니다. 그렇다면 속성이란 '지성이 실체의 본질을 형성하는 것으로 지각하는 일'이 됩니다.

지성은 '사유성'과 '확장성' 두 가지 속성으로 인식됩니다. 우리는 이 두 가지로 자연에 대한 지식을 얻습니다. 정신적인 것과 육체적인 것이라고 볼 수 있습니다. 스피노자는 확장성이라는 말을 사용했는데, 이 말은 문자 그대로 무언가 넓어지고 공간을 차지하는 것으로 이해할 수 있습니다. 모든 육체는 공간을 차지합니다. 사람도, 동물도, 바다도, 나무도, 식물도 마찬가지입니다. 자연 전체는 하나라서 사유성과 확장성의 속성으로 인식할 수 있습니다. 돌 하나도 마찬가지입니다. 아마도 돌은 정신적인 것과 관련이 많지 않을 겁니다. 그러나 그렇다고 그저 물질인 것은 아닙니다. 돌 또한 자연이기 때문입니다.

우리는 사유성과 확장성의 속성을 인식하기 때문에 세상을 둘로 나누려는 지적 오류를 범하고 있습니다. 우리의 사고는 철두철미하게 이원론적이어서 세상을 정신과 육체로 나누려 합니다. 특히 사람일 때 그렇습니다. 어쩌면 이원론을 반박하는 것이 학문적인 쟁점처럼 비춰집니다. 그렇지만 스피노자의 일원론적 철학의 심화를 위해, '최상의 행복감'에 도달하기 위한 그의 방식을 이해할 수 있으려면 매우 중요합니다. 우리가 본질을 정신적인 면과 육체적인 면으로 구별한다는 것은 두 가지 증명이 있다는 것을 의미합니다. 두 가지 실체가 존재한다는 의미가 아니고, 실체가 두 부분으로 이루어져 있다는 의미도 아닙니다. 따라서 전체는 정신과 물질이 아닙니다. 전체는 하나면서 전체를 아우르는 본질에서 출발하고 존속합니다.

스피노자의 세계관에 있어 세 가지 핵심 개념 중 두 가지, '실체'와 '속성'에 대해 알아봤습니다. 이 이외에 '양상'이라는 개념도 중요합니다. 전체는 하나one(S)입니다. 통합은 외부의 절대자나 통합보다 먼저 앞서는 원인 없이 자각해야 합니다. 우리는 이것을 두 가지 방식, 사유성과 확장성의 속성attributen(A)으로 이해합니다. 양상modi(M)은 실체의 현상 형태로 간주될 수 있습니다. 그것은 수없이 많으며, 우리를 포함한 세상의 모든 개별적인 것들입니다. 한 문장으로 말하면, 양상이란 하나의 실체가 사유(정신)와 확장(육체)의 속성을 통해 스스로 표출되는 현상입니다. 우리는 대개 두 가지 속성을 상호 간에 별개 혹은 연결된 것이라고 인식합니다만, 그렇지 않습니다. 스피노자는 말했습니다. "양상이란 실체의 변용을 의미한다. 달리 말하면 양상은 다른 무엇 안에 존재하는 것으로, 그 다른 무엇을 통해 이해하게 된다."

실체의 '변용'은 문자 그대로 해석할 수 있습니다. 스피노자에 따르면 모는 것은 그 자신 안에 혹은 다른 것의 안에 있습니다.[6] 자신 안에 무엇이 있다는 것을 그 말 자체로 이해해야 합니다. 이 말이 자연에 관한 것임은 이미 분명해졌을 겁니다. 자연은 독립적인 것이며, 그 자체로 이해되어야 하고 다른 외부적 요인으로 이해되어서는 안 됩니다.

양상이란 '실체의 변용'입니다. 양상은 무언가에서 영향을 받습니다. 영향은 외부에 있는 무언가로부터 받습니다. 내가 피트라는 남자에게 욕하고 주먹을 날리면 내가 그에게 무언가를 한 겁니다. 피트에게 무슨 문제가 있는지를 이해하기 위해서는 나 자신을 돌아보고 내가 그에게 한 것을 살펴봐야 합니다. 다시 말해 피트의 상황은 단순히 피트만을 살펴봐서는 이해할 수 없습니다. 이것은 앞서 발생한 원인의 결과입니다. 내가 주먹을 날리지 않았다면 피트는 슬퍼하지 않았을 겁니다.

양상은 자립적이고 무한한 실체가 아닙니다. 양상은 유한하며, 서로를 제한하고 규정합니다. 그래서 오직 상호관계에서만 이해될 수 있습니다. 이러한 관계를 '자연법칙'이라고 부릅니다. 그래서 모든 실재는 흩뿌려진 양상들이 서로의 공간 속과 모든 시간 동안에 뭔가 영향을 미치면서 촘촘히 짜인 인과관계의 망에 서로 나란히 붙어서 필연성의 엄격한 선을 따라서 끊임없이 움직입니다. 이것은 사람을 숲, 번개, 밀물, 썰물과 동등한 방식으로 이해해야 한다는 것을 의미합니다.

우리는 왜 세상이 첫눈에 보이는 것과 같다는 생각에서 출발할 수 없을까요? 왜 세상은 서로 조화를 이루지 않는 다수이며, 엄청나게 큰 산처럼 쌓여있는 개별적인 부속들로 구성되어 있다는 생각에서 출발할 수 없을까요? 이 질문에 답하려면 하나의 길만 택해서는 안 되고, 그 하나의 길에서 멀리 떨어진 곳에 있는 다른 길로도 가야 합니다.

자동차 운전자가 자전거를 탄 사람을 치는 것은 우연이 아닙니다. 그 사고에는 원인을 지적할 수 있습니다. 우연이라고 부르는 것은 우리가 원인을 몰라서 사건이 하늘에서 떨어진 것 같다는 것을 의미합니다. 무엇이 충돌을 일으켰습니까? 운전자가 회전할 때 측면 거울을 바라보지 않았기 때문입니다. 또 다른 원인도 있을 수 있습니다. 운전자는 마음이 급했을지도 모릅니다. 집에서 너무 늦게 출발을 했거나 그의 딸이 아침에 열이 난 채로 일어났을 수 있습니다. 혹은 자전거를 탄 사람이 너무 피곤해서, 그리고 흥분해서, 잡다한 생각으로, 멍한 상태로 자전거를 탔을 수도 있습니다. 다양한 원인을 열거하면서 그런 일이 일어날 수밖에 없었다는 것을 이해합니다.

세상은 인과관계에 의존합니다. 모든 생각은 인과관계 위에 조직되어 있습니다. 무슨 일이 일어났는지 알고 싶으면 원인을 묻습니다. 원인에 대해 알면 그것을 이해한다고 말합니다. 그러나 제한된 지식으로는 특정 사건을 일으킨 모든 원인을 검토하는 것은 불가능합니다. 또한, 우리는 인과관계가 우리와 상관없이 존속하며 더 과거로 거슬러 올라가거나 상상할 수 있는 것보다 더 포괄적이라는 것을 압니다. 다시 말해, 모든 것에 대해 모든 것이 가진 인과관계의 일관성에서 모든 것은 하나라는 것을 파악할 수 있습니다. 모든 것은 자연에서 나오고 자연이 모든 것이기 때문입니다. 따라서 자연 혹은 모든 것은 시작이 없다는 것을 알게 됩니다. 만일 시작이 있다면 그 시작은 어딘가로부터 나와야 했을테고, 그런 식으로 끊임없이 계속되어야 하기 때문입니다. 모든 것은 필연적으로 자신 말고 다른 곳에서는 나올 수 없는 하나의 자연에서 나옵니다. 그래서 자연은 하나고 오직 자연으로만 이해할 수 있습니다. 자연 자체가 원인이고 다른 원인 때문에 생긴 결과가 아닙니다. 역설적으로, 자연은 필연성에서 자유롭습니다. 다시 말해 신은 변하지 않습니다.

스피노자에 따르면 세상에서 궁극의 목적이 사라졌습니다. 이 세상에 그 어떤 것도 목적지를 향해 가지 않습니다. 존재하는 모든 것 안에서 인과관계가 작용하며, 그것은 원인과 결과의 끊임없는 사슬입니다. 이러한 인과관계는 스스로의 필연성에서 나오는 것이며 멀리에서 유혹하는 목적에서 나오는 것이 아닙니다. 게다가 우리는 이제 이 세상에서 목적과 목적지를 흔히 볼 수 없습니다. 이러한 의미에서 스피노자의 철학은 현대적이고 과학적입니다.

인간관

스피노자는 자유의지란 있을 수 없다고 결론을 내렸는데, 스토아학파와는 다릅니다. 스토아학파는 모든 것이 고정불변이라고 생각합니다만, 선택의 자유 그리고 행복에 이르는 기회를 고려한다면, 우리의 사고방식을 바꿀 여지가 아직 있습니다. 아리스토텔레스에게서 본 것은 자유, 영향력, 자유행동의 증가입니다. 그러나 스피노자의 세계관과 인간관에서는 이것을 완전히 잊어야 합니다. 심지어 우리 자신의 생각조차 영향력을 행사할 수 없습니다. 모든 움직임은 고정불변입니다. 우리 몸의 움직임, 감정과 생각의 움직임도 그렇습니다. 정신 안에서는 생각의 작용이 자율적으로 활발히 진행됩니다. 이 세상과 인간의 모든 것이 예외를 허용하지 않는 절대적 필연성에 따라 실행됩니다. 어떤 면에서 보면 구름에서 떨어지는 빗방울이나 햇볕에 녹는 얼음덩어리보다 '덜 필연적'이거나 자연법칙에서 벗어나거나 하지 않습니다. 요컨대 자유와 관련해 우리는 스피노자에게서 완성된 것이 아니고 훨씬 이전으로 거슬러 올라갑니다.

최소한 그렇게 보입니다. 그러나 스피노자는 평범한 결정론자가 아닙니다. 그는 자신의 급진적인 결정론이 새로운 자유에 대한 인식으로 이끌며 심지어 최고의 행복으로도 이끈다고 생각합니다. 그렇지만 우리가 우리 생각의 방향에 대해 발언권을 가지고 있지 않다면 어디로 가야할까요? 혼란을 일으키는 두 가지 개념, 결정주의와 운명주의를 구분 짓는 것은 중요합니다. 결정된 세상을 주장하는 사람은 운명론적 생각을 갖기 쉽습니다. 그들은 이런 생각을 합니다. "내가 무엇을 하든지 중요하지 않습니다. 모든 것은 확정되어 있으니까요. 나는 어떤 것도 바꿀 수 없습니다. 나는 저항할 수 없는 운명의 장난감 공에 불과합니다."

그러나 모든 것이 정해져 있다는 것은 무엇이 정해져 있다는 것을 알고 있다는 의미는 아닙니다. 그것은 내가 오늘날까지 이끈 모든 원인을 아는 경우에만 가능하고, 그로 인해 내가 필연적인 결과를 이끌어낼 수 있어야 합니다. 그러나 세상사에 대한 나의 지식이 그렇게 크지 않습니다. 나의 지식은 물론이고 미래를 예상할 수 있는 모든 가능성도 언제나 부족합니다.

운명론자는 과대망상증으로 고통을 겪습니다. 그 사람은 오늘을 열기도 전에 미래를 알고 있다고 생각합니다. 정말 간단합니다. 만약 하루 종일 침대에 누워서 인생을 잠으로 때운다면, 나중에 그렇게밖에 될 수 없었다는 말만 할 수 있을 겁니다. 침대에서 일어나 기쁘고 행복해지는 일을 했다면, 나중에 그렇게밖에 될 수 없었다는 말만

할 수 있을 겁니다. 환상에 빠진 공상가일지 무언가를 이룬 사람일지, 결론은 인생의 마지막에 필연적으로 밝혀질 겁니다.

우리는 결정되지 않은 인생을 끊임없이 부서지는 파도의 끝이라고 상상해야 합니다. 어느 순간에 어느 방향으로 갈지가 결정됩니다. 오늘은 현재로서 모든 겁니다. 미래는 아직 없습니다. 무슨 일이 일어나야 변화가 일어날 수 있고 변화가 계속 발생하는 겁니다.

운명론자는 어떤 일이 일어날지 이미 정확히 알고 있다고 넌지시 말합니다. 마치 자신이 미래를 주지하고 있으며 모든 것이 눈 앞에 뚜렷하게 펼쳐져 있듯이 말입니다. 그러한 예견이나 미래로부터의 회고는 우리가 할 수 없습니다. 가끔 지금 하고 있는 일이 어떻게 끝날지, 미래가 어떻게 다가올지 아주 조금 알기도 합니다. 내가 침대에서 일어나 일하러 나가려고 한다면, 미래를 약간 알 수 있다고 말할 수 있습니다. 내가 일을 하러 간다고 말입니다. 내가 같은 순간에 다른 무언가를 할 수 있다면, 그것은 착각입니다. 그 순간에 그것을 했기 때문에 다른 무언가를 하지 않은 겁니다. 내가 동시에 다른 것을 할 수 있다는 것을 증명하는 것은, 이치에 맞지 않습니다. 그것은 다른 오늘에 다른 원인으로 일어나기 때문입니다. 단 하나의 실체와 단 하나의 공간, 단 하나의 시간이 있으며 스스로 되풀이 되는 것은 없습니다. 따라서 대체 가능한 것은 있을 수 없습니다. "그렇지만 나는 그때 다른 것도 처리할 수 있었다"라고 말하는 것은 환상입니다. 우리는 그것을 하지 않았으므로 그것을 할 수 없었던 겁니다. 그것에 대해 오래 생각해 볼수록 분명해집니다.

우리가 전적으로 필연적인 세상에서 출발하는지의 여부가 정말 중요할까요? '어느 순간'이나 '우리가 무엇을 하는 어느 순간'이 아무런 차이가 없다면, 우리가 선택의 자유를 가지고 있다고 충분히 생각할 수 있지 않을까요? 스피노자는 그렇지 않다고 말할 겁니다. 커다란 차이가 있기 때문입니다. 스피노자에게는 행복에 관한 문제입니다. 우리는 고난에서 벗어나자마자, 무력감을 극복하자마자 행복을 느낍니다. 그 고난과 무력감의 원인을 이제 부적절한 인식일 뿐이라고 여깁시다. 일어나는 모든 일의 필연성에 대해 적절한 관념을 형상화할 때에만 고통에서 벗어나 자유롭게 될 겁니다.

스피노자의 세계에서는, 운명론으로 고통을 겪는 것이 추론에 따른 부적절한 관념을 가지고 있음을 뜻합니다. 따라서 결정지어진 인생에 대해 고통을 겪는 자세는 현명한 삶의 태도가 아니라는 겁니다. 부적절한 태도입니다. 무력감, 수동성, 부자유는 스피노자가 볼 때 부적절한 관념입니다. 부적절한 관념을 제거한다면 더는 고통받지 않습니다. 그러나 우리가 그렇게 할 수 있을까요? 우리가 시도하는 순간부터 분명히 노력할 겁니다. 우리가 그렇게 할 수 있다면 앞으로 할 수 있는 것이 분명해집니다.

스피노자는 스토아학파보다 급진적인 결정론자일 뿐만 아니라 급진적인 통합적 철학자였습니다. 스피노자의 일원론은 모든 것을 포함합니다. 스토아학파에서는 모든 것의 통합을 이성이라고 합니다. 그들에 따르면 자연은 이성적인 것입니다. 우리도 이성적인 존재입니다. 그래서 감정은 이성의 비정상적인 방해전파이고 미묘한 사고의 오류이므로 바로잡아야 합니다. 스토아학파와 함께 인류의 주춧돌 위에 우리 자신의 모든 합리성을 세울 수 있습니다. 스피노자는 그러한 통합 또는 자연을 실체라고 합니다. 자연에서는 자연스럽지 못한 것이 없습니다. 충동, 정념, 욕망이 자연적이지 않다면 발생하지 않을 겁니다. 이성적인 사람은 스피노자의 주춧돌 아래에서 상당히 고통스러울 겁니다. 작고 상처받기 쉬운 상태로 우리는 꾸준히 사방에서 영향을 받습니다. 우리는 살아지게 됩니다. 갈망은 마음속으로부터, 햇빛이 드는 자리 하나를 위해 다투게 합니다. 이 모든 것이 우리를 계속적으로 압도합니다. (제한된, 유한한, 영향을 받는 상황 속에서는 결코 모든 것을 살펴볼 수 없습니다. 우리는 언제나 고통을 당할 겁니다.) 우리의 사고능력으로 모든 것을 이해할 수 없습니다. 세상은 너무 크고 우리의 능력은 너무 작습니다. 반면에 스피노자의 세계 속에는 자신의 실제 모습을 간직한 모든 사람이 들어갈 자리가 있습니다. 나는 대부분이(인간의 결점도 모두 함께) 그 빈자리에 들어가기를 바랐습니다. 그렇지만 스피노자의 세계에서는 인간의 결점이 전혀 존재하지 않습니다. 우리는 모두 예외 없이 신의 형태(양상)입니다. 어떤 것도 혹은 어느 누구도 비자연적이거나 선하거나 악하거나 부족하지 않습니다. 모든 것과 모든 사람은 동일한 필연에 의해 유일하고 완전무결한 자연에서 나왔기 때문입니다.

모든 것은 완전무결합니다. 그래서 선한 것도 악한 것도 없습니다. 선과 악이 우리 인생 안에서 싸울 수 없다고(물론 우리는 악한 것을 찾을 수도 있고, 그걸 받아들일 수도 있고, 선한 것으로 생각할 수도 있습니다) 말하려는 것이 아닙니다. 자연은 완전무결하고 동시에 우리는 약간의 고통을 겪습니다. 우리는 존재하고, 마침내 열망하는 양상으로 남습니다.

윤리관

아무것도 바꿀 수 없는 세상에서, 객관적인 선과 악이 존재하지 않으며 선택의 자유가 없는 사람들의 윤리관을 다룬다는 것은 불가능해 보입니다. 스피노자에 따르면 사람은 어떤 잘못도 할 수 없습니다. 왜냐하면 사람이 곧바로 '다르게 할 수도 있었을 텐데' 하는 타당하지 않은 가정에서 시작할 것이기 때문입니다. 그렇지만 자유가 없다는 의미는 아닙니다. 우리가 자유를 어떻게 이해하느냐에 따라 달라지기 때문입니다.

스피노자는 현재뿐만 아니라 그가 살던 시대의 대부분 사람들과도 자유를 전혀 다르게 이해합니다. 많은 기독교인은 스피노자가 신의 초월적인 왕좌를 우화의 왕국으로 비유하며 신을 자연으로 격하시키는 것에 불편함을 느낍니다. 그는 자연으로 돌아가게 하고 나서 그 자연 안에 불변의 인과관계가 지배하도록 합니다. 거기엔 선택의 자유, 선, 악을 거론할 여지가 없습니다. 모든 것은 현재 있는 그대로이며 우리도 우리 자신 그대로이며, 선택은 우리에게 주어지지 않습니다. 그래서 스피노자는 우리 자신과 타인을 비난하는 것을 멈추라고 말합니다. 다만, 이해하라고 합니다. 우리가 어떤 사람이 왜 그런 사람인지를 이해하자마자 그를 더는 비난하지 않을 겁니다. 그가 그런 행동을 하게 만든 어떤 특정한 이유들이 그의 뒤에서 나타나는 것을 보기 때문입니다.

누군가가 나쁜 사람이거나 가치가 없는 사람이거나 계약 위반자라면 우리는 좋게 생각하지 않을 겁니다. 우리는 상상 속에서 그를 존재하지 않는 어떤 것과 비교합니다. 그럴 만한 이유가 있다는 생각적절한 관념을 가지면 비난하고 비웃고 화내는 것을 멈춥니다. 한 가지 예를 들겠습니다. 나는 언젠가 카페에서 앉아있는데 한 사람이 휴대폰을 귀에 대고 쉬지 않고 이리저리 왔다 갔다 했습니다. 나는 같이 앉아 있던 사람에게 불평했고 점점 화가 났습니다. 그의 휴대폰이 네 번째 울렸을 때, 나는 그에게 무슨 말이라도 해야 한다는 충동을 억누를 수가 없었습니다. 그에게 따가운 시선을 보내며 그가 나의 화난 눈을 보길 원했습니다. 갑자기 그때 그 사람이 뻣뻣하게 굳었습니다. 휴대폰을 귀에 댄 채, 카페 한가운데 서서 움직이지 않더니 울기 시작했습니다. 그의 통화 내용은 가족 중 한 사람이 위급한 상황에 빠져 병원으로 옮겨졌다가 조금 전 사망했다는 것이었습니다.

내가 그 남자의 행동을 비난할 때, 그가 왜 그런 행동을 하는지 의문을 갖지 않고 화부터 냈습니다. 그러나 그의 비사회적인 행동의 원인을 이해했을 때, 비난은 일순간에 사려졌고 화도 멈추었습니다. 화가 있던 자리에 부끄러움이 대신 찾아왔습니다. 스피노자와 함께 생각하며 나 자신을 나쁘다고 여길 필요는 없었지만 말입니다. 나 역시 그러한 긴급상황에서 그렇게 했기 때문입니다. 나는 그 순간에 더 나은 것을 알지도 못했고 할 수도 없었습니다.

정념

스피노자의 정념에 대한 가르침은 특별합니다. 그는 정념을 48개로 정의하면서 개념을 완성했습니다. 정의 내린 정념을 가려내는 것이 정말로 가능할까요? 그러기에는 변화가 심하고 구체적이지 않을 뿐더러 생각에 따라 너무나 다르지 않을까요? 그렇게 생각하는 사람은 다시금 이중성의 유혹에 빠질 겁니다. 실체가 하나만 존재하는데도 불구하고 말이죠. 우리는 육체와 정신으로부터 자연을 전체적으로 알 수 있으며, 이 두 가지 모두 똑같은 하나의 본질적 존재에 대해 이야기하고 있습니다. 그래서 육체적인 것, 정신적인 것, 생각하는 것이 다를 수 없습니다.

스피노자가 일관성 있는 일원론자라는 것을 다시 한 번 강조하는 것이 좋겠습니다. 이 말은 생각이 통합의 속성으로서 육체적인 면을 변화시킬 수 없다는 것을 의미합니다. 스피노자는 말했습니다. "육체는 정신을 자극해서 사고하도록 할 수 없다. 정신은 육체를 움직이거나 쉬게 할 수 없으며, 만약 그럴 수 있다면 다른 어떤 것이다."[7] 육체와 정신이 그렇게 할 수 있다면 둘 사이에 상호작용의 관계가 있을 겁니다. 그래서 정신과 육체는 따로 있는 둘이 아닙니다. 실재는 하나의 실체이기 때문입니다. 이것에 대한 이해를 시작하기까지는 오랜 시간이 걸렸습니다.

이해하는 데 도움이 되도록 두 개의 시계를 예로 들겠습니다. 양면에 커다란 시계 바늘을 가지고 있는 시계탑을 상상해보십시오. 시계탑의 내부에는 조립된 두 개의 시계가 들어 있습니다. 시계 두 개는 정확히 똑같이 작동합니다. 시계탑의 한쪽에 있든지 다른 쪽에 있든지, 우리가 서 있는 곳에서 몇 시인지 알 수 있습니다. 이원론자들은 시계 두 개의 바늘이 정확히 똑같이 작동하는 것이 어떻게 가능하냐며 놀라워할 수 있습니다. 시계가 서로 어떻게 영향을 미쳤을까요? 시계가 어떻게 서로 반응을 할까요? 시계의 인과관계적 연결고리는 무엇일까요? 일원론자는 우리가 보는 것은 두 개의 시계판이고, 그 뒤에 단 하나의 시계가 있다는 것을 알고 있습니다. 하나의 상태, 그리고 일치하는 두 개의 시계는 시계판에 각각 시각을 표시합니다. 시계는 실체, 유일한 본질입니다. 시계판은 사유와 확장의 속성입니다.

우리가 정념 혹은 감정에 변화를 줄 수 있다는 것은 상상조차 할 수 없기 때문에(스피노자는 그것들을 정동급격한 감정의 변화 혹은 변용이라고 불렀습니다) 행복하길 원하면 그것을 이해해야 합니다. 다시 말해, 정념에 대해 적절한 관념를 형성해야 합니다. 육체에서는 여러가지 작용으로 헤아릴 수 없이 무수한 원인이 일어난 다음, 그만큼의 결과를 가져옵니다. 부모는 나에게 두 가지 원인입니다. 부모도 각각 두 가지 원인으로 세상에 나오게 되었으며 복잡한 모든 원인이 융합되어 만나게 되었습니다. 그렇게 우리가 태어났고, 그에 따라 모든 것이 귀결됩니다. 이외에도 모든 것이 감각기관을 통해 우리 안으로 들어옵니다. 우리는 모든 것으로부터 영향을 받습니다. 우리에게 영향을 주는 것들이 우리를 그냥 내버려두지 않는 이유는, 우리가 자아보존과 성장을 추구하기 때문입니다. 이러한 기본적인 추구를 통해 일이 잘 되어가면 쾌락을, 방해를 받으면 불편함을 경험합니다. 우리는 이런 상황에 어떤 변화도 줄 수 없습니다. 기본적인 추구는 실질적으로 정념이나 감정이 아닙니다. 그것을 위해서는 필요한 것이 너 있습니다.

감각적인 변용이나 인상은 육체 안에 흔적을 남깁니다. 그러한 흔적을 통해 정신 안에 구체적으로 묘사합니다. 즉, 우리는 우리에게 닥칠 일을 예감합니다. 그러고 나서 일이 닥치면 열정을 갖습니다. 그 관념이 적절하지 않다면, 만약 그런 정신적인 관념 또는 묘사하는 형태가 육체의 상태와 들어맞지 않는다면, 무력감을 느끼는 동시에 자유롭지 않습니다. 우리의 정념이 진가를 인정받지 못해 고통받습니다. 정념을 바꿀 수 없기 때문에 정념을 인정하거나 적절한 묘사의 형태를 갖도록 해야 합니다. 부적절한 관념을 생각에서 없애면 고통은 멈춥니다.

그러한 의미에서 정념은 변용이며 격정이기도 하고, 수동적으로 일어나는 일입니다. 그렇게 해서 우리가 단지 존재한다는 이유만으로 고통을 받는 것처럼 보입니다. 그러나 정신적으로 적절한 표현을 함으로써 수동적인 격정을 능동적인 격정으로 변환시키는 것이 가능합니다. 그 결과 고통스런 추락을 능동적인 행위로 바꿀 수 있습니다. '해야 하는 것을 꼭 해야 한다'라고 인식하자마자 자유로운 행위로 느끼고 변용은 보상됩니다. 부적절한 관념이 적절해지는 순간, 우리는 자유 안에서 행동합니다.

그러나 우리가 그렇게 할 수 있는 선택권을 가졌나요? 우리가 생각하고자 하는 것을 생각할 수 있을까요? 아닙니다. 정신과 육체는 하나의 실체를 인식하는 방법입니다. 그래서 정신은 육체와 동일하게 필연적으로 영향을 받습니다. 우리가 생각을 하는 것이 아니라 우리 안에서 생각이 되는 겁니다.

비록 결정론적 사고에 대항하는 데 필요한 수많은 저항

력이 내 안에서 끓어오름을 느낍니다만, 그럼에도 생각을 하는 데 도움을 줄 수 있는 스피노자 철학의 여러 가지 면 때문에 지켜보려고 노력합니다. 그중 하나는 그가 '정념'을 인상적으로 도표화해서 명쾌하게 설명한 겁니다. 오직 그 이유만으로도 그의 철학을 계속 숙고할 가치가 있습니다. 심지어 스피노자의 모든 결정론은 쓰레기통에 던지고 싶더라도 정념에 대한 정의는 우리와 다른 사람들에게 도움이 됩니다. 결정론적으로 표현을 해보자면, 어떤 이유에서든 스피노자의 철학을 접하게 된다면 어떤 결과를 가져다줄지 누가 알겠습니까?

스피노자는 "확대, 축소, 유지, 억제 등 육체의 활동 능력을 육체의 변용이라 하며 동시에 정념을 그러한 변용에 대한 관념이다"[8]라고 해석했습니다. 우리는 스피노자가 정념 속에서 어떻게 육체적인 면과 정신적인 면이 조화를 이루게 하는지 볼 수 있습니다. 무언가를 느낀다는 것은 무언가를 생각하는 겁니다.

정신이 형성하는 첫 번째 관념은 육체적 관념입니다. 오직 이 방법으로만 육체와 육체적 변용을 알 수 있고 알아갑니다. 우리는 언제나 우리에게 일어날 것에 대한 관념을 갖습니다. 그런 관념을 거의 갖지 못하거나 혼란스럽고 부족한 관념을 가지면(우리의 지식이 부분적이기 때문에 대부분 그렇습니다) 고통을 겪습니다. 수동적인 사람이 됩니다. 적절한 관념을 갖게 되면 우리에게 영향을 미치는 것의 원인을 좀 더 잘 이해할 수 있고 영향을 덜 받고 덜 무력해지는 것을 느낄 수 있습니다. 더 자유롭게 느낍니다. 스피노자에 따르면 더 기쁘게 된다고도 합니다.

스피노자에 따르면 세 가지 기본적인 정념이 있습니다. 그것은 '욕망, 기쁨, 슬픔'입니다. 이 세 가지는 어느 정도 즉흥적이며 그 안에 생각은 아직 없습니다. 스피노자는 이러한 세 가지 정념으로부터 모든 복합적인 정념을 유도해냅니다.

> 욕망 인간이 주어진 감정에 따라 무언가를 하려고 하는 것으로 이해하는 한, 인간의 본성이다.[9]

스피노자에 따르면 모든 것은 존재의 연속성을 최대로 추구합니다. 욕망은 살아 남으려는 노력입니다. 이러한 욕망은 우리의 본성을 유지시켜줍니다. 숨쉬기, 먹기, 마시기, 잠자기, 싸우기, 도망가기, 그리고 번식 같은 겁니다. 번식은 중요합니다. 욕망은 언제나 많은 것을 추구합니다. 같은 상황에 머물러 만족감을 얻지 않습니다. 욕망은 확장, 성장, 발전을 향한 추구입니다. 이것을 완성시키는 한 가지 방법이 번식입니다. 욕망에는 우리의 모든 충동과 의지의 표출이 포함됩니다. "이것들은 모두 점차적으로 인간의 상황을 바꾸어간다. 그래서 서로 상반되지 않으며 그것들이 인간을 여러 갈래 길로 질질 끌고 다녀 인간은 자신이 어디로 가는지 알지 못한다."[10] 우리는 욕망 안에서 확신뿐 아니라 불이익을 당하는 것도 느낄 수 있습니다. 그것으로부터 다른 두 가지 기본적인 정념이 나옵니다.

기쁨 인간의 작은 완전함에서 커다란 완전함으로의 전환이다.
슬픔 인간의 커다란 완전함에서 작은 완전함으로의 전환이다.

기쁨과 슬픔은 둘 다 과도기적인 변용입니다. 다시 말해 더함과 덜함, 그리고 덜함과 더함의 차이를 경험함으로써 영향을 받습니다. 스피노자에 따르면, 완벽 그 자체의 상태에서 고통을 겪는 것은 불가능합니다. 각각의 상태는 완전합니다. 오직 하나의 세계, 하나의 비교할 수 없는 실체, 하나의 신이 있기 때문입니다. 여기에서 우리는 스피노자가 그의 철학에 얼마나 일관성을 보였는지 분명히 알 수 있습니다. 인생에서 슬픈 상황은 그 상황 자체에서 나올 수 없습니다. 우리가 상당한 슬픔을 경험하기 때문에 원인은 어딘가에 반드시 있을 겁니다. 보다 작은 완전한 상태(우리 안에서 그 자체로 비교할 수 없이 완전한 상태)로 넘어가는 과도기에 우리의 경험이 감소하기 때문입니다.

스피노자는 작은 완전함으로 전환되는 것을 "행동 능력이 줄어들거나 저지되는 전환 작용"[11]이라고 표현했습니다. 기쁨을 경험했다는 것은 커다란 완전함으로의 전환입니다. 그것은 사람들이 로또에 당첨되거나 졸업시험을 통과했을 때의 기쁨처럼 이내 급격히 줄어드는 기쁨으로 설명이 가능합니다. 새로운 상황은 곧 원래 그랬던 것처럼 돌아갑니다. 같은 설명이 반대의 상황에도 적용됩니다. 살아갈 힘이 줄어들 때 슬픔이 나타나는 경우입니다. 큰 사고를 당한 후 휠체어에 의지하며 삶의 의욕을 다시 가질 수 없을 거라고 생각한 사람들이, 어느 정도 시간이 지나면 새로운 삶의 여건에 적응하고 삶의 질을 언급할 만한 차이를 느끼지 못한다는 것이 밝혀졌습니다. 기쁨과 슬픔이 어떤 과도기에서 비롯된다는 것은 우리의 경험을 변화시키고 행복을 증대할 수 있다는 사고를 동반합니다. 행복을 지속하기 위해서는 몇몇 규칙에 따라 더 완전한 상태로 옮겨가도록 해야 합니다. 그래야 성장합니다. 예를 들면 책을 읽고, 학습하고, 항상 더 나은 것을 숙고하도록 배우고, 음악수업을 듣고, 다른 사람을 챙기고, 더욱 사랑하도록 배우는 것 등입니다. 반대로 비통함이나 고통을 이겨내는 데 도움이 될 수 있는 방법은, 슬픔이란 오래 지속되지 않으며 조만간 일이 정상적으로 진행되도록 길이 열릴지도 모른다는 유연한 생각으로 심사숙고 하는 것입니다.

욕망, 기쁨, 슬픔은 스피노자 윤리학의 기본을 형성하며 선과 악을 나누지 않습니다. 선과 악은 우리에게 닥치는 모든 것을 유익함과 무익함의 정도에 따라 선과 악으로 해석한다는 의미에서 존재합니다. 그 해석에 앞서 욕망이 있습니다. 스피노자는 이렇게 말합니다. "우리가 그것을 선하다고 판단하기 때문에 무언가를 바라지 않는다. 그러나 반대로 우리가 바라는 무언가를 선이라고 부른다."[12] 우리를 기쁘게 하는 모든 것이 욕망을 충족시켜주기 때문에 선한 것으로 간주합니다. 반면 욕망을 충족시키지 못한 채 방치하는 모든 것을 악이라고 간주합니다.

스피노자는 우리가 열망하는 의존적인 양상의 제한된 관점을 공식으로 나타냈습니다. 누군가가 내 지갑을 훔쳤다면, 나는 내 욕망 중 십중팔구 어떤 나쁜 것을 경험합니다. 만약 로또에 당첨되면, 기쁨을 느끼고 나에게 온 좋은 것으로 간주합니다. 그러나 이러한 경험은 초자연적인 도덕적 질서와는 아무 관련이 없습니다. 자연의 작용으로 이해해야 합니다. 존재하는 모든 것은 존속을 추구하고, 추구하는 모든 것이 도움이 될 때 편안하고, 방해가 될 때 불편합니다. 한마디로 우리는 모두 본성적으로 이기주의자입니다. 현대의 자유주의론적 인간관이 스피노자의 관념에서 싹트는 것을 볼 수 있습니다.

스피노자는 세 가지 큰 기본 개념인 욕망, 기쁨, 슬픔과 그 밖에 45가지 정념에 대해 정의를 내렸습니다. 이 정념에 대한 정의는 감정적 삶 속에서 사고와 확장성이 어떻게 어우러지는지 분명하게 보여줍니다. 즉, 각각의 감정이 어떻게 신체적인 면뿐 아니라 정신적인 면을 가지고 있는지 설명해줍니다. 스피노자와 함께라면 느낌과 생각의 조화 또는 화합을 더 잘 이해할 수 있습니다.

우리가 혼용하는 감정과 느낌이라는 단어 사이에 명백한 구분을 하는 것이 좋을 듯합니다. 감정은 유쾌하거나 불쾌한 자극처럼 상당히 즉흥적으로 경험합니다. 실은 스피노자의 기본적인 정념과 비교할 수 있습니다. 거기에 생각이 추가되면(우리에게 무슨 일이 일어나는지 알고자 하면 생각하게 됩니다) 감정을 이해하고 해석한 다음에 그 감정을 '느낌'이라고 부릅니다. 느낌은 해석된 감정입니다. 즉, '감정+생각=느낌'입니다.

모든 정의를 소개하지 않고 내 마음에 호소하는 몇 가지 정의만 다루겠습니다. 그러고 나서 두 가지 정의를 좀 더 깊게 다루겠습니다. 그것은 정념에 기반한 '후회와 사랑'입니다.

사랑 외부적인 원인에서 오는 관념을 동반하는 기쁨이다.[13]

미움 외부적인 원인에서 오는 관념을 동반하는 슬픔이다.
냉소 우리가 미워하는 대상이 무엇인가 의심받을 만한 것을 지니고 있다고 가정하므로 발생하는 기쁨이다.
희망 우리가 확신하지 못하는 것이 끝난 것과 관련해 과거 혹은 미래의 사건에 대한 관념에서 나오는 확고하지 않은 기쁨이다.
두려움 우리가 확신하지 못하는 것이 끝난 것과 관련해 과거 혹은 미래의 사건에 대한 관념에서 나오는 확고하지 않은 슬픔이다.
무사태평 의심의 여지가 없는 과거나 미래의 사건에 대한 관념에서 나오는 기쁨이다.
절망 의심의 여지가 없는 과거나 미래의 사건에 대한 관념에서 나오는 슬픔이다.
동정 우리와 같다고 생각하는 타인에게 닥치는 악으로부터 나오는 관념과 함께 오는 슬픔이다.
분노 다른 사람에게 악을 행하는 누군가에 대한 증오다.
시기 타인의 행복이 자신을 슬프게 하고 타인의 불행이 자신을 기쁘게 하듯 그렇게 누군가를 미워하는 것이다.
연민 타인의 행복이 자신을 기쁘게 하고 타인의 불행이 자신을 슬프게 하듯 그렇게 누군가를 사랑하는 것이다.

위에 언급된 정념은 '필수적이거나 우연적인 원인으로

외적인 대상의 관념과 함께 나오는 기쁨과 슬픔의 형태'입니다. 스피노자는 '내적인 대상의 관념이 원인인 다른 형상'을 계속 다룹니다.[14]

자기만족 인간이 자신과 자신의 행동 능력을 고찰하기 때문에 발생하는 기쁨이다.
낙담 인간이 자신의 무능력과 약점을 고찰하기 때문에 발생하는 슬픔이다.
후회 우리의 소신에 의해 자유의지를 바탕으로 이루어진 행동에서 오는 관념과 함께하는 슬픔이다.
교만 우리가 한 행위에서 오는 관념과 함께하는 기쁨이며, 우리가 한 그 행위를 타인이 칭찬한다는 상상을 한다.
수치심 우리가 한 행위에서 오는 관념과 함께하는 슬픔이며, 우리가 한 그 행위를 타인이 비난한다는 상상을 한다.

스피노자는 이어서 '욕망으로 전환되는 정념'[15]에 대해 다음과 같은 정의를 내렸습니다.

감사 혹은 사은 우리와 같은 성향을 가지고 우리에게 호의를 베푼 사람에게 이익이 되도록 노력하는 욕망 또는 사랑의 추구이다.
분노 우리에게 해악을 끼친 누군가를 증오하도록 하는 욕망이다.

복수심 분노를 가지고 우리에게 해악을 끼친 누군가를 똑같이 증오하도록 하는 욕망이다.

잔인함 혹은 비정함 우리가 사랑하거나 우리가 연민을 가지는 누군가에게 악을 행하도록 누군가를 충동하는 욕망이다.

두려움 커다란 악을 작은 악을 통해 피하려는 욕망이다.

용기 누군가에게 그와 동일한 사람들이 무서워하는 위험한 무언가를 하도록 권하는 욕망이다.

친절함 혹은 겸손함 사람들이 좋아하는 것을 하고 사람들에게 기쁨을 주지 않는 것을 피하려는 욕망이다.

스피노자는 마음의 움직임이 더 많다는 것을 부정하지 않았습니다. 그러나 대부분 그것은 그가 정의한 정념의 조합으로 이루어질 겁니다. 아니면 이름이 없을 겁니다. 그는 계속해서 이렇게 썼습니다.

우리가 다룬 정념의 정의는 일반적으로 욕망, 기쁨, 슬픔에서 나온다는 것이 밝혀졌다. 혹은 오직 이 세 가지 정념만 존재하고, 사람들은 이 세 가지 정념들의 다양한 관계 혹은 외적인 지명을 근거로 정념의 이름을 다양하게 정하길 오히려 더 원한다. 앞서 말했던 기본적인 정념과 정신의 본성에 대한 것을 고려해 정념이 단지 정신과 연관있는 한 이렇게 정의할 수 있다.

정념의 일반적 정의 사람들이 정신의 소극적 경험이라고 부르는 정념이란 혼란스런 관념이며, 정신은 육체 혹은 육체의 일부에 대해 과거보다 크거나 작은 존재성을 부여한다. 그로 인해 정신은 무엇보다 구체적 대상을 생각하도록 강요받는다.[16]

간략히 살펴보면, 인간은 욕망의 현상입니다(즉, 원함이 있습니다). 인간은 불이익을 당하면 슬퍼지고, 신뢰나 호의를 받으면 즐거워지는 존재입니다. 이는 인간의 기본입니다. 정신이 이 기본에 생각을 더하면, 격정이 나옵니다. 그 생각은 적절할 수도 부적절할 수도 있습니다. 그것은 우리가 자유롭고, 기쁘고, 생기 있게 느끼고 혹은 무력하게, 고통스럽게 살아 있다는 것을 느끼게 해줍니다.

다음 단락에서는 후회와 사랑에 대한 내 입장을 생각하는 시도를 하겠습니다. 스피노자와 함께 생각한다는 것은 단지 함께 생각하는 것만으로는 부족합니다.

후회

조금이라도 후회하면 안 된다고 생각하는 사람들이 있습

니다. 내 생각에 그런 사람이 점점 더 많아지고 있습니다. 후회 없는 삶의 자세를 위한 충고의 예는 다음과 같습니다. "후회를 한다는 것은 시간 낭비이기 때문이다. 우리에게 무엇인가 더 잘할 것이 있기 때문이다. 우리가 지금 변화시킬 것이 더 없기 때문이다. 그 순간 어떤 것을 하거나 내버려두는 것이 좋은 생각이라고 분명히 깨달았기 때문이다. 그런데 왜 지금 자신을 포기하려 하는가, 더 잘하는 것을 모르고 있지 않은가?"

스피노자의 후회에 대한 정의를 봅시다. "후회란 우리의 소신에 의해 자유의지를 바탕으로 이루어진 행동에서 오는 생각과 함께하는 슬픔이다." 이는 스피노자 철학의 최후 논쟁이라고 할 수 있습니다. 스피노자에 따르면 이 세상에 자유의지란 존재하지 않습니다. 더 정확히 말하자면, 자유의지라는 생각은 부적절하다는 겁니다. 이 말은 후회가 부적절한 사상으로 구성되어 있다는 것을 말합니다. 사상에 결함이 있기 때문에 후회와 심한 자책에 굴복하게 됩니다. 부족함 혹은 부적절함은 우리가 선택권을 가진 사고 활동의 소산입니다. 이 말은 사고 활동을 거쳐 적절한 생각으로 교체한다면 후회라는 감정에서 해방된다는 뜻입니다.

나는 한동안 이 매력적인 감각에 끌렸습니다. 그렇지만 완전히 공감할 수는 없었습니다. 영화 〈매그놀리아〉1999를 본 후, 나는 그 이유를 이해하기 시작했습니다.

이 영화에서 반복되는 대사가 있습니다. "우리는 과거를 잊었을지 몰라도 과거는 아직 우리를 잊지 않았다." 일련의 대사에서 우리는 나이 들어, 죽을병에 걸려 임종을 앞두고 침대에 누워있는 얼이 하는 말을 듣습니다. 그는 인생의 마지막 날을 후회하면서 보내는 것이 분명합니다. 얼은 자신을 돌보는 방문 간호사 필에게 그의 인생사를 이야기합니다. 후회에 대한 그의 이야기는 수많은 철학자들이 그 주제에 대해 광범위하게 다룬 것보다 더 깊은 감명을 주었습니다.

얼은 힘겹게 말을 이어가며 평생 사랑한 아내 릴리에 대해 이야기를 합니다.

> 그런데 난 바람을 피웠지. 계속해서 죽 그렇게. 난 잘난 남자가 되길 원했어. 난 그녀가 잘난 여자가 되는 게 싫었지. 영리하고 자유롭고 중요한 인물 말이야. 형편없는 생각이었지. 정말 어리석은 형편없는 생각이었어. 젠장! 무슨 생각으로 그랬을까? 내가 무슨 짓을 한 건지 생각이라도 했을까? 그녀는 23년간 내 아내였어. 그녀 뒤에서 계속 속였지. 난 참 더러운 놈이라서 다른 여자들과 놀아났어. 그리고 집으로 돌아와서는 침대로 다가가 "당신을 사랑해"라고 말했지. 잭의 엄마한테, 그 아이 엄마 릴리한테 말이야. 그 두 사람

은 내 곁에 있었지만… 난 잃은 거야. '이건 네가 자초한 후회다. 이건 네가 자초한 후회고 네가 받은 대가다….' 뭐 이렇게 되는 거지.

그는 끝내 말을 잇지 못하다가 담배를 부탁하고 필은 그를 위해 불을 붙이는 척합니다. 불붙지 않은 담배를 손가락 사이에 끼우고 그는 다시 말을 잇기 시작합니다.

이런 실수는 절대 해서는 안돼. 어쩔 땐 실수를 해도 괜찮을 수 있지만 어쩔 땐 해서는 안 되는 어떤 게 있지. 자넨 누구보다 옳은 결정을 하니 훨씬 잘할 거야. 난 릴리를 사랑했지. 그런데도 바람을 피웠어. 그녀는 23년간 내 아내였어. 그리고 내겐 아들이 하나 있어. 그녀는 암에 걸렸지. 그런데도 나는 그녀에게 가지 않았어. 어쩔 수 없이 아이가 그녀를 돌봐야 했어. 그 아이는 14살이었지. 엄마를 돌보고 엄마가 죽는 걸 지켜봐야 했지. 너무 어린 나이에 말이야. 나는 거기에 없었고 그녀는 죽었어.
난 그녀를 무척 사랑했었는데. 그녀는 내가 무슨 짓을 했는지 알고 있었어. 그녀는 내가 저지른 모든 어리석고 형편없는 일들을 알고 있었지. 그렇게 사랑은 그 어떤 것보다 강했다고 볼 수 있지. 빌어먹을 후회! 빌어먹을 후회!

마지막 절규는 너무나 절절합니다. 얼은 산소호흡기 호스를 코에 꽂은 채로, 기나긴 투병으로 거칠어진 거의 질식할 듯한 목소리로 진심어린 후회의 말들을 소름 끼치도록 토해냅니다. 최후의 탄식이 저럴 거라고 생각하면서 깜짝 놀랐습니다.

그때가 죽어가는 사람을 위로하고 자신을 정화할 적기일지도 모릅니다. 그렇지만 얼은 전혀 자신을 정화하길 원하지 않습니다. 누군가가 얼에게 스피노자의 후회에 대한 정의를 들고 왔다면, 그는 죽을 힘을 다해 그 사람의 뺨을 후려쳤을 거라고 생각합니다. 얼은 살아있는 사람들을 위해 다른 충고를 했습니다.

> 나는 죽을 거야. 지금 죽을 거야. 자네에게 말하고 싶은 게 있어. 내 인생에서 가장 후회 되는 게 뭐냐 하면… 내 사랑을 떠나보낸 거지. 내가 무슨 짓을 한 거지? 내 나이 예순다섯인데. 부끄럽네, 아주 오래전에 한 일… 지독한 후회, 죄책감, 그런 것들, 자네는 어떤 누구에게도 후회할 일을 절대로 만들지 말게. 그러지 말게. 자네가 하고 싶은 게 있으면 후회하지 말고 해. 나를 봐, 나를 보라구, 나처럼 후회하지 말고 어떤 일에든, 어쨌든 자네는 후회 없이 살아. 알겠지?

이 영화를 처음 본 것은 몇 년 전입니다. 그러나 이 대사는 도저히 잊을 수 없습니다. 어쩌면 이 대사가 나를 더 잊지 않았다고 해야 할 겁니다. 이 대사들은 언제나 그들의 존재를 생각나게 합니다. 나는 이것이 양심을 나타낸다고 생각합니다. 그것은 반복적으로 일깨워주고 확고부동하게 의미 있는 방향을 가리키는 지표와 부표입니다. 그것이 없으면 우리는 의미 없는 곳으로 사라지게 될겁니다.

이제 생명이 거의 다 끝나가기 때문에 죽어가는 사람들이 쉽게 말을 한다고 생각하는 사람들은, 얼의 이야기를 통해, 이를테면 인생의 다른 면이 주는 교훈이나 경고로 무언가를 얻을 수 있을 겁니다. 죽음에 임박한 사람의 회고를 통해 우리의 시야를 넓히면, 우리에게는 좀 더 나은 것을 기대할 수 있는 시간과 결정을 내릴 시간이 아직 남아 있을 수 있습니다.

얼은 자신이 부끄럽다고 말합니다. 스피노자는 "수치심이란 우리가 한 행위에서 오는 생각과 함께하는 슬픔이며, 우리가 한 그 행위를 다른 사람이 비난한다는 상상을 한다"라고 했습니다. 얼이 계속해서 그의 아내와 아들의 이름을 거론한 데는 이유가 있습니다. 그는 자신에 대한 수치심을 느꼈습니다. 수치심은 원래 사회적인 감정이며, 우선적으로 판단을 하는 타인의 시선이 필요합니다. 이것은 우리가 우리 자신을 드러내는 것 또한 어렵게 여길 수 있다는 가능성을 배제하지 않습니다. 심지어 모든 사람이 우리를 용서하고 주위에 책망하는 눈길이 없다고 해도 여전히 후회와 수치심에 빠져있을 수 있습니다. 무엇 또는 누구 때문일까요? 스피노자의 정의에서 수치심은 사회적이거나 간접적인 면만 묘사되었습니다. 그래서 조나단 사프란 포어의 소설 『엄청나게 시끄럽고 믿을 수 없게 가까운』에 묘사된 것으로 그 정의를 보충하는 것은 흥미로운 일입니다. "수치심이란 우리가 원하지 않는 무언가를 외면하는 것과 같다."[17]

우리가 원하지 않았더라도 지혜가 가끔씩 나중에 찾아온다거나, 나중이 되서야 진정한 설득력을 갖는다는 것이 지혜의 가치를 반드시 떨어뜨리는 것은 아닙니다. 우리가 처한 이 시대에 뒤떨어지는 요소를 지닌 지식을 극복하지 못한다고 봅시다. 과거는 정말로 변하지 않습니다. 과거에 할 수 있는 것은 없습니다. 후회는 지금 하는 겁니다. 이러한 의미에서 솔직한 후회는 가치 있고 분명히 필요한 겁니다. 후회는 우리 자신과 타인에게 무슨 일을 했는지 느끼게 해주고, 원하지 않지만 고통 안에서 더욱더 절박한 태도를 가르쳐 줍니다. 후회와 수치심이라는 자극이 없다면, 우리의 행동이 바뀌어야 한다는 필요성을 반드시 느끼지는 않을 겁니다. 그래서 후회는 보람 있는 것이 될 겁니다. 바꿀 수 없는 과거로 무기력하게 뛰어드는 것이 아닙니다.

현재와 미래를 위해, 어떤 일을 행하고 그만둘지에 대해 '더 적절한' 생각을 발전시키기 위함입니다. 후회는 더 깊이 숙고하기 위한 동기, 더 잘 알기 위한 동기라고 볼 수 있습니다.

우리가 스피노자를 꼭 믿어야 한다면, 지금껏 겪어 온 지혜와 민감한 양심에 관한 문제들은 부족한 관념과 부적절한 가정에 근거합니다. 우리의 양심은 다름 아닌 고통스런 실수인 것 같습니다. 스피노자의 철저한 결정론적 철학은 양심의 가책을 받기에는 너무나 순진하거나 미숙한 우리의 나약한 영혼을 치유해 고통을 없애주는 약이라고 할 수 있습니다.

다시 한 번 스피노자의 정념 중 후회에 대한 정의를 살펴보도록 하겠습니다. "후회란 우리의 소신에 의해 자유의지를 바탕으로 이루어진 행동에서 오는 생각과 함께하는 슬픔이다." 『에티카』에서 그는 이렇게 말합니다. "후회란 자신이 원인이라는 생각과 함께하는 슬픔이다." 거기에 정념은 매우 격렬한 것이라고 덧붙였습니다. "왜냐하면 사람들은 자신이 자유롭다고 생각하기 때문이다."[18]

메시지는 분명합니다. 우리는 자유롭다고 생각합니다. 하지만 우리는 자유롭지 못합니다. 이것은 사실 부적절한 생각입니다. 우리가 선택의 자유를 가지고 있다는 생각이 부적절하다면(사실 그렇습니다. 우리는 그 생각으로 고통을 받기 때문입니다) 우리가 한 행동에 대해 책임이 있다는 생각 또한 마찬가지입니다. 즉, 적어도 행복하길 원한다면, 자유롭다는 생각이나 책임이 있다는 생각에서 벗어나야 합니다.

오늘날 사람들은 다양한 수양법을 통해 이 문제에 대한 답을 얻으려고 최선을 다합니다. 그러한 노력은 다음과 같은 질문을 가져옵니다. '사람들은 그렇게 함으로써 어떤 종류의 행복을 추구하는가?' 그것이 일종의 '이터널 선샤인티끌 하나 없는 마음의 영원한 햇살' 같은 것일까요? 그것이 행복일까요? 그것은 비양심적인 것일까요? 우리에게 주어진 책임을 지지 않는 것에 대한 우리의 책임은 없을까요? 결백하게 손을 씻는다는 것은 의심스러운 일입니다. 우리의 손이 깨끗하다고 확신한다면, 손을 씻을 필요가 없을 겁니다.

있는 그대로의 자연: 자유와 책임

스피노자의 자연주의는 다른 자연현상을 지닌 사람들을 가지런히 정렬하는 듯합니다. 번개가 우리 집에 화재를 일으켰다고 우리가 번개에 분개합니까? 그런데 집에 불을 지른 것이 사람으로 밝혀지면 왜 우리는 반드시 분개할까요? 불을 지른 것이 사람이라고 밝혀지면 더욱 격렬하게 반응하는 것은, 방화범이 의도적으로 불을 질렀고 그런 짓을 하지 않아도 됐을 것이라는 생각으로 인한 고통 때문입니다. 우리가 볼 때 다른 사람들은 틀린 행동을 할 수 있는 존재이기 때문에 모든 문제를 그들 탓으로 돌릴 수 있습니다. 스피노자가 제시하는 논리는 다음과 같습니다. '그 사람들을 있는 모습 그대로 자연현상으로 간주하라. 그럼 분노와 책망은 이해로 전환될 것이다. 그들이 다르게 행동할 수 없다고 이해하는 것이다.'

다른 사람들을 무책임하다고 규명함으로써 우리는 그들로부터 고통을 받을 필요가 없습니다. 이 말은 그럴듯하고 심지어 매력적으로 들립니다. 어쨌든 희망으로 인한 마음의 상처를 막을 수 있습니다. 그러나 인간이 겪는 고통에 대한 뭉뚱그린 규명을 가지고 인간의 존재를 유지한다면, 행복의 대가는 큽니다. 내 생각엔 너무나 큽니다. 그것은 규명이 아니고 소멸입니다. 선택과 자유에 대한 책임감이 없다면 인간의 생각도 사라집니다. 나는 인간을 자신의 행동과 선택에 책임을 지는 존재로 이해합니다. 인간으로서의 나는 자의식을 가진 누군가입니다. 관찰할 수 있는 사물과 현상이 아니라 행동하는 사람입니다. 책임감에서 멀어지면 자신에게서도 멀어질 수 있습니다. 이처럼 자신과 타인이 서로의 책임감이라는 자연법칙에서 윤리가 벗어나게 될 겁니다. 비도덕적인 결론에 도달하는데 상당한 이유가 있을 수 있겠지만, 내 생각에 그러한 이유는 존재하지 않습니다. 그렇지만 스피노자의 세계관에서는 그런 논리가 가능합니다. 밀폐된 세계 속에서 떠돌아다니는 사람들은 자연의 법칙에 철저하게 종속될 수밖에 없습니다.

스피노자의 신기루 같은 세계에 빠진 순간, 들어서지 말았어야 했다는 느낌이 듭니다. 내가 이곳에 출현하는 것이 필연적이겠지만, 사람이라 불리는 내가 너무 자주 언급됩니다. 나와 타인에 대한 나의 결점투성이 관념은 고사하고, 나는 여러 현상 중 이름 모를 하나의 현상일 뿐입니다.

스피노자의 자연주의적 결정론은 타인에 대해 더욱 많은 이해심을 갖도록 해줍니다. 우리의 눈빛을 관대함과 온화함으로 채웁니다. 우리는 또한 스피노자의 사상과 함께하면, 우리가 저지른 실수와 자신을 너그러움과 선의로 대할 수 있습니다. 그렇지만 어떤 사람이 자신은 원래 그런 사람이라서 달라질 수 없기 때문에 자신이 저지른 모든 것으로부터 철저하게 책임을 면제 받으려고 한다면 어떻게 해야 할까요? 그가 자신의 행동에 대해 후회할 필요가 없다며 자신을 정당화하거나 자신은 어떠한 해명도 하지 않는 사람이라고 우기면 어떻게 할까요? 그런 사람은 확고한 신조와 충실한 논리를 가집니다. 그렇다면 그는 어떤 유형의 사람일까요? 이전엔 그가 충실하지 않은 사람으로 존재하지 않았을까요? 누군가 자신을 이름 모를 자연현상으로 여기는 순간부터 그는 인간이 되는 것을 잊어버립니다. 자신을 잃어버립니다. 유일하게 자신을 되찾을 수 있는 방법은 후회하는 겁니다. 자신이 한 행동을 후회하는 겁니다. 후회란 자신에게로 돌아오는 방법입니다. 사실 후회는 자신의 행위에 뒤따르는 겁니다. 육체적인 것을 바로 자신의 몸으로 간주하는 겁니다. 자신이 한 행동을 인간사의 흐름 속에 희석시키면 안됩니다. 진심으로 후회하는 마음을 가진다는 것은 사람이 되어가는 첫걸음입니다. 따라서 선한 인생을 위해 무엇보다 중요한 선택의 자유와 책임, 후회와 참회, 용서할 수 있는 것과 용서를 구할 수 있는 것 등이 우리에게 낯설지 않게 되는 겁니다.

용서를 구하는 것은 다른 사람이 우리를 붙잡아 줄 것인지를 물어보는 겁니다. 정체성이 타인에게 달려 있다면, 자신을 타인이 인정해줌으로써 알게 된다면, 타인이 우리를 책망할 수 있고, 화를 낼 수도 있고, 우리 때문에 슬퍼할 수도 있다는 것이 우리의 자신감을 위해 아주 중요합니다. 어떤 사람에게 그의 행동과 관련해 이야기를 해준다는 것은 그를 진지하게 받아들인다는 것이며 그의 존재를 인정하는 겁니다. 누군가를 침묵의 자연 속으로 들어가게 내버려두는 것은 그를 버리는 겁니다. 누군가에게 무심함을 드러내는 것은 그가 우리를 절실히 필요로 할 때 극심한 고통에 빠뜨리는 겁니다. 타인에 대한 한 사람의 냉정한 눈길은 폭력입니다.

이 혼란스런 단락을 맺기 위해 나는 금욕주의자 에픽테토스의 인용문을 다시 한 번 언급하고자 합니다. "철학에 대한 지식이 전혀 없는 사람은 언제나 타인에게 자신의 역경에 대한 책임을 묻는다. 초보 철학자는 자신에게 책임을 묻는다. 그러나 통달한 철학자는 그중 어느 것도 하지 않는다."[19]

스피노자와 함께 생각하면서 우리 자신이 더는 등장하지 않는 관념의 형상에 따라, 우리는 마지막 국면에 다다른 듯 보입니다. 그러나 그것이 무르익은 지혜인지 의심스럽습니다. 이러한 맥락에서 네덜란드 철도청이 몇 년 전부터 '죄송하다'는 말을 사용하지 않는 것은 많은 것을 시사합니다. '연착' 혹은 '너무 늦은'이라는 단어도 사용하지 않습니다. 기차가 20분 늦게 도착하면, 20분 후에 도착한다고 방송합니다. 네덜란드 철도청 직원들이 '결정론'에 대한 강의를 듣기라도 한 것일까요?

나는 중도를 걷는 것이 좋습니다. 초보 철학자로서 말입니다. 타인, 본성, 운명을 탓하기 전에 자신에게 자문을 구하며 언제나 새로 시작하는 철학자. 본성은 끊임없이 비도덕적인 길을 갈 수 있지만 우리가 우리의 길을 가는 순간 이야기는 달라집니다. 우리는 그것을 알고 있습니다. 우리의 양심은 진행형입니다. 척 팔라닉의 소설 『파이트 클럽』에 다음과 같은 글이 있습니다. "우리가 잡혀서 벌만 받는다면 우리는 살아남을 수 있어." 이 말은 거칠게 들릴지도 모릅니다. 그것은 우리의 최선을 위한 겁니다. 누가 살아남기를 원하지 않겠습니까?

사랑

정의란 언제나 위험 요소가 있습니다. 정의는 포함보다는 배제하는 일이 많고, 생각을 넓은 길로 인도하기보다는 말살하기 때문입니다. 많은 철학자가 가급적 모험을 감행하지 않습니다. 스피노자는 정의를 내렸습니다. 심지어 사랑을 한 문장으로 정의했습니다. "사랑은 외부적인 원인에서 오는 생각을 동반하는 기쁨이다."

스피노자가 다룬 냉정하고 추상적인 사랑의 형상은 진지하게 받아들여지지 않았습니다. 단지 피상적인 면에 현혹되어서는 안 된다고 생각합니다. 스피노자는 이런 짧은 문장 하나로 사랑의 흥미 있는 몇 가지 면을 생동감 있게 다루었습니다.

우선 사랑은 기쁨입니다. 말하자면 '인간의 작은 완전함에서 커다란 완전함으로의 전환'입니다. 우리는 사랑 때문에 앞으로 나아가고 성장합니다. 그렇지만 기본 정념 혹은 감정인 기쁨은 그것에 대한 생각을 가질 때 비로소 느끼는 겁니다. 다시 말해 무엇을 느끼는지 알게 될 때 느끼는 겁니다. 우리 자신의 외부에 있는 무엇이 기쁨의 원인이라는 생각으로 기쁨이 오면, 우리는 사랑으로 극복했다고 말할 수 있습니다.

사랑이 기쁨을 동반한 감정의 인지이며 외적인 원인에서 오는 생각이라면 사람뿐만 아니라 동물, 사물, 그리고 사건, 음악, 아름다운 이야기, 또 비도 사랑할 수 있습니다. 사물에 대한 사랑은 사람에 대한 사랑과 같지는 않습니다. 일반적으로 사람에 대한 사랑이 훨씬 더 큽니다. 스피노자는 『에티카』, 제3부의 '명제 49'에서 그것이 어떻게 가능한지를 타의 추종을 불허하는 방법으로 설명합니다. "우리가 자유롭다고 생각하는 객체에 대한 사랑과 미움은, 동등한 원인이 유지될 때 필연적인 객체에 대한 것보다 더 크다."[20] 스피노자는 이 명제에 대한 증거로 이렇게 주장합니다.

우리가 무엇을 자유롭다고 여긴다면, 그것을 다른 것들로부터 분리해 인식할 수 있어야만 한다. 우리가 그것을 기쁨이나 슬픔의 원인이라고 여기면, 그것을 사랑하거나 미워할 것이다. 그리고 이러한 정념으로부터 최대의 사랑 혹은 미움이 끊임없이 흘러나올 것이다. 지금 우리가 그것을 정념의 원인인 필연적인 객체라고 생각하면, 그것을 정념의 유일한 원인이라고 생각하지 않고 여러 원인 중 하나라고 생각한다. 객체를 향한 사람과 미움은 그래서 더 작은 것이다.

이제 그는 "사람들은 자신을 자유로운 존재로 간주하기 때문에 다른 사물보다 더 사랑하고 미워할 수 있다"고 결론을 내립니다.

다른 사람을 위한 사랑의 힘은 '사람들은 자유롭다'라는 생각과 '사람들이 인과관계의 사슬에서 벗어났다'라는 생각에서 나옵니다. 한 여자가 한 남자를 사랑하는 이유를 술에 취했기 때문에, 뇌에 있는 물질이 그렇게 조정했기 때문에, 자손을 기대하는 부모님 때문이라고 한다면 고마워할 남자는 거의 없을 겁니다. 남녀가 바뀐 경우에도 마찬가지입니다. 사랑의 가치는 무엇인지 궁금해질 겁니다. 사랑이라는 것이 있기는 할까요? "그런데 네가 진정 원하는 것이 무엇인데?"라고 묻고 싶은 마음이 들게 될 겁니다.

우리는 왜 사랑하는 사람이 자유롭고 독립적이며, 얽히고설킨 인과관계 속에 묶이지 않았다고 생각할까요? 우리를 기쁘게 해주는 것들을 상상하기 때문입니다. 그것은 욕망과 관계가 있습니다. 우리는 우리의 존재를 확인시켜주고 발전시키는 모든 것들을 찾아 헤맵니다. 우리를 사랑하는 사람들이 자유와 자유의지로 행동한다는 상상만으로도 우리는 더 기뻐질 겁니다. 앞서 스피노자가 언급한 바와 같이 말입니다.

우리가 상상하는 바람은 사람들의 자유입니다만, 스피노자에 따르면 그들이 실제로 자유롭다는 것을 의미하지는 않는다고 합니다. 사실 그러한 상상은 우리가 바라는 상상이며, 더욱이 우리가 알고 있듯 그것은 부적절합니다. 그러한 상상은 우리를 기쁘게 만들 뿐만 아니라 철저히 괴롭힙니다. 왜냐하면 기쁘게 하는 원인이 자유로운 인간이라고 생각하기에, 우리는 무방비 상태로 그나 그녀의 임의적인 선택에 내맡겨지기 때문입니다. 사랑은 방황의 원인이 되는 부적절한 상상을 포함하기 때문에 고통을 부릅니다.

자유로운 인간이라는 생각은 부적절합니다. 그 생각을 적절하게 만들려면 (사람을 원인과 결과라는 불가피한 사슬에 묶어) 사랑을 어느 정도 완화시켜야 합니다. 그러나 외적 원인에 대한 생각을 폐기하면 사랑을 완전히 파괴할 수도 있습니다. 그러면 우리가 사랑이라고 부를 수 있는 것은 아무것도 남지 않을 겁니다. 내가 스피노자의 정의를 이해한 바로는 사랑이 우리를 무력하고 수동적으로 만듭니다. 누구를 사랑하는 것은 운명을 포기한다고 생각하는 것과 다를 바 없기 때문입니다. 우리는 원래 우리 것인 사랑과 고통이 우리 외부에 있는 다른 사람의 손에 넘어가는 것을 봅니다. 또한, 우리는 자유롭고 잡을 수 없고 조절할 수 없는 것을 상상합니다. 다른 사람을 사랑한다는 것은 무력감을 필요로 합니다. 사랑은 고통입니다.

우리는 스피노자로부터 마음이 정념에 대해 뚜렷한 생각을 형성하자마자, 고통에 사로잡혀 고통을 겪는다고 배웠습니다. 수동적인 생각이 열정 안에서 충족되자마자 우리는 이제 수동적이지 않고 감정은 행동으로 변합니다. 무력감을 견뎌내고 적극적인 행동을 하고, 고난을 당하는 대신 스스로 이끌어갑니다. 스피노자에 따르면 사랑은 착각에 기반을 두고 있으며, 꺼려야 할 부적절한 것이라는 생각마저 들 수 있습니다. 하지만 그래서는 안됩니다. 스피노자는 사랑이 무엇인지 이해하려고 노력했고, 이것이 바로 그가 생각한 사랑입니다. 즉, 그는 사랑이 고통이라는 것을 (사랑은 우리를, 우리의 기쁨을 위해 다른 사람에게 의존하게 만들기 때문에) 사랑의 정의 안에서 찾아내 이해하려고 했던 겁니다. 그가 정말 그렇게 이해했는지는 우리가 생각하기 나름입니다. 스피노자는 사랑이 착각이라는 것을 말하려고 했던 것 같지는 않습니다. 단지, 사랑은 무력한 기쁨이고 수동적인 행복임을 말하려고 한 것 같습니다.

그럼에도 이러한 적절한 정의는 부적절한 요소를 포함합니다. 우리는 자포자기한 상태로 마음을 훔쳐가도록 놔두어서 상처받기 쉬운 자신이 되었다는 것을 인식하는 순간 깨닫습니다. 사랑은 외부적인 원인에서 오는 생각을 동반하는 기쁨입니다. 기쁨은 고통이 아닙니다. 그렇습니다. 우리가 원하지 않은 기쁨이 특정한 의지와 방향을 가진 다른 사람이 가져다준다는 것을 인식하는 순간, 기쁨은 틀림없이 완벽한 인내와 수동적인 열정이 됩니다.

사랑을 하려면, 우리가 사랑 때문에 다른 사람에게 의지한다면 꼭 생각해봐야 합니다. 내가 보기엔 사랑이 우리를 무력하게 만든다는 관점과 다를 게 없습니다. 우리가 사랑받고 있다는 생각은 기쁘게 할 뿐만 아니라 슬프게도 만듭니다. 스피노자에 따르면 슬픔은 '인간의 커다란 완전함에서 작은 완전함으로의 전환'입니다. 이러한 고통의 형태가 행복하기 위해 제거되어야 하는지는 의문으로 남습니다.

스피노자의 미움에 대한 정의를 살펴보면 (외부적인 원인에서 오는 생각을 동반하는 슬픔) 우리가 사랑하는 사람과 다름없는 사람에게 원망하는 슬픔이 향하자마자 우리의 사랑이 얼마나 상처받기 쉬운지 분명해집니다. 이런 일이 생기면 애매모호한 기쁨과 슬픔, 사랑과 미움의 감정이 잔인함으로 바뀌는 위험이 있습니다. 스피노자에 따르면 우리는 오직 우리가 사랑하는 사람이나 연민을 가진 사람에게만 잔인합니다. "타인의 행복이 자신을 기쁘게 하고 타인의 불행이 자신을 슬프게 하듯 그렇게 누군가를 사랑하는 것이다." 스피노자에게 연민은 사랑의 강렬한 형태입니다. 연민에 빠진 사랑은 좋을 때는 우리를 굉장히 기쁘게 합니다. 하지만 나쁠 때는 고통이 최소한 두 배가 되고, 마침내 두 배로 수동적인 사람이 됩니다. 다만 우리가 가진 슬픔만을 고려할 때 흔히 타인의 고통은 작다고 할 수 있을 겁니다. 우리는 때때로 사랑하는 사람들에게 잔인해집니다. 그들이 우리를 슬프게 만들기 때문이 아니라 우리가 그들의 슬픔을 더는 견뎌낼 수 없기 때문입니다.

위에 언급된 내용으로 인간 사이의 사랑이 얼마나 복잡한지 분명해집니다. 사랑한다는 것은 기쁨과 슬픔, 실행과 방치, 이해와 경험 사이에서 끊임없이 타협하는 겁니다. 우리가 사랑을 하면 서로에게 무언가를 합니다. 열렬하게 사랑하는 연인은 후회 없이, 맹세 없이 사랑할 수 없습니다. 그래서 '미안하다'는 가장 빈번하게 들을 수 있고, 가장 많이 언급되는 사랑에 관한 단어입니다.

"미안해, 사랑해."

"너를 용서할게. 나도 미안해. 나 또한 너를 사랑해."

사랑에 대한 스피노자의 정의는 무엇이 사랑이고, 사랑을 위해 타인이 얼마만큼 필요한지 생각하게 합니다. 스피노자에 따르면 외부적인 원인에서 오는 관념 없이는 사랑에 대해 이야기할 수 없습니다. 사랑하기 위해서, 우리 자신의 외부에 있는, 사랑의 원인으로 보이는 누군가가 필요합니다. 바로 이런 점이 일반적으로 사랑을 낭만적으로 묘사하는 것과는 반대로 스피노자의 사랑에 대한 정의를 이룹니다. 낭만적인 관점에 따르면 사랑은 우리가 꿈꾸는 남자나 여자를 찾아가는 과정에 존재하는 겁니다. 꿈꾸는 진정한 사랑을 찾아가는 궁극적인 목적은 무엇보다 행복이 가득한 결합, 꿈꿔왔던 사람과 사랑하는 사람의 완벽한 일치입니다.

스피노자의 철학은 사랑에 대한 낭만적인 관점을 매우 개인적이고 자기중심적인 사고방식이라고 생각하는 사람과 사랑이 낭만과는 다르다고 모호하게 추정하는 사람들이 자신들의 추정을 명확하게 하려는 데 훌륭한 도움을 제공할 겁니다. 스피노자의 '외부적인 원인에서 오는 생각을 동반하는 기쁨'인 사랑과 더불어 우리가 가진 환상의 세계 속 외로운 구금으로부터 해방시켜줄 듯합니다. 사람들이 많이 인정하는 '사랑은 느낌이다'라는 말은 아직 많이 언급되지는 않았습니다. 그 감정을 갖게 되는 것이 타인 덕분이라고 생각하면서 우리는 사랑이라고 부르는 무언가를 알게 됩니다. 우리 자신에서 나온다는 생각이 드는 감정을 많이 열거할 수 있습니다. 그러나 그러한 것은 사랑이 아닙니다. 사랑이 아니라 정념적인 개인의 프로젝트입니다.

요점은 우리가 외부적 원인의 필연성을 확신하고 있다는 것입니다. 그러한 원인이 있다면 사랑이라고 말할 수 있습니다. 사랑은 감정 이상의 것입니다. 사랑은 관계입니다. 스피노자의 흥미로운 점은 바로 이 관계적인 요소들이 이미 감정에 관한 정의에 포함되어 있다는 겁니다.

우리는 스피노자의 정의와 같은 감정의 표현으로, 우리의 개인적인 경험이라는 좁은 벽감을 부수고 나와 자신의 외부 즉, 타인에게 영광을 돌리는 듯합니다. 혼자서는 사랑을 할 수 없습니다. 이쯤에서 누군가는 우리가 실제로 사랑하기 위해 타인이 필요 없고, 타인에 대한 생각만으로도 충분하다고 반대 주장을 할 겁니다. 그것은 외부적인 원인에서 오는 생각이고, 생각은 내부적인 겁니다. 즉, 우리 것입니다. 거기에는 다만, 누군가를 사랑한다와 진정으로 누군가를 사랑한다는 생각 사이에 부정할 수 없는 차이가 존재합니다. 그러한 차이를 깨닫는 것은 때때로 매우 어렵습니다. 그 차이는 타인의 존재 안에 존재합니다. 우리가 받는 대답에 존재하며, 그 대답은 우리가 직접 지어낼 수 없는 겁니다. 지어낸 것과 진짜의 차이는 연인이 우리를 떠날 때 느낄 수 있습니다. 우리의 사랑에서 타인을 잊어야 할 상황이 되는 순간, 스피노자의 정의에서 사랑에 대한 말도 더는 있을 수 없습니다.

실재하는 타인보다 상상 속의 연인에게 존재의 의미를 더 많이 부여하는 것은 사랑의 종말을 의미합니다. 오직 상상 속에 존재하는 연인에 관한 이야기는 모두 낭만적으로 들릴 수 있습니다. 그렇지만 우리와 관계없는 외적 원인으로 이루어지는 생각을 없애는 겁니다. 낭만이란 우리의 꿈에 우선권을 주는 환상의 연출입니다. 그래서 낭만적인 사랑은 사실 용어상으로 모순입니다. 낭만은 우리가 사랑하기 위해 지어낸 것이 아니라 실재하는 누군가가 필요한 반면, 혼자서 오직 자신 안에서만 일어나기 때문입니다.

사람들이 누군가를 소중하게 사랑한다면, 그들은 그들과 관계없는 원인을 바로잡기 위해 할 수 있는 모든 일을 할 것이고, 그 또는 그녀에게 필요한 모든 공간을 그 또는 그녀에게 줄 생각을 할 겁니다. 그렇게 하지 않는다면, 그들이 할 수 있는 일은 그것을 파괴할 것이라고 위협하는 겁니다. 그들이 왜 그런 것을 할까요? 왜 누군가는 낭만주의자가 되길 원할까요?

낭만주의자들은 종종 현실의 벽에 부딪힙니다. 그들은 어떤 경우 너무나 그럴듯한 이유로 현실을 거부하고 환상의 세계로 도피합니다. 환상의 세계에서는 스스로 만족스럽습니다. 그것이 낭만적인 생활방식의 매력입니다. 낭만적인 생활방식은 우리를 타인으로부터 독립적으로 만들어주는 듯합니다. 그래서 덜 무력하고 덜 상처받을 것처럼 보입니다. 그렇지만 스피노자의 정의를 고려해보면, 사랑은 폐지되어 왔습니다. 더 정확하게 표현하면 사랑은 파괴되었습니다. 타인이 없으면 사랑도 없습니다. 오직 낭만과 나만 있습니다. 사랑이 함께하기 위한 욕망이라면 낭만은 다른 무엇보다 외로움을 필요로 합니다.

신에 대한 지적 사랑

통합적 사고는 필연적인 타인을 함축적인 요소로 제거하므로 사랑에 대한 재앙입니다. 이것은 스피노자가 사랑에 대한 훌륭한 정의를 내렸음에도 나에게 '그는 선구자적인 낭만주의자가 아닐까'라는 의문을 갖게 합니다. 그의 생각에 의하면 모든 것은 하나입니다. 모든 것은 본질로 통합됩니다. 그렇지만 본질은 다른 것을 삼키지 않습니다. 스피노자에게서 다른 것을 상상할 수 있을까요? 그의 사랑에 대한 정의는 생각할수록 참 어렵습니다. 사랑은 외부적인 원인에서 오는 생각이며 우리를 기쁘게 하는 겁니다. 그러한 생각에 반드시 실제적인 원인이 무엇인지 답할 필요가 없습니다. 기쁨의 이상적인 원인은 어느 누구도 될 수 없습니다.

스피노자에게 궁극적인 사랑이 신에 대한 지적인 사랑이라는 것은 많은 것을 시사합니다. 모든 것은 모든 것과 연관되어 있고 하나의 자연으로부터 나온다는 것을 이해하고 자신을 비롯한 타인을 큰 그림의 한 부분으로 보는 사람은 행복해질 겁니다. 우리는 대양의 물방울 같습니다. 그것을 이해한다면 우리 자신과 대양을 받아들이고 사랑할 겁니다. 자신을 실제 자신보다 더 크고 중요하게 생각하는 사람이나 자신의 본 모습을 어떤 타인으로 상상하는 사람은 불행한 물방울입니다. 신학자이자 목사인 얀 끄놀은 『그리고 당신은 학문에 몰두할 것이다En je zult spinazie eten』에서 이렇게 썼습니다.

따라서 가장 숭고한 선은 모든 사물과 우리 자신을 신의 커다란 전체 안에서 이해하는 것이다. 믿음은 이해하는 것이다. 이해는 사랑과 함께하는 것이다. 모든 타인이 냉정하고 무관하더라도.

한정적이고 유한한 사물에 대한 사랑은 우리를 결코 완전하게 만족시키지 못할 것이다. 우리의 영혼은 부, 명예, 욕망 안에서 쉴 수 없다. 영원하고 무한한 것을 위한 사랑만이 우리를 기쁨으로 완전하게 채울 수 있다. 그 안에서 가장 숭고한 내적 휴식을 찾을 수 있다.

모든 사물과 우리 자신을 신의 한 부분으로 이해하는 것을 '신에 대한 지적 사랑'이라고 부를 수 있다. 그러나 우리가 신을 사랑한다면 그가 베푸는 사랑을 기대해서는 안 된다. 우리의 지적인 신에 대한 사랑은 결국 신을 자신을 사랑하는 무한한 사랑의 일부가 되도록 한다. 신을 향한 정념은 우리가 고통을 겪는 모든 정념을 극복할 수 있다.[21]

멋진 말입니다. 그러나 이러한 조화의 모델에서 내가 받아들일 수 없는 불협화음이 들립니다. 꼭 있어야 할 무엇이 없어져버렸다는 생각이 듭니다. 스피노자는 인생의 모호한 다수를 생각의 통합화로 합치려 했습니다. 그는 모든 것을 이해하려고 노력함으로써 아무것도 그의 이해를 벗어나지 못하게 하려고 했습니다. 그러나 그것을 사랑이라고 부를 수는 없습니다. 사랑은 다른 것을 인정하는 겁니다. 사랑을 위해서는 관계를 맺는 것이 필요합니다. 사랑을 위해서는 타인이 필요할 뿐만 아니라 타인을 향해 우리를 여는 것도 필요합니다. 우리는 모두 상처받기 쉽습니다. 그러나 우리가 상처받기 쉽다는 점을 의도적으로 우리 인생과 사랑의 출발점으로 삼는 것이 중요합니다. 상처받기 쉬운 마음을 열려고 하는 지적이지 않은 모든 노력을 어쨌든 이해할 수 있습니다만, 사랑에서 멀어지게 합니다. 사랑을 향한 열망은 우리가 함께 시작할 수 있게 합니다. 힘에 의한 통합은 결국 우리를 고립시키고 말 겁니다.

이것이 바로 스피노자의 철학을 다루면서 조심할 점입니다. 완전한 통합 말입니다. 통합 예찬론자가 그러한 상황을 즐길 수 있을지, 또 즐긴다면 얼마나 즐길 수 있을지는 의문입니다. 신을 향한 그의 사랑은 사실 자신을 향한 신의 사랑이기 때문입니다. 따라서 외로움을 좋아하는 그 한 방울의 물은 커다란 통합체 안에서 증발하고 말 겁니다. 이것은 허울만 좋은 자연을 향한 인간의 지적인 사랑입니다. 심지어 그 사람은 신의 위대한 자기만족이라는 불꽃에 온통 마음을 빼앗겨 스스로 도깨비불 위에 누워 버립니다.

신과 하나가 될 수 있을까요? 이런 생각은 왜소함에서 비롯한 과대망상증일까요? 어쨌든 신은 외롭습니다. 신은 인간이 아닙니다. 나는 그것을 잘 알고 있습니다. 그렇지만 내가 다정스레 그에게로 다가가면 신은 어느 정도 나와 닮아 갑니다. 혹은 내가 그 안에서 완전히 녹아버립니다. 그러고 나서 나는 어느 누구도 아니며, 그저 자연일 뿐입니다. 그것은 신을 사랑하는 것이 신성하다기보다 잔혹한 것이 됩니다.

우리에게 알려진대로 얀 끄놀은 정념을 다스리기 위한 스피노자의 방식을 논의하는 과정에서 세상을 그의 방황, 정념, 고통, 고난과 함께 '처음으로 바라보는 세상'으로 간주했습니다. 신성함이라는 개념을 우리가 깨우치게 만들고, 신적인 관점에서 관찰하고 넓게 봄으로써 임시적이고 일시적인 변용의 세상은 여전히 존재하지만, "그 세상은 이제 투명하게 되었습니다. 우리는 그를 더욱 '신의 영원함에 비추어sub specie aeternitatis' 봅니다."[22]

그런 사고방식은 동시에 나에게 모든 아름다움을 잃어버리게 했습니다. 내가 보기에 '신의 영원함에 비추어'는 거대하고 상상조차 할 수 없는 긴 시간 속에서, 짧은 시간 들렀다 가는 우리에겐 부적절한 시도입니다. 그것은 우리를 포함한 모든 사람들이 한번도 가보지 않았고 어느 누구도 우리에게 가라고 하지도 않았습니다. '영원함에 비추었을 때 인간의 생명이란 무엇일까요?'라는 질문 때문입니다. 하지만 좋은 질문이 아닙니다. 질문은 다음과 같아야 합니다. 우리가 영원함과 무슨 관련이 있을까요? 영원함이란 우리 자신과 우리가 사랑하는 사람들이 유한하다는, 받아들이기 어려운 사실을 미화시키려는 생각의 속임

수입니다. 나의 아버지는 언젠가 조그마한 양초를 붙인 성탄절 카드를 보내며 그 아래 다음과 같은 문구를 적었습니다. '세상의 모든 어둠은 작은 촛불 하나 끌 수가 없다.' 나는 그 문장이 멋지다고 생각했습니다. 그것은 사실입니다. 하지만 유감스럽게도 엄청난 양의 빛은 분위기 있는 촛불의 깜박거림을 볼 수 없게 만들 수 있습니다. 다른 사람들에 대한 사랑을 허용해서 신의 보편적 사랑에 포함시키는 것은 그 사랑에 의지해 살아가지 않아도 되는 고귀한 시도입니다.

예컨대 다른 사람들처럼, 사라져가는 것들에 집착하는 순간 고통이 일어납니다. 나는 확신에 찬 스피노자주의자와 함께 하는 사랑의 관계를 여러 가지 방법으로 풀어볼 수 있다고 생각합니다. 운이 좋다면, 스피노자 철학의 부드러운 이해와 호의적인 친절함을 자신 안에 허용하는 사람을 만날 겁니다. 운이 없다면 상대는 다 알고 있다는 듯이 미소를 띤 채 당신을 훑어보면서도, 당신에 대해 그리고 당신이 어떤 인품을 가졌는지에 대해서는 관심이 없을 겁니다. 벤자민 퀸껄1972~의 소설 『망설임』에서 주인공 드와이트 월메르딩은 브리지트라는 여자를 만납니다. 드와이트는 타인을 판단하지 않으려고 애를 쓰는 젊은 남자입니다. 시간이 지나고 브리지트는 그에게 이렇게 말합니다.

"우리가 공항에서 서로를 본 순간부터 당신이 나를 있는 모습 그대로 받아주는 느낌이 들었어요. 당신이 나를 만지지 않은 것을 이상하게 여겼어요. 섹스에 대한 이야기를 나누어야 서로를 받아들이지 않을까? 하는 의문이 들곤 했어요. 누군가가 나를 받아줄 것이라고는 전혀 생각해보지 않았어요. 그렇지만 이런 생각이 들었어요. 당신이…."

"그래?"

내가 물었다.

"저는 이렇게 생각해요."

그녀가 천천히 말했다.

"당신이 나를 자연의 한 부분으로 생각한다고요. 당신은 수풀이나, 뱀이나 새를 대하는 것처럼 그렇게 나를 받아들이는 것 같아요."[23]

지나치게 객관적인 시각을 가지고 타인과 교제하는 것은 좋지 않습니다. 냉정한 이해 안에는 분명 관용이 숨어 있을 겁니다. 그러나 비인간적인 것도 숨어 있습니다. 드와이트가 브리지트에게 사랑한다고 말했을 때야 그녀는 자신을 되찾았습니다. 마치 그때서야 그가 그녀를 자연의 일부라기보다 다른 의미로 여긴다는 것을 안 것처럼 말입니다. 그가 그녀를 사랑스런 눈길로 바라보는 것을 보게 된 순간 그녀는 알게 되었습니다.

스피노자의 철학이 시도하는 목적은 궁극적인 행복 추구입니다. 이는 어떤 의미에서 모든 타자의 가치를 없애고 모든 차이를 해체함으로써 평안이 지배하는 본능적인 외로움 추구로 귀착하는 것처럼 보입니다. 이러한 목적은 그의 철학을 전체주의적으로, 그의 윤리학을 비윤리적으로 만듭니다. 스피노자는 그의 철학 속에서 관대하고 이해심이 많은 사람입니다. 그래서 그의 철학은 생기가 넘칩니다. 그럼에도 불구하고 스피노자는 관대한 이해심으로 사람들을 놓아줍니다. 썰물이 빠져나가듯 사람들도 빠져나갑니다. 나는 여전히 스피노자에게서 주목할 만한 것을 찾고 있습니다. 그는 무척 인간적인 면을 가지고 있지만, 다른 한편으로 그의 인간관은 그의 세계관 아래에서 고통을 받습니다. 그곳에서 집을 찾기는 커녕, 문자 그대로 길을 잃습니다. 모든 것이 자리를 잡듯이 사람들은 자리를 잡습니다. 하지만 그는 머물 수 없어 보입니다. 세상에 그를 위한 공간은 있지만 그를 위한 집은 없습니다.

스피노자처럼 생각하는 것은 여전히 어렵습니다. 나는 그의 통합적 사고방식으로 인해 괴로움을 겪고 있음을 알고 있습니다. 나는 분명히 다른 철학자이고 싶습니다. 사랑이 부적절하고 수동적인 생각과 함께하는 기쁨일까요? 나의 답은 부적절하지는 않지만 수동적이라는 겁니다. 사랑이 충만한 가운데 고통을 겪는 것은 부적절하지 않습니다다. 통합적 생각이 부적절합니다. 아마도 사랑을 적절한 두 사람의 정념이라고 묘사하는 것이 당신의 최선일 겁니다. 그것은 내가 실제로 존재하고 나와 떨어져 있지 않는 것처럼 보이는 타인을 사랑한다는 사실을 잊지 않도록 해주길 희망하는 묘사일 겁니다. 그래서 내가 사랑하는 사람은 나에게 실제로 무엇인가 영향을 미치는 사람일까요? 답은 예, 그리고 또 한 번 '예'입니다.

사람은 이기적인 욕망에 의해 이끌리고 항상 자신의 이익을 추구합니다. 스피노자의 말입니다. 선이란 그에게 잘 어울리는 겁니다. 그래서 다른 사람에게 요구하는 내 욕망과 내 권리는 모두 이기적인 사리사욕일까요? 내 대답은 다음과 같습니다. 나의 욕망이 내게 속삭이기 때문에 내가 사랑하는 사람을 독립적인 타인으로 인식하는 것은 사랑이란 관계를 심하게 무시하는 것이며, 사실상 존재를 부정하는 겁니다.

내가 부수적으로 받아들이거나 반드시 받아들여야 하는 자연적 통합은 모든 사람이 출생, 성장, 노쇠, 죽음 같은 자연법칙에 순종하는 겁니다. 그런 면에서 우리는 모두 평등하며 결국 하나입니다.

낭만주의 시인 노발리스는 스피노자를 '신에 취한 사람'이라고 불렀습니다. 나는 신에 취한 사람이 사랑을 하는 것은 어려운 일이라고 생각합니다. 그는 우리가 서 있는 것을 보지 못할 가능성이 매우 높습니다. 내 생각의 가장 깊숙한 곳에서 나는 신일까요? 나는 그런 생각을 나의 피상적인 것 이상으로 간주하려는 경향이 있습니다. 내가 좀 더 깊게 내려갈 용기를 낸다면, 나는 이 일회성 시간과 공간을 공유하는 타인을 더 많이 만납니다. 거기에 신은 없습니다. 대신 많은 사람이 있습니다.

누가 나에게 물어본다면, 사랑은 생각 안에서 뿐만 아니라 행동에 있어서도 아주 민감한 일입니다. 외롭게 지내길 원하지 않는 사람은 당분간 그렇게 지내야 합니다. 스피노자의 『지성 개선론』에서 나온 이 장의 첫 인용으로 되돌아가보겠습니다

> 우리의 일상 생활에서 일어나는 일들이 허무하고 무의미하다는 것을 경험으로 배운 이후(나는 두려움의 대상이나 걱정의 원인이었던 모든 것들로 인해 영향을 받지 않는 한, 그 자체로는 선도 아니고 악도 아니라는 사실을 깨달았다), 나는 어떤 존재가 참된 선으로 인간의 또 한 부분이 될 수 있는가, 더욱이 그 존재가 다른 모든 것을 망각하고 정신에 영향을 미칠 수 있는가, 곧 어떤 존재를 한 번 발견하고 습득하면 영원한 최상의 기쁨을 끊임없이 누릴 수 있는가를 탐구해보기로 결심했다.

이 문장들은 이제 다르게 조명될 수 있습니다. 이 문장들은 스피노자의 사상으로 무장하려는 사람으로부터 나온 듯합니다. 갑옷 속에서 스스로 헤쳐나오기는 커녕 타인과의 관계에서 상처받는 것을 벗어나지 못할 겁니다. 우리는 이런 일을 해서는 안됩니다. 우리는 상처받기 쉽습니다. 왜냐하면 우리가 이미 그렇기 때문입니다. 우리만 그렇지 않은 것처럼 행동하는 것을 멈추어야 합니다.

나는 사랑에 대한 대화가 종종 유전자, 뇌, 호르몬을 다룬다는 점에 주목합니다. 왜 사람들은 사랑에 관한 대화를 하면서 그런 소재 사이에서 단어를 찾을까요? 중요한 질문은, 무엇이 사랑의 관계를 성공하게 할까요? 입니다. 어쨌든 사람들이 사랑을 자신들과 서로를 점점 더 폐쇄된 두뇌로, 자신의 행동을 좌우하는 화학 공장으로 보기 시작하면서 사랑의 관계는 성공할 확률이 없어집니다. 사랑을 하기 위해서는 최소한 두 사람이 필요합니다. 그들은 누군가가 된다는 것이 무엇을 의미하며 자신의 인생을 다른 사람과 나눈다는 것이 무엇을 의미하는지 생각해야 합니다.

사랑 이야기는 유전자, 호르몬, 신경전달계의 이야기가 될 수 없습니다. 그러한 이야기에는 우리가 등장하지 않습니다. 나는 앞으로 사랑이 비인간적인 단어에서 파생된 용어로 덕지덕지 도배되지 않기를 바랍니다. 그래서 우리가 하는 말이 프랑스의 수필가 몽테뉴의 말과 좀 더 닮기를 바랍니다. 그는 가장 친한 친구에 대해 이렇게 썼습니다. "사람들이 내게 왜 그를 사랑하는지 말하기를 독촉하면, 나는 오직 '그가 그이고 나는 나이기 때문이다'라고 말하는 것밖에 달리 표현할 길이 없다고 느낀다."

자연 안의 질서 : 인과관계

스피노자와 자칭 현대 결정론자라고 하는 사람들 사이의 차이를 한번 살펴보는 것이 좋습니다. 결정론자들에 대한 나의 비판은 스피노자를 상당히 겨냥하고 있는데, 부분적으로 올바르지 않다는 것을 알고 있습니다. 나는 조금 명확히 하고자 두 개의 시계판을 가진 시계탑의 모습을 다시 언급하고 싶습니다. 시계는 스피노자의 인간관을 이해하는 데 유용합니다.

우리의 생각은 일반적으로 이원론적입니다. 우리는 자신을 두 개의 부분으로 이루어진 존재로 간주합니다. 정신과 육체입니다. 우리는 하나가 다른 것에 어떻게 영향을 미치는지, 서로 영향을 미치는 것이 가능한 것인지 고민합니다. 사람들은 햇빛과 바람을 비교합니다. 바람이 아무리 불어도 햇빛의 방향이 바람에 날려가지는 않습니다. 이처럼 육체와 정신도 근본적으로 다릅니다. 팔을 들어 올리는 생각이 실제로 그런 일이 일어나게 하는지는 수수께끼입니다.

스피노자는 어떨까요? 그는 하나의 큰 사고방식으로 이원성을 하나로 통합해 설명합니다. 그의 통합적 사고는 철저하게 일관성이 있어서 모든 이원성을 배제하고 심지어 가두어버립니다. 그는 정신과 물질의 분리는 중요하지 않다고 주장합니다. 그렇다면 두 개의 실재하는 현재가 있어야 하고, 두 개의 실체가 있어야 한다면 실제로 서로 어떻게 관련되어 있는가?라는 질문이 남습니다. 많은 사람이 맹목적으로 정신과 육체라는 두 개의 분리된 눈금판을 바라봅니다. 그들은 숨은 실체를 보지 못하기 때문입니다. 시계탑이 그렇습니다. 스피노자는 이러한 시계를 '실체' 또는 '자연' 또는 '신'이라고 불렀습니다. 하나뿐인 시계탑 양면의 시계판이 딱 맞아 떨어집니다. 우리는 시계탑의 양면에서 몇 시인지 알 수 있습니다. 말하자면 양면의 시세판은 사고와 확장이며 바쁘게 돌아가는 특성을 가진 하나의 동일한 시계탑입니다. 따라서 양면 사이에 숨겨진 상호작용은 없고, 단 하나만 실재합니다. 우리 자신을 진단한다면, 한 부분은 육체적인 면에서 이해할 수 있고 다른 부분은 정신적인 면으로 이해할 수 있는 것이 아닙니다.

두 가지 면은 함께 사람이라는 합계를 만듭니다. 자연은 단 하나입니다. 자연 속에서 우리는 현상이며 그것으로부터 우리는 이해되어야 합니다. 따라서 우리는 자신을 부수적인 사고로 하나의 전체로 이해할 수 있으며, 부수적인 확장으로도 하나의 전체로 이해할 수 있습니다.

이 부분에서 많은 사람이 미궁에 빠집니다. 시계탑의 한쪽, 사고와 정신 쪽에 서 있는 사람은 시계침을 바라보며 자신과 세계를 이해하려고 노력합니다. 시계탑의 다른 편, 확장 혹은 물질 쪽에도 많은 사람이 그들 쪽에서 시계탑을 올려다보면서 몇 시인지를 확인하려고 노력합니다. 한쪽에 있는 사람들은 다른 쪽에 있는 사람들에게 그들이 아무것도 이해하지 못한다고 외칩니다. 어떤 그룹이 가장 크게 소리를 지르는가에 따라 역사의 흐름이 바뀝니다. 그리고 오늘날 가장 큰 목소리는 물질만능주의자들 편에 서 있는 듯합니다.

나는 스피노자가 이런 외침을 들었다면 고개를 절레절레 저었을 거라 짐작합니다. 스피노자는 절대로 물질만능주의자가 아닙니다. 자연주의자입니다. 그는 모든 것, 육체뿐 아니라 정신도 자연으로 간주합니다. 현대의 많은 결정론자는 자연주의자가 아니고 물질주의자입니다. 그들은 인식과 정신을 존재하지 않는 것, 비자연적인 것, 우리가 오늘 당장 버려야 할 진부한 환상이라고 설명합니다. 정밀

과학이 몇 가지 부적절한 관념을 기반으로 속이려 한다면 스피노자의 일원론적 자연주의로 분명히 밝혀집니다.

물질만능주의자들의 무분별한 공격이 유익할 수 있다고 한다면 스피노자처럼 사고하는 결정론자들에게는 모순처럼 보일 수 있습니다. 스피노자의 포괄적인 세계관이 인간적인 인간관의 개념을 삼킨다는 것을 부정할 수 없지만, 그와 동시에 사고의 속성은 물질만능주의적 파멸로부터 구합니다. 나는 그런 면에서 온건한 스피노자를 결정론자 사이에 서 있는 한 사람이라고 부르고 싶습니다. 많은 결정론자들이 인식의 오류를 범합니다. 그러한 지적 오류는 종종 사람들을 다른 사람으로, 그들이 아닌 어떤 것으로 변형하면서 사람들의 모습과 자화상을 왜곡시키곤 합니다.

우습게도, 그들이 확립했다고 말하는 이원론을 뒷문으로 들여와야만 이러한 일이 가능합니다. 오직 이원론자만이 '모든 것은 물질이고 나머지는 환상'이라고 말할 수 있기 때문입니다. 사실 이것은 심지어 이원론자들에게도 맞지 않는 매우 이상한 사고방식입니다. 우선 인간을 육체와 정신 두 부분으로 나누고, 오직 육체(뇌)만 진짜이고 나머지는 감성적인 영혼의 환상이라고 주장할 근거가 하나도 없습니다. 게다가 그들은 다른 사람들의 의식, 사고, 정신이 실재하지 않는 것이라고 명시한 아주 강력한 주장에 대해 설명해야 할 것입니다.

스피노자와 더불어 생각하면 환원주의적 물질만능주의의 인간관을 비판하는 데 도움을 줄 수 있습니다. 우리는 몸과 정신이라는 속성으로부터 자신을 인식할 수 있습니다. 다시 말하지만, 이것이 우리가 하나의 몸과 하나의 정신을 가진 이원론적 존재라는 것을 뜻하는 것은 아닙니다. 우리는 자연현상이며 자연은 하나이고 우리도 마찬가지입니다. 이러한 일원론은 이해하기 어려운 스피노자 철학의 양상입니다. 동시에 그것은 가장 흥미로운 양상 중 하나이면서 우리 시대와 아주 깊은 연관이 있습니다. 이원론적 사고에 빠져 분리될 수 없는 것을 분리하려고 하기 때문입니다. 시계탑의 비유는 시계탑의 한쪽에 있는 사람들이 그들이 아는 방식이 유일하게 옳은 것이라고 외치는 것이 얼마나 부당하고 이상한지를 분명하게 밝혀줍니다. 우리는 스피노자의 철학에 따라 육체와 정신 중 어느 것도 근본적이지 않으며 실체가 근본적이라는 것을 알 수 있습니다. 사고와 확장은 실재의 통합성을 이해할 수 있는 다양한 방식입니다.

스피노자는 물질만능주의자가 아닌 자연주의자입니다. 그래서 그의 환원주의적 정화작용은 덜 엄격합니다. 비록 그의 철학에서는 자유의지가 유효한 것이 아니지만, 모든 경우 그의 세계관에서 관념을 위해 존재할 권리가 있습니다. 우리가 정념적인 양상을 가질 수 있다는 몇몇 생각들이 부적절하더라도 어쨌든 그것은 관념입니다.

우리가 문제를 마주하면 '무엇이?' 혹은 '어떻게?'라는 질문을 하게 됩니다. 사람을 바라보면 우리는 '누구지?' 그리고 '왜?'라고 묻고 싶어집니다. 내가 정신과 의사에게 치료를 받으러 간다고 하면 나는 우선 그의 책장에 무슨 책이 있는지를 볼 겁니다. 뇌에 관한 책만 몇 권 있다면 즉시 발길을 돌릴 겁니다. 나를 거들떠보지도 않을 사람에게 나의 이야기를 들려주고 싶지 않습니다.

누군가의 머릿속을 들여다보는 것은 불가능합니다. 뇌 전문의의 엑스레이한테는 유감스런 일입니다. 뇌 전문의는 나의 뇌 깊은 곳에서 문제에 부딪칩니다. 그는 나의 생각을 찾지 못할뿐더러 나를 찾지 못합니다. 내가 누구인지 알기 원한다면 그에겐 한 가지 방법밖에 없습니다. 나와 이야기를 해야 합니다.

모든 것이 균형을 이루고 있다면

나는 9월의 마지막 토요일 아침에 부엌 식탁에 앉아 신문을 훑어 보고 있었습니다. 신문 부록에서 '만일 모든 것이 균형을 이루고 있다면'이라는 제목의 기사를 발견했습니다. 작은 글씨로 '배는 익어가기 시작하고 포도는 물이 올라 알이 굵어진다. 가정 요리사 마르요레이너 드 보스 Marjoleine de Vos는 이미 여름이 아닌 것을 유감스럽게 생각하지 않는다'라는 부제가 달려 있었습니다.

나는 그 신문을 보관했습니다. 지금은 11월입니다. 밖이 어두워서 불을 켜야 하지만 그 기사를 다시 한 번 읽어봅니다.

> 물론 모든 것이 균형을 이룰 수는 없다. 이 세상 속에서도 인생 속에서도 그럴 수 없다. 자연 속에서도 그런지는 확실하지 않다. 이른바 '자연의 균형'이 이루어지는 경우는 거의 없다. 그것이 언제나 인간의 책임은 아니다. 우리가 모든 동물을 멸종시키는 것은 아니다.
>
> 그럼에도 조화와 균형에 대한 개념은 권리가 아니라 추구해야 할 어떤 것이므로 매력적이다. 나는 우리가 그 무의식적인 행동을 하고 있다고 생각한다. 가정 요리사인 나 역시 마찬가지다.
>
> 여름 이야기를 해보자. 날씨가 좋고 따듯하면 우리는 너무 복잡하게 먹지 않는 경향이 있다. 간단한 야채샐러드, 약간의 그릴 요리, 양념을 많이 하지 않은 신선한 생선이면 훌륭하다. 여름은 아름다운 계절이다. 흥겹고 밝다. 식탁은 크리스털과 초로 장식될 필요가 없다. 소스를 몇 시간 동안

조릴 필요도 없다.

이제 계절이 서서히 기운다. 날씨와 햇빛을 말하는 것이다. 그러나 다른 면에서 계절은 점점 무르익어 간다. 마지막 자두는 아직 딸 수 있고 새들과 말벌들과 파리들이 자두에 구멍 하나를 내기 위해 서로 격렬한 경쟁을 벌인다. 곧 그 중 하나가 자두에 구멍을 낸다. 몇몇 자두는 가지에 매달린 채로 모두 먹힌다.

사과와 배는 바로 지금부터 하루하루 부풀어 오르고, 타는듯한 색으로 낯을 붉힌다. 사람들은 풍작을 말한다. 토마토 역시 늦여름 태양빛으로 충분히 그리고 달게 여물어 간다. 포도는 두툼하고 풍만해진다. 그렇다. 이 시기에는 릴케를 생각하는 것이 어렵지 않다. "신이시여, 때가 되었습니다. 여름은 위대했습니다."

넘치는 모든 것은 안으로 들어가 미리 촛불을 밝힌 식탁에 놓여진다. 분위기를 좋게 하기 위해서가 아니다. 조리대에는 채소와 과일이 가득하다. 비가 내리는 날에는 회향을 넣은 빵을 만들고 저녁에는 치즈 한 조각을 먹으면 좋을 것이다. 행복의 저울은 단순히 태양과 열기가 모든 것을 터무니없이 쉽게 만들어주었던 여름처럼 균형을 이루고 있다.[24]

이 글은 드 보스가 계절과 화해하고, 감각기관을 통해 가을과 평화를 이루는 것이 아주 잘 표현되었습니다. 느끼고, 냄새를 맡고, 거의 맛을 볼 수도 있을 정도로 말입니다. 드 보스는 사실상 감각기관을 통한 암시를 했습니다. 상상인 겁니다. 이 글을 읽는 동안 나는 한 입도 먹지 않았고 냄새도 맡지 않았고 맛도 보지 않았기 때문입니다.

그녀는 계속해서 식품산업 분야의 용어인 '지복점bliss point, 절대적인 맛'에 대해 설명합니다. 그것은 필요한 재료가 정확한 양만큼 한 음식에 정확히 들어가 있는 순간을 말합니다. 덜 혹은 더 들어가면 제품을 덜 매력적으로 만들 겁니다.

'지복점'이란 용어는 경제에서도 사용됩니다. 그러나 이 경우에는 '소비자가 예산상의 제약 없이 완전히 만족할 정도로 지출하는 순간이며, 더 혹은 덜 지출하는 것은 소비자를 덜 만족시켜주는 것'을 의미합니다. 드 보스는 "보통 삶에서는 소비를 조정할 필요 없이 지복의 순간을 지정할 수 있다. 무엇이 변화되기를 원하지 않는 순간이다"라고 했습니다. 나는 그 순간을 파우스트 순간이라 말하고 싶습니다. 파우스트는 그 순간에 대해 "머물러 있어라. 당신은 매우 아름답다"라고 말했습니다. 하지만 한 가지 유념할 것은 파우스트의 운명을 마음에 새기면서 정말로 그 순간에 도달하면 안 됩니다. "당신은 매우 아름답다. 끊임없이 가라. 내가 당신을 회상할 수 있도록"이라고 말해야 합니다.

그 지복점이 스피노자에게는 최고의 축복이 아니었을까요? 그랬던 것처럼 보입니다. 인생이 다른 곳에 있지 않는 순간, 여기 그리고 지금의 우리 삶 속에서 자신을 찾아내고 그것이 맞는지 좋은지 살펴보는 겁니다. 비록 스피노자에게는 그런 행복의 소소한 순간을 꿰어 놓는 것이 중요한 것이 아니라 연속적인 상태와 영구적이며 지속적인 행복이 중요했지만 말입니다.

스피노자의 지복은 덜 감각적이거나 전혀 감각적이지 않을 겁니다. 스피노자의 지복은 지식의 가장 높은 상태입니다. 신을 향한 지적인 사랑입니다. 존재하는 모든 것의 통합을 직관적으로 통찰하는 겁니다. 우리가 가진 최대한의 사고력으로 모든 것을 그대로 받아들이고 그것에 대해 어떤 노력도 할 필요가 없음을 느끼는 겁니다. 그것은 '무시하는 지복'도 아니고, 생각 없이 순간을 맞이하는 것도 아니며, 우리가 행복하다는 것을 의식적으로 아는 겁니다.

드 보스는 신문 기사를 이렇게 마칩니다.

9월의 태양이 눈부시게 빛난다. 정원의 꽃들이 타는듯한 색채로 물든다. 시장에는 짙은 색의 풍미 가득한 자두가 놓여 있다. 집 안에는 오븐 속의 과일과 계피, 설탕, 그리고 케이크 반죽 냄새가 가득하다. 여름이 지난 것이 그렇게 나쁜 것일까? 우리는 지금 언제나 그랬던 것처럼 더할 나위 없이 행복한 것은 아닐까? 더 무엇을 바란단 말인가.

우리가 모든 것이 좋다고 언제 인식하는지, 그런 생각이 언제 일어나는지, 그때 무엇을 느끼는지를 지켜보는 것은 흥미롭습니다. 어쩌면 완벽한 행복이 무엇으로 이루어져 있는지 알 수도 있을 겁니다. 유익한 훈련이 될 수 있습니다. 그것이 크거나 혹은 아주 작은 일입니까? 당신이 하고 있는 일입니까? 아니면 우리 주변에서 흔히 일어나는 상황일까요? 행복이 무엇 때문에, 누구 때문에 생기는지 말할 수 있을까요?

누군가 걱정스럽거나 희망찬 눈으로 우리를 살피며 정말 모든 일이 잘 될 거라고 생각하느냐고 물으면, 이렇게 현명하게 대답할 수 있습니다. "모든 것이 좋아질 필요는 없습니다. 이미 좋기 때문입니다." 멋지게 들리고 위안을 주는 이 말이 모든 상황에 맞을까요? 스피노자의 지적인 기쁨을 수용하고 추구하는 '이대로 좋아, 이대로니까'라는 행복은, 너무 높아진 기대를 조절하고 이상에 어느 정도 현실감을 주입해서 현재의 삶을 더 유익하게 합니다. 이렇게 멀리서 바라보는 직관적이고 포괄적인 개념은 '모든 것은 있는 그대로이고 다르지 않다. 다른 좋은 것이나 나쁜 것과 비교되어서는 안 된다'는 것을 깨닫게 해줍니다.

독일의 철학자 아서 쇼펜하우어에 따르면 '세계는 하나의 커다란 필연적인 것'입니다. 그에 따르면, 그 세계에서 인간으로서 살아가는 것은 결코 행복한 일이 아닙니다. 쇼펜하우어는 인간을 바다에 떨어지는 기쁨의 물방울 대신 우주의 흐느낌 속에 그칠 줄 모르는 씁쓸한 눈물로 간주했습니다. 그가 인생을 그렇게 바라보는 유일한 사람은 아닙니다. '그것은 그래'에서 '그것은 그래서 좋아'로 생각이 도약하는 것은 사람들의 일상적인 비극에서는 너무나 큰일이고 완전히 불합리한 것입니다. 그래서 그들은 인생의 좋은 편에 서기보다는 골짜기로 떨어집니다.

우리는 거대한 전체의 일부입니다. 그것은 진리입니다. 그러나 그 전체가 끔직한 전체라면 어떻게 될까요? 그렇게 되면 같은 출발점에서 다른 결과를 가져올 겁니다. 두 가지 결과에 대해 동일한 말을 할 수 있을까요? 눈물의 골짜기로서 인생은 현실 세계보다 비현실적인 기대와 더 관련있다고 한 스피노자는 이런 면에서 옳았을까요? 물방울을 생각해봅시다. 물방울이 바다를 두려워할까요? 마찬가지로 우리도 커다란 전체를 두려워할 필요가 없습니다. 스피노자에 따르면 자유로운 사람은 죽음에 대해 전혀 생각하지 않습니다. 그런 면에서 모든 사람은 물방울처럼 서로 닮았습니다. 사람들은 빗방울처럼 온 바다로 떨어지고

그렇게 계속해서 순환합니다.[25]

어쨌든 결함이 있는 비관주의나 낙관주의에 빠지는 것을 원하지 않는다면, 있는 그대로의 세상에 대해 만족하지 않는 것이 좋을 때가 있다고 생각합니다. 우리 인생이나 다른 사람들의 인생에 불만을 가지면, 다른 생각이 떠오르거나 주위상황에 변화를 주는 계기가 될 수 있습니다. 물건을 있는 그대로, 나 자신을 있는 그대로 받아들이지 않는다는 것은 세상과 나 자신을 발전시키기 위해 능동적으로 되고, 시작을 준비하고, 시도를 하는 자극이 될 수 있습니다. 성공하지 못하면 슬프고 성공하면 기쁨이 있습니다. 그렇지만 제3의 가능성도 있습니다. 슬픈 기쁨입니다. 무엇을 변화시키지 못하더라도 우리는 최소한 무언가를 시도했습니다. 그러한 고통에는 틀림없이 행복이 숨어 있습니다.

자유로운 필연

자유에 관한 문제를 다룰 때면 나는 스피노자의 철학을 외면하는 경향이 있습니다. 그렇지만 가끔 그의 철학에 관심을 가지면 이득이 된다는 것에 주목합니다. 모든 것이 자연스럽다는 것을 경험하는 순간 알게 됩니다. 그러한 순간에 내가 아무것도 변화시키길 원하지 않는다는 사실을 놀랍게도 자유라고 느낍니다. 그것은 저항하려는 자유가 아닙니다. 필연에 따라 능동적으로 움직일 때 느끼는 자유입니다. 내가 이것을 최근에 누군가에게 설명하려고 할 때 길게 굽어진 수영장의 미끄럼틀이 섬광처럼 떠올랐습니다. 미끄럼틀을 타고 아래로 내려갈 때 온몸에 멍이 들고 싶지 않다면 그냥 편안히 누워서 내려가도록 하는 게 좋습니다. 그러면 모든 것은 순탄하게 움직이고 아래로 내려가는 굽어진 통로는 신날뿐더러 전혀 부자연스럽지 않을 겁니다.

스피노자는 자유로운 필연이라는 용어를 사용합니다. 그의 철학에서 이 용어는 모순되지 않습니다. 현재 우리가 지내는 것보다 다르게 지낼 수 없다는 것을 완전히 이해하면 수동적인 것을 능동적인 것으로 받아들일 수 있습니다. 우리는 '살아지고' 있습니다. 그것은 사실입니다. 그러나 우리가 삶을 이해하면서 움직이면 행동을 취하게 됩니다. 내가 언제 정말 자유롭게 느꼈는지 기억해보면, 그것은 내가 어찌해 볼 방법이 없다고 확신하던 순간들이었습니다. 내적 필연성의 순간들을 궁극의 자유로 느낀 겁니다. 그렇게 반전의 경험을 하는 동안, 나의 자유 재량권에 다양한 행위의 선택권을 가지는 것은 자의성으로 느껴집니다.

대안적인 행위를 할 수 있다는 것을 자유 혹은 선택의 자유라고 말합니다. 그러나 스피노자와 함께 생각할 수 있는 다른 자유는 선택권이 없는 자유입니다. 이 말은 역설적이거나 비논리적으로 들리지만 스피노자의 사상이 그렇지는 않습니다. 우리가 사용하는 언어를 들여다보면, 언제나 모순적이지는 않아 보입니다. 우리는 얼마나 자주 자유에 대한 감정을 다음과 같이 결정론적 용어가 아닌 것으로 표현할까요. '나는 이것을 해야 해. 다른 것을 할 수 없어. 꼭 그래야만 해'라는 말입니다. 사랑을 예로 들어 보겠습니다. 우리가 어떤 남자나 여자를 좋아한다면 그것이 자유일까요? 아니면 아무에게나 좋아한다는 감정을 갖는 것이 자유입니까? 아마도 대부분의 사람은 선택의 여지가 없어야 진정한 사랑을 이룰 수 있을 겁니다. 혹은 사랑이 신성한 필연성에 따라 완성되었을 때일 겁니다. 그러고 나서 우리는 사랑에 있어 어떠한 영향을 받지 않았으며 사랑이 저절로 생겨났고, 또 명백하게 그렇게 되었어야 했다고 온 세상에 주장할 겁니다. '선택의 순간이 있다'라고 말하는 사람들에게 분노할 가능성이 큽니다. '아니에요. 진짜 사랑은 선택이 아니에요. 그냥 서로에게 속하는 거예요.' 사랑은 우리가 더는 선택할 것이 없을 때 거리낌이 없습니다. 필연적인 사랑이란 열렬한 진짜 사랑이라고 불리는 겁니다.

스피노자처럼 생각하면 이런 자유를 행복하게 경험하는 것이 더욱 이해가 됩니다. 우리는 자유를 행복하게 경험하는 것이 우리의 삶에 언제 일어날지 지켜볼 수 있을 겁니다. 그것은 선택권이 없는 가운데서 행복을 찾는 데 도움이 될 겁니다. 무언가를 하기 원할 때 우리는 해야 합니다. 자발적인 삶을 산다는 것은 우리가 자유로운 필연에 의해 살고 있다는 지식 덕분입니다.

스토아학파와 대조적으로 스피노자는 정념이란 인간의 삶에 속한다고 합니다. 우리가 부정적인 정념이나 고통스런 감정에서 결코 완전히 자유롭지 못할 것이라는 생각은 더욱 받아들여질 겁니다. 나는 요즈음 두려워지면 두려움에 대해 나의 이성적인 능력을 내려놓으려고 시도합니다. 두려움 자체를 내가 그 순간에 경험하는 어떤 것으로 받아들이려고 노력합니다. 너무 몰두하고 바로잡으려 하지 말고, 거리를 두고 한 걸음 뒤로 물러나서, 무엇이 어떻게 될지 느껴보려는 태도입니다.

스피노자의 사상을 염두에 두면 도움이 되는 삶의 순간이 있습니다. '우리는 실패할 수 없다'라고 생각하는 것처럼 말입니다. 우리에게 너무 많은 것이 너무 빨리 진행될 때, 이런 순간에는 모든 것이 다 그럴 수 있다고 생각하면 안심이 될 수도 있습니다. 마감일이 우리를 재촉하고, 우리 자신의 무능한 현재 모습으로부터 벗어나려고 하면, 우리가 여기 말고는 어디에도 있을 필요가 없다고 인식하는 것이 좋습니다. 우리는 어디로든 갈 필요가 없습니다. 이미 거기에 있기 때문입니다. 그것은 아리스토텔레스의 행복과 다른 행복입니다. 우리는 앞에 놓인 행복을 바라보면서 사는 것이 아니고, 달성해야 할 목적을 위해 사는 것도 아닙니다. 우리는 현재의 충만함 속에 살고 있습니다. 아리스토텔레스의 사상은 현재의 우리와 미래에 이루고자 하는 우리 사이에 있는 틈을 메우기 위해 덕이 필요합니다만, 대조적으로 스피노자의 올바른 삶 안에서는 그러한 덕에 대한 배움이 필요하지 않습니다. 현재의 우리로서 그 안에 항상 있고, 인간성을 완성하기 전까지 부족함을 메울 필요가 없기 때문입니다. 스피노자처럼 생각하면 충분히 이해할 수 있고, 그 이해로부터 행동이 저절로 나옵니다. 이해는 덕입니다. 이해하는 삶은 덕이 있는 삶입니다.

아침에 자명종이 울리고 새로운 하루가 시작되면 나는 아무것도 아니어야 합니다. 일어나는 것이 내키지 않는 마음, 내가 살아가야 한다는 느낌은 미끄럼틀의 걸림돌이 됩니다. 오직 현재만 있으며 이 순간이 모든 겁니다. 그것을 깨닫는 사람은 휴식을 취할 수 있고 더는 어떠한 강박감도 겪지 않고 만족스런 현재에만 있을 뿐입니다. 스피노자처럼 생각하는 것은 조급한 마음에 진정제로 작용할 수 있습니다. 조바심은 우리가 있는 곳에 있고 싶지 않게 하며, 우리는 이것을 고통의 한 형태라고 즉시 느끼게 됩니다.

강박감은 분명히 부적절합니다. 무언가를 반드시 해야 한다는 생각에 괴로운 사람은 옳은 생각을 못합니다. 우리가 발상을 전환해서 마음의 긴장을 푸는 데 성공하는 순간부터 우리는 더 자유롭게 느끼고 행동합니다. 이른바 '능동적인 정념'에 이르게 됩니다. 우리가 생각에 관한 한 올바른 길을 걷고 있다는 것을 압니다. 스피노자처럼 생각하는 가운데 확실한 행복을 찾는 것이 가능합니다. 인생이 우리가 이끌고 싶은 방향으로 가고 있어서 사실상 만족해야 하는데도, 자유를 느끼지 못하고 살아가는 것처럼 느낀다면, 우리의 생각에 무엇인가 부적절한 것이 있다는 증거입니다. 그렇다면 그 부적절함을 찾아 명확히 밝혀내야 합니다. 그래야 우리가 모든 개념의 자유를 가지고 다시 올바른 삶의 필연적인 발걸음을 내디딜 수 있습니다.

나는 사람들이 현재를 완전하게 살 수는 없다고 생각합니다. 목표를 내다보고, 과거와 역사를 되돌아보는 것이 필요합니다. 세 가지 시간, 즉 현재, 과거, 미래에서 벌어지는 이야기가 필요합니다. 우리가 아무리 멀리 떨어져 있다고 하더라도 우리 이야기의 순간마다, 역사의 지점마다 스피노자와 함께 있다는 것을 잘 알 수 있습니다. 인생 경로의 모든 지점에서 우리는 이보다 더 좋을 수는 없습니다. 우리는 더할 나위 없이 완벽합니다. 더군다나 이런 생각은 지금 이 순간에 있는 곳을 잊지 않도록 자극합니다. 심지어 우리는 서로의 팔을 베고 누워있어도, 오늘이 아직 다 지나지 않았는데도 서로의 어깨 너머로 무엇이 다가올지 바라보고, 머리로는 다음 것을 생각하고 있습니다. ("나는 왜 모든 것을 마지막인 것처럼 대하는 법을 배우지 못했을까. 내가 가장 후회하는 것은 미래를 너무 믿었던 것이다."[26])

『망설임Besluiteloos』이라는 책에서 매일 한 번씩은 기억하려고 노력하는, 지금은 나의 좌우명이 된 한 문장을 보았습니다. "여기가 어디든 여기에 있다는 것은 언제나 환상적이다."[27]

나의 삶은 지금 여기에 있습니다. 나는 지금 여기에, 지금 여기에 있는 다른 사람들과 함께 있습니다. 그들은 내가 상상하는 것보다 가까이 있습니다. 그러한 의미에서 모든 사람의 삶은 매순간 완벽합니다. 그것을 더는 이해하지 못하거나 심지어 그것을 인식하지 않으려는 순간 불행과 고통이 생겨납니다. 우리가 가진 완벽함 속에서 결함을 상상하기 시작하고, 결핍된 상태를 때로는 절망으로, 때로는 비뚤어진 환상으로 채워가려고 합니다. 그렇게 되면 상상력이 우리에게서 등을 돌립니다. 머릿속에서 유독 가스를 내뿜는 일을 그만두고 감동적인 현실이 그 공간을 다시 채우도록 생각하는 것이 필요합니다. 다른 곳에 있기를 원하는 생각을 중단하자마자 고통이 멈춘다는 것이 주된 생각입니다. 이곳이 바로 우리 인생입니다. 이곳이 바로 세상과 시간 속입니다. 우리는 지금 여기에 있습니다. 세상 어느 곳이 여기보다 좋을 수 있겠습니까? 스피노자처럼 생각하면 우리에게 도움이 되고 우리가 행복해집니다.

결론

스피노자는 우리가 삶의 평화를 찾으며 살아왔듯이 우리에게 도움을 줄 수 있습니다. 스토아학파에 대한 장의 마지막 부분에 등장한 '죽어가는 스토너'는 실패에 대한 생각이 의미 없다는 것을 인식하면서 평안을 찾았습니다. 그 생각은 이제 '진부하다'거나 '어울리지 않다'고 느껴집니다.[28] 스피노자가 생각하는 것과 마찬가지로, 인간의 삶에서 양심과의 마지막 싸움은 부적절한 자기학대입니다. 그러나 영화 〈매그놀리아〉에서 죽어가는 남자 얼은 진심 어린 후회 속에서 씁쓸하게 자신의 최후를 괴롭힙니다.

그의 양심은 끈질깁니다. 양심이 그를 놓아주면, 얼은 자신이 실패한 사람이고 어디에도 존재하지 않는다는 것을 인식하게 될 겁니다. 얼에게 있어 자신의 반항적인 양심이 그의 사람됨을 증명합니다. 그는 상당히 '통속적인', '어울리지 않는' 생각을 지녔습니다. 그는 그 모두를 갖기 원했습니다. 그러나 얼은 스피노자주의자가 아닙니다. 이 책의 시작 부분에서 언급된 이반 곤차로프의 소설 『오블로모프』의 일리야 일리치 오블로모프Oblomov 역시 아닙니다. 그는 자신만의 방법으로 시도해 봅니다. 그는 세상의 요구조건에서 벗어나려고 합니다. 자신 안에서 불안한 평안을 취하려고 합니다. 그러나 가능하지 않게 되었습니다. 곤차로프는 이런 상황을 멋지게 묘사합니다.

> 그는 성가시고 끈덕진 요구에서 벗어날 수 있다면 자신이 내면적으로 승리하는 것이라고 느꼈다. 난폭한 폭풍우에, 번쩍이는 강렬한 환희의 번갯불과 강렬한 고통의 천둥을 뚫고 기대감 없이 여명이 비추는 수평선으로 도망쳤다. 그리고 행복의 아름다운 광경이 웅장하게 펼쳐졌다. 그곳에서는 사람들이 자신들의 생각에 의해 파멸되고 소멸되었으며 자신들의 열정에 의해 죽어갔다. 그곳에서는 지성이 패배하기도 하고 승리를 얻기도 했다. 사람들은 끊임없는 투쟁 속에 뒤얽혔고, 불만족과 만족이 여전히 결론이 나지

> 않았음에도 마침내 지쳐 초라해진 모습으로 전쟁터를 떠났다. 일리야 일리치는 투쟁에서 획득한 기쁨을 맛보기 전에 이미 머릿속에서 맛볼 생각을 버렸다. 그는 인생의 흐름 밖에서 전쟁의 소용돌이로부터 멀리 떨어져 잊힌 구석에서 영혼의 만족감을 느꼈다.
>
> 그러나 그의 상상력이 다시 내면에서 휘몰아치기 시작했을 때, 그의 잊힌 기억과 실현되지 않은 꿈이 다시 떠올랐을 때, 그의 인생을 다르게 살지 않고 그렇게 살아왔음에 대해 양심의 가책을 느꼈을 때, 그는 불안에 휩싸여 잠자리에 들지 못했다. 그리고 잠자리에서 일어나 침대밖으로 뛰쳐나갔으며, 가끔은 냉동 창고에 주저앉아 이제는 영원히 사라져버린 화려한 이상적 삶에 대해 절망적인 눈물을 흘렸다. 그는 그가 사는 동안 무시했던, 이제는 영원히 가버린 사랑하는 사람을 잃고 쓰라린 깨달음으로 슬퍼했다.[29]

오블로모프는 그의 인생 마지막까지 감정의 안정과 수치심 사이를 오가면서 지냈습니다. 망자가 평화 속에서 잠들도록 놔두어야 할 듯합니다. 이 이야기에서 유일한 스피노자주의자는 가정부이자 나중에 오블로모프의 아내가 된 아가프야 마트페에프나일 것입니다. 그녀는 완전히 행복한 것처럼 보였습니다. 그렇지만 이반 곤차로프는 "그것이 매우 드물게 나타나는 것이고 모든 사람마다 다른 입장이므로 불가능한 것이다"라고 썼습니다. 이 말은 스피노자가 그의 『에티카』를 마감하면서 한 말을 떠올리게 합니다. "지금까지 보았듯이, 여기까지 이끈 길이 무척 어려워보이지만 그럼에도 어떻게든 찾아낼 수 있다. 그 길이 좀처럼 발견되지 않기 때문에 어렵게 느껴지는 것은 당연하다. 구원이 가까이 있어 힘들이지 않고 손에 넣을 수 있다면, 이처럼 거의 모든 사람들이 무시할 수 있겠는가? 하지만 고귀하고 숭고한 것은 진귀한 만큼 얻기 힘들다."[30]

나는 이것이 내가 스피노자를 집중적으로 연구하도록 하는 이유라는 걸 깨달았습니다. 스피노자보다 앞서 다른 철학자들에게서도 마찬가지였으나 철학자마다 다릅니다. 내가 단순히 스피노자에 대한 글을 쓰려는 계획만 가지고 있었을 때도, 사람들에게 좀 더 친절하고 온순하게 대하려고 노력했다는 사실에 깜짝 놀랐습니다.

나는 그 이유가 스피노자에게 있을지 모른다고 생각합니다. 그러나 나를 자극하는 사람들에 대해 내가 그들이 되어보면 어떨까?라고 한층 더 생각함을 깨닫습니다. 다른 사람에 대해 부정적으로 판단하는 것은 당연한 듯 보입니다. 그러나 곧바로 이런 생각을 합니다. "아, 네가 인생을 이끌어가는 유일한 사람이야. 매일 밤낮으로 생각하는 사람이 바로 너야. 괄시하지 말고 자비심을 가져. 판단하지 말고 이해해. 그러면 팔의 힘이 빠지고 시선은 긴장이 풀리는 느낌이 들거야. 그리고 어떻게든 타인과 조금이라도 관계를 맺으려고 할 거야."

나는 지난 몇 달간 상당히 강하게 비판하는 경향이, 특히 나 자신에게 그런 경향이 있음을 알게 되었습니다. 나 자신에게 한 번도 만족하지 않은 것처럼 비판했습니다. 내가 하는 일에 한 번도 만족하지 않은 것처럼 비판했습니다. 스스로 그렇게 난폭한 판사를 내 안에 끌어들였음을 생각하지 못했습니다. 스피노자와 함께라면 내 안에 있는 판사가 잘못된 판결을 내렸다고, 더욱 적절하게 생각할 수 있습니다. 내 안에 있는 판사가 그러한 판결을 내리는 것은 근거가 없습니다. 나를 나쁘다고 할 수 있는 비교 자료가 존재하지 않기 때문입니다. 그는 무언가를 지어냅니다. 나는 나입니다. 그것은 그것 그대로입니다. 내가 더는 무엇이어야 할 필요가 없습니다. 일방적인 판단을 하지 않으려는 생각의 연습 결과는 내가 상황에 덜 저항하고 그렇게 함으로써 반드시 덜 고생합니다.

'언제나 이해하는 것으로 시작하라.' 나는 이것을 스피노자의 교훈으로 삼고 싶습니다. 자신과 타인에 대한 인생의 비현실적인 기대는 과거의 환영과 미래의 공포나 꿈이 고통을 주는 것처럼 너무나 현실적인 고통을 가져옵니다. 우리의 환상 속에는 좀 더 나은 삶을 가져다주기 위해 자극하는 큰 힘이 있습니다. 만약 그렇다면, 우리가 생각하는 데 매우 중요하고 적절한 생기를 줄 수 있습니다. 그렇지만 그 환상은 역으로 작용할 수 있고 우리의 실제적인 삶을 빨아먹어 쭈글쭈글해진 시체처럼 던져버릴 수 있습니다. 인생을 끊임없이 거부하고, 허송세월하며 보낸다면 결국 행복해질 수 없습니다. 우리가 불행하면, 힘없이 고통을 겪는다면 다른 사람들이 물을 겁니다. "무슨 일입니까?" 질문자는 정확히 옳은 질문을 던집니다. 그것이 바로 행복으로 가는 길입니다. 거기에 무엇이 있는지 아는 겁니다.

가끔은 세상 일을 있는 모습 그대로 받아들일 때 무엇인가 변하기 시작합니다. 예를 들면, 부모를 바꾸어보려는 생각을 포기하고 두 사람이 부모라는 것을 받아들이는 데 성공할 때, 부모와 어느 정도 성숙한 관계에 도달합니다. 그런 받아들임은 가치가 있습니다. 가족을 유지한다는 것은 어느 정도 거리를 두지 않고는 가능해 보이지 않습니다. 가족 사랑은 거리를 둠으로써 가까워지는 특별한 형태입니다.

사람을 이해하는 곳에 평온한 행복이 자리합니다. 그 안에서 행복을 실천할 때 행복은 우리를 도울 수 있습니다. 그렇지만 앞서 주장한 대로 하는 것과 하지 않는 것에 대한 개념은 극단적일 수 있습니다. 사람들 자체를 더는 볼 수 없을 때 그렇습니다. 우리가 그들을 진지하게 받아들이지 않는다면, 그들도 우리를 받아들이고 싶지 않을 겁니다. 그들이 말하고 행하는 모든 것을, 또한 우리가 말하고 행하는 모든 것을, 우리와는 아무런 상관 없는 변화하지 않는 인과관계의 작용으로 보기 때문입니다. 더욱이 스피노자의 『에티카』에서 '이해할 수는 있지만 이해하기를 원하지 않는다'라는 부분은 인간적인 교류를 위해 중요한 공간이 없어 보입니다. 도저히 이해할 수 없고 용서할 수 없다는 생각을 꼭 붙들고 있는 것처럼 보입니다. 대부분의 사람들에게 이해하는 것과 정당화하는 것은 두 가지 다른 것으로 남을 겁니다. 우리는 가끔 모든 학문적인 증명을 떠나, 거창한 이해를 떠나, 도덕적인 몰이해, '너는 그런 짓은 하지 않아' 같은 이해를 위장한 몰이해를 고집합니다.

사람들은 많은 것을 이해할 수 있습니다. 그렇지만 사람들은 무슨 일이 있어도 지키고 싶은 가치가 있습니나. 그 가치가 사람들을 현재의 그들로, 미래에 되고 싶은 사람으로 만들어준다고 합리화시키는 의미는 아닙니다. 토마스 만의 소설 『마의 산』의 등장인물 중 한 명은, 주로 물질만능주의적인 관점으로 '자신의 무가치한 감정을 젊어지게 하고, 자신의 중요성에 대한 정념으로 자신을 강탈

하는'[31] 인간을 비판할 가치가 있다고 했습니다.

이러한 정념은 스피노자가 넓은 관점으로 보면서 흥분을 가라앉히려고 한 것이며 내가 볼 때 많은 면에서 옳은 듯합니다. 세상에는 자만심에 부푼 너무 많은 이기주의자들이 돌아다니기 때문입니다. 스피노자처럼 생각하는 것은 지나친 자만심에 빠지려는 성향을 다스리는 데 도움을 줍니다. 하지만 전반적인 상황을 벗어나 우리 자신에게 이야기하는 것은 너무 지나칩니다. "나는 모든 것이다"와 "나는 아무것도 아니다" 사이에는 여전히 약간의 이성적인 대안이 있습니다. 상대적 비교를 미루고 안심하면, 다른 극단적인 것으로 변형되거나 스스로 정념이 될 수 있는 위험이 있습니다. 이러한 정념에 빠진 사람은 어떻게든 순조롭게 시작하는 것을 전혀 원하지 않습니다. 그는 모든 것을 스피노자 철학의 바늘로 터트리길 원할 겁니다. 혹은 인과관계라는 하얀 공간을 주름 하나없이 펼려고 할 겁니다. 우리가 모든 비난으로부터 순수하게 정제할 수 있는 사람일까요? 끊임없는 소명감으로 무언가를 위해 노력하는 것이야말로 우리를 사람으로 만든 것은 아닐까요? 아마 무엇보다도 우리를 사람으로 만들어준 것은 존재의 무게에도 불구하고 존재하기 위해 씻어버릴 수 없는 갈망 덕택이 아닐까요?

『마의 산』 중에서 인문주의자 세템브리니가 "보이는가."

라며 말을 꺼냅니다. "저기 자연에 저항하는 정신의 적개심이 있다. 자연에 대한 불신감은 그의 오만함이다. 비이성적인 권력으로, 자신과 자신의 사악함으로, 자연에 대해 비판하는 권리를 고결하다고 고집한다. 자연은 권력을 대표하므로, 단지 그 권력에 순응하는 노예로서 그 안에 머물고, 남몰래 내면 안에 머물도록 내버려둔다."[32]

이런 사고 방식은 스토아학파뿐만 아니라 스피노자의 자유로운 생각에 대한 단호한 비판입니다. 이를테면, 우리가 더는 할 것이 남아 있지 않아 무언가를 내려놓는 것, 그리고 내면마저 어딘가에 내려놓은 것 사이에는 중요한 차이가 있습니다. 내면을 내려놓는 것은 스토아학파와 스피노자에 따르면 심적인 안정과 행복으로 가는 길입니다. 그렇지만 『마의 산』의 인문주의자는 이것을 노예제도로 간주합니다. 그에게 자유란 다른 겁니다. 마치 이와 같습니다. "좋아, 나는 받아들인다. 받아들일 수밖에 없다. 다른 방법이 없다. 그러나 반대하면서 받아들인다." 그런 이의를 제기할 수 있는 우리의 성직자적인 능력을 모든 환경 아래에서 고수하는 것이 그를 위한 인간적인 자유이고 가치입니다. 스피노자주의자에게 그것은 불필요한 고통을 의미하고, 수동적으로 고통스럽게 이끌려가는 부적절한 생각의 문제점입니다. 어떤 대가를 치르더라도 흐름에 역행하는 생각을 하는 것은 무모한 것이 아닐까요? 그 인문주의자는 여기에 반대해 말합니다. "무모함은 정신에 명예를 건다. 사실 무모하다고 질책받는 것보다 비참한 것은 없다. 정신은 자연에 대립해 스스로의 가치를 방어하고자 한다. 정신은 자연에 종속되기를 거부한다……."[33]

스피노자 또한 자유와 인간의 무력감에 대한 적절한 해답을 줄 수 있습니다. 내가 그의 세계관에서 종종 자유롭지 못하게 느끼는 것이 고의는 아닙니다. 다른 철학 세계에서 더 자유롭고 기쁘게 느낀다면 그런 철학 세상이 최소한 나에게는 더 적절하지는 않을까요?

스피노자의 직업은 안경유리공이었습니다. 나는 안경을 통해 세상과 우리와 타인을 고찰한다는 철학적 비유를 즐겨 사용합니다. 우리는 안경에 의존해 보이는 것을 봅니다. 스피노자는 잘 보인다고 생각할 때까지 그의 생각하는 안경을 갈았습니다. 아마도 그의 안경은 내 것과는 다를 겁니다. 내가 스피노자의 손으로 능숙하게 다듬은 단안경렌즈 한 개짜리 안경을 코에 걸치고 여기저기 부딪히면서 걸어다닌다면, 다른 안경사에게 가서 또 다른 안경을 보여 달라고 할 때가 된 겁니다. 어쨌든 스피노자처럼 생각하는 것이 나의 책임감을 녹아 사라지게 한다는 의미가 아닙니다. 그의 생각은 엄밀히 우리 인간이 얼마나 애매모호한 존재인지, 한 곳에 머물러 있음과 동시에 독립된 존재인지, 그리고 우리의 자유가 얼마나 엄청난 모험인지 보여줍니다. 스피노자는 말했습니다. "탁월한 일은 드물고 어려운 법이다." 나는 이 말에서 나만의 생각을 자유롭게 가져야 한다는 것을 발견합니다.

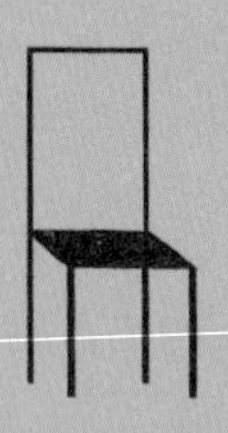

프랑스의 작가, 대표적인 실존주의 사상가인 사르트르는 인간의 자유를 억압하는 모든 것에 대해 끊임없이 투쟁하는 '행동하는 지성인'이었다. 그는 인간이 하나의 실존임을 밝히고 도구와 달리 '실존은 본질에 앞선다'고 주창했다. 자신에 대해 원래부터 결정되어 있는 것은 아무것도 없기 때문에 나를 본질적으로 구속하는 것은 없으며, 따라서 나는 스스로 선택하고 행동하며 책임짐으로써 자신의 존재 이유를 스스로 만들어갈 뿐이다. 인간은 스스로 삶의 의미를 만들어가는 창조적 존재이다. 사르트르는 인간의 의식과 자유의 구조를 밝히고 실존의 결단과 행동과 책임과 연대성을 강조하였다.

LESSON 05

Sartre

사르트르와 함께 생각하기

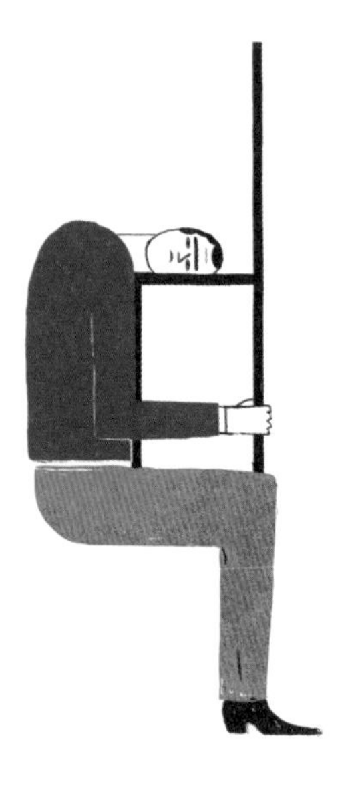

"실존은 본질에 앞선다"

지식인이란 자기 내부와 사회의 구체적 진실에 대한
탐구와 지배자의 이데올로기 사이에
대립이 있음을 깨달은 사람이다.

- Jean Paul Sartre(1905~1980)

LESSON 05

나는 예전에 1월을 한 해 중 가장 끔직한 달로 여겼습니다. 밝은 조명 아래 따뜻함이 가득한 12월이 지나고 텅 빈 1월이 우울한 잿빛으로 물드는 것이 너무나 끔찍했습니다. 그런데 지난 한 해뿐만 아니라 매년 또다시 모든 것이 계속 반복된다는 사실에 좌절했다는 생각이 듭니다.

12월은 우리가 한 해를 완성하기 위해 마무리하는 노력을 한다는 느낌을 갖도록 현혹합니다. 하지만 우리는 아직 마무리할 단계에 도달하지 않았거나, 문밖에 서 있는 동안 뒤에서 문이 거세게 닫히는 소리가 들립니다. 모든 것이 끝나버린 게 아니라면, 여전히 공허감 속에 자포자기 상태로 그 자리에 머물러 있는 자신을 발견합니다.

지난 몇 해 동안 나는 다행히 이 문제로 어려움을 덜 겪었습니다. 새로운 시작에 조금씩 적응하기 시작했습니다. 어느 정도 자리를 잡았기 때문일까요? 세월이 흐름에 따라 어느 정도 사회적 위치를 얻게 되어서 본래의 모습을 벗어나지 않고 다시 나의 모습으로 돌아와 나를 마주하기 때문일까요?

나는 무엇을, 그리고 어떻게 생각했는지 정확히 재구성할 수는 없습니다. 내가 그 불쾌하고 마음에 걸리는 것을 이해하기 시작한 때는 프랑스 철학자 장 폴 사르트르Jean-Paul Sartre의 저서를 알고 나서라고 믿습니다. 사르트르의 세계는 스피노자의 세계와는 매우 다릅니다. 사르트르에 따르면 우리의 모든 행위는 새로운 시작을 이룹니다.

지금까지 언급된 사상가 중에서 선택의 여지가 거의 없다고 생각하는 사람이나, 삶에 대한 자신의 태도가 너무 수동적인 사람은 사르트르의 철학이 매력적일 수 있습니다. 그의 세계에서는 지금까지 상상할 수 있었던 것보다 훨씬 완벽하게, 전적으로 우리 자신에게 달려 있습니다. 사르트르는 우리가 의존하는 사람이나 사물 없이 자유를 넘치게 해줍니다.

세계관 : 실존은 본질에 앞선다

사르트르는 대표적인 실존주의 사상가입니다. 실존주의를

대표하는 철학자는 더 있습니다. 그들 각자는 자신이 실존주의를 대표한다고 생각합니다. 그리고 그들은 모두 인간을 가장 중심에 둡니다.

사르트르의 대표작 『존재와 무: 현상학적 존재론에 대한 소론L'Être et le néant: Essai d'ontologie phénoménologique』1943은 2003년에야 네덜란드어 번역본이 출판되었습니다. 내가 처음 사르트르를 알게 된 것은 『실존주의는 휴머니즘이다』1946를 통해서였습니다. 사르트르는 그 작은 포켓북을 통해 자신이 정확히 무엇을 말하는지 명료하게 설명했습니다.

스피노자의 철학을 단 한 문장으로 요약할 수 있습니다. '많은 것은 하나로부터 이해된다.' 혹은 세 단어 '본질', '부속물', '상태'로 요약할 수 있습니다. 또한 사르트르의 철학도 한 문장으로 요약할 수 있습니다. '실존은 본질에 앞선다.' 즉 실존이 먼저이고 그 다음이 본질입니다.

책상 같은 대부분의 물건의 뒤에는 설계에 따라 물건을 만드는 장인이 있습니다. 장인은 목적을 가지고 물건을 만듭니다. 누군가 그 위에 앉기 위해서입니다. 의자의 경우 본질이 실존보다 앞선다고 말할 수 있습니다. 의자가 만들어지기 전에 의자가 어떤 모양인지 분명하니까요.

사르트르에 따르면, 신이 인간을 창조했다는 것을 믿을 때 우리는 비슷한 방식으로 세상을 바라봅니다. 신은 계획을 가진 장인입니다. 신은 모든 것이 있는 세상을 궁리하고 집중하고 만듭니다. 우리 인간도 그렇게 만들었습니다. 신이 창조한 세상에서 우리의 본질은 우리의 실존보다 우선입니다. 우리의 구원은 그 본질과 일치하며 인생을 가꾸는 데 놓여 있습니다. 이런 의미에서 성경은 '인생 사용설명서'로 간주됩니다.

사르트르는 그의 세계관을 통해 우리가 살고 있는 세상에서 실존이 본질보다 우선이라고 구성을 바꾸어 버립니다. 그는 이것이 우리가 그와 마찬가지로 세상이 신적인 계획에 의해 창조되었다는 것을 믿지 않는다는 전제하에 일관된 것이라고 봅니다.

18세기에 많은 철학자가 자신을 무신론자라고 선언했습니다. 그러나 그들은 '본질은 실존보다 앞선다'라는 생각을 고수했습니다.[1] 그들은 우리에 대한 신의 의도를 의심하지 않았습니다. 그러나 그들은 인간의 본성, 즉 무엇이 진짜 우리를 인간으로 만드는지에 대한 탐구를 계속했습니다. 이러한 사고방식에 따르면 모든 개인은 일반적인 타고난 본성과 인간 사상의 모방성을 지닙니다.[2]

부지런한 학자들이 지금도 유전자와 뇌 안에서 우리가 누구인지를 찾아가고 있는 것을 보면, 지난 세기 동안에 변한 것이 별로 없어 보입니다. 우리가 신을 우리의 세계관에서 제거했다고 하지만 '우리의 본성'을 찾는 노력, '인간의 실존'을 찾는 노력은 변하지 않고 계속 진행되고 있습니다. 과거 사람들은 자신의 의견에 힘을 보태려면 "하나님이 말씀하시기를" 혹은 "성경에 기록된 바"라는 말로 시작했습니다. 현재는 우리의 입장을 주장하려면 "연구 결과에 따르면"이라는 말로 시작합니다. 이 말들은 너무 자주 인식되어서 어떤 연구인지, 결과와 결과의 해석이 믿을 만한 것인지 알려고 하지도 않습니다.

사르트르에 따르면 이 문제와 관련해 무신론적 실존주의가 더 일관성을 지니고 있습니다.

> 신이 실존하지 않는다면 실존이 본질보다 먼저라는 것이 설명된다. 실존은 실존이 몇 가지 개념에 의해 더 자세히 결정되기 전에 실존한다. 실존은 인간이거나 하이데거가 말한 것처럼 인간적 실재이다. 실존이 본질보다 먼저라는 그 명제의 의미는 무엇일까? 인간이 먼저 실존하고 세상에 나타난다는 것을 의미한다. 인간은 그 이후에 스스로를 계속 결정한다. 실존주의자들이 그들을 스스로 생각하는 것처럼, 인간이 결정된 것이 없는 무엇이라는 것은 인간은 시작할 당시 아무것도 아니기 때문이다.[3]

사르트르의 무신론적 세계관은 그의 인간관에 영향을 미쳤습니다.

인간관

『실존주의에 대해서』라는 책의 원래 제목은 『실존주의는 휴머니즘이다』였습니다. 무신론적 실존주의가 인문주의적이라는 말은 논리적인 것처럼 보입니다. 신이 실존하지 않는다면 인간이 실존해야만 합니다. 분명하게 말하면, 인문주의적 실존주의의 인간은 신이 창조한 인간이 아닙니다. 신이 창조한 인간으로서 인간에 대해 이야기하는 사람은 일반적인 인간의 본성과 관련해 고리타분하고 부적절한 생각에 빠질 겁니다.

사르트르에 따르면 인간적인 본성은 존재하지 않습니다. 본성을 이해할 수 있는 신이 없기 때문입니다. 그러한 신이 없다면 '우리가 바로 우리의 본성에 대해 생각하는 존재'라는 것만 남습니다. 사람이 본질적으로 이기적이거나 폭력적이거나 이타적이라고 가정하면, 우리가 그렇게 우리 자신에 대해 생각한다는 것 이외에 아무것도 확정지어지지 않았습니다. 그것은 무엇이 아니며 우리가 스스로 해야 하는 무엇입니다.

인간으로 태어나는 것만으로는 아무것도 아니라는 말은, 혼자 무엇이 될 수 있다는 것을 의미합니다. 사르트르에 따르면 인간은 자신이 되고자 하는 무엇이 될 겁니다. "인간은 자신을 인식하는 것뿐만 아니라, 자기 자신이 되기를 원하는 것이다. 그리고 자신이 직접 설계한 대로 현재의 자신이 되었으며, 자신이 원하는 대로 현재에 존재하는 것이다. 인간은 스스로 존재의 의미를 만들어나가는 존재이다."[4]

이러한 생각은 우리를 의자가 아닌 다른 무엇으로 만들어줍니다. 우리는 인간이 되어야 하며 그것이 무엇인지는 아직 확정되지 않았습니다. 이 질문에 대한 대답은 여러 개로 주어져야 합니다. 모든 사람이 각자 답해야 합니다. "인간은 탐욕적이다"라고 말하는 사람은 계속 탐욕적으로 행동하고 그의 행동을 통해 자신의 본질적인 주장에 진실을 전달할 겁니다. 이 세상에 결정론이란 없으며 우리에게도 결정론은 없습니다. 우리는 완전히 자유롭습니다. 우리가 자유로운 가운데 결정하는 선택에 대한 전적인 책임은 우리에게 있습니다. 이 세상에서 우리에게 주어진 선택의 자유는 큽니다. 따라서 책임감 역시 큽니다.

실제로 왜 그럴까요? 신을 버림으로써 결정론이 세상에서 반드시 멀어질 필요는 없지 않을까요? 스피노자가 주장하는 세상에 창조자로서의 신은 없습니다. 그럼에도 거기에는 선택의 자유가 없고 오직 '자연적 필연'을 이해하는 것밖에는 없습니다.

사르트르에 의해, 우리가 왜 자유스러운지를 이해하려면 사실상 『존재와 무』라는 그의 대표적인 철학 저서만 생각하면 됩니다. 이 책 제목에 모든 것이 담겨 있습니다. 사르트르의 세계관, 그의 인간관, 그리고 우리의 자유가 어떻게 이루어져 있는지에 대한 답입니다. '존재하는 것', 그리고 '존재하지 않는 것'입니다. 스피노자가 급진적 일원론자라면, 사르트르는 급진적 이원론자입니다.

이 책의 부제목은 '현상학적 존재론에 대한 소론'입니다. 현상은 모든 종류와 크기로 동시에 나타납니다. 일반적으로 현상학적인 접근이란 세상이 우리에게 비춰지는 방법의 관점에서 우리의 생각이 출발하도록 하는 겁니다. 예를 들어, 내가 사랑이 무엇인지 이해하려고 노력한다면 학문적 토론과 역사적 관점 속에서 길을 잃어버릴 수 있습니다. 나는 사랑에 빠지고 서로를 사랑하는 구체적인 인간의 경험으로 돌아가려는 노력을 할 수도 있습니다. 그러한 방법으로 나는 분명히 보편적인 유효성을 지닌 객관적인 결론에 도달하지 않을 수 있습니다. 그렇지만 나는 그렇게 할 수 없습니다. 사랑이란 현상을 이해하려고 노력하는 것은 사랑이 우리에게 비춰지는 방법에 대해 깊이 생각하는 겁니다. 인간의 경험을 객관적 이득이 없다고 끌어내리는 것은, 사랑에 대해 좀 더 나은 이해를 가져다주지도 못합니다.

존재론은 존재의 특성에 대해 질문합니다. 무엇이 실체인가? 인간은 무엇인가? 사랑은 무엇인가? 이러한 단어들이 사르트르 책의 제목으로 등장하는 것은 약간 특이합니다. 사르트르는 그러한 객관적인 존재에 관한 언급을 전혀 하지 않으려고 했기 때문입니다. 그러나 그는 존재론에 대한 자신만의 해석, 즉 현상학적 해석을 했습니다. 사르트르는 그의 철학에서 자신이 말하는 현상학적 존재론에 도달하려는 시도를 했습니다. 현실이 우리에게 어떻게 보이는가? 사르트르가 보는 세상은 언제나 인간적인 세상입니다. 현실의 기본은 우리의 주관적 판단입니다. 우리가 세상을 인식하지 않으면 세상이 없습니다. 최소한 우리가 알고 있는 세상을 말합니다. 우리 자신과 다른 사람들이 없는 세상을 상상할 수 있습니까? 그래서 세상 안에는 언제나 우리의 인간적인 상상과 인간적인 현실이 있습니다. 현실을 경험하고 인식하게 될 때 우리의 주관성을 부정할 수 없습니다.

인간 의식의 구성 요소가 하는 역할은 우리가 살펴본 제목의 두 부분에서 더욱 분명해집니다. 우리가 세상을 인식할 때 두 개의 전혀 다른 존재의 형태가 나타납니다. '존재하는 것과 존재하지 않는 것'입니다. '존재'란 사르트르가 의미하는 세상입니다. 세상의 존재를 '그 자체로 존재'라고 불렀습니다. '그 자체로 존재'로서 존재함은 '자신'이라는 말과 같습니다. 이 말에는 세상을 인식하는 의미가 담겨 있지 않습니다. 돌 하나는 '그 자체로 존재'입니다. 그것은 있는 그대로이며 자신과 세상이라는 의미가 없습니다.

그러나 '그 자체로 존재(즉자존재, en-soi)'는 전체적인 존재를 포함하지 않습니다. 사르트르는 결코 일원론자가 아닙니다. 그는 존재의 다른 방법, 즉 인식을 '자기에 대하여 있는 존재(대자존재, pour-soi)'로 불렀습니다. 인식이 세상을 겨냥하고 있다는 것은 언제나 세상을 인식하는 것이고 그러한 의미에서 자신과 같지는 않습니다. 인간은 '자기를 위해 있는 존재'입니다. 인식하고 있고 언제나 무언가를 깨닫고 있기 때문에 우리 자신으로 완전히 채워지지 않았습니다. 그래서 우리 자신으로부터 벗어나고 세상이 우리에게 나타나는 것처럼 세상에 집중합니다.

내 주위를 둘러보면 나는 연구실에 있습니다. 연구실은 말 그대로 나의 인식으로 가득 차 있습니다. 내가 머리를 오른쪽으로 돌려 창밖을 바라보면, 나의 주의력은 정원에, 건너편 옆길에 있는 집들에, 하늘에, 구름에 집중됩니다. 내가 인식하는 모든 것은 나에게 세상입니다. 끊임없이 나 자신으로부터 나와 세상에 들어가는 것은 사르트르가 말한 존재하는 겁니다. 우리는 곧, 아무것도 아님을 깨닫습니다. 숲속의 나무처럼 서 있는 것이 아니라 존재합니다. 우리가 이미 사랑하지 않는 사람을 '과거에 있었던 누구'라고 부르듯이, 그렇게 우리는 세상에 있습니다. 그것은 우리가 세상에 있지만, 있는 동시에 거기에 속하지 않는다는 것을 의미합니다. 우리는 존재하지만 존재하기도 하고, 존재하지 않기도 하는 겁니다.

'자기에 대하여 있는 존재'란 말은 무엇을 함축하고 있을까요? 이제 우리는 『존재와 무』의 두 번째 부분인 '무'를 다룹니다. 인식은 존재하는 것이 아닙니다. 돌은 돌입니다. 그 이상 아무것도 아닙니다. 그렇지만 인간은 단순히 인간이 아닙니다. 인간은 스스로 인식하며 자기 자신을 인식합니다. 그렇지만 내가 자신을 인식하는 순간에 나는 어디에 있습니까? 내가 사실 아무 데도 있지 않은 것은 아닙니까? 나는 어쨌든 무엇은 아닙니다. 나는 그 순간 아무것도 아닐까요?

누가 나에게 내가 누구냐고 묻는다면 얀Jan이라고 대답할 수 있습니다. 그렇지만 나는 내가 그렇게 불린다고 말하려는 경향이 있습니다. 그 사람이 "당신이 행크와 낸시의 아들입니까?"라고 묻는다면 나는 동의할 겁니다. 그러나 동시에 나는 그것이 모든 것이 아니라는 것을 인식합니다. 나는 얀으로서의 존재와 아들로서의 존재를 전혀 정의할 수 없습니다. 그렇다면 나는 내가 누구인지를 스스로 더 물을 겁니다. 형, 사랑받는 사람, 남자 등입니다. 작가, 독서가, 철학자, 친구(아마 적이기도 할 겁니다), 흠모의 대상(누가 알겠습니까?), 이웃, 교수, 음악가, 조깅하는 사람, 겁쟁이, 네덜란드인, 유럽인, 21세기인, 호모사피엔스. 내가 계속 언급하더라도 나는 그런 사람이기도 하고 아니기도 합니다. 나에게, 그리고 나를 알고자 하는 사람에게 아마 어려운 문제일 겁니다. 그렇지만 나는 '나에 대하여 있는 존재'하는 사람입니다. 내가 누구인지 무엇을 하는 사람인지를 인식하자마자 나는 이미 내가 아닙니다. 내가 무언가를 인식함으로써 나는 이미 그것이 아닙니다.

사르트르는 '아니다'란 단어로 동사를 만들었습니다. 우리 자신을 인식함으로써 우리는 자신을 '아무것도 아닌 것'으로 만듭니다. 내가 교수로서 나를 인식하기 때문에 나는 나를 교수와 연결하고, 이러한 '자기결정'으로 일정한 거리를 두게 되고, 그래서 역시 내가 아닙니다. 내가 '예, 그렇지만 아니오'라고 그러한 직능에 따라오는 것들에게 말하고, 내가 '다른 것을 할 수 있고 다른 것이 될 수 있다'라고 말한다는 것은 무엇을 의미할까요? 나는 무엇이기도 하고 아니기도 합니다. 내가 많은 다른 것이기 때문이기도 하지만, 주로 내가 나 자신이 그것이라는 것을 인식하기 때문이기도 합니다. 인식한다는 것은 거리를 두는 겁니다. 자아인식은 누구도 아닌 것이 되는 겁니다. 우리가 자신을 끝까지 정의하려고 노력하더라도 결코 완벽하게 정의할 수 없습니다.

우리가 이러한 특별한 존재 방식으로 우리의 무언가를 계속 아무것도 아닌 것으로 만들기 때문에, 우리는 있는 것이 아니고 존재하는 것이기 때문에 자유롭다고 사르트르는 말합니다. 그러한 자유는 일반적으로 우리가 아무것도 아닌 일종의 비물질적인 유령처럼 떠돌아다니는 것을 의미하지는 않습니다. 우리의 행동이 허공에서만 영향을 미친다는 것을 의미하는 것도 아닙니다. 우리는 자신을 언제나 어떤 일정한 상황에서 만납니다. 나는 정해진 몸을 가지고, 정해진 가정 안에서, 정해진 마을에서, 정해진 나라에서, 정해진 해에, 정해진 시간에 태어났습니다. 우리는 언제나 정해진 상황에서 존재합니다. 그것은 중요하지만, 사르트르에 따르면 그 상황이 우리를 규정하지는 못합니다. 우리가 항상 정해진 상황에 처한다는 것은 (그리고 다시 찾아야 한다는 것은) 우리의 행동이 결과를 가져오지 않는다고 말하는 것은 아닙니다. 나는 나의 자아인식을 통해 모든 상황으로부터 되돌아오며, 모든 자기결정의 벽을 넘어갑니다. 하지만 동시에 이러한 상황에 처하게 되는 나를 발견하고, 나의 행위는 그 상황과 거기 있는 사람과 동물과 사물에게 영향을 미칩니다.

왜 그렇게 '있는지 없는지', '좋은지 나쁜지'의 양립하는 상황이 중요할까요? 이것은 다름 아닌 선택의 자유에 관한 문제이기 때문입니다. 그것은 바로 사르트르가 말하는 자유입니다. 선택할 수 있는 자유입니다. 필연과 본성의 세계, 그것이 존재의 세상입니다. 사르트르에 따르면 우리는 그런 세상과 부합하지 않습니다. 왜 그럴까요? 우리가 없고 자아인식이 있기 때문입니다. 우리가 '있다는 것'을 받아들이기 때문입니다. 우리가 우리를 능동적인 소극적 자세로 결정적이고 수동적인 존재로 받아들이기 때문입니다. 누군가 우리에게 우리가 누구이고 무엇인지에 대해 말을 하면 우리는 단지 그의 말을 들으면서 외부에서 내리는 이 정의에 대해 아니라고 말합니다. 단순히 우리가 그 순간에 그 정의를 인식하고 있고 그 정의는 우리와 더는 부합하지 않기 때문입니다.

우리가 누구이고 무엇인가에 대해 '아니오'라고 말하는 것은 우리를 자연적 결정론으로부터 해방시켜줄 뿐만 아니라 사회적 결정론과 우리 자신에게 허용한 결정론으로부터도 해방시켜줍니다. 내가 흡연자이기 때문에 담배를 피운다고 말하는 것은 본질을 꾸며내서 나에게는 선택이 없는 것처럼 만듭니다. 그렇지만 나는 흡연자가 아니어서 담배를 피웁니다. 그리고 나는 담배를 피울 수가 없습니다. 우리가 누구냐는 우리가 무엇이냐를 묻는 것이 아니고, '우리가 무엇을 하고 있느냐'를 묻는 겁니다.

사람들이 그들의 행동에 대한 책임을 져야 할 때가 되면 그들의 직업과 거기에 속한 직무와 임무를 설명합니다.

그렇지만 사르트르와 함께라면 우리는 우리가 하고 있는 일과 결코 동일시될 수 없고 행위가 임무를 설명하는 것이 아니라고 생각합니다. 군인이기 때문에 사람을 죽이지는 않습니다. 어떠한 경우라도 군인이 그의 직업이라고 해서 그에게 마음대로 할 수 있는 선택의 자유를 주지 않습니다. 군인, 의사, 은행원, 주주 혹은 매니저라는 직업을 불문하고 우리의 기능을 아무리 잘 묘사하더라도, 우리는 절대로 역할에 몰입하지 않고 항상 연기하고 행동합니다. 우리는 그러한 행동에 전적으로 책임이 있습니다. 우리가 솔직하다면 그것을 알고 있습니다. 그러나 우리는 그것을 항상 알려고 하지는 않습니다. 알고 싶지 않다는 것 역시 알고 있다는 것입니다. 사실상 자신만이 그것에 대한 책임을 가지고 있음을 의미합니다. 우리는 언제나 어떤 상황에 처해 있기 때문에 모든 것을 선택할 수가 없습니다. 그러나 항상 선택할 수 있습니다. 그렇게 선택하는 것은 언제나 우리의 벗어날 수 없는 책임감입니다.

사르트르의 '현상학적 존재론'은 자연스럽게 윤리관으로 끝을 맺습니다. 그의 세계관과 인간관은 처음부터 윤리적입니다. 그것은 사실 모든 세계관과 인간관에 적용됩니다. 사르트르의 철학에서는 이러한 연결이 아마도 가장 분명하게 나타날 겁니다. 그가 인간의 자유를 중심에 두고 있기 때문입니다. 사르트르가 생각하는 것처럼 우리가 실제로 자유롭다면, 우리가 관련되어 있는 상황은 인간미가 없는 상황이 아닙니다. 모든 일은 이유 없이 일어나는 것이 아닙니다. 우리는 항상 행동하기 때문입니다. 우리가 그냥 무엇을 해도 마찬가지입니다. 사르트르의 자유론은 결코 그때그때 시류를 따르지 않습니다. 우리는 이제 사르트르의 윤리관을 찾아갑니다.

윤리관

자유롭다는 것은 단지 존재하는 것뿐만 아니라 반드시 존재해야 하는 것을 의미합니다. 존재란 사명입니다. 우리는 사명의 수행에 대한 책임이 있습니다. 내가 직접 나의 인생이 사명인지 아닌지를 정한다는 것을 반박하는 사람은 그러한 반박 때문에 사르트르의 말이 맞다는 것에 동조하게 됩니다. 바로 우리가 스스로 결정하기 때문에 우리의 인생은 우리의 책임입니다. 우리가 그것을 아무리 거부한다 할지라도 우리가 맡아야 할 임무입니다.

우리는 자유롭습니다. 이 말은 우리의 존재 방법으로부터 모든 자기결정과 각각의 존재를 파괴하기에 역설적으로 들립니다. 그렇지만 그 어떤 역설적인 소리도 진실을 축소시키지는 못합니다. 우리는 완전한 선택의 자유를 가지고 있고 사르트르의 철학 세계보다 더 많은 선택의 자유를 가지고 있는 자유는 아직 만나지 못했습니다. 그러나 선택의 자유에 관한 한 선택의 여지가 없습니다. 그러한 의미에서 우리는 자유롭습니다. 우리는 선택을 하지 않으려고 선택하지 않는 선택을 합니다. 그것은 또 다른 선택입니다. 사르트르의 표현에 따르면, 우리는 '자유라는 형벌'을 받았습니다.

우리는 태어나는 것이 선택되지 않았습니다. 인간은 세상에 그냥 던져져 있을 뿐입니다. 그러나 우리가 그 속에 있다고 해서 빈둥거리며 누워만 있을 수 없습니다. 우리는 존재와 스스로 무언가를 이루어내기 위해 일어나야 합니다. 미래를 향해 자신을 끊임없이 내던져야 합니다. 빈둥거리지 말고 현실에 존재하는, 우리는 우리가 되어야 합니다. 이것이 우리가 야망을 가지고, 계획을 가지고, 대학에 가서 배우고 일을 하는 이유입니다. 그렇게 앞으로 나아갑니다. 바위는 미래가 없습니다. 우리 자신으로부터 거리를 두었다가 우리가 누구인지 잠깐 동안 연결합니다. 우리는 자유롭기 때문에 우리에겐 미래가 있습니다. 바꾸어 말하면 미래가 있기 때문에 우리는 자유롭습니다. 우리가 오직 내일에 대해서만 생각할 수 있을지라도, 그것은 우리의 자유를 증명해주는 겁니다. 우리가 지금 여기에 있는 우리와 같지 않다는 것을 의미하기 때문입니다. 자아인식은 나 자신을 계속 존재 앞에 두는 겁니다. 단지 태어나는 것만으로는 아무것도 아닙니다. 존재하고 나서야 우리는 자신을 만들어갑니다. 따라서 인간은 타고난 본성이 필연적으로 펼쳐지는 것이 아닙니다. 인간은 스스로 삶의 의미를 만들어가는 창조적 존재입니다. 이러한 자의식 안에 자리 잡은 자유 경험은 몇몇 유물론적 환원주의자들이 믿게 하고 싶은 환상은 결코 아닙니다. 그것은 우리를 사람으로 만드는 겁니다.

우리의 자유는 우리가 원하는 것이 무엇인가 하는 문제가 아닙니다. 우리가 원하는 것을 한다고 말하면, 우리의 의지가 방향을 정하는 것처럼 보이고, 우리보다 앞서서 가고 우리는 그 뒤를 따르는 것 같습니다. 하지만 그것은 자유가 아닙니다. 의지가 나에게 시키는 것을 하는 겁니다. 나만의 시도를 앞서가는 의지가 나에게 정하도록 하는 겁니다. 그러나 그럴 수가 없습니다. 그 의지는 이미 나의 자유로운 선택보다 먼저일 것이고, 먼저 본질이 있을 것이기 때문입니다. 사르트르에 따르면 우리의 의지를 불러일으키는 것은 가능하지 않습니다.

> 우리가 일반적으로 '하고 싶다'로 이해하는 것은 대부분 사람이 그들 스스로 모든 것을 직접 다 만들고 난 다음에야 나오는 의도적인 결정이기 때문이다. 어떤 정당에 들어가고

싶다, 책을 쓰고 싶다, 결혼을 하고 싶다 등 이러한 모든 것은 단지 사람들이 '하겠다'라기보다는 더 근본적이고 더 자연 발생적인 선택이다. 실존이 정말로 본질보다 우선이라고 하면 인간은 자신의 위치에 대한 책임이 있다."[5]

우리의 자유가 본질, 천성 혹은 근본적인 의지에 근거를 두고 있지 않다면 어디에 근거를 두고 있을까요? 우리의 자유는 어디에도 근거를 두지 않았습니다. 우리의 자유는 본질적으로 근거나 근본이 없습니다. 따라서 우리가 정하는 선택이 언제나 구체적인 상황에서 일어나더라도 동시에 확실한 근거를 가지고 있지 않습니다. 구체적인 선택을 할 때 이 선택을 뒷받침할 근거를 가지고 있지 않습니다. 우리를 부르는 것도 없고, 유리한 주변 상황도 없고, 본성도 없고, 의지도 없고, 방해도 없고, 감정도 없습니다. 오직 우리가 가진 자유 안에 있는 우리 자신밖에 없습니다. 우리는 이곳에 존재하며 다른 것을 할 수 없습니다.

사르트르의 인간관과 결정론자와 유물론자의 인간관 사이에는 큰 차이가 있다는 것을 강조하고 싶습니다. 이를테면 인간에 대해 연구하는 많은 학자는 인간을 본성 안에서 이해하려고 노력합니다. 그들은 객관적 세계관을 형성하고 인간을 그 안에 위치시킵니다. 사르트르에게는 인간에 대한 진실이 이른바 객관적 과학 안에서는 찾을 수 없는 것이었습니다. 그는 우선 과학적 지식이라고 부르는 것이 사실상 추정을 모아놓은 것임을 지적했습니다. 과거의 이론은 어느 날 한번은 반박될 새로운 이론을 위해 자리를 양보했습니다. 그럼에도 모든 과학적 추정은 그것이 진리인 것처럼 아직도 거기에 머문다고 사르트르는 주장했습니다. 어떤 진실일까요? 그것은 유명한 데카르트의 명제 "나는 생각한다. 고로 나는 존재한다cogito ergo sum." 달리 표현하면 "나는 생각한다. 고로 나는 자각한다"입니다. 어느 정도 추정에 근거를 둔 객관적인 세상에 대한 발언을 하는 것은 우리가 세상을 인식하고 있기 때문입니다. 모든 객관적인 지식은 주관성에 근거를 둡니다. 사르트르는 이렇게 말합니다.

> 사람들이 출발점으로 삼아야 할 것은 단 하나의 진리 외에 없다. '나는 생각한다. 고로 나는 존재한다.' 그것은 스스로를 인식하는 인식의 완전한 진리다. 첫 번째로 인간이 자신을 인식하는 순간, 밖에서 인간을 이해하려는 모든 이론은 진리에 폭력을 가하는 이론이다. 그러한 데카르트의 생각 밖에 있는 것들은 단지 추정이며, 진리에 근거를 두지 않는 추정의 이론은 '무'로 사라진다. 인간이 추정을 하려면 진리를 이미 가지고 있어야 한다.

몇 가지 진리가 존재하려면 하나의 완전한 진리가 존재해야 한다. 그 진리는 단순하고 쉽게 이해할 수 있어야 하며, 모든 사람에게 와닿을 수 있어야 한다. 진리는 인간이 자신과 곧바로 직면할 때 존재한다. 다음으로, 이 이론은 인간에게 분명한 가치를 제공하는 유일한 이론이며 인간을 사물로 만들지 않는 유일한 이론이다.[6]

사르트르는 이 마지막 부분을 언급하면서 인간을 객관적 세계의 대상으로 만드는 사람들에게 단호히 맞섭니다. 사르트르가 말하는 인간적 가치는 물질적 존재로부터 인간의 속성을 구분하는 주된 근거는 아닙니다. 이러한 경우 그가 희망적인 생각을 가졌다고 비난할 수 있습니다. 사르트르는 그의 거부 의사를 '논리적, 철학적'으로 분명히 합니다. 우리가 객관적인 전체를 받아들인다면 진리는 이와 함께 사라집니다. "객관적 세상은 추정의 세상이다."[7] 현재 학문적 혹은 철학적인 모든 이론은 추정의 성격을 지니고 있습니다. 이것은 학자들이 (그들이 솔직하다면) 가정과 추정이라고 말하는 이유입니다. 우리는 우리가 상당히 가지고 있으며 추측의 세계에 빠지는 것을 방지하는 자신감을 주관성에서 발견합니다. 주관적 관점 위에서 무언가를 구축해갈 수 있습니다. 사르트르는 또 이렇게 말합니다. "우리는 한 사람이 끊임없이 상대방의 대상이 된다는 사실에 대해 결코 반박한 적이 없지만, 그 대상으로 인지할 수 있으려면 주체는 주체로서 인식되는 것이 필요하다."[8]

사르트르의 철학이 제시하는 듯한 주관성이라는 개념에 대해 사르트르는 이렇게 말합니다. "주관성이라는 단어는 두 가지 의미를 지니고 있다. 첫째, 여기저기 반대자들이 있지만 자신이 스스로 개인적인 주관을 선택하는 것을 말한다. 둘째, 인간적인 주관성을 뛰어넘는 것이 인간에게 불가능함을 의미한다. 두 번째 의미는 실존주의의 핵심을 이룬다."[9]

자유와 책임

사르트르는 자신의 자유를 회피하려는 사람들에게 호의적이지 않습니다. 그는 "신뢰할 수 없는 사람들"이라고 불렀습니다. 우리가 자유에서 벗어나고 싶어하는 이유는 자유와 밀접하게 연결된 다른 단어와 연관이 있습니다. 바로 책임입니다. 자유를 피하는 것은 정당하지 않습니다. 첫 번째, 우리는 자유를 선택하지 않았습니다. 두 번째, 우리의 자유는 너무나 절대적이어서 자유 그 자체를 제외한 다른 것에 근거하지 않습니다. 나의 선택은 오직 나의 자유에만 근거하고 있다는 것을 의미하는 말입니다. 다른 어느 곳에서도 원인, 이유, 정당성을 찾을 수 없는 그런 자유입니다. 세 번째, 그럼에도 선택에 전적인 책임을 집니다. 자유는 근거가 없으며 동시에 우리는 책임감의 모든 무게를 감당합니다. 우리는 자신에게 속해 있습니다. 자신과 자유 말고는 부를 것이 아무것도 없습니다. 사람들은 우리보다 못한 것을 위해 결정론을 찾았습니다.

그렇지만 아무도 제한 없이 본성 속으로 들어갈 수는 없습니다. 자유는 많은 결정론자와 유물론자들이 인과관계의 연결고리에 놓고 싶어하고 환상으로 해명하기를 원했던 자의식 안에 자리 잡고 있습니다. 자신뿐만 아니라 타인에 대한 인식을 회피하는 것은 회피하는 사람의 자아 인식에서 발생합니다. 사르트르는 여기에서 반드시 필요한 요점을 지적한 것 같습니다. 즉, 우리만의 관점을 극복할 수 없다는 겁니다. 우리가 아무리 완고하게 객관화시키더라도 우리는 인간적인 자의식에 기반한 현실에 살고 있습니다. 자신을 세상에서 벗어나서 생각한다면, 세상 밖에서 생각하는 누군가로서의 자신을 다시 찾게 될 겁니다. 자유로운 선택권을 가졌다는 것을 부정하고, 자유로운 선택권이 없다는 생각을 선택한 누군가로서의 자신을 재발견합니다. 우리에게 책임이 없다는 것을 증명하려고 하면 우리는 이미 그런 사람이라는 것을 증명한 겁니다. 이것과 관련해 일상 생활에서 쓰이는 언어가 오해를 일으킵니다. 우리는 누군가가 책임을 '회피'하거나 '맡지 않는다'라고 말합니다. 책임은 맡거나 회피할 수 있는 것이 아닙니다. 우리는 책임을 언제 어디서나 가지고 있습니다. 무슨 근거로 우리에게 책임이 없다고 말할 수 있을까요? 우리가 자신에게서 어디로 도망갈 수 있을까요?

사르트르에게 완벽한 책임감이 없는 완벽한 자유란 상상조차 할 수 없는 일입니다. 그는 일관성이 없고 책임감이 없는 자유로운 생각은 일관성 없고 무책임한 자유에 대한 생각이고, 심지어 우리는 그것에 대한 책임이 있다고 주장했습니다.

자유가 한 부분은 깃털처럼 가볍고 다른 한 부분은 납처럼 무거운 이중포장에 싸여 있다는 주장은 성립하지 않습니다. 자유가 경계가 없다고 말한다면 책임도 마찬가지입니다. 사르트르가 자신에 대해 책임이 있다고 말하면, 그것은 우리 개인에 대한 책임뿐 아니라 모든 사람에 대한 책임이 있다는 겁니다. 우리는 주관적 의미에서 첫 번째로 자신을 선택합니다. 그러나 우리는 이와 함께 모든 사람을 위한 선택을 합니다.

사르트르에 따르면 우리는 행동을 통해 존재를 드러냅니다. 행동으로 이 세상에서 자신을 인식합니다. 우리는 자유 속에서 그렇게 합니다만, 자유는 대충 주어지는 것이 아닙니다. 우리가 하는 모든 것은 그것을 하는 순간에 가치를 얻습니다. 그 가치는 행동을 한 순간에야 존재하게 됩니다. 부족한 사람들에게 도움을 주는 것이 중요한 가치를 지닌다고 말은 하지만, 좋은 일에 아무것도 기부하지 않고 걸인들을 보고 고개를 돌린다면 그 가치는 무슨 소용이 있을까요? 아무것도 없다고 사르트르는 말할 겁니다. 사실상 그러한 가치는 이런 경우 존재하지 않습니다.

우리는 그러한 주장을 가지고 자신뿐만 아니라 다른 사람들과도 직면해야 합니다. 다른 모든 사람들, 인류와 부딪히게 됩니다. 근거없는 행동은 더 많은 부담을 떠안게 됩니다. 우리가 가진 자유의 무게는 더욱 증가합니다. 사르트르는 말합니다.

> 사실상 우리 생각대로 되어야 하는 사람을 창조한다는 생각을 동시에 갖지 않고서 우리가 되길 원하는 사람으로 창조하는 행동을 상상할 수 없다. 이것 하나 혹은 다른 것을 선택한다는 것은 동시에 우리가 선택하는 것의 가치를 정하는 것이다. 우리는 틀린 것을 선택할 수 없기 때문이다. 우리가 선택하는 것은 언제나 좋은 것이며 모든 사람에게 동시에 좋지 않은 것은 어떤 것도 우리에게 좋을 수가 없다. 더욱이 존재가 본질을 앞서가고, 우리가 기꺼이 존재하

길 원하는 동시에 우리의 자아상이 생성되면 그러한 자아상은 누구에게나 그리고 우리가 살고 있는 모든 시간에 유효하다.[10]

사르트르에 따르면 모든 인류는 우리가 내딛는 한 걸음에 관계가 이루어집니다. 사르트르는 말합니다. 한 사람의 행동은 전체 인류를 묶습니다. 예를 들어 결혼하고 아이들을 얻기 원한다면 "이로써 나는 나뿐만 아니라 전체 인류가 일부일처제로 가는 길에서, 비록 이 결혼이 오직 내 상황, 나의 욕망 혹은 열정에 달려 있는 결혼일지라도 짊어지고 갈 것이다."[11]

우리의 인간관과 세계관은 자아상과 매우 밀접하게 연관되어 있습니다. 자아상을 형성하는 것은 인간관과 세계관이 형성되는 겁니다. 우리가 이것을 인식하는 순간부터 걱정 없는 존재와 더불어 완성됩니다.

암스테르담 광장을 걸으면 경계심으로 가득 찬 비둘기들이 돌 위에서 후다닥거립니다. 앞을 보지 않고 광장을 건너는 것은 불가능합니다. 그런 식으로 우리의 인생을 생각해야 합니다. 우리가 내딛는 발걸음마다 우리 행동과 함께 세상 안에 들어가고 우리가 표현하고 고정시키는 가치를 존재에 추가시킵니다. 그러나 어느 누구도 그렇게 하며 정상적으로는 걸을 수는 없지 않겠습니까? 맞습니다.

보통 그리고 일상 생활로 그렇게는 들어갈 수 없습니다. 모든 발걸음, 모든 행동, 모든 날이 다시 중요합니다. 우리는 우리가 하는 모든 것으로 자신을 형성할 뿐만 아니라 다른 사람들을 위한 본보기를 만듭니다. 우리는 우리의 자아상이자 본보기입니다.

나는 복잡한 자동차 도로를 따라 지나가던 나이든 노파가 불편한 몸으로 어쩔 줄 몰라 하며 서 있는 것을 봅니다. 노파는 길을 건너갈 용기를 내지 못하고 서 있습니다. 나는 마음속으로는 노파를 도와주고 싶지만, 비가 온다는 이유로 혹은 8시 30분에 시작하는 영화를 보기 위해 집에 제때 도착하길 원해 그냥 자전거를 타고 지나친다고 가정해봅니다. 그런데 비가 오지 않거나 재미있는 프로그램이 텔레비전 방송에 나오지 않는다는 조건이었다면 약한 사람을 돕는 가치 있는 세상을 창조할 겁니다. 내가 슈퍼마켓에서 다른 제품이 세일로 나왔기에 유기농으로 재배한 바나나를 사지 않는다면, 나는 그런 행동으로써 인간과 환경이 중요하다는 가치를 형성하지만, 돈을 아낄 때는 중요하지 않게 생각합니다. 어떤 사람이 우리가 잃어버린 지갑을 내용물이 있는 그대로 찾아서 돌려준다면 이 하나의 행동이 우리의 인간관과 세계관을 구할 겁니다. 우리는 감사해하면서 "다행히 이 세상에는 아직 정직한 사람들이 살고 있어"라고 말할 겁니다. 반대로 한 사람의 나쁜 행동이 모든 인류에 대한 신뢰를 잃게 할 수도 있습니다.

우리의 모든 개별적인 수행을 통해 다음과 같은 질문에 대한 답을 찾습니다. '인간이란 무엇인가? 우리는 어떤 세상에서 살고 있는가?' 우리는 이런 질문을 하면서 다른 사람의 세상을 규정합니다. 다른 사람들도 마찬가지로 우리의 세상을 규정합니다. 예를 들면, 우리는 미성년자 성추행자가 없는 세상에서 살기 원합니다. 그러나 한 사람이 한 어린아이를 폭행하면 우리는 어린아이들을 폭행하는 세상에 살게 되고, 그러고는 그런 행동이 사람들에게 낯설지 않게 됩니다.

우리가 하거나 하지 않는 모든 것은 무게가 있습니다. 우리가 하거나 하지 않는 순간 무게를 지니게 됩니다. 좋은 사람이 되길 원합니까? 그럼 좋은 행동을 하십시오. 우리의 행동이 우리 자신이 됩니다. 사르트르가 의미 없이 "사람은 자신의 행동이 쌓여 이루어진 것이다"라고 한 것이 아닙니다. 이 쌓인 것은 개인 소장품이 아니고 온 세상 사람들이 들여다봅니다. 우리는 자신을 창조하면서 세상을 창조합니다. 모든 사람이 그 안에서 살아야 한다고 생각하는 세상입니다.

두려움, 고독, 절망

내가 하는 선택마다, 내가 그 선택을 잘한 것인지 의문이 들 때마다 커다란 공허감이 밀려옵니다. 나의 시선은 아래로 향하고 보잘것없는 한 걸음을 내딛습니다. 갑자기 비둘기 떼가 내 코 앞에서 푸드덕 날아오릅니다. 깜짝 놀라 주위를 돌아보니, 넓다란 광장의 한가운데, 세상의 중심에 서서 관심을 받고 있는 것을 발견합니다. 광장공포증으로 어지러워지기 시작합니다. 그래서 나는 주변을 더듬거려 보지만 잡을 만한 것을 찾을 수 없습니다.

"이것은 우리에게 의도를 이해하도록 해준다." 사르트르는 말했습니다. "두려움, 적막감, 절망 같은 상당히 애처롭게 느껴지는 단어에 대한 이해다." 나는 19살 때 이 세 단어를 격정에 휩싸여 읽었습니다. 실존주의적 두려움이란 거미를 보고 느끼는 두려움이 아닙니다. 그 두려움은 훨씬 더 크고 광범위하며 더 강하게 느껴집니다. 그것은 우리 자신에 대한, 우리가 가진 종합적인 자유와 책임에 대한 두려움입니다. 우리가 두려움입니다. 사르트르에 따르면, 우리가 자신과 함께 인간, 그리고 세상을 선택한다는 것을 고려하는 순간, 우리는 '총체적이고 더 넓은 책임감'을 벗어날 수 없습니다. 사르트르는 두려움을 느끼지 않는 사람들이 있다는 것을 인정합니다. 그러나 그에 따르면 그들은 두려움을 자신을 위해 숨기고 두려움으로부터 탈출합니다.

우리가 전적으로 자신에게 책임이 있다고 생각하고 자신의 행동이 다른 사람들과 아무런 관계가 없다고 생각함으로써 두려움으로부터 탈출하는 것은 언제나 가능합니다. 그렇지만 그렇게 생각한다면 진실성이 없습니다. 모든 사람이 우리와 같이 생각한다면 어떻게 될까 하고 자문해봐야 하기 때문입니다. 불안을 야기하는 그런 질문이 허용되지 않기를 바란다는 것은 이해할 만합니다. 사르트르는 말합니다. "누군가 모든 사람이 그렇게 하지 않는다는 짤막한 거짓말로 용서를 빈다면 그 사람은 사악한 양심을 지닌 것이다. 그가 거짓말을 한다는 사실은 그 거짓에 일정한 가치가 부여되어 있기 때문이다. 두려움은 그것이 감추어지는 곳에서도 나타난다."[12]

나는 강의시간에 학생들이 필기에만 몰두하는 것을 보면 농담을 던집니다. "사르트르는 중세 시대 수도사였으며, 적의 성벽 너머로 페스트에 걸려 죽은 시체를 투석기를 이용해 뿌리는 걸로 악명이 높았다고 말한다면 여러분은 그것을 모두 받아 적으며 진실로 받아들였을 겁니다. 내가 그 정도로 큰 힘을 가지고 있군요."

두려움이란 내가 가끔 수업, 강의, 논문을 준비하면서 경험하는 것 같은 커다란 두려움은 아닐 것이라고 생각합니다. 내가 하는 말을 알아야 합니다. 내가 하는 말은 결과를 가져오기 때문입니다. 사르트르에 따르면 이러한 두려움은 내가 나의 책임을 깨닫는 것을 의미합니다. 책임감을 인식한다는 관점에서 볼 때 두려움 없는 인생을 추구한다는 것은 좋지 않은 일입니다.

두려움이 꼭 나쁠 필요는 없습니다. 존재의 바탕이 땅속으로 꺼지는 것 같은 두려움을 주는 어지러움, 공포에 휩싸인 감정은 어떤 중요한 견지에서 책임감을 망각했다는 신호일 수도 있습니다. 이미 가고 있는 길을 계속 가기 위해 약을 모두 먹어치우며, 잠 못 이루는 밤에 침대 가장자리에서 들려오는 소리를 들어보고 그 소리를 붙잡는 것이 좋을 것 같습니다. 이미 내디딘 길 어딘가 혼란의 한가운데서 돌아와 우리가 가진 '자아의 지적 작용'을 되풀이하다보면 인식과 선택을 하게 됩니다. 굳이 설명하자면 침대 가장자리는 우리가 붙잡을 것이 아무것도 없다는 겁니다. 우리는 이유 없는 반항아들이지만 자존감을 지녔습니다.

그렇습니다. 우리는 필요하면 달라집니다. 내가 영화를 보고 있는 동안 누군가 귀찮게 굴면 짜증을 냅니다. "난 영화를 보고 있단 말이야." 이런 반응의 순간은 더는 짜증나지 않은 상태입니다. 간단합니다. 자의식이란 우리가 하는 것, 그리고 우리가 누구인가를 무의미하게 만듭니다.

자의식이 우리를 물건 대신 사람으로 만들며 세상을 우리의 세상으로 만드는 겁니다. 거리를 두는 자의식 없이는, 그리고 스스로 두 발로 서서 의식으로부터 자유로워지지 않고는 우리는 의미 있는 존재가 아닐 겁니다. 사르트르는 이렇게 썼습니다. "모든 사람은 자신에게 물어봐야 한다. 인간이 나의 행동을 예로 삼을 정도로 내가 행동할 권리를 가지고 있는가를. 인간이 그러한 질문을 하지 않으면 그는 자신을 위해 두려움을 숨기고 있는 것이다."[13]

최근 점점 더 많은 사람이 공황장애라는 말을 사용합니다. 우리는 사르트르처럼 생각하면서 이렇게 말할 수 있습니다. 공황장애로 고생합니까? 좋습니다, 공황이 당신을 괴롭히도록 놔두십시오. 이런 언급이 우리에게 가장 필요한 것을 가리켜 직접 보여줄지 누가 알겠습니까? 장애가 존재 안에서 충분히 괴롭히도록 내버려 둡시다. 존재가 꺼져가고 잠들어가는 것처럼 된다면, 그것은 우리에게 일어날 수 있는 가장 최선일 겁니다. 자유가 어떤 느낌인지 정말 알고 싶습니까? 자유는 두려움처럼 느껴집니다. 나는 자유롭다. 그래서 나는 두렵다. '나는 두렵다, 고로 자유롭다'고 말할 수 있습니다. 두려움이 곧 우리가 아프거나 나쁘거나 약하다는 것을 의미하지는 않습니다. 두려움을 아는 것은 통찰력을 가져다줄 수 있습니다. 두려운 상태는 아마도 영리함의 표시이며 우리가 책임감을 인식한다는 증거일 겁니다. 내가 실존주의적 두려움에 대해 강의하는 도중 한 여학생이 갑자기 일어나더니 말했습니다. "젠장! 그러니까 나는 미친 것이 아니었군요. 나는 자유로운 거예요!"

두려움에 찬 자의식은 저주이자 축복입니다. 자유이자 구속이며, 무겁기도 하지만 무게가 없기도 합니다. 우리의 존재를 소설가 밀란 쿤데라의 말을 빌어 표현하면, 참을 수 없이 가볍습니다. 우리의 책임이라는 두려운 인식은 우리를 철저히 마비시킬 수 있습니다만, 그럴 필요는 없습니다. 그런 인식은 우리에게 주어진 가능성을 숙고하도록 인도해주기도 합니다. 이는 많은 사람에게 영향을 미치는 누군가가 내리는 결정에서 확인할 수 있습니다.

사르트르에 따르면, 우리가 여러 가지 가능성 중에서 하나를 선택하면 "그렇게 선택할 수 있는 것이 선택으로서 가치가 있는가"[14]를 깨닫게 된다고 합니다. 우리가 매우 아프다고 생각해봅시다. 한 의사는 이러한 치료를, 다른 의사는 저러한 치료를 권합니다. 어느 의사를 선택해야 할까요? 두 치료방법은 과학적 연구에 근거하고 있습니다. 추정의 집합에 근거하고 있습니다. 절망 속에서 찾던 확신을 찾을 수 없을 겁니다. 확신하는 유일한 것은 선택해야 한다는 겁니다. 그것도 빨리해야 합니다. 인생은 시간이 지난 후 이해되는 것이고 앞을 보면서 살아가야 한다는 실존주의적 격언이, 인생이 위험에 처한 사람에게 특별히 적용되기 때문입니다. 따라서 우리는 추정의 세계에서 하나 혹은 다른 것을 선택해야 하고 선택한 후에는 무엇을 선택했는지 분명해집니다. 다른 사람들이 현명하게 선택했다고 우리를 칭찬할 겁니다. 그러나 그것이 우리의 선택이라는 것을 더 잘 알고 있습니다.

"적막감 속에서 이야기한다면 …… 신이 존재하지 않고 우리가 결론을 내려야 한다는 것을 의미할 뿐이다. 실존주의자는 신이 계약를 폐기하고 싶어하는, 세속화된 도덕성을 가진 어떤 특정한 종류의 반대자라고 선언한 자다."[15]

사르트르의 말은, 앞으로 신을 믿지 않겠다거나, 전혀 믿지 않았다면서도 신이 존재하는 것처럼 행동하는 사람들을 가리킵니다. 그런 사람들은 그들의 신이 없는 우주에서 선과 악이라는 우선적인 가치에 메여 지냅니다. 무엇이 선하고 악하다는 것이 사람의 손에 의해 쓰인 것이 아닌 것처럼 말입니다. 그들은 그러한 보편적이고 일반적으로 유용한 도덕적 근거가 신에게 있는 것이 아니고 본성이나 인간적 천성에 있다고 생각하거나 그 문제에 대해 더는 그렇게 생각하지 않습니다. 따라서 그들은 십계명의 이런저런 해석에 얽매여 있으며 사람들이 계명을 지켜야 한다고 생각합니다. 일반적인 기준과 가치가 없다면 사회가 어떻게 될까?라고 생각하기 때문입니다. 그러나 사르트르는 '신 없이도 모든 것이 있을 수 있다'는 도스토옙스키의 말을 인용합니다. 그래서 우리는 남겨진 겁니다. 인간적 본성이 존재하지 않는 신은 존재하지 않습니다. 결정론에서 벗어나야 합니다. 어디를 둘러봐도 변명의 여지를 찾을 수 없습니다. 신이 존재한다고 하더라도 우리의 선택의 자유를 위해선 별로 중요하지 않습니다. 선택할 때가 되면 성경에 나오는 신은 단지 신이 존재하지 않았을 때처럼 우리에게서 그냥 떠날 테니까요.

우리는 다가오는 세상을 두려워합니다. 다른 사람들이 악행을 저지르고 벌을 받지 않는 세상을 두려워합니다. 세상의 양심이란 없습니다. 나는 양심을 가지고 있습니다. 나는 그것을 알 수 있습니다. 당신도 양심을 가지고 있습니다. 우리는 양심을 가지고 있습니다. 양심밖에는 아무것도 없습니다.

인간은 인과관계의 도움도, 하늘에서 내리는 축복도 없는 세상에서 살아야 합니다. 우리의 인식 내부를 제외하고 어디에 보편적인 도덕이 존재하겠습니까? 인간적인 관점을 초월하는 도덕은 오직 다른 커다란 인간이 아닌 신적인 도덕을 생각하는 인식이 있을 때만 가능할 겁니다. 그런 것은 없습니다. 그것이 있다고 생각할 수 있지만 우리가 그런 것을 생각해낸 것입니다. 그런 것이 있다 하더라도 우리만의 인간적인 방법으로 그것을 알게 될 겁니다. 우리는 큰 소리로 하늘을 향해 간구할 수 있습니다. 그렇지만 우리가 대답으로 얻는 것은 언제나 우리 목소리의 메아리입니다. 우리는 인간세계에 갇힌 채로 있습니다. 완전히 자유롭고 고독한 상태에서 홀로 있습니다.

그렇지만 우리에게는 서로가 있습니다, 그렇지 않습니까? 그러나 사르트르에 따르면, 인간적인 소속감 아래에는 진실되지 않은 많은 것이 숨어 있습니다. 첫째, 나는 대중 뒤에 숨을 수 없습니다. 다른 사람들이 무엇을 하더라도 나는 내가 하는 것을 합니다. 나에게는 선택권이 있습니다. 둘째, 우리는 누구입니까? 나는 사람들이 이사할 때 도와주는 것이 재미있습니다. 하루 종일 내가 모두 알지 못하는 사람들과 함께 일합니다. 하루가 지나면서 일종의 연결 혹은 단결심이 일어나는 것을 느낍니다. 저녁에 바닥에 둘러 앉아 식사를 하면 심지어 그들과 친구가 된 느낌이 듭니다. 그렇게 우리라는 감정이 나의 인식의 세계에서 일어나는 것이고 나는 그렇게 경험을 하는 겁니다. 내가 그렇게 느끼는 유일한 사람이 아니라는 인상을 피할 수 없을지라도, 다른 사람들이 그런 감정을 말한다고 하더라도, 모든 사람은 자신만의 우리라는 감정과 자신만의 생각을 가질 겁니다. 나는 다른 사람들을 나의 공동체 정신에 끌어들이고 싶을 수 있습니다. 그렇지만 그런 나의 공동체 정신이 진정한 공동체를 만들 수는 없습니다. 나는 바로 나이고, 나와 다른 사람이 내가 가진 것을 함께 쓰는 거라고 사르트르는 말할지도 모릅니다.

절망에 대해서는 이미 잘 알려져 있으므로 짧게 설명하겠습니다. 우리는 이 세상에서 철저하게 혼자입니다. 따라서 신적인 분위기나 다른 분위기로 해결책을 바라는 것은 의미가 없습니다. 인간적인 것을 넘기 원하는 모든 희망은 절망입니다. 사르트르에 따르면, 우리는 가능한 범위 안에 있는 것만 바라고 우리의 행동과 연관된 최대로 멀리 있는 것만 바랄 수 있습니다. 행동영역 밖에 있는 가능성에 우리를 들여보내는 것은 절망으로 이끌 겁니다. 절망은 무기력감을 느끼는 겁니다. 무기력감은 구속의 끔찍한 환상이며, 그로 인해 우리는 언제나 자유에 거리를 두고 있습니다.

이것은 우리의 영역 안에 있는 것들만 생각하라고 권고한 에픽테토스의 스토아 철학의 이분법과 많이 닮아 보입니다. 그럼에도 나는 사르트르를 금욕주의자라고 부르지 않을 겁니다. 그렇게 하기에는 차이가 너무나 큽니다. 사르트르의 철학은 더 주관적입니다. 사르트르의 세계는 언제나 인간적인 세계입니다. 그 세계는 '나의 생각은'의 세계이며 인생은 우리의 능가할 수 없는 주관을 계속 경험하는 겁니다. 스토아 철학에서는 그러한 상황에 맞추는 것은 사실상 한쪽에서만 가능합니다. 동의하고 이성적으로 거부하지 않는 겁니다. 거부란 이성에 대한 저항이 될 수 있고, 따라서 부정적인 감정을 일으키기 때문입니다. 이러한 기회를 통과시켜 주는 스토아 철학의 상당히 좁은 창문은 사르트르에게 와서 아주 넓게 주조된 창문으로 바뀝니다. 두 가지, '내가 있다' 혹은 '내가 없다'로 나뉩니다. 그렇지만 이러한 두 가지 철학에서 희망을 행동 밖에 두어 절망으로 바뀌게 해서는 안 됩니다. 희망은 경계 안에 두지 않으면 언제나 변형되어 버립니다.

두려움, 고독, 절망. 이 세 가지는 처음에는 실존주의의 흥미로운 면이 아닐 것 같습니다. 그러나 사르트르는 그것들로부터 낙관주의를 걸러낼 수 있었고, 우리가 안락의자에서 벌떡 일어나 팔을 벌려 인생 안으로 들어가도록 도와줄 수 있습니다. 이 모든 경험은 전형적으로 인간적인 경험이고 자유, 독립성, 책임감을 증명하는 겁니다. 자유는 대가를 치릅니다. 대가를 치르기 원하지 않는 사람은 문제를 갖게 됩니다. 이것을 피할 수는 없습니다. 우리는 운명적으로 자유롭습니다.

따라서 사르트르의 철학은 처음부터 윤리적입니다. 실

존이 본질에 앞선다는 것은 단지 우리가 자신을 어떻게 경험하는가를 묘사하는 것이 아닙니다. 그것은 하나의 호소입니다. 사르트르는 존재하고, 자유를 인정하고 책임감을 가지라고 요청합니다. 그의 윤리는 행동윤리입니다. 우리는 모든 행동으로 하나의 인간관, 세계관, 윤리관을 창조합니다. 우리는 직접 실천하는 행동으로 우리의 윤리관을 나타냅니다. 누군가 이에 대해 "그렇지만 나는 세계관, 인간관뿐만 아니라 윤리관이 전혀 없다"고 말하면서 반박한다면, 사실상 그는 아무것도 하지 않는다는 것을 말하고 있는 겁니다. 아무것도 하지 않는 것 역시 하는 겁니다. 우리는 언제나 세상과 인류, 선한 삶에 무언가를 하고 또 만들고 있습니다. 이것은 우리가 무엇을 하는지를 바라보면서 우리의 반영을 구체적으로 보여줄 수 있다는 것을 내포하고 있습니다. 우리는 모든 행동으로 어떤 세상에서 살기를 원하는지 혹은 어디에서 살기를 원하지 않는지를 나타냅니다. 사르트르에 따르면 그러한 인식은 우리를 마비시키지 않을 겁니다. 그와 정반대입니다. 왜 그럴까요? 우리가 우리의 존재를 인생의 끝자락에서 부활시킬 때 자신을 무엇으로 만들기 때문입니다. 충분한 시간동안 그렇게 한다면 그것은 우리의 모습이 됩니다. 그러한 예측이 선한 삶의 반대인 경우라면 그 사람은 해야할 것이 무엇인지 알 겁니다. 다른 무언가를 하는 겁니다.

그러나 우리는 사르트르처럼 생각하기 전에 밖으로 나가서 우리가 인식하는 가치를 우리의 행동과 연결합니다. 인간적인 자유에 관한 한 피할 수 없다고 생각하는 무거운 주제 하나를 더 다루겠습니다. 자살입니다.

벗어날 수 없다

일부 사람들의 머릿속에는 의심의 여지없이 한동안 화가 난 목소리가 들릴지도 모릅니다. 왜 내가 내 인생을 책임져야 합니까? 나는 태어나기 위한 선택을 하지 않았잖아요? 그것은 나를 낳은 부모님의 책임입니다. 그들의 선택이었습니다.

하는 일이 잘 안되면 우리는 무기력해집니다. 무력하다는 느낌은 자유롭지 못하고 아무것도 할 수 없다는 생각입니다. 대부분 우울증의 기본 재료입니다. 우리가 부모에게 책임을 지적하고 그들에게 우리의 비자율적인 출생, 그 다음에 온 모든 것에 대한 책임을 돌리면 옳을까요? 답은 '예', 그리고 '아니오'입니다.

'통찰의 시기'라는 표현이 나를 언제나 매혹시켰습니다. 이 말은 일반적으로 아이에서 성인으로 넘어가는 인생의 단계를 의미합니다. 그 이전의 시간은 눈을 감고 있는 상황에서 지나갔다는 것을 암시합니다. 어린 시절은 빛이 꺼진 것 같은 시기입니다. 어느 날 불이 켜지기 시작합니다. 어둠은 사라지고 이것저것을 구분하기 시작합니다. '통찰의 시기'는 늘어나는 지식과 연관이 있습니다. 지식이 없으면 아무것도 보지 못합니다.

우리 인생의 많은 것은 부모님에게로 거슬러 올라갈 수 있습니다. 그렇지만 그들의 책임은 한번에 멈춥니다. 정확히 우리가 통찰의 시기에 다다른 때입니다. 우리가 통찰을 습득하거나 이해해야 하는 가장 중요한 것은 우리가 처한 자유입니다. "내가 왜 자살을 시도하지 말아야 할까." 왜 이것이 우리의 성숙한 인생의 가장 중요한 의문일까요? 우리는 스스로 삶을 선택하지 않았습니다. 그러나 우리는 이 세상에 있습니다. 우리는 존재할지 말지를 가리는 선택을 할 수 있습니다. 우리는 자유로운 상태로 태어나지는 않았습니다. 그러나 자유로운 상태로 죽을 수 있습니다. 따라서 우리가 통찰의 시기까지 인생을 살아왔다면, 그것은 우리가 가진 우리만의 자유입니다. 부모님은 오직 시작만 만들어주었습니다. 우리는 그 이후 이어지는 것에 대해 책임이 있습니다. 이 이어지는 일들은 필연적인 것이 아닙니다. 우리의 매일 하루는 사실상 새로운 시작입니다. 우리의 고유한 선택이기 때문입니다. 아무도 우리를 여기에 머물도록 강요할 수 없습니다.

나는 어쩌면 우울할지 모를 의문을 깊이 생각해봅니다. 인생을 우리의 고유한 책임으로 보는 것이 중요하기 때문입니다. 삶을 선택해 살아가는 사람은 변명의 여지가 없고 정상참작도 안됩니다. 우리의 인생이 타인에 의해 좌지우지 된다는 생각을 가지고 있는 한 우리는 자유롭지 못합니다.

분명한 것은 아이를 낳으려는 선택에는 커다란 책임감이 따른다는 것입니다. 우리는 새로운 한 인간에게 그의 존재를 강요하며 평생 선택을 안겨줍니다. '여기에 머물 것인가 혹은 여기에서 벗어날 것인가'의 선택입니다. 아이를 갖고 싶어하는 모든 사람이 이것을 인식하고 있는지 모르겠습니다. 우리가 아이를 자신을 위해서 낳지 않는다는 것이 저에게는 중요한 실존주의적 통찰로 보이지만, 아이를 임신하고 낳음으로써 누군가에게 그 자신을 맡겨버립니다.

무엇인가 선택할 수 있다는 생각을 갖게 되면서부터 변화가 시작됩니다. 전문가뿐만 아니라 상담사들은 이 말에 동의할 겁니다. 사람은 선택을 하는 데 어려움을 느낍니다. 자유에 대한 생각이 그때까지 부족하다면 대부분 좋게 될 수 없습니다. 삶을 개선하는 것은 스스로 시작할 수 있다는 인식에서 출발합니다. 우리는 바로 그 자유를 낯선 사람에게서 찾을 필요가 없습니다. 우리가 바로 그 자유입니다. 그것을 깨닫는 순간 찾고자 하던 것을 발견하게 될 겁니다.

프랑스의 작가이자 철학자인 알베르 카뮈는 1942년 출판된 그의 책 『시지프스의 신화』에 이렇게 썼습니다. "거기엔 단 하나 현실적으로 심각한 철학적인 문제가 있다. 그것은 자살이다. '잘 살 것인가 혹은 살아갈 가치가 있는 것인가'에 대한 판단은 철학의 근본적인 의문에 답하는 것이다. 다른 세상 혹은 세상이 3차원 혹은 9개나 12개의 분류로 나뉜 영혼을 갖는가는 그 다음의 문제다. 그것은 장난에 불과하다. 우선 인간은 답해야 한다." 그리고 그는 계속해서 이렇게 썼습니다.

> 이 문제가 다른 문제들보다 왜 급한지 스스로에게 묻고 나서는, 의무적으로 따르는 행동 때문이라고 답한다. 나는 아직 누구도 실존주의적 증명을 위해 죽은 사람을 보지 못했다. 중요한 학문적 진실을 가졌던 갈릴레오는 그의 인생이 그것으로 인해 위험에 처했을 때 아주 쉽게 진실을 버렸다. 그는 분명히 그것을 잘했다. 진실은 불에 타서 없어질 가치를 지닌 것이 아니었다. 지구가 태양 주위를 돌든지 혹은 태양이 지구 주위를 돌든지 사실상 중요하지 않다. 대략 불확실하다고 이야기되었다. 그것과는 반대로 나는 많은 사

람이 인생을 살 만한 가치가 없다고 여기고 죽는 것을 보았다. 또 다시 다른 사람들이 역설적인 방법으로 그들에게 사는 이유가 되는 사상과 환상을 위해 목숨을 끊는다(살아야 하는 이유로 불리는 것은 동시에 죽기에 아주 좋은 이유이기도 하다). 나는 모든 질문 중에서 살아가는 의미에 대한 질문이 가장 긴급하다고 판단한다."[16]

단지 작가와 철학자들만 이런 위험한 질문을 다루는 것이 아닙니다. 이것은 임의적인 질문이 아니기 때문입니다. 삶에 대한 의미가 있는지를 치료의 출발점으로 다루는 데 놀라지 않는 정신과 의사들도 있습니다. 정신신경과 교수이자 집단수용소에서 살아남은 빅토르 프랑클은 '존재의 분석'이라고 불리는 로고테라피(실존주의적 의미치료)의 창시자입니다. 그는 1946년에 출판된 『존재의 의미』에 이렇게 썼습니다. "한 건축가가 아치를 강하게 하려면 아치에 가해지는 무게를 올린다. 그러면 아치의 특정한 부분이 더 견고하게 눌린다. 환자의 정신적 건강 상태를 마주하는 치료자는 인생의 의미를 재정리하면서 그들의 업무를 확대하는 것을 두려워해서는 안 된다."[17]

그는 그의 방법을 이렇게 설명합니다.

나의 이론을 '로고테라피'라고 부르는 이유는 다음과 같다.

> 그리스어 로고스loges는 '의미'라는 뜻을 포함한다. 로고테라피는 (……) 그러한 의미를 향한 인간의 추구뿐만 아니라 인간적 존재에 대한 의미를 대상으로 한다. 로고테라피에 따르면 삶의 의미에 대한 이러한 추구는 인간이 가지고 있는 원천적인 동기의 힘이다. 따라서 나는 욕망의 원칙(욕망을 향한 의지라고도 말할 수 있다) 대신에 '의미를 향한 의지'라고 부른다. 프로이드학파 정신분석학자들은 욕망의 원칙과 아들러의 이론에서 강조하는 권력을 향한 의지를 연구한다.[18]

프랑클은 인간은 살기 위한 무엇인가가 필요하다고 강조합니다. 이상, 가치, 생각, 그리고 자신을 견고하게 하고 확대하기 위한 무엇 혹은 누군가에 대한 사고방식이 필요합니다. 프랑클은 끔찍한 수용소 생활에서 존재의 의미를 굳게 붙잡았던 사람들이 살아남고, 처절한 고통을 육체적뿐만 아니라 정신적으로도 이겨내기 위해 어떻게 더 많은 기회를 가졌는지를 보았습니다. '의미를 향한 의시'가 '살려는 의지'보다 우선입니다.

이와 함께 프랑클은 생물학적인 인간관의 추종자들과 철저히 정반대 태도를 보입니다. 그들에 따르면 우리는 단지 종족번식을 위해서만 존재한다고 합니다. 그렇지만 프랑클에 따르면 종족번식은 삶의 유일한 의미가 될 수 없습니다. "그러한 경우 삶은 의미 없게 될 것이고 그 자체만으로도 의미가 없으므로 종족번식으로 의미를 얻기는 불가능하다."[19]

로고테라피의미치료는 인간의 존재 의미를 인식하는 데 도움을 주며, 의미를 향한 의지 안에서 그들을 인도할 몇 가지 방법을 포함합니다. 인생의 의미가 알약병 한 통에 담겨 있지 않다는 것을 분명히 해둡시다. 프랑클은 말합니다. "한 인간의 인생의 의미 없음에 대한 걱정, 심지어 절망은 정신적으로 필요하지만 결코 정신병일 수는 없다. 의사가 환자의 첫 번째 정신 증상을 두 번째 용어로 해석한다면, 의사는 환자의 실존주의적 절망을 산더미 같은 마취약 아래 파묻을 것이다. 그러나 의사의 임무는 환자가 이러한 존재적 성장 위기 및 발전 위기를 극복하도록 돕는 것이다."[20]

여러 방법 중 하나는 역설적 의도입니다. 가장 중요한 것은 누군가가 자신의 자유를 재발견하고 자신의 고유한 삶의 피할 수 없는 책임감을 인식하는 것입니다. 그러기 위해서 넋두리하는 누군가가 필요합니다. 즉 "내가 왜 자살을 시도하지 않지?"라는 질문에 "그러게요, 당신은 왜 자살을 시도하지 않죠?"라고 대답하는 겁니다. 스스로 왜 자살을 시도하지 않는지 질문한다는 것은 존재의 가장 깊은 가치를 발견하거나 생각하게 할 수 있습니다. 그 가치는 모든 것이 될 수 있습니다. 남편, 부인, 아이들, 살고 있는 도시, 국가, 반대자들이 당신을 굴복시키지 못했다는 것을 반대자들에게 보여주려는 갈망, 사랑, 선, 진리, 미, 신, 정의 등이 있습니다. 우리가 그것 때문에 살고 싶은 무언가를 가졌을 때 삶은 살아갈 가치가 있습니다.

자살에 대한 생각은 삶을 선택하는 데 중요한 도움이 될 수 있습니다. 인생을 우리의 자유로운 선택으로 경험할 때에야 벗어나려는 유혹에 맞서서 곧 회복할 수 있습니다. 아마도 "모든 것, 모든 사람 때문이야. 나 때문이 아니야."라고 지체 없이 생각하는 것을 배울 겁니다. 내가 살아 있기 위해 이 세상에 왔다는 것을 결정하는 순간, 매일이 새롭다는 것을 실제로 결정하는 순간 인생은 나의 본분입니다. 인생이 어려움을 만나면 출구가 어디인지 알고 있습니다. 우리는 자유롭게, 철저히 마지막까지 우리 자신을 파괴합니다. 또한 나의 삶을 종식시키는 것은 행동입니다. 그렇게 나는 인간세계에 본보기가 됩니다. 비록 내가 자신의 행동에 대한 마지막 목격자는 아니더라도 나 스스로를 파괴함으로써 가치 하나를 세상에 남깁니다. 그런데 만약 내가 그 가치와 함께 살 수 없다면 그것에 대해 깊이 생각해야 합니다. 나 자신이 선택한 존재의 끝에 대해서도 책임이 있습니다.

존재의 공포

나는 대학에서 7년 가까이 철학 공부에 시간을 바쳤습니다. 나의 미루는 버릇을 고려해 볼 때 지혜를 향한 갈망을 충족시키는 데 상당히 은둔적이었다고 말할 수도 있을 겁니다. 나는 강의에 거의 출석하지 않았습니다. 1학년을 마칠 때 필요한 42학점 중 12학점만 이수했습니다.

나는 책을 많이 읽었는데, 필독서 목록에 있는 책만 읽지는 않았습니다. 이런저런 방법으로 풀리지 않은 것들을 두고 고민했습니다. 언젠가는 풀릴 거라고 생각했습니다. 시간은 충분했습니다.

3학년을 마치고 1년간 휴학하기로 결정했습니다. 소설을 쓰기 위함이었으며 시간이 오래 걸리지 않을 것이란 걸 알았기 때문이었습니다. 언제라도 기초장학금을 받을 수 있었으므로 시작하지 않으면 크게 후회할 것 같았습니다. 아버지는 내가 공부를 중단하는 것을 막기 위해 노력하셨습니다. "지금 중단하면 너는 영원히 다시 시작하지 못할 거야"라고 걱정하셨습니다.

아버지의 생각은 틀렸습니다. 다음해 나는 다시 등록을 하고 공부를 시작했으며 더는 지체하지 않고 졸업했습니다. 휴학은 도움이 되었습니다. 휴학 후에 공부를 진지하게 생각했을 뿐만 아니라 심지어 그해에는 완성된 소설도

출간했습니다. 그 전환점이 어디에 있었을까요? 내가 왜 다시 시작하고 계속하기로 마음먹는데 성공할 수 있었을까요? 그것이 점진적인 절차였을까요? 나는 그것을 '이해의 섬광'이라고 기억합니다. 나는 휴학 기간을 인생의 문을 열쇠로 여는 순간으로 간주하는 경험을 했습니다. 거의 문자 그대로였습니다. 자물통에 열쇠가 맞물려 열리고 이해와 미래에 대한 전망을 가지고 세상을 바라볼 수 있게 되었습니다.

존재 공포의 습격이라고 묘사하고 싶은 것의 공격을 받았을 때, 나는 자취방에 혼자 앉아 있었습니다. 우리가 결정을 내리면 사람들은 말하곤 합니다. "당신의 인생입니다." 이 진리의 말이 나에게 깨달음으로 분명하게 다가왔습니다. 나의 인생이다. 순간 울컥했습니다. 다른 사람들이 나와 같이 한동안은 걸을 수 있습니다. 그렇지만 결국 나의 인생을 살아야 하는 사람은 바로 나입니다. 내가 내린 결정에 대한 책임이나 회피를 떠안아야 하는 사람은 바로 나입니다. 내가 공부를 그만둔 것에 대해 친구들, 가족들이 각자 의견을 내놓았습니다. 내가 놓치는 것들이 더 많아지고 놓친 기회들이 계속 이어진다면 그들은 인내심을 가지고 나를 꾸준히 응원하고 위로해주고, 내가 정당화하는 것이나 잘못을 뉘우치는 것을 들어줄 겁니다. 그렇지만 그 모든 것이 충분하지 않을 것이라는 것을 나는 깨달았습니다. 그것은 외부에서 오는 말이기 때문입니다. 그곳은 내가 있는 곳이 아닙니다. 나는 내 인생 중간인, 자의식의 중앙인 이곳에 있습니다. 나 자신을 피하는 것은 있을 수 없습니다. 내가 어디를 가더라도 내가 나를 기다리고 있을 테니까요.

존재의 공포가 다가온 순간 나는 그걸 보았습니다. 확실한 감각을 느끼고 그 순간이 닥쳤을 때 나는 혼자 서 있습니다. 그 순간부터 나는 다시 일했습니다. 나의 인생이 맞고 내가 나의 인생으로부터 무언가를 하지 않으면 아무도 대신 해주지 않는다는 것이 더욱 분명해졌기 때문이었습니다.

그 이후로 사람들이 내가 많이 성숙해졌다고 말합니다. 나는 항상 저항하려는 성향을 가지고 있었습니다. 내 생각엔 지루한 공허함이 나를 쫓아다녔다고 하는 것이 더 맞을 겁니다. 참을성은 우리가 가진 것이 아닙니다. 참는 것은 우리가 해야 하는 겁니다. 우리만의 작은 '무에서의 창조'를 각자 이루어내야 합니다.

사르트르와 함께 생각하는 것은 우리가 앞을 내다보지 못할 때 격려가 될 수 있습니다. 우리가 시작을 피하는 방법이 얼마나 많은지, 그리고 상황이나 혹은 다른 사람들을 괴롭히는 방법이 얼마나 많은지 알면 놀라울 정도입니다. 우리가 일을 하지 않으면 다른 사람들을 찾고 그들에게 집중하며 동료들 사이에서 자신을 잃어버리고 자신에 대해 생각할 필요가 없다는 유혹을 받을 수 있습니다. 인생에 대한 책임에 관한 한 홀로 서 있다는 명백한 사실을 덮어두기 위함입니다.

이제 막 성인이 되었다면 술과 마약, 그리고 모든 다른 진정제나 마취제가 유혹한다는 것은 특별히 놀랄 만한 일이 아닙니다. 우리가 통찰의 시기에 도달하고, 완전한 자유와 책임감으로 무언가를 이루어야 한다는 것에 깜짝 놀라며 깨닫자마자, 그러한 일시적인 성취의 마취는 환영할 만한 휴식일 수도 있습니다. 어쩌면 그것을 '몽롱하다'라고 말하는 이유는 돌처럼 멍하니 있고 싶은 갈망으로 무관심과 무의식으로 '그 자체로 존재'를 대하기 때문입니다. 이 휴식을 너무 자주 찾고 너무 오래 취하면 중독이라고 하며 그것은 자유와 반대입니다. 그것은 우리가 버려야 할 것입니다. 어떤 중독이든지 벗어나기 어려운 이유는 우리가 자유롭게 되길 원하지 않을지도 모르기 때문입니다. 우리에게 더는 선택지가 없을 때 중독된다는 말이 있습니다. 단, 모든 사람에게 그러한 끔찍한 상황이 적용되는지는 의문입니다. 우리가 술에서 깨어나면 다시 알게 됩니다. 어느 것도 확정적이지 않다는 것을. 그렇습니다, 돌은 고정되어 있습니다. 그러나 우리는 누워 있으면 안됩니다.

우리는 존재합니다.

'나는 왜 시작이 어려운가?'라는 질문을 다시 한 번 던집니다. 우리가 끊임없이 연기하려는 행동은 어디서 오는 것일까요? 그 모든 반대 의향이 지니는 의미는 무엇일까요? 우리는 중요하다고 생각하는 것들, 우리가 원할 수 있는 것뿐만 아니라 우리가 정말 잘 되길 원하는 것들을 미루려는 경향이 있습니다. 그러한 경우 우리가 어떤 것들을 계속 미루고 있는지 스스로에게 질문을 해야 유익합니다.

미루는 행동의 이유는 알기 쉽습니다. 시작하지 않고 있는 한 잘할 가능성이 있습니다. 우리가 행동으로 옮기자마자, 그렇게 지독히 원하던 것들을 잘할 수 있다는 것이 드러납니다. 행동은 우리를 현실에 서게 하면서 그것으로 무엇을 만드는지 눈으로 직접 목격하게 합니다. 연극을 할 수 없다고 밝혀지는 것, 실패한 소설을 제출하는 것, 사랑이 깨지는 것을 보는 것은 우리가 어떤 사람인가와 무관하게 생각될 수 없습니다. 심지어 직접적인 정체성 위기로 결말지어질 수도 있습니다. 평생 수동적으로 머물고 기다리기만 한다면 '우리가 누구인가'라는 질문도 미룰 거라고 봅니다.

올바른 실존주의자의 삶

머릿속에 잘못된 행복관을 가지고 행복을 추구하면 특별한 불행이 자리 잡습니다. 행복을 좇는 사람들은 좋은 인생을 이미 도착한 것으로, 행복을 현재완료형으로 상상하면서 여기저기 돌아다닙니다. 마침내 종착역에 도달했다고 생각하는 그 황홀한 순간이 지나도 인생이 계속 진행된다는 사실은 엄청난 허탈감을 가져올 수 있습니다. 뭐가 잘못되었을까? 하고 질문하겠지만 잘못된 것은 아무것도 없습니다. 자의식과 시간의 흐름에 따라 우리의 현재 모습과 미래의 모습 사이에는 언제나 거리가 존재합니다. 우리가 아무런 할 일이 없는 정체된 상태를 추구함으로써 지금의 인간적인 상황을 부인하려는 시도를 한다면 불행을 부르는 겁니다. 정신과 의사인 빅토르 프랑클은 이에 대해 이렇게 썼습니다.

> 나는 인간이 균형에 대해, 혹은 생물학에서 말하는 '생체 항상성' 즉, 긴장감이 없는 상태에 대해 기본적으로 필요를 느낀다고 가정하는 것은 정신적 위생에 있어 해로운 오해라고 간주한다. 사람은 실제로 긴장이 없는 상태를 필요로 하지 않는다. 그러나 가치 있는 목적을 달성하기 위한 투쟁과 추구는 필요하다. 인간은 마치 잠재적인 의미를 자극하

는 것으로서, 인간이 충족해야 할 목적으로서 긴장을 배출할 필요가 없다. 인간은 항상성이 필요하지 않다. '정신역학'을 필요로 한다. 자기장에서 일어나는 정신적 역학으로, 하나의 극은 충족되어야 하는 의미로 형성되고 다른 하나는 이를 증명하는 인간에 의해 형성된다."[21]

올바른 삶은 마음의 안정과 자신에게 만족하는 데 있지 않습니다. 자신의 현재 모습에서, 자신이 이룬 것에서 거리를 두고 새로운 가치, 새로운 의미, 자신으로부터 무언가를 만들려는 새로운 의미 있는 방법을 찾아가기 때문에 그런 것은 불가능합니다. 인간적인 행복이라고 불리는 것을 경험하길 원하는 사람은 가만히 멈춰서 앉아 있을 수가 없습니다. 여기에 약간의 안도를 느끼는 건 아마도 우리의 인생이 사실상 실패할 수 없다는 것일 겁니다. 우리가 모방할 수 있는 자질을 가지고 있지 않고 또한 실행할 목표가 준비되어 있지 않기 때문입니다. 따라서 인생은 실제로 경험하는 것과 다른 것이 아닙니다.

행복은 내가 원하는 대로 평생을 기다려주지 않는다는 것이 실존주의가 가르쳐준 행복입니다. 너무 늦기 전에 시작해야 합니다. 나의 행동, 나의 집중력, 내가 취사선택한 가치에 충실하기, 이상, 사람 등을 통해 내 자신을 실현해야 합니다. 나중에 헛된 꿈만 꾸고 진짜가 되지 못한 가짜로 인생을 살아가는 누군가가 되지 않기 위함입니다.

지옥은 바로 타인들이다

나는 철학자로서 가끔 특별한 장소에 갑니다. 몇 차례 고백성사 자리에 앉아봤습니다. 영화에서 나오는 촬영세트에서 가져온 진짜 고백성사 자리였으며 사람들이 앉아서 익명으로 비밀을 고백하는 곳이었습니다. 내가 맡은 임무는 고백하는 사람과 함께 생각하고, 무언가를 명확히 할 수 있는 생각의 틀을 찾는 데 도움을 주는 일이었습니다. 한 이야기가 아직도 특별하게 남아 있습니다. 나는 그것을 '믿음을 버리면 안 되는 성직자의 고백'이라고 부릅니다.

그는 성인이 된 이후 줄곧 성직자로 살았습니다. 그는 자신의 교회, 대가족이 있었으며 많은 사람이 그에게 의지했습니다. 그러나 몇 년 전부터 다음과 같은 문제와 싸우고 있었습니다. 그는 이제 신을 믿지 않게 되었습니다. 따라서 이제 신을 믿지 않는 성직자가 된 그가 무엇을 해야 할지, 무엇을 할 수 있을지 생각했습니다. 그가 은퇴하기까지는 아직 10년이 넘는 세월이 남아 있었습니다. 많은 사람이 그를 의지했습니다. 그가 자신의 일을 의미 없다고 생각한 것은 아니었습니다. 적어도 완전하게 의미 없다고는 생각하지 않았습니다. 그러나 그는 신을 더는 믿지 않았습니다.

그는 사회적인 직책도 가지고 있었으며 많은 사람을 도왔고, 그들에게는 그가 사회복지사처럼 어떤 의미를 가지고 있었습니다. 그가 그러한 가치를 일을 하면서 강조하는 것이 가능했을까요? 그렇다면 그는 사회복지사일 수 있었습니다. 그는 그것도 생각해봤습니다. 그러나 그의 임무의 중요한 부분은 고통을 위로하는 기독교적 관점에서 사람들을 돕는 것으로 이루어져 있었습니다. 그래서 그 일을 정직하게 하는 것이 불가능했습니다. 자신이 공허한 말을 반복한다는 것을 알았습니다. 자신 앞에 있는 전혀 공허하지 않은 희망을 가진 신도들을 보는 순간 자신이 사기꾼으로 느껴졌습니다. 그러나 그는 계속 일을 해야만 했습니다. 그에게는 부양할 가족이 있었고, 그의 가족은 마을에서 성직자 가족으로 잘 알려져 있었습니다. 요약하면, 그는 신앙을 잃었지만 어찌할 도리가 없었습니다.

여러분은 이 이야기를 아리스토텔레스적인 고심이라고 말할 수 있습니다. 우리는 의미 있는 현실에서 맡고 있는 역할에 의해 오늘의 우리가 됩니다. 교회는 그 성직자가 중요한 역할을 담당하고 덕을 베풀면서 그의 성격을 발전시킨 무대입니다. 이러한 방법으로 분명하게 보이는 것은 우리 정체성의 사회적 구조입니다. 그 사람은 자신을 성직자로 보았습니다. 그는 성직자였습니다. 그렇지만 교회가 없이 그는 성직자일 수가 없습니다. 그를 성직자로 봐줄 사람들이 필요했습니다. 그러나 이러한 경우 어려운 점은 사람들이 그를 다르게 보는 것이 아니고, 그가 자신을 더는 그렇게 보지 않는 데 있습니다. 다른 사람에게는 그가 아무 일 없는 사람처럼 보이지만 그는 자신을 위해 그 역할을 감당할 수 없었습니다. 자신을 위해 성직자가 되려고 했으므로 신에 대한 믿음이 필요했습니다. 그런데 믿음이 사라지고 다시는 돌아오지 않을 것 같았습니다.

인생의 주인공 역할이 더는 당신에게 어울리지 않는다는 생각이 들면 어떻게 될까요? 주위의 압력에 의해 맡은 역할을 감당하고, 우리 자신을 그 안에 집어넣거나 철책 안으로 밀어넣어야 할까요?

여기에서 사르트르처럼 생각하면 흥미로울 겁니다. 앞장에서 현재의 우리가 되도록 도움을 주는 다른 사람들의 만족스런 존재와 확실한 존재에 대해 많이 언급했습니다. 그것은 물론 이야기의 한 측면에 불과합니다. 다른 측면에는 다른 사람들이 우리의 방해가 되고, 우리를 아주 부자연스런 방법으로 제한하고 있습니다. 존재하는 다른 면도 고백하는 것은 좋은 일입니다. 사르트르의 가장 유명한 작품 속 대사인 "지옥은 바로 타인들이다!"[22]라는 말이 그냥 나온 것이 아닐 겁니다.

사르트르는 자신에 대한 지식을 얻기 위해서는 타인에게 의존해야 함을 잘 인식하고 있었습니다. 사르트르에 따르면 타인의 존재는 우리의 존재처럼 커다란 확실성입니다. 우리의 자아상은 우리의 인간관과 떨어져 있지 않습니다. 따라서 우리는 자신을 인식하는 인간임을 발견하는 동시에 인간으로 간주하는 타인을 발견합니다. "자아를 생각하면서 자신과 직면하는 사람은 타인도 그렇게 발견한다. 그는 타인을 자신의 고유한 존재를 위한 조건으로 발견한다. 그는 타인이 자신을 그렇게 인정하지 않으면 (유쾌하다거나 나쁘다거나 질투가 심하다거나처럼) 자신 역시 아무것도 아니라는 것을 인식한다. 나 자신에 대한 진실을 알기 위해 나는 타인을 통해 그 진실을 얻어야 한다."[23]

그는 이렇게 말합니다.

> 타인은 나의 존재를 위해 없어서는 안 된다. 나에 대한 지식을 위해서도 마찬가지다. 이러한 조건 때문에 나의 내면의 발견은, 동시에 타인의 발견을 의미한다. 나에게 자신을 소개하는 자유처럼 그 자유는 생각하고 바라는 것과 관련해 나를 위하거나 나를 적대하는 두 가지 면을 가지고 있다. 우리는 그렇게 바로 우리가 상호주관성이라고 부르는

세상을 발견한다. (그 세상에서 우리가 결정해야 하는 것은 인간이 무엇인가, 타인이 무엇인가이다.)[24]

이러한 판단이 타인과의 관계에서 온다면 그러한 부자유스러움은 어디에 있을까요? 사르트르에 따르면 눈빛에 있다고 합니다. 타인이 우리를 바라볼 때 그는 누군가를 봅니다. 그가 무엇을 보는지, 누구를 보는지 모릅니다. 타인이 우리를 보자마자 우리에게 정체성이 부여됩니다. 인간성이 측정됩니다. 우리가 아닌 타인에 의해서입니다. 우리가 그때 누구이고 타인의 눈에 이제 막 누가 되었는지, 거기에 대해 우리는 힘이 없습니다. 타인이 우리의 정체성을, 우리의 자아판단을 빼앗아갑니다. 우리에게 낯선 정체성을 우리가 모르는 사이에 원하지 않는데도 부여하고, 우리 자신으로부터 우리를 빼앗아간다고 할 수 있습니다. 타인은 한마디로 우리를 '객관화'시킵니다.

우리는 그것을 경험합니다. 우리가 전차에 올랐을 때 사람들이 바라보는 것을 봅니다. 그 보는 눈길로, 가끔은 나 자신이 굳어지는 것을 느낍니다. 그 순간을 느끼는 것은 우리의 정체성이 완전히 타율적으로 인식되는 겁니다. 많은 사람이 분명 아침에 오랫동안 거울 앞에 서 있을 겁니다. 거울에 비친 모습을 통해 타인이 우리를 어떻게 볼까 예측하고 타인들이 우리로부터 만들 모습이 어느 정도 평화를 찾을 수 있게 보이도록 최선을 다합니다. 누군가 사진기로 당신을 찍으려고 한다는 것을 의식하면 당신이 어떻게 행동하는지 눈여겨보십시오. 자세를 취하기 시작합니다. 움직임은 어쩐지 부자연스러워집니다. 우리는 이제 우리 자신이 아닙니다. 우리의 사진을 찍는 타인의 눈빛을 통해 (그리고 앞으로 사진을 보게 될 많은 타인의 눈빛을 통해) 보이도록 강요됩니다.

사르트르는 인간관계에 대해 그리 낙관적이지는 않습니다. 공격적으로 여기저기 분주히 움직이며 객관성을 부여하는 시선을 피할 방법이 없다고 합니다. 타인이 그의 눈길로 나를 쳐다보고 나를 이런저런 사람으로 사진을 찍듯이 나의 모습을 확정한 후, 자신을 최소한 다시 찾고 싶다면 한 가지밖에 할 수 없습니다. 같은 것을 돌려주는 겁니다. 나는 내 차례로 타인에게 눈길을 보냅니다. 그를 붙잡고 그에게서 어떤 사람을 만들며, 그가 만든 나의 모습을 생각합니다. 그는 내가 생각하는 것을 봅니다. 그를 바라보는 나의 눈으로 똑바로 서 있는 자신을 느끼게 될 겁니다. 그는 그것이 자신과 관계있다는 것도 느끼고 자신에 대해 무언가를 말하며 그로 인한 자신의 모든 책임과도 관련있다는 것 또한 느낄 겁니다. 그러나 그는 그러한 느낌을 조절할 수 없습니다. 그렇게 하려면 그는 나의 시선 뒤로 와야 하지만 그렇게 할 수가 없습니다. 나는 내 눈길에 접근할 수 없는 창구 뒤에서 그의 정체를 기록합니다. 나는 그 타인이 누구인지 정하는 사람이 됩니다.

우리는 타인이 낯선 눈길을 받으며 자신으로부터 낯선 모습이 되어 버립니다. 원래의 우리는 사르트르에게 불가능한 겁니다. 우리 역시 이제 그것을 알고 있습니다. 함께 있다는 것은 환상입니다. 둘 중 한 명의 통합적이고 이기적인 꿈입니다. 더 정확히 말하면 둘 다 자기에게로 끌어들여 타인이 내 자아의 압도적인 행동반경으로 들어오는 것을 목적으로 삼는 겁니다.

따라서 사르트르는 우리가 정체성을 갖기 위해 타인이 필요하다는 것을 인정합니다. 그렇지만 이것은 결국 부정적인 영향을 미칩니다. 정체성 부여가 우리 자신이 아닌 타인을 통해 이루어진다는 무력감 때문만이 아니라, 우리가 언제나 '자기에 대하여 있는 존재'이기 때문이기도 합니다. 언제나 우리를 우리의 정체성과 연결해야 합니다. 정체성은 분리되어 있기 때문입니다.

믿음이 없어진 성직자의 경우, 그는 타인이 어떤 정체성을 부여하는지 너무나 잘 알고 있습니다. 그들이 그로부터 만드는 낯선 자는 그에게 잘 알려진 사람입니다. 그렇지만 그가 선택이 없다고 말하면서 무엇이든 누구든 그에게 그렇게 하도록 강요하기 때문에 그가 성직자로 머물러야 한다고 말한다면, 그는 신뢰를 악용하는 자입니다. 그가 그것을 한다면 그것은 전적으로 그의 고유한 선택이며, 그것을 위해 그는 어떠한 관점에서도 책임을 피할 수 없습니다. 그렇지 않다면 그는 세상이 자신을 정하도록 할 겁니다. 우리는 모든 상황에서 자신을 결정합니다. 우리가 그렇게 할 수 없는 상태에 있다고 생각해도 마찬가지입니다.

자유로운 상태, 누가 그것을 원하지 않을까요?

사르트르와 함께 생각하면 사람들이 다른 무엇보다도 자유를 원한다고 요구할 때 큰 소리를 낸다는 것이 분명해집니다. 대부분의 사람들이 다 그렇지는 않습니다. 아무 때나 아무 상황에서나 자유를 요구하지 않습니다. 자유롭다는 것은 언제나 날아오를 수 있다는 겁니다. 우리는 원하든 원하지 않든 자유와 책임의 양쪽 날개로 그렇게 날아오릅니다. 자신과 다른 사람에게 날개 하나만으로도 자유로운 비행을 훌륭하게 할 수 있다고 주장하는 사람은 신뢰할 수 없는 사람입니다. 사르트르의 도움으로 (우리가 선택의 자유 안에서 아무것도 아닌 것에 의해 혼란스럽게 되더라도) 우리는 선택의 자유를 인식합니다. 우리가 선택의 자유에서 벗어나려는 것도 인식하게 됩니다.

그날 그 파티, 당신이 밖에서 누군가와 서서 키스하고

있는 동안 집에서는 누군가가 당신을 기다리고 있습니다. "그래, 나는 너무 취했어"라고 자신에게 말할 겁니다. "취한 것이 원인이야. 취하면 내가 하는 일을 절대 몰라. 나는 그 순간으로 들어가고 내일이라는 날을 잊어버려. 어쩔 수 없었어. 그것이 나보다 강했어." 마음속 양심이라는 책에서 실존주의에 관한 부분을 들춰보며 우리는 그날 밤 생각을 한번 점검해봐야 합니다. 그래서 스스로 정정당당하게 다른 선택의 순간이 없었는지 혹시 더 많은 선택이 있었는지 자문해봐야 합니다. 예를 들어 맥주 한 잔을 더 마시려고 할 때, 자제력이 작동을 할지, 판단능력이 어느 정도인지 알아보는 겁니다. 자의식을 의도적으로 감소시키는 것은 우리의 책임이 아니겠습니까? 선택이 거의 불가능하게 된 상황에 협력하는 것은 우리가 자유로운 상태로 선택할 수 있는 것은 아니지 않습니까?

젠장! 사르트르, 우리를 잠시라도 가만히 놔둘 수는 없겠습니까? 그렇지만 우리가 비양심적인 밤을 갈구하는 동안 환한 빛으로 우리를 추격하는 사람은 사르트르가 아닙니다. 우리 자신입니다. 우리는 자신에게 유죄 판결을 내렸습니다. 그것은 바꿀 수 없습니다. 우리가 할 수 있다고 생각하는 모든 것은 우리가 책임져야 하기 때문입니다. 우리는 '우리의 행동이 쌓여 이루어진 존재'입니다. 우리는 결과를 손에 들고 혼자 서 있고, 넓은 주변에는 차감할 항목을 찾을 길이 없습니다.

선택의 자유를 자유로 이해하는 사람에게 나는 말할 수 있습니다. 사르트르가 말하는 것보다 자유로울 수는 없다고. 아리스토텔레스에게는 자연적이고 인간적인 목적지가 있었습니다. 그 목적지에 도달하는 것은 불가능했습니다. 우리의 시도가 실패하고 불행해집니다. 그러나 거기에는 최소한 목적과 인생 계획이 우리 앞에 준비되어 놓여 있습니다.

'신아리스토텔레스주의' 철학에서는 자연적인 궁극의 목적은 존재하지 않습니다. 그곳에는 사회적 관습에서 제멋대로 만들어져 직접 선택된 목적과 목적지가 우리 자신의 모습을 만들 수 있도록 하기 위해 있으며, 그렇게 해서 성공하고 행복한 인생에 도달합니다. 사르트르에게서 목적은 더 자유롭고 더 해방감을 느끼게 됩니다. 그의 철학 세계에서 목적은 그러한 역할과 관습에서 거리를 두는 것이고, 우리가 역할과 관습의 공간에 함께 있다는 생각을 절대 하지 않는 겁니다.

그것은 한 남자가 성직자로서의 자기 역할과 갈등을 겪고 있는 것과 비슷합니다. 그는 자신이 보기에 자신의 역할에 실패했습니다. 그 역할은 신에 대한 믿음으로 지탱되었기 때문입니다. 자신의 불신으로 기반이 약화되어 무너져버린 연극이었습니다. 그러나 타인의 시선은 타인들이 그를 위해 마련해준 역할을 맡고 있는 그에게 고정되어 있습니다.

그러한 불일치로 일어나는 것들이 우리 역할로 굳어집니다. 그것은 부당한 경험이 될 수 있습니다. 열광적인 불꽃은 우리에게서 이미 오래 전에 꺼져버렸습니다. 타인이 보는 것은 그들이 확고하게 결정한 지금의 당신입니다. 믿음을 잃은 성직자에게 이제 천국은 주어지지 않습니다. 그는 무자비하게 지상의 지옥으로 떨어지게 될 겁니다.

사르트르에 따르면 그 지옥에서 벗어날 수 있어야 합니다. 사르트르와 함께라면 우리의 불꽃이 결코 완전히 꺼지지 않는다고 인식하는 것이 가능합니다. 그 불꽃은 항상 밝혀져 있고 다시 활활 타오를 수 있습니다. 그 불꽃이 우리의 자유에서 나온다면, 우리는 그 불꽃을 평생 가질 수 있습니다. 숨을 멈추어야만 더는 공기를 마실 수 없듯이.

모두에게 좋은 소식인 듯합니다. 하루하루가 자유로운 나날입니다. 그럼에도 꼭 그런 것만은 아닙니다. 우리는 자유를 위해 탈출해 나올 때, 실제로 가리지 않을 겁니다. 누가 유혹적인 눈빛으로 재주를 넘다가 밖으로 굴러떨어질까요? 그것은 타인입니다. 객관화시키는 타인의 눈길은 지옥입니다. 그러나 그런 눈길은 가끔은 우리에게 천국의 모습으로 나타납니다. 그렇습니다, 그것은 타인의 눈에 누군가로 비춰지려는 갈망입니다. 타인이 우리를 바라보는 한, 그들이 보는 것을 믿는 한, 우리는 자신을 믿을 수 있습니다. 우리가 그들의 눈 속에서 의심 없는 눈빛을 보는 한, 우리는 아마 자신에 대한 의심(의심은 절대 필요한 겁니다. 우리는 실재하지 않기 때문입니다)이 만들어낸 곁눈질에서 사라지는 데 성공할 수 있을 겁니다. 우리는 자신이 뿌린 대로 거두듯이, 우리가 누구이고 무엇인지 전적으로 명확하다는 것을 세상의 눈을 통해 확신하려고 노력합니다.

사르트르에 따르면, 우리의 역할을 동일시하는 데 몰두할수록 거기엔 커다란 위험이 숨어 있습니다. 사르트르는 나와 내 역할 사이의 거리를 늘리려고, 밀착성을 완화하려고 생각합니다. 우리의 행동에 의해 지금의 우리 모습이 됩니다. 동시에, 그것이 우리의 정체성이고 우리가 그 정체성과 관련있기 때문이라고 해도, 우리의 정체성 안에서 안정을 취할 수 없습니다. 우리는 우리의 모습이라고 생각했던 우리에게서 언제나 벗어납니다. 우리는 종종 최종적인 자기결정이 주는 안정을 갈망하지 않는 것을 지켜봅니다. 예를 들어 우리는 생각합니다. '내가 졸업만 한다면, 내가 결혼만 한다면, 내가 은퇴만 한다면, 유명해지기만 한다면'이라고 말입니다. 우리가 이루고 싶어하는 것엔 끝이 없습니다. 우리가 누구인가는 현재완료형을 포함하지 않습니다. 최소한 우리 자신이 수용하지 않습니다. 결국 우리가 누가 되는지는 사람들이 우리의 비석에 정할 수 있습니다. 그것은 유족이 우리에 대해 말하는 마지막 문장입니다.

그렇다면 아직도 우리를 정당화할 근거가 있을까요? 없습니다. 우리의 정체성을 충만한 기대감으로, 끝없는 사랑으로 또는 과도한 요구로 가득한 타인의 눈을 통해 지지 받으려고 한다면 우리는 스스로에게 불성실한 사람이 될 것입니다. 눈빛은 사람을 죽일 수도 있다는 속담이 있습니다. 사르트르에 따르면 그들의 눈빛도 다르지 않습니다. 눈빛 하나면 결속된 삶을 만들기에 충분합니다. 마치 모든 사람이 우리가 잘 나왔다고, 우리 모습 그대로 잘 찍혔다고 말하는 사진처럼 말입니다. 그 사진은 액자에 끼워져 영원히 거실 벽에 매달려 있습니다.

사진은 완료된 것일 수 있습니다만, 우리는 아닙니다. 사진의 움직일 수 없는 성질이야말로 진짜 생명의 움직임을 강조하고 우리가 자유롭다는 것을 보여줍니다. 자신을 고정하고 기꺼이 머물고 싶어하는 우리를 둘러싼 세상이, 역할과 방식 그리고 의무와 함께 멈추어 있는 것처럼 보일수록 우리 안의 내적인 속삭임은 더욱 잘 들립니다.

나는 최근에 아이의 탄생을 담은 만화영화를 보았습니다. 태동이 있기까지 9개월 동안 모든 것이 질서정연했습니다. 아이는 자신의 존재를 그곳에서 시작하려고 출구로 밀려 밖으로 튕겨져나왔습니다. 우리도 마찬가지로 우리의 존재를 시작하려고 몇 번이고 되풀이해서 태어나는 운명에 처했습니다. 이 세상의 현실이 어떤지 이미 아주 잘 아는 사람들은 어느 순간 생각했습니다. 갓 태어난 아이에게는 돌아갈 길이 없다는 것을 말입니다. 우리도 마찬가지입니다. 태어나기 직전의 장소로 돌아갈 수 없습니다. 우리는 오직 전진만 할 수 있습니다.

그래서 아마도 우리는 분명하게 매력으로 구체화된 역할을 기다릴 수 없을 겁니다. 그래서 아마도 우리는 기어들어가 숨을 장소인 타인과 고정적인 관계를 맺으려고 할 겁니다. 우리가 사르트르처럼 생각해서 얻을 것이 하나 있다면, '자유란 우리에게 닥칠 수 있는 가장 공허하고 외로운 것'이라는 겁니다. 이러한 자유는 결코 중단되지 않습니다. 끊임없이 진행됩니다. 결속시킬 역할도 없고 우리를 지켜줄 눈길도 없습니다. 우리는 언제나 자유롭습니다. 그것은 우리가 나중보다는 미리 이해해야 좋은 자신에 대한 유일한 진실입니다. 사르트르에 따르면, 이 진실에 따라 살아가는 데 성공한 사람만 자신을 가치 있다고 말할 수 있습니다.

겁쟁이와 비열한 자들

우리가 언제 어디서나 자유롭기를 원한다면, 따라서 모든 타인이 그렇게 되려면, 진정한 실존주의자로서 타인과의 관계를 윤리적으로 어떻게 설정할 수 있을까요?

우리는 타인의 빰을 십계명으로 후려칠 수 없습니다. 스스로 만든 계율이나 금기로 괴롭힐 수도 없습니다. 그렇게 한다면 그들의 자유를 우리의 도덕적 폭력 안에 몰아넣게 됩니다. 다시 한 번 말하자면 선과 악은 존재하지 않습니다. 글쓰기는 인간이 존재하기 전엔 없었습니다. 글쓰기는 신의 손이 아닌 우리로부터 시작되었습니다. 누가 누구의 자유를 제한한다는 말입니까? 그래서 우리가 타인에 대해 절대 뭐라고 할 수 없다는 생각을 할지도 모릅니다.

열등한 진실이란 없습니다. 사르트르는 가끔 타인을 심할 정도로 비판하기도 했습니다. 모든 사람이 공유하는 것들을 규범적인 도덕이나 자신의 개인적인 도덕 기준이 아닌 광범위한 근거로 비판했습니다. 그들의 인간성 즉, 자유로운 존재 말입니다. 책임에 대한 실존주의적 호소는 곧, 자유에 대해 말하는 것을 의미합니다. 실생활에서 책임에 대해 이야기하면 대부분 자유를 부정하는 것으로 받아들입니다. 자유를 부정하려고 하는 사람들을 위해, 불성실한 신념에 대해 사르트르는 다른 조건을 붙입니다.

> 나는 자유 자체에 뒤따르는 자유의지를 위해, 전적으로 동기부여가 되지 않고 그들 자신으로부터 그들 존재의 자유를 숨기려고 하는 사람들을 평가할 수 있다. 자신의 무게 혹은 결정론적인 구실을 통해 그들의 완전한 자유를 자신을 위해 숨기려고 하는 사람들을 나는 겁쟁이라고 부른다. 지구상에 인간이 나타난 것은 우연인 반면에 그들의 존재가 필연적이라는 것을 증명하려고 노력하는 사람을 나는 비열한 자라고 부른다. 그러나 겁쟁이와 비열한 자는 오직 완전한 진실성에 근거해 판단될 수 있다. 도덕이 내용면에서 다를 수는 있지만 이 도덕의 일정한 형태는 공통적이다.[25]

다른 유명한 철학자들이 겁쟁이와 비열한 자라는 용어를 사용한다면, 다른 방식으로 풀어낼 겁니다. 사르트르는 타인을 도덕적으로 비판하지 않는다고 강조합니다. 그렇지만 그는 그들의 정직하지 않음을 단순하게 '비열한 자'라고 설명합니다. 만일 모든 인간 존재의 전적인 자유가 진실이라고 한다면, 자신의 자유를 부정하는 사람은 모두 거짓말을 한다고 주장할 수 있습니다. 나의 성향, 유전자, 두뇌, 어린 시절 혹은 주변 환경이 나에게 일정한 행동을 하도록 강요했다고 믿는 것을 의도적으로 선택해서, 나 자신을 설명했다고 생각해봅시다. 그렇다면 그런 내 자신을 꼭 알아야 할까요? 내가 그냥 불성실하길 바란다면요? 사르트르의 답은 다음과 같습니다. "당신이 그런 사람이 아닐 이유는 하나도 없다. 그래서 나는 당신이 그 사람이라고 단언한다. 그리고 진실함은 유일하게 견고하고 정당한 마음의 성향이다."[26]

모든 것이 우리의 자유를 중심으로 돌아간다면, 자유는 우리의 모든 가치의 출발점이 되어야 합니다. 우리는 우리의 가치를 완전한 자유 안에 둡니다. 완전한 자유 안에서 우리의 가치를 단정할 수 있습니다. 우리의 자유는 근본이나 목적을 가지고 있지 않은 가치에 대해 쓸모 없다고 말할 수 있습니다. 사르트르는 그렇게 그의 진실성의 기준을 가지고 자유를 부정하는 사람들을 도덕적으로 엄하게 꾸짖습니다.

이러한 자유를 위한 반복적인 호소는 단지 자신의 자유를 부정하는 사람들에게만 하는 것이 아니고 타인의 자유를 부정하려고 하는 사람에게도 합니다. 자유롭게 살기 위해서는 사람들이 가급적 빨리 통찰의 시기에 도달하는 것이 중요합니다. 이것은 교육이 넓은 의미에서 다루어져야 한다는 말입니다. 왜냐하면 우리의 자유와 책임감에 대해 아무런 의식을 가지고 있지 않다고 해도 우리가 이 두 가지로부터 결코 헤어날 수 없기 때문입니다.

누군가의 뇌가 이러한 인식을 감당할 만큼 발전할 때까지 우리가 기다려야 할까요? 그것은 마라톤선수가 42킬로미터를 뛰기 위해 근육이 충분히 강해질 때까지 침대에 누워 있겠다는 논리와 같습니다. 누군가 무엇을 알자마자 그것을 알게 됩니다. 그가 무엇을 생각하자마자 그의 머리는 분명히 잘 돌아갑니다. 더욱이 누군가가 준비가 안 되었다는 이유로 일정한 생각의 방법을 터득하지 않았다는 것은 분명히 그때까지 정말 준비가 되지 않은 결과를 가져올 겁니다. 양심의 좋은 점은 바로 회피할 수 없다는 겁니다. 우리는 무언가를 알게 되자마자 그것을 압니다. 우리는 그것을 알 수 있습니다. 그것은 양심입니다. 아는 것과 양심을 가지는 겁니다.

모든 사람에겐 책임감이 따르는데도, 타인이 그들의 책임에 대해 상관하지 않기를 원합니다. 그렇다면 누가 책임을 져야 할까요? 누군가의 문화, 종교 혹은 질병이 그 사람을 책임에서 벗어나게 해주지 않습니다. 우리는 언제나 인간적인 세상에서 살고 있습니다. 우리의 고유한 주관 이외에는 세상에 의지할 것이 아무것도 없습니다. 우리는 세상뿐만 아니라 우리 자신을 짊어져야 하는 두 배의 부담을 껴안은 그리스신화의 거신 아틀라스입니다. 우리가 무한대의 무에서 풀어진 연처럼 떠돌고 있지는 않습니까? '예!'라고 말할 수 있을 겁니다. 우리는 떠도는 선택자입니다. 동시에 그 선택자는 언제나 구체적인 상황에 당도하고, 존재하는 진짜 세상에 도착합니다. 우리는 진짜로 존재하는 사람들과 공유하며 우리가 결정하는 선택으로 그들과 우리를 연결합니다.

그러는 사이 우리들 중 대다수는 자유롭지 않은 상태를 바랍니다. 우리의 책임을 대신하겠다고 약속하고 타인에게 우리의 잘못을 전가해주겠다는 정치인들은 상당한 지지를 계속 기대할 수 있습니다. 그런 정치가의 술수를 꿰뚫어보는 사람들도 있습니다. 그러나 그들은 여전히 그들의 자유에 대해 미련이 없어 보입니다. 그들이 적절하다고 생각하는 해결책은 과학을 더욱 피난처로 삼는 겁니다. 그들은 일단 과학의 영역에 들어서면 실망하지 않습니다. 그들 중에는 순수한 양심을 간과하도록 돕는 뇌연구자들이 있기 때문입니다. 우리가 저지르는 모든 실수와 모든 의지와 의도 그리고 불필요한 고통은 우리가 아니라고, 단지 우리의 뇌에 문제가 있다고 말입니다.

학자들이 보통은 알려고 하지 않는 것이지만, 알려고 하는 것은 그들이 객관적인 학문이란 이름으로 신문, 책, 텔레비전에서 말하는 것들을 듣고자 하는 도덕적 청각입니다. 우리에게 잘못이 없다고 말하는 과학 기술자들은 놀랍게도 환영을 받습니다. 정신과 계통의 종사자들은 뇌에 있는 물질이 폭력과 범죄를 저지르도록 강요하기 때문에 사람들이 폭력과 범죄에 '중독'되었다고 주장합니다. 사람들에게 선택의 자유가 없고 사람들이 무력하다고 끊임없이 말한다면 사람들에게 어떠한 영향이 미칠까요?

소위 비도덕적인 본성은 사람들에게 행복을 위해 양심에 침묵하라는 우려를 낳습니다. 그렇게 불변의 본성에 대한 개념으로 본성이 하는 대로 내버려둬야 한다는 결론으로 주목을 끄는 사람들이 있습니다. 우리는 반드시 본성의 이름으로 최강의 정의를 주장해야 합니다. 그 주장은 본성뿐만 아니라, 주로 우리 사회와 경제에도 적용되어야 합니다. 이것은 학문적인 것이 아닙니다. 본성과도 거의 관계가 없습니다. 그것은 확실히 비도덕적인 것이 아닙니다. 그것은 부도덕한 것이며, 혹은 인간과 그들이 정한 선택에 대한 무엇입니다.

선택한다는 것은 사람들이 자신의 행동에 대해 비인격적인 추상성을 뒤집어 씌우는 것과 같습니다. 많은 사람이 '자유시장'을 입에 올리며 자신들이 무엇을 하는지 타인들이 보지 못하길 바랍니다. 심지어 그들이 하는 것조차 못 보길 바랍니다. 자유시장 지지자가 경제에 간섭하는 것을 반대한다고 말한다면 그들은 잘못된 반박을 하고 있는 겁니다. 사람들이 장사하는 방법에 의도적으로 간섭하지 않는 것도 간섭의 한 형태입니다. 무언가를 할 수 있는데도 아무것도 하지 않는 것은 행동의 한 형태입니다. 그것은 나태한 겁니다. 우리가 나 몰라라 하고 있는 것이 아무리 학문적 객관성이고, 경제적 필연성이라고 해도 우리는 그것에 책임이 있습니다.

두말할 나위 없이, 실존주의적 자유를 절대로 신자유주의적 자유와 혼돈하면 안 됩니다. 실존주의적 자유에 대한 확신으로 사는 사람은 언제나 자신의 책임을 강조하려고 노력합니다. 신자유주의적 자유에 대한 확신으로 사는 사람은 대부분 자신의 책임을 주로 타인에게 미루려고 노력합니다.

사르트르는 우리가 자신을 재발견해야 한다고 말합니다. 어느 것도 우리 자신으로부터 우리를 구해주지 않는다는 것을 깨달아야 합니다. 모든 사람은 통찰의 시기에 도달하기까지의 시간과 공간을 연결지어봐야 합니다. 사르트르, 카뮈 그리고 프랑클에게는 그 시기가 1940년대였습니다. 그들처럼 우리도 우리 시대의 아이들입니다. 그들처럼 우리 역시 지금 여기에서 성장해야 합니다. 그리고 우리는 스스로 선택을 해야 합니다. 우리는 여기에 있습니다. 자유롭습니다. 우리 모두 자유롭게 행동합시다.

나도 내 감정에 책임이 있을까?

내가 완전히 통제할 수 없는 한 가지가 있을까요? 어떤 생각을 할 때 나는 기꺼이 책임지고 싶어합니다. 그러나 내 감정에 대해서도 책임져야 할까요?

사르트르는 우리가 감정에 대해서도 책임져야 한다고 여깁니다. 우리의 감정을 신뢰해야 한다는 것과 우리의 마음을 따라야 한다는 것을 주장하는 인생관은 실존주의적 존재 안에 들어설 곳이 없습니다. 낭만주의자는 존재하지 않습니다. 자신의 입장을 낭만주의적 방법으로 수용하는 사람만 존재합니다. 그들은 그렇게 하자마자 책임져야 합니다. 더군다나 그들은 신뢰할 만한 사람들이 아닙니다. 감정을 따르는 것은 일에 대한 판단을 잘못하는 겁니다. 감정이란 우리가 따를 수 있는 것이 아닙니다. 우리는 감정을 믿으려고 합니다. 무언가가 우리를 다스려주길 원하고 억눌러주길 원하기 때문입니다. 그러나 유감스럽게도 우리의 주인은 우리입니다. 또한 우리는 감정을 다스리는 주인입니다. 스스로를 억누르는 우리는 감정을 앞세우지 않습니다.

사르트르는 우리가 감정을 따를 수 없다고 주장함과 동시에 감정에 책임이 있다고 주장합니다. 두 가지 주장은 일치합니다. 생각해보십시오. 내가 한 여자를 만납니다.

나는 그녀로부터 좋은 인상을 받습니다. 내가 접근해야 할지 아니면, 이미 수년간 함께 행복하게 살고 있는 여자 친구에게 머물러야 할지 고민합니다. 이러한 고민은 남녀 관계에 이상이 생겼다는 신호라고 주장하는 사람들이 있을 겁니다. 그런 사람들은 '진행형 사랑과 지속적 사랑의 선택'을 포함해 삶이 '완전하게 동기가 없음'을 믿지 않으려 합니다. 특히 사랑 문제에 관해 당연한 인과관계로 단정지으려고 합니다. 이러한 경향은, 다른 사람을 쳐다본다면 반드시 불순한 의미가 있을 것이라는 생각을 하고 관계를 단절시키려 할 겁니다. 그렇지만 그러한 태도는 불성실한 것이며, 관계 단절이 일어나도록 하는 예언 같은 겁니다.

선택할 때, 감정을 포함해 우리를 이끌 수 있는 것은 아무것도 없습니다. 감정은 우리가 결정하는 행동에서 나오는 것으로 밝혀지기 때문입니다. 그 여자와 만남을 통해 교제하고, 연애를 시작하고 서로 행복하게 느끼면 나는 생각할 겁니다. "자 봐라, 그것은 좋은 결정이었어. 내가 나의 감정을 믿었어. 그 감정이 나를 속이지 않았지." 그러나 그것은 정확히 반대입니다. 그녀와 내가 그 만남에서 교제했기에 사랑이 된 겁니다. 내가 그 느낌의 가치와 진정성을 묶은 행동이 있어야 결정할 수 있습니다. "다르게 말하자면, 감정은 사람의 행동에 존재한다. 따라서 나는 나의 감정에 나를 인도하도록 자문을 구할 수 없다."[27]

'느끼다'는 동사입니다. 실제로 느낌이 있어야 정말 느끼는 겁니다. 감정으로 무엇인가 이루어질 때 감정적 가치에 대해 이야기할 수 있습니다. 그러나 사랑으로 더는 무엇을 하지 않는데도 사랑일까요? 사르트르처럼 생각하면 정말 그럴지 궁금해집니다. 내가 이웃에 대한 사랑을 많이 가지고 있으나 아무도 나를 바라보지 않는다면, 그것이 무슨 뜻일까요? 다른 사람을 동정하는 마음을 갖는 대신에 우리가 그와 함께할 것이 있고 함께한다고 말하는 것이 오히려 나을지도 모릅니다. 누가 사랑이 가득한 성격을 가지고 있다고 말하는 것은 아무런 의미가 없습니다. 겁이 많거나 용기 있는 성격도 거의 의미가 없습니다. 겁 많거나 용기 있는 행동만 있습니다. 사르트르를 통해 어떻게 감정이 전적으로 우리 내면에 있는 어떤 것이 아닐 수 있는지 볼 수 있습니다. 그것은 우리의 특성이나 성격에도 마찬가지로 적용됩니다. 그것들은 우리가 그것으로부터 나와야 무엇이 됩니다. 그때야 비로소 이름을 가질 수 있습니다. 사랑은 사랑의 행위입니다.

사르트르는 우리로부터 모든 것을 빼앗아가고 우리를 '무'로 둘러쌉니다. '무' 안에서, '무'로부터 우리는 존재하고, 떠나고, 초월하고, 이 세상에서 누군가가 되는 겁니다. 이러한 외적이면서 내적인 버림은 극심한 어려움으로 작용합니다. 한편으로는 만남부터 무엇을 해야 사랑이 될 수 있다는 능동적 인식이 행동을 유발할 수 있습니다. 다른 한편으로는 그러한 인식이 두려움을 줍니다. 어떤 것도 미리 확실히 알 수 없습니다. 나는 그저 할 수 있으며 그때 무엇을 했는지 확실히 압니다. 나는 '한 가지 행동을 하고 그 행동으로 사랑이 나타나고, 사랑이 그녀에게 실현되어야 내 사랑의 힘을 측정할 수 있습니다.' 사르트르에 따르면, 반대로 나의 감정이 내 행동을 정당화하길 원한다면 나는 일탈적인 궤도에 도달합니다.[28] 어떤 것도 나의 행위를 정당화하지 않습니다. 내적으로도, 외적으로도 나는 오로지 혼자 서 있습니다.

그것은 우리가 사르트르를 알게 되면서 시작하는 낯선, 가끔은 너무나 가까이 있는, 가끔은 공포감을 느끼는 자유입니다. 자유는 우리가 단지 무엇을 할 필요가 있거나 하게 할 필요가 있는 것입니다. 어떤 단어, 어떤 눈길, 어떤 몸짓, 어떤 순종은 우리의 인생에 전혀 다른 전환점을 가지고 옵니다. 그러한 전환점과 더불어 자신도 함께 변화시킵니다. 나는 바람을 피울 수 없으며 내가 실제로 신뢰를 지킨다는 것을 믿고 있습니다. 그것은 거짓말 없이는 안 됩니다. 거짓말은 사실에 대한 인식 없이는 할 수 없습니다. 그 사실은 내가 자유롭다는 겁니다. 거짓말을 한다는 것은 진실을 알고 있다는 것을 암시합니다. 그런 의미에서 우리가 많이 알지 못한다는 것은 좋은 징조입니다. 누군가가 낭만적이거나 결정론적인 수다에서 악에 대해 실제로 인식하지 못할 때, 정말 무서워집니다.

우리의 행동보다 나은 현실은 없습니다. 사르트르는 여기에 이렇게 덧붙였습니다. "인간은 자신의 자아 개발이 전부다. 인간은 자아를 실현하는 동안만 존재한다. 따라서 자신의 활동을 합한 만큼만 인간이다. 그저 자신의 삶일 뿐이다." 그는 자신의 사고 방식이 사람들을 두렵게 한다는 것을 이해한다고 했습니다. 어디에 그런 점이 있느냐는 질문에 그는 이렇게 도발적으로 대답합니다.

왜냐하면, 그들은 불행을 감당할 수단이 하나밖에 없다. 그 수단은 생각이다. "주변환경이 나를 도와주지 않았다. 나는 내가 실현한 것보다 많은 가능성을 가졌다. 좋아, 나는 큰 사랑을 경험하지 못했고, 깊은 우정도 알지 못했다. 그러나 그것은 내가 그런 가치가 있는 남자나 여자를 만나지 못했기 때문이다. 나는 매우 좋은 책을 쓰지 못했다. 그러나 그것은 내가 그럴 시간이 없었기 때문이다. 나는 돌볼 아이들을 갖지 못했다. 그러나 그것은 내가 인생을 함께할 수 있는 사람을 발견하지 못했기 때문이다. 그러므로 나에게는 아직 사용하지 않았지만 완전히 쓸모 있는 대량의 자질,

소질, 가능성이 있다. 이것들은 나의 행동 몇 개를 합한 것으로도 다 보여줄 수 없는 가치를 제공한다."[29]

삶을 괴롭게 인식하려는 것처럼 보이는데, 성실하지 않은 삶입니다. 사르트르는 반복합니다. 무언가를 하는 것이 인간이라고. 그래서 이렇게 말합니다.

사람들이 가꾸는 사랑의 외부에는 실존주의자들을 위한 실제적인 사랑이 없다. 사랑 안에서 저절로 피어난 것보다 더 나은 사랑의 가능성은 없다. 예술 작품에서 사랑의 표현을 발견한 것보다 더 나은 천재성은 없다. 프로스트의 천재성은 그의 작품들이다. 사람들은 왜 라신에게 그가 써보지 않은 비극을 한번 써보라는 가능성을 떠안겼을까? 인간은 자신의 인생에 관여해 자신의 형태를 그려가는데 그 형태 밖에는 아무것도 없다. 물론 이것은 인생에서 성공하지 못한 사람에게는 감당하기 어려운 개념일 것이다. 한편 이런 개념은 인간에게 오직 현실만 중요하다는 것을 일깨워준다. 꿈꾸기, 기다리기, 희망 등을 단지 실망한 꿈, 날아가버린 희망, 공허한 기대라고 묘사할 가능성만 가져다준다. 이것들은 인간에게 긍정적인 형태 대신에 부정적인 형태를 가져다준다."[30]

우리가 감정을 따를 수 없다는 것은 단지 우리의 감정과 행동에 굴복할 것인지 말것인지를 선택할 수 있는 문제가 아니라 감정과 행동에 대해 책임을 져야 한다는 겁니다. 사르트르는 더 나아갔습니다.

그의 현상학적 접근방법은 세상이 우리에게 나타나는 어떤 것임을 의미합니다. 그러한 현상에는 외적인 것뿐만 아니라 우리의 몸과 그 안에서 일어나는 것도 포함됩니다. 자아상이라고 언급하는 데는 이유가 있습니다. 우리에게 나타나는 모든 것을 인식합니다. 우리가 인식하는 모든 것은 우리의 의식 안에 존재합니다. 우리의 의식은 우리 앞에 나타나는 것과 관계가 있습니다. 이것은 내가 감정에 대해 '좋다' 혹은 '싫다'라고 말할 수 있는 것만 의미하지 않고, 내 안에서 무언가를 감지하자마자 그게 무엇인지 알기 위해 해석해야 합니다(유쾌한, 불쾌한, 신뢰할 만한, 신뢰할 수 없는, 순식간, 지속 가능한, 사랑, 사랑에 빠짐, 종족번식욕, 분노). 내게 책임이 있다는 기분이 다시 드는 것은 이러한 해석이 나의 해석이기 때문입니다.

나는 딱 한번 사랑에 빠졌기 때문에 뭘 해야 할지 모른다고, 그렇게 말할 수 없습니다. 그렇게 말하는 것은 불성실한 겁니다. 우리가 사랑에 빠졌다고 말하는 것은 우리의 주관적 판단 밖에서 일어나는 것이 아닙니다. 그것은 내가 그렇게 해석하는 겁니다. 따라서 느낌은 사르트르에게서도 인지적인 면을 가지고 있습니다. 우리는 세상을 언제나 우리가 규정한 방법으로, 우리 코에 걸린 생각의 안경을 끼고 봅니다. 하루 종일 의식적으로 생각의 안경을 써야 한다는 뜻은 아닙니다. 쓰고 있는 생각의 안경의 렌즈가 얼마나 깨끗한지는 우리가 세상을 바라보는 생각에 달려 있습니다. 그러한 생각, 그러한 의견이 반영되지 않더라도 우리에게 속하는 겁니다. 이제 우리가 이것을 알기 때문에 다시 되돌아갈 수 없습니다. 생각은 자유이고 책임입니다.

'자기를 위해 있는 존재'의 좋은 점은 부정적인 열정으로부터 거리를 둘 수 있다는 겁니다. 우리의 자의식은 준비 완료된 해방전선입니다. 우리를 위협하는 감정으로부터 거리를 둘 수 있다는 것을 안다는 것은 해방입니다. 이러한 관점에서 사르트르의 '자기를 위해 있는 존재'와 오늘날 '마음챙김'이라고 불리는 것과는 공통점이 있습니다. 두 가지 생각의 방법에서 우리는 인식을 확대하려고 노력합니다. 그래서 우리 앞에 놓인 추라이니 우리 안에 있는 회오리 물결로부터 거리를 두는 공간이 생겨납니다. '자기를 위해 있는 존재'는 항상 검은 구름 뒤에 존재하는 파란 하늘입니다.

2월의 침묵: 실존주의자의 러브스토리

많은 실존주의 사상가들도 소설을 썼습니다. 사르트르 자신도, 시몬 드 보부아르와 알베르 카뮈도 썼습니다. 우리가 사는 피할 수 없는 인간 세계에 법이 행해지는 것처럼 어쩌면 문학은 철학적이며 철학은 문학적이라고 말할 수 있습니다. 등장인물은 자유로운 개인, 우리처럼 외로운 사람들을 대표하지만, 그들의 주체성, 진실, 고독한 자유와 위치를 엿볼 수 있게 해줍니다. 사르트르의 소설 『구토』는 이렇게 시작합니다.

> 매일 일어나고 있는 일을 쓰는 것이 가장 좋다. 현실을 파악하기 위해 일기를 쓴다. 아주 사소한 일과 뉘앙스도 눈치채지 못한 채 지나가지 않으며, 비록 그런 것들이 중요해 보이지 않더라도, 특히 사건을 질서있게 정리한다. 나는 내가 이 탁자를, 거리를, 사람을, 담배를 어떻게 보는지 말해야 한다. 그 안에 변화가 있기 때문이다. 나는 그 변화의 범위와 본질을 정확하게 묘사해야 한다.[31]

지금은 2월입니다. 나는 2주간 혼자 집에 있었습니다. 여자친구는 지구 반대편에 있었고, 내가 혼자라는 사실을 잊었다는 것을 깨달았을 때 크게 당황했습니다. 세상이 다르게 보였습니다. 세상은 우리가 있는 곳에서 변화합니다. 사르트르는 우리가 반드시 그것에 주목해야 한다고 합니다. 관점의 변화, 사고방식의 변화, 우리가 끼고 있는 생각 안경의 변화된 투명도에 주목해야 합니다. 심지어 집에 있는 가구도 다른 모습을 나타냅니다. 아니면 당연히 내가 다른 시선으로 바라봤다고 말해야 할 겁니다. 나는 거리와 카페에서 상처받기 쉽고, 나를 둘러싸고 있는 사람들의 친절한 눈길에 더 의존한다는 것을 느꼈습니다. 나는 실존주의자로서 그렇게 바라보려고 노력했습니다.

둘째 주엔 여자친구가 있는 곳에서 소동이 일어났습니다. 여자친구는 그 사이 안전한 호숫가 마을로 자리를 옮겼고, 드디어 살아 있다는 연락이 왔습니다. 나는 안도와 감사의 글을 몇 마디 보냈고, 외로운 존재로 맞이하는 두 번째 주를 더 활력 있게 시작했습니다.

그녀는 이제 돌아올 때가 되었습니다. 이번 두 번째 주에는 집필 작업과 덴마크 소설가 옌스 크리스티안 그뢴달의 소설 『10월의 침묵』을 읽는 일을 번갈아 했습니다. 뒤표지 첫 문장은 다음과 같습니다. "44세 미술사학자가 18년간 함께 살아 온 아내가 그를 떠나자 정신적인 위기에 빠지다." 주인공과 스토리텔러의 이름은 언급되지 않았습니다.

마치 누구에게나 일어날 수 있는 것처럼, 마치 누구라도 될 수 있는 것처럼 '나'라고 말합니다. 나는 44세가 아니라 운이 좋다고 생각했습니다. 그러나 곧 스토리의 중요한 부분은 주인공 '나'와 그의 아내가 10년간 함께 있었던 7년 전이었습니다. '이것은 그냥 책일 뿐'이라고 생각하는 것도, '그저 우연일 뿐'이라고 생각하는 것도 위안이 되지 않았습니다.

책을 읽는 동안 이 소설은 사랑에 대한 실존주의적 철학을 긍정적인 생각으로 포장한 것이라고 생각했습니다. 우리는 사르트르에게서 타인이 우리의 자유를 제한하고 우리의 인생을 지옥으로 만들기 위해 존재한다는 생각을 얻습니다. 누군가 우리의 인생에 등장해서 우리를 객관화로 억누르려고 하면, 우리는 그 제압으로부터 피하려는 단계에 돌입합니다. 사르트르의 우울한 메시지는, 균형을 이루는 사랑의 관계는 끊임없는 투쟁이며 주인과 노예, 승자와 패자의 역할이 끊임없이 교체되는 가운데 균형이 존재한다는 것으로 보입니다. 사랑을 진심으로 믿고 두 사람이 정말로 함께할 수 있다고 생각하는 사람은 불성실한 사람입니다. 성실하다는 것은 자신의 고유한 자유와는 다른 것이기 때문입니다.

나는 사르트르의 철학에서 놓친 것을 그륀달에게서 찾은 것 같습니다. 바로 다른 사람과 함께 살아가는 긍정적이고 만족스런 부분을 보는 눈입니다. 사르트르는 자신만의 자유로 자신을 너무나 둘러싸고 있어서 어떤 것에 대해 알레르기가 있는 것처럼 보입니다. 마치 낯선 것으로부터 피부를 공격받아 고통받는 것처럼 말입니다. 그것은 사랑의 관계에 대해 유익한 생각이 아닙니다. 그것은 관계 공포증이며 자유가 아닙니다. 누군가가 당신을 신뢰하는 것을 원하지 않는 것으로, 우리의 가장 순수한 다른 종류의 알레르기입니다. 솔직히 타인과 연결되는 것을 영원히 풀어버린다는 것은 옳지 않다는 생각이 가끔 듭니다.

『10월의 침묵』은 의심할 바 없이 실존주의적 특색을 지닌 사랑 이야기입니다. 내가 볼 때 필수불가결한 타인의 존재에 대해 어느 정도는 좀 더 공정합니다. 사실 그뢴달은 그의 소설에서 내가 얼마나 실존주의와 함께 생각하고 싶은지를 보여줍니다.

주인공이 이네스와의 관계가 파괴되어 난파선 잔해처럼 휩쓸려왔을 때는 20대 후반이었습니다. 그들의 관계에서는 그 자신과 그가 그녀에게 투영하는 긴장감 있는 환상이 주를 이루었습니다. 그는 슬프고 우울하고 상처 입어 쓸쓸하고 공허한 나날 속에서 자신을 좀비처럼 끌고 다닙니다. 그때 그는 아스트리트를 만나고, 그녀는 곧 그와 함께 살게 됩니다. 그녀는 몇 달이 지나서 그에게 임신했다고 말합니다. 그때 그는 맨 처음 그녀에게 다가갔을 때와 똑같은 감정을 갖습니다.

> 가벼운 마음과 같은, 현기증 나는 느낌과 같은 그 삶은 나를 향해 열렸다. 나는 질문이 무의식적으로 던져지는 동안 다시 내게 그 답이 되돌아오는 것을 느꼈다. 왜 안 되죠? 그녀는 말하는 동안 반대 쪽을 바라보았다. 그녀는 기다렸다. 나는 그녀의 얼굴을 두 손으로 감싸며 마치 내가 그녀를 만나 호기심 어린 눈길로 빤히 쳐다볼 때처럼 미소를 지었다. 내가 왜 아이를 갖지 말아야 하는가? 내 삶이 지금처럼 되지 않았다면, 그럼 언제일까? 무엇을 기다린다는 말인가? 두려워할 것이 무엇인가? 나의 침착한 미소는 우리 둘이 함께라면 문제없을 거라는 것을, 더는 생각뿐만은 아니라는 것을, 어릴 때 동기부여가 되는 여러 기대감 중의 하나가 아니라는 것을, 모든 종류의 방황을 마칠 것을 아스트리트에게 확신시켜 주었다. 나는 내가 무엇을 했는지 아무런 생각이 들지 않았다. 어쨌든 나는 그것을 해냈다. 숨조차 쉬지 못할 감정으로 주저하지 않고 불확실성에 뛰어들고, 무중력 속에 도약하는 듯한 해방감을, 내가 이전에는 한 번도 경험해보지 못한 놀라운 확신으로 채워주었다.[32]

앞 단락에서 멋진 점은 주인공 '내'가 완전히 의욕을 잃어버린 상황에서 자신도 놀란 새로운 종류의 확신을 발견한다는 겁니다. 우리는 대부분 우리의 선택이 어딘가에 근거를 두어야 하고 앞에 일어난 사건이나 생각에서 나오는 논리적인 결과여야 한다고도 생각합니다. 그래서 점프하려고 용기를 내기 전에 발로 땅을 느끼는 것처럼 우리는 끊임없이 걱정합니다. 그러나 선택이란 깊은 곳에서 뛰어오르는 겁니다. 아무것에도 근거를 두지 않았기에 선택해야 합니다. 사르트르가 말하는 것처럼 우리의 선택으로 우리를 관여시키는 겁니다. 새로운 삶을 결정합니다.

아스트리트는 유산하는 것처럼 보였습니다. 피가 그녀의 다리를 타고 철철 흐르고 그녀는 급히 구급차로 병원에 옮겨졌고 일인칭 주인공 '나'는 남아서 결과를 기다리고 있습니다.

> 우연한 만남, 우연한 영감, 그리고 백일몽처럼 시작되었던 것들이 현실이 될 수 있을 것이라고 믿던 바로 그 순간에, 현실이 우리를 다시 떠나려고 한다. 믿음이 구체적인 형태를 취하려는 바로 그 순간, 미완성으로 아직 절반은 모습이 갖추어지지 않은 채, 우리의 상상, 감정, 포옹, 말은 전달되지 않은 상태였다.[33]

그는 밤새도록 기다리는 동안, 그에게는 모든 것이 담겨 있는 두 단어 "견뎌 내", "견뎌 내!"만 반복했다.

> 그 다음 겨울밤, 로사가 아스트리트의 피로 범벅이 된 채로 나오는 것을 보았을 때, 마침내 나 또한 한 낮의 빛 속으로 나온 듯한 느낌이었다. 아스트리트가 고통으로 비명을 지르면서 그녀의 몸 안에서 모습을 갖춘 아이를 밖으로 밀어낼 때, 마침내 나는 어떻게 그동안의 길을 걸어오게 되었는지, 나의 사랑이 이제 더는 텅 빈 공간에 있는 단순한 느낌, 의문, 몸짓이 아니라는 것을 느꼈고, 마침내 우리 사이에 존재한 무엇인가로 어떻게 변했는지, 처음엔 폐에 공기를 채우고 다음엔 가르랑거리며 비우는 사람으로 변했는지를 느꼈다.[34]

타인은 지옥이 아니고 그의 삶과 사랑을 진짜로 만들어 주는 사람입니다. 그들과 함께, 그들의 도움으로 그는 존재할 수 있습니다. 그는 마치 오랜 시간 길을 잃었던 것과 같은 느낌에서 특별한 그녀의 도착과 함께한 처음 몇 년을 기억합니다. "나는 아스트리트가 존재한다는 것을 모른 채 오랫동안 그녀를 기다렸다는 것을 실제로 믿었다. 나는 내가 존재해야 하는 곳에 당도했다고 생각했다."[35]

모든 것이 일어나고 이루어진 18년이라는 시간이 지나

갔습니다. 어느 날 아침 아스트리트는 외투를 입고 짐을 싼 가방을 들고 침실 문 앞에 서 있습니다. 그녀는 그가 깨어나길 기다렸습니다. 그들은 침묵 속에 서로를 마주보며 서 있었고 그러고 나서 그녀는 떠났습니다. 그는 그녀가 돌아올지 혹은 그녀 자신이 그것을 정말로 알고 있는지 알지 못했습니다.

그때는 10월이었고, 다음 한 순간 집 안은 조용해졌습니다. 그리고 그 자신, 그의 생각, 느낌, 기억이 거기에 남았습니다. 문자 그대로 물리적인 거리와 함께 다른 거리도 늘어났고, 그에게는 그 거리가 지난 세월 동안 얼마나 늘어났는지, 자신뿐만 아니라 그녀에게도 늘어났는지 분명해졌습니다.

내 삶에서 지금은 2월입니다. 집 안은 조용합니다. 나는 나 자신을, 나의 생각, 감정, 기억을 내려놓습니다. 우리가 비록 일시적이라도 오직 우리만 생각하게 될 때면 많은 일에 대해 자문해볼 수 있습니다. 그린달은 문상 하나하나에서 그의 이름 없는 일인칭 주인공 '나'를, 그가 자신에 대해 알고 있던 모든 것을, 그가 그녀와 알았다고 생각한 모든 것을 우러나게 했습니다. 여기에서 원인제공자이며 문제를 일으킨 자는 사르트르의 자유, '자기에 대하여 있는 존재', 즉 자신과 우리가 사랑이라고 부르는 것을 포함해 모든 것을 약화시키는 자의식입니다. 정말로 혼자일 필요는 없습니다. 일인칭 주인공 '나'도 그의 부인이 (최소한 물리적으로) 근처에 있었을 때에도 '자기에 대하여 있는 존재'를 가질 수 있었습니다. "이 갑작스런, 현기증 나는 진공상태가 나를 공격했고 나를 깨웠다. 나를 아스트리트의 보이지 않는 얼굴 쪽으로 돌려놓았고 팔 하나를 그녀의 자고 있는 몸 위에 얹어놓았다. 마치 내 존재가 침대에서 들어올려져 끝을 알 수 없는 밤 속에 떠돌며 사라지는 것처럼 두려웠다."[36]

사랑하는 관계에서 무엇이 정말로 잘못된 걸까요? 마치 구명부표처럼 평생 의존적이기만 하고 자유롭게만 존재할 수는 없지 않겠습니까? 물론 이것은 어려운 문제입니다. 첫 번째는 우리가 자신을 타인의 품속에서 떠다니게 하려고 하는, 사실상 그 사랑에 의존한다는 것을 깨달아야만 하기 때문입니다. 두 번째는 우리가 물속에 가라앉는다면 그것은 구명부표의 잘못이 아니라 우리에게 책임이 있기 때문입니다. 세 번째는 타인을 위해 직접 구명부표가 될 준비가 되어 있어야 합니다. 네 번째를 복잡하게 만드는 것은, 사랑하는 사람을 발판으로 삼아 사랑을 얻으려 하는데 사실 그 상대도 자유로와야 한다는 겁니다. 이러한 점이 사랑하는 관계를 적어도 약간은 불확실하게 만듭니다.

그와 동시에 우리는 사랑하는 사람이 자유롭기를 원합니다. 그녀가 그저 떠나거나, 그러지 않더라도 그녀가 우리에게 머무는 것을 철저하게 스스로 선택하는 것은 사랑을 매우 특별한 것으로 만듭니다. 아무리 그녀의 자유 속에서 사랑받기를 간절히 바랄지라도, 다른 것보다 우리를 선택하게 할 수는 없습니다. 그녀의 완전한 자유를 우리 임의대로 하면 안 됩니다. 우리 존재에 대한 확신이 그녀에게 달렸다는 이유일지라도 그렇습니다. 사르트르가 그의 『존재와 무』에서 말한 것처럼 말입니다.

> 타인이 나의 객관적 존재의 근본이기 때문에, 타인의 존재가 자유롭게 등장하면 전적으로 그리고 절대적으로 나를 선택한다는 목적을 가질 것을 타인에게 요구한다. 다시 말하면, 그는 나의 객관성과 나의 사실성에 기초를 다져주기 위해 선택받은 것이다. 나의 사실성은 이렇게 '구조'된다. 나의 사실성이란 회피하려는 생각조차 할 수도 없고 극복도 할 수도 없는 나에게 주어진 것이다. 나의 사실성은 타인이 자신을 자유롭게 존재하도록 하는 것이다. 나는 타인에게 나의 사실성을 감염시킨다. 그러나 타인은 자유로서의 나의 사실성과 함께 감염되었기 때문에 그는 나의 사실성에 동의하고 다시 취해진 사실성을 나에게 되돌려 보낸다. 이로 인해 나의 사실성이 그의 목적을 위한 초석이 된다. 그

러한 사랑의 관점으로 볼 때 나는 나를 빼앗기는 것과 나만의 사실성을 다른 방법으로 이해한다."[37]

우리는 언제나 큰 목소리로 우리를 구석에 위치시키면 안 된다고 주장합니다. 우리를 부당하고 거친 사람으로 객관화시키는 것과 관련해 정형화된 모든 평가를 거부합니다. 우리는 직접 우리가 누군지 결정합니다. 우리를 인식하게 놔두지 않습니다. 그러나 그것이 사랑에 관련된 문제이고 타인이 우리를 바라보는 매우 특별한 눈길이라면 갑자기 타인의 눈에 빠져드는 것 이외에 원하는 것이 없어집니다. 완전히 계산적으로 됩니다. 그들이 우리를 위해 마련한 것 같은 선택받은 역할에 완전히 투항해 달라붙어 버립니다. 사르트르는 말합니다.

우리가 사랑을 이루기 전에, 우리의 존재는 정당화될 수 없는 기형이었고, 우리는 부당함에 대해 불편을 느꼈지. 이제 우리는 '넘쳐나는' 느낌 대신 존재의 가장 작은 세부사항을 떠맡았어. 그리고 그 전제조건이 나타남과 동시에 완벽한 자유를 요구한다고 느꼈어. 그것이 존재한다면, 그것은 사랑이 주는 기쁨의 기초가 될 거야. 느낌은 우리의 존재 안에서 정당화되는 거야.[38]

마침내 정말로 '인정'받고 '존재할 수 있다'라고 느끼는 것, 이것이 우리가 사랑의 관계를 시작하려는 마음이 든다고 느끼는 가장 중요한 이유 중 하나가 아닐까요? 우리는 사랑이 없는 삶에서 존재감이 없습니다. 타인이 우리를 진정으로 바라볼 때까지, 그리고 반대의 경우까지 그렇습니다. 그 순간은 우리가 마침내 보여지는 순간이며, 우리가 실제로 태어난 날입니다.

사랑 안에서 놀이를 한다는 것은 매우 위험한 일입니다. 우리 안에 있는 우리가 타인을 통해 정당하게 느끼는 겁니다. 타인이 떠난다면 어떻게 될까요? 그녀처럼 자유로워지면 다른 생각이 들까요? 그 사이에 우리가 존재를 깨닫는 동시에 타인이 그녀를 통해 그녀의 존재가 정당함을 느끼고, 우리처럼 자유로워지면 타인에게 다른 생각이 들까요?

우리는 사랑의 관계에서 있는 그대로, 비유적으로 서로를 경험합니다. 내가 사르트르에게서 얻고 싶은 겁니다. 사랑의 관계에서는 우리 자신을 결코 제한 없이 객관화시킬 수 없습니다. 나는 결코 사랑받는 사람의 역할에 몰입할 수 없습니다. 나는 나 자신을 언제나 사랑하는 사람과 연결해야 합니다. 나는 자유로워야 합니다. 어떤 의미에서는 혼자여야 합니다. 나는 항상 나의 존재에 대한 책임이 있습니다. 내가 아무리 바란다고 해도 타인의 눈에서 결코 사라질 수 없습니다.

인정받는다는 것은 사랑으로 가득 찬 눈길을 받으며 등장하는 겁니다. 『10월의 침묵』에서 주인공들은 그것을 바랍니다. 아마 우리 모두도 그것을 바랄 겁니다. 그렇지만 내 지명도를 실현해주는 타인이 갑자기 사라진다면, 나만 혼자 남게 된다면 어떻게 될까요? 그럼 우리는 '왜'라고 질문하거나 연인이 떠난 것이 나와 무슨 관계가 있는지, 내가 했어야 했거나 하게 했어야 하는 것과 관계가 있는지 스스로 물어봐야 할까요?

사랑의 관계가 어느 정도 힘들지 않게 진행되는 동안, 일상의 삶은 상대적 일체감으로 자리 잡은 것처럼 보입니다. 그렇지만 곧 가는 길에 장애물이 나타나고 화폭에 균열이 생기더니, 모든 것을 아주 원활하게 진행하려고 서로에게 얼마나 많은 객관화가 있었는지가 고통스럽고 분명하게 드러납니다.

당연한 것들에 대해 침묵하게 되면 사랑이 가득한 집은 고요해집니다. 서로 애지중지하던 가까움이 사라져 거리감이 늘어나고, 우리는 자신에게 던져지고 연인은 그때 그 모습 그대로 다시 나타납니다. 즉, 타인의 모습으로 나타납니다. 우리 사이에서 내가 너무나 좋아하던 모습이 그저 하나의 모습으로 등장하고, 그 모습이 갑자기 몸서리를 치더니 분리되고 맙니다. 마치 극장에 갑자기 불이 켜지며 마술이 풀려버린 것 같습니다. 우리가 최소한 낭만 속으로 도망치지 않거나 냉소주의에 빠지지 않는다면 그럴 수밖에 없다는 것과 인간의 사랑이 그렇다는 것을 동시에 알게 됩니다. 그렇게 되면 사랑이 가득한 대상의 신뢰를 회복하려 하고 실제로 사랑에 대해 믿으려 하고, 불빛을 줄이고 바라보면서 우리의 사랑 이야기를 적어봅니다. 그렇지만 그 이야기를 혼자서는 말할 수 없다는 것이 핵심입니다. 사랑의 이야기는 혼자서만 설명할 때 더는 사랑이 아닙니다.

떠나고 남은 것은 오직 쓸쓸한 기억뿐입니다. 최악의 사건은 낭만적인 거짓말과 빈 집에 남은 헛된 여운입니다. 만약 우리가 그것을 통해 무언가를 조금이라도 할 수 있게 되었다면 혼자 남아 사랑 이야기를 곱씹어 본다는 것은 궤변을 늘어놓는 것이며, 심지어 불가능한 것이고, 오래 지속되지 않아야 할 무엇입니다. 『10월의 침묵』에서 일인칭 주인공 '나'는 그것을 깨달았습니다.

나의 역사를 쓰며 내가 그녀를 잃어버리는 순간에 도달했다고 생각했다. 그러나 그녀가 다른 방향으로 가는 동안에 나의 문장은 나를 없애버리는 방법에 불과했다. 나는 아스트리트에 대해 썼다고 생각했다. 혹은 이네스와 엘리자베스에 대해 썼을 것으로 생각했다. 그러나 나는 사실상 나 자신에 대해서만 쓰고 있었다. 나는 역으로 글을 쓰면서 수년에 걸친 나만의 생각과 감정을 불러일으키자, 엘리자베스, 아스트리트, 이네스의 얼굴이 번갈아 나타나며 덧없고 어렴풋한 그림자를, 쓸쓸한 불평불만이 가득 찬 내 두개골 속을 통해 둥근 천장에 비췄다.[39]

우리는 거리가 멀어지는 것을 봅니다. 그뢴달은 다른 지문에서 더욱더 분명하게 플라톤의 동굴을 가리킵니다. 이것은 비유적인 동굴로 사람들이 그 안에서 그늘에 둘러싸여 객관적인 세계 안에서 자신을 상상하는 곳입니다. 이것은 일인칭 주인공 '나'에게 그가 설명하는 이야기가 어디에서 진행되는지를 알려줍니다. "나의 이야기는 나의 혼란스런 머릿속에서 벌어지고 있다. 나는 내 생각 안에서 도시를 여행하고 기억 속에 이리저리 돌아다니며, 이야기 속에 등장하는 사람들은 내가 설명하는 여자들의 그림자에 불과하다. 그들은 나의 두개골 안쪽을 따라 미끄러질 때 어른거리고 불명확하고 뭐라 꼬집어 말할 수 없다."[40] 그렇게 인식하고 이해하면서 그는 자신의 고립을 완성하는 듯 보입니다.

사랑하는 사람이 그가 혹은 그녀가 정말 원하는 것이 무엇인지 숙고하기 위해 작전타임을 가지면, 이것은 관계가 끝나는 시작을 알리는 것일 수 있습니다. 위의 인용문을 보면 왜 그런지 알 수 있습니다. 연인관계를 되돌아보기 위해 물러나는 사람은 사실상 이중 장애물을 설치하는 겁니다. 이미 벌어진 접점 사이에 새로운 층을 추가하는 겁니다. 그는 오직 그가 함께 있는 기간 동안에 형성한 모습을 기억합니다. 오직 그가 형성한 모습에 나오는 그의 모습만 기억합니다. 한 가지 매우 중요한 점이 있습니다. 다른 사람은 그렇게 하지 않아도 그의 벗어나려는 모습을 확인해 줄 수 있고, 부정할 수도 있으며 보충할 수도 있고 필요한 경우 수정할 수도 있습니다. 우리가 오랫동안 스스로를 개인 동굴에 가두고, 그림자의 그림자에 둘러싸인 채 있으면, 우리는 자신을 타인뿐만 아니라 자신에게서도 없애버립니다. 그래서 우리의 생각과 감정이 변하고, 덜 사회적이 되고, 덜 현실적이 되고, 덜 사랑하게 됩니다. 그리고 아마도 출구를 찾는 것이 더 어려워질 것이 분명합니다.

그럼에도 『10월의 침묵』 속의 일인칭 주인공 '나'는 자신의 외로운 사랑 이야기를 전합니다. 그것이 그에게 남은 유일한 것이고, 그의 의지와 다르게 그는 홀로 남았기 때문입니다. 도대체 얼마나 외로울까요? 나는 궁금합니다.

지금 타인이 이웃으로 있는지를 불문하고, 그 사람은 거기에 있습니다. 거기에 없더라도 한 번쯤은 정말 거기에 있었습니다. 타인은 언제나 밖으로 나갈 겁니다. 아무리 모르게 하더라도, 아무리 은밀하더라도, 타인은 여전히 거기에 정말로 있습니다. 우리가 아무리 고유한 자아상에 은둔자처럼 갇혀 있더라도 결코 완전하게 혼자는 아닙니다. 사실상 사랑의 이야기를 우리만의 것으로 완전히 만들 수가 없습니다. 타인이 없어서는 안 될 역할을 해서만이 아니라 타인이 없어서는 안 될 이야기의 공동저자이기도 하기 때문입니다.

나는 내가 느끼는 2월의 외로움에서 무엇을 원하는지 상상할 수 있습니다. 나의 그림자와 그림자놀이를 할 수 있으며 내가 사는 아파트의 벽에 대고 메아리를 울리게 할 수도 있습니다. 그렇게 하는 것은 나의 자유입니다. 그렇지만 그것은 여자친구가 살아서 숨 쉬고 말하며 함께 있는 것과 결코 같을 수는 없습니다. 실제로 함께 있어야만 함께할 수 있습니다. 상상조차 할 수 없는, 지울 수 없는 서로의 존재 덕분입니다. 따라서 나는 이제 생각하는 것을 그만두고 그녀가 다시 집으로 돌아오기까지 차분하게 기다립니다.

자의식은 우리의 자유를 보장해줍니다. 자의식은 우리가 인생의 어느 순간에 받아들이는 것으로 우리가 동일한 틀에 맞춰지는 것을 막아줍니다. 우리는 자유 속에서 항상 자유를 직시하며 앞으로 나아가야 합니다. 이러한 자신감의 자유는 사랑의 배려에 대해 수많은 실망을 가져왔습니다.

우리가 마침내 우리의 자리를 찾았고, 살고 싶어하는 인생에 도달했고, 되고 싶어 하는 인물이 되는 경험을 할 수 있다는 것은 훌륭한 일입니다. 이러한 모든 것은 타인과 함께라서 가능하고 타인 덕분입니다. 내 생각에 단지 자신의 자유를 위해 사랑하는 연인을 비열한 해방의 도구로 여기는 것은 너무나 일방적인 겁니다. 그렇게 하다보면 연인을 정말로 의도적으로 악용할 수 있습니다. 그러나 서로 간에 폭력을 객관화하면 두 사람 사이에 더 많은 것이 가능합니다.

사랑이 타인의 신뢰없는 여행일 필요는 없습니다. 타인 역시 우리 자신을 실현하도록 도울 수 있으며 우리의 낭만을 제거할 수 있는 사람입니다. 오늘날 우리가 된 우리의 누적된 행동에 함께하는 사람이며, 자기 차례가 되면 우리를 자신의 누적된 행동에 보태는 사람입니다. 타인은 우리의 홀로된 폐쇄성을 종식시키는 사람이며, '나'라는 감옥으로부터 우리를 해방시켜주는 사람입니다. 우리를 정말로 자유롭게 해주는 사람은 타인입니다. 우리는 외로움 때문에 떠돌고, 우리의 머릿속에서 그리고 우리의 말 가운데서 길을 잃어버립니다.

내가 '떠돈다'는 표현을 사용한 것은 우연이 아닙니다. 이전에 사용했던 구명부표 역시 하늘에서 떨어진 말이 아닙니다. 둘째 주가 시작될 때 받은 소식에서 여자친구는 그녀가 항해한 정글을 따라 흐르는 강을 휴대폰으로 찍어 보냈습니다. 다음날 저녁 나는 계속 그뢴달의 책을 읽었습니다.

그뢴달은 내가 한동안 기대했던 강에 대한 은유를 시도했습니다. 헤라클레이토스의 '모든 것은 흐른다'를 첫 번째로 해석합니다. "누구도 같은 강물에 두 번 발을 담글 수는 없다. 두 번째 발을 담글 때, 강물은 같은 강물이 아니고, 그도 같은 사람이 아니기 때문이다." 강물과 나는 끊임없이 움직이고 있습니다. 그뢴달은 운명지어진 자유가 프로펠러의 끊임없는 추진력으로, 우리와 지속적으로 여행하는 시간이라고 암시합니다. 흔히 인식하진 못하지만 큰 차이가 눈에 띕니다. 우리는 우리가 그렇다고 생각한 우리와 그동안 우리로 여행해온 우리 자신 사이에 놓인 거리를 인식합니다.

그뢴달은 계속 나아갑니다. 강의 비유는 '모든 것이 흐르고 누구도 그대로 머물지 않는다'는 것만 의미하지 않습니다. 강은 홍수를 일으키기도 합니다. 즉, 해협 안에서조차 안전하지 않고, 안전을 보장할 수도 없습니다.

나는 시간이 단지 강처럼 흐르는 것은 아니라고 생각한다. 강은 강둑을 넘어 끊임없이 넘치기 때문에 우리 뒤에 있는 모든 것을 집어 삼키는 동안, 우리는 피신해야 한다. 강이 우리가 남긴 모든 발걸음을, 시시각각 우리를 바꾼 모든 시간을 지우는 동안 어떤 감정에도 사로잡히지 말고 빈손으로 미래 속으로 피신해야 한다. 우리가 가진 무방비의 동시성시간을 초월해 영원히 되풀이 되는 일, 느린 감각, 환상에 불과한 기억과 습관의 힘은 낯선 날 아침에 눈을 떴을 때 강기슭에 쓸려 온, 알려지지 않은 것에 직면하는 것을 막아준다. 매일 아침 우리는 모르는 곳으로 들어간다. 우리가 가진 것이라고는, 어떤 사람이 되길 원했다고 우리에게 설명하기 위한 미약하고 신뢰할 수 없는 기억뿐이다. (……) 가끔 넘어질 것에 대한 두려움을 억누르고 뒤를 돌아본다. 마지막으로, 맨 마지막으로 뒤를 돌아보려 한다. 왜냐하면 우리에게 다가오는 낯선 것을 이해하지 못하기 때문이다.[41]

이제 여자친구가 돌아올 시간이 되었습니다. 침묵은 충분히 지속되었습니다. 나의 기억은 우리 안에만 있기 때문에 더는 안팎을 구분짓지 못합니다. 그렇지만 나는 구분을 짓기 위해, 계속 그렇게 하기 위해 여기에 있습니다. 그래서 나의 한계가 어디에 놓여 있는지 알 수 있습니다. 반면, 한계로 인해 제한을 받는다고 느끼지 않습니다. 한계가 있기 때문에 매우 기쁩니다. 한계가 분명하게 존재한다는 것은 틀림없이 그곳에 누군가 있다는 것을 의미하기 때문입니다. 한계는 감옥이 아닙니다. 한계는 나 자신의 궁극적인 해방입니다. 내가 어느 곳에서 멈춰야 한다는 것을, 다른 사람이 어딘가에서 시작한다는 것을 알기 때문입니다. 나는 오직 내가 원하는 사랑에 대해 생각하고 말할 수 있습니다. 그러나 대답이 없다면 진짜 사랑이 아닙니다.

나는 집에서 소파에 누워 있는 동안, 여자친구가 보트를 타고 끝없는 강을 따라 더욱더 멀리 내려가, 더욱더 깊은 원시림 속으로 들어가고, 그녀가 본 적 없는 것을 보는 상상을 합니다. 그녀가 아직 경험하지 못한 것을 경험하는 상상을 합니다. 그리고 여자친구가 다시 여기에, 그녀가 두고 간 여기에서 그녀를 기다리고 있는 이전 생활로 돌아오면 어떨지 상상해보려고 합니다. 그녀가 그런 엄청난 강을 보고나서도 이전 생활에 다시 익숙해질까? 나는 『10월의 침묵』에서 일인칭 주인공 '내'가 그의 아내 입장에 서보려고 노력한 부분을 다시 읽어보았습니다.

> 당연하게 거기에 있어야 하는 것처럼 자신을 정리해왔던 그녀가 어느 한순간 내 눈에 쪼글쪼글하게 비췄다는 것을 느꼈을까?

거의 25년간 혼자가 아니었던 그녀는, 그녀가 나의 희미한 눈 속에서 너무 작았기 때문에, 나의 눈에서 사라질 순간이었기 때문에, 나를 떠나야 했고 홀로 있어야 했을까? 혹은 그녀 때문에 열렸던 나의 눈이, 그리고 그녀가 처음 자신을 충분히 볼 수 있겠다고 생각했던 나의 눈이, 너무 좁아졌다고 그녀가 느꼈을까? 그녀가 내 옆에서 살고 있는 사람밖에 안 되는 사람으로 굳어졌다는 것을 인식했을까? 거기 있었음에도 불구하고 코와 입으로 숨을 쉬려고 노력한 여인이라고 알려지지 않았음을, 그리고 내가 그녀의 잘 알려진 성격의 이면을 절대 알려고 하지 않았음을 언제 인식했을까? 그녀는 자신의 친숙한 눈길을 마주하던 거울 안에서 낯선 사람의 눈을 언제 발견했을까? 그 눈은 어떻게 언제부터 그녀의 인생이 잠든 사이에 일어난 일처럼 받아들여졌는지에 대해 놀라움을 억누른 채 자신을 바라보고 있었다.[42]

그는 그녀가 이제 떠날 용기를 찾았는지 궁금했습니다. "그 거울 안쪽의 낯선 사람을 만났는지"도 궁금했습니다.

자유롭게 될 때 모든 인간관계는 열립니다. 우리가 아무리 사랑의 존재를 견고하게 판자로 막아놓으려 해도 언제나 마음속으로 낯선 자유의 바람이 불어 들어오는 틈이 있습니다. 그 틈을 우리가 더는 맞출 수 없고 절대 맞추지 못한다는 것을 깨닫는 순간이 옵니다. 이러한 자각으로 헤어지는 사람들이 있습니다. 그들은 이제 모든 것이 끝났고 서로의 사이가 멀어졌다고 생각하기 때문입니다. 그러나 이것이 해명할 수 있는 유일한 것은 아닙니다. 우리가 자유를 경험했기 때문일 수도 있습니다. 그것은 곳곳에 스며들어 있기 때문에 우리가 평생 피하려고 했던 우리의 자유일 겁니다. 이제 정말 작별을 고해야 합니다. 서로에게가 아니라, 타인과 사랑이 우리를 위해 모든 것을 해결해준다는 환상과 결별해야 합니다. 그러면 우리 자신으로부터 자유로워질 겁니다. 모든 것은 흘러갑니다. 우리가 인생을 차단하던 것을 해제하고 인생으로부터 무언가를 지속적으로 만들어간다면 모든 것은 흐르고, 모든 것은 넘칠 겁니다.

2월이 거의 지나고 기상학적으로 봄이 시작됩니다. 시인은 새로운 봄과 새로운 소리로 가득한 시를 짓고, 나는 마음을 정하지 못하고 있습니다. 그러는 사이 소리뿐만 아니라 나도 만들어집니다. 여자친구가 돌아올 시간이 되었습니다. 내가 사랑하는 그녀는 어디 있을까요? 그녀는 누구일까요? 나는 누구일까요? 내가 공항으로 그녀를 마중 나가면 어떨까요? 내가 누구를 보게 될까요? 그녀는 누구를 보게 될까요?

나는 혼자서는 이러한 질문들에 답을 얻을 수 없다고 생각합니다. 나는 아무것도 확실하게 알 수 없고, 신뢰가 내가 가진 전부라는 것을 알기 때문에 그때가 올 때까지 마음을 굳게 먹고 있습니다.

나는 책장을 계속 더 넘깁니다. "어쩌면 나는 평생을 꿈꾸며 지냈다. 어쩌면 그것이 우리 모두가 인생을 보내는 방법일지도 모른다. 우리가 전적으로 무의미하다는 사실을 깨닫게 되는 순간이 머잖아 올 때까지 말이다. 어쩌면 다른 방법이 없을 것이다. 어쩌면 우리가 서로 등을 맞대고 잠을 자는 동안, 우리의 꿈을 통해 분리된 세상 안에서 숨을 쉴 것이다."[43]

나는 이 문장에서 눈을 떼지 못합니다. "어쩌면 마지막 말은 역시 하지 못했을 것이다."[44] 나는 책을 덮고, 좀 더 가벼운 주제를 다루어보기 시작합니다.

결론

사르트르의 말이 옳고 자유가 우리 존재의 핵심이라고 한다면, 우리는 마지막 피난처인 사랑에게 작별을 고해야 할 겁니다. 사랑은 우리가 찾는 것이 아니고 주로 스스로 창조해야 하는 것이라는 발견을 한다면 틀림없이 어떤 냉정한 것과 관련 있습니다. 자유롭지 못한 것은 환상입니다. 불행히도 성실한 공존은 환상으로 끝나기도 합니다. 우리는 사랑의 관계에서도 혼자입니다.

전혀 그렇지 않을 수도 있을까요? 나는 자신에게 충실해야 한다는 것을 알고 있으며, 그것은 자유에 충실해야 한다는 것과 같습니다. 그러나 내가 타인에게 충실하다고 해서, 내가 반드시 불성실한 사람일 필요는 없지 않을까요? 동거관계가 언제나 혼자로 남아야 한다는 것을 인식하면서 이루어진다면, 타인이 나를 나 자신으로부터 자유롭게 한다고 생각하지 않는 한, 내가 나의 존재에 대한 책임이 있기 때문입니다.

내 생각에 이것은 그륀델이 그의 숨 막히는 이야기에서 말하려고 하는 겁니다. 우리가 사랑 속에 홀로 남겨진다거나 사랑만 남을지라도, 현명함, 행복, 좋은 의도와 어느 정도는 함께할 것이라는 겁니다. 함께이면서 혼자인 것은 아마도 진정한 사랑일 겁니다. 그렇다면 사랑으로부터 무언가를 만들려는 것을 시도하지 말아야 합니다.

나는 사르트르의 철학 중 자유에 대해 너무 부정적이었던 것 같습니다. 자유로운 것에 운명지워졌다는 것은, 말하자면 저주받은 기쁨일 수 있습니다. 우리의 꿈과 야망이 기대한 안정을 가져다주지 않아서 사기를 당했다고 느끼는 대신, 우리가 새로운 수평선을 향해 계속 갈 수 있다는 것을 인식하면 희열을 느낄 수 있습니다. 정착된 삶을 추구하는 사람에게는 언제나 여행을 떠나야 하는 것이 지옥이나 다름없습니다. 자유는 신선한 바람일 수 있으며, 구름 뒤에 숨어 있다가 구름이 걷히며 나타난 거의 잊힌 푸른 하늘일 수 있습니다. '자기에 대하여 있는 존재'는 롤러코스터가 기울어지면서 급강하하기 시작할 때 아랫배에서 느껴지는 불안감과 같습니다. 우리는 타인과의 관계에서 즐거운 독신이라는 자의식을 가져야 합니다.

이러한 생각은 우리가 타인이 만들려고 하는 우리와 결코 일치하지 않는다는 것을 명심하도록 해줍니다. 타인이 우리가 감당할 수 없는 방법으로 우리를 조정하려고 한다는 것을 알아차리면, 우리가 자의식 속으로 후퇴할 수 있다는 것을 아는 것이 좋습니다. 타인이 만들려고 하는 사람으로부터 우리를 분리시킬 수 있습니다. "나는 그렇지 않다"라고 생각할 수 있으며, "나는 그렇게 되고 싶지 않아"라고 크게 외치고 "너로 인해 나는 내가 원하지 않는 사람으로 되지 않아, 따라서 아니야"라고 말할 수 있습니다. 이러한 비판적인 거리를 두는 것은 '자기에 대하여 있는 존재'에 의해 가능하며, 이로 인해 곤란한 상황에서 우리의 선택을 열어둘 수 있습니다.

사르트르처럼 생각하면 모든 상황에서 나의 실제적인

선택의 자유와 함께 나의 존재에 대한 책임감에 대해서도 기억하는 데 도움이 됩니다. 나는 '생각의 안경'을 쓰고 사르트르와 함께 불성실한 나 자신과 그런 타인을 주의깊게 찾아가려고 끊임없이 노력합니다. 나는 인간이 자유와 책임을 눈치채지 못하는 단순한 존재가 되기 위해 회피하고, 미루고, 과학화하는 데 얼마나 창의적인지 놀랐습니다. 우리의 자유에 난 틈을 메꾸려고 노력하는 인상적인 사각지대가 가끔 있습니다. 그러나 머릿속에 사르트르가 있어서 "내겐 선택권이 없다"라는 말을 목청 높여 외칠 수 없습니다. 우리가 우리의 자유를 부정하면 할수록 자유롭지 못하다는 환상은 더욱더 강해질 겁니다. 사르트르처럼 생각하면 우리는 언제나 홀로 선택에 직면합니다. 사르트르의 자유에 대한 개념은 불성실함에 대한 상쾌한 처방전입니다. 그리고 온갖 운명론과 무력감을 이기는 데 탁월한 도움도 줍니다. 나는 사르트르의 철학으로 힘을 보강하고 모든 상황에서 송로버섯을 찾는 멧돼지처럼 자유를 파헤치기 위해 노력합니다.

자신에게 충실하다는 것은 자유에 충실하다는 것을 의미합니다. 이것은 이율배반적인 면이 있습니다. 내가 자유롭다면 나에겐 본성이 없고, 어떤 정체성도 없고, 의지할 데도 없습니다. 나 자신에게 돌아가려 할 때, 공허감에 처하게 됩니다. 나는 자유의 블랙홀입니다. 나는 주위가 빙 둘러싸인 단단한 핵이 아닙니다. 나는 자유롭고, 나는 원래 아무것도 아닙니다.

지금의 자유로운 자신에게 충실할 뿐만 아니라 앞으로 될 우리에게도 충실해야 합니다. 누적된 행동의 합계가 우리라면, 우리의 실존주의적 중간 합계는 지금까지의 합계와 같지 않다고 할 수 있습니다. 셈은 계속되고 있습니다. 그러나 셈에서 완전히 벗어나길 원한다고 내게 의견을 묻는다면, 그건 부적절하게 극단적인 것이라고 말하겠습니다. 우리를 끊임없이 분리시키고자 한다면 타인뿐 아니라 우리 역시 잃어버리게 됩니다. 여기에 아리스토텔레스는 우리가 될 모습과 지금 현재 모습 사이에서 정확한 중용을 찾는 과정에 도움을 줄 수 있습니다. 우리가 한 모든 것은 우리가 한 겁니다. 우리가 앞으로 하는 모든 것은 미래의 우리 모습에 추가됩니다. 우리는 계속 셈을 합니다. 결코 원점으로 돌아가지 않습니다.

우리는 무언가를 하기 위해 스스로 출발할 수 있으며 자신과 존재를 초월할 수 있습니다. 이러한 관점은 사르트르와 같습니다. 그런 이유로 자유를 자의식에 가두어 둘 수 없습니다. 자유란 우리 자신 밖에서 타인과 함께 형태를 갖춥니다. 자유롭고 올바른 삶은 자유라는 명목으로 어디에서든 자신의 손을 빼는 것이 아니라, 서로에게 자유로운 손을 뻗어 자유로움 속에서 지속적으로 그 손을 붙잡는 것에 관여하는 겁니다. 약속을 하는 것, 즉 약속을 지키는 것은 우리 자신의 자유뿐만 아니라 타인의 자유에 대해서도 변함없이 충실하는 방법입니다.

이러한 중재된 혹은 상관적인 자유는 본능적이거나 육체적인 정의로 재구성될 수 있는 것이 아닙니다. 따라서 뇌연구가들은 우리의 자유를 발견하지 못합니다. 나 자신 또한 뇌스캔을 통해서도 발견하지 못합니다. 나는 나의 뇌가 아닙니다. 나는 나입니다. 나는 언제나 시작입니다. 인간은 한정하고 싶어하고 몸과 구성 요소에 대해 '인식'하고 싶어하는데, 이것은 부적절한 감옥에 자신을 가두는 겁니다.

사르트르의 생각 안에서 자유는 그 자체로 목적이 되고, 이런 의미에서 아무 쓸모가 없는 것 같습니다. 사르트르는 말년에 한 인터뷰에서 그가 자신의 자유관의 노예가 되었다고 했습니다. 그것은 자유로운 노예의 마음가짐을 생각하게 해줍니다. 모든 집착은 족쇄에 채워진 듯 여겨지므로 회피해야 하는 것입니다. 동시에 사르트르가 약속한 것은 선한 일에 우리를 연결하는 것이었습니다. 그렇지만 우리를 누군가에게 혹은 무엇에 연결하자마자, 속박에서 벗어나고 싶어할 겁니다. 그렇지 않으면 우리는 불성실한 사람이 될 것입니다. 우리에게 자유를 따르는 것을 허용함으로써 타인에게서 우리의 속박을 벗어버리는 것은 어떨까요? 자유의 노예, 그것은 우리의 목적이 될 수 없습니다.

가끔 독신의 자유 같은 부정적인 자유는 매우 매력적일 수 있습니다. 그렇지만 그 안에는 위험이 도사리고 있습니다. 우리가 너무 오랫동안 "아무런 조건 없이"라는 달콤한 '무'에 둘러싸여 있어서 모든 것이 언제든지 타인일 수 있다고 생각한다면, 더는 타인에게 돌아갈 방법을 찾을 수 없어서 돌아가지 못하고 삶에 대해 긍정적으로 연결되지 못할 위험이 있습니다. 야니스 요플랑은 '자유는 잃을 것이 남아 있지 않다의 다른 말이다'라고 노래했습니다.

나는 자유롭기 위해 자유로워지길 원하지 않습니다. 나에게 자유란 무력감을 이기기 위함입니다. 변화와 개선을 하기 위한 가능성을 찾기 위함입니다. 책임감을 위해서입니다. 책임감이 없는 자유는 임의적입니다. 타인이 없다면 책임감도 있을 수 없기 때문에 진정한 자유를 위해서는 타인이 필요합니다.

소설 『망설임』의 마지막 부분에서 드와이트 윌머르딩은 마침내 그가 어떻게 그의 인생에서 절대적 임의성을 극복할 수 있는지 발견합니다. 그는 자신의 입장을 밝힙니다.

수년간 그는 무언가를 했습니다. 하지만 정말로 무언가를 위해 기여하지는 않았습니다. 그는 모든 것을 생각하고 계획을 세우고 이의를 제기하고 그가 살 수 있는 가능한 삶에 대해 고심했습니다. 그러나 그중 아무것도 실행에 옮기지 않았습니다. 그가 머릿속에서 생각한 삶은 인생이 아닙니다. 그의 말을 옮겨보겠습니다. "나의 정신적인 혼란은 결국 순결한 형태였다."[45]

그는 스스로 두 분야에 종사하는 선택을 합니다. 바로 사랑과 일입니다. 자신을 한 여성에게 소속시키고 정치적 활동을 할 것을 선택합니다. "나는 그녀의 약혼자가 되는 것을 선택했다. 더욱 공정한 세상의 정원에서 일하는 정원사가 되기로 했다."[46] 그는 자신의 정치적 공약을 민주적 사회주의라고 칭합니다. "그것은 나의 생각이다. 나는 이미 수세기 동안 쌓인 문제들을 떠안기로 했다. 그 문제들을 해결할 수 없을지라도 해결하기 위해 노력할 것이고 나의 문제가 더는 전적으로 나의 문제가 되지 않을 때에야 나는 (마지막 순간에 놀라운 반전 같이) 그것들이 진짜 문제라는 생각을 갖게 되었다."[47]

자유의 길을 걸어가는 데 어려운 점은 그 길이 언제나 같은 넓이가 아니라는 겁니다. 선택한 삶은 서서히 좁아집니다. 우리가 정하는 모든 선택으로 자신을 한정하고 가능성은 줄어듭니다. 선택은 또한 선택하지 않는 겁니다. 선택하지 않으면 잃어버리는 겁니다.

나는 일부일처제를 선택할 수 있습니다. 나 또한 그 안에서 아무리 행복하고 기쁘더라도, 다른 사람과 바람이 나는 그 순간부터 행복과 기쁨은 더는 없습니다. 선택이 분명해야만 한다고 생각하기 때문에, 선택에 완전히 만족해야만 한다고 생각하기 때문에, 우리의 선택에 의문을 가질 수 있습니다. 따라서 중요하게 고려해야 하는 점은 우리가 선택하고 남은 것과 우리가 단숨에 선택했는데 금방 사라지지 않는 것입니다. 완전한 확신을 가지고 '예'라고 대답했지만, 매혹적인 타인에 대한 생각을 영원히 사라지게 하지는 못합니다. 이것은 또한 선택이 우리가 단숨에 정한 것이 아니라 계속 정해야 하는 이유이기도 합니다. 어딘가로 향한다는 것은 몇 번이고 되풀이해서 선택한다는 의미입니다.

어쩌면 선택은 전도유망한 잔류물을 남겨두고 어떤 식으로든 우리의 의식에서 일정한 역할을 끊임없이 하게 된다는 의미에서 딜레마는 풀리지 않습니다. 패자가 없는 싸움은 존재하지 않습니다. 아니, 존재하는 것일까요? 내가 사르트르를 제대로 이해했다면 선택하지 않은 것은 전혀 존재하지 않기 때문입니다. 이 길이나 다른 길로 들어섰기 때문에 놓친 다른 인생을 유감스럽게 생각한다면,

나는 정확히 무엇이 유감스럽다는 것일까요? 다른 인생은 무엇이죠? 선택받지 않은 인생은 전혀 현실이 아닙니다. 그것은 분명히 존재하지 않습니다. 나는 행동을 통해 그것을 구체화하고 실현하지 못했습니다. 그것은 꿈이며, 환상이며, 공상일 뿐입니다. 인식의 오류이며 좋지 않은 겁니다.

선택하지 않은 것은 존재하지 않습니다. 선택할 때 일어나는 잔류 효과는 실제적인 것이 아닙니다. 실존주의적 철학은 그렇게 존재하지 않는 것에 대한 딜레마를 해명하는 것 같습니다. 그러나 우리가 항상 선택할 수 있다는 것을 안다면, 언제나 다르게 선택할 수 있다는 것 또한 잘 알 수 있습니다. 따라서 가끔씩 다른 삶에 대해 생각하는 것은 그렇게 이상하지도 비현실적이지도 않습니다. 그렇지만 우리가 주도하는 인생을 선택하는 한, 자신을 비현실적인 곳에 있다는 생각으로 실제 삶이 산만해지도록 놔두어서는 안됩니다. 내 생각에 이것은 사르트르의 명쾌한 연상작용의 치유적 면모입니다. 우리는 오직 한 번의 삶을 살 수 있습니다. 단 한 번밖에 쓸 수 없는 우리의 관심을, 우리가 존재하는 현실에 한정시키지 못하고 몽환적 가능성의 세계에서 둥둥 떠다니게 한다면 슬픈 일이 아니겠습니까?

한편, 사르트르가 '인간은 단지 행동이 누적된 결과'라고 주장하면 거부감이 느껴집니다. 세상에는 평생 사랑하는 사람에게만 성적으로 충실한 사람이 있습니다. 그렇지만 그들이 성적 능력을 발휘하지 못했다고도 말할 수는 있습니다. 다른 한편으로, 사르트르가 '결과적으로 우리가 이루어낸 것이 꿈에 남겨둔 것보다 더욱 가치가 있다'고 주장하면 일리가 있다고 느껴집니다. 결국 꿈만 꾸고 실현하지 않은 모든 것은 쓸모없는 겁니다. 빅토르 프랑클에 따르면 우리는 모든 것에 실현 가능성을 가지고 인생의 기념비를 건설한다고 합니다. "이루어지지 않은 것은 아무것도 없다. 아무것도 지워지지 않는다. 나는 '있었던 것은, 가장 분명한 존재 방식이다'라고 말할 뻔했다." 인생이 덧없다는 말은 우리에게 비관적이지 않고 적극적인 영향을 미쳐야 합니다. 프랑클은 이렇게 말합니다.

> 비관론자는 매일 한 장씩 찢어내는 일일 달력이 어떻게 줄어드는지를 두려움과 상실감을 가지고 지켜보는 사람이다. 그러나 인생의 문제에 적극적으로 대처하는 사람은, 앞선 날들을 조심스럽게 보관하기 전, 찢어진 달력 낱장의 뒷면에 메모를 남긴다. 그는 자부심과 기쁜 마음으로 메모에 담긴 경험의 보물을 다시 돌아볼 것이다. 그가 살았던 충만한 인생에도 자부심과 기쁨을 느낄 것이다. 그는 나이가 들어감을 알 것이다. 그러나 그가 그런 이유로 슬퍼할까?

그가 젊은 사람들을 부러워할 이유가 있을까? 혹은 낙심한 나머지 그의 지나가버린 어린 시절을 회고할 이유가 있을까? 왜 그가 젊은 사람을 부러워해야 할까? 젊은 사람이 가진 가능성 때문에? 그를 기다리고 있는 미래 때문에? "고맙지만 아니다"라고 그는 대답할 것이다. "나는 가능성 대신 실제로 일어난 과거를 가지고 있다. 내가 이룬 일과 함께한 사랑뿐만 아니라 내가 겪은 고난도 동시에 가지고 있다."[48]

나는 희망하는 것은 꼭 이루어낼 거라는 도전적인 사고를 합니다. 우울감에 젖은 내가 낯설어질 것이라고는 생각하지 않습니다. 그렇지만 우울감에 젖은 실존주의자는 될 수 있을 겁니다. 나에게 실존주의는 비극적인 삶의 태도 없이 있을 수 없습니다. 인간의 삶에서 모든 것은 언제나 양면성을 가지고 있음을 염두에 두어야 합니다. 태양이 낮뿐만 아니라 밤에도 존재하는 것처럼, 빛을 비추는 것뿐 아니라 그늘도 드리워주는 것처럼 말입니다.

프랑클의 지문이 『스토너』의 주인공 윌리엄 스토너의 마지막 병상 장면을 떠올리게 했습니다. 그의 마지막 병상에 일종의 기쁨이 찾아옵니다. 그는 인생이 실패는 아니었다고 생각합니다. 인생이 전혀 실패로 끝날 수 없었기 때문이었습니다. 좀 더 읽으면 다음 글이 나옵니다. "그는 갑자기 솟아나는 힘으로 고유한 정체성을 인식했다. 그것으로부터 나오는 힘을 느꼈다. 그는 그 자신이었고, 자신이 어떤 존재로 살아왔는지 알게 되었다."[49]

그가 확립되지 않은 정체성을 취했더라도 이뤄낸 모든 행동과 말한 모든 약속이 기반을 잡게 되었으므로, 금욕주의적 삶의 태도는 실존주의자로 전향한 듯 보입니다. 그는 자신이 누구인가라는 질문에 최종적인 답을 내놓으면서 놓친 기회와 날아가버린 야망, 가지 않은 길은 고려하지 않았습니다. 무엇을 위해 행동을 했는지, 진심으로 무엇을 그리고 누구를 위해 자신이 되었는지, 전적으로 그가 책임지고 있습니다. 그리고 그가 마지막으로 의식적인 숨이 꺼지는 지금, 마침내 자신과 일치할 수 있습니다. 그는 죽음에 다다른 순간 본질을 얻었습니다. 그의 본질과 존재가 같아졌습니다. 마지막 순간은 불성실하지 않았다고, 내 생각은 그렇습니다. 그것은 자연스러운 죽음과 죽어감이었습니다.

우리의 행동이 쌓인 결과가 우리고, 전적으로 행동에 관한 문제이지 생각에 관한 문제가 아니라고 한다면, 이는 위안이 될 수 있습니다. 2013년 많은 네덜란드 사람들이 두 아들을 살해한 아버지 뉴스로 충격에 휩싸였습니다. 나는 그 뉴스로 상당히 충격을 받은 젊은 부모와 대화를 나누었습니다. 그들은 자신들이 어린 아들에게 짜증이 나서 자신의 아들이 벽지 뒤에 붙어버렸으면 좋겠다는 생각을 수차례 했다고 고백했고, 지금은 그 행동이 얼마나 나빴는지 느끼고 있다고 했습니다. "우리가 그 아버지와 얼마나 다를까요?"라고 그들은 자문했습니다. "우리 같은 '정상적인 사람들'이 '미친 사람들'과 매우 다른 것처럼 행동하지만, 아무래도 그 경계선은 매우 가느다랗게 보입니다."

실존주의적으로 접근하면 그 경계선은 매우 넓습니다. 살인하고 학대하고 강간하는 사람들과 그런 것을 하지 않는 사람들 사이의 차이는 그들의 생각과 느낌에 있지 않습니다. 그것을 파헤쳐보면 그 구분은 불분명합니다. 분명한 구분은 행동에 있습니다. 그런 행동을 '하느냐 하지 않느냐'입니다. 사르트르처럼 생각하는 것은 우리가 무엇인지를 강조하는 데 도움이 됩니다. 어떤 것을 할 수 없을 것이라고 생각하는 사람은, 그런 일을 하면 안 됩니다. 자신의 아이를 실제로 죽이거나 학대하지 않는다면, 그것이 부모로서 할 일을 하는 것이고, 최소한 그런 점에서는 잘못하고 있지 않는 겁니다.

우리가 타인을 바라보면 종종 그들은 하고 있는 것을 정확히 알고 있으며, 모든 것이 의심의 여지없이 저절로 되는 것처럼 보입니다. 그런 것은 부러울 만한 것이 되고 우리 자신에 대해 더욱 의문을 갖게 됩니다. 우리 자신은 갈갈이 찢겨진 절망의 조각들로 이루어져 있고 타인은 순탄한 한 덩어리로 보입니다. 사르트르와 함께라면 이러한 부러움의 과정을 어떻게 객관화해서 존재의 확신을 이루는지 이해하고, 그 안에 숨겨진 위험한 마비 상태를 인식할 수 있습니다. 그러고 나서 어쩌면 자신에게 무엇을 해야 할지 정확히 모른다는 듯이 위안의 말을 살짝 할 수 있습니다. 우리가 그렇게 하고 있을 때에야 정말로 알 수 있습니다. 갑자기 머릿속에 〈Everybody's Free To Wear Sunscreen〉이라는 노래가 울립니다.

> 인생을 뭘 하면서 살아야 할지 모른다고
> 자책하지 말아요.
> 내가 아는 가장 멋진 사람들도 22살 때
> 그들이 뭘 하면서 살고 싶었는지 몰랐어요.
> 내가 아는 가장 멋진 어떤 40대들은 아직도 몰라요.[50]

나는 대부분의 사람들이 책임감에 대해 숙고한다면 우리가 회피하고자 하는 책임감을 최선을 다해 책임지고 싶어할 거라고 생각합니다. 아마 그들은 더는 원하지 않을 겁니다. 네덜란드 작가 에드자르트 믹에게 그의 인생에서 전적인 책임감을 지닌 것이 무엇인지를 물었고 그는 이렇게 대답합니다.

> 나는 모든 일에 대해 전적으로 책임을 집니다. 그러니 소행성 하나가 내 머리에 떨어진다면 부탁드릴 것이 있습니다. 정치가나 공무원, 유럽연합, 부모님, 포퓰리즘, 공원, 온실효과, 어류남획 문제, 줄어드는 독서량, 건강보험, 미신에 책임을 돌리지 않겠습니다. 다만 부고에 이렇게 적어주기 바랍니다. "밖으로 나가지 말았어야 했어."[51]

궁극적으로 우리는 사람들이 우리를 진지하게 받아들이고, 우리가 자신을 진지하게 받아들일 수 있기를 바랍니다. 그것은 시행착오를 통해 우리의 선택을 뒷받침하고 우리의 정체성을 계속 확인해야 가능합니다. 우리가 존재에 도달하려 할 때, 당연히 모든 것을 미리 생각할 수는 없습니다. 위험을 무릅써야 하고 직접 해보고 시작해야 합니다. 동시에 생각을 해야 합니다. 이러한 의미에서 "나는 생각한다. 고로 나는 존재한다."는 인문주의적인 호소로 여겨집니다. 모든 것이 모든 것과 조화를 이루며 모든 사람이 모든 사람과 공존하는 가운데, 내가 한 사람이 되고 하나의 원천이 된다는 것을 지속적으로 말하는 것이 중요합니다. 그것이 우리 자신을 찾을 수 있는 방법이라고 생각해야 합니다. 오래되고 믿음이 가는 것에 가치를 두더라도 우리는 새로운 시작입니다. 삶과 공간, 시간을 우리 것으로 삼고, 책임감을 가진 존재, 누군가 하나의 인간존재로서 새로운 출발을 합니다.

미셸 푸코는 프랑스의 구조주의 철학자이자 역사가이다. 정신의학 이론과 임상연구를 통해 인간의 지식은 어떤 과정을 거쳐 형성되며 변화하는지 탐구하였다. 각 시대마다 '앎'의 바탕에 무의식적 문화의 체계가 있다는 사상에 도달했고, 정신병의 원인을 사회적 관계 속에서 밝혀냈다. 미셸 푸코는 언어, 지식, 권력, 그리고 사회통제의 상호연관성을 연구했으며 사회학자들에게도 많은 영향을 주었다. 그는 『광기의 역사』에서 소외된 비이성적 사고, 즉 광기의 진정한 의미와 역사적 관계를 파헤쳤다. 미셸 푸코는 지식은 권력과 관계를 맺고 있으며 모든 지식은 정치적이라고 주장한다.

LESSON 06

Michel Foucault

푸코와 함께 생각하기

"광기를 배제한 우리의 문명은
이성 혼자서 독백하는 것과 같다"

언어와 지식은 인간의 신체를 통제하는 데
실제로 강력한 힘을 가지고 있다.

- Michel Foucault(1926~1984)

이 책을 읽으면서 지금까지 우리가 생각하고, 바라보고, 경험하는 방식에 어떤 변화가 있었을 것이고, 또 어떤 것들은 더는 자명하지 않을 수도 있습니다. 우리가 살고 있는 세상이나 그 세상을 공유하는 타인에 대해 다른 시선을 갖게 되었을 테니까요. 어쩌면 자신을 더 잘 이해하게 되었을 수도 있습니다. 그리고 모든 것을 그대로 두고 싶거나, 무언가를 바꾸고 싶고, 심지어 완전히 다른 접근 방식을 택하고 싶어 한다는 것을 알게 되었을 수도 있습니다. 거의 모든 변화는(좋은 것과 나쁜 것 모두) 다르게 생각할 수 있었던 사람들에 의해, 그들의 다른 생각을 자유롭게 다룰 줄 아는 사람들에 의해 이루어졌습니다. 저절로 자유로울 수 없습니다. 자유에 대해서 인식할 때에만 자유롭습니다. 자유는 생각의 자유에서 출발하기 때문입니다.

이 책이 끝나면, 우리의 남은 인생이 시작됩니다. 앞에서 '시작'의 어려움에 대해 이야기했습니다. 사르트르와 함께하면 무엇보다도 시작이 어렵다는 사실을 이해할 수 있게 됩니다. 왜냐하면 시작에 관여하는 것을 피할 수 없기 때문입니다. 우리는 시작하는 모든 것을 스스로 시작합니다. 우리가 하는 모든 것이 삶을 형성하기 때문입니다. 따라서 새로운 시작을 할 때면, 종종 낯선 자신을 대해야 합니다. 그런 남은 인생을 마주하는 것은 위험이 따른다는 생각에 앞으로도 오랫동안 시작을 미룰 수 있습니다. 지금껏 꾸준히 시작해 왔다는 사실을 너무 늦게 알 수도 있습니다. 시작하지 않고 지낸 시간 동안, 시작의 선택권이 우리에게 있다는 것을 알았더라면 그런 식으로 살지 않았을 수도 있을 겁니다.

또한 우리는 두려움과 망설임으로 온갖 형태의 운명론에 쉽게 희생자가 됩니다. 설사 운명론과 무력감이 같지 않더라도, 운명론이 무력감에 매우 가까이 있기 때문이라는 삶의 태도는 우리를 더욱 행복하게 만들지 못합니다.

만약 우리가 스스로에게 엄격하게 대할 필요가 있다고 생각한다면, 철학자를 데려와 도움을 받을 수 있습니다. 예를 들면, 에픽테토스의 생각과 더불어 철학적으로 우리 자신을 훌륭하게 다룰 수 있습니다. 에픽테토스의 『엥케이리디온』 마지막 부분은 스토아학파의 엄격함을 이야기합니다. "당신이 자신을 위해 과감하게 최선의 것을 선택하는 데까지 얼마나 오래 걸릴 것인가? '인생 규칙'을 엄격하게 준수하기까지 얼마나 오래 걸릴 것인가?"[1]

칸트와 마찬가지로 에픽테토스는 우리가 쌓은 지식으로 시작하는 것은 용기가 필요하다고 했습니다. 바람직한 삶과 함께 만족할 만한 삶에 대해 생각하기 위해서뿐만 아니라, 그러한 삶을 실현하기 위해 과감하게 선택할 수 있는 용기를, 즉 생각과 더불어 행동에 옮길 것을 분명하게 말하고 있습니다.

> 모든 필요한 수업은 주어졌다. 우리는 그 수업을 모두 받았다. 누구에게서 가르침을 더 받아야 한다고 생각하는가? 누구의 지도 아래서 우리 자신을 발전시키길 원하는가? 우리는 이미 아이가 아니다. 이제 성인이다. 지금 이 순간 일을 그르치려고 하거나 너무 가볍게 인식하면, 장기적인 목표만 세우거나 매일 우리 자신을 돌보는 순간을 또다시 미룬다면, 발전을 가져올 수 없다. 우리는 배움을 얻지 못한 채 살다가 죽어갈 것이다."[2]

바람직한 삶을 충분히 생각해봤다면, 이제 성인으로 살아가야 할 용기를 낼 시간입니다. 에픽테토스는 "우리가 최고의 선이라고 생각하는 모든 것은 우리를 위한 강철 같은 법이어야 한다"라고 말했습니다. 지금이 자기가 선택한 법을 실행하는 데 가장 적절한 시점입니다. 바람직한 삶을 내일, 다음 주, 내년 혹은 돈이 충분할 때까지, 위대한 사랑을 만날 때까지, 위기가 지나갈 때까지 기다려야 할 정도로 오늘 무슨 문제라도 있는 걸까요? 연기는 불가능합니다. 하루에, 한 가지 행동에 달려 있습니다. 그렇지 않으면 우리를 발전시키는 데 성공하지 못한 겁니다.

에픽테토스에 따르면 우리는 대체로 철학에 열중합니다. 그렇지만 우리가 그런 근사한 생각으로 실제로 무엇을 하는가는 전혀 다른 문제입니다. 이러한 모순되는 이론화는 우리를 오직 형편없는 사람으로 만들 뿐만 아니라 형편없는 철학자로 만듭니다. 에픽테토스는 말합니다. "철학이 첫 번째로 등장하는 것은 철학적 원칙을 적용하는 것이 불가피하기 때문이다."[3] 그는 거짓말하는 것이 나쁘다는 것을 예로 들었습니다. 우리는 거짓말을 할 수 있고 꼭 하려고 합니다. 우리는 왜 거짓말이 나쁜가, 정말 그런가, 그것을 어떻게 알 수 있는가, 우리가 무언가를 실제로 분명히 알 수 있는가에 대한 것을 더 숙고하려고 합니다. 그러는 동안 윤리를 적용하는 데 충실하지 못합니다. "그 결과로, 우리는 거짓말을 하는 동시에 거짓말이 왜 나쁜지를 해명하기 위해 토론한다."

철학의 도움을 받을지 여부는 우리에게 달렸습니다. 바

람직한 삶은 저절로 주어지지 않습니다. 그것을 위해 무언가를 해야 합니다. 우리는 생각해야 합니다. 생각은 보는 것이고 느끼는 것이고 행동하는 겁니다. 좀 더 낫게 생각하길 바라는 것은 좀 더 잘 보길 바라고, 좀 더 잘 느끼고, 잘하길 바라는 겁니다. 이 책은 세계관, 인간관, 자아상, 윤리관, 자유, 무력감, 행복, 불행에 대한 다양한 접근 방법을 깊이 생각하게 합니다. 이 모든 것에 대해 우리는 언제나 전망을 합니다. 이미 말한 대로 우리는 세상을 오직 알 수만 있습니다. 우리가 세상이라고, 현실이라고 부르는 것은 세상에 대한, 현실에 대한 우리의 지식입니다. 이러한 지식은 인간의 지식이며 언제나 우리는 이것을 뛰어넘을 수 없습니다. 우리가 가진 생각의 울타리를 넘어 진정한 세계로 들어갈 수 없습니다. 언제나 생각의 안경을 우리 코 위에 걸치고 있고 그것을 벗을 수가 없습니다. 생각의 안경이 없다면 우리는 맹인입니다. 우리 자신도 볼 수 없습니다. 우리가 보는 것은 본다고 생각하는 겁니다. 그래서 나는 세계관, 인간관, 자아상에 대해 꾸준히 이야기하려고 시도하고 있습니다. 다르게 생각하는 사람은 다른 세상을, 다른 사람과 함께 경험합니다. 그런 사람은 자신이 타인이거나 적어도 다릅니다. "너무 많이 생각하면 안 된다"는 별로 소용없는 의견입니다. 내 생각에 중요한 것은 생각을 깊이 많이 하는 것이 아니라 더 좋게 잘 숙고하는 겁니다. 어쨌든 행복이란 행복하다는 것을 아는 겁니다.

어정쩡한 상태의 생각을 빨리 멈추고, 항상 자신과 타인에 대한 견해를 가지고 세상을 바라보면 곧 깨닫게 될 겁니다. 우리가 어떤 세상에 살고 있는지, 그 안에서 자신과 타인을 어떻게 경험하는지가 생각을 결정하는 방식이라면, 생각의 결과는 감정이든 마음속 깊은 곳이든 갑자기 나타날 겁니다. 생각은 보고, 느끼고 실행하는 겁니다. 우리가 모든 것을 생각의 안경을 끼고 보기 때문에 우리의 생각은 분명한 의미에서 모든 것입니다. 그래서 안경보다 광범위한 것을 상상해보면 더 어울릴지도 모릅니다. 타인과 공유하는 집 같은 것일 수도 있습니다. 모두 함께 살고 있는 거대한 구조물 같은 문명도 포함될 수 있습니다.

앞서 언급된 철학자들의 생각이 우리가 집을 지을 때 쓰는 건축용 자재처럼 쓰일 수 있습니다. 물론 우리가 살고 있는 집에서 계속 별 탈 없이 살 수도 있습니다. 그러나 대부분은 머지않아 그들이 자신의 삶에 정말로 편안을 느끼고 있는지 의문을 갖습니다. 그러고 나서 서점, 도서관, 타인들의 두뇌에 건축용 자재가 충분히 준비되어 있다는 것을 알면 해방감을 맛볼 수 있습니다. 멀리 떨어져 보면 폐허가 되어가는 그 집을 개량할 수 있는 뛰어난 공구를 발견할 때도 그런 해방감을 느낍니다. 모든 시대의 철학자는 이 세상에서 우리 집을 위한 자재와 우리의 고유한 습관을 형성하기 위한 재료, 우리가 평안함을 느끼며 살게 해주는 장소를 제공합니다.

생각의 자유를 적절히 갖게 되면, 우리의 고유한 장소를 갖추는 것뿐만 아니라 사회와 세상을 함께 건설하는 것을 시작할 수 있습니다. 우리의 개인적인 행동이 사르트르의 인간관과 세계관과 분리될 수 없는 관계라는 것을 생각하십시오. 우리가 짓는 모든 건물이 그다지 예뻐 보이지 않을지라도, 우리는 세상의 어딘가에 있을 바람직한 삶을 찾는 자유로운 석공프리메이슨입니다.

모두 고무적으로 들리는 말인데, 현실에서 그렇게 이루어질까요? 물론 우리가 자유롭다는 것은 너무 좋습니다. 그러나 그것은 인식의 오류 아닐까요? 우리가 살고 있는 건축물은 이미 그곳에 오래 서 있지 않았습니까? 문화, 사회, 정치, 경제라는 건물들이 우리가 태어났을 때 이미 오래 전에 완성되어 있지 않았습니까? 우리가 살고 있는 사회가 우리의 자유를 얼마나 박탈하고 옥죄고 있는지 보십시오. 그런데도 이러한 문화적인 경향을 본성적인 경향으로 쉽사리 맞바꾸려고 하지는 않겠지요? 사람들이 자신의 본성을 방치한다는 것이 타당해 보입니다. 본성적인 운명론은 부분적으로 나타날 것입니다. 그러나 인간은 문화의 구속에서 자신을 해방시키지는 못하지 않겠습니까?

정상적인 현재 상태는, 그것이 아무리 부당하고 비도덕적이고 산산조각 났다고 할지라도 사람들이 보호할 것이고 유지하려고 할 겁니다. 현재 그대로 좋은 겁니다. 아직도 기운 빠진 운명론을 미친듯이 찾고 있습니까? 이런 자극적인 것들은 어디든 준비되어 있습니다. 의자는 편안하게 뒤로 젖혀 있습니다. 가서 앉으십시오. 어렵게 생각하지 말고 편히 앉으십시오. 지금 시대에 철학적 사고가 여전히 도움이 될 수 있을까요? 나는 내 삶을 내 손에 쥐고 싶습니다. 그러나 요즘 같은 세상에서는 시작할 수 없습니다. 시작은 이미 나를 위해, 모든 사람을 위해 만들어져 있습니다. 우리 뒤에 멀리 있어서 지금의 세상이 필연적인 것으로 보입니다. 기차가 전속력으로 달립니다. 운전대는 없고 선로는 지평선까지 깔려 있어서 내가 기관사인 것처럼, 부기관사인 것처럼 행동하는 것은 의미가 없습니다. 결론은 생각이 도움을 주지 못한다는 겁니다. 우리에겐 샛길이 없습니다. 한 길로만 갈 수 있습니다. 무력감에 대항하는 유일한 수단은 저항하지 않고 함께 가는 겁니다.

당신을 지켜보고 있다: 미셸 푸코

이런 사고방식이 낯설지는 않지만, 나는 따르지 않습니다.

그렇지 않았다면 나는 이 책을 쓰는 수고를 하지 않았을 겁니다. 우리의 사고를 다른 방향으로 향하게 하는 가능성을 탐구하는 것은 언제나 가능합니다. 우리의 생각이 운명론의 나락으로 떨어지면 달리 생각해야 합니다. 사르트르의 생각을 예로 들겠습니다. 그는 우리가 언제나 그 입장에 처해 있다고 강조합니다. 그러나 이것은 그 상황이 지배적이거나 공격적일 수 있기 때문에 그 상황을 받아들여야만 한다는 것을 뜻하지 않습니다. 우리는 사회적 환경을 인식할 수 있기 때문에 우리를 그 상황과 연결할 수 있습니다. 그러한 연결은 다른 사람들이 무엇을 하든 관계없이 '예'와 '아니오'를 말할 수 있는 자유와 책임을 포함하고 있습니다.

우리가 바람직한 삶을 만들려고 하더라도 가끔 생겨나는 불분명하고 운명론적인 위태로운 감정을 좀 더 이해하기 위해 미셸 푸코를 만나봐야겠습니다. 우리가 처한 상황의 특성과 규모를 분명하게 알기 위해, 우리를 그것에 연결하기 위해, 그가 그린 밀랍인형관 그림을 이용합니다.

미셸 푸코는 자신의 책 『규율, 감시, 그리고 처벌』에서 그림을 그렸습니다. 이 책의 부제목은 '감옥의 탄생'입니다. 그는 감옥을 건설하는 것과 벌에 대해 변화하는 생각을 기준으로 권력이 작용하는 방법상의 변화를 설명했습니다. 감옥과 같은 건물의 이점은 우리가 그것을 명백히 볼 수 있다는 겁니다. 푸코의 안경 덕분에 우리는 건물만 보지 않고 그 안에서 표현되는 생각도 함께 볼 수 있습니다.

역사의 흐름을 통해 등장하는 권력의 변화는 고전적인 권력에서 현대적인 권력으로 이동하는 것으로 해석할 수 있습니다. 고전적인 권력의 개념은 '권력은 아래로 힘을 미치는 무엇이다'라는 점에서 출발합니다. 권력은 왕이나 다른 지배자, 혹은 통치하는 정당에 집중되어 있으며 국민에게 시행됩니다. 그런 중앙 권력의 이점은 어쨌든 우리가 국민으로서 권력이 어디에 있는지를 아는 겁니다. 권력의 위치가 분명하고 모습을 가지고 있기 때문입니다. 우리가 그 권력을 피할 수 있어도 마찬가지입니다. 권력이 우리를 지켜보고 있지 않는 한 우리는 상대적으로 자유롭습니다. 권력은 이러한 계급주의적이고, 다소 지배적인 방법을 통해 오랫동안 기능을 발휘했습니다. 그렇지만 18세기 말부터 새로운 변화가 찾아왔습니다. 권력의 영향력에 변동이 생겨났습니다. 새로운 현대적인 권력은 푸코가 '규율'이라고 부르는 것을 통해 작용합니다. 그것은 학문적으로 구축된 것으로, 공동체의 구성원들을 참여하는 시민으로 표준적으로 만들려는 데 초점이 맞추어진 실천적 규범입니다. 표준화되고 규범화된 권력은 다음 장소를 포함합니다. 군부대나 공장 그리고 학교와 병원뿐만 아니라 모든 원조나 교육기관이 될 수 있습니다. 권력은 어떤 방식으로든 제공됩니다.

19세기 영국의 철학자 제레미와 건축학자였던 사무엘 벤텀 형제는 상이한 권력은 상이한 외적 형태를 갖춘다는 생각, 좀 더 나은 말로 하면 상이한 외적 형태는 상이한 내적인 모습(즉 인간의 인식)을 형성하는 데 도움이 된다는 생각으로 서로 협력해서 밀랍인형관이라 부르는 건축물을 설계했습니다.

라틴어인 파노티쿰(그리스어로는 파노티콘)은 '모든 것을 다 보는'이라는 뜻을 가지고 있습니다. 그들은 모든 것을 본다는 원칙에 따라 새로운 종류의 건물을 설계했습니다. 푸코는 도덕철학자로서 사회를 개선하고 싶어했고, 건축가인 형제들이 있어서 매우 수월했습니다. 도덕적으로 고찰한 개념을 건축학적인 자질과 결부시켜 도덕화된 건물인 밀랍인형관을 얻게 됩니다. 푸코는 이런 밀랍인형관이 어떻게 생겼는지 짧게 설명합니다.

> 원리는 알려져 있다. 반지 모양의 건물이다. 가운데에는 커다란 창문을 가진 탑이 있으며 반지 모양의 안쪽을 볼 수 있다. 그 건물은 건물의 전체 넓이를 차지하는 방으로 나뉘어 있다. 모든 방에는 창문이 두 개 있다. 바깥 창을 통해 방의 모든 구석까지 빛이 들어온다. 그 방에 정신이상자들, 환자들, 죄수들, 노동자들 혹은 학생들이 갇혀 있다. 중앙

탑의 간수 한 명으로 충분하다. 간수는 역광 덕분에 명확히 드러나는 수감자들의 실루엣을 관찰할 수 있다. 모든 감방은 안이 훤히 들여다보이는 작은 극장으로, 배우가 홀로 있으며 완전히 개인화되어 있다. 밀랍인형관 시스템은 지속적인 관찰과 순간적 인식이 가능한 공간을 창조한다.[4]

오래된 감옥에서는 수감자들이 어두운 한 곳에 모두 함께 내던져진 채 갇혀 있었습니다. 많은 것을 살펴볼 수 없고 들여다보이지도 않았습니다. 더욱이 외롭지도 않았고 권리도 있었습니다. 현대적인 밀랍인형관 같은 형무소는 돔 형식 감옥이라고 불립니다(네덜란드에는 그런 건물이 네 개 있습니다). 그런 형무소에서 수감자들은 홀로 햇빛을 가득 받으며 있습니다. 그럴만한 이유가 있습니다. 혼자 있게 되면 덜 강해집니다. 가득한 빛과 간수의 눈은 어둠에서보다 수감자들을 더 잘 관찰할 수 있습니다. 수감자들은 계속되는 관찰로 자신들이 언제나 감시받고 있다는 것을 알게 됩니다.

밀랍인형관의 가장 중요한 효과는 수감자에게 계속 감시받는다는 것을 인식시키는 겁니다. 그렇게 해서 권력이 자동으로 작동하고 실제적인 권력을 사용하는 것이 불필요하게 됩니다. 푸코에 따르면 수감자는 유지할 수 있는 권력의 상황에 자신을 가둬야 합니다.[5] 자신이 계속 감시

받는다는 것을 인식하는 사람은 분명히 규칙을 지키려고 합니다. 비록 감시자가 실제로 관찰되지 않을 경우에도 마찬가지입니다. 감시탑은 거울 유리를 갖추고 있습니다. 간수는 수감자를 볼 수 있지만 수감자는 간수를 볼 수 없습니다. 이것은 현대 권력의 본질적인 특성입니다. 드러나야 하지만 볼 수 없는 겁니다. 따라서 감시탑에 아무도 없어도, 감시카메라 뒤에 아무도 없어도 권력이 행사됩니다. 권력은 수감자의 밖에 있지 않고 그 안에 들어가 자리를 잡고 내면화됩니다. "드러나는 것에 종속된 자, 그것을 인식하는 자는 즉시 권력의 위압을 받아들이며 적응한다. 그는 두 가지 역할을 동시에 맡으면서 권력의 개입을 자신의 것으로 만든다. 그것은 자신의 고유한 종속 원칙이 된다."[6]

푸코에 따르면, 우리가 그 이후 열심히 추구한 것이 있다면 그것은 밀랍인형관 같은 사회입니다. 밀랍인형관은 모든 사람을 위한 일반적이고 적용 가능한 정상화 및 규범화하는 모델로 사용됩니다. 그러한 모델은 사실상 모든 기관에 통합될 수도 있습니다. 그러한 모델의 목적은 교육, 치료, 이익, 공생, 안전입니다. 여기에서 핵심어는 '전반적인 감시'입니다. 오래 전 전철 정류장 구석의 VVD(자유당) 선거포스터에는 커다란 글씨로 "카메라 감시는 범죄자의 얼굴을 보여준다"라는 문구가 적혀 있었습니다. 카메라 감시로 범죄자뿐만 아니라 모든 사람이 감시 대상이 된다는 의미가 분명히 내포되어 있습니다(그럴 의도가 없다고 하더라도). 카메라, 동료, 관리자, 의사, 증권소유자, 심리학자, 보험회사, 디지털 환자기록 등으로 감시당하고 조정당하는 느낌을 받는 사람은 계속 보조를 맞출 겁니다.

현대의 규범적 권력은 모든 곳처럼 위에서 아래로 순차적으로 나타나지 않기 때문에 상당히 통제하기 어렵습니다. 현대적 권력은 분산되어 있으며, 그러한 의미에서 익명이며 위치를 파악할 수 없습니다. 그 권력을 피하는 것도 거의 불가능합니다. 더욱 곤란한 것은 현대의 대중이 과거의 고전적인 권력관을 머리에 지니고 떠돌고 있다는 겁니다. 그들은 권력이 헤이그, 브뤼셀, 백악관 같은 입증 가능한 중심지를 가지고 있다고 생각하며, 권력이란 그들과 상관없는 어떤 것이라고 생각합니다. 권력이 소나기 같은 것이어서 소나기에 몸이 젖으려고 할 때면 간단히 우산을 펼치면 되는 것처럼 생각합니다. 이와 관련해 공기와 비교하는 것이 더 나을 듯합니다. 한번 숨을 쉬지 않으려고 노력해보십시오. 전체주의 사회에서 독재의 풍선이 민주주의 바늘에 의해 터져 압박이 종식되었고, 권력은 이제 시민에게 있으며 모두에게 있으므로 우리가 자유롭다고 생각하는 사람들이 있습니다. 바다에 표류하면서 어떤 공기로 숨을 쉴지, 혹은 허우적거릴지, 가라앉을지 선택할 수 있는 것처럼 자유롭다고 느낍니다. 권력이 시민에게 있을까요? 사람들은 권력이 시민에게 있고, 그 권력을 자신의 것으로 여겨야 한다는 것을 깨닫지 못합니다. 마치 힘을 앞세운 외세의 침략을 받은 것처럼요.

몸이 좋지 않을 때, 기분이 안 좋을 때, 상당히 우울해질 때면 쇼핑하고 싶은 충동이 생기는 이유를 한번이라도 생각해본 적이 있습니까? 가끔은 심지어 쇼핑할 돈이 없는데도 왜 그런지 생각해본 적 있습니까? 우리 삶의 행복과 소비의 인과관계를 완전하게 밝혔다고 정말 생각하십니까? 그렇게 생각하는 것과 행동하는 것이 누구의 이익을 위한 것일까요? 우리 자신의 이익을 위한 것일까요? 지식은 권력입니다. 권력은 지식처럼 작동합니다. 모든 지식과 생각 뒤에는 권력의 이익이 숨어 있습니다. 그것을 깨닫지 못한다면, 우리는 타인이 가진 보이지 않는 권력의 공기로 폐부 깊숙이 숨을 쉽니다. '우리 자신의 생각'으로는 거기까지 의심이 미치지 못합니다.

1948년에 출판된 조지 오웰의 소설 『1984』에서 카메라 감시가 사람들의 거실까지 뻗치게 됩니다. 그 책을 읽지 않은 사람들도 "Big Brother is watching you정보의 권력자가 당신을 보고 있다"라는 말을 알고 있을 겁니다. '독재자나 권력자가 우리를 감시하고 있다'는 말은 많은 뜻을 담고 있습니다. 대부분의 사람은 권력자에게 위안을 받으며 유대를 맺습니다. 권력자는 우리를 보호하고 지켜주기 위해 있습니다. 그렇게 좋은 뜻을 지닌 호의적인 기관이 우리 인생에 간섭할 때 쉽게 '아니오'라고 말할 수는 없을 겁니다.

모든 것이 가시화된다는 것은 감출 것이 아무것도 없다는 것을 말합니다. 그것은 사생활의 종식이며 모든 형태의 개인적인 공간이 사라짐을 뜻합니다. 남는 것은 밀랍인형관 사회이며, 그러한 사회에서 속이 훤히 들여다보이는 머리와 반투명의 신체를 가진 비인격적인 피지배자는 권력의 의도에 따라 극단적으로 다루기 쉬워져서 어떠한 활동도 매우 효과적으로 사용될 수 있습니다. 권력의 시선이 남용되는 것에 대해, 심지어 의심쩍은 사람들을 가려내려는 시도에 대해 더는 저항하지 않을 정도가 된다면, 그때는 정말 너무 늦은 것이 아닐까요?

대안은 없다 vs 수없이 많다

미셸 푸코의 대안책은 '권력의 눈에 보여지는 모든 것들'에 대해 아직 눈길을 돌리지 않고 있습니다. 그의 철학은 단지 운명론자를 위한 양식만이 아니었습니다. 푸코는 그의 말년에 운명론에서 벗어날 출구를 생각하려고 노력했습니다. 그럼에도 그는 현대사회를 순응한 몸, 순종하는 시민, 욕구가 강한 소비자를 생산하며 인간을 보통으로 만드는 규범적인 권력구조의 폐쇄된 총체로 분석해 지지를 많이 얻었습니다. 여러 가지 이유로 운명론적이고 결정론적인 사고방식에 매력을 느끼는 사람들이 언제나 있습니다. 물론 나는 그 이유를 분명히 알 수 없습니다. 또한 그 모든 사람을 위해 말할 수 없습니다. 그렇지만 나는 그중 일부에게는 피로, 혼돈, 짜증, 실망, 냉소, 게으름이라는 말도 적용될 것이라고 추측합니다. 이것을 책망이라 생각하지 않고 믿지도 않습니다. 좋은 일만을 위해 계속 싸워가는 것은 어렵고 힘든 일입니다. '세상을 바꾸려면 당신부터 시작하라'는 속담이 있습니다만 시작하자마자 우리는 곧바로 외톨이가 됩니다.

좋습니다. 침착하도록 노력하고 용기를 잃지 말고 계속 생각해봅시다. 이를 위해 세상을 바꾸는 사람의 외로움은 시스템 안에 짜여 있다는 것을 인식하면 도움이 됩니다. 우리의 삶을 다르게 만들려고 노력할 때 닥쳐오는 의욕 상실은 그것이 아무리 작아도 우리 안에서 적극적으로 활동하는 어떤 겁니다. 밀랍인형관 이미지는 이러한 전략 또한 이해 가능하게 만들어줍니다.

모든 수감자는 별도의 방에 갇힌 채 푸코가 묘사한 대로 "철저히 개인화시켜 항상 감시 상태"로 있습니다. 이것은 개인주의적인 사회라는 개념에 전혀 다른 의미를 부여합니다. 우리 대부분은 개인주의적인 사회에서 기꺼이 살고 있습니다. 개인적인 자유에 집착합니다. 개인주의는 몇몇 분야에서 빨리 성장했습니다. 원칙적으로 우리는 각 개인의 자유는 대단한 자산이라고 생각합니다. 그러나 밀랍인형관 건축에 독방을 만든 이유는 단체 형성을 막는 데 있습니다. 사람들이 개인적이 되면(이런 개인화는 사람을 서로 분리시키고 계속해 그들을 개별적으로 세밀하게 관찰함으로써 이룰 수 있습니다) 분리된 개인은 신속하게 음모를 꾸미지 못하고 지배 권력에 저항하지 않습니다. 개인주의는 결속을 방지합니다.

현재 자신들의 권력을 유지하려는 정치가, 은행가, 사업가 등 엘리트 계급은 사회가 개인주의적인 사람들로 구성되어 있을 때 이익을 얻습니다. 개인주의적인 개인이 모이면 집단을 형성하지 않습니다. 그러한 모임은 어느 정도 중요한 힘이 있는 단체도 형성할 수 없습니다. 이제는 더 잔인한 방법으로 지배할 수 없기 때문에, 최소한 내가 아는 범위 내에서는 그렇습니다. 우리가 현재의 것에 이익을 얻기 때문에 모든 것이 이대로 머물기를 원한다면, 사람들이 자신을 이기적인 섬으로 바라보도록 부추기고, 모든 사람을 자신들의 영역을 넘보는 잠정적인 적으로 바라보도록 부추겨야 합니다. 이러한 것은 사람들에게 자유에 대한 부정적인 사고방식을 의도적으로 주입함으로써 얻을 수 있습니다. 이러한 사고방식은 사람이 다른 무엇보다도 독립적인 존재이고, 아무에게도 의존적이지 않으며, 타인들과 함께 어울리는 것은 차후의 일이라는 전제가 깔려 있습니다. 개인적인 이익을 얻을 수 있다면 오직 혼자서만 이뤄야 합니다. 혼자가 아니라면 타인은 장애물 이외에 아무것도 아니며 타인과의 관계를 종식시키는 것은 정당합니다. 결론적으로 우리는 우리의 즐거움을 위해 타인을 고려하지 않습니다. 여기에 소비주의를 다량 쏟아 부으면 생각할 수 있는 최상의 결과를 얻을 수 있습니다. 완전히 개인적인, 말 잘 듣는 소비적인 대중입니다. 이들은 자신을 위해 스스로 행동할 수 없고 물건을 싸게 사서 행복을 느끼는 것 하나만 생각하면 그만인 상태에 있습니다.

자유에 대한 부정적인 생각이 자유시장에서 이권을 가지고 있는 사람들 사이에서 선호되는 것은 우연이 아닙니다. 사람들은 그들 아래에서 고통을 겪으면서 지배자들이 바라보는 방식을 자신의 것으로 만들었습니다. 그렇게 자신의 종속에 참여하고, 스스로 자신의 감옥과 간수가 되는 겁니다. 이러한 것을 바꾸려는 사람을 향해 그들은 외칩니다. "건들지 마, 규칙도 세우지 말고 상관도 하지 마. 시장이 스스로 조절해가는 것이야." 쉽지 않습니까?

우리가 "대안은 없다"[7]라는 외로운 절망감에 빠지는 것이 그들의 목적이라는 것을 알아차려야 합니다. 그들의 정체를 벗기는 우리의 통찰은 새로운 분노를 가져오고, 다른 행동의 가능성을 이끌어내는 생각의 형태를 찾기 시작합니다. 의도적으로 절망에 빠지게 만드는 '대안은 없다'라는 생각에 '대안은 수없이 많다'[8]를 외치고 해방감을 맛보십시오. 대안을 생각하는 것은 유일한 예술입니다.

푸코가 소개한 자유로의 전환은 권력이 부정적인 단어가 아니라는 것을 인정하는 것에서 시작합니다. 사람들이 서로 관계가 있는 곳이면 어디에서나 영향을 미치는 권력이 존재합니다. 정치나 일에서뿐만 아니라 집에서나 친구 사이에도 권력이 존재합니다. 권력이 배제된 관계를 추구한다고 주장하는 사람들이 있습니다. 그러나 그것은 완전히 불가능합니다. 권력이 배제된 두 사람 사이의 관계는 그들이 서로를 완전히 무관심하게 놔둘 때만 가능합니다. 그렇지만 누군가가 우리에게 의미 있는 사람이 되자마자 그는 우리에게 영향을 미칩니다. 우리도 그에게 영향을 미칩니다. 사람들 사이의 관계는 권력 게임입니다. 권력은 문제가 아닙니다. 문제는 그 권력이 지배로 바뀔 때 일어납니다. 이를테면 타인이 영향력을 행사할 수 없도록 일방적인 영향력을 미치는 겁니다.

어디에나 있는 권력이란 추상적인 것도 아니고 개인적인 것도 아님을 잘 이해하는 것이 매우 중요합니다. 우리의 인생에 영향을 미치는 것처럼 보이는 제어 불가능한 권력을 정치, 시장, 경제, 학문 같은 익명의 용어로 암시하더라도 말입니다. 그렇지만 그러한 초월적인 용어로 분명 우리의 무력감을 표시할 겁니다. 일반화되고 규범화된 권력이 신의 힘처럼 작용한다면, 우리는 정말로 좋든 싫든 불운한 시스템의 볼모가 됩니다.

그렇지만 그렇게 작용하지는 않습니다. 앞서 말했듯이 관계를 통해 권력이 작용하고, 인간관계가 있는 곳에는 사람들이 있습니다. 모든 권력 게임에서 사람들은 권력 역할을 가지고 있습니다. 푸코는 다음과 같이 결정적인 언급을 합니다. "자신을 우습게 만들지 말자. 우리가 권력의 구조나 작용에 대해 이야기할 때, 어떤 사람들이 타인에게 권력을 행사한다고 추측하기 때문이다."[9]

그리고 이러한 권력 균형은 사람이 자유로울 때만 나타납니다. 그렇지 않으면 어느 것도 어느 누구도 영향력을 행사할 수 없습니다. 푸코는 말합니다. "모든 사회적 영역에 권력 균형이 스며들어 있다면, 그것은 어디든지 자유가 있기 때문이다."[10]

따라서 세 가지를 강조합니다. 첫째, 권력은 어디든지 있고 부정적인 것이 아니라 생산적입니다. 권력은 무언가를 가져옵니다. 둘째, 권력은 권력 균형과 권력 관계를 통해 작동합니다. 따라서 사람들이 역할을 담당합니다. 셋째, 권력이 있는 곳에는 자유가 있습니다. 그곳에서 자유는 상상할 수 있는 것이고, 저항할 수 있으며, 영향을 미칠 수 있고 변화를 가져올 수 있습니다. 다시 말해 우리가 참여하고 있는 권력 게임에서 회피하려 하지 말고, 전문적인 노력을 의식적으로 기울여서, 그 안에서 중요한 권력의 대리인이 되어야 합니다. 권력은 우리의 행동을 통해 작동한다고 말할 수 있습니다. 우리가 권력 없는 사람이 되길 원하지 않는다면, (탐욕적인 신자유주의자들과 파괴적인 정치가와 부패한 학자들이 주도하는 것이 아닌) 우리를 통해 작동하는 우리의 권력이라는 것을 확실히 해야 합니다.

어떻게 해야 할까요? 어떻게 시작해야 할까요? '저항을 통해'라고 푸코는 말합니다. 지배에 대한 저항, 착취에 대한 저항, 객관화에 대한 저항입니다. 반드시 저항해야 하는 지배가 많이 있습니다. 물 위에 두꺼운 기름이 떠다닙니다. 푸코는 말합니다. "의심의 여지 없이, 지금 가장 중요한 목적은 우리가 무엇인지를 발견하는 것이 아니라 우리가 무엇인지를 거부하는 것이다."[11]

우리가 흐름에서 분리되자마자 우리는 다른 무엇으로 변화하고 그 흐름 또한 변화합니다. 우리 자신을 대중과 동일화하지 않으면 하나의 객체가 됩니다. 저항을 함으로써 나는 하나의 개인이 됩니다. 저항은 '나'라고 말하는 것으로 시작합니다. 내가 누군가가 되자마자 나는 생각을 할 수 있고 다른 것을 생각할 수 있는 사람이 됩니다.

푸코는 우리에게 '다르게 생각하라'고 외칩니다. 그 안에 우리의 자유가 있기 때문입니다. "생각은 사람이 행동하는 것, 행동에서 벗어나는 움직임, 그리고 목적으로 확정 짓는 것과 관련된 자유다. 생각은 문제시되는 것을 심사숙고하는 것이다."[12] '다르게 생각하는 것'은 우리 안에서 그리고 우리 주위에서 일어나는 것에 대해 거리를 두고 그것의 의도가 무엇인지 그것이 어떤 의미를 갖는지에 대해 질문을 해서, 누구에게 이익이 생기고 누구에게 장점이 되는지를 다양하게 생각하는 겁니다. 이와 함께 자신을 동떨어진 자율적인 개인으로 보지 않고 전체 상품의 한 부분이자 권력 구조와 권력 게임이 지배하는 교차점으로 보는 것이 필요합니다. 이것을 인식하게 된다면 우리를 비판적으로 배울 수 있는 사고의 공간이 마련됩니다.

고대 철학자들의 철학

이미 말한 바와 같이 우리가 권력의 힘에서 벗어나는 것은 불가능합니다. 자유는 권력에서 우리를 해방시키는 것이 아니라 함께 지내는 겁니다. 권력의 핵심 형태는 자신에 대한 권력입니다. 푸코에 따르면 권력의 남용과 통치는 스스로를 제어할 수 없는 사람들로부터 나옵니다. "다른 사람을 통치하려는 위험과 독재적인 권력을 행사하는 위험은, 단지 그들이 스스로 행동하지 않고 자신들의 갈망에 노예가 되어버렸다는 사실에서 비롯한다."[13]

자신을 잘 조절할 수 있는 사람과 자신의 필요와 욕망을 다스릴 줄 아는 사람은 내적인 권력 갈등과 개인간의 싸움을 끝까지 할 수 있고, 타인을 힘들게 하지 않을 수 있습니다. 권력 균형은 어디든지 있습니다. 심지어 우리의 몸속과 의식에도 있습니다. 자신의 영역을 자율의 형태로 확립하는 데 성공하는 사람은 정당하게 자유라고 부를 수 있는 무언가를 성취한 사람입니다. 자유란 자신에 대한 권력을 가지는 것이고, 우리 안에 있으면서 결정적 역할을 맡기 위한 힘의 역학관계로 자신의 정체성을 확인하는 겁니다.

자유로움은 저절로 이루어지지 않습니다. 자유는 우리들 내면 깊숙한 곳에서 권력과 저항이 배양되어 이루어지는 것입니다. 자유로운 행동을 '윤리'라고 부를 수 있습니다. 푸코는 윤리를 "심사숙고한 자유의 실천"이라고 정의합니다. 지식은 권력입니다. 우리는 우리의 행동에 기반한 특정한 형태의 지식으로 권력을 얻습니다. 그러한 지식은 다른 데서 가져옵니다. 권력 철학자 푸코는 인생 말기에 "사람들이 현재 일어나는 일을 분석하고 변화시킬 수 있는 '수단, 기술, 생각, 방법'은 관점을 제공하거나 도움을 주는 보석이다"[14]라는 것을 찾아냈습니다. 그는 그런 보석들을 어디에서 캐냈을까요? 고대 철학자들, 그리스인들, 로마인들의 생각에서 캐냈습니다. 앞에서 다룬 철학자들의 저서 안에서 말입니다. 푸코와 같은 사람들 덕분에 처세술에 관한 고전적인 철학이 다시 관심을 받게 되고, 철학이 또다시 바람직한 삶에 관한 질문에 대답하게 되었습니다.

다르게 생각하기

현대사회의 권력은 갈수록 인문과학을 통해 작용합니다. 사회학, 심리학, 정신의학, 생물학, 신경학 등을 살펴보면 객관적인 학문이 정통적으로 보입니다. 하지만 사람들이 온통 바빠 보이는 그곳에는 도덕적 해이가 만연합니다.

우리의 생각 어디에 정상(평균)이라는 것이 생기는지 한번쯤 스스로 질문해본 적이 있습니까? 예를 들어, 한 무리의 사람들을 한 명씩 저울에 올려놓고 평균 체중을 계산해 70킬로그램이라고 하면, 나는 산출된 값을 정규분포에 근거해 계산만 하면 됩니다(값에 대한 판정 없이 순수한 산술적인 그래프입니다. 나는 이미 몇 개의 새로운 기준을 마련했습니다). 그리고 정상인 사람은 70킬로그램이라고 정의합니다. 사람들은 이러한 정규분포를 기억하고, 그 위에 자신의 자리를 각인합니다. 쉽게 잘합니다. 그들은 그런 일을 저울처럼 자기 것으로 만듭니다. 평균 이하의 체중을 가진 사람은 자신을 그 순간부터 저체중으로 볼 겁니다. 체중이 평균 이상이면 자신이 너무 무겁다고 뚱뚱하다고 비대하다고 여길 겁니다. 체중과 관련해 정상의 경계 안에 있는 사람들은 자신을 칭찬할 것이고, 그런 기준이 적용되지 않는 사람들에 대한 자신의 생각도 칭찬할 겁니다. 기묘한 것은 그 그룹에 있는 어느 누구의 몸무게도 정확히 70킬로그램인 사람은 아마 없을 겁니다. 즉, 우리가 되고 싶어 하는 평균 혹은 정상인 사람들은 어디에도 존재하지 않습니다. 우리가 평균이라고 생각하게 하는 (비정상이라고 추정되는) 본보기를 대상으로 학자들이 계산한 허구입니다. 피와 살로 이루어진 유일무이한 사람들이 이러한 본보기의 결과를 곧이곧대로 받아들여서 자신을 판단하며, 그러한 평균적 인간관의 본보기를 기준으로 가치를 평가합니다.

권력은 지식을 통해 작동합니다. 따라서 우리가 대체적으로 반대하는 입장에서 생각하는 것이 옳습니다. 사람들은 비교를 아주 좋아합니다. 우리는 평소에 신경쓰지 않던 것에 어떤 정의를 내리는 순간, 또 다른 무언가를 정의합니다. 다시 말해 기존의 정의와 다른 정의를 내립니다. 우리가 그 정의를 내리기 전에는 아무 문제도 없었습니다. 그러나 우리가 정의의 담장을 세우는 순간 새로운 정의가 내적으로 혹은 외적으로, 긍정적으로 혹은 부정적으로 발생합니다. 그 후에는 곧바로 전혀 없던 일처럼 되고 우리는 지금 있는 현실에 대해 이야기합니다.

우리는 긍정적인 설명마다 거기에 대치되는 부정적인 설명을 만들어냅니다. 정상인 사람은 무엇이라고 이야기하면서 누가 비정상이라고도 합니다. 다른 어떤 시대에 작동하던 권력이 여전히 작동하는가를 알아보다 보면 많은 대조가 일어납니다. 즉 신성함과 사악함, 선과 악, 복종과 거부, 용기와 두려움, 남성적인 혹은 여성적인 등과 같은 대조입니다. 역사를 살펴보면 사람들은 등장하는 인물의 권력 맥락에 따라 다르게 평가하는 것을 알 수 있습니다. 고대 그리스 시대에는 동성애를 지금과 달리 바라봤습니다. 중세 시대에는 또 달랐습니다. 동일한 사람이나 행동이 일반적으로 인정되다가 용인되지 않고, 죄악이거나 변태적이거나 질병이라고 바뀌게 되었습니다. 그래서 더는 동일한 사람이나 행동에 대해 절대적으로 말할 수 없게 되었습니다. 요즈음 사람들이 동성애의 천성적 기질을 열심히 찾는 것은 자유에 관한 생각에 대해 무언가를 말해주고 있습니다. 우리는 남성과 남성이 관계를 맺고, 여성과 여성이 관계를 맺는 것을 그들 스스로 선택하지 않고 그들의 본성에 의해 그렇게 강요된 것일 때에야 받아들일 수 있을 겁니다.

건강하다는 뜻으로 '정상'이라는 말을 합니다. 건강에 대한 정의를 고안하는 일은 이미 말한 대로, 연구와 결과와 해석을 통해 새로운 건강과 질병 형태의 발생 형태를 공유하는 학자들만을 위한 일 같습니다. 그렇게 질병과 환자는 밝혀지지 않고 생산되는 겁니다. 대부분의 사람이 질병을 지독하게 두려워하기 때문에 건강과 관련한 새로운 가치가 발생하고, 대부분의 사람들은 그 안에 편히 머물기 위해 새로운 담장을 세웁니다.

권력이 주로 건강과 질병의 모순을 통해 작용하자마자, '정상'과 '건강'은 표준화되고 의미를 잃어버립니다. '사회에 좋은 것이 무엇일까?' 혹은 '권력을 가지고 있는 사람들에게 어떤 것이 좋을까?'라는 질문이 더 중요해집니다. 우리는 푸코처럼 생각하면서, 전문가들이 획일화와 규범화를 거쳐 지배하고 통제하는 '밀랍인형관' 사회의 위험성에 대해 자신과 타인에게 경고해야 합니다.

궁정은 물론 부정적인 권력 역학이 우리가 생각하고 느끼고 보는 방식에 스스로 가지를 치면서 얼마나 깊숙이 작용하는지 알게 되면 솔직히 어리둥절합니다. 이러한 창조 효과에 대립하는 정의를 명명하지 않았기 때문에 고유 가치를 지닌 긍정적인 것으로 평가받지 못합니다. 부정적으로만 묘사될 수 있는 사람들의 희생을 통해 건강하고 정상적인 사람들의 상징이 생산됩니다. 어느 날 한 어머니가 자신의 딸이 사회적응 장애가 있다는 것을 학교 심리상담사가 '발견하기 전에는' 그저 수줍음 많은 여자 아이로 생각했다고 걱정스럽게 말하는 것을 들었습니다. 그런 진단이 최선의 의도를 가지고 있었다는 것에서 출발하겠습니다. 그렇지만 그것은 획일화하고 규범화하는 권력이 어떻게 작용하는지를 정확히 보여줍니다. 방망이나 주먹으로 때리지는 않습니다. 그러나 우리를 가장 아끼는 형이나 누나를 통해 건강하고 이상적인 모습으로 받아들이도록 합니다. 그러고 나서 그 맞춤옷에 맞지 않는 우리에게는, 맞지 않아 불편하기 때문에 무언가를 바꾸어야 한다는 것을 분명하게 합니다. 장애라는 용어는 그런 방법으로 다른 의미를 갖게 됩니다. 도대체 누구에게 불편하다는 말일까요?

나는 이런 이야기를 점점 더 자주 듣습니다. 행동에 대한 지나친 의학적 진단의 나쁜 점은 그것이 우리의 인식과 스스로의 경험을 형성시킨다는 겁니다. 자신을 알아가기 위한 방법으로, 인기 있는 심리학, 생물학, 신경학의 안경을 껍니다. 이로 인한 결과 중 하나는, 타인뿐만 아니라 자신도 객관화하고 뇌에 이상이 생긴 것처럼 개인적인 경험을 비인격적인 것으로 축소시키는 겁니다. 즐거움이나 활력이 없는 것을 한동안 느낀다면 잘 지내지 못하는 겁니다. 그러면 바로 두려움에 빠져 어디 아픈 것은 아닌지, 우울증에 걸린 건 아닌지 걱정합니다. 의사에게 가보라고 강요할 필요가 없습니다. 빨리 완전히 회복되고 다시 정상적으로 휴식을 취할 수 있기를 희망한다는 약속을 이미 해놓았기 때문입니다.

이런 현상이 계속 유지된다면 머지않아 철학이 우리의 정신 건강을 위한 마지막 대피소 중 하나가 될 것이 분명합니다. 철학에 입문하게 되면 해방감과 위로를 받는 경험을 할 수 있습니다. 예를 들면, 내가 이 모든 것의 의미가 무엇일까를 생각하는 유일한 사람이 아니고, 그러한 질문을 함께하는 좋은 동반자들 속에 내가 있다는 것을 발견하기 때문입니다. 바람직한 생각을 하고 바람직한 삶을 살려는 갈망 때문에, 성가시게 굴지만 장애가 아니라는 것을 알 수 있습니다. 우리가 여기에서 실제로 하는 것이 무엇인가, 왜 무엇을 위해 하는가를 숙고하는 것이 '우울증'과 무력감의 끝을 의미할 수 있기 때문입니다. 이와 함께 우리의 자유와 행복이 시작됩니다.

우리가 모든 면에서 점점 더 '희미해져 가는' 것처럼 보입니다. 이에 대한 저항은 점쟁이에게 말하는 것으로 시작합니다. '우리는 무엇인가'를 스스로에게 묻는 것은 흥미롭습니다. 그러나 우리는 자신에 대한 연구 결과에 고유한 의미를 부여하고, 자신을 그 의미에 연결합니다. 철학적으로 표현하면 '무엇'에 의미를 주는 것은 '누구'입니다.

푸코가 "현재 상황에서 '우리는 무엇이다를 거부하기'가 중요하다"고 말했을 때 실제로 옳았을 겁니다. 오늘날에는 너무 많은 생각을 하지 말라고, 자기들이 가자는 대로 따라 오라고, 대안이 없다고 부추깁니다. 이럴 때 고집스런 저항의 영웅상은 우리에게 꼭 필요합니다. 아마 현대적인 영웅주의는 '무엇이 되다'를 고집스럽게 거부하는 것으로 이루어졌을 겁니다. 즉, 소비자, 뇌, 병, 장애… 그 이상 무엇도 아니라는 겁니다. 이러한 고집스런 거부에 행복의 시작이 놓여 있다는 것은 매우 가능성 있는 이야기입니다.

사람들은 그들의 저항 속에서 개인이 됩니다. '아니다'라고 말하는 것은 또한 '예'라고 말하는 겁니다. 말하자면, 다른 무엇을 위한 가능성에 대해 '예'라고 말하는 겁니다. '아니오'라고 말하는 긍정적인 힘은 상당히 과소평가되어 있습니다. 즉, 해결책이나 대안을 가지고 오라는 것을 뜻합니다. 그렇지만 변화는 사람들이 더는 협조하지 않을 때야 시작될 수 있습니다. '아니오'는 거리를 두게 하고 좀 더 나은 시각을 제공합니다. 나머지는 그 다음에 나옵니다.

우리는 푸코 같은 철학자로부터 합리적 의심을 배울 수 있습니다. 즉, '누가, 여기에서, 어떤 진실을, 어떤 이익을 가지고 공공연히 말할까'라고 생각해보는 겁니다. 모든 것이 권력이라면, 권력이 있는 곳엔 어디든 사람이 있다면, 모든 곳에는 권력 이익이 있습니다. 그 이익은 언제든 금방 날아갈 눈발 같은 것이 아닙니다.

분명히 해두고 싶은 것이 있습니다. 여기에서 중요한 것은 개인보다 우선시하는 일방적인 선택이나 사회 혹은 개인에게 반대하는 일방적인 선택에 관한 것이 아닙니다. 우리는 언제나 상황에 처해 있습니다. 누군가가 되기 위해 사회적인 혹은 문화적인 배경이 필요하며, 다른 사람과 함께 우리가 되기를 원하는 누군가가 되기 위해 의미 있는 실제 삶이 필요합니다. 사회는 공동체로서 그 기능을 담당하기 위해 언제나 일정한 형태의 정상 상태를 가동할 겁니다. 그럼 사회가 어떤 방법으로 그렇게 할지, 우리가 어떤 방법으로 그것을 할지가 유일하게 남은 질문입니다. 우리가 더욱더 많은 사람을 방해하는 사람으로 보여진다면 우리가 잘하고 있는지를 반드시 스스로 질문해봐야 합니다.

우리는 몸, 사물, 사건, 말, 생각, 대화, 이야기, 상상의 세계에서 태어난 유일무이한 시간과 공간의 자녀입니다. 우리의 넘나드는 생각에 대한 존재와 규정이 항상 보이는 것은 아닙니다. 코 위에 걸친 좋은 안경을 잊고 있는 것과 마찬가지입니다. 우리의 상황을 인식할 때 밀랍인형관의 모습은 중요한 보조 수단이 될 수 있습니다. 우리 눈이 멈춰 있지 않고 깜빡거리지도 않고 계속 움직이는 모습 때문에, 상황이 얼마나 긴박한가를 보여줍니다. 우리가 모습을 형성하지 않을 뿐만 아니라, 모습도 우리를 형성하지 않습니다. 심지어 모습은 형성하는 과정에서 우리보다 앞서 갑니다. 우리 자신의 모습을 형성하는 데 있어서 아무것도 없는 '무'의 상태로 시작하지 않습니다.

우리가 유일무이한 시간과 공간의 자녀라는 것을 인식하는 것이 첫 번째 단계입니다. 두 번째 단계는 우리가 그러한 시간과 공간에서 성인이 되는 겁니다. 우리는 몸, 세상, 삶에서 자신을 만납니다. 무슨 수를 쓰든 그것들을 나의 것으로 만들어야 합니다. 우리를 그것들과 연결하는 것을 배우고 실제로 그렇게 해야 합니다. 선택할 수 있다는 통찰에 의해, 선택하는 것을 배우는 것이 시작됩니다.

성인이 되는 것은 완료된 상황이 아닙니다. 자유로운 존재로 자유로운 상태가 유지되어야 합니다. 성숙한 자유란 환경 강요와 자기 억제 사이에서, 영향을 받는 것과 영향을 주는 것 사이에서, 불안한 균형을 이루는 상태입니다. 모든 사람은 각자 자신의 시간과 공간에서 계속 금욕주의적 자유에 대한 질문에 새롭게 답해야 합니다. 즉, 나의 권력 밖이나 안에 무엇이 놓여 있는가? 내가 무엇을 취해야 하고 무엇을 놓아야 하는가? 하는 질문들입니다. 다행히 이를 위해 현명한 다른 사람들의 도움을 구할 수 있습니다. 그러나 직접 선택해야 합니다. 결국 모든 사람은 자신의 고유한 생각의 안경을 구해야 하는 책임이 있습니다. 그 안경을 통해 사람들은 세상을, 자신을, 타인을 봅니다.

아직 여러 가지 성패가 달린 문제가 있습니다. 얻어야 할 세상이 있습니다. 당신의 세상, 나의 세상, 그리고 모두의 세상입니다. 그러므로 누군가가 되십시오. 무엇을 지지해 보십시오. 세계관, 인간관, 윤리관을 세우고 당신을 위한, 나를 위한, 모든 타인을 위한 장소가 있는 인생을 가꾸십시오. 동물도 타인에 포함된다는 것은 최소한 나의 생각의 안경으로 바라봤을 때 완전히 합리적입니다. 우리는 세상의 공동 창조자입니다. 우리의 생각은 어디든지 있고 상상은 우리를 감싸고 형성합니다. 우리를 만들고 우리의 세상을 만듭니다. 따라서 생각의 안경으로 바라본 세상을 방, 집, 건물, 도시, 그리고 세계의 도시로 보충해야 합니다. 이때 생각은 건축용 돌과 같습니다. 과거와 현재 건축가들의 작품 덕택으로 건물들이 우리가 사는 시간에 우리를 둘러싸고 있고, 우리에게 스며드는 생각에 대해 다르게 이해할 수 있습니다. 이런 것은 필수입니다.

세심하지 않은 사람은 불성실한 세상을 함께 만들고 있기 때문입니다. 우리 각자가 삶과 지식의 집 이야기를 스스로에게 말하며 깨달아야 합니다.

일반적으로 생각을 습관으로 여기는 것은 우리가 왜 그렇게 오래된 생각의 방식을 고집하는지를 분명하게 해줍니다. 심지어 그 방식이 좋지 않다는 것을 알아도 고집합니다. 다르게 생각하는 사람들의 말을 듣지 않습니다. 우리가 그들에 의해 다른 생각을 한다는 것은 말할 필요도 없습니다. 생각을 바꾼다는 것은 세계관을 바꾸어야 한다는 것을 뜻합니다. 그것은 실제적으로는 이사하는 것과 같습니다. 이사는 습관에 익숙한 사람들에게는 엄청난 스트레스를 주는 일입니다.

나는 이 책에서 개인적인 보물찾기의 결과로 얻은 몇몇 철학자와 함께 생각하는 방법을 보여주고 싶었습니다. 나에게는 이 철학자들과 계속 대화를 나누는 것이 무력감을 어떻게 다스려야 할지 배우는 동시에 행복을 가꾸는 방법입니다. 바람직한 삶에 대해 생각하는 것은 올바른 질문을 제기하고 무력감에 대한 답을 찾는 시도입니다. 따라서 생각은 자유와 구속의 양극 사이를 언제나 왔다 갔다 합니다. 모든 생각의 방식에 대해 우리를 얼마나 자유롭게 해주는지, 우리를 위한 자리가 있는지, 또 그것을 위해 무엇을 할 수 있는지 의문을 가져야 합니다. 그렇지 않다면 철학하는 방법을 포기해야 하는 시간이 된 겁니다. 나는 내가 친근하게 느끼는 철학자들을 무력감에 대한 전사로, 자유와 인간성을 고집스럽게 지키는 사람으로 간주합니다. 그런 철학자들과 그들의 사상은 지난 세월을 거치면서 친구가 되었고 가끔은 사랑하는 적이 되곤 했습니다. 나는 이 책이 독자 여러분께 친구관계 혹은 사랑받는 적대관계를 함께 가져다줄 수 있기를 바랍니다.

철학적 공감

그렇게 많은 다양한 생각의 방식이 가능하다는 것은 모든 사람에게 단 하나의 답이 준비되어 있지 않다는 의미입니다. 나의 고유한 생각의 안경을 쓰고, 그것을 통해 보이는 것을 보고, 느껴지는 것을 느끼고, 내가 하는 것을 하고 있다고 인식하고서야 모든 사람이 생각의 안경을 쓰고 있다는 것을 깨닫는 데 한 발짝 더 나아갔습니다. 나의 자아관은 나의 인간관에서 떨어져 있지 않습니다. 그래서 내가 쓴 생각의 안경이 일반적인 인간의 것임을 발견하고서 타인이 쓰고 있는 생각의 안경을 발견합니다. 밖에 나가면 어디서든 사람을 봅니다. 모든 사람 안에는 세계관이 숨어 있습니다. 그 세계관은 서로 다르고 서로 보충하고 타인을 배제하고 충돌하고 부딪히고 겹치기도 합니다. 이렇게 신체적인, 사회적인, 문화적인 혼란 상태에서 우리는 같은 세계에서 시간과 공간을 나누면서 살려고 시도할 수도 있습니다. 함께 잘살기 위해서는 우리의 생각만 가지고 있는 것이 아니라 타인의 생각도 함께 나누는 것이 중요합니다. 타인도 그렇게 자신의 생각을 갖게 됩니다. 그들이 생각하고 말하고 행동하는 것들 또한 그들의 세계관, 인간관, 자아관 그리고 바람직한 삶에 대한 관점에서 나옵니다. 그러한 의미에서 철학은 공감 연습이 될 수 있습니다.

공감은 종종 즉흥적인 연민의 느낌으로, 우리가 한 번쯤 갖는 혹은 가질 수 없는 어떤 것으로 묘사됩니다. 자세히 들여다보면 그 느낌은 그냥 생겨나는 것이 아니고 무언가 선행한다는 것을 알 수 있습니다. 누군가와 공감하기에 앞서 타인의 입장에 서보려고 합니다. 공감은 타인의 경험 세계에서 타인의 내적 상태를 재구성하면서 우리가 타인의 생각에 위치하는 것으로 묘사할 수 있습니다. 다른 사람이 되면 어떨지를 우리가 직접 상상할 수 있어야, 타인의 삶과 운명이 우리에게 영향을 미칠 수 있습니다. 그러한 것은 아름답습니다. 타인의 내적인 공간을 재구성하는 것은 배울 수 있습니다. 공감은 우리가 배울 수 있는

(그래서 배울 수 없거나 어쩌면 배우지 않는) 것입니다.

공감하는 연습을 하는 데 책이 도움될 수 있습니다. 독서는 시간을 바르게 보내는 것 이상이 될 수 있습니다. 도덕적 인식을 연습하는 데 비교적 안전하고 편안한 방법이기도 합니다. 이런 관점에서 소설이나 이야기는 타인의 경험세계를 잠시 돌아다닐 수 있는 특별한 수단이 됩니다.

철학 역시 그렇게 하는 데 도움을 줄 수 있습니다. 모든 사람이 자신의 고유한 세계관을 가지고 산다는 것을 알게 되면, 우리 안의 진실에 대한 요구에 중용을 지키며 선택할 수 있게 됩니다. 그렇게 함으로써 타인의 다른 세계를 받아들일 호기심과 갈망의 공간이 생깁니다. 타인이 주위를 돌아볼 때 무엇을 보게 될지 누가 알겠습니까? 자신을 바라볼까요? 우리를 바라볼까요? 아마 그가 알기도 전에, 이 책에서 소개한 한 명 혹은 여러 명의 생각의 안경사들이 발전시킨 사상이 그의 안경렌즈를 깎았을 확률이 높습니다. 이 세상에는 에피쿠로스학파, 스토아학파, 아리스토텔레스주의자, 스피노자주의자, 실존주의자, 푸코주의자, 그리고 우리가 살고 있는 시대에 막강한 힘을 가진 신자유주의자, 뇌과학자, 생물학자들이 살고 있습니다. 아무튼 타인은 자기가 본다고 생각하는 것을 보게 될 겁니다. 철학적 공감은 타인의 세계관, 인간관, 자아관, 윤리관을 재구성해서 타인에 대해 알고 싶어 하는 것이라고 표현할 수 있습니다. 철학적 공감은 타인에 의해 우리가 영향을 받는 갈망이며, 우리가 외롭지 않음을 알기 위한 생각입니다.

철학적 공감을 연습하는 사람은 타인이 말하고 행동하는 것에서 그들의 세계관, 인간관, 윤리관을 발견해 그들을 더욱 잘 이해하는 것을 배웁니다. 이러한 방법으로 타인과 관계를 이루는 사람은 자신의 일을 같은 방법으로 다룹니다. 나 역시 내가 알아야 하는 어떤 사람입니다. 나 자신을 타인의 인간관, 세계관, 그리고 바람직한 삶에 대한 동일한 시각에 위치시킬 수 있다는 생각은 내가 나 자신 안에서 쉽게 길을 잃어버리지 않게 해주거나 오래되고 파괴적인 생각의 방식에 빠지지 않게 해줍니다. 내가 이제 그러한 것을 확인할 수 있기 때문입니다. 자신을 철학적으로 공감하는 것은 생각을 변화시키는 데 도움을 줍니다. 그래서 나는 더욱 견고해집니다. 더 많은 생각의 여유와 더 많은 관점을 갖습니다. 또 무의미하게 사라지지 않고 뒤로 물러설 수도 있습니다. 자신의 세계를 재구성하는 것을 배우는 사람은 자신을 더 잘 이해할 수 있습니다. 자신을 잘 이해하는 사람은 타인에게 자신을 더 잘 설명할 수 있습니다. 자신을 잘 돌봄으로써 타인을 더 잘 돌볼 수 있습니다. 따라서 자신을 잘 돌보는 것은 쓸데없는 생각에 빠지는 것이 아닙니다.

우리가 어떤 상황에 놓여 있다는 말은 행복, 불행, 자유, 구속에 대해 이해하는 것이 언제나 우리가 살아가는 앞뒤 사정에 의해 결정된다는 것을 뜻합니다. 바람직한 삶에 대한 생각은 무슨 일이 있더라도 삶의 무언가를 이루어내려는 우리의 자유와 능력으로, 모든 사회적 환경 아래에서 작용합니다. 이 책이 여러 개의 장으로 구성되어 있는 것은 한 가지 생각이 유일한 해답을 이끌어낼 수 없다는 것을 보여줍니다. 우리가 할 수 있는 것부터, 우리에게 좋아 보이는 것부터 선택이 이루어져야 합니다. 선택을 할 수 있다는 것은 다른 선택이 훨씬 좋은 것을 약속할 수 있을지라도, 다른 선택을 하지 않는다는 뜻도 있습니다. 이러한 자유에 대한 공부가 에피쿠로스적인지, 스토아적인지, 혹은 스피노자적인지, 아니면 아리스토텔레스적인지, 실존주의적인지는 우리 각자가 판단하기에 달렸습니다. 모든 사람은 자신의 자유와 행복을 가꾸는 데 선택권을 가지고 있습니다. 이러한 자신 가꾸기는 반사회적이 아니며, 반사회적일 수도 없다는 것을 분명하게 해두었기를 바랍니다. 결국 바람직한 삶이란 모든 사람의 자유를 돌보는 겁니다.

생각은 도움을 줄 수 있습니다. 최소한 무기력감을 치료하는 약을 복용하지 않는 경우에 그렇습니다. 우리가 바람직한 삶에 대한 우리만의 시각을 발전시키고 내가 누구인가, 현재의 내가 어떻게 되었는가, 어떤 사람이 되길 원하고 내가 원하는 사람이 어떻게 될 수 있는가에 대한 질문에 우리 자신의 답을 작성하는 것과 관련 있습니다. 이 질문들이 매우 어렵다고 해서 중요하지 않은 것은 아닙니다. 생각하는 것은 도움을 줄 수 있습니다. 어려운 생각을 좋은 결과로 가져가는 데 도움을 주기 위함이 아니고, 우리에게 바람직한 삶을 계속해 다시 찾는 데 도움을 주기 위함입니다.

바람직한 삶은 '나'라고 말하면서 시작합니다. '나'라고 말함으로써 자신을 눈에 띄게 해서 전략적인 힘을 겨루는 전장에서 살아남을 수 있습니다. '나'라고 말하는 것은 자연적이고 문화적인 상황 한가운데서 자신을 굳게 세우는 겁니다.

이러한 방법으로 '나'라고 말하는 것은 전혀 이기주의적이지 않습니다. 그것은 우리 자신과 타인을 위험에 빠뜨리지 않는 겁니다. '나'라고 말하는 것은 윤리입니다. 그것은 타인들과 함께하는 바람직한 삶의 시작입니다. 우리가 정말 선을 실행할 수 있는지 여부를 너무 오래 의심하지 말고 바로 선을 실행해야 합니다. 미국의 철학자이자 심리학자인 윌리엄 제임스William James, 1842~1910가 말했습니다.

"삶을 두려워하지 말라. 삶은 가치가 있다고 믿으라. 우리의 믿음이 이러한 사실을 실현하는 데 도움을 줄 것이다."[15]

지금은 여름입니다. 나는 국립박물관에서 네덜란드 화가 야코뷔스 판 로이Jacobus Van Looy의 작품 〈한여름〉 앞에 한동안 서 있습니다. 아직도 그의 말이 나의 머릿속에 남아 있습니다. "보는 것만큼 아름다운 것은 없다." 이와 함께 네덜란드의 시인이자 소설가 K. 쉬퍼스K. Schippers의 말을 언제나 떠올립니다. "주위를 잘 살펴보면 모든 것이 채색되어 있다는 것을 볼 수 있다."

나는 연구실 창밖을 내다봅니다. 맑은 햇실이 정원에 있는 녹색 나뭇잎 사이로 반짝입니다. 정원 창고를 짓는 사람의 귀에 익은 소리가 들립니다. 비둘기 한 마리가 창가에 내려앉습니다. 창밖에서 한쪽 눈으로 나를 바라봅니다.

마르요레이너 드 보스의 말은 내가 되어가는 길 위에서 당황하지 않도록 위안을 주며 내 삶의 여정에 마지막 좌우명이기도 합니다.

"지금 우리는 언제나 그래왔듯이 행복할 만큼 행복하지 않은가?"

나는 눈을 감고 숨을 들이마십니다. 내쉽니다. 다시 눈을 뜹니다.

자, 시작합니다!

옮긴이의 말

네덜란드의 알랭 드 보통,
얀 드로스트의 철학 처방전

이 세상에 사는 모든 사람은 행복하길 원할 것이다. 누구도 태어나면서 불행한 삶을 원하지는 않을 것이다. 인간에게 행복은 소망이자 권리이기도 하다. 그래서 우리는 각자의 삶에서 고유한 행복에 대한 정의를 내리고 자신만의 행복을 추구하면서 살고 있다. 자신뿐만 아니라 가족과 지인의 행복, 심지어 사회인으로서 광범위하게 사회 전체의 행복도 염두에 두면서 살아간다.

그렇지만 삶의 여정에는 반드시 예약된 행복이 우리를 기다리고 있지는 않다. 여러 가지 장애물이 우리 앞에 기다리며 시험을 하려고 준비한다. 예를 들어, 자신의 실수와 잘못으로 행복하지 못하거나, 우리 안에 있는 행복을 느끼지 못하거나, 바로 옆에 있는 행복을 보지 못하여 스스로 불행하다고 생각하고 단정해버리는 경우도 있다. 외부적인 불행의 요소도 셀 수 없이 많을 것이다. 이러한 내적 혹은 외적인 요인으로 행복하지 못하다고 느낄 때를 위해 도움을 찾으러 나선다. 종교를 가져보는 방법도 있다. 또한, 행복 찾기나 자기 관리와 관련된 여러 책을 활용할 수도 있다. 때로는 저명한 사상가의 연설이나 저서를 통해 그들의 가르침을 따르려고 한다.

그러나 이러한 시도가 자주적인 사고에 바탕을 둔 것이 아니라면 어떤 효과가 있을지는 의문이다. 종교의 가르침, 타인의 조언, 그리고 책이 가르쳐주는 교훈 등이 자기 생각과 판단이 동반되지 않는 한 행복은 더욱 멀어질 수 있다. 행복한 삶을 능동적으로 사는 것이 아니라 단지 행복하게 보이기 위해 피동적인 삶이 살아지는 것이기 때문이다. 자신의 생각이 배제된다면, 행복의 첫 단추를 찾기 어려울 것이다. 더욱이 기술발전의 끝이 어딘지 모를 정도로 혁신이 이루어지는 디지털 시대에서는 여유 있게 생각할 시간조차 없는 것처럼 보인다. 필요한 정보는 글을 읽고 사고하는 대신 검색을 통하여 얻고 있다. 물론 이러한 현상의 단점이 나타나는 데 오랜 시간이 걸리지 않았다. 그래서 어느 순간부터 사람들의 관심으로부터 멀어졌던 인문학에 대한 소양과 지식 그리고 이에 대한 고찰이 다시 많은 관심을 받기 시작했다. 잠시 잊고 있었던 철학적인 사고 방법도 대중으로부터 호응을 얻기 시작했지만, 오랜 기간 사용하지 않은 물건이 손에 익숙하지 않은 것처럼 사람들은 어떻게 생각할 것인가? 라는 질문을 가지고 답을 찾으려 했다.

이러한 배경에서 설립된 암스테르담 인생학교School of Life에서 사랑에 대한 주제를 강의하는 얀 드로스트는 이 책을 통해 독자들의 철학적 사고를 유도하려고 노력한다. 그는 서문에서 “철학이 공허한가?”라는 질문을 먼저 던졌다. 그리고 인생에 대하여 고심하지 않는 것이야말로 뜬구름 위를 떠도는 것처럼 무력한 것이라고 말한다.

그는 좋은 삶, 행복한 삶의 핵심에 도달하기 위하여 에피쿠로스로부터 장 폴 사르트르까지 철학자 다섯 명의 철학적 관점을 소개하며 독자 스스로 그 철학자의 시각으로 공포, 기쁨, 사랑, 슬픔 그리고 애통을 바라보도록 동기부여를 해준다. 어떻게 행복해야 한다는 답을 주는 대신에 철학자들의 행복에 대한 시각을 통해 독자가 스스로 생각하도록 한다.

얀 드로스트는 에피쿠로스의 철학을 소개하며 ‘어떻게 두려움에서 벗어날 수 있을까’의 문제를 다룬다. 에피쿠로스의 철학에 의하면 두려워해야 할 신은 없고, 모든 것이 어느 정도 우연이고 목적이나 계획도 없으며, 모든 것은 원자로 이루어졌다고 한다. 사후 세계도 없으며 신은 인간에게 무관심하므로 남아 있는 것들을 즐겨야 한다고 에피쿠로스는 주장했다. 또한, 그는 행복한 인생은 부나 지위와 같이 '자연스럽지 않고 반드시 필요하지 않은 쾌락'을 무시하는 인간 스스로의 능력과 심적 안정에서 나온다고 가르쳤다.

그다음에 등장하는 철학자는 에픽테토스와 세네카이며 그들에게는 모든 것이 확정되어 있고 우연이란 없다. 모든 것은 하나이며 서로 연관되어 있다. 자연은 신이나 로고스와 동일하다. 그들에게 행복은 이성적이고 지혜로운 것이며 필요를 이해하는 것이었다. 감정과 집착을 인식하고 그러한 집착으로부터 벗어날 때 사람들은 행복하다고 했다.

아리스토텔레스는 감정이 자연스러운 것이라고 인정한다. 그러나 그에게 좋은 삶이란 이성적인 삶이다. 그는 우리 안에 있는 이성을 완전히 활용하라고 가르친다. 아리스토텔레스에게 행복이란 목적을 이루는 것과 많은 관련이 있으며, 그는 인간이 자신이 이룬 것을 위해 창조되었다는 사실을 아는 순간에 행복을 느낀다고 말했다.

스피노자에게 모든 것은 서로 연관되어 있다. 그의 일원론적인 세계관에서는 모든 것이 같은 실체, 즉 자연 혹은 신으로부터 창조되었다. 그는 일어나는 모든 일의 필연성을 이해할 때 고통이 멈추고 자유로울 수 있다고 말한다. 이는 격정이나 기쁨, 슬픔을 다스릴 때도 마찬가지다. 스피노자의 논리는 타인들을 단순히 존재하는 자연의 현상으로 간주할 때 분노와 책망이 이해로 바뀔 수 있다는 것이다.

사르트르의 세계에서 자유는 가장 중요한 개념이다. 이 자유는 우리 자신의 삶을 완전하게 책임지고 있다. 그는 인간을 창조물로 보지 않고 인간이 자신을 스스로 창조한다고 했다. 즉, 실존이 본질에 앞서고 반대의 경우는 없다. 사르트르의 세계는 두려움과 절망으로 이루어진 것처럼 보이지만 오히려 그러한 자유에 대한 개념을 가진 사고관은 잠자고 있는 인간을 깨워 자유의 세계로 들어가게 해준다고 한다.

얀 드로스트는 위와 같은 철학자들의 관점을 소개하면서 가끔 철학이 마치 치료제인 것처럼 이야기를 전개하기도 한다. 수업을 하는 선생님처럼 철학을 읽는 것은 우울증 치료를 위해 몇몇 경우 약보다 더 효과적이라고 권유하기도 한다. 그렇지만, 단지 실용적이고 자기 관리를 위한 철학만을 주장하지는 않는다. 그는 오히려 반대 주장을 펼친다. 예를 들어, '좋은 치료자가 실용적인 철학자'라고 말한다. 얀 드로스트는 철학을 피 흘리는 상처를 지혈해주는 붕대로 간주하지는 않는다. 따라서 이 책의 원제목 『Denken helpt: 생각에 기대어 철학하기』처럼, 얀 드로스트는 독자에게 철학과 함께 철학적 사고를 하도록 독려

하고 있다. 그래서 행복에 대한 다양한 철학자의 시각이 가득한 이 책을 읽고 난 후에는 행복하기 위한 명확한 답을 찾는 나 대신 나 스스로에게 질문하고 있는 나를 만난다. 읽기 전보다 마음이 한결 가벼워진 것은 분명한 사실이다.

유동익

출 처

LESSON 01

1. 에피쿠로스, 『자연과 행복에 대해』, 137쪽
2. 헤라르트 꼬리넬리스 판 헛 레브, 『당신께 가까이』, 137쪽
3. 에피쿠로스, 『자연과 행복에 대해』, 128~129쪽
4. 위의 책, 130~131쪽
5. 위의 책, 136쪽
6. 위의 책, 139쪽
7. 위의 책, 140쪽
8. 위의 책, 151쪽
9. 위의 책, 132쪽
10. 디오게네스 라르티우스, 『저명한 철학자들의 삶과 가르침』, 415쪽
11. 프리드리히 니체, 『즐거운 학문』, 338쪽
12. 에피쿠로스, 『자연과 행복에 대해』, 147쪽
13. 위의 책, 153쪽
14. 위의 책, 139쪽
15. 위의 책 148쪽
16. 위의 책, 151쪽
17. 위의 책, 142~143쪽
18. 위의 책, 146쪽
19. 위의 책, 151쪽
20. 트레비스, '왜 비는 나에게 내릴까?', 앨범 〈The Man Who〉(1999) 중에서.
21. 에피쿠로스, 『자연과 행복에 대해』, 146쪽
22. 벨르와 세바스찬, '그녀가 나를 원한다면', 앨범 〈Dear Catastrophe Waitress〉(2003) 중에서

LESSON 02

1. 루치아노 데 크레센초, 『그리스 철학사』, 378쪽
2. 존 윌리엄스, 『스토너』, 282쪽
3. 에픽테토스, 『엥케이리디온』, 서문 8쪽
4. 위의 책, 인생 규칙 1
5. 위의 책, 인생 규칙 28
6. 위의 책, 인생 규칙 42
7. 루퍼스 웨인라이트, '떨림', 앨범 〈Want One〉(2003) 중에서
8. 에픽테토스, 『엥케이리디온』, 인생 규칙 18.
9. 위의 책, 인생 규칙 5
10. 세네카, 『루킬리우스에게 보내는 편지』, 15쪽
11. 위의 책, 16쪽
12. 위의 책, 편지 4, 20쪽
13. 위의 책, 편지 5, 22~23쪽
14. 세네카, 『질의응답』, 193쪽
15. 세네카, 『루킬리우스에게 보내는 편지』, 편지 13, 41쪽

16. 위와 동일
17. 세네카, 『질의응답』, 21쪽
18. 에픽테토스, 『엥케이리디온』, 인생 규칙 3
19. 위의 책, 인생 규칙 14
20. 콜드플레이, '당황하지 마', 앨범 〈패러슈츠〉(2000) 중에서
21. 세네카, 『질의응답』, 마르시아에게 보내는 위로의 글, 153쪽
22. 위의 책, 160쪽
23. 위의 책, 160쪽
24. 위의 책, 154쪽
25. 위의 책, 157쪽
26. 위의 책, 159쪽
27. 위의 책, 160쪽
28. 위의 책, 163쪽
29. 시애틀 연설문, 22쪽
30. 위의 책, 25~26쪽
31. 위의 책, 26쪽
32. 위의 책, 27~28쪽
33. 위의 책, 34쪽
34. 존 윌리엄스, 『스토너』, 310쪽
35. 위의 책, 314~315쪽
36. 위의 책, 317쪽

LESSON 03

1. 아리 레이언, 『윤리학 개요』, '아리스토텔레스에서 레비나스까지', 21쪽
2. 아리스토텔레스, 『니코마코스 윤리학』, 35쪽
3. 위의 책, 35~36쪽
4. 토마스 카스카르트와 다니엘 클라인, 『플라톤과 친구들』, 86쪽
5. 아리 레이언, 『윤리학 개요』, '아리스토텔레스에서 레비나스까지', 21쪽
6. 아리스토텔레스, 『니코마코스 윤리학』, 62쪽
7. 마태복음 5장 27~29절
8. 아리스토텔레스, 『니코마코스 윤리학』, 65쪽
9. 위의 책, 63쪽
10. 위의 책, 64쪽
11. 위의 책, 65쪽
12. 조너선 사프란 포어, 『엄청나게 시끄럽고 믿을 수 없게 가까운』, 232쪽
13. 아리스토텔레스, 『니코마코스 윤리학』, ,71쪽
14. 위의 책, 72쪽
15. 빅토르 베르서라르, 『존재 윤리학』, 13~14쪽
16. 위의 책, 87쪽
17. 위의 책, 88쪽
18. 위의 책, 121쪽
19. 위의 책, 278쪽
20. 조너선 사프란 포어, 『엄청나게 시끄럽고 믿을 수 없게 가까운』, 144쪽

21. 프릭 디 용, 〈그래서 (나 또한 알아)~(너)〉 중에서
22. 스탕달, 『연애론』, 272~273쪽

LESSON 04

1. 그의 사후인 1677년 출판
2. 스피노자, 『지성 개선론 』, 27쪽
3. 위의 책, 32쪽
4. 의의책, 33쪽
5. 스피노자, 『에티카』, 57쪽
6. 위의 책, 59쪽
7. 위의 책, 229쪽
8. 위의 책, 225쪽
9. 위의 책, 317쪽
10. 위의 책, 317쪽
11. 위의 책, 319쪽
12. 위의 책, 281쪽
13. 위의 책, 321쪽
14. 위의 책, 327쪽
15. 위의 책, 331쪽
16. 위의 책, 339쪽
17. 조너선 사프란 포어, 『엄청나게 시끄럽고 믿을 수 없게 가까운』, 194쪽
18. 스피노자, 『에티카』, 299쪽
19. 에픽테토스, 『지침서』, 57쪽
20. 스피노자, 『에티카』, 293쪽
21. 얀 끄놀, 『그리고 당신은 시금치를 먹을 것이다』, 101~102쪽
22. 위의 책, 81쪽
23. 벤자민 퀸켈, 『망설임』, 252~253쪽
24. 마르요레이너 드 보스, "모든 것이 균형을 이루고 있다면", NRC Handelsbland, 2013-9-28일자
25. 야론 베익스, 『스피노자의 안경』, 138~141쪽
26. 조너선 사프란 포어, 『엄청나게 시끄럽고 믿을 수 없게 가까운』, 300쪽
27. 벤자민 퀸켈, 『망설임』, 18쪽
28. 존 윌리엄스, 『스토너』, 137쪽
29. 이반 곤차로프, 『오블로모프』, 744~745쪽
30. 스피노자, 『에티카』, 517쪽
31. 토마스만, 『마의 산』, 871쪽
32. 위의 책, 313쪽
33. 위의 책, 312쪽

LESSON 05

1. 장 폴 사르트르, 『실존주의에 대해』, 16쪽
2. 위의 책, 16쪽
3. 위의 책, 17쪽
4. 위의 책, 17쪽
5. 위의 책, 18~19쪽
6. 위의 책, 45~46쪽

7. 위의 책, 93쪽
8. 위의 책, 94쪽
9. 위의 책, 19쪽
10. 위의 책, 20쪽
11. 위의 책, 21쪽
12. 위의 책, 22쪽
13. 위의 책, 24쪽
14. 위의 책, 25쪽
15. 위의 책, 25쪽
16. 알베르 카뮈, 『시지프스의 신화』, 9~10쪽
17. 빅토르 프랑클, 『존재의 의미』, 132쪽
18. 위의 책, 123쪽
19. 위의 책, 147쪽
20. 위의 책, 129쪽
21. 위의 책, 131~132쪽
22. 장 폴 사르트르, 『닫힌 방』, 77쪽 (완전한 문장은 "굽는 기계는 더 이상 필요하지 않다: 지옥, 그것은 타인들이다.")
23. 장 폴 사르트르, 『실존주의에 대해』, 47쪽
24. 위의 책, 47쪽
25. 위의 책, 59~60쪽
26. 위의 책, 57쪽
27. 위의 책, 33쪽
28. 위의 책, 32쪽
29. 위의 책, 40쪽
30. 위의 책, 41쪽
31. 사르트르, 『구토』, 9쪽
32. 옌스 크리스티안 그뢴달, 『10월의 침묵』, 106쪽
33. 위의 책, 108쪽
34. 위의 책, 110쪽
35. 위의 책, 111쪽
36. 위의 책, 125쪽
37. 위의 책, 장 폴 사르트르, 『존재와 무』, 478쪽
38. 위의 책, 479쪽
39. 옌스 크리스티안 그뢴달, 『10월의 침묵』, 267쪽
40. 위의 책, 189쪽
41. 위의 책, 266~267쪽
42. 위의 책, 261쪽
43. 위의 책, 253쪽
44. 위의 책, 269쪽
45. 벤자민 퀸켈, 『망설임』, 275쪽
46. 위의 책, 277쪽
47. 위의 책, 282쪽
48. 빅토르 프랑클, 『존재의 의미』, 149쪽
49. 존 윌리엄스, 『스토너』, 318쪽
50. 바즈 루어만, 〈모든 사람은 자유로워〉, 독집(1999)
51. 에드자르트 믹, 『중요한 질문』, 더 히즈, no. 5(2013)

LESSON 06

1. 에픽테토스, 『엥케이리디온』, '인생 규칙', 51
2. 위의 책, 인생 규칙 51
3. 위의 책, 인생 규칙 52
4. 미셸 푸코, 『규율, 감시 그리고 처벌』, 276쪽
5. 위의 책, 277~278쪽
6. 위의 책, 280쪽
7. 전 영국 수상 마거릿 대처의 어록
8. 막강한 'TINA' 이데올로기에 대한 답으로 나온 소위 'TAOLA' 논쟁은 원래 프랑스 철학자 베르나르 스티그러(1952)에서 유래한다.
9. 미셸 푸코, 마킬 카르스컨스, 『이 시대의 철학』, 265쪽
10. "자유의 실행으로서 자신을 돌보는 윤리학", 라울 포르네-베탕쿠르, 헬무트 베커 그리고 알프레도 고메즈-뮬러의 인터뷰. 미셸 푸코의 『깨질 수 있는 자유』, 중 지문 및 인터뷰 내용
11. 미셸 푸코, 카르스컨스의 인용문, 266쪽
12. "왜 모든 사람이 자신의 인생으로부터 예술품을 만들 수 없을까?", 휴베르트 드레이퓨스와 폴 라비나우의 인터뷰. '성, 권력 그리고 우정: 미셸 푸코'
13. "자유의 실행으로서 자신을 돌보는 윤리학", 라울 포르네-베탕쿠르, 헬무트 베커 그리고 알프레도 고메즈-뮬러의 인터뷰. 미셸 푸코의 『깨질 수 있는 자유』, 중 지문 및 인터뷰 내용
14. "왜 모든 사람이 자신의 인생으로부터 예술품을 만들 수 없을까?", 미주 12번 참조
15. 윌리엄 제임스, 〈믿고자 하는 의지〉(1897)

Aristoteles: 『니코마코스 윤리학*Ethica Nicomachea*』, vert. Christine Pannier en Jean Verhaeghe, Historische Uitgeverij, Groningen, 1999

Beekes, Jaron: 『스피노자의 안경*De lens van Spinoza*』, Oog & Blik | De Bezige Bij, Amsterdam, 2012

Bersselaar, Victor van den: 『존재의 윤리: 규범적인 전문화와 정체성 문제와 삶의 문제, 해석문제에 대한 윤리*Bestaansethiek. Normatieve professionalisering en de ethiek van identiteits-, levens- en zingevingsvragen*』, Uitgeverij swp, Amsterdam 2009

Bijbel네덜란드어 성경vert. in opdracht van het Nederlandsch Bijbelgenootschap, bewerkt door de daartoe benoemde commissies, Jongbloed, Leeuwarden

Bos, David J. (red.): 『미셸 푸코와의 대화: 성, 권력 그리고 우정*Michel Foucault in gesprek. Seks, macht en vriendschap*』, vert. David Bos, De Woelrat, Amsterdam, 1985

Camus, Albert: 『시지프스의 신화: 모순에 대한 에세이*De Mythe van Sisyphus. Een essay over het absurde*』, vert. C.N. Lijsen, De Bezige Bij, Amsterdam, 1964 (orig. 1945)

Cathcart, Thomas en Daniel Klein: 『플라톤과 친구들: 101가지 농담으로 본 철학*Plato en kornuiten. De filosofie in honderd-en-een grappen*』, vert. Th.H.J. Tromp, De Bezige Bij, Amsterdam, 2008 (orig. 2007)

Crescenzo, Luciano de: 『그리스 철학사*Geschiedenis van de Griekse filosofie*』, vert. Martine Vosmaer, Ooievaar, Amsterdam 1998

Doorman, Maarten en Heleen Pott: 『현대의 철학*Filosofen van deze tijd*』, Bert Bakker, Amsterdam, 2005

Epictetus: 『포켓북: 균형 잡힌 인생을 위한 조언*Zakboekje. Wenken voor een evenwichtig leven*』, vert. Hein L. van Dolen en Charles Hupperts, Uitgeverij sun, Nijmegen, 1999

Epicurus: 『본성과 행복에 대해*Over de natuur en het geluk*』, vert. Keimpe Algra, Historische Uitgeverij, Groningen, 2003

Foer, Jonathan Safran: 『엄청나게 시끄럽고 믿을 수 없게 가까운*Extreem luid & ongelooflijk dichtbij*』, vert. Gerda Baardman en Tjadine Stheeman, Anthos, Amsterdam, 2005 (orig. 2005)

Foucault, Michel: 『깨질 수 있는 자유: 텍스트와 인터뷰*Breekbare vrijheid. Teksten en interviews*』, Boom/Parrèssia, Amsterdam, 2004

Foucault, Michel: 『규율, 감시 그리고 처벌: 감옥의 탄생*Discipline, toezicht en straf. De geboorte van de gevangenis*』, vert. Vertalerscollectief, Historische Uitgeverij, Groningen, 1989 (orig. 1975)

Frankl, Viktor E.: 『존재의 의미: 로코테라피 입문*De zin van het bestaan. Een inleiding tot de logotherapie*』, vert. Liesbeth Swildens, Ad. Donker, Rotterdam, 2009 (orig. 1946)

Gontsjarov, Ivan A.: 『오블로모프*Oblomov*』, vert. Wils Huisman, Maarten Muntinga, Amsterdam, 1996, oorspronkelijke uitgave G.A. van Oorschot, Amsterdam, 1958 (orig. 1859)

Grøndahl, Jens Christian: 『10월의 침묵*Stilte in oktober*』, vert. Gerard Cruys, Meulenhoff, Amsterdam, 2002 (orig. 1996)

Knol, Jan: 『그리고 우리는 시금치를 먹을 것이다. 스피노자와 함께 식탁에서, 기쁨의 철학*En je zult spinazie eten. Aan tafel bij Spinoza, filosoof van de blijdschap*』, Wereldbibliotheek, Amsterdam, 2008

Kunkel, Benjamin: 『망설임*Besluiteloos*』, vert. Wim Scherpenisse, Rothschild & Bach, Amsterdam, 2006 (orig. 2005)

Leijen, Arie: 『윤리학 개요: 아리스토텔레스부터 레비나스까지*Profielen van ethiek. Van Aristoteles tot Levinas*』, Uitgeverij Coutinho, Bussum, 2004

Mann, Thomas: 『마의 산*De Toverberg*』, vert. Hans Driessen, De Arbeiderspers, Amsterdam, 2012 (orig. 1924)

Nietzsche, Friedrich: 『즐거운 지식*De vrolijke wetenschap*』, vert. Pé Hawinkels, De Arbeiderspers, Amsterdam, 1994 (orig. 1882)

Reve, Gerard Kornelis van het: 『나중에 당신께*Nader tot U*』, G.A. van Oorschot, Amsterdam, 1966

Sartre, Jean-Paul: 『닫힌 방*Met gesloten deuren*』, vert. C.N. Lijsen, De Bezige Bij, Amsterdam, 1963 (orig. 1944)

Sartre, Jean-Paul: 『실존주의에 대해*Over het existentialisme*』, vert. Caspar Hendriks, Maarten Muntinga bv, Amsterdam, 1988 (orig. 1965)

Sartre, Jean-Paul: 『구토*Walging*』, vert. Marianne Kaas, De Arbeiderspers, Amsterdam, 1991 (orig. 1938)

Sartre, Jean-Paul: 『존재와 무: 현상학적 존재론에 관한 시론*Het zijn en het niet. Proeve van een fenomenologische ontologie*』, vert. Frans de Haan, Lemniscaat, Rotterdam 2007 (orig. 1943)

『시애틀 연설문*Seattle's toespraak*』, vert. Arjen F. de Groot, Uitgeverij Kairos, Soest, 1984

Seneca: 『루실리우스에게 보내는 편지*Brieven aan Lucilius*』, vert. Cornelis Verhoeven, Ambo-Olympus, Amsterdam, 1990

Seneca: 『질의응답*Vragen en antwoorden*』, vert. Cornelis Verhoeven, Ambo, Baarn, 1983

Spinoza: 『에티카*Ethica*』, vert. Henri Krop, Bert Bakker, Amsterdam, 2004 (orig. 1677)

Spinoza: 『지성 개선론*Verhandeling over de verbetering van het verstand*』, vert. Theo Verbeek, Historische Uitgeverij, Groningen, 2002 (orig. 1677)

Stendhal: 『연애론*Over de liefde*』, vert. Carly Misset en Anton van Waarden, De Bezige Bij, Amsterdam, 1995 (orig. 1822)

Williams, John: 『스토너*Stoner*』, vert. Edzard Krol, Lebowski Publishers, Amsterdam, 2012 (orig. 1965)

얀 드로스트 Jan Drost

1975년 네덜란드 동부 오버레이설Overijssel 주에 있는 프로움스호우프Vroomshoop에서 태어났다. 8살 때부터 이미 작가의 꿈을 키워왔다. 1995년부터 2002년까지 암스테르담 자유대학교에서 네덜란드어를 전공하고, 그 후 암스테르담 대학교에서 예술과 문화 철학을 전공했다. 2005년부터 암스테르담 〈인생학교The School of Life Amsterdam〉에서 철학 강의를 시작해 온 그는 현재 암스테르담 응용과학대에 재직 중이며, 자신이 직접 개발한 선택과목 〈시와 사랑〉 그리고 철학의 실용적 측면을 강조하는 〈철학 윤리〉를 강의하고 있다.

작가의 대표적 저서로는 『낭만적 오해*Het Romantisch Misverstand*, 2011』 『생각에 기대어 철학하기*Denken helpt*, 2015』 『사랑이 떠나간다면*Als de liefde voorbij is*, 2017』이 있다.

유동익

한국외국어대학교에서 네덜란드어를 전공하고, 네덜란드 레이던 대학교에서 법학 석사, 언어학 박사과정을 수료했다. 한국외국어대학교와 네덜란드 교육진흥원에서 네덜란드어를 강의했으며 현재 네덜란드 가톨릭방송국 한국 특파원이다. 지엔디정보센터(Good Dutch), 한국외대 네덜란드어과 그리고 디지털조선에서 네덜란드어를 가르치면서 네덜란드 작품을 한국에 소개하고 있다. 옮긴 책으로는 『레닌그라드의 기적』『하멜 보고서』『세계 어린이 인권 여행』『이야기로 만나는 유럽 문화 여행』『스페흐트와 아들』『나이팅게일 목소리의 비밀』『지도를 따라가는 반고흐의 삶과 여행』『고슴도치의 소원』 등이 있다.

생각에 기대어 철학하기

2019년 11월 5일 1판 1쇄 발행
2019년 12월 5일 1판 2쇄 발행

지은이_ 얀 드로스트
옮긴이_ 유동익

펴낸이_ 황재성 · 허혜순
책임편집_ 양성숙 · 이향기
디자인_ color of dream

펴낸곳_ 연금술사
(04030) 서울시 마포구 동교로 136
신고번호 제2012-000255호
신고일자 2012년 3월 20일
전화 02-323-1762 팩스 02-323-1715
이메일 alchemistbooks@naver.com
www.facebook.com/alchemistbooks
ISBN 979-11-86686-48-5 03160

이 도서의 국립중앙도서관 출판예정도서목록(CIP)은
서지정보유통지원시스템 홈페이지(http://seoji.nl.go.kr)와
국가자료공동목록 구축시스템(http://kolis-net.nl.go.kr)에서
이용하실 수 있습니다. (CIP제어번호: CIP2019042966)